有爱的青春陪伴者

那年盛夏

上

秋日温泉 著

贵州出版集团
贵州人民出版社

图书在版编目（CIP）数据

那年盛夏：上、下 / 秋日温泉著. —贵阳：贵州人民出版社，2023.10
ISBN 978-7-221-17732-2

Ⅰ. ①那… Ⅱ. ①秋… Ⅲ. ①长篇小说-中国-当代 Ⅳ. ①I247.5

中国国家版本馆CIP数据核字(2023)第135923号

那年盛夏：上、下
NA NIAN SHENGXIA：SHANG、XIA
秋日温泉 / 著

| 出 版 人：朱文迅
| 责 任 编 辑：陈丽梅
| 特 约 编 辑：蒋彩霞
| 装 帧 设 计：刘 艳 唐卉婷
| 封 面 绘 制：陶 然

出 版 发 行：贵州出版集团 贵州人民出版社
地　　　址：贵阳市观山湖区长岭北路贵阳国际会议展览中心D区D1栋
印　　　刷：长沙鸿发印务实业有限公司
版　　　次：2023年10月第1版
印　　　次：2023年10月第1次印刷
开　　　本：880毫米×1230毫米 1/32
印　　　张：18
字　　　数：625千字
书　　　号：ISBN 978-7-221-17732-2
定　　　价：62.80元（全2册）

贵州人民出版社微信

如发现图书印装质量问题，请与印刷厂联系调换；版权所有，翻版必究；未经许可，不得转载。

/ 上册目录 /

NANIANSHENGXIA

第一章 /001
初见

第二章 /016
开学典礼

第三章 /024
"百团大战"

第四章 /033
模联面试 [上]

第五章 /048
模联面试 [下]

第六章 /056
期中考

第七章 /070
篮球赛 [上]

第八章 /083
篮球赛 [中]

第九章 /100
篮球赛 [下]

第十章 /115
散学典礼

第十一章 /123
随风书店

第十二章 /139
高一下・期中考

第十三章 /153
学农・初章

第十四章 /165
学农・周三

第十五章 /185
高一下・新高考落地

第十六章 /194
高一下・选科

第十七章 /208
校园开放日 [上]

第十八章 /222
校园开放日 [下]

第十九章 /242
高一下・期末考

第二十章 /255
高一暑假

第二十一章 /266
暑假补课

下册目录

NANIANSHENGXIA

第二十二章 /283
高二上·走班

第二十三章 /304
又一年篮球赛

第二十四章 /325
安慰

第二十五章 /337
取消自主招生

第二十六章 /357
寒假与新春

第二十七章 /374
强基计划

第二十八章 /390
养老院 [上]

第二十九章 /401
养老院 [下]

第三十章 /416
艺术节 [上]

第三十一章 /429
艺术节 [中]

第三十二章 /442
艺术节 [下]

第三十三章 /453
寒假与离别

第三十四章 /467
高三上

第三十五章 /485
A 大冬令营 [上]

第三十六章 /494
A 大冬令营 [下]

第三十七章 /522
高考

番外一 /530

番外二 /543

番外三 /552

番外四 /559

第一章

初见

今天中午十二点，A 市中考放榜。

中考虽然只决定了学生高中三年的归属，比不上高考对人生的影响那么深远，但是如果能去重点高中，享受更优质的教育资源，日后高考的赢面自然会更大。

所以中考作为高考的序曲，同样也牵扯着无数初三家庭的心绪。

秦温刚起不久，端着牛奶和泡面坐到电脑桌前，左手搅着泡面，右手敲着键盘，等输完考生账号和密码便打了个呵欠，看了眼桌上的闹钟。

十一点四十五分。

快要放榜了，她却没有多少紧张心情，甚至还有些不合时宜的困意，因为中考已经和她没有多少关系了。

她已经被全市第一的礼安奥赛班给提前录取了，中考考多少分都没关系，于她而言只是个流程。

不过……毕竟是重要程度仅次于高考的中考，一辈子就那么一次，参与感还是应该强一点。更何况被母校提前录取以后，她还是老老实实复习了一个月，所以这个中考成绩也不是一点盼头都没有。

查完再睡好了。

"唰！"

秦温猛地拉开窗帘，正好刺眼的阳光照入眼中，她伸了个大大的懒腰，驱散睡意。

桌上手机从刚才就响动个不停。

秦温踢开拖鞋，盘腿坐在凳子上抿了口牛奶，拿过手机点开群聊，看看大家在讨论什么。

群里消息飞快交替，只是一会儿没看，又有两百多条未读消息。

学奥赛的女人绝不认输（4）——

高宜：好紧张！好紧张！要出成绩了！

郑冰：说好哦，群里谁第一谁请喝奶茶。

梁思琴：好担心，化学好难哦，我好怕自己考不到一百分。

"咳咳……"秦温呛了一口牛奶。

群里另外三个女生都是秦温在礼安初中的同班同学，大家也都在五月一起被礼安预录进了奥班，这个哭诉中考化学难的梁思琴进的正是奥化组。

秦温：@梁思琴，太真实了吧！

梁思琴：哈哈哈哈，竞赛主科不争满分还有什么意思！

十一点五十二分。

四个人都在兴奋地讨论着开学前去哪里玩。

高宜：姐妹们！我插个话题！

高宜：我看到了李珩的照片，发给你们！

李珩？

秦温收到图片立马点开大图，细细打量，群里的话题中心也立马转向他。

李珩与她们一样，也已经被礼安奥班预录了。但与她们不一样的是，李珩来自礼安初中国际部，而秦温她们都是礼安初中奥赛部的。

礼安初中就只有两个部——国际部和奥赛部，前者三个班，后者两个班。

学生时代里，同级生中有那么一两个出名的同学并不罕见，但是这位李珩同学的知名度却高得惊人，覆盖礼安高中部、初中部，甚至连外校都有不少知道他名字的人。

贴在他身上的标签完美得有些失真，未知富几代，学霸级大帅哥，学姐公认的预备役校草。

然而就是这样一位明星级学生，不知道为什么没有选择舒舒服服地等着直升高中国际部，反而去参加难度极大的奥考招生。

重点是，人家还考上了。

所以即便素未谋面，秦温也还是很佩服这位同学——成功跳出舒适圈，他一定是个很有毅力和恒心的人！

秦温两指放大照片。

这照片应该是李珩同学和朋友打篮球时被拍下的，秦温第一次看清他的长相。

确实挺好看。

郑冰：他真的挺帅的欸！

秦温：是呀！

梁思琴：吊打整个奥赛部。

高宜：我跟你们说，他真的是超级人生赢家。

郑冰：怎么说怎么说？

秦温放下手中的杯面，专心看高宜放出的八卦。

高宜：我听说他是初三才从国际部休学，在家学了一年，然后就过了奥考。

一年时间就弯道超车追上他们奥班的进度了？

郑冰：what（什么）？才一年？！

郑冰：班上有的人三年都不一定能进吧！

梁思琴：@郑冰，那也要看他学的是什么科目吧。

高宜：我看看。

秦温同样陷入惊讶，呆呆地睁了睁眼睛，没有回消息。不过很快，她又淡定了些。

思琴问得有道理，奥赛组里也有一些冷门的科目，竞争压力相对没有那么大，花一年时间全力以赴也不是不可能。

郑冰：出国就出国啊，为什么要想不开学竞赛？

郑冰：本来竞争就激烈了。

梁思琴：别慌，他学的说不定是生物。哈哈哈。

秦温再次被梁思琴逗得笑出声。

顶级阴阳怪气，都不知道她是在黑李珩还是在黑奥生组。

秦温：思琴你要被奥生组拉黑了。

梁思琴：那确实奥生难度最低嘛！

高宜：姐妹们……

高宜：他进的是奥数组……

秦温的笑容一下子僵住了，群里原本欢快的聊天也停了几秒。

梁思琴：。

郑冰：？？？

郑冰：那我和他撞科了，啊啊啊！

高宜：一年进礼安奥数组，这是什么怪物！

绝对是怪物。

班上好一些实打实学了三年初中奥数的同学都没能考回高中奥数班，结果李珩一年就完成弯道超车，不是怪物是什么。

而且……那是清北保送名额最多，竞争压力最激烈的奥数组啊！又不是全级只有三个人的奥生组！

突然间秦温觉得无比庆幸。

秦温：谢谢当年的自己，选了物理。

梁思琴：谢谢当年的自己，选了化学。

高宜：谢谢当年的自己，选了化学。

郑冰：你们太过分了！！！呜呜呜，我能不能转组？

高宜：不过我还有个消息，说不定能安慰你@郑冰。

能安慰冰冰的消息？秦温又抿了一口牛奶，换了个坐姿，整个人都窝在椅子里。

是他以后还是要出国吧？可那样的话，他干吗还来奥班？体验人生吗？

这么一想，秦温更被打击到了。

郑冰：是什么是什么？

高宜：听说他是专门在家里请了一年的奥数教练补课的。

秦温惊得倒吸一口凉气，群里也再没人说话。

我的妈呀，这是什么"氪金"玩家的操作？

要知道奥赛生的补课可不是随随便便去个补习班查漏补缺就好，都是要请专门的奥赛教练，而那些教练的课时费至少一千元起跳，而且补课怎么着也得十几二十节课才能有成效，一个课程下来小几万是跑不了的。

所以像秦温他们去补课，都是凑足三四个人才请教练，然后大家一起AA。

谁知道李珩，"豪"家伙，直接把教练当家教请！

这哪是怪物，简直就是人形碎钞机啊！

高宜一句话直接让群里冷场了几十秒，最后还是郑冰先发问。

郑冰：@高宜，请问这个怎么就安慰到我了？

高宜：他可能不是聪明，只是家里比较有钱而已。

高宜：冰冰，我觉得他胜之不武。

郑冰：我谢谢你的安慰。

秦温却不认为李珩只是靠补习才这么厉害，只怕人家是本人又聪明，家里又有钱吧。

她已经开始感受到人与人之间的差距了。

三个小姐妹接着七嘴八舌地聊着李珩当年在国际部的那些事：被高中学姐倒追，有一次家里开保时捷接他放学，网上可以搜到他家里人的名字，等等，越说越邪乎。

秦温却还想着李珩的操作，顿时就觉得手里的泡面不香了。

国际部出身，奥赛教练当家教，一年进礼安奥数组，再加上人家还是高富帅。

啊——人和人之间的差距，怎么那么大啊！

梁思琴：@秦温，你怎么不说话？

秦温：我还在羡慕他请一对一教练……

秦温：碎钞机都没他能碎。

群里立马爆发一阵狂笑。

郑冰：哈哈哈哈哈哈哈！

梁思琴：哈哈哈哈哈哈哈！你这个绝了。

梁思琴：好毒舌啊你！

高宜：我宣布他的代号就是"碎钞机"了！

高宜作为最会八卦的奥赛生，给当事人起代号是基本职业素养。

梁思琴：同意！

郑冰：我也同意！

秦温汗颜。

"嘀嘀！"

桌上闹钟整点响起，十二点了。

高宜：姐妹们，十二点了，第一名请奶茶！

秦温也立马把李珩那档事抛到脑后，看着早已录好的账户和密码，有些紧张又有些期待。

不论实力如何，谁都幻想过金榜题名的场景。

闭眼按下回车键，秦温的心跳开始疯狂加快，身子瞬间就出了一阵冷汗。

以前初中奥赛部的日常学习主要针对奥考和省赛，中考并不是他们的主战场，所以秦温能成为唯一一个考进高中奥物组的女生，却不一定能在中考中有绝佳的表现。

缓了四五秒，秦温深吸一口气，右眼微微睁开一条缝，视线从键盘慢慢往上扫向屏幕。

好歹准备了一个月，希望分数不会太难看——

404 not found.

噗！

秦温想要吐血。

她又来回敲了几次回车键，依旧 404 白屏。

秦温看了眼群聊，发现高宜她们也都登录不了，然后她又切出对话框看了看自己的初中班群，大家也都进不去。

刚刚就应该补个回笼觉，睡醒再查成绩的。

秦温无奈地叹了一口气，继续把最后一口泡面吃完，谁知家庭群突然来了消息，她随眼一看。

秦公馆（3）——

妈妈：宝贝儿，725 分，真棒！

爸爸：今晚吃大餐。

紧张刺激的成绩揭晓时刻就这样突然开始又突然结束了。

才 725 分啊……

秦温：谢谢爸爸妈妈，爱你们！

往届礼安中考最低录取分也要 735 分，这 725 分，别说礼安中学了，进 A 市前四所里的另外三所高中都够呛。

秦温有些泄气，又看了看班级群，大家的分都在 700 分 ~ 720 分，也就是说他们班没一个能通过中考考回礼安。大家知道群里有同学奥考、中考都没能考回母校，所以都很默契地没有说庆幸自己奥考过了之类的话，只嘻嘻哈哈地斗图水群。

竞赛考试和普通考试还是有壁垒的，并不是说竞赛生去中考、高考就是降维打击，分分钟因为偏科反而更容易翻船。

秦温叹了一口气，虽然中考成绩不影响自己的录取结果，心里还是有一丝失落。

果然还是不应该做白日梦的，才复习一个月，怎么可能出什么考场奇迹呢，该是什么实力还是什么实力。

不过不管怎样，她终于从小小的奥赛部来到更大的校园了！

学奥赛的女人绝不认输（4）——

高宜：715 分。

高宜：进不了礼安！

梁思琴：711，哎呀，给礼安丢脸了！

郑冰：我也 715……@高宜

梁思琴：@秦温，秦温多少！！！我们可以喝双份奶茶！

看着好姐妹的分，秦温有些哭笑不得。

秦温：725 分……

秦温：链接：发起奈雪拼单

初入八月，A 市暑热正盛，礼安已经通知两个奥班回校上课，准备十月省赛。

一年一度的省赛于竞赛生而言是非常重要的考试，因为省赛成绩关乎未来的大学保送名额又或者自主招生，所以即便秦温他们才初中毕业，没接触多少高中竞赛的内容，学校也不会让他们放过这样的机会。

开班第一天，秦温早早回校。因为不是正式开学，学校并没有开正门，秦温是从侧门进的学校。

树上蝉虫清鸣，树下猫儿剪影。比起往日，偌大的校园安静了不少，更显百年名校底蕴。

秦温慢步走着，边走边打量四周景色。

真好，还是留下来了。明明已经在礼安待了三年了，是礼安一手培养的学子，今日再过校门，心情却像第一次踏入般激动新奇。

秦温走到了主校道尽头。

尽头伫立了一座革命先烈的雕像。烈士手持书本，目光坚定地眺望远方，身后分出三条校道：继续往前是校园的行政办公区；往左是一条种满了紫荆树的狭窄幽深校道，通往初中部及其他文娱建筑；往右是一条种满了红木棉的宽敞笔直校道，通往高中部。

礼安中学的初中部虽然分奥赛部和国际部，但是两个部的教学楼相隔甚远，平时基本没有交集，所以对秦温而言，她的整个初中只有孤孤单单的两个班级。

成为奥赛生让秦温超前学会了更多知识，也让她未来的高考比普通考生多了一重保障；但有得必有失，奥赛生的日常堪比苦行僧清修，不仅课程单一，课外活动也几乎没有，重点是压力也不小。虽然三年下来秦温没有后悔过自己走上竞赛这条道路，但心里也渴望能体验更多刷题以外的活动，比如热热闹闹的校运会、种类繁多的社团、更加丰富的课程内容。

谁能受得了自己的校园生活只能无止境地刷题呢！

可她不可能放弃奥赛生的身份，所以进入礼安高中的奥班，既能延续自己的奥赛学习生涯，又能体验寻常高中生活，对她而言算是最优解了。

哪怕到了高中同样没时间去参加礼安形形色色的课外活动，但能近距离感受那种青春洋溢的氛围，她也乐意。

秦温在烈士雕像面前站定几秒，然后爽快地转身往右。

礼安学生的传统——每次大考前都会来找这个烈士许愿，她有多希望从初中奥赛部跳出来，加入母校高中部，这座雕像知道得一清二楚。

终于，在今天，她可以走出紫荆道，迈入红棉道，新的学习生活就要开始了！

风儿吹动树叶，一起为努力的成果道贺。

"温温！"

身后突然传来熟悉的声音，秦温转身，恰好跑来的女生已经追到，是高宜和梁思琴。

"好久不见了！"高宜兴奋地和秦温说道。

"是呀，感觉都已经好久没有见过你们了。"秦温开心地说道。

"谁让你老不跟我们一起出去玩。"梁思琴抱怨，"秦温，你再宅下去就成书呆子了。"

"哪有嘛。"秦温讪讪地笑了笑。她嫌出门太热，所以小姐妹们的聚会她都不怎么参加，庆幸姐妹们没把她踢出小团体。

三人并排走着。

"欸，你们知道'碎钞机'中考考了多少分吗？"高宜走在三人中间，又开始分享她打听到的最新八卦。

"碎钞机"是李珩。

"你又知道什么了？"梁思琴说道。

秦温已对高宜耳通八方的八卦能力见怪不怪，只好奇地看向她，没有说话。

高宜神气地晃了晃脑袋："当然！搞竞赛最重要的就是钻研精神嘛！"

秦温听完无奈地笑笑。要是高宜对待化学也有这种精神，估计早就起飞了。

"猜猜嘛，温温你先猜！"高宜拽了拽秦温的书包带。

"那我哪知道！"

"快！点！猜！"

"好好好，你别拽我的书包带啦！"

秦温艰难地从高宜手中抽回书包带。能让高宜这么故弄玄虚，李珩的分数肯定不简单，加上他一年就进奥数组的能力，李珩中考的分数一定很高。

"750分？"秦温试探。

"NoNoNo！"高宜扭头看向梁思琴，"你猜！"

"不是750分？那就650分。"梁思琴不屑道。

"怎么可能，650分就等于少考一科了！"秦温出声反对。

梁思琴摇头，信心满满："怎么不可能！你忘啦？国际部和我们的教材不一样啊，他总不能初三准备奥数的时候，顺便还把三年义务教育的内容给补上了吧！他又不是神仙！"

呃……话虽如此，也不至于考650分吧。秦温拿捏不定，便瞄了一眼高宜，正好看到她一副似笑非笑的样子。

不会吧……真那么差吗？

高宜看着两位小姐妹被她吊足胃口的样子，憋了几秒，还是没忍住放声大笑："哈哈哈，我真应该跟你们打赌的！"

"多少分？快点说！"梁思琴有些急切。

秦温同样好奇难耐。

"765分啦！听说今年这个分已经进市前300名了！"

"什么？"梁思琴惊呼。

"天啊！他也太厉害了吧！"秦温也不掩盖自己的惊讶与佩服。

虽然也有竞赛和义务教育都兼顾得好的学霸案例，但是李珩只有一年的学习时间啊！照他这架势，拿个省一，被礼安保送去清北也不是不可能。

秦温对这个传闻中的人物不禁心生崇拜，但同时也有点惆怅，自己对比这种神级大学霸真是——菜得不行。

"好羡慕啊，我也想考765分。"她由衷地羡慕道。

忽然，身后有脚步声传来，步子声很稳很慢。

秦温站在最外侧，她下意识地往里靠了靠，恰巧一个男生擦身而过。

一阵沉静的木质香尾调飘来，她下意识地抬头看了眼来人。

蔚蓝天空落下清澈澄明的阳光，光线映在男生立体完美的侧颜上，光晕错落有致，标准的四高三低侧颜骨相。

秦温一瞬间失神。

男生目不斜视，径直走过她们。

待男生走远了，秦温还一直傻站在原处。

不光秦温，高宜、梁思琴都留意到了这个男生，大家一起站在原地默默看着他离开。

男生那张俊朗无比的脸让人看过就不会忘记。

是李珩，是她们刚刚在背后讨论的李珩。

秦温咽了咽口水，她刚刚应该没有说什么坏话吧。刚刚她们谈论得起劲，不仅没有留意到旁人，更没有注意控制自己的音量，只要李珩听力正常，铁定听到了她们说的话。

"高宜，那……那个人怎么长得有点像李珩啊？"梁思琴先出声。

"好像就是他……"

三人又互相看了看彼此，气氛有些尴尬。

这时，高宜想起了自己的未雨绸缪："哈哈哈，没事没事，反正我们用了碎钞机暗号，他听不出来。"

"你觉得秦温最后那句'765分'他会听不出来吗？"梁思琴无语地说。

秦温陡然脸红，谁能想到李珩会突然出现，而且她是发自内心地想考765分来着。

"说不定有同分的呢。"她讪讪笑道。

"大家好！"

身后又跑来一人，是兴高采烈的郑冰。

"你们怎么站在这里？你们是在等我吗！天啊，我好开心！"郑冰自然地挽上秦温走在最外面，四人又一前行。

"那倒没有。"梁思琴实话实说。

郑冰："那你们怎么干站在这里？"

高宜和梁思琴都不说话，三人沉默了一会儿，秦温扭头看着郑冰，一本正经道："我们在看风景。"

郑冰："拜托！温温我又不是你，哪有那么好糊弄！说！你们是不是有什么事情瞒着我！不能因为我和你们不同班了，你们就搞区别对待啊！"

"还好和你不同班。"秦温腹诽。

郑冰见三人兴致快快，不和她坦白，更加难受，挽着秦温不依不饶地让她们复述刚刚发生的事情,最后高宜言简意赅地说:"哎呀,没什么啦,就是碎钞机中考765分而已!"

郑冰瞪大了双眼。

高宜说完,突然像是想到了什么,没等郑冰回话,便一脸坏笑地对她说道:"话说回来,你以后和碎钞机同班,可以帮我打听到好多八卦了!"

秦温听到高宜的话,哑然失笑。

李珩一定会讨厌她们四人组的。

早上的小插曲结束,高一奥班补课正式开始。

奥班的课程安排非常枯燥,即便才第一天上课,老师也没有打算和大家客套什么,上来就是上午五节、下午两节的竞赛主科课程。可想而知未来的日子会有多无聊。很多学生还患上了假期综合征,突然猛地高强度用脑,一整天下来,身心俱疲。

秦温她们四人本来约好一起去喝奶茶,最后也还是决定先回家休息,下次再聚。

真是四面楚"鸽"。

秦温倒没觉得有多累,因为她从来都不熬夜,而且早两个星期前就已经让自己恢复了上学时的作息规律。

按梁思琴的话说,秦温是一个非常敬业的学生。

和三位"鸽友"道别后,秦温没有急着回家,爸爸妈妈还没有下班,太早回去也没有饭吃。她从学校后门出去,走过稍显冷清的小食街后进了一个老式小区,拐过两个居民楼,来到了立在老槐树旁的随风书店。

八月的A市闷热无风,人在户外走上十分钟便会出一身薄汗。

"丁零零——"

门口小风铃欢快响起。

秦温快步推门而入,隔绝身后热浪与噪音,一身暑热也瞬间被店内那夹杂了纸墨书香的空调冷气扑灭。她贪婪地深吸一口凉气,放缓脚步向店内走去。

随风书店由礼安一对退休教师夫妇经营,店面不大,风格朴实。

书店正中间有五排书架,书架最后方摆有几套桌椅,紧挨着墙壁环绕书店四周的是一排矮架,专门陈设留声大碟和CD光盘。

店内终日播着二十世纪八九十年代的经典金曲,这也是为什么秦温那么喜欢随风书店的原因,店里的歌总能让她想起无忧无虑的童年,那时家里两个大音响也总唱着同样的歌。

"温温来了啊！"一位老奶奶坐在柜台后面看书，听得风铃声动，抬眼看向来人，见是秦温，便笑着摘下老花镜说道。

"高老师好。"秦温笑着礼貌问好。

"怎么，礼安开学了？"

"嗯，奥班先开学上课。"

"哎呀，我就说你们这些孩子太辛苦了。"

秦温只是笑了笑，换了个话题："潘老师呢？"

"他啊，跟那帮老朋友去古巷那边拍照去了。"高老师给秦温冲了杯罗汉果花茶。

随风书店每日都有免费的饮料提供，高老师给自家先生泡什么，客人也就跟着喝什么。

"温温快别站着了，去里面坐会儿。"高老师递过茶杯，笑着催促道。

"好的，谢谢高老师。"秦温谢过老师，接过花茶。

她走到书店后方，挑了个最里面靠窗的位置坐下，放下花茶，拿出书包里的《时间简史》。

书墨的气味、家常的花茶、熟悉的旋律，与未知的浩瀚宇宙一样，都有一种能抚慰人心的神秘浪漫，她很喜欢。

"宇宙中的任一物体都会被另外的物体吸引。物体质量越大，相互距离越近，相互之间的吸引力便越大……"

很快，秦温便沉浸在书的世界中，心无旁骛。

"为什……我已经……我们难道不可以……"

"以前明明……"

"……我不信……"

耳畔传来隐隐约约的争执声，秦温仍旧没有从书本中抽神出来，勉强着让自己在微微嘈杂的环境里继续专心看书，所以听得不真切。

"可是我……"

"我不信！我不信！"

他们的声音该小一点的。秦温还是不免有一丝分神，希望那边的争论可以快点结束。

"求你了……李珩……我们同桌那么……你一定也……"

李珩……嗯？李珩？

秦温下意识地抬头看向声源处。高宜今天在她耳边念叨了一整天李珩的光辉家境，以至于她一听到"李珩"这两个字就有些条件反应。

说话的是一男一女，就在秦温眼前的书架后面。

"李珩你难道就不能再考虑考虑吗？"

将注意力从书本中抽出来以后，秦温真切地听清了那边的对话。

原来还真是他。他怎么在这儿？噢，对了，他奥数班的，今天也要补课。旁边那个是他同学？

秦温透过书架的层级缝隙打探。女生穿着显眼的红黑英伦风校服，是国际部学生的打扮。

算了，还是不要那么八卦去偷听别人说话。秦温继续低头看书。

"可是我真的好喜欢你。"女生道。

这……秦温原本放在书本上的注意力又再一次被打断，她都听到了什么……

"和我有关系吗？"与女生那激动的声音相比，回话的男声平淡得有些无情。

"可是我喜欢你三年了。"

"所以？"

男生一个字都不愿多说，显然耐心告罄。

哇，这也太不给面子了吧。秦温屏住呼吸。

这一回，那个女生久久没有回答。

不得不说，这位李珩同学的声音很好听，只不过那样好听的声音说出来的话却是有点无情。秦温听那女生迟迟没有回应，心里为她默哀起来。三年啊，贯穿整个初中了。

不过，早恋是不对的！这位同学目前看来还是单方早恋，希望她能早点回头是岸！

女生仍干站在原地，轻轻啜泣着，那位李珩没再理会她，而是转身走向书架外侧。坐在书架前面为人默哀的秦温顿感不妙，立马从别人的伤痛故事中出戏。

等等，他不会要过来了吧……早上背后讨论他被他发现，然后现在偷听他又要被发现？

秦温突然有种心虚的感觉，这不直接撞人枪口上了吗？而且听那男生话里对追求者的态度，估计不是个好脾气的人。

秦温正纠结，那边男生已转过身，她赶紧举起左手挡住半张脸，假装认真看书，接着她就听到女生的脚步声也一并越来越近。

秦温很不淡定地闭上了眼睛——同学，你别过来啊，后面有人，你会丢脸死的。

秦温慌得连书都忘记翻了，也没有留意到自己的脸离书本的距离已近得十分不合理。

四周再没有别的声音，只剩学友哥的歌声，仿佛此刻在场的人只有自己。秦温疑惑：怎么没人说话？难道是都走了？不对啊，没听到有脚步声。

"你还有事吗？"李珩突然出声，语气冰冷到极点。

秦温立马打了一个激灵，下意识误以为李珩在对自己说话。

果然还是躲不过被发现了吗？早上被人在背后讨论，现在又被人偷听，只怕任谁都不会有好心情。

秦温懊恼地闭上眼，早知道今天就不来书店了。其实高宜今天就已经和她们说过李珩是个很不好接近的人，大概是富二代多少都有些目中无人的臭脾气吧，她已经可以想象李珩会如何寒着张脸看向自己。

自己今天真是倒霉透了，怎么一直往枪口上撞？不过装死确实不是个办法，还是快点离开，留点空间给人家解决问题吧。

秦温咬咬牙，将头从书本中抬起，抱歉地看向那两个人，一手抓起书包。

却见李珩正背对自己，看着身前的女生。

呃……他不是在和自己说话？

就在秦温抬头后两秒，那个表白被拒的女生突然将视线从李珩移至秦温的身上，似乎因秦温的存在而羞愤更甚，紧接着原本背对着秦温的李珩也跟着扭头看了过来。

突然两个人的视线都集中在秦温身上，一个满含泪水，一个冷若冰霜。

妈呀！秦温立马坐下，腰弯成虾米，继续看书。李珩那臭脸看着也太吓人了吧！

店内空调吹来习习凉气，秦温心里莫名拔凉拔凉的。自己真是傻了才会抬头去看别人，人家李珩怎么会无缘无故赶自己走啊！

秦温正胡思乱想，接着又听见有脚步声向自己靠近，下一秒，李珩坐在了自己旁桌的位置上。

What？？？秦温瞬间自动给自己点穴。

书架后方还有六七个空闲单人桌，李珩明显是故意坐到自己旁边的。只是她还来不及细想李珩这么做的目的，就听到了女生急促离开的脚步声。

店门口的风铃声再次欢快响起。

嗯？走了？是因为李珩坐到了自己附近，所以她也不好意思再缠上来了吗？

秦温思绪百转，得出结论：这一招也太无情了，直接不给那个女生留任何情面。

这种表白体验一定很痛苦。

唉……好好学习不就什么事都没有了。

秦温心里默默叹了一口气，然后若无其事地直了直腰，抿一口花茶，眼睛不敢乱瞥，紧盯书本。

尴尬场合虽然解除了，秦温却没有觉得自在了些。毕竟李珩刚刚的脸色不算好，可能是被那个女生缠到烦了，又可能是因为自己在这儿偷听。

秦温的心神被这一突发事件搅得有些散乱，不过好在李珩那儿除了偶尔的翻书声，再也没有其他动静，她也很快成功让自己恢复专注。

一页——两页——三页——

很快，秦温便把刚刚发生过的事情和身旁的李珩一并忘在宇宙外，直到一杯花茶喝完，她才恋恋不舍地合上书本，看着窗外长长地吐了一口气。

夏季的日落来得晚，但外头阳光已经柔和不少，洒落在窗台上，宛若凋落的日暮之花。

先前坐在她旁桌的李珩也不知什么时候就离开了。

秦温看了眼手表，该回家了。

她拎起背包，端起空杯，轻手轻脚离开。

"丁零零——"

第二章 开学典礼

重复单调的日子总过得特别快,不知不觉秦温已经上完了八月的奥赛课程,时间也来到了暑热更盛的九月。

今日全校正式开学。

秦温踏入高一(2)班时,班内早已闹哄哄如菜市场。班上座位六排七列,四十二个竞赛生里只有五个女生,其中秦温一人是奥物组,剩余都是奥化组。

秦温快步走至座位坐下,和身边的同学打招呼。

"早。"

"早啊,温温。"高宜坐于秦温的右侧,其余女生的座位都离她们稍远,"你今天怎么来得那么晚,都快要开学典礼了。"

秦温无奈:"这个礼服质量太差,掉了一个纽扣,我着急忙慌地把它缝好才来的。"说罢,她又悄悄拉开长礼结,让高宜看见那白衬衣上的突兀黑纽扣。

"我就说礼安的礼服又丑质量又差!女生穿得像服务员,男生穿得像卖保险的。"高宜仗义地憋住笑意,佯装愤怒。

"对啊!"秦温叹了口气,然后就见本憋着笑的高宜忽然换了一副神秘兮兮的表情。

"对了,秦温,你知道中考市状元来我们学校了吗?"

你不说,我是绝对不会知道的。秦温心想。

"不知道呢。"

"那我告诉你,那人就在三班。"

礼安高中一共十五个班,其中一班、二班是奥班,三班、四班是重点班、市状元在三班不足为奇。

"听说还挺漂亮的,是一中的学生。"高宜再靠近秦温几分,悄悄说道。

"一中?"秦温难以置信。

天啊,在 A 市谁不知道礼安和一中是死对头!名校之间的联考从来都是有礼安没一中,有一中没礼安,结果这个一中出身的状元竟然来了礼安!

"是三班的谁呀?"秦温忍不住追问。

"好像叫梁什么来着,哎呀,我给忘了!反正待会儿开学典礼她还要上台致辞,到时候你就知道了。"

"致辞?礼安的新生致辞向来不都是自己初中部的学生来吗?"

"对呀,但是这回一中出来的状元最后选了礼安欸,礼安可不得使劲捧嘛!"

"也是。"

而且还有什么身份比状元更有资格上台发言呢。

"在说什么?在说什么?在说什么?我也要听!"秦温前面的座位坐下一个小胖子,叫陈映轩,他见秦温、高宜二人在一起低声聊天,也急着要加入女生们的对话。

"没什么,没什么。"高宜并不大嘴巴,只和自己相熟的朋友分享第一手八卦。

"喊!"陈映轩翻了一个白眼,又讨好地看向秦温,"温温你说,我保证不说出去。"

秦温看了眼高宜,后者给她打了个眼色,秦温点点头表示了解,然后收回视线冲陈映轩笑了笑,言辞正经道:"我们在说——你该交作业了。"

"别别别!秦温你别这么快收作业!"陈映轩如临大敌,说罢便赶紧转过身去补作业。

打发了陈映轩,秦温见高宜冲自己竖了个大拇指,挑眉回应。

奥物课代表,就是这么有威严。

就在这时,教室里的广播突然"嘟嘟"了两声,大家瞬间安静下来。

秦温认命地叹气,又要来了。

整个学期最无聊枯燥的开学典礼。

"喂喂,喂喂,呃……那个那个,全体队友!请立刻前往体育馆准备,开学典礼马上开始!开学典礼马上开始!"

恰好这时候二班班主任老吴也来了,他一进教室就板着脸高喊:"走了走了!

"不许带作业,不许带手机!

"体育委员,赶紧出来组织队伍!

"快点,待会儿最慢的又是你们!"

班内顿时哀号声四起,大家拖拖拉拉,秦温和高宜也不情不愿地起身。

她们已经在礼安参加过三次开学典礼了,对校长那又长又臭的演讲深有体会,而且最要命的是,礼安体育馆只有通风系统,没有制冷系统,大夏天待在里面基本上和蒸桑拿没有什么区别。

"唉,你说今年开学典礼会不会快一点结束?"高宜挽着秦温抱怨道。

秦温拿了把小折扇走在人群后:"你想太多了,哪一年他的发言短过一小时。"

大家磨磨蹭蹭地,好不容易才进了体育馆。

馆内正中央摆好了整整齐齐的凳子方阵,那是高一新生落座的地方,一班、二班坐在最中间,其余班级则依序左右排开,高年级和初中部则坐在四周看台。

先到的二班男生们非常默契地把第一排的五张凳子都留给了女生,所以秦温她们刚到便发现自己的座位是全场最佳的观赏位置。

谁要坐第一排啊!

秦温无奈地于第一排正中间坐下,然后右手边是高宜、梁思琴,左手边是两位新同学。

离开学典礼开幕还有一些时间,高宜又和梁思琴分享着那市状元的事,隔壁一班的郑冰也挑了个好位置凑过来一起听,秦温则一边摇着扇子扇风,一边给新同学介绍母校。

偶尔抬头看向四方,秦温发现高一年级只有一班、二班吵吵闹闹的,甚至还有几个同学在串班聊天。许是因为大家已经提前相处了一个月,加上奥班的学生组成和课程内容都与其他班级大为不同,颇有被学校特殊对待的感觉,导致其他班也不大与一班、二班来往,倒是历届两个奥班都会混成兄弟班。

想到这里,秦温莫名觉得有些好笑,张开折扇挡住自己轻扬的唇角。

兄弟班,难兄难弟班。

就在台下人或神游或闲聊时,表演台上的幕布不知在何时被缓缓拉开,两位主持人站到舞台中央,开始维持现场秩序。

"尊敬的各位来宾、各位老师,亲爱的各位同学,大会马上就要开始了……"

老吴听到这句话，立马起身，摆出一副横眉怒目的模样围着一班、二班巡来巡去。兄弟班连老师都是互为正、副班主任，今日一班班主任请假，老吴一并管起一班。

"别吵了别吵了，整个年级就你们两个班最吵，坐最中间还那么吵！"

高宜压低声音和秦温说了句："现在就老吴最吵。"

秦温收起扇子放至身后，偷笑着点点头，眼角见两个新来的女同学一脸好奇地看着自己。

她知道外校考进来的竞赛生其实也很想融入他们这些在礼安土生土长的奥崽的圈子，便主动凑前去低声将高宜的话复述了一遍。听罢大家都低头偷笑，恰逢老吴从她们眼前巡过，几个女生连忙正色坐直。

"尊敬的各位来宾、各位老师——"

"亲爱的各位同学——"

"大家——上午好！"

掌声雷鸣，秦温抬头看了眼高悬体育馆顶上的通风口，无奈地叹了口气。

唉，又长又臭的开学典礼开始了。

对于秦温这种已经参加了三届礼安开学典礼的学生而言，这个开学仪式可以说是全程无惊喜。校长念经似的演讲听得人昏昏欲睡，场内闷热的环境又让人心烦难耐，真不如坐在教室里吹着空调听一上午奥物课。

于是，一个字也听不进去的秦温开始龟息神游，希望时间可以过得快一些。突然身子右侧被人拍了拍，她连忙回神。

"要念中考高分考生名单了！"高宜低声说道。

秦温惊讶，刚才她没有留神听，今年这么快就到了这个环节？

对比校长那年年车轱辘来回说的新学期寄语，接下来的播报环节的话还是有些听头的。念中考高分录取名单是礼安开学典礼的传统，由校长念出礼安新高一录取的前五十名中考高分考生的信息，包括名字、分数、初中学校，为的就是炫耀礼安又一年广纳全市最优秀生源。

"下面嘉奖本次中考成绩优异的学生。"

"高一（3）班，古玥，中考755分，第十中学。"

"高一（4）班，邓鸣金，中考755分，铁路中学。"

…………

全场静悄悄的，大家没什么特别反应，这些高分考生的所属班级无非就是三班、四班来回念，考生的名字大家也不熟悉，他们初中学校的名气更是远没有礼安大，并不会让人有惊喜之感。

直到校长念到了一个全校皆知的名字——

"高一（1）班，李珩，中考765分，礼安国际初中！"

"哇！"

馆内惊呼声四起。

"哇！"一班、二班的男生像是说好似的，突然带头鼓掌起哄，掌声惊得旁边班级的同学纷纷扭过头来张望，一脸茫然地跟着鼓掌。

掌声迅速蔓延至全馆，这场开学典礼直到现在才因为"李珩"这个名字被提及而有了些许喜庆的氛围，连带着秦温她们也开心地跟着鼓掌。

他就是这样一个可以带动全场氛围的话题人物。

那高分名单上都是三班、四班的人，突然冒出了一个一班的，让她们这些同是奥班的人都有些沾光。

"秦温，怎么大家对这个李珩的反应那么大？"新同学还未融入礼安，知道李珩的名字，却不晓得他为什么出名。

"因为他是超级大学霸，初中的时候就在学校很出名了。"秦温顺势望向一班。李珩颜值出众，个子又高，让她一眼就能找到坐在最后一排的他。

他正抚着额，一脸无奈地与身边同学说笑，似乎对于男生们的"热情招待"很是哭笑不得。

考那么高的分，真羡慕呀！

"是一班的谁呀？"

"就坐在最后一排正中间那儿。"

"哇，就是他吗？我之前在走廊里碰到过他，当时还只是觉得他长得好看，原来他那么厉害的吗？"

新同学低声和秦温议论。

秦温认可地点点头，然后又想起那日在书店撞见他拒绝女生的场景。其实那日和他表白的女生长得也挺好看的，但还是被他严肃拒绝。所以说人家能做到奥赛与义务教育齐开花，除了聪明，肯定也和这心无旁骛的学习态度有关。

自己该好好学学。

掌声渐消，校长又再次念起那串平平无奇的名单，馆内又恢复先前的死寂。

秦温有些后悔一开始没留意校长念了多少人,就这样百无聊赖地听着,不知道什么时候才能结束,真的让人很想睡觉。

"温温,快到了!"秦温又被高宜推了推。

"嗯?"秦温还没反应过来。

"最后!"校长声音难掩激动,秦温立马反应过来高宜在说什么。

"高一(3)班,梁媛!788分!"

"哇——"

"来自第一中学!"

"一中?"

"不会吧,学妹这么勇吗?"

"哈哈哈,礼安牛!"

场内学生先是低呼,继而一听到那初中名字,立马又爆发雷鸣掌声和笑声,全场沸腾,声势竟比刚刚校长念出"李珩"还盛,高年级那里甚至还有几声长哨。

如果有一中的学子在场,估计会被礼安气死,辛辛苦苦培养的超高分考生,最后被别人家笑纳。不过一中在礼安面前始终摆脱不了"千年老二"的标签,也不怪别人高飞。

"天啊,这也太厉害了吧!"秦温惊叹。中考满分才810分啊!这个梁媛也太能考了!

"是吧。我听说她英语满分,语文138分。"高宜在一旁补充道,"估计两门单科状元了。"

秦温瞬间瞪大了眼睛。

"好了好了,大家静一静,静一静。"校长心情大好,场内秩序全无也丝毫不恼,"下面!我们就请高一(3)班梁媛同学作为新生代表上台发言!"

掌声再度四起,坐在前排的学生更是纷纷将目光投向演讲台。

秦温也不例外。

这时,舞台左侧上来一个短发女生,大眼鹅蛋脸,身量苗条,体态挺拔,往那儿一站,连一旁盛装打扮的女主持人都被她比了下去。

这位状元先是笑着走到台子中央向全校师生九十度弯腰鞠躬,台下掌声再起,而后她便直腰缓步走到演讲台后,恰好此时掌声稀落。

"尊敬的老师、亲爱的同学,大家早上好,我是来自高一(3)班的梁媛,今天很开心……"

字正腔圆，抑扬有序。

这位中考状元显然是会演讲的。她除了说话节奏不急不缓，吐字清晰，说的内容也并非无聊空谈，甚至还有几处别出心裁的小玩笑，逗得场内笑声四起。

天哪，这位状元的气质也太好了吧！专心听讲的秦温心里对梁媛也如对李珩一般，开始崇拜起来——学习成绩又好，外形也优异，在关键场合也能独当一面。

他们也太厉害了吧，这样对比下来，自己以前在初中奥赛部还真有点闭塞了。外面其实有大把的学生不光成绩好，课外能力也很出众。

台上，梁媛娓娓细谈自己备考中考的辛苦过程。秦温因为早就被礼安奥班录取，所以对备考中考没有太多的体验，今天听梁媛这么一说，发现备战中考并不比他们备战奥考特招简单多少。人家能获得那么高的分数，也少不了勤奋与努力吧。

"她长得好好看，讲得也好好。"秦温转身和高宜赞叹道。

"会吗？"出声的是梁思琴，"我感觉她说的东西还挺刻意的。"

"怎么会？"秦温诧异。

高宜也转头加入对话："对啊，不是说得挺好的吗？感觉很接地气。"

"哎呀，那是因为你们太好糊弄了！"梁思琴解释，"哪有低调谦虚的人会一直强调自己学得多辛苦，还高烧41℃也坚持背单词才换来的英语中考满分，太假了吧。烧成那样，你看得进去吗？"梁思琴反问。

高宜恍然大悟地点点头，秦温也陷入沉思。

"而且不说高烧到底能不能看得进书，英语中考能考满分的人，根本原因是人家底子好、口语流利、语法扎实、阅读超强。才不是高烧还背单词的原因，装装低调而已啦。"

"都状元了还低调干吗？！"高宜反对，"而且你没看人家长得也好看嘛，我看这个梁媛肯定有不少追随者。"

秦温心情复杂地点点头。

才把李珩当作自己专心学习的榜样，结果又来了一个梁媛，不仅考试厉害，在大场面下演讲也完全不怯场！

大学霸们怎么能有那么多时间去兼顾那么多事情啊！秦温心里莫名地生出几分惆怅。

先前还一直觉得自己有一门物理专长很厉害，现在突然发现原来有的人既可以兼顾奥赛又可以兼顾课内学业，有的人还可以课内课外全面发展。

这么一想的话,即便自己是唯一一个考进奥物组的女生,好像也不是什么值得夸耀的事情了。

换他们也能轻而易举地做到吧,甚至能比她做得更好。

第三章 "百团大战"

虽然开学典礼上的意外有些扫兴，但秦温还是开心、兴奋更甚于郁闷，毕竟新的学习阶段要开始了呀！她幻想着从未体验过的精彩高中生活就此展开，谁知道——是她想得太简单了！

比起纯奥校的初中部，高中奥班上的奥赛课程确实要少了点，但是并不代表没有，根据奥班的课程设计，他们每逢一、三、五的下午要加上一节竞赛课，周六也要回校补一早上的奥课。甚至还因为高中有省赛的压力，秦温明显感受到高中老师对他们的要求更加严苛。

才上了一周的课，秦温就已经有些顶不住了。

初中是在兼顾六科学习的压力下再学一门奥科，高中则是在初中的压力上再加兼顾三门科目，更别说高中的竞赛难度又比初中的提了几个档次。

秦温欲哭无泪。她当初是怎么会认为上了高中就能解放了，这分明是又下一层地狱啊！

第一周最后一个工作日，四点四十五分放学铃响起，其他班的学生都说说笑笑下课放学，奥班的学生则是出了教室，各自走到自己的奥科教室继续上课。

到了五点四十五分，奥班也终于下课，此时教学楼内已安静不少。

在经历一节高脑力课程后，秦温拖着疲惫的身子，抱着厚重的《高中物理竞赛（上册）》从教室出来，一个人慢吞吞地走回二班。路过不知哪间教室听到有人在门口讨论，说奥班的学生也太惨太辛苦了，居然要上课上到这么晚，要让他们选，他们宁愿待在普通班。

她直直走过，没有把他们的话放心上。

秦温对这个问题看得很开，他们从小就是在这种学习强度下锻炼出来的，承压能力自然比大部分学生更强些。况且奥班虽然辛苦，但也享受了更优质的师资配置，高考也多一条自主招生的途径，要是能拿到省赛一等奖的头衔，更是大概率可以被保送一流大学，直接就跳过高考这一流程。

有得必有失，命运的馈赠都暗藏代价。考试为竞赛生打开了更多途径，竞赛生们自然也要付出更多的努力去赢得那些机会。

秦温回到二班，奥化组的人也已经回来了，高宜座位那儿围了两三个人在激烈地讨论着。

"哎呀，温温你终于回来了！"高宜快步去接秦温。

秦温被高宜挽着走回座位，见她手里拿着一本小册子，然后又见周围同学手里都拿着一本小册子，有些疑惑。

秦温："你们拿着什么？"

"《学生手册》呀，秦温你桌子上那本就是！"高宜解答。

"这有什么好看的，不是初中就发过一本了吗？"秦温放下书包，拿起册子粗粗翻阅。都是官方的说法，不觉得有什么特别。

这时，秦温前桌胖子陈映轩猛地转过来，将手中的册子翻到倒数第三页，扬在秦温眼前，激动地说道："你看这一页，现在礼安的毕业要求居然还加上了素质学分的考核！"

"礼安就是没事找事。"梁思琴背着书包倚在桌边说道。

"素质学分？"秦温有些惊讶，低头看向那一页的内容。

"就是学校要学生去参加什么社团啊艺术节啊之类的校园活动，然后就像修学分一样，学分修满了才给毕业！"陈映轩愤愤不平，"我们哪有那么多时间啊，平时把课上完就不错了！"

"对啊，教育局都说减负减负了，学校还弄这些乱七八糟的东西！"高宜也同样愤慨。

秦温一目十行，《学生手册》在毕业要求的最后一点果然写有"学生须在三年内修满素质学分，详情见表"。

就是这个吗？秦温不以为意，虽然乍一眼看上去很麻烦，但是有三年时间的话，应该不算太难吧。

"真是倒霉！我们一来就碰上这个奇奇怪怪的新规定。"

"学校怎么会突然弄这种东西？"

高宜和陈映轩还在碎碎念。

好饿。动脑子最消耗体力了，秦温对这个素质分的东西不太感冒，她现在只想快点回家吃饭、休息。

她放下册子收拾起书包,一旁的高宜看着秦温这不慌不忙的样子,难以理解地问:"温温!你对这件事居然一点反应都没有!"

秦温没有停下收拾书包的动作,只笑着说道:"我也不喜欢这个素质分呀。"

"不行,你这也太敷衍了!面对学校不合理的规章制度,我们应该团结起来反抗到底!"陈映轩不满道,"我们去联名反对!"

礼安高中的前身是近代革命军校,学生勇于发声的作风一直被延续下来。学校真有什么不合理的规章制度,学生集体联名抗议的事也偶有发生,不过仅限于小事情,比如晨跑。

"明天再反抗好不好?"秦温无奈笑道。条例都印到《学生手册》上盖了学校公章了,还反抗什么呀。

"今天饿了,我们快点回家吧!"

第二周周一,老吴在班会课上说了素质学分这件事。

不过他先就地理老师投诉二班上课太吵一事把大家训了一顿,然后才清清嗓子,慢条斯理道:"最后说一件事!为了响应素质教育的号召,也是鼓励大家多走出课堂,锻炼自己的综合能力,从今年开始,学校在毕业要求上新加了一项素质学分的规定。"

大半节班会课都在偷偷背单词的秦温听到老吴这话终于抬起头,班内也立马议论声四起,给老吴气得又立马暴走。

"安静点!安静点!看看你们,看看你们,我在你们都敢这样,换了别的老师,你们还不翻天了?难怪地理老师跟我投诉了多次,他在上面讲,你们也在下面讲!我看你们就是欠收拾!

"以后纪律委员把上课讲话的人的名字都给我记下来!谁敢讲话,就去办公室给我讲个够!"

老吴正要起劲,一抬头看了眼教室后方的时钟,又立马打住:"岂有此理!这次就先放过你们!

"说回素质学分的事。学校的本意也是希望大家多参加课外活动,放松放松自己,是件好事。"

一位同学举手,老吴点头。

"老师,我们平时哪里还有时间去参加课外活动啊!"

"对啊,平时都已经那么忙了!"

"就是嘛,放学都那么晚了,周末也有补课。"

"对呀，而且他们除了九科的作业外，还有奥赛的作业呢，哪抽得出那么多时间。秦温在心里附和，然后再次低头，将单词本又翻过一页。

　　"好了，好了。大家也不要太抗拒这件事，学校不是给大家布置任务，何况有三年的时间给大家完成。"

　　身为奥数老师，老吴也理解同学们的不满情绪："我看这个素质学分的最低要求也没有太高，途径也很多嘛。"接着老吴拿起一本《学生手册》，煞有介事地说道，"你们看啊，有社团活动、运动会、艺术节、寒暑假志愿活动，大家多出去走动走动，就当锻炼身体，预防近视。

　　"别学那些奥班的师兄师姐，社团运动会不去，艺术节节目也老是被毙，学点好的，不好的就赶紧改正。

　　"总而言之，大家抓紧点，最好在高一就修完，不然等到高二高三，竞赛的压力一上来，你们更没空！"

　　话音刚落，欢快的下课铃响起，老吴拍了拍手上的粉笔灰。

　　"好了，我刚才说的课堂纪律你们都给我留意点，特别是班长和纪律委员，以后谁上课讲话都给我记下来！

　　"还有！你们的数学作业，赶紧给我收上来！"

　　说罢，他板着脸背着手出了教室。

　　老吴一走，没人管的二班又变回"菜市场"，有人讨论素质学分的事，有人讨论昨晚作业的难题，还有人讨论一会儿的NBA比赛。

　　秦温拿出地理课本，前桌的陈映轩转过身，苦兮兮道："这个素质学分怎么办啊？"

　　"吴老师不是说了那么多修分途径吗？应该不难的。"秦温淡定地说道。

　　比起这素质学分，她更加头疼的是地理课。

　　秦温打开课本翻看待会儿要上的单元。

　　"你想得容易！"高宜加入话题。

　　"为什么？"陈映轩好奇地看向高宜。

　　"要修素质学分确实不难，但重点是我们奥班没时间啊！"

　　"你看，"高宜掰着手指头认真数着，"我们课后经常要补课，社团那些肯定没机会参加了，运动会、艺术节一年才一次，能加多少分？那些寒暑假回校宣讲，礼安需要我们回来宣讲吗？

　　"而且十月底就要省赛了，那些学生会、社团招新又都在九月，我们哪有时间去！"

　　末了，高宜总结陈词："所以学校真当我们是神仙啊！要我说就该参加奥赛直接加满素质学分！"

旁听着朋友聊天的秦温抬头，听高宜这么一分析，好像确实是。

"那也不一定，我听说那个电竞社，看段位成绩就能进，还有一些小社团，烧鸡社什么的，也是很容易进的，平时也不忙。"陈映轩心大地乐呵道，"我们不去大社团，去小社团就好了吧。"

烧鸡社……教导处怎么会批准这种社团成立，秦温汗颜。

"烧鸡社？这什么东西啊？"高宜一脸惊愕。

"吃东西的。"陈映轩补充道，"只不过它到去年都还只是个地下社团，不知道今年能不能转正。"

礼安高中之所以在A市备受青睐，不光靠全市第一的重本率外加两个奥赛王牌班，也因为它拥有全市最丰富的社团活动。

许是因为成校初衷与革命运动有关，自百年前立校以来，无论学风怎么演变，或强调孝道师道，或强调修身报国，或强调博爱人文，内核始终不减对自由与思想的追求，所以礼安不光强调学习的重要性，在社团活动上，老师也给学生极大的包容空间。

整个礼安高中成立了近五十个社团组织，冠全市高中之最，而其中大的社团有学生会、模拟联合国社团、街舞社、电竞社等，小众的社团也有诸如多肉社、军事社、红楼社之流。

每到新学期的九月社团招新周，各个社团都会在中午和下午于操场跑道上摆起摊子，学长学姐们会热情地给高一新生派发宣传册，卖力推销自己的社团，拉拢新生来报名，不少社团还会组织人敲锣打鼓，跳着舞唱着歌来吸引新生们。今年礼安还出台了素质学分的新规定，这无疑让本就热闹的"百团大战"更加出彩，甚至在高一教学楼都能听到操场那头的吆喝声。

秦温吃过午饭，决定绕道去操场遛一圈，高宜犯困不想去，郑冰要补奥数作业也没空，最后只有梁思琴吃得太撑，陪她散步当消食。

正午的灼目阳光直射在平坦的操场上，秦温个子高挑撑着伞，梁思琴挽着她，两人就这么悠闲地在操场上遛弯，偶尔也会在感兴趣的社团前面停下。

走过小半边操场的秦温看向另一侧，还有许多摊位她们还没走到。四周人声鼎沸，仿佛走到哪儿都是"百团大战"的中心。

"原来我们学校有这么多社团的呀！"秦温感慨。初中的时候就很好奇师兄师姐们常说的"百团大战"，可惜初中奥校管得严，不允许他们接触社团，她也是到了今天才第一次有机会体验。

"是啊,我听说挺多人都是同时参加两三个社团,真羡慕他们那么有空!"一旁的梁思琴附和。

她们走过半圈操场,来到主席台前。这里只有一个社团,摊位面积却有四五个小社团加起来那么大。

这里是礼安第一大社——模拟联合国社团(以下简称"模联")。

久闻大名。别的社团或许会让你觉得无聊,但是模联绝对不会让你失望。

秦温直直走向模联的摊位,被她拉着走的梁思琴有些惊讶:"干吗?你要去?"

"是呀,我想去看看,以前就好奇了。只可惜初中不给看。"

"可是模联最耗时间了,我们哪有空参加!而且听说里面都是口语大神,连面试都是英文面试,我们去肯定也是被虐,还是不要去啦。"

哇,全英面试!秦温眼神有些放光,她还没有试过这个呢!

"先去看看嘛,走都走到了。"秦温不顾梁思琴的抗议,硬把她拉了过去。

"学妹,"大帐篷下,坐在长桌后的清秀男生见秦温她们走来,笑容满面地起身迎接,"是想来了解一下模联吗?"

"嗯。"

"欢迎,欢迎。来,学妹们先看看这宣传册。"说罢,他分别递了个精美册子给秦温和梁思琴。

"我们模联是礼安的第一大社,主要是模拟联合国演习,社团成员们可以扮演不同国家的政治代表,大家一起讨论当下时事和国际政局,剖析时政,能非常有效地锻炼个人表达能力和团队合作能力。此外,我们也有不少与外校交流的机会。

"当然,我们社团还有其他职能部门,学生会和其他社团能提供的锻炼机会,我们模联同样也可以提供,同学感兴趣的话,也可以考虑考虑。"

秦温没有说话,接过册子好奇地翻看着。扮演国家代表进行模拟联合国演练吗?听上去好高大上的样子。

她停留在小册子的介绍页上仔细阅读。

"有什么想问的也可以问我哦。"学长热情地说道。

第一大社的态度就是硬气,对比刚刚热情过了头的小社团,模联三两句推销完自己就结束了。

"进模联会不会对英语要求很高?"秦温请教。

"哈哈哈,这个你们不用担心。模联的活动虽然都要求英语交流,但是学长学姐们也都是进来了才开始反复练习的,而且模联日常也会举办很多英语角的活动,都是很不错的口语锻炼机会。"

"那些英语角一般都是在什么时候呀?"梁思琴将小册子当作扇子扇风。

"社团每周都会有一次英语角活动,周五放学以后举行。除此之外,社内每个月有一次模拟联合国活动,跨校的活动是在周末,但那个的话,一个学期就只举办一两次。

"所以你们可以放心,模联并不会过分占用大家的学习时间。"

学长说完还自顾自地点点头,觉得自己一定完美解答了眼前两位学妹的疑惑。

秦温听完却是有些为难地看了一眼梁思琴,后者神气地朝她挑挑眉,像是在说早就告诉她模联不合适。

无论是周五放学后的英语角,还是周末的跨校模联活动,都完美地和奥班补课撞在了一起。这位学长没解答之前,秦温还在考虑自己同时兼顾奥班和模联的可能性,现在听他说完,她知道不可能了。

秦温收回视线,又低头快速翻了翻那本册子。

宣传手册上写的东西真的很吸引人,是她从来没有接触过的——代表扮演、模拟投票、英语演讲,光是看介绍就让人跃跃欲试,但是实在没时间。

秦温自知自己不是绝顶聪明的人,不可能牺牲奥赛的课程时间去参加模联。本想着跳出初中奥赛部以后就可以体验更加丰富的校园生活,谁知道还是莫名其妙地起了冲突。

"唉!"秦温微微叹气,突然觉得有些扫兴。

热情学长没有看出秦温的异样,只当她在犹豫要报名哪个部门,于是他又拿出两张报名表递给两个女生。

"两位学妹要是感兴趣的话,可以填一下这个报名表。模联的投递箱这一周都会放在高一的教学楼大厅,想参加的话,直接把报名表投到箱子里,又或者交回给我们就可以了。

"可以不止报一个部门哦,所以学妹们想要去哪个部门,直接在报名表上勾选参加面试就可以了。"学长继续热情地说道。

扎心了,还鼓励报多个部门。

"谢谢。"秦温礼貌地笑道,随手接过报名表。

一旁的梁思琴本想婉拒学长给的报名表,见秦温已经收下,自己也不好拒绝,便也拿过报名表,然后拉着秦温离开。

"你怎么还收了他们的报名表,浪费时间。"

"师兄都给了就拿着嘛。"

随后她们粗粗逛完了剩下的社团摊位，又收了几张报名表，便回教学楼准备午憩。

路过一个垃圾桶时，梁思琴很干脆地把手里的报名表一股脑扔掉，却见秦温还拿着那张模联的报名表和招新册子。

"还留着干吗，当草稿纸呀？"

秦温似乎陷入了沉思，没有听见思琴的话。

"你不会真的想去吧？"梁思琴后知后觉。

"不去，时间不合适。"秦温低声说道。

虽然很感兴趣，也不想高中又复刻一遍初中的单调生活，但是她很清楚什么东西才是最重要的。

"那你干吗还留着？"

"我想去试试面试。"

"啊？"

秦温抬头看着惊讶的梁思琴，笑道："虽然不能进模联，但去面试看看也是可以的嘛，我还没试过全英面试呢，你难道不想试试吗？"

"都不能去模联，干吗还浪费那个时间去面试啊！"

"就是因为去不了，所以就靠面试来体验一下嘛。"

虽然平时没空去参加模联社这种大社团的活动，但去面试一场的时间还是有的。

梁思琴很无语，完全不能理解这样做的意义在哪里。

"我怀疑人家看到你是奥班的就直接把你刷了，他们肯定也知道你没时间参加活动。"

"不至于吧，如果真是那样的话，这种社团我也没有面试的必要了。"

"可是说真的……"

梁思琴还想再说什么，却被秦温挽着快步走起来，打断了原本想说的话，秦温也抢过发言权："反正一场面试也花不了我多少时间，去看看我也没有损失，对不？"

"就怕你会被虐哭。"

"没事，反正在奥班也没少被虐。我们快点回教室吧，外面太热了。"

"到底是因为谁我们才要顶着大太阳去操场走圈啊！"

"我错了，我错了。思琴姐姐别生气，我下午请你吃冰激凌。"

"这还差不多！"

到了下午，秦温把模联的报名表填好投进报名箱里。至于其他社团，她想了想，并没有自己感兴趣的，也就没有必要去报名。

素质学分的事她并不急，毕竟还有三年时间准备。

当下还有更重要的事情——救命，老师又发了两套卷子，赶紧回家写作业吧！

第四章
模联面试［上］

其实，老师们有时候也挺会演的。

刚开学的时候总是笑嘻嘻地、热情地把自己的科目介绍得既有趣又轻松，让学生对未来的课程学习充满好奇与期待。可是随着时间的深入，他们的热情就开始慢慢减少，课程也越来越无聊，然后学生们也开始发现——妈呀，作业怎么越来越多了？

开学才刚过半个月的秦温就深有体会。

自打课内学业从六科变为九科，以及奥物开始一、三、五、六加课之后，她的学习压力也就与日俱增。

能早点睡觉就不错了，遑论享受丰富多彩的高中生活！

不过，也有可能是因为还在初高中的过渡期，所以会辛苦些吧，秦温边刷题边安慰自己。结果等最后终于完成地理作业，她看了眼桌上的闹钟，妈啊，怎么又到十一点半了！以前初三学习再晚，都不超过十点半的啊！

报名完模联面试后的第二个星期，便有人来二班教室通知秦温面试时间。

秦温惊讶，居然还是上次那个学长。

"学长好。"

"哈哈哈，你太客气了。学妹没有收到面试短信吗？人事部说你一直没有回复。"

秦温一愣，她习惯将手机周一到周五关机，自然也就忘了这一周要开机留意有没有短信通知。

"我手机最近坏了。"秦温随便编了个借口。

"难怪人事部那边说通知不上你。那你记得这个周五下午五点十分参加模联面试哦,教室在503。"

学长说罢便把面试通知条交给秦温,然后又上下打量了眼前的女生一番,仿佛秦温是个外校生,与自己不是来自一个学校。

"你们奥班方便参加吗?我听说要补课?"学长关切道。

"可以的,谢谢学长。"秦温接过通知条,看着学长礼貌笑道。谁知就看见那位学长正扭过头去往二班内部探视,似乎对于二班的内部情况大感新奇。

秦温在一旁有些哭笑不得。

过了一会儿,那位学长终于看够了,回过神来发现学妹还站在一旁等着自己,顿感尴尬,赶紧开个话题:"不过没想到学妹你那么厉害,居然是奥班的学生,真是个大学霸!"

结果他这一句话直接把秦温也弄尴尬了,在奥班门口认学霸,她的脸皮可没有那么厚。

"没有没有,只是运气好而已。"秦温连忙打断。

"哈哈哈,学妹你太谦虚了,你如果还不是学霸,那我们这种岂不是连学渣都算不上了。"

"真没有,学霸们都坐在里面呢。"

"哈哈哈,你们都是学霸。那我们周五见,面试加油哦!"

"好的,谢谢学长。"

说罢,秦温便快步回到教室内。

"温温,那人是谁呀?"高宜凑过来。

"过来通知我社团面试的。"

"哇,你还真的去模联面试啊?"梁思琴也在。

"模联?"陈映轩和高宜皆惊讶地看向秦温。

秦温被他们惊讶的表情弄得有些不好意思,赶紧将面试单对折收入抽屉。

"就是去玩一下嘛。"秦温不自在地咳了两声,然后又想起什么,"对了,你们要不要一起,我看下面模联的报名箱还没有撤走呢。"只有她自己一个人去面试,确实有些无聊。

"不去。"高宜干脆拒绝。

"嘿嘿,我已经进了烧鸡社,就不去面试啦。"陈映轩得意地说道。

秦温哑然。谁能想到,今年教导处居然真的转正了烧鸡社……

时间一转眼就到了周五。

虽然两个奥班逢一、三、五下午就要补课，和不少社团的面试时间都有冲突，但是奥班老师也理解学生修素质学分的压力，批准了他们可以请一两回假去参加社团面试，秦温也不例外。

梁思琴本来很仗义地说要来陪秦温，谁知道这个周五奥化组突击测验，所以最后还是只有秦温自己一个人去参加模联面试。

秦温来到五楼找到面试教室，教室外的热闹场面让她有些始料不及。

走廊上两侧的胶凳已经快要被前来参加面试的学生坐满，此外还有几位身着模联社服的师兄师姐也在走廊给大家答疑解惑，一时间讨论声不绝于耳。

虽然早就知道模联社的强大吸引力，但没想到最后居然有这么多人来，那这竞争得有多激烈啊。

秦温深呼吸，不断暗示自己放松下来，不过是来玩玩而已，不要给自己压力。

她走到教室外门口那儿找了张空凳子坐下来。

李珩也到了五楼，看着吵吵闹闹的走廊，皱皱眉头走了过去。

他刚一走近，就有身穿模联社服的一男二女向他走来。

"你也太慢了。"男生走近，笑着站在他对面。

那两个女生似乎有些拘束，只站在他们半步开外听他们说话，眼神却时不时停留在眼前的学弟身上。

"嗯。"李珩冷冷应了一声，听上去似乎不太客气。

对面的男生笑了笑，没有在意李珩的冰山脸，反而还熟络地将手搭在他的肩膀上，带着他往前走，边走边低声说："不错不错，真给哥哥面子。"

李珩歪头，与自家表哥潘嘉豪的脸拉开距离。

"就这一次。"李珩皱皱眉，似乎不太乐意来面试。

"嘿嘿，知道——你也放心，在小姨和爷爷那儿，我绝对和你同一阵线。"

潘嘉豪虽然没有李珩好看，也比李珩矮半个头，但外形也算得上阳光帅气，他与李珩往走廊那儿这么一站，轻而易举地就吸引了不少目光。

李珩嗤了潘嘉豪一声，又看了眼旁边一直跟着的两个女生，说："你还是认真学习，让外公放点心吧。"

"学习要那么认真干吗,点到为止就好,边际效应是会递减的。"

李珩听到这话倒是难得地笑了笑,动动左肩甩下表哥的手臂后便一个人往前走。潘嘉豪也没有跟上去,转身和女生说道:"怎么样,是李珩吧?"

"是他!是他!"

"真人也太好看了吧!"

"大豪你也太厉害了吧。你和他什么关系啊?"

"是啊是啊,你是怎么把他喊过来的?"

潘嘉豪神气一笑,没有回答女生的问题,只一本正经地说:"行了,人你们已经见到了,到时候记得帮我把她约出来。"

李珩不用猜也知道自己是被表哥当了枪使。

出息。

秦温认真地看着手里的小抄,上面密密麻麻抄满了用来表达个人观点的句式。

她八百年没开过口和别人用英语聊天,更别说是在面试的场合,一会儿紧张起来直接卡机都有可能。可毕竟又是自己想来体验全英面试,所以怎么着也要尽力补救一下,不能浪费这个难得的机会。

"From my point of view……"(我认为……)秦温默读,突然感觉周围安静了几秒,而后又恢复平常。

她以为是学长学姐们过来了,抬头望去,谁知就见李珩正巧在自己对面坐下,又这么巧两人视线汇集。

李珩是典型的"氛围帅哥"——深目挺鼻,五官线条明晰利落,再配上常年冰冷的表情,不需要任何肢体语言和刻意打扮,掠夺者的氛围自他身上呼之欲出。

秦温一愣,心里感叹了一句"李珩真好看",便垂眸避开视线。李珩看了一眼秦温也没有什么反应,只无聊地看着手机。

他们之间唯一的一次交集就是八月初在随风书店,秦温无意中偷听到李珩和一个女生的对话。打那以后,两人私下里就再没有撞见过,所以他们是陌生人的状态。

不过,要说完全陌生那也不至于。

或许李珩不了解秦温,但秦温可是没少听李珩的大名和学霸事迹,所以即便不算相识,秦温心里也按捺不住内心的小小讶异——怎么他也来面试?

按和他同班的郑冰的说法：李珩这人——高冷神秘，学习能力超强，连奥数组之前有个初三就考到省三等的"怪胎"学霸都说过整个奥数组他只服李珩。

所以在秦温看来，这种学生社团在他那样聪明有能力又有距离感的人看来，不过是小孩子扮家家酒，更何况他还是国际部出身，搞不好社团面试官的口语都没他好。

他不是应该不屑于来才对？谁知现在竟然能在面试现场看到他，就有种很神奇的观感了。

原来神仙也会烧香？那自己和这样的人同场面试，大概会被他碾压成烧剩的香灰吧……

秦温正神游，余光瞟见一个女生急急走来，挨着李珩坐下。

"哎呀，我来迟了，面试还没开始吧？"女生热情地和身边同学说话。

秦温顺眼望去。

梁媛！这么巧，居然又碰到一个学霸！

秦温忐忑地咽了咽口水——原来模联这么招大学霸们的喜欢吗？那自己这种渣渣不就要被虐惨了？

秦温赶紧低头继续看小抄。在绝对的实力面前，幸运的机会是绝对不会降临的，还是赶紧再抱会儿佛脚吧！

不过秦温虽然有心接着复习，可无奈对面两个女生说话声音太大，她的注意力总是被吸引过去。

"还没那么快呢。"梁媛的同学方文婷回答，"你怎么来得那么晚？"

"学生会的副会长刚刚一直找我，说想把我调到外联部去，我和他聊了会儿就耽误到现在了。"

"外联部？那你答应了没？"方文婷惊呼。

梁媛似乎被友人惊讶的反应戳到笑点，大声笑了起来："哈哈哈，哪有那么夸张啦！"

"我才没有夸张！那是最受欢迎的部门欸！你答应了没？"

"哪有这么快呀！而且我当初报名去的是组织部，突然冒出了个外联部，我都不知道这个部门是干什么的，文婷你知道吗？"

"外联部就是去给学生会的活动拉赞助，和别人签合同，还可以去和其他学校联谊。"方文婷絮絮叨叨一大串，看向梁媛的眼神又佩服又羡慕。

外联部做的事情都是和外面的人打交道，比起只能闷在学校里组织活动的其他职能部门自然多了不少吸引力。

梁媛听完低头笑笑,其实刚刚副会长已经和她介绍过外联部了。

"那学生会怎么会突然问我要不要去?"她虚心问道。

"肯定是因为梁媛你长得好看,性格又开朗外向呀!"方文婷一脸羡慕,"你真是身在福中不知福。这还有什么好纠结的,赶紧答应吧,外联部可比组织部好玩多了!"

"但是组织部的部长对我挺好的,我要是一下子转移阵地会不会很不厚道?况且比起学生会,我还是更想进模联呢。"

"两个不冲突呀,你可以都去!"

方文婷越说越兴奋,梁媛却越发谦虚低调:"模联哪有那么好进哦,我只是个渣渣而已。"

"拜托,你的水平还学渣啊!连英语老师都夸你口语好欸!"

复习状态屡屡被打断的秦温悄无声息地抬头看了眼梁媛。

人家多厉害呀,长得又漂亮,学习成绩又好,重点是听梁媛那么一说,好像她在社团里也能混得风生水起。

秦温又移眼看向坐在梁媛身边的李珩。

这两个人坐一块儿确实养眼,清冷富二代搭配甜美小太阳。

梁媛与同学越聊越起劲,脸笑得红红的,更显她活力张扬的青春气息。

反正也看不进书,秦温索性打量起眼前的"金童玉女",越看越满意,然后她就见李珩皱了皱眉,拿出 AirPods 戴上。

这……

秦温突然想起李珩那天在随风书店狠心斩桃花的场景。

此时紧闭着的教室大门被打开,走出来一位学姐,原本坐在走廊里聊着天的学生们立马安静下来,齐刷刷地望向她。

秦温看了眼手表,估摸着应该是轮到自己了,接着她又环视了四周一眼。不知是单独面试还是群面,如果是群面的话,希望不要碰上李珩或者梁媛这种大神,毕竟谁也不想当学霸的对照组。

秦温将小抄折起放进口袋,看着自己脚尖深吸一口气,有些紧张。

"下一组,高一(1)班李珩。"

哇,大学霸第一个被念。秦温手心突然有些冒汗,希望——

"高一(2)班秦温。"

秦温震惊。

"高一(3)班方文婷,高一(3)班梁媛。"

"听到名字的同学请来我这儿报到。"

妈呀！这是什么死亡分组？秦温一脸平静地起身，内心却在流泪狂奔，努力维持心态稳定，默默地跟在李珩身后进去。

自己是来体验的，重在参与，而且大家彼此都不认识，就算自己说得很差劲也不丢脸。不紧张，不紧张，正常发挥就……还是重在参与吧。

秦温念经似的催眠着自己。

梁媛跟在李珩、秦温的身后，有些失神。

那个在开学典礼和她一样备受全场关注的男生。不过那天她只记住了这个名字，却不知道李珩长什么样——本来想，学奥赛的男生，也就那样吧，木讷呆板，自己不用两句话就可以拿捏。

可就在她刚刚转身正眼看到李珩的瞬间，她意识到自己的刻板印象有多落后。

梁媛突然对李珩有些好奇，却又不敢太明显地将视线停留在李珩身上，怕别人看出自己的异样。

"梁媛，你说这个面试会不会很难？"一旁的方文婷紧张地问梁媛。

"不会的。"梁媛看着李珩挺拔的背影，有些敷衍地回答着朋友的问题。

他也要来面试模联吗？学奥数的人英语很难一并兼顾了吧，想来口语也一定说得磕磕巴巴的，就像他后面的那个女生那样，面试前还在那儿背单词。

这么一想，梁媛立刻冷静下来。再帅的脸要是面红耳赤、支支吾吾，也只会给人替他丢脸的感觉。

梁媛莫名又有些看不起李珩。

秦温进了教室才知道里面同时还有四组学生在一起面试。周遭突然变成全英环境，耳边不时传来口语交谈声，秦温的心跳开始加快。

她待会儿……应该不会连面试官的问题都听不懂吧。

四人来到面试官这儿。

四张桌子被并在一起呈大正方形，前后侧各两把椅子分对，面试官则各坐在一左一右。

李珩走向靠里的两张凳子，见有女生跟在自己后面，便错开一步让位给女生先坐进去。秦温微微一愣，低声说了句"谢谢"，坐进里面，随后李珩才落座在她的旁边。

梁媛也在李珩的正对面坐下。

面对面得以细看，梁媛也不禁感慨李珩的外形，高冷贵气，是她见过的最好看的男生。梁媛甚至有种预感,她以后的圈子里也不会再有长得比李珩还好看的男生了。

秦温坐定后轻轻地舒气,调整好自己的应试状态——心无旁骛、专注考试。

考前紧张没什么,真正到了考试的时候就要入定、专心。

秦温轻轻的呼吸声吸引了李珩的注意,他不留痕迹地侧眸看了眼身边的女生,认出她是那日在随风书店撞见自己的人,想起她那日惊慌失措的表情,现在又一副视死如归的表情。

李珩本来就是卖表哥一个面子来面试,原本正百无聊赖,现在突然又觉得这个面试可能也不会那么沉闷。

她怎么能有这么多的小表情?

"你们好,请问谁是高一(1)班的李珩同学……"

学姐等大家都坐定,便对着花名册逐一核对四位学生的姓名、班级。确认无误后,她又看了眼坐她对面的学长。

学长点点头,确定面试可以开始。

"So, welcome to……"(那么,欢迎……)

秦温惊了——这么直接就开始了吗?

她立马挺直腰背,将手放在合拢的双腿上看着学姐开场。梁媛和她同学也是,一旁的李珩则像是进来吹空调休息的,只悠闲地靠在椅背上,谁也不知道他听没听人说话。

学姐叽里呱啦讲了一大堆英文,简单介绍了面试流程:一分钟自我介绍、随机提问、小组讨论、学生提问。

说完,学姐就抬手示意他们可以开始自我介绍,却没有组织顺序。

梁媛立马自告奋勇第一个。

旁边的学长面试官投了个欣赏的目光给她,在自己的记录本上写下对梁媛的肯定。

梁媛淡淡地向大家笑了笑,开始自我介绍。

她开口便是实力全开——地道的口音、流畅的语速、转换自如的高级表达,再加上华丽的个人履历,仿佛她从小学开始就在为进入模联做准备。

这让一旁的秦温听得内心止不住鼓掌——梁媛不进模联谁进。

梁媛的自我介绍还在继续,其间她不断地与同桌的人眼神交流,视线扫过李珩时都会不自觉地停留一两秒。

谁知他只微微低着头,从头到尾都没有看她一眼。

习惯做视觉中心的梁媛心里莫名有些不服气,忍下心里异样的小情绪,最后感谢聆听,干净收尾。

"Excellent!"(完美!)学姐不禁感慨道。

秦温也崇拜地看着梁媛。对比梁媛,她提前准备的自我介绍简直幼稚到家了。

梁媛说完,四人又陷入几秒钟的沉默。秦温犹豫自己要不要先说,但是排在梁媛后面发言,好像会让对比更加明显。

不过差就是差,再怎么遮遮掩掩也没有办法美化,还不如早死早超生。要记得自己是来模联体验全英面试的呀,扭扭捏捏怎么行!

秦温下定决心正要开口,一旁的学长却不耐烦地用笔敲着书脊,看着李珩说了句:"Would you please?"(那么你呢?)

他显然不喜剩下三人默不作声的态度,特别是这个男生。

这个男生就是社团里那些女同学经常提到的李珩吧,装模作样,来这里面试的谁不想进模联?他这样端着架子耍帅给谁看?

骤然被点到的李珩脸色依旧清冷,远不及梁媛方才那般友好热情。

他稍稍挺直上身,三十秒简短自我介绍,同样流畅自然,让人赞叹不已。而且李珩的表达比梁媛更为地道自如,倒衬得梁媛说的话稍显书面化和机械。

不过两个人都极为出色,都让秦温佩服。

李珩话音一落,学姐同样惊叹不已,然后就笑着将目光转向秦温。

秦温心里一惊,但是嘴比脑子反应快,开始背自己周末就写好的自我介绍。

"Hello everyone, my name is……"(大家好,我叫……)

她说得不好不坏,但是因为紧张,所以语速比正常谈话快了不少,以至于她讲完,或者应该说背完时,时间才刚过半分钟。

虽然李珩也只说了半分钟,但是两人的用词和表达显然差了很多。

结束以后,秦温有些尴尬地朝学姐笑笑。学姐贴心地点点头,看向最后一位同学。

那位同学似乎比秦温还紧张得多,而且事先也没有准备充分,磕磕巴巴了一分钟,勉强完成。秦温同情地看了眼那位女生。

梁媛则放心不少,这里没人能抢她的风头。只是没想到那个李珩说得也还可以,不比她差。

四人自我介绍结束,秦温余光瞟到学姐的记录本上已经写了不少东西,其中梁媛、李珩两人的名字下写了最多东西。

不对不对，应该专心面试，去想别人干什么。秦温赶紧回神，深呼吸调整自己的状态。

不知道为什么这次面试总在分心，大概是因为这种场合自己还不太适应吧，又或是因为全程肉眼可见自己与别人的差距。毕竟面试不像她擅长的笔试，在笔试时不会有任何外界因素干扰她的发挥。

自我介绍完便是随机提问。

虽然秦温心态已经有些波动，但是现在这场面试才算正式开始。

在随机提问环节，学长学姐会就一些国际新闻又或者常见的联合国议题提问，诸如种族平等、男女平等、战争和平、环境保护、粮食问题等。

秦温是第一个被问到的。

学姐问了她两个问题：一个关于南非粮食短缺，一个关于自然环境与人类社会发展之间的冲突。

什么鬼……秦温悲催地发现自己先前准备的话题都太小家子气，根本派不上用场，她平时也不关注时事，根本招架不住这种"高大上"的政治话题，用中文问她，她都不一定回答得上来，更何况是英文。

"en……I think, we should……"（嗯……我认为，我们应该……）

两个问题，她都回答得很吃力。高大上的话术她不会，就反复提及从题目中听到的关键词汇。刚自我介绍完秦温就意识到自己语速太快，所以开始刻意压慢速度慢慢说，让自己的英语听起来卡顿得没那么厉害。

但是口语就是一种能力，不会就是不会，很难掩饰。

本低着头的李珩都忍不住转过头看了秦温一眼，见她脸红红的，回答完问题后还垂眸眨了眨眼睛，似乎有些挫败。

学姐问完秦温又问方文婷，后者和秦温半斤八两，但是心理素质要差得多。第二个问题因为听错了所以答非所问，学长开口提醒以后，她直接卡壳了半分钟，最后学姐笑着说了句"不必太紧张"，就跳过了她。

灵魂已经有些出窍的秦温很能理解那位女生的心情。

再接着就是梁媛。整个环节一到梁媛这儿就瞬间流畅了起来。

秦温也是现在才知道这个环节还能这样玩——人家不仅说得头头是道，就算被学长追问了也波澜不惊，两人还能做简短的讨论。而在被学长问倒以后，梁媛也可以很大方地转变成向学长请教的态度，自信满满的样子，丝毫看不出慌乱。

秦温想到自己刚刚的表现，隐约感受到侪辈压力，心里不免更加失落。

等到了李珩，秦温以为他也会像梁媛那样与面试官有来有往，谁知他似乎对这场面试根本不上心，两个问题都是简单的一两句话结束。

学长显然不满李珩这种敷衍的态度，又抛出两个棘手问题让李珩回答，李珩扯扯嘴角，都说自己没有什么看法。

秦温一直看着这两人，然后不知是不是自己眼花，在李珩"回答不上来"以后，她似乎看到那学长笑得有些得意。

不过即便李珩只说一两句，但无论是句式、语法还是观点，都比三个女生成熟不少。所以在他结束以后，学姐同样肯定地说了句"Great"。

秦温看着学姐在梁媛和李珩的评价栏处一直奋笔疾书，有些欲哭无泪——差距啊！

她想回去上奥物课了。

提问环节结束，轮到小组讨论环节。面试官给大家一个议题，然后四人分成两组在五分钟时间内决定出各自的议案，并在最后通过口头展示和简单辩论来说服面试官认可自己的议案。

学姐介绍完流程便分给左右各一份相同背景材料，同时也就默认分组：秦温和李珩一组、梁媛和方文婷一组。

学姐提醒如果担心互相干扰的话，他们可以随意在教室找个地方讨论，五分钟后她会提醒大家归位。

说罢，计时开始。

秦温接过那张 A4 纸，密密麻麻的英文瞬间看得她头皮发麻。她将纸张推到正中央，看着李珩轻声问道："我们先看看这个材料？"

"嗯。"李珩的反应依旧淡淡的。

秦温低头认真地阅读，不再分神。

李珩抬眸看了眼秦温。一场面试而已，她怎么搞得像大考一样认真？他一目十行看完那张晦涩难懂的英文材料，没忍住又看了眼秦温，她还是一副眉头紧皱的样子。

原本想随便应付完这个面试就走人，可是看面前的女生一副认真乖巧的模样，李珩还是觉得自己不太好消极应付。毕竟是团队讨论，他不想进模联所以没关系，但还是不要影响别人发挥。

不过表情憋屈成这个样子，她应该驾驭不了这份材料。

对面梁媛她们已经开始讨论，但应该说是梁媛在单方面组织话术，而她身边的方文婷就只是按照梁媛的意思快速把方案要点记下来。

梁媛说话的声音有些大，让本就看得吃力的秦温更难读懂材料。

秦温看了眼手表，时间已经过去一分半钟，就算看不明白也不能再花时间了。

"对不起，我看了那么久，要不我们也开始吧？"她抱歉地说。

李珩看着秦温亮亮的眼眸，认真干净，以及……掺杂了一丝迷茫无措。突然被戳中笑点，李珩嘴角轻扬，低声"嗯"了一声。

不过对面的人说话太吵，听得烦。

"换个地方说吧。"李珩径直拿起材料和笔，起身走到教室最前头的闲置桌椅那儿，秦温赶紧跟了过去。

两人前后起身的瞬间，一直滔滔不绝的梁媛突然顿住了。

"怎么了？是不是我哪里写得不对？"方文婷问。

"没什么，我只是在想会不会有更好的方案。"梁媛笑道。

李珩、秦温找了个无人的位置坐下。这里离面试的学生远一些，周围讨论的声音也没有那么大，能让紧张的人稍稍静下心来。

秦温红着脸，真诚坦白："我有点没看懂。"虽然很丢脸，但是团队合作的话还是要实话实说，不然就这么晕乎乎地讨论的话，她也帮不上什么忙。

"没事。"李珩神色不变，拿笔圈出材料中的两个精短段落，"你看这里就够了。"

秦温讶异："这……这样子吗？其他不用看吗？"

"不用，都是无用信息，用来干扰人的。"李珩难得解释。

"好。"秦温没有花时间追问下去。时间紧迫，最明智的做法就是直接听从最有能力的人的意见，有什么要问的，事后再说。

李珩有些惊讶秦温这么爽快，不过他确实不是一个太有耐心的人，看来她还挺主次分明的。

于是，李珩又凑前主动问："有不懂的吗？"

秦温摇摇头，如果只是这两段的话倒没什么看不懂。不过为了以防万一，她还是和李珩确认："是说关于残疾人士的人权保护吗？"

"嗯。"

秦温又看了眼时间，只剩下三分钟，但他们还什么想法都没说，她心里不免又有些慌张。

"有什么想法吗？"李珩接着问道。

秦温低头快速搜刮所有想法，然后有些不确定地说道："为他们修订相关法律？"

"有完善的法律是对的，但他们诉讼法律的意识和途径不一定明晰。"

"那为这个集体建立律师所机构？公益性质的？"

"嗯。"

说完，李珩在纸上写下。

秦温再次讶异李珩直接记下自己的观点——大学霸这是肯定了自己的观点吗？

她紧张的心情终于松了松，很开心自己没有拖后腿，也庆幸自己没有说一些很傻的观点。

"还有吗？"李珩问。

然后他又看了眼时间，见秦温有些为难，似乎还在苦思冥想，便接着说道："要保障人权，先要想想他们在什么地方会遇到不平等待遇。"

秦温停住思绪，抬眼看着李珩，没想过这样来拆解问题。

"比如就业，所以我们可以想办法保障残疾人士的就业机会。

"类似政府可以通过发放小额贷款的形式鼓励和帮扶残疾人士自主创业，又或者当企业雇员里有一定比例的残疾人士时，企业可以享受政府的减税政策。"

哇！秦温内心惊讶，一个模棱两可的问题被李珩放在具体场景下，瞬间就变得明晰了不少。

"你觉得呢？"李珩问。

她还有什么好觉得的！大学霸的观点无论是可行性还是细节性都比她刚刚的律师事务所要强啊！

秦温兴奋地点头表示绝无异议，眼里也不自觉地漾出崇拜的亮光。

见秦温没有意见，李珩便快速列点写下几个关键词，他们一人给了一个方案，正好可以凑个议案出来，时间剩下两分钟。

"待会儿你试着说说看。"李珩将笔记推到秦温面前。他懒得说，而且看秦温这样，明显是想进这个社团的，所以他也无意抢她的风头。

不过，她不是也是奥班的吗？有那个时间参加这些？

秦温看着被推到自己面前的纸张，大感不妙。她连连摆手："我说不了的！我口语不好，待会儿肯定会卡壳的！"

"没事，慢慢说就行。"说完李珩将笔放下，椅子往后退了退，一条长腿支出课桌外，舒服地靠在椅背上，大有一副甩手掌柜的模样。

对比舒展着肢体的李珩，秦温则乖巧安分地坐着。

"那也不行呀！"秦温看着李珩的关键词低声说道。

很神奇，明明每一个单词她都认识，但是被李珩一拼就变成了很高大上的关键短语总结，她从来都没有想过还可以这样用。

可是就算她硬着头皮说，估计也只能说一两句简单的话，绝对做不到梁嫒那种侃侃而谈，到时候一定会影响他们议案的展示效果的！

"而且我会很快说完的。"秦温继续真诚又没勇气地推辞着。

"把观点清晰地说出来就行了,说太多反而是废话。"李珩打断道。

"可是我……"

"你再拖下去时间就更不够了。"李珩举了举戴着手表的左腕,示意秦温。

秦温看了眼时间,又抬头看了看李珩,他依旧是那副冰山表情,正定定地回望自己。

在这种紧张时刻看到李珩依旧面不改色,秦温莫名地觉得心安。

——自己当初来面试的目的就是想多多体验不同的东西,即便自己口语不好,但是机会就摆在这儿,错过就错过了!而且自己就算说得不好也不会有什么损失,又瞎紧张什么呢?人家李珩都已经把机会让出来了,自己也应该抓紧,不要浪费时间了!

秦温深呼吸,目光坚定地看着李珩:"那我试试。"说罢便转过头去认真准备,不再看着李珩。

李珩被秦温刚刚那一个眼神弄得莫名其妙。

不是他自恋,如果不是因为秦温的眼神清亮透彻,他都要怀疑秦温是不是在故弄玄虚要引起自己注意。

这莫名其妙的雄心壮志还真是……算了,想进就帮帮她吧。

于是,反正闲着也是闲着的大少爷将腿收回,身子靠前,双肘撑在双膝上,俯身垂首听秦温在怎么说,在她卡壳的时候出声一两句帮她理清语序。

秦温虽然话题准备不足,但关于起承转合的话术她还是准备了不少,所以只要将李珩写的关键点往里面套就可以了。虽然不能说得华丽深刻,但就像李珩说的,观点表达明晰便行。

"Please……"(请……)学姐提醒五分钟到时。

秦温加快语速默念完最后一遍,抬头与李珩对视点头,然后又深吸一口气,起身回到座位。

李珩看着秦温利落起身,把自己晾在一边,心里有种被人过河拆桥的滋味,虽然他也知道她是无心的。

他跟着秦温回到原来位置坐下,看着秦温依旧定定地看着那张笔记纸,一个眼神也没给自己。

他不比那张笔记纸更可靠吗?他都能背下来秦温刚刚说的话了。

"别紧张。"于是李珩又出声,刷一下存在感。

"嗯。"秦温只应了一声,再没理他。

"……"

"要是忘词了,就看看笔记,慢慢说。"

"嗯?"秦温状态被打断,疑惑地看着李珩。

"你要脱稿?"李珩见秦温终于抬头,眉眼微扬,略带笑意。

应试状态的秦温自动对所有与考试无关的因素都无感,包括李珩帅气十足的笑颜。她低声问:"难道不脱稿吗?"

"他们说了让你脱稿吗?"

"没有。"

"那就别脱,先说着,卡壳的时候就看关键点。"

"这样子会不会不好?"

"自然点就行。"

经过短暂的相处,秦温已经无比信任李珩——学霸带飞就是这种感觉吧,他说行就行!

"嗯。"秦温点点头。如果不脱稿的话,她也可以放松些。

好吧,又是一个简单的"嗯"。大少爷也觉得没劲,收口不再打扰人家女孩子准备。

对面的梁媛看着这两人低声说话的模样,心里有些不是滋味。

她一向在男生里面都是备受瞩目的存在,可这个李珩从刚刚面试开始就没有正眼瞧过她。光是这样就算了,她只当李珩那种人就喜欢装高冷耍帅。而且老实说,她并不排斥男生自带距离感,倒是那些过分热情、喜欢滔滔不绝的男生让人感觉很聒噪。

可她又看到李珩垂首听秦温讲话的样子,说明他不是单纯爱摆架子的冰碴子。

他其实也有照顾人的一面。

第五章

模联面试[下]

小组面试开始,梁媛依旧是第一个发言。她的口语实力强劲,又有丰富的演讲经历,让人倍感压力。

秦温开头听了一会儿,就已经大感不妙。

不妙,真的很不妙,她完全比不过梁媛。

秦温担忧地看了看李珩。要是现在换他来说,也还来得及吧?

李珩本低垂视线,余光瞟到身边的秦温扭过头来,他也微微侧头,抬眼对上她的眼睛,接收到了她求救的信号。然后李珩偏头移眼,对着秦温面前的关键点清单挑了挑眉——专心准备你自己的。

秦温深呼吸。她明白李珩的意思,也不再去留意梁媛说了什么,只专心来回默念自己刚刚组织的小演讲,自己揽下的任务再难也要硬着头皮完成。

不再管秦温的李珩分神听了听梁媛讲的东西,有些犯困,但是良好的教养让他只是嘴唇微张叹了口气,咽了咽喉咙。

梁媛的余光本就一直捕捉着李珩的动静,他那细微动静让梁媛误以为李珩惊艳到咽口水,她便更是火力全开,说了七八分钟,不仅全面地表达了自己的议案,也无意中给足了秦温续命的时间。

末了,梁媛终于肯结束自己的议案了。

虽然说了很久,但是归根结底只有一点——建立更多的福利学校,保障残疾人士的受教育权利。

学长认可地点点头,学姐则似乎有些迟疑,并没有急着在记录本上写东西,而是笑着看向秦温、李珩,示意他们可以开始了。

秦温深吸一口气,直了直身子,开口慢慢说着。

就像李珩说的，把观点表达清楚就行，如果忘词了，就自然地看一眼提示。

李珩默默地听着秦温的发言，眼里浮过一丝笑意。她虽然看上去胆怯怯的，但是真要上场也不会掉链子，就是要人推一把罢了。

对面的梁媛则一直认真地听着秦温的议案。半分钟以后，她脸上扬起一个轻松的笑容，他们的方案也就那样吧，投机取巧罢了。

然后她又抬头看了看李珩，从政府的角度入手保障残疾人福利这个角度还算新颖，会是李珩的想法吗？他能想到这种东西吗？不是说他只是一个靠父母的富二代吗？

梁媛又没忍住盯着李珩看。

她本以为奥班出身的李珩一定很呆板木讷，却不料他外形俊朗，性情冷漠；她本以为家境优越的李珩不过是不学无术的纨绔子弟，谁知道他口语那么厉害，模联面试还能带飞一个没有战斗力的女生。

梁媛心里荡漾出一丝异样的感觉，似乎每多看李珩一眼，她都能发现李珩远比她想象中的优秀，让她突然也想给李珩留下些印象，就像他已经给她留下深刻印象一样。

梁媛将视线转向秦温，本性中的争强好胜有些蠢蠢欲动。

秦温先前说得没错，让她口头展示的话，她会很快就没话说。就算他们的议案措施比梁媛她们的多，包括公益律师所、政府保障残疾人士就业，最后秦温还是在四分钟内结束了自己的阐述。

人家梁媛可是说了七分多钟啊！

学姐本听得频频点头，谁知下一秒就听见秦温说"Thanks for listening"（谢谢收听），脸上的表情有些哭笑不得。

学妹呀，说得那么好，应该再说一些的。

收到学姐异样的眼色，秦温尴尬地朝学姐笑了笑。她想着自己果然搞砸了，谁知道下一秒居然看到学姐在面试记录本上自己那一栏上写了东西。

哇，真不容易啊！秦温深呼吸，咬着下唇忍住了偷偷开心的小表情。

接着学姐又请他们互相就对方的议案进行简单辩论。

梁媛又举手，学长点点头，她的视线再次投向秦温。

对上那犀利眼神犹如被枪口瞄准，秦温突然有种不祥的预感。

果然下一秒她就听到了梁媛一连串的发问，速度堪比老吴班会课训人的语速。

"Regarding the protocol you had mentioned above……"（关于你上

面提到的协议……)

秦温装腔作势地点着头，不让人看出自己的慌乱——救命啊，怎么会听越蒙啊？

梁媛的提问不算刁钻，但是她偷偷换了不少高级词汇来描述自己的问题，比如，不说 law（法律）说 legislation（法律），不说 detailed（详细的）说 elaborated（详细的）。

从秦温先前的面试表现来看，梁媛知道秦温没什么课外单词储备量。她要一下小把戏，既能让秦温暴露真实水平，也能让学长学姐看到她丰富的课外词汇量。

李珩本无聊地看着手表上传来的消息，突然听到梁媛对着秦温一顿噼里啪啦，没几秒，他也抬头看向梁媛，眼神里闪过意味不明的信号。

梁媛余光瞟到李珩专门抬头看自己，心生满足，自信心拉满，越发灿烂的笑容更显整个人意气风发。

梁媛说完，秦温还愣愣地看着她，迷茫又局促地眨着眼睛——她说的东西是自己讲过的东西吗？为什么感觉没听过……

"呃……嗯……"秦温被人这么当头一问，头脑有些空白，听都没听懂，就更不知道该说什么。

此时大家都将视线集中到她身上，秦温大脑越发短路得彻底。

常在河边走，哪有不湿鞋。她也像梁媛的那个朋友一样，被人问到卡壳了。

秦温看着梁媛笑着盯着自己看，大脑陷入空白。

"I am sorry, am I speaking too fast?"（抱歉，是我说得太快了吗？）梁媛贴心地问道，面带歉意。

秦温紧张地咽了咽口水。

——救命啊！这句话是听懂了，但该怎么回答？无论怎么回答都已经在学长学姐心里被扣分了吧！

此时，全程默不作声的李珩突然开声：

"Concerning the issue of……"（关于……）

天籁之音降落身侧，秦温惊喜回眸——奥班兄弟之情诚不欺我！

秦温赶紧投了个感激不尽的眼神给李珩，李珩继续就着梁媛的发问解释问题，只和秦温挑挑眉回应。

秦温现在对李珩生出十二万的崇拜敬佩之情——其实他也不像郑冰说的那样高冷，甚至还有点乐于助人。

李珩的声音清冷有磁性，语速远不及梁媛那般赶火车，而是慢条斯理，再搭配他那张帅气清冷的脸，好像无论什么观点都可以被他说得成熟且高智性，让人无从辩驳。

秦温崇拜地听着，而且她发现自己能听懂李珩说的话，看来是被梁媛提问的时候自己太紧张了，所以很多东西没有听清。

梁媛看着李珩定定地看着自己的眼神，心跳不已，不过面上不显悸动，在外人看来只觉得她听得专心。

李珩完美拆解了她的问题，而且无可反驳，她是服气的。

原来李珩不是混子，是真材实料的优等生，之前是她看错了，再加上李珩在学校人气这么高，方方面面来看——李珩和她是旗鼓相当的。

梁媛瞬间转变了自己的态度。

李珩三四句就将梁媛关于公益律师所可行性的质疑给驳了回去，梁媛笑着点点头，没有再抬杠，反而是对李珩的答疑解惑表达了感谢。但是她不放过与李珩对话的机会，又提了另外一个问题。不过对比刚刚发难秦温，她问李珩的这个勉强只能算是请教。

梁媛问得简单，李珩回答得就更简单了，随便说了一句就完事。

梁媛见李珩回得简短，也没有再追问下去，很多事情在初期都应该点到为止，用力过度的话，反而会让人印象不佳。她和李珩以后还可以有很多交集，不着急现在就搭上关系，而且她还需要多多考察李珩的条件。

梁媛道谢李珩的解答，四人陷入沉默。

学姐左右看看，贴心地问了句一直没有机会发言的方文婷是否有东西要问李珩、秦温，方文婷连忙摇头。

学姐笑笑又看向秦温、李珩二人，示意现在轮到他们向对方提问。

秦温惭愧，人家梁媛听自己的议案听得那么认真，还提了两个问题，可自己在别人演讲时却在准备自己的发言，并没有在意她们的议案内容。

所以，她是提不出问题的。

秦温扭过头看着李珩，后者抬眼，然后眼神带着些疑惑，似乎不明白她为何看着自己。

秦温不禁缓缓睁大眼睛，不会他也没听吧？

李珩反应过来秦温什么意思，大方地耸了耸肩。

奥班兄弟不会刚刚没听别人说了什么吧？

秦温倒吸一口凉气，身子微微转向李珩，看向李珩的眼神里带了几分难以置信。

人家梁媛说得那么辛苦，他们两个人居然都没听。而且他怎么会没听呢，大学霸到底想不想进模联的，还是说他也和自己一样是来体验面试的？

"Any problem？ Please don't waste time. Just go ahead!"（还有问题吗？抓紧时间，继续吧！）学长有些不耐烦地又拿笔敲着桌子，神色很是不满。

秦温看着学长这不爽的模样很是为难，要不随便问个百搭的问题（what/why/how）敷衍过去算了？

谁知下一秒李珩就和学长说他们没有什么要问的。

秦温直接愣住，这么真实不做作吗？

因为李珩是面向学长说话，所以坐在内侧的秦温看不见他的表情。

这就是大学霸教的"表达清楚观点就可以了"吗？

秦温突然又觉得郑冰是对的，大学霸有时候确实挺高冷，虽然刚刚那位学长的语气也没有好到哪里去。

学长一愣，似乎没想到居然有人会面试的时候这样说，内心的不满值更是直接拉满。他冷哼一声，在记录本上给李珩记下"不予录取"的评价。

李珩自然是不在乎这些事情的，毕竟连家里老头儿他都没给过面子。

梁媛心里虽然有些惋惜李珩没有提问自己，错失了一次交流的机会，但是见李珩这一副爱理不理的富家子弟脾性，心里却默默在为他加分。受惯了追捧的梁媛心里其实最不屑的就是对她百依百顺的男生，她更欣赏张扬、有脾气的男生。

学姐见场面似乎有些尴尬，索性快快结束这场气氛有些微妙的辩论，开始说中文。

"模拟面试到此结束！学妹学弟有没有什么想问我们的？"

梁媛问了一些何时通知面试结果以及是否还有二轮面试之类的问题，学长耐心地为她解答。

学姐又看向剩下的三人，两个女生皆摇头，李珩没什么动作。

学长实在看不惯李珩这副目中无人的模样。同班好几个女生都说什么有个叫李珩的学弟长得又好看又聪明，家境还超好，是男生里面的顶配。他偏就看不出来李珩有什么过人之处，面个试一问三不知，而他可是模联活动的主发言人。

所以李珩这种两耳不闻窗外事的书呆子在他面前，没啥好装的！

"我有个问题。"学长突然发话，看着李珩、秦温说，"我看你们都是奥班的学生，我们也知道奥班的课堂任务比较重，假设你们都进了模联，你们能平衡学习与社团之间的时间冲突吗？"

学长边说边把笔放下，推了推自己的眼镜。

啊，这是什么问题？肯定是学业至上呀。秦温想着该怎么组织话术。

学长见他们两人又不搭理自己，继续施压："模联社要求学生有较高的口语能力和团队合作意识，如果模联录取了你们，你们奥班能保证时间去快速发展自己的相关能力吗？进模联可不是靠学习成绩好就可以的，模联要的是全面发展的学生。"

说罢，学长露了个流于表面的假笑。

秦温皱眉，这学长说话怎么阴阳怪气的，拐着弯酸谁，又拐着弯踩谁呢！而且他们两个人来面试是他们两个人的事，这个学长张口闭口就"你们奥班、你们奥班"，脑子抽了吧。

我确实口语不好，我也承认，但是你动不动就上升到集体，哪儿来的优越感，还让你看不起奥赛生了。

秦温越想越气。她的脾气虽然远不及李珩我行我素，但也是个护短的人，最看不惯别人抹黑自己班的人。

"我认为学校鼓励学生参加社团的初衷，一定是希望学生能在学有余力之余，多参加不同的课外活动开阔眼界，所以两者应该是相辅相成的关系，而不是放在假想的对立关系上；否则，那一定是违背学校初衷的，或许这不是学生能力的问题，而是社团该反省自己是不是越俎代庖了。

"而且奥班学生虽然时间紧张，但远不到一点时间都没有的程度，我不明白为什么学长单单拿奥班出来说，您是不是对我们有什么误解，还是您在质疑奥班？"

用得着在这里受你的气，听你废话！

他们可是出自礼安最宝贝、最看重的奥班啊！他们从来都没有因为自己竞赛生的身份而自鸣得意，反倒是这个高年级的学长敢来暗戳戳地损奥班，不就是拐着法子想说他们奥班是书呆子吗？！

秦温性子温和，很少怼人，但真生气起来也是有板有眼、据理力争。

梁媛听着秦温的话直偷乐，要么说奥班的人太死板呢，随便打个马虎眼敷衍过去不就算了。

可是下一秒她就被对面的情景气得不轻。

秦温因为有些激动，身子稍稍前倾，一直背靠座椅听秦温说话的李珩自然地展臂搭过她的椅背，低垂的眸里慢慢盛满笑意。

梁媛咬牙不再看他们。

她相信李珩是无心的，可他这充满圈禁势力范围意味的动作还是让人——无比羡慕那个女生。

学长本想怼李珩，没想到旁边看着像是个笨嘴巴的女生倒是先跳出来数落了自己一通，把自己的话里话点破出来。

学长一时有些恼羞成怒，架在鼻梁上的镜框都稍稍往下滑了。他扶正眼镜，准备端出高年级的架子要强压秦温、李珩一头，谁知道这时候学姐抢先出来打圆场：

"学妹别激动，学长他不是那个意思。只是我们在面试时会随机进行一些压力面试，刚刚就是，所以你可能对他有什么误会。

"模联绝对公平公正地对待每一位学生，也不会强占大家的时间。"

学姐不想因为秦温的话而毁了梁媛这种优秀苗子对模联的印象。

那位学长本想回击秦温，但在听完学姐这样说以后也满意地冷笑了一声，不再说话。

秦温一瞬间瞪大眼睛。

这话还能这么圆？结果最后的结论是我秦温抗压能力不行，被人质疑两句就破防了？

那他们奥班就平白无故被人诋毁了是吗？

李珩收回长臂，凝眉侧睨学姐。他虽然看上去对什么都漠不关心，但显然也不是什么好脾气的主，随便就会给外人台阶下。而且自己旁边这女生干架干不过别人啊。

就在李珩正准备说话时，他听到秦温冷冷地说："既然如此，那我可能不太适合贵社。"

李珩凝眉侧首看了眼秦温，最后还是没有出声。

本来就没必要来。

学姐笑着点点头："嗯嗯，没关系，面试本来就是双方互相了解的过程，无论结果如何，模联都很开心这次与学妹的交流呢。"

秦温低头没有说什么。

一场面试在最后莫名其妙闹得有些不愉快，一直控场的学姐也无意再纠缠什么，通知他们四人可以出去了。

他们四人一出教室，梁媛便被走廊外等候面试的朋友围住，向她打听面试流程和题目。

秦温侧着身子从旁而过，李珩跟在她后面。

一整天的好心情都被破坏了，没想到自己心心念念的社团里居然有这种学长在，那说什么也不要去了。不过就凭自己那半吊子口语，估计本来也进不了吧。

秦温叹了一口气，既为刚才的遭遇生着闷气，又因为自己的口语比别人逊色那么多而感到挫败，总而言之就是烦躁，很烦躁。她不自觉地加快脚步，想要快点离开这个鬼地方，出了教室便直接拐弯下楼。

李珩只当看了场拙劣的戏码，不会因为这种人影响到自己。他和朋友约了打球，便跟在秦温身后同路离开。谁知道下楼梯拐个弯的工夫，前面的秦温就小跑着下到了下一层。

李珩难得一愣。

好吧，不等他。

第六章
期中考

周末早晨，秦温刚醒，晕晕乎乎地打开手机，一眼就看到屏显通知栏的未读短信：

亲爱的秦温同学，您好！很遗憾您未能通过模联一面……

天……一大早就看到这种信息。

讨厌啊！

秦温没看完全部信息就将手机塞进枕头下面，将被子盖过头顶，翻过身去，再次闭眼，可惜已经全无睡意。

虽然自己去体验全英面试的初衷已经达成，但如果当时可以表现得再好一点，会不会就成功了？像李珩、梁媛他们，肯定进了一面吧。

不过有那种学长在里面，才不要进去！但是……这样安慰自己好像有点阿Q精神了。

秦温越想越乱，索性一个鲤鱼打挺下了床。

她在十分钟内收拾完自己，又坐到书桌前打开练习册开始刷题。

与其为一个失败的结果胡思乱想，还不如赶紧把作业做完。

她专心写着作业，中途妈妈敲门进来送了份土司和牛奶，这时她才想起来自己还没吃早餐，立马后知后觉地饿了起来。

秦温忍着饿意，把数学题的最后一小问算完才放下笔，然后一边吃着土司，一边看窗外的绿树放松眼睛。

五分钟内解决完早餐，秦温出房门将餐碟放到厨房，正好碰上父母要去和爷爷奶奶一起喝早茶。

"温温，真不要和爸爸妈妈一起去吗？"秦妈妈温柔地问道。

"不去了，还有很多作业没写呢。"

"偶尔交晚一点会有什么关系。走,爸爸带你去吃好吃的。"秦爸爸朗声道。

秦温被爸爸逗乐:"不行,老师会登记的。爸爸妈妈你们快去吧,帮我和爷爷奶奶问好哦。"

"可是……"秦妈妈又要出声。

秦温直接走上前去抱着妈妈的手臂撒娇:"妈妈你回来的时候带一份小吃给我好不好呀?"

要说的话被打断,秦妈妈只能好笑地嗔怒道:"都几岁了,还跟小孩子一样。好了好了,我们到时候给你打包回来,你写作业记得休息。"

"嗯嗯,我知道的,爸爸妈妈再见。"

送走父母,秦温又回到房间继续写作业,再也没有分神。

虽然学校已经从新一届高一开始有了素质学分的明确要求,但好像只是雷声大雨点小,热度一过,两个奥班的学生也没太把这个新规定当回事。

十月奥赛在即,现在已经九月下旬,谁也没有闲情去折腾课外的事情,老师们也都非常默契,没有拿素质学分的事去烦奥班学生,连那些副科的备课组都被学校通知要适量减少作业,让奥班学生专心应付省赛。甚至到了省赛前一个星期,奥班被允许可以只交自己竞赛主科的作业。

可即便学校已经轮番减负,秦温他们的老师还是巴不得奥班一天到晚只上竞赛课,好赶在省赛前给高一奥赛生补充尽可能多的知识。

于是乎,在这个十月上中旬,各个竞赛主科——数、物、化、生外加一门信息,皆单凭一科之力就榨干了这帮朝气蓬勃的奥赛学生。

连一贯最重视自己睡觉时间的秦温,现在都不得不比初三再晚一个半小时睡觉,熬到十二点才上床。

班上也有好几个同学来找秦温,因为她是物理课代表,让她和物理老师说晚一点收作业,当然最好是少一点作业。

可怜可怜孩子吧,实在是赶不过来了。

奥物组在一旁抱怨着,奥化组的高宜从厚厚的高中竞赛手册中抬起头,刘海凌乱,眼神涣散,宛若历经风霜的老人,没有灵魂。

"没用的。

"隔壁奥数组的人都直接投诉到校长那儿说周末作业太多影响休息,结果你们猜怎么着?

"校长通知老吴周四就把周末作业布置下去,让大家多点时间去写。"

救命!这是什么无效减负啊!

大家哀号着散开。现在奥班的课间只有两种状态：补觉的和补作业的。

这种状态让一些心善的老师格外心疼，比如热情洋溢的英语老师Mrs.Yang。

Mrs.Yang之前都只带应届重点班，今年是她第一次带奥班。她经常念叨说，两个奥班的孩子一到课间就乌泱泱趴倒一大片，这状态怎么能行呢！

一次课间休息时，Mrs.Yang在秦温班上拍着手高声说道："大家打起精神哦！这样吧，上课前我给大家放些英语电影的小短片，给大家放松一下！"

然后她啪地关了灯，又热情地帮大家拉上窗帘，将多媒体音量调高后又走到教室后方，确保后排的孩子们也能听清。

"Cheer up, Everyone!"（大家高兴起来！）

结果，想补作业的因为光线太暗补不了，想补觉的因为声音太吵补不了——救命，Mrs.Yang您能不能别闹了？

总之，日子就这样火急火燎地翻着篇，很快就到了省赛的日子。

不过虽然大家都铆足了干劲，但高一参加高中省赛，大概率还是陪跑的，因为有很多知识来不及学，高一奥赛组的老师那样高压锻炼奥班的学生，不过是在为高二高三预演。

只有天赋异禀的神童才会在高一就拿下省赛一等奖，保送前四所大学，大部分高一学生能拿个省三等就已经很了不起了。

所以秦温也对自己这次的省赛排名看得非常开，全力以赴就行。不过也庆幸最后考试时，学了的基本都有解题思路，没学的那也没办法。

只是最后走出考场的时候她累极了，没想到只是一次省赛陪跑都能把她掏空，那到了高二高三……啊——不敢想。

但不管怎样，糟心的十月终于快要过去了。省赛结束的那个星期，秦温难得地给自己放了假，在家睡了一天的懒觉。

她那么爱睡觉的一个人，竟然都被逼得牺牲睡觉时间来学习，真是人生惨案。

床啊，我以后十点就回到你的怀抱，再也不会让你孤单了。

可秦温最终还是负了她的床。

因为万万没想到，省赛结束后的日子更加难顶！

省赛结束后再过两个星期就是期中考。先前因为准备省赛，奥班牺牲了不少其他科目的时间，现在就是"还债"的时候。一科奥赛稍稍消停，史、地、政又来了。

于是,秦温在补了一天懒觉后,又开始了每天十一点半才睡觉的新作息。

真累啊,而且这次是心累。

之前备考奥赛也很累,但那是因为任务量大所以身体累;可现在复习期中考,秦温却是第一次感受到了前所未有的力不从心。

以前在礼安初中奥赛部,秦温他们的课程安排都是理科优先,数、物、化最重要,史、地、生那些副科都被学校当作"娱乐课",平均一周才两节,不布置作业,不进行考试,根本不能系统地学到什么东西,但是这在初中没有关系,因为中考不考。

可是高中就不一样了。大家都是主科,学校不会侧重哪一门。

所以秦温要还的债,不是十月欠下的,而是整个初中三年欠下的副科知识储备。

然而她悲催地发现在那几门副科上,自己缺失的知识储备实在太多,而且没能在早期培养对应的学科思维,很多浅显的东西,她都因为没有基础背景的支持,反而要花很多时间和精力去理解,比如地理的气流图、历史事件的时代意义等等,即便是现在开始恶补,她也是处处力不从心。

真是宁愿刷一天物理题都不想看一小时地理书!秦温愤愤地合上地理书,过了两秒又乖乖拿出地理练习册。

她也只是心里号两嗓子而已,最后还是花了很多时间去弥补弱科。

可就在秦温被几门副科按在书桌前摩擦的同时,聪明又低调的李珩已经被老吴当成学生楷模用来天天鞭策二班,梁媛的优秀范文传阅全级,几个中考发挥失常进了普通班的大神也开始冒尖。

秦温感慨怎么身边的同学都那么厉害,是自己以前初中只有两个班级让自己坐井观天了?!

于是她就像一个永动学习机,除了吃饭睡觉,其余时间基本都花在了学习上,在学校就连走着路心里也在想着人民与民主、洋流与半封建社会,从不留心自己路上碰到的人。这一点,高宜和梁思琴已经和秦温投诉过几次,说她学魔怔了,都不理小姐妹们。

秦温只能无奈地笑着赔罪,她是真没看到来着。

同样被秦温无视的还有李珩。

一班、二班相邻,虽然没到早见晚见的程度,但是一周在路上碰到那么几次也是有的。

秦温没有留意到旁人,倒是李珩留心看了她一眼。

毕竟那日模联面试帮过秦温准备发言，虽然李珩平日高冷惯了，但是和相识的人打招呼的基本礼教还是有的。

他缓了缓脚步，看着秦温，然后看着人家根本没理他，反倒是他一路行着注目礼。

…………

李珩神色不变，也接着往前走去——她那样子一看就是在想东西，没看到自己也正常。

深陷学习困境的秦温自然也没把只见过几面的李珩放在心上。三年一门心思扑在奥物上让她遗漏太多其他知识了，根本不是两个星期的攻坚就能打下来的。

她陷入了越不安越努力，越努力越不安的死循环却没有发现。

毕竟一分耕耘一分收获，勤奋总不会出错吧。既然她的起点已经比别人落后了，那么她就花更多的时间去追回来！

日子就这样温水煮青蛙似的煮了两周，秦温终于熬到了期中考。

三天考九门，真是要了小命了。

考完出来，秦温觉得简直比之前参加完省赛还累，而且她还有强烈的预感，自己这次期中考排名不会太高，因为她历史主观题答得一塌糊涂，地理更是差点没做完。

唉，突然好想回到初中。

熬过大考，秦温循例应该奖励自己睡一天，但是这次期中考结束，她却没有半点心情去放松自己，还是照常早早起床。

她摊开课本静坐在桌前，回想自己最近的学习状态。

如果不用学自己不擅长的科目，那么学习一定会是一件无比开心轻松的事情。

为什么那些人可以那么厉害，每一科都兼顾得到，比如梁媛、李珩，还有其他人，可自己就学得那么费劲？

秦温叹了一口气，趴在桌子上。

清晨的阳光格外温柔，她看见零散浮尘就这样舒服地徜徉在倾窗而入的光线中，无忧无虑。

熬过这阵子高中适应期就会好了吧。

因为担心自己的期中考试成绩，秦温周一一大早就回到教室。

走至自己座位，秦温刚放下书包，便留意到桌子上放了张半折起来的作文卷。

这么快就发卷子了吗？！

秦温心里一紧，赶紧拿起卷子又缓缓地摊开——试卷左上角一个醒目的"60"！

满分作文！秦温瞬间倒吸一口凉气，所有不安都一扫而光。

自己居然写了份满分作文！这是什么周一大惊喜啊！

秦温喜出望外，顺着分数往下看。

啊，等等，自己写的是这个标题吗？不对！自己的字迹哪有这么工整？

秦温快速转过卷子看了眼侧边姓名栏：

高一（3）班 梁嫒 座位号……

噗！一口老血！

"温温，你觉得她的作文怎么样？"高宜正与同学聊得火热，扭头见秦温也在看那篇范文，连忙将她也拉入话题。

"咳咳，我还没来得及看呢。"清醒过来的秦温不自在地咳了两声。

哎，还有什么比错认别人的满分卷更让人尴尬的吗？还好自己刚刚够淡定。

"我觉得很一般欸。"一旁的陈映轩说道。考完期中考的周末没有奥赛作业，他也就难得这个周一早上不用补作业。

"对吧！"高宜一拍桌子，深表认同，"也太无病呻吟了吧，下雨就下雨啊，多大点事。"

这次期中考的作文题与"时光飞逝"有关，而梁嫒的作文是借一场秋雨开篇追思古人，歌咏光阴与历史，立意独特不失深度，很受几位语文老师的喜欢。

秦温一目十行，半分钟看完，只觉得梁嫒的文笔实在优美，那些细腻的修辞只怕自己这辈子也不可能想得出来。

"温温，你能get到吗？"高宜追问秦温，"我怎么觉得她写得好矫情。"

呃，这个嘛……秦温又快速看了眼作文，好像除了文笔优美之外，自己对梁嫒的范文也是无感的。是因为自己历史太差，所以不能理解缅怀古人为什么会让人伤心吧。

不过别人的作文能被当成范文自然有它的可取之处，所以即便不能理解也应该承认技不如人。

"我也不太能理解，但是她写得好文雅，还是挺厉害的。"秦温收起作文卷。

"喊，明明就很没有营养啊。"高宜先是一脸不屑，接着又表情复杂地说，"不过这个梁媛好像语文真的挺厉害的，听说她这次期中考语文第一名。"

"多少分啊？"陈映轩问道。

"那我哪关心，我不过是路过三班的时候，听里面的人说的。"

秦温汗颜，高宜真的是天生的八卦雷达，随时随地都能有新发现。

"啊？居然还会有高探长不知道的事情？"陈映轩打趣。

"哼！我又不是什么人都去八卦，我们奥化组很忙的好不好？"

这时梁思琴也过来秦温这边唠嗑，四人围成一圈七嘴八舌地讨论着这次期中考。

二班的座位都是单排单列，秦温就坐在紧挨着走廊窗户的那一列上，她背靠着墙壁开心地听高宜他们免费群口相声，也暂时放下了对自己期中考成绩的担忧。

"同学。"一道清冷的好听声音响起。

秦温回头望向窗外。

窗外的男生仍旧一贯的冰冷表情，眉眼深邃，在他每一秒的注视下都能感受到自他身上散发出来的掠夺感，让人失神。

秦温机械地眨眨眼。

李珩？他怎么会在这儿？

秦温方才背对着窗户，有些不确定他刚刚是不是在叫自己，所以没有回应，只呆呆地看着他。

"物理老师在办公室等你。"李珩看着秦温说道。

物理老师？哦，对！要发卷子！身为科代的秦温反应过来，连忙起身。

"我知道了，谢谢。"

"嗯。"

秦温快步离开教室。

高宜看着秦温和李珩离去的背影，小声嘟囔："李珩居然认识温温？"

"这有什么，秦温可是我们奥物组的独苗欸！李珩认得不是很正常嘛。"陈映轩不以为意。

"对啊，我们两个奥班才几个女生啊，李珩认得秦温有什么出奇的。"梁思琴也赞成陈映轩的说法。

"也是。"

此时，二楼办公室内正热闹异常，几乎每一位老师面前都围了几个学生,全是来打听成绩的。

"秦温,你这次物理考了满分,很不错啊!"物理老师将二班的试卷交给秦温,而后又欣慰地对她说道。

秦温先是一愣,内心惊讶更甚于欢欣。

她已经和同学对过答案,基本没有错,但是答题格式什么的总有可能被抓到错处,所以她给自己物理的估分是 98 分。万万没想到最后居然是那么幸运地考到了满分,真是可喜可贺。

不过二班估计也不止她一个 100 分,所以她这个满分也不是什么凤毛麟角的存在。

秦温轻笑道:"谢谢老师。"

物理老师满意地看着一脸淡定的秦温,有实力、谦虚沉稳,以后会是个科研的好料子。

"去吧,先把试卷发下去,让同学们核算一下加分。"

"好的,老师。"

秦温抱着一沓试卷离开,恰巧路过三班语文老师那儿,见到梁媛和几个女生正围着语文老师有说有笑。

"梁媛,你这次语文考了全年级第一,以后要多在班上分享你的学习经验才行。"

"哈哈哈,张老师您太抬举我了,主要还是跟着您学得好,特别是古文赏析,以前我在初中怎么学都学不好,现在被您一提点,我立马就能明白那些答题技巧了!"

秦温步履不停,心中却惊叹梁媛也太会说话了,她要是张老师,听了也会高兴的。

"温温!"秦温快要走出办公室门口的时候被人叫住。

她扭头一看,郑冰也恰好捧了一沓卷子从办公室出来。

"冰冰你怎么也在?"秦温笑道。

"我来拿数学试卷。"郑冰是一班的数学科代表。

两人一并走着。

"数学已经改完了?"秦温好奇地问。

"是啊,听说这次数学年级平均分低得可怜,才 90 来分。"

秦温瞪大了眼睛,150 分制,年级平均分 90 来分?这也太低了吧?

秦温会这样想并不是以前礼安初中的年级平均分有多高,相反他们那时候的年级平均才是真的低得可怜,但那是因为礼安的初中是纯粹的奥赛学校,理科大考考的都是奥赛题,所以秦温觉得分数低也情有可原。

可礼安高中就只是一所普通高中而已啊！

除了两个奥班，还有两个重点班和十一个平行班呢！更何况礼安这次出的数学题也没有什么偏题难题，怎么平均分还是那么低？

秦温突然有种打开了新世界的感觉，想起之前班主任说他们的初中体验比较特殊，以后去了普通高中肯定会发现很多和从前认知不一样的东西。

"怎么好像很低的样子？"秦温低声问，"你知道我们班平均分吗？"

"对啊，我也觉得有点低，可是我们一班平均分118分，你们二班好像是113分，所以我也不知道为什么年级平均分会不过百⋯⋯"

然后郑冰又小声说道："高中和奥校的差别会那么大吗？"

秦温摇摇头。

以前初中只有两个奥班，小学的记忆又太久远，她对于普通学校的情况真没什么概念。

秦温："不知道呢，或许吧。"

"对了，那个李珩你还记得吧？"

"嗯。"秦温点点头，人也不自主地靠近郑冰。

"他是全年级唯一一个数学满分的！"

"咦？奥数组只有他一个吗？"秦温不是特别惊讶李珩数学满分，毕竟奥数组出身嘛。

"对啊，而且他比我们班第二名高了整整12分。"

秦温瞬间瞪大了眼睛："真的假的？"

她以为李珩考150分的同时，一班还有人考到148分、149分，结果是李珩一枝独秀，第二名才138分。

哦，不对，也不能说才138分，138分也很高分了。

但是，这138分在李珩的150分面前完全不够看的啊！

"真的！老吴都已经让他写学习心得给大家做参考了。之前不是还有传李珩进奥数组是走后门进来的嘛，现在谁还敢怀疑他啊！"

天哪⋯⋯秦温愣愣地点点头。

那些谣传，秦温也有听高宜说过，不过都是外班传得比较疯，两个奥班内部没几个人相信。外人不了解，两个奥班是礼安的王牌宝贝班，绝对保证生源，从来没有人可以走后门进入奥班。

但是谁能想到李珩只学了一年奥数，除了能过礼安的奥考外，还能在高一接着发力考下全年级唯一一个满分啊。

"真没想到李珩这么厉害。"秦温讷讷地补充。

他们这些奥赛生下场参加普通考试，一般在自己的竞赛主科都可以考得不差，满分也没什么出奇的，所以要想判断这个满分含金量，就不能光看分数，要看他与第二名的差距。

像李珩这种甩第二名12分拿下150分的人，就是妥妥的大学霸段位。

秦温想起刚刚见李珩时人家还是一副云淡风轻的表情，要是换她考数学满分，早就跳着走了。

估计是因为这个150分满分对他来说太容易了吧。

而且人家这种满分才是高质量满分啊，轻轻松松拉开人家十几二十分的差距，她从哪儿挤那么多分把数学这里的差距补回去啊！

欲哭无泪……

礼安的老师是出了名的无情改卷机器，有些百分制科目上午考完晚上就能发答卷。

可出于人道主义，为了避免提前公布成绩影响学生后续考试，礼安老师还是会等全部考试结束，才以最快的速度在周一出成绩，让学生确认所有科目分数无误，然后在周二早上上传成绩，放学前年级组公布排名，周三全校继续上新课。

所以秦温并没有等太久便知道了自己的成绩与排名，年级148名，不好不坏，理科都在年级上游水平，但是文科就有些拉胯了，特别是地理。

秦温还是看自己的地理年级排名才知道到他们高一年级原来有600多号人。

周三放学时大家拿着成绩单讨论，陈映轩惊呼："秦温，你怎么可能才148名？你物理满分，化学还99分欸！"

"呃，但是我地理和历史都挺低的……"秦温讪讪道。

"再低也不能到把你拉到年级100名开外啊？"高宜凑过来，一脸的难以置信。

再度被追问的秦温有些不好意思，主要是那分数确实难以启齿，只能拐弯抹角地说："大概就是，年级排名可以刷出全级人数的那种吧。"

接着秦温无奈自嘲："我们年级最少633个人。"

陈映轩和高宜先是一愣，等反应过来，两人都大笑。

"温温，哈哈哈，对不起，我知道我不应该笑你的。"

"你怎么会地理和历史那么低啊？不是只要死记硬背就好了嘛！"陈映轩边笑边说道。连他这么佛系的人都考了80多分，秦温那么聪明，怎么会考得那么差?

"问题是我理解不了的话,背不下来啊!"秦温哭丧着脸。

"哈哈哈,没事,反正地理、历史那些以后我们也不学,秦温你依然是我们奥物组之光。"陈映轩继续憋笑安慰。

秦温闷闷地点点头。不过话虽如此,但自己做地理试卷的时候可是没看错题也没漏题啊!就是说在一点非智力因素都没有的情况下,自己实打实考了个39分……

简直就是破产级别的分数啊,一门地理就败光了她物理和化学赢下的分差,何况还有个鸡肋的65分历史。

这期中考,顶级享受!

此时梁思琴已经做完值日任务,背着书包过来:"走吧,我弄好了。"

高宜和陈映轩也起身,秦温却挂念着那张惨不忍睹的地理卷:"你们先回去吧,我去找老师评卷。"

"奥数组的人还在老吴那儿问吧?我看冰冰也还没有回来。"高宜说道。

秦温叹气,也不遮掩:"我想去找找地理老师。"

安静了两秒,三个小伙伴又爆发一轮无情嘲笑:"哈哈哈哈,那你去吧,我们先回去了哦,明天见。"

"好的,再见。"

小伙伴们离开后,秦温拿着卷子和红笔来到二楼办公室。

现在已经过了放学时间,办公室内依旧热闹,秦温站在办公室门口见地理老师那儿还围着四五个人,犹豫要不还是明天再来。

还是回去吧,那么多人在,她也不好意思找老师评只考了39分的试卷。

秦温转身。

"秦温!秦温!"此起彼伏的评卷声中突然冒出一道洪亮的叫喊声。

秦温又回身——呃,老吴?

"来来来!"老吴朝秦温激动地招招手。

他怎么会叫自己?秦温不解地走到老吴办公位那儿。

老吴座位前还站了个人。

男生恰好侧头看了秦温一眼,然后稍稍往左,让她可以再往前站些。

"谢谢。"秦温抬头道谢,没想到竟对上那人清冷的目光。

李珩?他怎么在这儿?

秦温礼貌地朝李珩笑笑当作打招呼,后者也点点头示意,然后秦温回首垂目,等着吴老师说话。

李珩向来观察力过人,眼尾一扫就看到秦温手里的地理试卷,她的手正好挡住了成绩的一部分,他只看到了一个"9"。

他收回视线。

秦温还在等着老吴示意。

老吴没有急着说话,先在电脑里打开了一个Excel表,哗啦哗啦翻到了秦温的成绩和排名,然后皱着眉头说道:"秦温,我看了看你的成绩,你这个地理啊,怎么才考39分这么低的分啊?是不是考试的时候涂错答题卡了?"

秦温的小羞耻冷不丁被老吴提起,还是当着李珩的面,顿时整个人都不好了,脸颊瞬间翻起了火烧云。

这么不见外吗?!

老吴作为班主任关心学生各科成绩理所当然,她也不介意和老吴讨论自己现在在副科学习上的迷茫状态,只是旁边还杵了个大学霸啊!

而且她和李珩怎么说好歹一起参加过模联面试,在课外偶尔也碰过面,算得上见面可以打声招呼的浅薄交情。

要是完全不熟,秦温也不介意别人知道自己考39分,反正以后也不会有交集。可如果是这种半熟不熟的关系,让人知道自己考这么低分就很尴尬了。

秦温难为情地闭了闭眼,低头没有回答老吴的问题。

老吴向来对两个奥班的女生多几分耐心,见秦温不说话,更以为自己说到点子上了。

"大考还是不应该犯这种错误,不然你看这次多可惜,其他科都这么高分,结果就这么一科地理,呃,还有一科历史,就把你拖下去了。"

粗神经的老吴也忘了和李珩说可以回去了。

秦温脸上的火烧云越翻越红——老师啊,能不能先把李珩支走?

李珩站在一旁听着,没忍住又侧眸看了身边的女生一眼。

第一次见秦温素日白皙的脸颊泛红,他觉得有些新奇,又停住视线多打量了她两眼。

恰好此时,秦温也侧头飞快瞄了他一眼。

那眼神,怎么说呢,让他想起堂妹潘嘉慧养的那只小兔子,害羞为难,可怜分分。发现自己在看着她后,她立马回头。

知道自己在这儿碍事,李珩敛眸咳了一声:"老师,没什么事的话,我就先回去了。"

听到这话，秦温如临大赦，松了一口气。还好李珩主动说要离开，不然她真的只能死撑下去说自己涂错答题卡才考这么低分了。

"哎呀，你看我这记性，忘了你还在这儿。"经李珩提醒，老吴这才如梦初醒似的拍拍脑门，"期中考一堆事把我都忙乱了。"

老吴："那行，你回去吧，记得把数学的学习经验总结写好，明天交给我。"

"知道了，老师。"

李珩离开后，老吴又继续将注意力放回秦温身上："所以呀秦温，这次我们就吸取教训⋯⋯"

"老师，我没有涂错答题卡。"秦温小声打断老吴。

老吴愣住，秦温难为情地笑了笑。

"那你这⋯⋯你这怎么搞的？"

"我地理确实学得比较吃力，刚刚来办公室也是想找地理老师评卷。"她扬了扬手里的卷子。存在感极强的李珩走后，秦温自在了许多。

"哦哦，这样子。那⋯⋯那你就多花点功夫吧，不然你这太吃亏了，一科地理落后别人四五十分，上哪里找四五十分补回去呢，你说对不对？"老吴有些哭笑不得，他是万万没想到秦温居然能偏科得这么严重。

秦温点点头。

"那行，时候也不早了，你赶紧回家吧，明天再来找地理老师，我看他那儿一时半会儿也轮不到你，别干等着了。

"哦，对，你也写一份关于物理的学习经验总结，不用太多，大概五六百字就可以，明天交给我。"

秦温有些诧异，但也没说什么，只说了句"谢谢老师"便离开。

回到二班，秦温收拾好书包，便独自离开。走至教学楼大厅的时候，抬头看了一眼大厅正面高悬的 LED 电子屏幕。

屏幕上滚动着这次期中考年级前 150 名学生的各科成绩和总排名。

秦温没想到自己在一科年级倒数的情况下还进了年级前 150 名，虽然是低空飞过，却让从前待在奥校的她有一种异样的体验。

怎么说呢，有种侥幸的情绪。不过秦温知道自己不能依赖这种侥幸情绪，不能因为周围人水平的下降就忽视自己的短板。

LED 屏一页一页滚过排名，恰好没两页就滚到了最后一页，秦温在倒数第三栏看到了自己的名字。

不看那几科，自己的分数还是很漂亮的，特别是物理 100 分和化学

99分，但就是显得旁边紧接着的地理39分有些太说不过去了。

LED屏翻过最后一页，又自动从第一页开始翻动。

一页可以展示十行名字，秦温在第一页就看到了两个熟悉的名字。

梁媛年级第一，李珩年级第七。

秦温早知道年级第一是梁媛，不过现在才看到梁媛每一科的排名。

多漂亮的分数啊！全线均衡发展，特别是年级平均分才90来分的数学，人家能考112分，都快赶上奥班的水平了！

梁媛一门弱科都没有，这就是状元的底气啊！

秦温惊叹之余又看了眼梁媛的地理分——93。

和自己的39分刚好倒过来。秦温人生第一次考到无语。

接着她又开始往下看起每一位高分考生的各科分数，大家无一例外都没有像自己这样出现严重的偏科。

秦温清楚地知道自己未来走的肯定是理科路线，现在的分数排名也不过是被文科影响了，等到了高二分科以后，这个问题便会不攻自破，不过当下多少还是有些挫败感。

第五名……第六名……

一明一暗，LED屏又翻过一页。

哎呀，没来得及看李珩的成绩。

秦温看了看手表，算了，人家的成绩肯定也是光鲜亮丽的。她不再看LED屏，转身准备回家，突然就看见李珩单肩背包，从长廊走出。

他换了身运动打扮，看样子是要去篮球场那边。

两人视线又撞一起，秦温想到刚刚老吴说自己地理怎么才39分的时候李珩也在场，脸不禁又红了起来。

虽然她没有否认过自己地理很菜这个事实，但是当着全年级第七的面被老师提起来，真的是太丢脸了，这个39分真是有够耻辱的。

秦温尴尬地朝李珩笑笑，然后连忙扭头就走。

李珩面无表情地看着秦温快速走开。他从小就不缺异性缘，不是没有碰到过有女生看到自己扭头红着脸就走的情况，但他并不自恋，少女怀春和窘迫逃避的表情他还是分得出来。

秦温大概是他见过的脸皮最薄的女生了。

第七章
篮球赛［上］

期中考排名尘埃落定，理应告一段落，谁知今年礼安高一年级却因排名起了大风波。

这一次的成绩排名，两个奥班和两个重点班都遥遥领先年级水平，总分差距居然拉开了六七十分，于是家长委员会里就有家长和年级组抗议，说年级组对平行班不管不顾，区别对待平行班。

其实不止高一级，礼安每一年级每一届都会出现这种情况，毕竟礼安奥班招揽的是全省最顶尖的奥赛生，重点班招揽的是中考高分考生。

有些差距从生源选拔上就注定了。

谁知今年高一年级的家长委员会里有几个家长直接把这事捅到媒体那儿去了。

礼安本就树大招风，毁誉参半，结果被家长们一闹，再被媒体添油加醋，坊间立马就把礼安妖魔化成一所优等生至上的高考加工厂。

最离谱的就是奥班的每周六补课被谣传成是礼安故意在给优等生开小灶，最后这件事还成了热门新闻。

多少高中眼红礼安每年坐收那么多优质的生源，现在竞争者们都巴不得趁乱给礼安多泼几瓢脏水，好让初中生们在报考的时候认为如果进不了礼安前四个班就没有必要报考，这样它们就可以从礼安分走一些优质生源。

于是乎，礼安突然就成了大家口诛笔伐的"精英教育"典型。

众怨难平，以至于一向高傲的礼安也不得不出声表态，反复澄清自己并没有冷落哪个班级，而奥班的学生在选拔时定位本就着重于参加省赛，所以在课程设计上也会和其他班级有所不同。

事情到此为止，将误会澄清就好了，偏偏礼安又头脑发热地在声明末尾加了一段不必要的话：

劝告舆论不要以师资安排为由抹杀学生自身所付出的巨大努力，呼吁家长将教育的主导权交还学校。

好家伙！不安抚舆论情绪，反而在教做人，这不是自己找事吗？

所以又毫不意外地被骂上热门，差点被人喷出A市前四所之首。蹭热度带节奏的营销号更是层出不穷，以责骂礼安为题的爆款推文铺天盖地，充斥着家长、学生的朋友圈。

结果礼安被骂得连自家学生都看不过眼，很多已经毕业有精力去跟踪这件事的学长学姐都自发地发声为礼安洗白，不过校方不表态的话，学生们的这些行为也只是杯水车薪。

庆幸的是礼安也马上学乖了，多次主动地与家委会沟通，最后给出了一个让大家都满意的发言：

"日后会积极聆听家长委员会的意见，制订更加公平透明的师资分配方案，而家长委员会也会全权支持配合校方的工作。"

大人们的世界在闹了一个多月后终于恢复平静友爱，可平行班与特色班两相敌对的情绪却暗暗在礼安高一年级蔓延。

最直接的体现就是课间操时，体育老师循例表扬集队快的班级，一点到了三班、四班，其他高一班级立马发出隐隐的笑声。

至于一班、二班，因为他们向来集队速度全级倒数，所以体育老师也没机会点名表扬。

不知道三班、四班对这件事是什么态度，一班、二班两个奥赛兄弟班对这种被别人当作无脑书呆子的待遇早就见怪不怪，不仅没入戏，相反还觉得很幼稚。

反正我有兄弟就够了！

事情的进展却远不止于学校的声明与班级之间的阴阳怪气。

"这就很扯啊！我那么辛苦考进奥班，结果和大家享受一样的师资？"一天放学后，梁思琴在与好朋友聊天时愤愤地说，"这对我们来说才是最大的不公平吧！他们怎么不说让大学全国随机招生啊！"

原来家委会并不是听到礼安表态就放过礼安了，而是一直敦促着礼安做出改变，所以礼安上一周试行了新规定。针对奥班补课的事情，课程安排不变，但是奥课对外开放，其他班级的学生可以去旁听。相当于把这个补课变成讲座的性质，一班、二班必须参加，其他人自行决定。

要知道，礼安奥班可是素有"985双一流摇篮"的美名，里面最差的学生都能考上市内不错的"211"大学,有多少人做梦都想分享奥班的教育资源。

所以无论数、物、化、生,只要奥班开放补课,课堂就一定人满为患。

教育资源的分配是更公平了,但也导致老师的课堂压力增大,这几日所有的奥科上课进度都出现不同程度的拖延,这也是为什么梁思琴如此不满开放奥课的原因。

"所以学校才停了奥赛补课吧,我听冰冰说昨天他们奥数班更严重,连教室外面的走廊都坐满了人。"

高宜出声道:"这样下去,礼安别指望我们这些奥赛生给它考出好成绩了。"

一旁听着大家聊天的秦温打了个呵欠,她倒不太排斥暂停奥班补课,起码这样自己就可以早一点睡觉了。

期中考结束后,秦温更是铆足精力去应对那些她不擅长的科目,每晚都学到十二点才睡。现在正是痛苦的新生物钟适应期,睡眠质量大幅度下降,人也没有往日那般有活力。

特别像奥课这种烧脑子的课程,如果不能全神贯注地紧跟老师思维,很容易听几句就掉线跟不上了。所以她绝对赞成暂停一、三、五的奥赛补课,起码让她这段时间可以喘喘气。

秦温支肘撑头,继续听着高宜、梁思琴等人吐槽开放奥班的事情。

大家还是被"奥班老师"这个名头给骗了啊,其实他们班老师上课最无聊呆板了,好像多讲一秒闲话都会浪费时间,不像有次来帮老吴代课的那个九班数学老师,人家上课就又好玩又爱说笑。

秦温又打了个小呵欠,大家还在聊天。

虽然现在少了个奥赛补课,奥班可以提前一小时放学,但大家都习惯了五点四十五分才放学,所以还不着急回家。

恰好这时候体委冯阳从学生会那儿开完年级篮球赛的会议回来。他一进门先看了看班上还有哪些男生没走,接着便拿着手里的报名表直直向陈映轩走去。

"要打篮球赛了,要打篮球赛了,大家积极报名啊!"

陈映轩:"嗯?"

"积极报名,积极报名啊。"冯阳站在陈映轩面前说道。

"阳委,你看着我干吗?"陈映轩戒备十足,"我不去啊,你可别拉我。"

冯阳却好像没有听到陈映轩说的话,继续在小胖子耳边恶魔低语:"参加篮球赛能加素质学分哦。一次3分,你去不去?"

哇，3分欸，一次解决四分之一的素质学分任务了。先前一直在犯困的秦温眼睛突然亮了亮，抬头看了眼陈映轩，果然见他也犹豫了。这诱惑太大了，他还1分都没有着落呢。

冯阳也看出陈映轩心动了，赶紧趁热打铁继续游说，能早点拉一个是一个，不然还不知要花多少时间去组队。

"哎呀，去啦，你就只要在篮球场上站半小时就好了。"

"大家都想去，你还不去？"

"反正现在也不用上奥赛课，就当去放松一下啦！"

陈映轩反击："鬼扯！大家都想去还用你在这里拉我啊！"

两个男生的对话听得秦温她们直笑。

按理来说二班男生那么多，要组个五人篮球队轻而易举，但巧就巧在二班的运动氛围奇差无比，男生们都不爱动弹，平时要打球什么的，基本就冯阳自己一个人在张罗，搞得他有时候都懒得组队，直接去找一班的人打球。

冯阳："那是因为我还没说这件事，我一说大家都会想去的啦！"

"那就等等看明天还有谁去，我再决定吧。"陈映轩悠闲地喝了口草莓牛奶。

"行。"冯阳点头，利落地在报名表上写上陈映轩的名字。

"噗，你……咳咳……"陈映轩看到冯阳的动作，还来不及说什么，先被一口奶呛到了。

"哈哈哈哈哈哈——"秦温、高宜她们看到陈映轩反应如此夸张，纷纷大笑出声。

"哇，你这不行不行！"陈映轩以最快的速度喘匀气，也没理会旁边幸灾乐祸的女生，一个飞扑就要上前去抢冯阳手里的报名表，谁知一不小心左脚绊右脚，没刹住车，直接整个身体撞向冯阳。冯阳来不及反应，竟被陈映轩撞得连连往后踉跄了好几步，最后还得靠扶住身侧的桌椅才稳住自己。

冯阳夸张地捂住胸口，佯装痛苦地说道："少年好身手！你可以去打中锋了。"

"哎呀，你别乱给我报名！我还没想好呢！"

"放心啦，如果到时候大家都想去，我就把你的名字拿掉。而且去了又不会怎么样，只要我们够'咸鱼'，说不定半小时都不用就结束比赛了。3分素质学分欸！你上哪儿找这么舒服的活动？"

冯阳往后躲开几步，防止陈映轩又冲过来。

"我又不差那几分。"陈映轩难掩不满情绪,大声抗议。

"那总不能我们班连五个人都凑不出来嘛,放心,这个篮球赛很轻松的。实在不行,到时候你喊我爸爸,我们把这个篮球赛当亲子篮球怎么样?"

冯阳环顾四周,看班上还有哪个男生在,准备去抓下一个"壮士"。

"我当你爸爸!"小胖子破罐破摔。

秦温、高宜、梁思琴三人幸灾乐祸得更加猖狂。

"妈呀,我要笑死了,胖轩你太逗了!"高宜捂着肚子笑道。

秦温看着陈映轩一脸便秘的表情,也难得落井下石:"加油,礼安篮球王。"

"秦温你变了!"陈映轩大哭。

冯阳此时已经开始洗脑班上的另一个男生,他突然想起什么,抬头冲秦温她们说道:"你们到时候也记得来看比赛啊,我们班输人不输阵,不能一个女生都没有啊!"

他们二班封顶也只有五个女生,哪儿来的不输阵,秦温汗颜。

"不要,听上去就好无聊的感觉。"梁思琴果断拒绝。

"别啊,说不定到时候你还可以顶替陈映轩上场,大家也认不出来。"

"滚!"

二班最后在冯阳苦口婆心的劝说下,花了两三天时间,终于凑出来一支五人篮球队。

大家虽然都是奔着素质学分去的,但心里多少还是有些集体荣誉感,现在已经自发练了一个星期的篮球。

有一次秦温放学从图书馆回教室,正巧碰上刚练完球同样要回班的冯阳,便问道:"你们练得怎么样了?感觉大家都很积极欸。"

"呃……积极是挺积极的,就是……"冯阳面露难色。

"就是什么?"

"重在参与吧,别期望太多。"

秦温听懂了冯阳的话里话,低笑出声。

"别笑啊,到时候记得来看篮球赛,不然到时候我们真的会很丢脸!"冯阳已经可以预见那个比分会有多惨烈,如果场边还没有自家女生援助的话,二班就真的是丢人丢到家了。

"具体哪天开打?"

"明天去抽签就知道啦。"

第二天课间操,各班体委都去学生会办公室那里抽签决定篮球赛分组。后来冯阳回班,一副大彻大悟的入定表情,默默在黑板小角落写上:

篮球赛,周四下午五点,对战十五班

接着他又放下粉笔,在讲台上有气无力地喊了声:"篮球赛出赛程了,大家记得到时候去捧场啊。"

秦温这边正听着高宜、陈映轩的群口相声之课间专场,听得冯阳的喊话,她抬头往前看去。

十五班?

没了解过。秦温只知道十五班在三楼。

"十五班厉不厉害啊?"陈映轩转身问高宜。

秦温也好奇地看向高宜。

"哎,不是,你们当我是谁啊,神婆啊?人家班篮球厉不厉害我怎么知道?"高宜迎着两位好奇宝宝的眼神,无语地说道。

"高宜你不是最了解礼安了吗?"陈映轩打趣。

"那也不能知道人家班打篮球什么水平啊。"高宜补刀,"而且也没有必要知道啊,反正我们班都打不过。"

"不是,你这话说得也太长他人志气了,我们也不一定会输好吧!"陈映轩抗议。他虽然一开始不愿意打篮球赛,但是跟着冯阳他们练了一个星期,渐渐竟有几分入戏,现在当然不愿意听高宜这种唱衰他们的话。

"哟哟哟,说不定你那天1分都拿不到呢?"高宜笑道。

"你!"

"话不能这么说,我相信陈映轩肯定保底3分。"一直默不作声的秦温突然说话。

本被高宜气得无话可说的陈映轩听到秦温这样说,拍了拍暖心后桌的手,一副"肥马终于找到伯乐"的感动表情。

"秦温,果然你懂我!"

"为什么啊?就他还保底3分?"高宜嗤之以鼻。

陈映轩:"哪有什么为什么!投中一个三分球对我来说就是分分钟的事情好吧!"

高宜不服气,看着秦温不满地说道:"温温,他为什么至少能拿3分啊?"

"哪有什么为什么!秦温,你给她来波力学分析,讲解一下我的球是怎么进筐的!"

两人都不服气地盯着秦温看。

秦温突然觉得这两人还挺幼稚的,她笑笑道:"参加篮球赛不是可以加3分素质学分?"

"陈映轩那天肯定可以拿下3分呀。"

本还一脸神气的陈映轩冷不丁听到秦温这话,瞬间破防:"秦温!你太过分了!"

离篮球赛还有两天。

本来年级篮球赛大家也只是图个开心,但经过家长委员会风波以后,莫名其妙除了奥班外大家都憋着一股气,要通过篮球赛发泄出来。

虽然说大人们自己沟通好了,礼安高一年级平行班与四个特殊班之间的对立情绪却一直没有得到老师和家长的安抚,甚至一些奇怪的说法和传言也开始在年级里不胫而走,比如年级还暗藏次重点班、学校故意给平行班安排要退休的老师等等。

这其中数地理位置离前四班最近的五班、六班最无辜,被大家怀疑就是传说中的次重点班,好像他们能隔墙旁听似的。

现在连带着三班、四班也入戏了,作为为祖国崛起而读书的人,才不要和不学无术的他们浪费时间计较这些,瞧瞧这大局观。

而本就画风清奇的两个奥班对此表示:就是作业少了。

"正好你们都在啊!"一天下午,高宜去了趟办公室,回来热得满头大汗,却不肯坐下来好好休息,拿着水杯干站着。

秦温正好和梁思琴坐一处讨论数学题,她见高宜要憋不住话的样子,很配合地问道:"怎么了?"

"我刚刚在办公室那儿听到十五班原来有两个篮球特长生!"

秦温和梁思琴都一愣。

不会吧!那他们班和十五班打不就是青铜遇上王者吗?!

"陈映轩他们知道吗?"秦温问。那个比赛场景,想想都觉得残忍。

"估计不知道,知道的话陈映轩还会那副傻乐的样子吗?"梁思琴回道。

"那我还是不告诉他们好了,让他们开开心心上路。"

三人看着彼此,默契地点点头。

这时本出去练球的冯阳正好折回来,见秦温她们都在,赶紧走过来问她们几个明天有没有空。

秦温最怕这种问法。

"你先说什么事,我们再考虑有没有空。"梁思琴酷酷地说道。

秦温和高宜都赞同地点点头。

"哎呀，就是明天一班他们要和三班打比赛了，找我们班借点女生过去当观众。"冯阳看着磨磨叽叽的梁思琴无语道。

"借女生"这个又要说到奥赛兄弟班的历来惯例。

因为班上女生凤毛麟角，所以有什么需要女生出面的事情，一班、二班两个奥班都是互通有无。现在的一班班上只有四个女生，比二班还少一个，而且还不一定都会去，所以为了气势，为了门面，赶紧来找兄弟班借人，去帮忙捧一捧一班的场子。

兄弟班兄弟班，难兄难弟班。

冯阳还在游说去看一班比赛的事，秦温看了眼窗外的飞云流霞。

难得这个星期奥班停课，她正好可以空出时间去补地理和历史，要是明天放学去看篮球赛，再算上后天自己本班的比赛，就要浪费两天的时间了。

"一班和三班打吗？"听完冯阳的话，高宜来劲了。

秦温突然有种不祥的预感。

"对啊，就在明天，去不去啦？"冯阳催促。

"去啊，我们肯定去，放心吧！"高宜非常爽快地应下。

秦温眨了眨眼，又念起那个万能的借口："我明天有事要早点回家，就不去了。"

但众所周知，鸽子是"群飞"动物。

"秦温不去的话我也不去。"梁思琴挽着秦温说道。

秦温又有种不祥的预感，如果梁思琴也跟着自己不去的话……

"啊？你们怎么都不去！"高宜惊讶。

"别啊，人家那么诚心诚意地邀请我们，结果我们班就一个女生过去。"冯阳有些急切。

"怎么就一个女生，高静和张晓慧不去吗？"梁思琴问道。

"她们都说没空，要早点回家。"冯阳为难地挠挠头，接着缠关系更为亲近的三个初中同学，"哎呀去啦，我们两个班关系那么好，不要对人家那么冷漠嘛。而且这是奥班世世代代的好传统，别在我们这一届给遗失了，都去吧。"

冯阳又开始连哄带骗。

"不会呀，你想……"秦温正要出声。

"哎呀，不用废话！我们都会去的！去吧去吧，赶紧去练球吧！"高宜抢先一步打断秦温的话，直接应下。

"好咧！那我去和一班的人说了！"冯阳飞快地逃离。

秦温还想再说什么，冯阳已经跑出教室，一旁紧挽着她的梁思琴似乎害怕她追出去，手臂的力度正缓缓加大。

秦温一脸无奈地看着两位好朋友："高宜——思琴——"

梁思琴却没有理会秦温的抗议，看着高宜低声问道："高宜，你是不是又收到什么料了？"

"哈哈哈，还是思琴最了解我！"

秦温愣住，自己又错过了什么？

梁思琴看出了秦温的疑惑，没好气道："秦温你最近真是学傻了，高宜怎么会突然对别的班感兴趣啊，肯定是因为她又八到了新消息啊！"

"哈哈哈，没错！还是思琴最了解我！"高宜兴奋地给知己梁思琴竖了个大拇指，然后凑近两位朋友，神秘兮兮地说，"你们知道学生会有两个部长因为梁媛闹掰了吗？"

梁思琴吃惊地"哇"了一声。秦温倒是淡定，她现在心思都在自己的学业上，对于其他人的花边消息自然没那么上心，现在比较心疼明天不能去图书馆自习。

"啊？什么部门啊？为什么啊？"秦温在神游，一旁的梁思琴接着追问。

"听说是组织部和外联部，说是都想留梁媛在自己部门，结果闹着闹着，两个人居然在学生会那儿吵了次大架。不过学生会的人不让说，所以才没多少人知道这件事。"

"两个部长怎么可能因为一个新生闹掰啊，根本原因还是因为那两个部长都欣赏梁媛啊！"

嗯？组织部？外联部？这话在哪儿听过，秦温收神回忆了起来。

那日在模联社团面试，梁媛就说过这两个部门都想要她。怎么最后变成两个学长为她吵架了？

秦温轻轻地"哇"了一声，着实没想到。

"温温你的反射弧也太长了。"高宜以为秦温现在才反应过来，忍不住吐槽。

秦温："呃……确实没想到。"

"哎呀，这有什么想不到的。那天听梁媛在开学典礼上的演讲，我就知道这个女生绝对没面上那么简单，人设感太重，围绕她的生活就一定会很浮夸。"梁思琴不屑道，"还好她不在我们班。"

"对啊，如果梁媛把想去和不想去都明明白白地说出来，两个部长又怎么会闹得为她争吵？你要说梁媛一点没在两个部长之间来回周旋，我才不信。"

秦温没说什么，只耸耸肩。

"可我不觉得梁媛多优秀多好看啊。"梁思琴不解道。

"所以嘛，我们明天去看比赛就知道啦！"高宜突然挽起秦温的手臂，让秦温猝不及防，只能无奈地试着挣脱，谁知道高宜越挽越紧。

"而且除了梁媛，明天还有个李珩呢！你们是不知道李珩现在在外班有多火，听冰冰说之前奥数组开放旁听，去的女生里有八成都是冲他去的，特别第一天有两个胆子大的女生，还找他加好友！"

"哇，那李珩什么反应？加了？"梁思琴好奇地问。

秦温并不好奇，她基本可以预料到李珩的态度，毕竟那日在随风书店已经领教过了。

"没有，听一班的人说，李珩当时回了句'不加'就走了。"高宜说道。

"我的妈呀，他也太冷漠了吧！"梁思琴惊呼。

对啊，大学霸对这种事的处理方式就是这么粗暴、直接。

高宜："所以呀，明天篮球赛有梁媛和李珩，一定会很热闹！我们也去嘛。温温去啦，你不去梁思琴也不去，就我一个去好无聊的。正好我们明天还可以去找冰冰玩，去啦去啦。"

"我……"秦温刚准备开口。

"秦温，要是我们不去的话，搞不好人家一班的女生到时候也不来捧我们班的场子，你这会破坏我们和邻班的深厚情谊！"梁思琴嘴上虽然说着秦温不去她也不去，但是实际上也在拐着弯劝秦温去。

天哪，不至于吧！秦温哭笑不得——怎么这两个人都着魔了？

"去嘛去嘛，温温一起去啦！"

"反正秦温不去我不去。"

两个小姐妹一左一右把秦温架在中间，你一句我一句，搞得秦温不去的话就是破坏友谊的反动分子。

最后秦温被缠得实在没办法，只能投降："好啦好啦，我明天和你们一起去，行了吧？"

"这还差不多。"

"耶！温温你最好了！"

第二天，秦温被高宜和梁思琴一左一右架去了举行篮球赛的架空层。

"好好好，我跟你们去，你们放开我，别这样，好丢脸！"

"那不行,万一你跑了呢!"

"哎呀,快点啦,一会儿都要没位置站了。"

高宜、梁思琴两人赶羊似的把秦温带到了架空层,等她们到时,架空层内早已热闹非凡。

今日架空层四个篮球场都有比赛。裁判吹哨声、鞋底摩擦声、篮球击地声掺杂着阵阵喝彩声和掌声萦绕整个场地,欢腾的青春气息自四面八方窜涌。

一号场的四边已经站满了人,秦温三人不再拖拖拉拉,赶紧走向一号场。

"一班和三班的比赛那么重要吗?"秦温不解地问。

"怎么会?那么多女生,肯定是冲李珩来的啊!"高宜说道。

李珩?秦温一脸欣喜——那一班的女生肯定够数,自己可以回去了!

"都已经那么多女生了,一班现在也不缺女生撑场子了吧。"秦温好声好气地和高宜说道,就差没把"要不我就先回去了"这句话说出口。

认识多年,高宜立马反应过来秦温这话什么意思,加大力度锁住她。

一直在一旁东张西望的梁思琴突然开口:"看到郑冰了!"

高宜:"郑冰!郑冰!"

篮球架旁有一女生惊讶回头,待看清是谁在叫自己,连忙踮起脚打招呼:"你们快点来这里!"

"我们赶紧过去吧!"高宜说罢,和梁思琴一起默契地拉着秦温过去。

秦温认输,今天是逃不掉了。

穿过一层人墙,秦温、高宜、梁思琴三人终于来到篮球架旁第一排的位置。站在这里虽然不能像在半场那儿可以左右兼顾,但也好过站在后面看后脑勺了。

"你们怎么那么晚呀,我还以为你们不来了呢!"郑冰抱怨道。

"都是因为温温拖拖拉拉的。"高宜说道。

"我哪有嘛……"

"欸,你们终于来啦!"还不待四个小姐妹开口说两句,人墙后又传来声音将她们的对话打断。

秦温回头,一行人正好穿过人墙走出,是冯阳和一班的篮球队。

一班球队里其中有两个人是秦温的初中同学,秦温笑着和他们打招呼,紧接着她就听到四周传来隐隐的惊呼声,她顺势接着往后看。

然后,她的视线也定住了。

李珩来了。

即使已经在校园里与他碰过几次面,秦温也忍不住逗留视线,多看几眼。

与往日学生装不同,换上运动常服的李珩,少了些许距离感,多了几分运动阳光之气,不过浑身上下依旧贵气四溢。

一米八几的个子,清爽利落的短发,深邃的眉眼,直挺的鼻梁,仿佛他身上每一个基因点都在精准表达属于他的最优解。

"怎么样,帅吧?"站在秦温身后的高宜突然朝秦温耳边吹了一口气。

秦温耳朵、脖颈最是敏感,顿时觉得有千百只蚂蚁从脖颈爬至脑神经,慌得她连忙捂住耳朵往后退开一步,通红着脸责问:"高宜,干吗啦!"

"哈哈哈哈,逗你啦!谁让你刚刚看得连眼睛都不眨一下,你还说不来呢!"

"我哪有,你别瞎说!"

秦温她们这边吵吵闹闹,恰好此时冯阳又带着一班体委过来。

"这几位就是我们班上的美女大学霸,专门过来给你们捧场子。"冯阳向身旁的男生介绍。

"哈哈哈,谢谢,谢谢,比完赛我请你们喝柠檬茶!"一班体委热情笑道。

秦温只是礼貌地回笑,没说什么,因为这种时候一般都会有人出面。

"哇,好啊!你可比冯阳大方多了!"高宜兴奋地说,"话说你们这次篮球赛……"

高宜开始与一班体委攀谈。

秦温深谙高宜这种唠嗑的套路——表面聊天,实际套话。她自觉地往后让了让,给高宜腾出更宽广的空间任其自由发挥。

一旁的梁思琴正在给郑冰科普梁媛和两个学生会部长的事,基本上就是把她们昨天和高宜聊天的内容复述一遍,所以秦温对加入这个话题的兴趣也不大。

篮球赛还要再等一会儿才开始,周围又没有相熟的,百无聊赖的秦温开始四处张望。虽然本意不想来,但既然来了,还是放松心情好好观看比赛为好。

她的视线扫过活力满满的一班队员。

哎,为什么大家都是奥班,一班、二班男生的运动水平却差那么远?别的不说,最起码人家一班上场的都是大高个,再对比陈映轩他们,真的是从第一步选人就让人觉得二班在消极比赛了。

秦温叹了一口气,视线未移,开始神游。

二班明天会不会被十五班炒零蛋啊？人家班上有两个体特生，自己班会被虐死吧。

刚上场的李珩回首看了眼自家半场，目光一顿，而后收回视线，边运球边和队友聊天。过了一会儿，在运球转身的空当，他的余光又无意瞥了眼方才的方向。

吵吵闹闹的人群里，女生还在自己一个人发呆，看上去单纯又无害，莫名地让他想起那日他站在旁边听吴老师问她为什么地理才39分时，她看向自己的幽怨眼神。

李珩站定，拍了几下篮球后将球传给队友，他走至篮球架边拿起地上的运动饮料。

他黑瞳微移，瞥了一眼女生，她还傻愣愣地看着前方。

李珩收回视线。

"欸！正好李珩你来了！"正和高宜聊得兴起的一班体委见李珩突然出现在篮球架这里，赶紧热情地向二班三个女生介绍起李珩。

"大家，这是我们班的主力李珩。"

秦温这时才惊觉李珩不知什么时候过来了这边，她抬头看了眼他，见他视线恰好扫过她们三个女生，没有停留。

"你们好。"李珩先出声。

"哈喽！"

"嗨。"

"你好。"

"来，我给你介绍一下。"冯阳对着李珩热情地说，"高宜、梁思琴。"

李珩点点头应了一声，下一秒看向安静乖巧的秦温。

女生眼神温和，嘴角扬起的弧度堪算礼貌客气。

怎么回回见她都一副不认识自己的样子，包括之前在走廊碰到也不和自己招呼。

这让李珩突然大男孩心性发作。

冯阳将手指移向秦温："秦……"

"秦温。"不等冯阳说完，李珩接话。

冯阳一愣："欸？你知道啊？"

"嗯，我们认识。"李珩点点头，迎着秦温身边朋友的惊讶视线，扬唇无害地笑道。

第八章
篮球赛［中］

秦温也附和地朝李珩点点头，还没察觉出李珩这话哪里不妥。他们一起参加过模联的面试，说是认识也不为过。然后她扭头看到了高宜、梁思琴、郑冰三人一副震惊全家的石化表情——你们认识？

妈呀，秦温倒吸一口凉气，瞬间僵化。

她忘了自己没有和小姐妹们说她和李珩一起参加模联面试的经历！所以站在她们的角度，李珩不应该会主动说认识自己才对！不妙，大事不妙了！

"温温，待会儿我们聊聊？"高宜笑嘻嘻地走近秦温，挽起她的手和蔼可亲地说道。

秦温机械地呵呵干笑。哪是聊聊啊，是审审吧。

李珩看着秦温脸上精彩呈的表情，低头一笑，随即敛去笑意，恢复一贯正经的冷清模样。

恶作剧者隐回暗处。

"哈哈哈，二班真够义气，所以我说了，待会儿请这几个女生喝柠檬茶！"一班体委向李珩提议。

"应该的，待会儿比完赛就去吧。"李珩好心情地说道，眉眼再度微弯。

李珩的眉眼，轮廓深邃而又凌厉，所以他在面无表情时会显得冷漠而又攻略性十足，但只要他放松表情随便笑笑，通身的侵略性又会弱化为少年张扬。

自信的人总是无比吸引人注意。

秦温看着李珩的笑颜，突然理解为什么那么多女生为他而来，是真的好看。

"哈哈哈，那我也要！"一旁的冯阳出声。

"嗯，一起去吧。"

"哔——哔——"裁判哨响，打断场边对话。

比赛马上就要开始了。

"我们先过去了。"一班体委和秦温她们打了声招呼。

李珩也朝她们点了点头，随后便重新回到场上。

男生都走开了，秦温的心情一下子紧张起来。

"温温……"高宜轻呼，如恶魔低语。

梁思琴和郑冰也走近秦温身侧。

秦温："我可以解释！"

"说！"

"上次物理老师不是拜托他喊我去拿试卷嘛，他就刚好对我有印象了。"秦温张口就开始敷衍。

不是不能说模联的事，主要是那日面试的事情说起来太琐碎，高宜、梁思琴她们又是打破砂锅问到底的人，秦温实在懒得细细说了。

"就这样？"高宜狐疑。

"嗯嗯！"秦温猛点头。

"也是，秦温现在整天不是在教室就是在图书馆，估计也很难挤出时间和李珩待一块儿。"梁思琴道。

"那不能温温和李珩一块儿去图书馆吗？"一旁的郑冰语出惊人。

高宜和梁思琴又立马双眼放光盯着秦温看。

"想什么呢！"秦温赶紧打断，止住了姐妹们不靠谱的猜想，"我和李珩八竿子打不着好不好！他说认识我肯定也是因为奥物组就我一个女生呀。"

"哈哈哈，也是，主要是很难想象秦温喜欢人的样子。"梁思琴笑着吐槽。

高宜和郑冰也被逗乐。

无人再深究这件事，主要是因为秦温学业狂形象太深入人心，大家很难将她和李珩扯到一起。

秦温悄悄松了口气，危机解除。

"不过你们刚刚看到李珩笑了吗？"郑冰说，"我和他同班大半个学期，还是第一次见他笑欸。"

"没那么夸张吧，我看他还挺客气的。"梁思琴不解道。

"对呀。"高宜附和。

秦温也点点头。

"不是，我是说真的！你们是没见过那次奥数课下课以后，两个外班女生找李珩加好友时他的表情，超级冷漠无情，我估计以后都没人敢找他要联系方式了。"

"这种级别的帅哥都是只可远观不可亵玩的。"梁思琴老神在在地说。

高宜也附和："对啊，如果不是因为他也学竞赛，估计我们整个高中也和他说不上话。"

秦温默默点头，表示认可。

正当四个女生讨论着李珩的时候，对面半场梁媛的视线也若有若无地停留在李珩的身上。

这是她第一次见李珩穿运动装，没想到那样高冷的人一身运动打扮也帅气十足。

她先前一直以为李珩不过空有外表和富二代背景，她不是没有和这种类型的男生打过交道，他们大多是不学无术、狂妄自大。

梁媛自身家境也算殷实，所以她对李珩这种富二代男生的第一印象是"不过如此"。谁知道继续了解下去，原来李珩不光在年级里出名，还是从初中就闻名整个礼安的话题人物。

而且最让她想不到的是，李珩期中考竟然可以考到年级第七！虽然还不及自己的第一名，但是李珩还有个"数学满分"的头衔在啊！

连番的事实不断刷新着梁媛对李珩的印象，从不屑一顾到越发好奇。李珩不光长得好看，家境优越，学习成绩还非常好，又全校闻名……

身边的两个男生一直说笑聊天，想要引起梁媛的注意。

"这个李珩还真是土豪啊，那么贵的鞋子穿来打球！"其中一个男生看着场上悠闲运球热身的李珩，既羡慕又心疼地说道。

梁媛心神一动。

"原来篮球鞋会很贵吗？"她转身面向那个男生，甜甜笑道。

"那倒不一定，只是李珩那双鞋现在可是被炒到两万多一双了。"男生开心地给梁媛科普，"就这还不一定买得到码数呢。"

"两万？！"另一个男生惊呼。

梁媛也有些意外。

"这有什么奇怪的，我有几次在学校看到过他穿私服短袖，最便宜那件也要大几百，所以他穿的球鞋肯定也不会是便宜货。"

梁媛忍不住低头掩笑。

"什么衣服啊，能卖这么贵？我一年的衣服都花不到几百块！"

"李珩穿的那些都是高街潮牌，当然贵了。不过有些牌子在国内都没门店，也不知道他从哪里买回来的。"

"怕不是莆田货吧，哈哈哈。"

梁媛听完最后那个男生说的话，眼里闪过一丝嫌弃，离他稍稍远了些。

她又将视线投向场上的李珩，挺拔的身姿，立体的侧颜。

连穿着都那么讲究，光这一点就已经赢过很多邋里邋遢的男生了。

她沿着场边缓缓向球场中线走去，方便自己看李珩打球，而且站在球场中线，他也会更容易注意到自己吧。

秦温四人还在讨论着李珩的事。

"欸欸，先别说了！你们看，梁媛来了！"高宜急切地拍着梁思琴低声提醒道。

"哪儿呢？"

三人一起回头。

"妈呀，你们三个别一起回头看呀！生怕别人不知道是吧！"高宜大惊，"来了，她站在记分牌那儿了，你们直接往前看就好。"

三人赶紧顺着高宜的指令往前看去，果然见梁媛站在记分牌旁，与两个运动服打扮的男生说说笑笑，他们应该是三班待会儿要上场的人。

裁判吹哨，和梁媛说笑的两个男生离开，他们临走之前不知道又说了什么，梁媛笑着佯怒，上前追了几步，作势要打他们，那两个男生笑着走远。

"啧啧，看看人家多受欢迎。"高宜意味深长地笑道，"不知道待会儿有没有好戏看？"

比赛即将开始，所有人的注意力都在场上。

"哔——"裁判志愿者高举右手吹哨。

比赛正式开始。

运动员慢慢走到篮球场中央，裁判还未发球，观赛的学生就已经在较量声势。

"一班加油！一班加油！"

"三班必胜！三班必胜！"

躁动的声势久久不能平静，裁判不得不在开场争球前吹哨三声，示意学生安静观赛,不要影响运动员专注比赛。

在这种热烈氛围的带动下,向来不看球赛的秦温内心都不禁有些澎湃,目光紧盯赛场。

两队中场线跳球,一班首先抢到球权,队友立马将球传给李珩,两队四散跑向一班半场。

全场第一轮进攻防守开始。

秦温站在篮球架这儿,看不太清中场那儿的情况,只见场上两队队员都往一班半场跑来,接着便看到李珩接过队友的球,从后方过半场。

李珩刚一拿到球,场边的女生们便开始欢呼拍掌。

"加油!加油!"

"冲啊!"

梁思琴感慨道:"天哪,李珩在我们学校都成明星了。"

郑冰也附和:"对呀,原来那些女生还真是都来看他的,一开始我还不信呢。"

高宜眼睛不知在看哪儿,心不在焉地说:"这还能有啥不信的,听说不少高二、高三的学姐和国际部的人都来了。"

秦温却觉得那么多人来捧场,万一打得很差劲怎么办,不就很丢脸了吗?

过了半场,李珩在三分线外运球徘徊。他似乎并不着急进攻,只一手给队友们比着手势。

秦温不看球,也就不知道李珩那是什么意思。不过他骨架挺拔修长,长得又帅,所以即便看不懂他什么意思,也不影响旁观者赏心悦目的心情。

秦温的目光一路跟随李珩,然后看到本运着球的他突然一个加速变向,一步过掉了自己的防守球员,快攻到篮下。

场边又爆发一阵欢呼。

李珩快攻到篮下,紧盯他的防守球员追防不及,三班另外两名球员赶紧上前包夹。再接着,秦温便看不清李珩的动作了,只看到他好像后背长眼似的将球绕过后背传给了队友。

先前因为三班有两名球员都去包夹李珩,现在一班有一名球员被放空,前面没有防守球员。

李珩的球正是传给了那个被放空的队友!

哇!大好的机会。秦温屏气,他是怎么从人缝里瞄到那个队友无人防守的?

一个大好的两分机会,队友起手投篮。

"铛！"

篮球砸筐而出，场边顿时惋惜声与叫好声混杂四起。

好可惜啊！秦温也心疼这个大好机会。

场边人扼腕叹息，场上人却无暇顾及那么多。篮球夺筐而出，三班抢到篮板，一行人又快跑过对面的半场进攻防守。

在对面半场打的话，秦温她们基本就什么也看不见了，只能说说闲话。

"好可惜哦，刚刚那一球。"郑冰嘟囔。

"是呀，要是能一开场就领先比分就好了。"秦温附和道。

"才一开始，哪能那么快有手感啊。"冯阳刚好和秦温她们站一块儿，听女生们在这说着篮球，没忍住插了一嘴。

"欸欸欸，高宜，你看什么呢？"梁思琴见高宜难得没有发表意见，用手肘推了推她。谁知道高宜竟然不为所动，梁思琴又加大了几分力度。

"'高阿姨'！看什么呢？叫你都没反应。"

"哎呀，我在看梁媛啦！"高宜推开梁思琴的手肘，抱怨地说了句，"你都弄疼我了。"

听到高宜的话，秦温下意识地抬头望向梁媛。梁媛正笔挺地站在记分牌旁，没什么特别的。

"你也太变态了，还在盯着别人看。"梁思琴斜眼吐槽。

"对呀，高宜，你其实会不会喜欢她才那么关注她呀？"郑冰追问。

"什么呀！我喜欢她干吗！"心不在焉的高宜听到郑冰的话立马跳脚，"我只是好像看到她想引起李珩的注意，但是又不确定，才多看了两眼好吧。"

引起李珩的注意？秦温惊疑地看着高宜。她记得模联面试的时候梁媛对李珩还挺正常的。

"哈？为什么？"梁思琴问。

"就是刚刚李珩从后场运球过半场的时候，他前面的人好像想偷他的球，李珩就往左躲了一步，刚好他们就在记分牌附近，梁媛正好也在那儿，然后她的反应就很夸张。"

高宜浮夸地模仿了一下梁媛的动作，捂着脸往后跳开两步："就像这样。她好像很怕被李珩误撞到，但其实人家李珩离她还有一大步的距离，就很莫名其妙，你们懂我意思吧，就有点突兀，连李珩都扭过头去看了她一眼。"

"你的意思是梁媛故意这样？"梁思琴问道。

高宜点点头："我是觉得有点像。"

"不可能吧,刚和两位部长掰扯不清,这边又要引起李珩的注意?高宜你都把梁媛说成什么人了,我不信。"郑冰发话。

秦温也摇头:"我也不信。"梁媛不仅长得漂亮还有能力,犯不着这样。

"不好说。"沉默了一会儿的梁思琴开口,"如果说她只是享受众星捧月的感觉呢?就像她在两个部长之间周旋,不代表她难以抉择,只是她喜欢引起别人的注意,以此满足自己的虚荣心呢?"她细细分析。

秦温惊讶地听着梁思琴的话,虽然难以置信,却不能直接下定论她在瞎扯。她们四人里,高宜虽然擅长打听各路八卦,但是真正能分析八卦的人,是梁思琴。

"你怎么知道梁媛是那种人,你们打过交道吗?"郑冰好奇地问。

"啧,你还不知道我是谁啊,心理学大师,什么蛛丝马迹看不出来。她开学那篇演讲稿一出来我就知道这人不简单,有点表演型人格。"

"那我再观察观察。"高宜看着梁思琴说道。

两人默契地互相点点头。

秦温看着煞有介事的两人,突然觉得有些好笑又有些庆幸。"高梁"二人组简直无敌了,好险,幸亏刚刚李珩说认识她的事没引起她们注意。

这一轮的球权似乎一直在三班那儿。不知过了多久,三班那儿爆发出连连欢呼,接着场上的人又往回跑,小姐妹们的心理分析研讨会也就此打住。

秦温看了一眼分数牌,一班和三班竟然已经是0∶5了。

球权重新回到一班,一班还是没能把握机会。很快,三班又抢到球权,手感"冰凉"的情况下,一班只能以守为攻,所幸进攻端的哑火并没有干扰一班在防守端的出色发挥,三班后续也没能进一步拉开分差。

又过了两三个僵持不下的回合,比赛开始有些无聊。

高宜专心留意梁媛不再说话,郑冰梁思琴的细节分析听得津津有味,唯有秦温对这些不太感兴趣,只将注意力放在球场上。

她发现虽然一班大部分时间都是李珩在控球,但他却不急着由自己发起进攻,而是耐心地传球跑位,给队友喂球。他貌似想要先帮队友找到手感,无奈队友的手感实在"冰凉"得"感人",迟迟不能得分。

"哔——"五分钟比赛时间已到,裁判哨响。

第一节比赛结束,比分2∶8。

"哎呀,一班也太铁了,那么多空位都不进!"冯阳愤愤地说。

秦温也默默地叹了口气,原来进一个球都那么费劲吗?那这6分分差,什么时候才能追回来呀？

"我们班不会'一轮游'了吧！"郑冰拉着秦温担心地问道，"我听说输一场就直接出局，不用再打了。"

"应该不会吧。"秦温安慰道。如果一班都"一轮游"的话，自己班估计也凶多吉少了。

恰好这时候李珩和队友过来篮球架这边补充水分，秦温一行人赶紧往旁边站开些，给他们留了块小空地。

秦温看了一眼李珩，他还是一贯云淡风轻的模样，喝完水之后拍了拍自责的队友，把大家聚在一起。

她就站在不远处旁听他们讨论接下来的战术。

李珩没有急着先说，等大家七嘴八舌说完以后再总结归纳，然后加上了自己的看法，提出了完整的战术，并问大家还有没有别的看法。

秦温见他们刚刚一人一句的阵势，估计李珩的方案也会被质疑。不料却听见大家出奇地一致认可李珩的布置，无人提出异议。接着，李珩又开始说着安抚队友的话：

"不用急，慢慢打。

"认真防守，不要失误。

"三班的得分主力是那个中锋，但速度比较差，待会儿我们节奏加快些。"

李珩说话不紧不慢，声音里听不出任何情绪波动。

如果是在平时听他这样说话，会给人一种生人勿近的冰冷感；但如果是在军心不稳的时候听他这样说话，反而会让人觉得安心可靠，就像那次模联面试带着急忙慌的她进行小组讨论那样。

这大概就是领导力吧！秦温感慨。

第二节比赛开始。梁媛站在半场线处观赛，虽然是关及自己班的比赛，她却只留意李珩。

她本以为会看到李珩大杀四方、光芒四射的模样，谁知道李珩却内敛得出奇，一节比赛下来都没有见到他出手，带领的一班也屡屡受挫。

虽然队友的手感"冰冷"与他无关，但梁媛还是因为一班的低迷表现，连带着对李珩有些失望。

因为梁媛在人前就是处处完美、无可挑剔，所以她无法接受自己欣赏的人有狼狈不堪的时候，他也应该时时备受旁人仰慕与赞赏，永远掌握主动权。

"啧啧,看来这个李珩也不过如此嘛,还穿那么贵的球鞋上场,真是有够装的。"身旁有人吐槽。

梁媛的眉头微微皱了皱,要是李珩这一场输了,大家对他的评价会很差吧。如果是这样,她又好像稍微没那么欣赏他了。

但是很快,事情又像以往那样——李珩再次刷新了梁媛对他的认知。

这一次出乎所有人预料,低调了一整节比赛的李珩突然进攻!在场的所有人,无论三班球员还是场边观众,都猝不及防。

抢断突破穿针进球。唰唰两声,两个回合,一分钟不到的时间里,李珩就把比分追到了6∶8。

李珩两球直接打停了三班,场边三班的球迷也安静了不少。

好不容易攒下来的分差,就这样一下子被李珩抹平了?李珩是在这儿遛他们玩吗?

三班的球员看着李珩意气风发地和队员击掌祝贺,心里很不是滋味,赶紧就着比赛的间隙聚在一起商讨下一步该怎么办。

梁媛内心却像坐过山车一般,从低落重回巅峰欣喜——李珩还是很有实力的。

她知道了!李珩其实是很低调的人,习惯隐藏自己的实力!所以他展示出来的东西,并不一定是全貌!

梁媛很为自己这一发现感到惊喜,仿佛自己已经看透了李珩。

场边终于等到李珩出手的观众们早已无比兴奋激动。

"学弟好帅!"

"冲啊!一班加油!"

场边的秦温也看得目瞪口呆。虽然她觉得一班有李珩在不会输,但是李珩这追分也太轻松了吧,像砍瓜切菜一样。

一班虽然还在落后,但气势已与第一节有了天壤之别。

他们的防守依旧稳健,接下来的回合里三班又投丢一球,那名控卫还被李珩防到"air ball"(空气球)三不沾。

迷妹们再次欢呼沸腾,大家都在期待李珩下一球直接追平比分。

现在球权又来到了一班这边,依旧由李珩组织进攻,他不紧不慢地运球过了半场。

这时一号场静悄悄的,没人敢出声打扰,只能听到篮球"砰砰砰"砸地的声音。

也是心脏跳动的声音。

秦温目不转睛地看着李珩的一举一动,生怕错过李珩突然启动的那一瞬间。
接着,她看见李珩又开始缓缓打着手势。
场上的一班队友开始分散站开,李珩又再比画,队友们越站越开,连带着各自的三班防守球员也跟着站开。
李珩这调动全场站位的姿态也太帅了吧!秦温内心赞叹,她第一次发现原来男生打球也是很好看的。
李珩打着手势,示意他要单打,现在篮下被拉开一片空白无人区。
哇!秦温心里更加崇拜。
篮下大空位已经被造出,李珩身子微倾,渐渐加快胯下运球的速度。
篮球"砰砰"砸地的声音不断加快,仿佛变奏曲中预示进入高潮的鼓点。
下一秒,李珩起步,左右两个假动作后,变向突破,晃开了眼前的防守球员!
李珩进到三分线内!
三班的人自然也看出来李珩想干什么,赶紧上前包夹。只是不知道是不是因为过于忌惮李珩的得分能力,三班居然围了三个人上前去李珩那儿!
人海战术?秦温看蒙了,问冯阳:"三班这是什么意思呀?其他人不防了?"
"想包夹李珩逼他失误呀,估计觉得两个人防不住吧。"冯阳也同样每一秒都紧盯着球场。
秦温恍然大悟,又接着将注意力集中回场上。
李珩仍旧寻找着突破的机会,看上去有些吃力,这时一班先前散开的队友开始无球跑位,纷纷往篮下收拢。
大家怎么又突然跑起来了?秦温踮起脚想要看得更清楚些。李珩顶着三倍的防守压力,几乎要被人逼出场外了。
秦温看得也有些焦急,希望这一球能顺利追平。
而就在她担心时,篮下不知道谁喊了一声,迎着三个人的李珩突然将球以高抛弧度传出,正好传到位于篮下的队友手中!
三班的人注意力一直在李珩身上,他们在篮下根本没有防守一班的球员!
篮下李珩的队友接过篮球后立马勾手投篮!
距离很近,这回没有任何意外,篮球果断入筐!
两分入袋!8:8追平!

场内立马欢呼声四起!

"耶!"秦温她们也跟着一起高举手臂欢呼。

专门跑来看李珩的那些女生更是沸腾。

"天啊,李珩打球的时候也太帅了吧!"高宜赞叹道。

"对啊!难怪那么多人专门跑来看他比赛。"一贯毒舌的梁思琴也不吝啬自己的认可。

"我听班上的同学说经常会有外班女生过来看李珩放学打球。"郑冰补充道。

秦温刚想附和地说一句,就听到旁边传来讨论——

"喊,不过是追平比分而已,有什么厉害的,等反超了再说吧!"

"对呀,自己不投让队友投,真没胆!"

"甩锅有什么意思。"

旁边有两个三班的女生正阴阳怪气地评价着。

人不可能做到让所有人都喜欢自己,即便是李珩也如此。

秦温回头看了一眼那两个女生,出于奥班兄弟的情谊,心里不免为李珩不服。

"这两人怕不是有病?"梁思琴低声和秦温说,"这里是一班的半场吧,三班的人过来这里干吗?"

秦温点点头:"是呀。"

比赛继续。

三班的控卫还未将球带出一班半场,其余球员已经回到三班半场等待新一轮的进攻防守,只剩下李珩还一手叉腰站在半场线处喘气。

刚刚那一球,顶着高强度防守,既要保证不失误,又要确保最后将球精准传出,确实耗费了李珩不少体力。

秦温看着李珩一直站在半场那儿不攻不防,猜不透他想干什么。

接着,秦温又看了眼那个三班控卫,他似乎已被球队连连丢分打击到,士气有些低落,正垂头丧气地运着球过半场。

或许李珩是想要借这个机会顺便休息一下吧。

秦温自顾自地点点头,应该是这样子。谁知下一秒,李珩突然启动,迅速快攻到正慢悠悠前进的三班控卫身边!

他右臂一探,瞬间抢断控卫手里的球!

哇!秦温倒吸一口凉气。

李珩直接运球跑向底角三分线,无人防守!

场边的人已经开始欢呼，后知后觉的三班控卫被李珩抢断后还看了一眼空空如也的双手，懊恼地一拍脑袋赶紧回防。

早一个回合秦温她们为了看得更加清楚，已经缓缓挪到了底角线处，恰好李珩这次跑到的位置就离秦温两步之遥。

秦温全程看着李珩一路以闪电游蛇之姿跑来，神奇的是李珩即便在剧烈运动时也一副贵公子的冷清气质。

狼狈不堪、满头大汗、头发乱飞这些事情似乎永远都不会发生在他身上。

哇，太帅了吧！

秦温看得有些出神，以至于有那么一瞬间，她觉得李珩在跑到底角三分线这边时，也看了自己一眼。

她又眨了眨眼，人家视线明明自始至终都在篮筐那儿。

李珩站定后立马起手，恰好这时候回防的三班控卫也追到，见李珩要出手，他立马抬手遮挡李珩的视线，李珩却没有犹豫，踩着三分线往前起跳，果断出手！

秦温屏住呼吸，大家都屏住呼吸。

"唰！"

"哔——"

篮球穿针而入，哨子应声响起！

全场第一个三分球！

裁判举手，示意三分球有效，且对方防守犯规。

"3+1"，加罚一球。

场边观众再次沸腾！

一直在半场线处安静观赛的梁嫒也忍不住发出惊呼，追随他的眼神里，仰慕之情已全然倾泻。

力挽狂澜的实力，一锤定音的强势，周遭为他欢呼的声音，她都喜欢得不得了啊！

"啊啊啊！"

"追平了啊！"

不少人激动得赶紧掏出手机拍照录像，抢在第一时间发朋友圈，就连高宜、郑冰、梁思琴都纷纷低头看微信和QQ。

秦温也开心地跟着身边人一同欢呼。

谁能想到一班第二节一开始就把比分追平了啊！

谁又能想到在追平比分以后，李珩又立马抢断快攻，一个三分球直接反超啊!

是真的按着三班的头来打啊!难怪李珩刚刚第一节没出手,一直让着自己队友投篮。

"李珩你也太'顶'了吧!"冯阳离李珩最近,他在李珩进球后马上激动地和李珩举手击掌。

"我本来都想你会不会要个两分稳妥点,结果你居然搞了个'3+1',真是太厉害了!"

李珩这回没有再摆着个冰山脸,而是难得地笑着与冯阳击掌,心情大好。他余光扫了一眼场边,见到许多人要么低头看着手机,要么举起手机透过摄像头看着自己,还有一个女生一脸崇拜地看着自己傻笑,眼睛亮亮的。

在一班第二节进攻高潮将分数反超至11∶8后,两个班又来回较量了三四个回合。没过多久,裁判哨响,上半场比赛结束,最终双方得分为15∶10。

一班建立优势以后,整体打得更加放松。队员们"冰冷"的手感开始升温,除李珩外,另外还有两名队员有了得分进账。反观三班,在经历了被对手反超后,球队就一直陷入萎靡不振的状态,队伍进攻端全面哑火,防守端更是犯了很多不必要的失误。

两队状态天差地别,所以当比赛进入到第四节中段时,双方的比分已经来到30∶18。

胜利的天平直接摆在一班那儿了。

现在一班尽握比赛优势,也不再追求得分,毕竟赢面那么大,还一直按着人家的头打显得太不留情面,所以每次进攻都基本耗光24秒进攻时间后才投篮。

秦温还担心地问冯阳为什么一班突然打得磨磨蹭蹭,万一待会儿三班也像之前一班那样瞬间反超怎么办。

冯阳无聊到刷起了手机:"现在一班赢三班那么多分,还一直不肯放手,追着人家打,就显得有些不厚道了,所以都是拖着时间慢慢打。

"而且哪有那么容易反超,一班有李珩,对面有吗?

"现在就是垃圾时间,等比赛结束而已。"

"原来如此。"秦温在冯阳的一番解释下明白了其中的弯弯绕绕,但一班这给足面子的打法还是架不住有些人在背后酸。

"哎呀,一班真恶心,领先几分而已,至于打得那么敷衍吗?!"

"对啊,一班也太瞧不起人了。"

"肯定啦，奥班不就是学校的宝贝心肝嘛，架子肯定大啦，我们只是个重点班而已，蹭个奥课，学校都要停掉！"

如果领先12分也叫几分的话，她们确实不用上奥班了。秦温不喜地回头看了那些人一眼，对方却没有留意到她的眼神，依旧在那儿说着硌硬人的酸话。

有些人还真是他弱他有理。秦温收回视线，恰好对上了梁思琴几人的视线，原来大家都听到了那些人的讨论。

"你们一班就应该暴打三班的。"梁思琴说道。

"我也觉得！"向来温婉的郑冰也没忍住动些暴力心思。

秦温刚准备开口——

"哔——"裁判哨响。

比赛结束了？还没到时间吧。

秦温又看向对面三班半场，还没反应过来发生了什么事，耳边就先传来哗然声，还有冯阳充满怒气的抗议："三班也太脏了吧！不就是个年级赛，至于吗！"

三班半场，一班的球员似乎绕着谁围在一起，三班的球员则分散在左右。

"怎么了，发生什么事情了？"

"三班的人把李珩绊倒了！有病啊，至于吗？！"

"啊？为什么要绊倒别人？"秦温惊讶地问。

"谁知道，所以说神经病啊！没那水平，还真以为自己打的是NBA啊！"

梁思琴她们也在听秦温、冯阳的对话。

"三班也太瞧得起人了，打得真认真呢！"梁思琴大声说道。

"下脚绊倒李珩的那个人一定会被李珩的迷妹们骂死。"高宜拉着姐妹们小声说道。

了解完整件事的秦温也不爽地皱了皱眉，这种行为也太恶心了。

秦温又将视线投向场上，一班围成的半圆突然从中间打开，李珩低着头缓缓走出，不时地活动着自己的右脚腕，队友在一旁问候。三班的对手也在他的旁边，似乎很是担心，就连三班班长梁媛都走上前去关心他。

只是李珩连个眼神都没给梁媛，摆摆手就越过她。又走了几步，李珩脚尖点地转动右脚腕，确认一切正常后，他拍了拍队友的肩膀，接着直接来到了发球点冲裁判点点头。

一张脸面无表情，冷得掉渣。秦温突然觉得李珩还挺多面的，笑的时候清冷帅气，寒着脸的时候……凶得吓人。

裁判一声哨响，比赛继续。

接下来的事情就是看李珩如何在两分钟内暴打三班！

三分抢断快攻一条龙。三班根本防不了李珩，无论内线还是外线，都被李珩完虐。

秦温看李珩像个得分机器一样无情刷分，心疼三班之余，还惊讶，原来这才是李珩全部的篮球水平吗？

倒不是说李珩的实力可以强到一挑五，而是在队员帮他分走了对面一部分防守精力后，不再压着自己实力的他，全面展示出自己在进攻端的统治力。

即便是已经有两个人去包夹李珩，光是速度这一点，他们就跟不上。而且现在已经是比赛第四节，大家的体力都已经告急，全场也就只有李珩还跟第一节时似的，满场急冲。

这什么怪物体力啊！秦温感慨，神仙啊，脑力上乘，体力也是一流的。

而自己……还在这儿挣扎地理和历史学不好。

秦温的注意力突然从篮球场分神到学业上，大概自己还需要再、再、再努力一点才能追得上别人吧。

李珩在比赛尾声的疯狂得分打得三班一点脾气都没有。

38∶20了啊。这位大爷是真不打算考虑班级之间的表面情分维护工作了。

"这球就该这样打！不然三班还真以为自己多厉害，之前要不是李珩一直收着，这场比赛早就结束了！"冯阳高呼。

秦温偷偷回头看了一眼刚刚一直在酸一班和李珩的两个女生，她们脸上的表情可以说是尴尬得非常精彩。这回谁也不敢乱说什么一班敷衍比赛了。

还有最后一球。

李珩运着球慢慢走过半场线，眼前的防守球员正是刚刚绊他脚的人。

李珩冷冰冰地运着球。如果不是从小就被老头子练，身体反应还算敏捷，他刚刚肯定会扭折。

那人在李珩面前警备地张开双臂，扎实马步，豆大的汗滴顺着脸颊流下，看上去紧张极了。

李珩眼神更冷了，又往前推近了几步。两人相隔不过一步之遥，接着李珩立马加速冲向那人的左手边，那人看到李珩的动作，连忙扑向自己右边，谁知道李珩急转刹车，止住了前冲的动作，那人反应不及，收不住自己的惯性，又想要赶紧跟上李珩的下一个脚步，强行扭转身躯，最后害得自己右脚失重，接而整个身子失去重心，最后竟然摔得单膝下跪。

"哇！"全场哗然。

李珩没有理会那人。他在刹住自己向右冲刺的动作后，灵活地转身面向篮筐，虽然已经将防守自己的球员晃倒，李珩也没打算继续往前拉近自己与篮筐的距离。

他在离三分线外还有两米的时候果断出手！

秦温惊得倒吸一口凉气——这也太简单粗暴了吧！

他还可以再往前走几步的！

"啊啊啊啊，好帅啊！"已经不知道第几次听到有人惊呼这句话。

全场又开始欢呼。

篮球快速自李珩手中飞出……

"唰！"

三分球穿针而入！

"哔——全场比赛结束！"

"一班、三班总比分：41∶20，一班晋级。"

"耶！"

"天哪，赢了赢了！我们班赢了！"

"李珩打球是真的'顶'！"

李珩压哨结束比赛。

三班没人再敢提出异议，彻底被李珩打服。

"好棒！"秦温也拍掌惊叹。

"哈哈哈，怎么样呀温温，看得过瘾吧！你一开始还说不来呢！"高宜虽然在一开始一直分神盯着梁媛看，但她在最后其实是看得最嗨的，特别是李珩在第四节疯狂得分那一阵。

"是呀，还好你逼我来看了。"秦温开心地说。

"不过没想到你们班那个李珩打球这么厉害，他也太全能了吧。"梁思琴对郑冰说。

"对啊，他是真的全能，而且我感觉数、物、化、生这四科，哪一科的奥赛他都可以学。"郑冰又羡慕又无奈地说。

秦温知道郑冰还在心痛李珩那样的大神加入本就竞争激烈的奥数领域，每年保送生的名额可就那几个。

"哈哈哈哈，郑冰你看开点啦，说不定李珩后面就成绩一落千丈了呢！"梁思琴安慰道。

秦温在一旁听边笑。

四人在说着闲话打趣，中途又碰到了几个初中同学，大家平时很少有机会闲下来一块儿聊天，也正好借这次机会聊聊近况。

随着时间的流逝，一号场边的欢腾声逐渐消减，许多慕名而来看李珩打球的学生已经离开。

高中时代的喜欢夹杂着许多仰慕与崇拜，即便是有距离感，可只要能够与对方参与同一件事情就足以让人满心欢喜。

比如看一场他打的篮球。

最后一号场重归平静。秦温看了一眼手表，已经快七点了，该回家了。

"我们走吗？"秦温提议。

"欸？一班不是说要请我们喝东西吗？现在就走了？"高宜问。

"可是我看他们一时半会儿也没有要走的意思吧。"郑冰也想走，毕竟奥数组的作业是四门奥科里最多的。

秦温看了眼还在篮球场那儿聊天的男生们，跟着郑冰的话点了点头。

"我都行，随大流。"梁思琴说道。

"那行，我们回家吧。"高宜有些可惜地说，"不过冰冰你还是和你们班体委打声招呼吧，毕竟我们先前答应人家了。"

"啊？现在吗？"

"也不用现在吧，人家还在那儿聊天呢，你待会儿在微信上跟他说一声不就好了。"秦温提议完就转身准备离开，得赶紧回去写作业了。

可是下一秒梁思琴就拉住了她："一班的人过来了。"

啊……差一点，秦温内心惋惜。她赶紧自然地转过身，笑着看向走过来的人，有冯阳和一班篮球队的成员，包括李珩。

第九章
篮球赛［下］

赛事开始前一班体委说要请秦温她们几个来观赛捧场的女生喝柠檬茶，秦温她们也答应了，只是比赛结束后男生们一直在聊天，天色已晚，秦温就想着还是先回家，刚好这时候一班男生又过来了。

"不好意思，刚刚顾着说话，让你们久等了。"一班体委抱歉地说。

"没关系的，本来就不是什么大事情嘛。如果你们还有事的话，我们可以下次再约。"高宜客气道。

"那怎么行！你们都答应请我们班女生喝柠檬茶了，还想放鸽子啊？"冯阳开口，颇有一副为自己班女生出恶气的架势，"人家都等你们半天了，你们也太没谱了。"

冯阳这话头一开，大家又开始互相打趣说笑，连带着高宜和梁思琴也加入说笑。

想回家的秦温虽然觉得有些无奈，但也很礼貌地笑笑，只是听着话题越说越远，心里不免默默地叹了一口气。

她出门没带手机，太晚回去的话，估计爸爸妈妈要担心了。

秦温眨了眨眼，敛去眼里的无奈，继续安静地听着大家的聊天，然后无意中和站在一旁的李珩对视了一眼。

李珩不知在什么时候已经换了一件新的运动短袖，看起来干净清爽。除了发梢几缕还有些湿意，其余地方丝毫看不出有剧烈运动后的痕迹，不像他身边的男生，汗渍淋淋，邋里邋遢。

虽然李珩有时候对人爱理不理的样子显得过分高冷，但就注重自己仪表这一点，秦温还是觉得李珩很值得广大男同学学习。

特别是当这几个男生走过来时，扑鼻而来的汗味……

秦温皱了皱眉。

李珩看着秦温要绷不住的小表情，开口和身边的男生说道："边走边说吧，等会儿太晚了，女生回家不方便。"

秦温一听李珩这话，眼睛立马亮了亮："对嘛对嘛，大家可以边走边说的呀！"

"行啊，那我们赶紧走。"一班体委招呼着大家边走边聊。

男生走在前头，秦温她们四位女生在后面跟着，一行人转身准备去校园小卖部。

留在一号场的学生还有三班球员以及梁嫒和其他几个女生。

"刚刚你把李珩怎么了？"梁嫒关心地问，"他怎么突然摔了一下？"

"他没站稳，我又刚好往前冲了冲，他估计没控制好重心就摔了吧。"那名绊李珩脚的男生漫不经心地说。

"打篮球有些身体冲突也挺正常。"三班队长也说道。

"可是，我看李珩最后像是生气了啊？"另一男生开口道。

"对呀，我看他最后打得好凶，至于这样子嘛！"梁嫒身边的女生不满地说，"一班都领先我们那么多了，李珩还一直追着打，也太小气了。"

"啧啧，那么多女生来看他，他可不得使劲出风头嘛。"

说起李珩刚才暴打自己班，大家又开始声讨起李珩来，明明三班才是输的那一方，他们却在笑李珩玩不起。

梁嫒保持着浮于表面的假笑，不时还附和男生们几句，内心却还想着李珩比赛时的精彩表现。

然后她眼角的余光扫过篮球架那边，见到李珩一行人不知何时已经快要走出架空层。

篮球赛是她和李珩为数不多的交集，三班又正好和李珩起了过节，现在正是和李珩交谈的机会。

"大家，我还有些事，先走一步。"梁嫒和身边的同学打了声招呼，然后缓缓走向李珩他们刚刚离开的方向。

李珩、秦温几人这边晃悠悠地走着。

A市昨天下了场雨，打破连日的闷热僵局，今日傍晚清凉有风，十一月的日子终于有了几分初秋的味道。

男生们走前头，女生跟在身后，任由日暮拉长那影影绰绰的淡影。

李珩和自己的队友聊着刚刚的比赛，秦温她们几个也和一班的男生打趣说笑。两个奥班有很多共同老师,而且大家都是一个圈子的人,即便是之前互相不认识,共同话题也还是一说一大把。

"那个,不好意思——"一道清脆的女声响起。

大家正聊得起劲,没人听到那句话。

"一班体委——麻烦等一下。"那道女声的音量稍稍加大。

秦温和小姐妹们停下脚步回望。

"梁媛怎么来了?"高宜小声嘀咕。

李珩本来往前走着的,眼角见秦温她们停下,也在前面停下等着。

"啊?那不是梁媛吗?"李珩身旁的队友问道。

梁媛跑至一班体委前停下,看上去累极了,垂着头弯腰双手撑在双膝上,大口喘着气。秦温几人互相看了一眼,然后她就见梁思琴用口型说了个"好夸张"。

秦温有些无奈地干笑着,看来思琴是真的很不喜欢梁媛。不过她倒很能理解梁媛这种气喘吁吁的模样,因为她自己运动就挺差的。

"你是三班的班长吧?怎么啦,别着急,慢慢说。"一班体委看着梁媛这上气不接下气的模样,有些被吓到。

梁媛直起身,一手捂着胸口,一手挥了挥:"我没事,谢谢关心。"

说罢梁媛又顿了顿,终于把气喘匀了。

"我是三班的班长,我叫梁媛,你是一班的体委,对吗?"

一班体委显然有些惊讶梁媛居然认得自己:"对,请问你找我有什么事吗?"

这时梁媛面露歉意,放低声音温柔道:"是这样的,刚刚在比赛最后,我看到了我们班男生好像和你们班的男生有些肢体上的冲突,有些过意不去,想来看看那位同学身体有没有受伤,另外也向他道个歉。

"希望不要因为这样的事情影响我们两个班之间的友情。"

秦温恍然大悟,原来是为了这件事啊。

"那件事啊,我们也没有放心上,你也不用这么介意。"一班体委笑了笑。

"但毕竟是我们班有错在先,我还是想当面和那位同学说声抱歉。"

"啊这……就算要道歉的话,那也不是你来道歉吧,不是应该那位男生来吗?"一班体委又说。

秦温点点头,体委说得有道理,梁媛没必要这样自责。这时她的目光正好望向梁思琴,却见后者一脸神秘地朝自己摇摇头。

"没关系,我是三班的班长,有些事情理应我来出面。"梁媛依旧坚持。

"不是,你们班男生也太没胆了吧,自己惹了祸推一个女生来背'锅'?"这时一班另一个球员皱眉道。

"对啊,要道歉就让你们班的男生来,让一个女生来算什么?打球不干净就算了,不敢道歉,只会把自己班长推过来?"冯阳在旁边也不客气地说道。

"是呀,你还是回去吧。"一班体委最后总结。

秦温她们几个又互相看了一眼。

这段对话,有人在第一层——以为真的要道歉,有人在第二层——想借道歉搭讪,还有人在第三层——看戏中。

秦温见高宜快要绷不住了,赶紧抬肘推了推她。

梁媛脸上的表情有些为难,她本想借下黑脚那件事来和李珩搭话,没想到莫名其妙在一班体委这儿就被挡了回去,更别说三班的人根本就没想来道歉。

无语,要不怎么说这群奥赛生就会读死书,一点眼力见儿都没有,笨死了。

"不是的,我们班不是这个意思,只是我比较担心而已,也想看看那个同学有没有受伤。"梁媛又朝一班体委走近了两步,"作为三班的班长,我还是想要当面和那位同学说清楚,不然心里很过意不去。"梁媛的语气又再软了软。

一班体委本想再推辞,见梁媛一直在这儿义正词严,也就不好再坚持什么,反正也不是什么大事情。

"那行吧,他就在前面,你直接去和他说吧。不过这本来也不是什么大事,我想他也没放心上。"说完,一班体委指了指站在不远处的李珩。

"好的,谢谢,你真好。"梁媛看着一班体委的眼睛真诚地说完这句话后,便往前走向李珩。

高宜习惯性拉着秦温也跟着往前走了几步。

秦温有些惊慌,没想到高宜这么"毫不做作",赶紧把她往回拽了拽,这也偷听得太明目张胆了吧!

李珩看了一眼慌慌张张地把自己朋友往后拽的秦温,收回视线,看着正面向自己走来的女生。

"同学你好,我是三班的班长梁媛。"梁媛站定在李珩面前,鼓足勇气。

李珩没有说话。

梁媛便也这样静静地看着他,暗自期待这彼此之间的注视能催生点什么。

可李珩看着梁媛温婉带怯的笑容,眼神却闪过一丝不耐烦。他从小就跟着长辈出席各种名流聚会,心性早就修炼得超乎同龄人。梁媛心里那点弯弯绕绕在他看来,拙劣了些。

李珩无意在这里耗时间,他侧了侧头,示意梁媛还有什么要说的。

站在后方看戏的秦温感觉又看到了熟悉的剧情,那次随风书店李珩拒绝那个女生时也这一副爱答不理的态度。

他这人是真的挺高冷的。

"李珩怎么对着梁媛也一副无感表情啊,梁媛在年级里那么出名。"郑冰小声说道。

"那是因为梁媛动机不纯啊!人只要开始做不必要的事情,就都是别有所图。"梁思琴小声回道。

"啊?"郑冰一脸状况外。

"哎呀,你怎么还没想明白?首先,三班的男生赛后根本就没有找李珩,说明那帮男的根本就没有把那件事放心上。第二,就算三班的男生自己过意不去,要来道歉,那也不应该是梁媛自己一个女生过来道歉,实在要强调自己是三班班长的身份,梁媛也应该拉上那些真正做错事的男生。"梁思琴解释道,"本来可以不用道歉却非要来道歉,想要道歉但又不正式道歉,这不就是多此一举吗?"

一旁的秦温和郑冰都恍然大悟。

"对啊,我都怀疑是不是梁媛自己私下来的,三班的男生并不知道这件事。"高宜说道。

不会吧,秦温也转过头看着高宜、梁思琴。

"为啥梁媛非要来道歉啊?"郑冰不解地问。

"你看梁媛从头到尾说的都是什么?"梁思琴反问。

"过意不去,想道歉?"秦温想了想,低声加入讨论。

"重点不是这个,和谁道歉?"

郑冰恍然大悟,压低声音:"李珩?"

梁思琴肯定地拍拍郑冰,孺子可教。

秦温则投去一个惊疑的眼神,意思是梁媛拿自己班的男生当垫背来和李珩搭话吗?

高宜看着秦温、郑冰惊讶的表情,说道:"别不信,不然为什么刚刚冯阳他们让梁媛回去,换自己班男生来的时候,梁媛那副表情?但凡有点是非观的人,谁会没事给三班那帮男生背锅道歉呀。梁媛就是想要来接近李珩啦,顺便还能树立大公无私、忍辱负重的形象。"

梁思琴补充道:"对啊,我早就说过,梁媛这人,人设感太重。"

所以这波,其实还有一个第四层——梁媛在借这件事给自己塑造有担当的正面人设。可惜她碰上了梁思琴和高宜这种擅长鉴人的大师,她们直接站在第五层——看穿一切。

秦温听着高宜、梁思琴的话,心里突然百感交集,塌房了。

梁媛之前给她的印象可是高分高能的三好学生,如果梁媛真是要接近李珩,她也会觉得那是梁媛勇气可嘉。谁知,梁媛居然会拉自己班的男生当垫背。

"如果真是这样的话,那梁媛也太⋯⋯"秦温搜刮着适合梁媛的形容词,"厉害了。"

"成绩好坏和心思单不单纯两者没有关系的。"梁思琴老神在在地开解。

秦温感叹地叹了口气,点点头又看向李珩、梁媛。

这边梁媛见李珩久久没有反应,接着问:"请问同学你叫什么名字?"

原来梁媛竟然不知道那个是李珩吗?秦温大跌眼镜,看了一眼自己的好朋友,梁思琴的白眼都快翻到天上去了——

郑冰也小声补充道:"之前奥班开放补课,梁媛也有来听奥数课,老吴上奥课经常点李珩来讲题,她不大可能不知道李珩是谁。"

天啊!秦温汗颜。

"有什么事?"李珩将手插进短裤口袋里,心里的不耐烦到了极点。

如果不是还有人在,他直接就走了。

梁媛微微一愣,没想到李珩直接跳过了自己的话题。但她不傻,自然看出了李珩眼里的不耐烦,不敢多想,赶紧切入话题。

"刚刚在打比赛的时候我看到你被绊了一下,我很担心同学你受伤。"梁媛心跳开始加快,语速也难得有些加急。

"没事。"李珩冷冷地说。

梁媛一滞,李珩又把话题聊死了,但她转念一想:像李珩这样的人想来脾气应该都不会太好,被人那样整了一下,迁怒于同班的自己也是情有可原。

梁媛低着头,轻声说道:"对于我们班刚刚那位同学的做法,身为三班的班长,我真的很自责和内疚,还好你没有受伤。

"这件事是我们班不对,我向你道歉,希望你能原谅我们班,也希望我们两个班不要因为这样的事情而破坏了彼此之间的友谊。"

说罢,梁媛抬头,目光楚楚可怜。

这一番话，她说得周全大气而又不失柔弱，乍一听很让人觉得她是个委曲求全的懂事人。

"我听着梁媛这话怎么觉得那么硌硬人呢？"高宜离秦温最近，便小声和她说道。

秦温摇摇头，没有多说什么，怕被听见。

觉得硌硬大概是梁媛这种说法有种逼着让人接受道歉的感觉吧，秦温自己也说不清楚。不过梁媛都这样了，而且旁边还那么多人看着，不管李珩愿不愿意，只怕都会给梁媛一个面子吧。

"这就只是一件小事，也已经在篮球场上解决了，没必要非得上升到班级之间。"李珩看着梁媛，一针见血地说。

秦温惊起抬眸——对的，问题就在这儿！

他一说完，秦温就完完全全明白了梁媛来道歉的举动真正出问题在哪里，不是强行道歉，而是强行上升到班级层面从而来强行道歉！再结合先前高宜和梁思琴的分析，秦温才终于感觉自己看透了这出戏的全部本质。

梁媛听到李珩这样说，脸上的表情变换得精彩纷呈：惊愕—尴尬—故作镇定—难过懊恼。

"同学你别误会，我没有那个意思，我是觉得……"

"好了，"李珩直接出声打断，"比赛已经结束了，你如果觉得对不起班级，那你应该去找我们班长说这件事。"

李珩转头对一班体委说道："时候不早了，我们走吧，女生太晚回家不安全。"

他没有再看梁媛，眼睛扫了一眼秦温那边，然后转身和身旁的友人接着往前走，继续聊着刚才的话题。

秦温她们见男生们都离开了，也快步跟上李珩的脚步。

李珩说得没错，现在已经是十一月，天色暗得特别快，一眨眼天边只剩下几抹飞霞。

秦温走过梁媛的身边，见她还傻傻地站在原地，不知道为啥又觉得她有点可怜。如果她真的是有心与李珩交谈，那她刚刚被李珩那样对待，心里一定特别不好受吧。

不过可怜归可怜，秦温也知道那与自己无关，自己也绝对不可以与梁媛这样的人深交。自己不能像梁思琴和高宜那样一眼分清黑白灰，所以最聪明的做法，就是不去与这类人交往。

梁媛看着这帮人无视自己远去，暗暗咬牙，心中怒火中烧，可是一想到刚刚是李珩带头打断自己说话然后离开的,她充满怒气的眼神里又多了几分不甘心和挫败感。

还有,从未体验过的难过。

"梁媛,原来你在这里呀,刚刚还说找不到你人呢。"身后又有欢声笑语传来。

梁媛听到背后有人走来,"啧"了一声,然后换上一贯的温婉无害笑容。

"你站在这里干吗呀?"

梁媛:"没事,刚刚看到一班的球员,就聊了几句。"

"哇,你还认识一班的人,你们聊什么呀?"

梁媛:"哈哈,也不算认识,只是见面打个招呼而已。刚刚李珩不是篮球场上被绊了一下吗,就来看看他有没有事。两个班还是不要因为这种小事闹僵了。"

"天啊,你也太细心了。那一班的人怎么说?"

梁媛苦笑了一下:"没什么,他们也没放心上。"

梁媛的朋友见她这样的表情,意识到她肯定被人怼了,便立马为好友抱不平:"我听说那两个奥班的人都傲气得很,他们肯定不会领你的情,这样也太委屈你了。"

"你们也别这样说,我没关系的。"

一班、三班的比赛结束,第二天就到了二班与十五班的比赛。秦温看一班的比赛看得过瘾,等到了看自己班的比赛就有些闹心了。

二班运动氛围本就不浓厚,那临时组的篮球队完全可以用"歪瓜裂枣"来形容,更别说十五班里还有两个篮球特长生坐镇。

不过尽管对手实力强悍,二班的男生还是打得无比认真——结果最后被人打了个5∶45出局。

态度永远无法弥补硬实力上的差距啊。

这悬殊的分差让二班成了年级里的笑料,班里的氛围也因此有些低迷。

于是向来毒舌的高宜和梁思琴收起刀子嘴,一本正经地安慰了陈映轩许久,老吴也难得在数学课上花了十分钟时间给大家上了一堂"失败乃成功之母"的班会课,虽然没多少人在听。

不过这件事二班也没有太放在心上,技不如人就认输,没什么丢脸的。更何况,自己兄弟班还在一路高歌猛进,奥班在这场篮球赛中还不算全军覆没。

只是没想到篮球赛的最后决赛双方居然是一班和十五班。

比赛名次越高，牵扯到的班级荣誉感就越强。比赛前两天，一班和十五班都放出了自己的口号。

高宜看着校报，给秦温她们念道："十五班的口号是'十五只进不退，末位逆袭首位'。"

秦温听着这个口号，有些汗颜："这个口号的火药味也太浓了吧。"十五班实力那么强，哪儿来的末位之谈，意思是班级代号的"一"和"十五"吗？如果真是那样的话，也太幼稚了吧。

"他们不会还在不服气之前奥班、重点班的事情吧？"陈映轩啃着早餐包问道。

"不至于吧，都过去多久了？"秦温不以为意道。

先前学校因为太多人参加奥班的公开补课，打乱了奥班原有的上课节奏和课程安排，所以公开课制度试行了一周又马上停止，连带着奥班原本的补课也停了下来。

两个奥班自己倒是不急，因为老师是停课不停学，照常给奥班学生布置自学内容和奥课的作业。但其他班级的家长就不大满意，连带着大部分学生都被家长影响，形成刻板印象：学校偏爱奥班，藏着、掖着奥班的内容不给其他学生知道。

"不好说，主要是有家长在旁边带节奏啊。"一旁的梁思琴插嘴，"我也真是服了，奥赛补课才是对高考一点帮助都没有，还超级浪费时间。又不是说难的东西就一定会帮到自己，也得看学的范围一不一样啊。"

秦温点点头："主要还是学校把奥班弄得太神秘了吧，所以大家都想来。"

"废话，谁让校长老是说奥班是'985摇篮'，换我，我也想来。"高宜补充。

一旁的陈映轩嘴里嚼着面包，口齿不清："那难怪十五班那次打我们班打得那么凶，敢情在这儿公报私仇呢。"

秦温尴尬地笑笑，自己班的实力好像别人打得凶不凶都差不多……

"不说这个了，那一班的口号是什么？"梁思琴问。

"我看看。"高宜又往下扫了几行内容，然后神情变得有些古怪。

秦温发现了高宜脸上的微妙变化，心想一班也跟十五班较上了？不应该啊，一班的脾气跟自己班一样，都是佛系大弟子。

"我看看。"陈映轩见高宜一直不说话，凑上前去和高宜一起看，然后暴走，"我去，一班这话也太损了吧。"

秦温更加好奇。

损？一班回呛十五班了？

"什么呀，你们就大惊小怪的，我来！"淡定的梁思琴凑到高宜那儿，缓缓念出校报上的字，"同为奥赛班，这两个班向来交情深厚，在年级更是互为兄弟班的情分，所以这次篮球赛再对上好兄弟曾经的对手，一班更是铆足了干劲，放出口号——"

秦温听着梁思琴的速读，拧开水杯喝了一口。

"'说归说，闹归闹，别拿二班开玩笑'。"

"咳咳咳——"秦温直接呛了小半口水。

什么呀这是，谁不知道二班差点被十五班炒零蛋啊！

"哈哈哈，一班有毒吧？"高宜大笑。

"一班好讨人厌啊！"梁思琴同样乐着附和。

秦温又笑又咳嗽，说不出话，只能点点头表示服气。他们两个班本来就是互为损友的关系，那些小羞耻的事情二班不愿被别人提，却可以接受损友开涮。

到了最后比赛那天，十五班火药味十足的口号、一班的李珩，都让这场比赛充满了看点，就连不少老师都前来观赛。

比赛的过程自然是紧张刺激的，十五班有两个篮球特长生，一班有个实力天花板高度不明的李珩，双方一路交替领先，到了第四节，双方竟然打平，重新回到起点。

进入加时赛以后，双方明显都陷入体力困局，特别是作为一班的头号火力点，李珩的进攻速度明显比前几节慢了许多。

以至于最后20秒双方居然又战平了！

可就当大家都以为比赛要被拖入第二次加时时，李珩一个追哨——两分，绝杀十五班。

不再加时，不留余地，结束比赛。

为期近三周的篮球赛终于落下帷幕，一班成功为二班复仇，赢下了高一级总冠军，李珩也在这个系列赛里凭借着第一场和最后一场比赛的MVP（全场最佳）式发挥再次出圈，加上校报关于篮球赛的专栏里还刊登了两张李珩的抓拍照，让更多礼安学生知道了李珩的长相。

于是，李珩凭借实力和样貌，成了礼安这个月里风头最盛的少年。

照理来说，李珩这么受欢迎，篮球赛后应该还会有关于他的传闻发酵出来，谁知道人家比赛过后就像隐身了一样，年级里再没关于他的消息传出，于是大家对于李珩的关注也就这么慢慢消停了。

因此年级里有人在那儿酸李珩，说他也不过如此，时间久了，照样没人理会。

只有那几个壮着胆子找李珩要微信号的女生知道，李珩是有多不屑和讨厌这种所谓的关注度。

于是年级里那些喜欢李珩的女生都知道一个常识：别问他数学题、别找他加好友，这些都是自断绝路。还是等什么时候奥班开放补课再去接近他吧。

而在篮球赛结束一个星期后，省赛的成绩也出来了。

秦温所在的奥物组一共有二十八名学生，六名拿了省赛二等奖，二十名拿了省赛三等奖，还有两位名落孙山。

秦温中规中矩，拿的是三等奖。

"唉，累死累活复习了两个月，谁知道还是拿个最烂大街的省三等奖。"高宜看着奖状闷闷不乐地说道。

高宜很少会这般无精打采，秦温在一旁笑着安慰："起码有一个三等奖保底了呀。"

高宜："说是这样说，可是三等奖有什么用嘛，自主招生，别人根本就看不上。"

"那总比没有好呀，而且我们才高一呢。"

"说是这么说，但我就是很难受嘛……"高宜又看了一眼奖状，叹了口气，"不过我们奥化组这次大家都考得都一般般，二等奖都没几个。温温，你们奥物组考得怎么样？"

秦温摇头："我们组也很多才三等奖。"

"你们也考得不好吗？那不知道奥数组考得怎么样？听说每年高一奥数组都可以出一两个省赛一等奖，这些人高二就能直接被保送了。"高宜接着说道。

秦温听着高宜的话点点头。

省赛一等奖于竞赛生而言就是直达前四所大学的"飞机票"，有了它，基本就等于有了高考的"免死金牌"。作为一名奥赛生，秦温当然也幻想过一步到位的学习生涯，不过自从高中开始系统地接触生物、地理等副科之后，她觉得这种只需要为高考奋斗的平淡生活好像也挺好的。

起码能接触多种多样的学科，虽然学习新学科让她很吃力，但是她可以不用再像以前一样，所有学习都为一门竞赛主科让路，毕竟学久了……也挺枯燥的。

秦温敛眸，收起自己的小心思，和高宜闲聊："他们今年应该也不会例外吧，搞不好我们以前的初中同学就有人拿到一等奖呢。"

"那我去问问冰冰他们奥数组的情况。"高宜正想找点什么事情转移注意力，说着就要往外走。

"我回来啦！"陈映轩一脸开心地蹦跶回来，"不用问郑冰，我刚从一班那儿回来，所有情况都知道得一清二楚哦！"

自从篮球赛一班帮二班血洗耻辱赢回十五班之后，两个班的关系就逐渐从"兄弟"变成了"猛男与娇妹"，男生之间经常互相串门腻歪。

高宜一看到陈映轩，又变回原来的蔫样。秦温无奈地笑着拍拍高宜的肩膀以示安慰，因为永远都迟交作业的陈映轩拿了奥物省赛二等奖。

"'高探长'怎么啦？"陈映轩一脸疑惑。

高宜选择趴在桌子上扭过头去，拒绝回答。秦温打圆场："奥数组考得怎么样？"

陈映轩一屁股坐下，夸张地摇摇头："奥数组这次考得不好，一个省赛一等奖都没有，二等奖倒是出了几个。听他们说，老吴好像很不满意他们这次的成绩，已经放话要加练他们了，想想都可怕。"

"什么？"高宜突然满血复活，"噌"地直起腰，惊得秦温一跳，"奥数组没有一等奖吗！连李珩都没有？"

"对啊，李珩好像是省赛二等奖。不过也正常啦，他不是初三才开始接触奥数嘛。"

哇，原来李珩已经拿到省赛二等奖了吗……这回轮到秦温难受了。他也太厉害了吧，自己这种实打实从初中奥校出来的竞赛生都还只考了个省赛三等奖，他现在就已经能拿到省赛二等奖了。

虽然知道人与人之间是有差距的，但是自己和李珩这种人的差距也太大了吧。

"像他这种大学霸，高二拿个省赛一等奖应该也不是难事吧。"她感慨地自言自语。

"不知道呢。"陈映轩又说，"不过话说学校什么时候恢复奥班补课啊？感觉我们两个班都考得很差。"

秦温低头没有回答，她那叛逆的小心思又开始了。

其实不用补课也挺好的，这样她就不用忙碌于兼顾奥赛与高中学业。不用晚一个小时才放学，作业也会少一点，她可以花更多的时间和精力去钻研其他学科，周末也不用回学校上课，偶尔还可以陪爷爷奶奶去茶楼吃个早点，又或者稍微睡晚一点，可以真正享受到周末的快乐与休闲。

从初中开始做竞赛生开始,已经很久没有过过一个悠闲的周末了。

秦温叹了一口气。说到底还是自己太菜了,不能同时兼顾奥赛与学业,要是有李珩或者梁媛那种脑子,估计自己就不会有这种烦恼了吧。

十二月过后,因为高一级两个奥班省赛成绩低迷,高一级组很快就宣布奥班重新开始补课。

按照级组发布的通知,奥班一切照旧,周一至周五下午放学后额外加一节奥赛课,周六也同样要补一早上。但是,针对之前家委会的诉求,年级组决定除奥班外,在全级进行数、物、化、生的奥赛摸底考,每一科都会选拔出十五人另外组一个临时班,与一班、二班一起参加奥赛补课。

年级组这一规定,既保障了奥班学生本身的上课进度不被干扰,又为其他班级提供了参加奥赛补课的机会,总算做到了面面俱到。

于是,折腾了小半个学期的奥班、重点班风波终于落下帷幕。

秦温的学习生活也恢复九月的忙碌。

不知道是不是因为停了三个星期没有补课,还是因为他们这两个奥班在这次省赛的成绩并不理想,这一次奥赛重新补课,各科老师又开始了新一轮高强度的知识点灌输和刷题练习。

特别是在上课进度这一块,老师的PPT翻页速度堪比数钱!秦温留心统计了一下,最夸张的一次,一节课四十五分钟,老师居然讲了整整一百零三页PPT!

而随着课程内容的增加和课程进度的加快,奥赛主科的作业量自然也就水涨船高。

天底下的老师大概都会有一种错觉:学生只要做自己科目的作业。所以有时候老师觉得自己布置得不多,学生没有理由不完成,但只要这个"轻微"的作业量再乘以九门科目,总量就会非常"感人"。

当然也有例外,比如秦温他们奥物的陈老师,奥赛课每天只布置一道大题。老师都让步到这份上了,大家当然不敢有意见,虽然这一道大题里包含了七八个小问题,以及全部小题都完全解出来需要学生花小半个晚上的时间……

救命,真的做不完啊!

在这种情况下,秦温没办法再奥赛、学业双兼顾,因为时间和精力根本分配不过来,所以她在期末考前一周决定全面放弃文科。

"这才对嘛!"高宜拍着秦温的肩膀肯定道。

上完这学期最后一次周六补课,秦温和高宜、梁思琴、郑冰一起在奶茶店喝奶茶，聊起最近奥赛学习任务越来越忙，梁思琴说她们四人里现在只有秦温有那个能力不崩盘。

秦温一听到这话便立马打断梁思琴，尴尬地说自己也打算放弃文科了，于是就有了刚刚高宜的欢呼。

"我也照顾不过来，特别是那些文科作业也多了起来之后就更没时间做了。"秦温有些没劲地说道。

这大半个学期下来，她也认认真真地学了九门科目，特别是对几门副科都有了大致的了解，算是弥补了自己初中没怎么学可副科的遗憾。

只是也尝到了前所未有的挫败感。十分耕耘半分收获，勤奋与努力也无济于事。

学习需要精明的打算，还是及时止损吧。

"早就说了嘛，反正我们以后也不学文科，花那么多时间在那些科目上干什么！"高宜不以为意道。

秦温点点头认可高宜，但还是无奈地说了句："那总想再挣扎一下嘛。"

野心这种东西，一旦有了就很难舍弃的呀。

但秦温的学习战术还是调整得太晚，长时间的内耗式学习让她内心蓄满了消极势能，也破坏了她的休息和睡眠，这所有堆积在一起的负面效果终于在期末考爆发——

她的期末考掉出了年级前150名，跌到200名。

高一教学楼的LED电子屏只显示前150名，于是秦温那物、化、生三科满分，政、史、地三科全线飘红的分数也就成了鲜为人知的轶闻。

但是一班作为兄弟班，自然是尽人皆知二班的物理科代表、奥物组的独苗女生、理综大学霸——秦温同学，文科非常拉胯。

真离谱，这怎么考的？

老吴都蒙了，又找秦温谈话。

与此同时，另一个人的风头依旧强盛——梁媛，她又考了年级第一。年级另外一个第一名大热人选——李珩，则因为期末考请假而没有排名。

礼安作为全市第一的重点中学，每一个年级都是卧虎藏龙，所以梁媛能连续两次大考都稳保第一宝座，可见她的学习能力有多强——强到以至于年级组在继期中考之后又再次让她写了一份学习心得。

期末考卷评讲周的最后一天只上半天课，而梁媛新鲜出炉的学习心得也发到了每一位学生手上。

她的心得写得很细致，九门科目都有提到。

梁思琴看着梁媛那洋洋洒洒的三千字心得，不屑地吐槽："有些科目她还没到那个资格去写心得吧。"

"对啊，我们家温温才应该写理综学习心得吧。"高宜补充道，"而且她还真以为自己是奥化组的人了？"

第十章 / 散学典礼

礼安的散学典礼安排在下午两点，现在离典礼开始还有半小时，班上同学们都在扎堆聊天。梁媛因为期末考又考了年级第一，年级组邀请她再总结一份学习心得供全级学生参考学习。

高宜和梁思琴两人看着梁媛写的学习心得，一脸不服气地吐槽着。秦温被期末考打击到，兴致恹恹，只旁听着朋友们的对话，不想开口聊天。

一旁的陈映轩见高宜和梁思琴这么激动，疑惑道："你们这是怎么了，突然火气那么大？嫉妒人家梁媛啊？"

"我？嫉妒她？"高宜忍不住稍稍提高音量，"拜托，我是礼安一手养大的'奥崽'欸，我会嫉妒她？！"

"那你们怎么那么不爽梁媛？"

陈映轩问完，梁思琴冷哼一声，将那张学习心得简单粗暴地对折再对折，随手塞进书包。高宜也没好气地收起纸张，又看了眼四周，确定没人在留意他们的对话，才走到秦温、陈映轩二人身边压低声音说道："你知道梁媛根本不是通过摸底考进入奥化组补班的吗？"

秦温终于对这段聊天有了些反应，抬眸看向梁思琴。

"哈？什么意思？年级不是说通过了摸底考试才能进入奥班补课吗？"陈映轩问。

"才没有！梁媛是自己找老师加进去的。"高宜回答。

"老师怎么会同意？这样的话，对其他人很不公平吧。"

秦温也凝眉点头，想起了自己那些初中没有考回礼安奥班的同学。他们也都是很有实力的人啊，却没能考进奥班继续和大家做同学。

"她是中考状元又是年级第一，老师当然愿意让她进奥赛补班啊。"

"年级组弄的那个什么奥赛临时班本来水就很深，不然你看为什么说是选拔年级前十五人，最后奥化组的临时班里来了二十个人？"

"还有奥生组，都直接选了二十五个人，要知道隔壁一班的奥生组才三个人，老师也会有私心啊。"梁思琴不屑地说着。

高宜又接过话头："对啊，现在就只有奥数组和你们奥物组的临时班是严格按照十五人要求选拔，没有特例加人。听说梁媛一开始还想进奥数组，结果被老吴直接挡回去了。"

"天啊，是梁媛自己去找老吴说的吗？"陈映轩惊呼。

秦温也倒吸了一口凉气，由衷地感慨梁媛艺高人胆大——敢直接去找老吴提这种要求。

"对啊，老吴是整个礼安奥数科的科长，只要他点头，梁媛直接就能进了。"高宜小声说道。

"你是怎么知道这些的？"陈映轩还是有些半信半疑。

"哎呀，办公室那么多人，老吴嗓门又大，被人听到也正常啦。不过老吴还是很给梁媛面子，只和她说专心学习，课本的知识也有很多值得钻研的地方。"梁思琴解释。

"真的吗？老吴也太帅了，简直就是奥班护卫兵！"陈映轩振臂欢呼。

而一旁的秦温听着这些话，心思却不在老吴捍卫奥班这儿。现在她的心情有些复杂，有些开心，又有些失落。

原来梁媛是特例才进的奥化组吗？这样的话，心里好像好受了些，其实梁媛也不能做到面面俱到，大家都有力所不能及的事情。

可是自己这样想会不会太阿Q精神了，梁媛能进也是因为有年级第一的底气在呀。

秦温叹了口气，自己还是太差劲了。

"哼，她胃口还真不小啊，直接进奥数组，也不看看自己能不能消化。"高宜依旧愤愤不平地吐槽。

"人家是年级第一，当然有这个资本和老师开口啊！"梁思琴也不服气，毕竟梁媛进的是奥化组，关乎她们的利益。

"哎呀，你们也别这样想嘛，这些临时班平时又不和我们一起上课，不会影响我们的。"陈映轩看着两位小伙伴一副要火山爆发的样子，赶紧出声安慰。

"管她影不影响！我就不信她省赛能考得过我！我就是看不惯她自己明明就不是正规的奥赛生，还在学习心得里指指点点教大家怎么平衡奥赛和九科学习！"高宜有些激动地说道。

秦温见高宜这副模样，也收起自己的沮丧心思，主动开口安慰自己的小伙伴："她写了就写了，那份心得我们看看就好，别那么生气。"

"我不否认她是学霸，她是很厉害，但是她自己是什么途径进的奥化组她自己不知道吗？她哪儿来的脸在心得上说自己学奥化学得多刻苦多努力啊！"高宜越说越气。

一旁的陈映轩悄悄往秦温身后站了站，好可怕。

"哎呀，我很早就说过了，她对外说的这些都是在给自己立人设，就像她进奥化组，你看她的考试成绩就知道她是个文科生的底子，语文、地理和政治那么高分，她高二根本就不可能读理科的。"

"她就是需要一个奥赛生的身份给自己镀金，好让底下的人崇拜她。"

梁思琴冷冷地说道："一个无比优秀的文科生，附带一个奥赛生的身份，就是放在整个学校里，也是谁不崇拜她、羡慕她啊。"

"再说了，我们年级组参加奥赛补课的能有多少人？就只是年级里很小一部分人啊，梁媛有必要花这么大的篇幅去写如何平衡竞赛与学业？有这个必要吗？"

梁思琴说完冷嗤了一声。

秦温又看了眼一直放在桌上的学习心得，好像确实没必要在年级流传的学习心得里花那么多文字去写大部分学生都用不上的东西。

"要我说，我们温温物、化、生三科满分，又是礼安的正统'奥崽'，理科大学霸，奥物组的独苗，她才更应该要写这种学习心得，教大家怎么学习理科！哪轮得到梁媛啊！"

秦温正神游，突然听到高宜说起自己，一下子回神，细听发现高宜竟在说这些。

什么鬼！

"高宜你别这样说，别人听到要笑死！"秦温听到高宜这样吹捧自己，整个人都不好了，赶紧打断高宜，"而且物、化、生每一科满分的人又不止我一个人，两个奥班厉害的人那么多，你这样说，别人听到以后要笑死我了。"

"但是只有你是三科都满分的啊！"高宜立马反驳。

"那是因为题目太简单，彰显不出那些大学霸的真正实力啦。"学霸考 100 分是因为卷子满分只有 100 分啊！

"哎呀，秦温你就是太低调了，但凡你高调些，年级里哪还有什么梁媛啊！"梁思琴突然在一旁恨铁不成钢地一拍秦温后背说道，"你该支棱起来！"

秦温却抿抿唇:"我偏科那么厉害,有什么好高调的。"

这一回,高宜和梁思琴都没有立马反驳秦温。

经过这一周的试卷评讲,全班人都知道了秦温的文科有多拉胯。

因为理科是最先出成绩的,天知道老吴看到秦温是全级唯一一个物、化、生三科满分的学生时有多激动,周一就在班里表扬了秦温。

可谁知道接下来文综三科成绩陆续公布,活生生把秦温一个年级前十名的潜力股给拉到差点掉出年级前两百名。

这偏科偏得让人不禁疑惑——秦温到底是聪明还是不聪明?

"哎呀,那是因为梁媛在文综拉了你很多分啊,如果不看那几科,梁媛在你面前就是个渣渣。"高宜换了个角度接着说道。

梁思琴也在一旁点头附和:"对啊,等高二分了科,你的排名还不直接起飞,哪轮得到梁媛在这里卖人设。"

下午两点,礼安散学典礼正式开始。

主题演讲—成绩回顾—表扬班级—学生演讲—安全教育,几个流程下来,大概要折腾一个半小时才结束。

秦温和班上几个女生又是坐在第一排。

周围不少同学都带了寒假作业来写,要是换作以前,秦温也会带上一本,可是这次期末考对她打击太大,让她实在心累,转不动脑子。

还不如发会儿呆放空自己,她已经好久没有好好休息了。

舞台上散学典礼的流程还在继续,轮到了优秀学生代表演讲。毫不意外,期中考、期末考双料第一的梁媛又是第一位被邀请上去演讲的学生。

雷鸣掌声响起,梁媛意气风发地站上台,身姿笔挺,笑容自信,向台下的观众九十度鞠躬后娓娓致词。

开口时,她往一班看了一眼,不见李珩的身影,有些失落。

篮球赛结束以后,他们就再没有交集,奥班开临时班本来是个机会,谁知二班那个班主任不肯让她进奥数组,搞得她最后只能去奥化组,不然她会有更多机会接触李珩的。

听说他省赛考了二等奖,真厉害啊,可惜他这次期末考没来考试,不然他们两个人又可以同时出现在LED屏首页了。

他应该也会知道自己又考了年级第一吧。

梁媛面向观众的笑容又再舒展几分。

体育馆那儿散学典礼仍旧继续,李珩看了眼时间,从侧门进了体育馆。

他本来今天是不想来的，但因为晚上就要回 B 市了，还是过来学校看一下有没有什么资料要带走。

李珩刚一进侧门，表哥潘嘉豪就看到了他。

潘嘉豪拍了拍正在聊天的人，示意自己要离开，然后走向李珩，一脸惊讶道："你居然来了？"

"嗯。"李珩应了一声，和潘嘉豪又往前走了几步。

体育馆内的闷热已经隐隐传来。

李珩不喜地皱皱眉。

"馆里热死了，走，我带你去后台调控室，那里有空调。"潘嘉豪比李珩更加少爷做派，李珩或许还会进馆，潘嘉豪绝对不会。

"话说你什么时候回 B 市？"

"今晚。"

"这么快？那外公知道不？"潘嘉豪难以置信地扭过头看着李珩，"你刚陪他过完生日就走，他肯定要念叨半天了。"

说起老人家，李珩脸上难得流露出无奈的表情："没办法，我爷爷已经和外公说了。"

潘嘉豪先是一愣，然后放声大笑："哈哈哈，可以的，李爷爷还是那么直接。"

李珩也笑笑："一起去吗？"

"别！"潘嘉豪一听这话连忙摆手，"老爷子一见我就逮着我练，我还是安心在家'瘫'着吧。"

潘嘉豪小时候不懂事，总觉得外面肯定比家里好玩，就经常跟着小姨和李珩一起去 B 市，结果一去 B 市，兄弟两人就被李珩的爷爷逮去拉练，累得跟狗一样。

重点是，李珩还一直诓他说是去冒险挖宝藏，这小子分明就是不想自己一个人练！

"再说了，你一走还把我也带上，我爷爷估计也要连夜飞去 B 市了。"

听着潘嘉豪的玩笑话，李珩也笑出声，看起来远没有平日那般冷漠。

表兄弟两人来到体育馆演讲台后方的调控室。这里坐了几位学生会干部，他们见潘嘉豪来到，都开心地和他打招呼。

李珩对潘嘉豪过人的交际能力见怪不怪，只站在一旁等表哥说完话。

但是气场强的人，即便是站着不动也让人难以忽视。其中有一位学长认出李珩，笑着和潘嘉豪说："你朋友？"

潘嘉豪笑道："对啊文博，这我认识的小学弟。体育馆太热了，我们进来坐坐。"

李珩在潘嘉豪说自己是他小学弟时飞了个眼刀给他，后者脸皮厚，得意地笑笑。没办法啊，实在玩不过李珩，只能以哥哥、弟弟这种天然身份优势欺负他了。

李珩在礼安那么出名，方文博身为学生会长自然不会不认识，他顺着潘嘉豪的话尾自然地与李珩打上招呼："你好，我是学生会长方文博，和嘉豪是隔壁班同学。"

李珩扫了方文博一眼，淡淡地说了句"你好"后就再没有过多回应。

方文博一愣，似乎没想到李珩真那么生人勿近，正想着要不要再开口说些什么，一旁的潘嘉豪出来打圆场，笑着和他说："行了文博，你去忙吧，我们随便坐坐就好。"

方文博想了想，还是不急于现在就和李珩结交，太突兀，也太生硬。

"行，那你们随便坐坐，渴了桌子上有水，直接拿就好。"

"OK！"

两人走向沙发。

李珩自顾自坐下看手机，潘嘉豪则站在一旁看向窗外。

调控室里还有两三位学长学姐，大家的眼神都不时扫向这二人。

表兄弟二人，一个清冷孤傲，一个阳光痞气，且行为举止都充满礼教，略显贵气，所以当李珩往沙发那儿一坐，背靠椅背，潘嘉豪再往旁边一站，一手插兜，瞬间就让这原本简陋的小房间高级了不少。

"氛围帅哥"啊。

调控室就在舞台侧后方，从这儿可以看到舞台上的一切。

现在恰好是梁媛在演讲。

"嚯，可以啊，你们年级什么时候出了个这么厉害的学妹，又是年级第一，又是学奥赛的。"潘嘉豪听着演讲，中途扭过头对李珩说道。

李珩正看着手机，头也不抬："什么年级第一？"

"还能有什么年级第一，就是期末考第一啊，现在台上发言的那个。"潘嘉豪走到沙发另一侧坐下，长腿伸直，"人家居然也学竞赛，我看比你还厉害。哈哈哈。"

李珩满不在乎地笑笑，没有回答。

两个学姐听到潘嘉豪这么说，都忍不住起哄潘嘉豪太坏。潘嘉豪笑着回击说，他这是在告诫学弟要好好努力学习，不能被人家女孩子比下去了，哪里坏了？

调控室里开始有些吵闹。

李珩看了眼自家缺德表哥,然后关掉手机,无聊地起身走到调控室前方,望向舞台和观众席。

他一眼就看到了正襟危坐的秦温。

围绕在她身边的人不是低头聊天看手机就是在写作业,只有她在认真地聆听校长那又长又臭的训导,显得格外突出。

李珩突然觉得秦温估计也是唯一一个愿意耐着性子听老爷子爱国主义教育的人了。

啊,不对,怎么会突然想到这个?李珩被自己这个破天荒的想法逗乐,自顾自低头轻笑。

篮球赛过后,李珩不是没有对秦温上心,但是后来秦温忙着学习,李珩忙着上手一些事情,互相错开的生活瞬间就冲散了李珩对秦温若有若无的牵挂。

李珩家世不错,所以他很早就被长辈带着历练,早已不是那种会为瞬间的心动而冲昏头脑的毛头小子。相反,他是个极理性又擅长自省的人,凡事喜欢尽在掌握。

但他却不知道自己为什么总是对秦温上心。没有由来的话,李珩只当自己是一时好奇,十几岁的年纪,会对一个女孩子动心也正常。

不过人家显然对他没意思,就还是算了吧。

只是为什么现在又能在人群里一眼看到她呢?

此时调控室的门被推开,走进来一个欢快的女生,大方地和大家打着招呼,然后女生在看到李珩背影的那一瞬间,脸上表情一顿,大脑空白了两秒。

梁媛绝对想不到自己今日居然能在这里见到李珩!

天啊,他怎么会在这里!

梁媛的呼吸渐渐有些急促,她能想象自己的脸正在变红。

李珩肯定记得她,她应该上前去和他打招呼。

调控室里大家聊得正开心,男生们约起了寒假打球,方文博组局,潘嘉豪也参加。

"学弟要不要一起去?"方文博走到李珩身边,热情地想拉他一起。

李珩的心思自始至终都不在这小房间里。他听到有人喊自己,回过神来,见室内的人都看着自己,有些疑惑地问:"怎么了?"

他一扫而过的眼神让梁媛惊慌失措,连忙低下头。

方文博丝毫不介意李珩这副冷漠的样子,他正笑笑准备要开口,谁知一旁潘嘉豪直接帮李珩回话："他寒假不在 A 市，想去也去不了。"

"这样子吗？那真是可惜了。"

"这有什么好可惜的，到时候等他回来再一起打就是了。"

这时调控室外有掌声响起，小房间里的对话也停了下来。

李珩又转身往外看去，观众席上的学生们三三两两开始起身，有些动作麻利的，已经离场。

散学典礼结束了，他也该准备回 B 市了。

啧！李珩的心情突然有些烦躁。他转身看了眼潘嘉豪，说了句"先走了"，便径直出门。

潘嘉豪看到李珩一转而过的表情，兄弟俩打小就一起长大，身为哥哥，自然了解弟弟的脾性。

他刚刚是……生气了？

潘嘉豪愣住，这里谁惹他了？

一旁的梁媛原本还在纠结要不要上前去和李珩搭话，谁知道李珩就先说了要离开，再接着便是一个眼神都没有留给她就走了。

梁媛瞬间清醒过来——

还在犹豫什么！机会就这样走了啊！明明自己篮球赛过后都敢去找李珩道歉，怎么刚刚好好打声招呼就不敢了！

第十一章 随风书店

散学典礼结束，寒假正式开始。

秦温从来没有像现在这样无比期待一个假期，她太想快点结束这个折磨人的噩梦了。越来越多的作业，越来越难的奥物，怎么也学不好的科目，肉眼拉大的同辈差距。

放学走在校道上，朋友们正兴高采烈地聊着寒假的打算，秦温却一句话也听不进去。她知道自己该转移注意力，考试考完就算了，不要再想，但是这很难做到。

想到自己赖以为王牌武器的"努力"与"自律"，竟然在这个学期完全失效，想到自己牺牲了那么多个人时间去兼顾不擅长的文科，竟然还越学越差，连带着总成绩也下滑。而与此同时，梁媛加入了奥化组以后依旧是年级第一，李珩加入奥数组才一年半就已经拿到了省赛二等奖。

这怎么能让人看得开？

走出校门后，秦温强颜欢笑着和朋友道别，然后转向背离家的方向。时间还早，不如再逛逛吧。

她去了很久都没有去的随风书店。

先前因为身心都扑在学习上，所以即便周六补课结束，秦温也没有去随风书店。今天刚好有这个时间，就当是去散散心，也顺便拜访一下许久未见的高老师、潘老师吧。

A市深冬的天空灰蒙蒙，阳光透不过云层，校后门石狮子旁有两只猫正依偎在一块儿取暖。秦温将羽绒校服的拉链再往上拉了拉，加快脚步走进学校后的老式小区，七拐八拐就看到了立在凋零老槐树旁边的书店。

冬景萧瑟，好像连书店墙壁都褪色几分。

寒风掠过，秦温打了个冷战，赶紧走向书店推门而入。门后风铃响起清脆的声音，扑面而来的暖气将秦温团团包围，像无声的怀抱。

比起外头灰暗的世界，店内要明亮温暖得多。

秦温深吸一口干燥的书墨气味，一路走来积攒在肺里的寒气被缓缓驱散，冰冷的指尖有热流涌入。

店内正放着二十世纪九十年代的粤语情歌，轻扬、熟悉的旋律像牧师低吟的祷告，安抚教徒的内心。

秦温看了眼柜台，空无一人，接着又往书店内部走去，穿过几层书架，终于在墙边摆有留声大碟的货架旁看到两位老人正坐在一块儿低头研究着一台被拆开了的留声机。

货架上方的墙壁整齐地排列着二十世纪大热中国港台专辑的封面照，泛黄的照片与底下头发斑白的瘦削身影相映衬，让人看到了岁月的波动。

年少时期的困惑与挣扎，都变成旧时光的声色。

"潘老师你行不行啊，别越修越坏了。"

"哎呀，我哪次修不好，你别在旁边给我灌输消极思想啊！"

两位老人拌嘴。

秦温看着这么"有爱"的场景，没忍住轻声一笑，心中郁闷之情稍减。她朝两位老师走前几步，轻声唤了句："高老师、潘老师。"

两位老人一块儿抬头。

高老师见是秦温，和蔼地笑道："温温来了啊！"

"秦温好久都没来书店了。"潘老师也抬眸说了句，然后低头接着摆弄那台留声机。

秦温不好意思地笑了笑，说道："前一阵子太忙了，就很少来书店。"

"礼安放假了吗？"高老师起身。

"嗯，今天评讲完卷子就放假了。"秦温立正站好乖巧道。

"哦？"潘老师拧着螺丝，头也不抬，"秦温考得怎么样啊？"语气虽然平常，却透着一股不容敷衍的严肃与权威。

潘老师是礼安高中物理特级教师，兼奥物金牌教练，无须赘述桃李满天下这种名师标准成就，他还是全省带出最多奥物省赛一等奖的教练。就冲这一项成就，说他是礼安奥物竞赛队的奠基人也毫不为过，所以即便他已经退休快十年了，礼安奥物组也依然流传着这位名师的名号。

被祖师爷关心成绩，秦温紧张地咽了咽口水。

要是以前秦温就直接交代了，只是自己这次考得实在是……

秦温面露愧色，深吸一口气正准备回答，就见高老师拿了两杯豆浆过来，冲潘老师念了句："还以为自己是班主任呢，见人就只会问这个！"

"秦温是我奥物组的学生，当然要过问一句！"潘老师朝高老师伸手，高老师自然地给他递了杯豆浆。

听着两位老师互相打趣，秦温却不敢觉得有多好玩，接过高老师手里的豆浆连忙说道："没关系的，不过我这次考得不太好，排名掉得有些厉害。"

秦温越说越小声。

听到秦温这样说，潘老师疑惑地"哦"了一声，放下手里的螺丝刀，拿出帕子擦了擦手。

高老师笑着安慰："没关系，成绩有波动是正常的，重要的是查漏补缺。温温是个聪明的孩子，老师相信你以后能找到合适的学习方法。"

秦温摇头："可是我现在学得比起以往吃力了很多，而且我好像兼顾不来奥物和那么多科目的学习。"

潘老师见过不少像秦温这种处于迷茫期的竞赛学生，他没有出声安慰秦温，只说："能把成绩单给老师看看吗？"

秦温没想到潘老师居然主动要给自己做试卷分析，赶紧放下豆浆，从书包里拿出成绩单。

其实她早就想来咨询潘老师了，只是潘老师已经退休了，她不敢来打扰两位老师清闲的退休生活，更何况这是她自己的问题，她应该先尝试着自己解决。

只是没想到自己解决就给解决到年级 200 名去了……

秦温拿出成绩单，忐忑地看了一眼高老师，然后将成绩单递了过去，头垂得更低。高老师是高中地理特级教师，可自己地理只考了 48 分，没脸喝这杯豆浆了。

潘老师拿过成绩单，一脸严肃地看着。一旁的高老师也戴上老花镜凑前去，亲和地说道："温温你这考得很不错，物、化、生三科满分呢。欸？怎么……"

高老师在成绩单最后看到秦温的文科成绩后愣了愣，还以为自己老视又加深了。

地理 48 分，历史 56 分，政治 59 分。

潘老师的反应比高老师冷静得多："秦温，你这可不给高老师面子呀。"

秦温听了潘老师的评价，羞赧道："老师对不起，我……"

"呵呵呵，潘老师说笑的，你有什么好对不起我，温温别当真。"高老师摘下老花镜，拍了拍秦温的手，"每个人都有自己擅长的和不擅长的，尽力就好。"

"可我考得太差了，而且上了高中以后成绩就一直在往下滑，我也有尽自己努力去学，但是有些科目却一直不见起色。"秦温低头说完顿了顿，又补充道，"可能是我学得还不够努力吧，所以才会落后别人那么多。"

一分耕耘一分收获是骗人的，有些科目明明十分耕耘半分收获。

"温温，"听到秦温这样说，高老师收起一贯慈祥的笑容，轻声道，"学习讲究的是一个度，不是越努力成绩就会越好的。"

"可是我平时的学习时间也不够用，如果我不额外多花时间的话，我怕连最基本的课业都完成不了。如果别人都可以做到而我却那么吃力，就证明我花的心思还不够多吧。"

以前不是没有落后过，只是秦温都靠自己的努力慢慢追了上来，并且顺利通过奥考招生，被礼安提前录取，成为高一奥物组唯一一个女生。

可上了高中，当秦温再想同样靠努力在年级大部队里追上前头，却屡屡受挫。

"只是我发现，我好像就是追不上别人，我还是太差了。"秦温鼓足勇气才说出这句话。

虽然是坦诚相待，秦温却不觉得有一丝倾诉完心事的畅快与解脱，反而像是在跟现实认输，心里更觉挫败。

高老师愣了一下，没想到向来乖巧沉稳的秦温竟然会说出这么丧气的话。

潘老师看着一脸失落的秦温，满意地点点头。

能在男生主导的奥物组里一枝独秀，而且其他理科成绩也是一骑绝尘，可见秦温有多聪明和努力。他见过太多聪明优秀的孩子陷入自大自满的幻想里故步自封，最终将自己的天赋与过往成就消磨殆尽。所以秦温身上那份坚韧与野心就更显珍贵，永远都在逼迫自己成长与进步，只是这也是她的不足所在。

"秦温觉得自己追不上哪个别人？"潘老师开声。

沉浸在悲伤情绪里的秦温一愣。

哪个别人吗？好像是李珩和梁媛，因为他们一个代表奥赛成绩，一个代表考试成绩，虽然班上也有一两个优秀的同学，但她只在李珩和梁媛身上感受到了明显的差距。

秦温咬了咬下唇，突然好像明白自己的问题出在哪里。

不是努不努力的问题，而是自己根本就连和第一名较量的能力都没有。

潘老师见秦温始终不讲话，接着问："你为什么觉得自己考得很差？你为什么要和别人比？"

秦温第一个问题还没有回答，潘老师又连着抛出了两个。

这让秦温猝不及防。

她站在原处，眼睛盯着手里那杯豆浆，不敢看两位老师。

她从来都没有想过为什么要和别人比，她好像是自然而然地就把别人列作自己的目标，从小便是这样。

可那是因为身边的同学都是一流的尖子生，永远有人比她更聪明、更努力，如果她不是处于不断超越前者的状态，可能自己哪天就会被淘汰了。

就像那些没有考回礼安高中的初中同学一样，其实有不少人连重点高中都没考上。

其实自己是害怕被淘汰吧，走上竞赛这条道路，总让她有种孤注一掷的恐惧感，所以她才那么想在普通考试里也找到安全感。

即便有一天被竞赛圈淘汰，她也不至于那么落魄。

"老是想自己追不上别人有什么意义呢？"潘老师还在步步紧逼，毫不客气，"你到底是怎么看待自己的？"

秦温握杯的手不自觉加劲，纸杯微微变形。

怎么看待自己？

鼻子毫无征兆地一酸，泪腺开始不安。秦温不敢开口回答问题，怕压抑已久的委屈和挫败情绪会一不小心爆发。

她摇摇头。

潘老师自然看出学生的异样，但是有些心理症结必须要秦温自己去面对，即便过程很痛苦也不能逃避，不能一直用努力和时间去堆砌无用功，去掩盖问题。

高老师看不过老伴这样逼迫学生，准备开口，潘老师一抬手就打断了她的发言。

"我问你，你们班学奥物的女生有几个？"

"我一个。"秦温用尽全力掩盖自己的哭腔，声音微不可闻。

"你们级物、化、生都满分的学生有几个？"

"我一个。"

"那你哪里差了？"

秦温咬紧下唇，不再回答。

"温温，你一点也不差，相反你是我和潘老师都很看好的学生。"

高老师在一旁轻声说道。

潘老师接着说话，语气已不自觉地带有昔日站在讲台上训导学生的威严。

"秦温，你从小就在礼安奥校学习，所以你要知道自己身边打交道的同学都是顶尖的竞赛学子，大家都很厉害，一场考试下来，平均分九十多，十几个满分，没有差劲的学生。

"在这样的圈子里，你没有必要向外界投射过多的目光。你应该多关注自己自身的进步，你难道期中考物、化、生三科就已经这么高分了吗？

"你难道比起期中考就一点进步都没有吗？

"秦温，你不需要靠超越别人来肯定自己的价值，否则你再这样自怨自艾，吃亏的只会是你自己。"

潘老师的话像一把利剑，劈断秦温所有心结。

自己其实也很厉害。

秦温的眼眶瞬间湿润，她不断以口代鼻深呼吸，不想在老师们面前哭出来。

明明她才是最该肯定自己的人，她却从来没有正视过自己，甚至还一直觉得自己不够好。

高老师见秦温眼眶通红，拍了拍潘老师，顺着他的话头说下去："温温，就算你一直留意外界，你能保证自己所见就一定是客观公正的吗？你若是带着'别人比我更厉害'的目光，所见的世界也一定如你心中所想，可是级里每一个班都像你们班一样吗？别人的生活也和你一模一样吗？"

秦温竭力噙泪摇头。

"对呀，当你想向外界求证结论的时候，你要学会保证自己的判断力是理性且公正的；否则，外界给你的任何反馈于你而言都是杂音，只会干扰你自己。

"所以在你有足够的心理素质去维持自己的信心不被外界干扰之前，专注于自身就够了。就像潘老师说的，你没有必要通过和别人的比较来证明自己，你要学会自己肯定自己、包容自己，不然你只会在外界与自身的平衡点里不断陷入焦虑与困惑。"

秦温点点头，眼泪已经在重力的作用下猛地滴落。

高老师一向心善，见到和自己孙女年纪相仿的秦温的受挫模样，也是止不住地心疼。

潘老师见老伴一副心疼模样，不想对话变得太沉重，秦温是个聪明的学生，很多问题给她点出来就可以了。他又缓了缓语气，半开玩笑："而且我看秦温你充其量就是文科那些差了点,以前潘老师我文科比你这还差呢,特别是地理,啧啧啧,高老师每次考试都能超我几十分呢。"

秦温听到潘老师突然这样生硬地转过话题,有些大跌眼镜,一时不知道该哭还是该笑,没忍住眨了眨眼睛,竭力留在眼眶里的泪全都痛快地掉了下来,她连忙转过身擦掉。

两位老师只当没看见。

"厉害了你!"高老师扭头瞪了潘老师一眼。

"哎呀,你地理好就够了。"潘老师拿起小螺丝刀,坐回留声机前。

"净说瞎话。"

秦温终究还是被两位老师的对话逗得笑出声,眼泪又不安分地掉了几滴出来,但心情已经放松不少。

她的困境已经被两位老师点破,尽管现在一时半会儿还不能完全理解,毕竟要转变长期以来形成的心态也不是易事,但她还是觉得很感激。

"谢谢老师。"秦温轻声道,"我以后会试着调整自己。"

"唉,在那么高压的学习环境里,哪能说调整就调整过来的。"高老师看了眼秦温,担忧地说道。

秦温轻轻扯了扯嘴角,没再说话。

"也不一定。"潘老师已经开始继续捣鼓自己的留声机,"让他们多接触其他的学生就知道真正的校园环境是怎么样的了。这个世界啊,还是平庸之辈多。"

高老师:"你又开始瞎说话了。"

"我可没有。教育部不是改革文理分科吗?南省应该也是第一批参加改革试行的省份。"潘老师用镊子夹起一个酒精棉球,擦拭留声机轨道灰尘。

"要是礼安手脚快的话,秦温他们高二应该就会改成走班制喽!"

潘老师拿起留声机的一个小部件左右打量,云淡风轻地说出礼安下一年可能要实行走班制。

站在一旁的秦温听了有些傻眼。原本她还沉浸在被前辈安抚的无尽感动中,现在一瞬间又满心惊讶与疑惑。

走班制?大学那种走班制?

"潘老师,这个走班制的意思是……"她开口问道。

"南省明年会参与高考改革,取消文理分科,让学生自选三门副科参加高考。

"一个班那么多学生,大家肯定也不会选到一起去,到时候只能上流动课堂，就像大学那样。

"礼安是第一批试行走班制高中之一，说不定高一下学校就会有通知发给你们。"

潘老师目不转睛地看着手里的小工具，慢悠悠地说道。

"礼安怎么做第一批试行高中去了？突然变革那么大，会不会有什么风险，别到时候影响了秦温他们这一届。"高老师担心地问道。

"谁让礼安之前和家长委员会那些事闹得这么大，又是教育不公又是违背'双减'，被人戴了那么多顶帽子还被上头约谈，不想点办法，怎么全身而退？现在是教育改革的关键时刻，礼安也该拿出点诚意来了。"潘老师耐心地给老伴解释。

南省教育水平不低，不少高中都卧虎藏龙，为名牌大学输送了不少优质生源，但其中只有礼安高中能被官方默认为全省第一高中，这自然和其一向与省教育厅关系不错有关。

礼安需要这么一个独一无二的地位来为自己吸纳更多优质考生，官方也需要一个在家长和学生之间有号召力的标杆来更好地宣扬政策。

这些弯绕秦温一个学生自然不会知道，所以这段对话听得她一头雾水，却也不敢多问。

潘老师还要和高老师说些什么，抬头看了一眼，发现秦温还站在旁边，又将话收了起来。

他把桌上的成绩单递回去，最后训导："试卷的话，老师就不看了。秦温，你的学习没有问题，该好好考虑的是心态，要学会肯定自己的价值，要培养更坚定的心理素质，不要让非智力因素影响到你。

"你才高一，还有很多成长的空间。

"不要急，专注回学习的本身——让自己更加了解这个世界，而不是和谁较量。"

秦温字字听得入神，在潘老师讲完以后只是点点头。

潘老师不像高老师那般亲和慈祥，耳提面命时总给人一种铁面无情的感觉，可秦温同样感激潘老师这般直白地指出自己的问题。

无论是无条件地肯定自己的家人、朋友，还是毫不留情点醒自己的严师，能遇到他们真是太好了。

让她确信自己是被爱的，只是现在她还需要自己爱自己、自己认可自己。

秦温接回成绩单，朝两位老师笑了笑："谢谢老师，我注意改正。"

看到秦温终于一展笑颜，高老师也放心道："要是还有什么不懂的，多找老师和同学聊聊,不要自己憋着。"

"嗯嗯,我知道了。"

"好了,快去后头坐着歇会儿吧,站这么久也累了,还想喝豆浆就自己去柜台那里加。"

秦温听到这话,也不敢再多打扰两位老师,说了句"谢谢老师"便转身走开。

她拿着豆浆来到书架后方的自习区,出乎意料的是现在已经临近傍晚,自习区仍有不少人,几乎每张桌子都零零散散坐了人。

庆幸最里侧靠窗处还有最后一张双人桌椅空闲。

秦温快步走到空桌里侧坐下。

她放下书包,将成绩单摊在桌前,接着又拿出纸巾擦干眼泪,整理好面容,然后双手撑头看着成绩单发呆,脑海里不断回想着两位老师的训导。

潘老师说得很犀利,她确实一直在通过超越别人来追求自我价值感。

她总是无视自己取得的成就,不,甚至因为自己的不安与焦虑而过度自谦,仿佛不断摆低自己的位置能换取某种莫名的安全感。

可是自己真的有那么厉害吗?她身边很多同学才是真正的学霸,又聪明又……

不对,怎么又开始这样想了!

秦温深呼吸,赶紧打断自己的定式思维。

自己是唯一一个留在奥物组的女生,自己是全级唯一一个物、化、生都满分的人!

她将自己的视线定格在物、化、生三科分数上,不断催眠着自己。

虽然自我肯定很难,但起码现在知道了症结所在,只要有意识地去改变,总会慢慢变好。

秦温拿笔,准备在成绩单上写几句鼓励自己的话,暗示自己自信点。

她按下圆珠笔盖,正想着该写什么,突然听到店内播放的音乐换了。

先前连放了几首 Beyond 乐队的歌,秦温还以为今天是他们乐队专场,只是没想到突然换了一位歌手。

虽同是粤语歌,但风格与 Beyond 乐队迥异。

老师怎么会换了首那么突兀的歌?

细细听了会儿歌词,秦温好像知道原因了。

她放下笔安静听歌。

"身处高峰尝尽雨丝轻风的加冕,偶然碰上了急风步伐未凌乱……

悠然推窗观天云渐散去星再……然而不死春天全赖暖意不间断……"

这首歌，会不会是两位老师专门点给自己听的？

秦温有些感动。

心理状态比较脆弱时，人就容易变得好哭。可能是因为歌曲太催泪，因为感受到老师的关怀，又或者是因为还在委屈自己那么努力了还是考得不好，秦温的鼻子又没由来地一酸。她赶紧侧过脸面向窗外调整呼吸，实在不想在公共场合一直失态。

还是赶紧写些什么转移注意力吧。

秦温提起笔准备写些什么，谁知道耳边又响起了熟悉的旋律。

竟然还是刚刚那首歌！

不过这一次，放的是抒情版。

同一首歌不同版本听来竟有不一样的感觉。

秦温又放下笔，眼睛看着窗外安静听歌。

三分钟又过去，一首歌结束。

同样的歌词反复听了两遍，让人感触更深。

撑过鼻酸的那一阵，秦温止住泪意。奥班出身虽然让她变得焦虑和不自信，但是也一直锻炼着她的心理调节能力，现在她已经没有那么难过了。

她又按下圆珠笔盖，脑海里鼓励的话语已经呼之欲出。

突然，耳边又响起旋律。

刚写了两个字的秦温一愣，停下笔尖的流动。这个调怎么那么熟悉？

"微风细雨带着红尘来回的追逐……"

竟然是同一首歌的国语版！

一首歌老师连着放了三次，不同编曲不同语版！

这什么呀……秦温哭笑不得地第三次放下笔，突然也不确定这到底是老师专门点给她听的还是老师单纯自己想听。

大概是后者吧。

是她自作多情了，不过两位老师也真是可爱。

秦温笑笑，低头抿了口豆浆。

忽然她看见眼前的空椅被拉开，坐下一位礼安男生。

男生身穿礼安纯黑校裤，上半身落叶羽绒服。笔挺腰背、直角宽肩，即便只是一个坐下的动作都难掩身材的优越。有桦木与橡木苔的香调飘来，高雅又冷冽。

秦温目不转睛，机械式地又咽了口豆浆。

她的视线缓缓上移。

看到他滚动的喉结，微露的锁骨。

哇，礼安的男生里原来也有身材——

然后秦温就对上了李珩那双似笑非笑的眼睛。

李珩？

李珩看着突然瞪大眼睛的秦温，嘴角微扬，第一次觉得自己这皮囊还挺有用的，起码比模联面试带她飞、帮他们班赢回十五班都要有用。

他今晚是八点的飞机回 B 市，现在下午四点半。换作以前，他一定是早早就去贵宾区等候登机，但是因为散学典礼后就没看到秦温了，没由来的烦躁让他不想那么快离开礼安。

是的，他清楚地知道自己刚刚是因未见到秦温而烦躁；而现在，他又因遇到了秦温而心情大好。

这个学期初也是在随风书店见到了秦温，如今学期末又再在这里见到她——想到这个微不足道的小巧合，李珩更加开心，紧锁秦温的视线里也多了几分张扬的少年气。

"小兔子"哭过了。

秦温大脑正宕机，两人相视无言，耳边只有欢乐的音乐。

"那么好喝吗？"李珩见秦温定住，没忍住又开口逗逗她。

李珩这冷不丁的一问让秦温觉得就好像是在问她"那么好看吗"，然后一紧张一心虚，她终于——

"噗！"被豆浆呛到。

"咳咳咳咳咳咳……咳咳……"

秦温整个人咳得上气不接下气，一口豆浆卡在咽喉道像是害羞似的死活不肯进胃。她白皙的脸颊瞬间涨红，连忙侧过脸去一手掩唇——当着李珩的面被呛成这样真是太丢脸了！纸巾呢？纸巾呢？不是刚刚才拿出来擦眼泪吗？

李珩看着慌乱、害羞的秦温洗劫似的翻着书包，很不给面子地笑出声，从包里拿出一张纸巾递过去，还嫌不够乱似的说了句："不急，慢慢喝。"

秦温正强行匀气，听到李珩的话直接想跳窗而出，接过他纸巾时的第一反应是想将自己的脸盖起来。

妈呀，这也太丢脸了吧。李珩要是知道自己并不是那么专心地在喝豆浆，而是在……他绝对会直接一个冷脸甩过来！

"谢……谢谢。"

"没事。"

秦温快速整理好自己，然后又赶紧拿了本练习册出来假装看题。她决定当只鸵鸟，把头埋进题海里，不看李珩，假装没事发生过。

李珩看着秦温又不理自己，笑容立马收敛，破天荒地开始反思起自己刚刚是不是太过分了。

哭过的话，心情应该本来就不好吧，确实不应该还逗她。

哭什么呢？

他扫了眼秦温的桌面，看到了那张成绩单。

100，100，100，48，56，59。

就为这个？

他挑挑眉，又看向低头写作业的秦温，鼻翼红红的，时不时还一抽一咳嗽，可怜兮兮的模样。

好吧，李珩抚额无奈地笑笑。有什么好哭的？这考试又没什么用。

李珩年少多练，心境早熟，眼界要比同龄人开阔得多，心理素质也更强硬。在他的世界里有更多远比成绩重要的事情，而那些整天把成绩挂嘴边的人，他向来是最不屑一顾，太幼稚了。

不过同样的事情，如果是秦温的话，就不一样了。

他想了想，从书包里拿出一沓空白期末考卷，然后从里面抽出物理试卷。

对面有些许动静，秦温悄悄抬眼，没想到就看到了李珩在做物理卷子。

秦温不知道李珩什么时候开始做题的，但是看着他已经把十道选择题做完，而自己练习册上还只做出三道题。

不要去看了！潘老师说过不要老是和别人比的！

秦温赶紧把练习册合上。

她今天透支太多情感，实在没心情和周围人一样写作业，该好好放松一下自己。李珩坐自己对面又怎么样呢？看到他是怎么做题又对自己有什么意义？她的问题在于自己对自己的看法。

她要关注的是自己的状态，自己现在想休息！

秦温猛地起身，走向书架，转身时李珩抬头看了她一眼。猜得出秦温为什么突然离开，不过他也只是笑笑，接着做自己的事情。

没一会儿秦温拿了一本小说回来，又不自觉地扫了眼李珩的进度。他已经做完实验题，开始做计算题。

"呼！"秦温深呼吸又长吐一口气。

她其实不太愿意靠近大学霸李珩这个焦虑源，要不是书架那边已经满座，她没打算那么快回来。

算了，不去看大学霸做题就好。

秦温定定神，翻开小说，专心阅读。

时间一分一秒地过去，两人相安无事。

这店里放的歌完全不对李珩胃口，甚至有些嫌弃，但他也没有想过戴上耳机，不想隔离秦温的动静。

窗外阴沉的天色逐渐有了变化。

一缕缕阳光终于穿透阴暗厚重的云层，坚定地投在大地上，接着风儿又将阴云吹薄吹散，于是每一缕阳光都开始追随起了风的轨迹。

光斑从地面游离至墙壁、书桌、女生翻阅纸张的指尖。

李珩算完最后一题，抬头看了眼对面的秦温。

柔和的光影加快了李珩的心跳，停住了他几秒的呼吸。

他的世界安静了下来。

光线轻柔淌过秦温身边，映得她那浅棕色瞳孔如琥珀般淳亮，让人挪不开视线。

李珩方才还暗喜秦温也有花痴的时候，现在轮到他自己对着别人目不转睛。

内心的种子被映在秦温身上的暖阳催发萌芽。他或许一开始没有那么喜欢秦温，但每一次见面，他都比上一次要更加喜欢。

是没有理由的喜欢，就像只是因为阳光照在秦温身上都足以让他心神荡漾。

说不出个所以然来又有什么关系呢？大脑会听从身体的指引，理性会臣服于感性。

他李珩也不是磨磨叽叽的人。之前的犹豫不决不过是不想唐突，天生的领导者，在感受到野心的下一秒便会采取行动。

可秦温却丝毫没有留意到外界的目光，视线只停留在书本的文字间。

李珩低头看了眼刚做完的物理卷，又看了看秦温，她似乎还是不太开心，一直抿着唇角。

"秦温。"李珩轻轻出声。

秦温正闷闷不乐地看着小说，听到对面有人轻轻喊了自己一声，下意识就淡淡地接了句："怎么了？"

"你有物理考卷的答案吗？同学忘了留一份给我。"李珩静静地看着秦温说道。

嗯？秦温一愣，物理答案？不对，先等等，李珩居然和自己说话了？

反应过来的秦温突然有些拘谨，因为两人不太熟，而李珩又是一个明显很有距离感和存在感的人，总让人在他面前自在不起来。

再加上……他们二班也少了份物理答案，秦温将答案发给同学以后也没有再去找老师补一份，毕竟她拿了满分，正好也不需要。

"对不起，我也没有。"秦温轻声说道。

李珩将笔绕指转了一圈："那能把你的答卷借我对下答案吗？"

这个……秦温看了眼李珩，有些犹豫。拿自己的满分卷出来会不会太张扬了？而且还是当着大学霸李珩的面。

不对啊，自己是实打实考出来的满分，在这儿扭捏什么呢？难怪老师说自己不会肯定自己。

秦温犹豫的这空当其实已经拖延了一小会儿，只是她没有察觉出来李珩一直在耐心等待，没有开口打断她。

她该肯定自己的，在别人面前展现自己的满分成绩没什么好丢脸心虚的。

"嗯。"下定决心的秦温点点头，从书包里拿出一张卷面整洁、书写工整的满分答卷递了过去，然后她又立马低头接着看小说。

好吧，其实这种事情对她来说还是太舒适圈以外的事情，所以还是转移注意力，不要想太多。

李珩接过那张答卷，见秦温立马低下头，他也没再说什么，开始对答案。对完之后，李珩扫了眼秦温压轴题最后一小问的解答，马上明白了自己错在哪里。

喜欢的人不开心了，他当然会哄，而且他知道秦温为什么不开心，也知道秦温需要的安慰是什么。

李珩翻过卷子，又将两道选择题的答案改掉。

"秦温。"他出声。

秦温应声抬头，还没来得及问怎么了，就听见李珩推过她的考卷，用笔指着最后一题，问："你能教教我为什么最后这一小问还有动能为势能的四分之一的这种情况吗？"

秦温一愣。

啊？李珩问她问题？李珩这种级别的大学霸，也会有请教别人的时候吗？

她看着李珩，有些紧张。不太确定自己有没有那个水平给李珩讲解问题，又想起老师说的她该学会肯定自己，她不比别人差。

她咬咬牙合上书，凑上前去拿回自己的考卷。

秦温看着李珩指出的题目，稍稍回忆了一下自己当时做题的思路，然后拿过笔在卷子上画了个折线图："这是因为……"

秦温三两下讲完，看了眼李珩，却见他没看试卷而是看着自己，突然心里有些忐忑。

"我会不会没说清？"

"不会，你这样一说我就知道了。"

"嗯。"秦温又准备接着看小说。

"秦温，我还有两道选择题不懂，能再给我讲讲吗？"李珩又开口。

"嗯？好。"

秦温又接过李珩的卷子和笔，给他细细讲题。

初时的秦温还有些紧张，因为和李珩不熟，因为李珩优异的成绩，但是后来讲久了，秦温也只当和班上同学讨论问题一般。

她发现李珩其实也并不是全知全能的，和她一样，也会有粗心大意的时候，也会有转不过弯来的时候。

秦温就这样给李珩讲了十多分钟的题。

末了，秦温将笔还给李珩，没想到居然讲了这么久李珩才明白，她有些抱歉地说道："我可能讲得不太好。"

不然李珩那么聪明的人怎么会一直听不懂呢？

"不会，是我没想清楚。"李珩笑着叹气道，"要是我物理能有你那么好就好了。"

秦温愣住："没有没有，我其实也……"

"连我都知道你两次大考物理都满分，这么厉害的人，怎么还这么谦虚？"李珩笑着打趣。

秦温心跳渐渐有些加速，她没想到李珩居然知道自己物理两次满分。

"如果我的数学成绩能有你的物理成绩那么稳定就好了。"李珩又笑，一改往日高冷模样，倒像是个爱说笑的普通少年。

天哪，秦温没有想到自己能被大学霸李珩夸奖，一直愣在原处，但是不可否认，她心里是有些开心的。不管合不合适，李珩都被她潜意识里当作假想敌之一。有时候旁人再多的安慰，都不及对手的一句认可来得奏效。

秦温知道自己应该学会自我肯定，但她心里总是不自信，起码今天不行。

今天她先是被排名打击，后又被老师点破感动，一整天的心情大起大落，实在心力交瘁。

所以来自李珩的一句肯定,哪怕那只是客套之词,都让秦温觉得得救了!

好像这一天过得也没有那么糟糕。

秦温给了李珩一个大大的笑容:"谢谢!"

开心!今天又好起来了!

李珩将答卷还给秦温,见她一副喜笑颜开的模样,又突然觉得她可爱得让人哭笑不得。他还准备了些别的说辞,没想到她那么快就回血复活,笑着和自己说"谢谢",然后直接结束话题。

唉,他们的对话也太短了。

"嗡嗡——"秦温的手机响动起来。

秦温向来不太爱带手机出门,但是今晚要去爷爷奶奶家吃饭,她和长辈说好下课自己过去,所以才带了手机报平安。

现在下午五点多了,奶奶发消息来催,问她出发了没。

秦温赶紧回了句"已经出发了",低头便开始收拾书包。

李珩看了眼秦温的手机,手指轻敲着桌子,让人看不出他在想什么。算了,还是先顺其自然吧。

李珩安静地坐着,没一会儿秦温便背起书包起身。她顺手拿起豆浆的时候视线自然往下,恰好李珩也抬头,两人对视。

秦温眨眼,有些纠结。

要走了是不是该些说什么?虽然他们半熟不熟,但是李珩无意中的夸奖算是照亮了她的一天呢。

李珩看着秦温犹豫的表情,猜透了她的想法,又低头笑笑,下一秒再抬眼,满目神采飞扬:"寒假快乐,秦温。"

快点忘掉烦恼吧。

秦温一滞,随后开心地笑道:"寒假快乐。"

第十二章

高一下·期中考

高一上学期就在跌跌撞撞中结束。上个学期最后一日，秦温在随风书店与老师谈心，潘老师已经提醒过她不要过分关注别人，要学会自己肯定自己，她铭记在心。

寒假眨眼过去，新学期开始。

秦温尝试抱着不断自我肯定的心态去学习。

她不再去看教学楼大堂 LED 大屏幕上公开表扬的学生，逼迫自己不再去留意其他优秀学生的光荣事迹。除此之外，秦温也放弃了九科兼顾的想法，改而专攻理科。

不去管别人为什么可以做到，秦温决定接纳能力有限的自己，而不是追逐别人的脚步。

只是要扭转长久以往的定式思维，确实不是一件易事。

万一到时候自己落后别人一大截怎么办？早早放弃文科，是不是太弱者行为了？自己是不是应该在最后一个学期咬咬牙拼一拼？

理性和感性的来回拉扯有时候甚至是痛苦的，要说服自己、肯定自己也不是易事。

秦温知道这些子虚乌有的担心其实都是心理弱点在作祟，既然自己暂时克服不了这些心理弱点，那就干脆什么都不要想。

本就不爱看手机的秦温现在只有自己去爷爷奶奶家的时候才会开机，平时学校有什么重大通知都是妈妈在家长群里看到了再告诉她。如果不是还有高宜这个"八达通"在，秦温只怕要和级里的所有事情脱节。

不过她并不排斥听高宜说级里那些学霸的最新动态，因为只要有高宜、陈映轩他们在场，再怎么让人焦虑紧张的话题，都会被他们说成群口相声。

自己该多向高宜他们学习这种开朗自如的心态。

"欸,你们知道梁嫒拿了市英语演讲比赛第一名吗?"高宜见秦温他们都在,马上第一时间分享自己搜罗到的信息。

周六上午奥班补完课,大家都回到二班。秦温听完以后笑了笑,反应比以前沉稳许多,不再想东想西。

陈映轩明明是周五的值日却偏要偷懒,到今天周六才拖拖拉拉地开始扫地:"真的假的,什么时候有这种演讲比赛了,我都不知道。"

"哎呀,这些比赛都是老师直接找英语好的同学去参赛的啦。就你那'阿三'口音,怎么会知道?"梁思琴在一旁吐槽。

秦温被梁思琴那句"'阿三'口音"戳到笑点,没忍住笑出声。

陈映轩见一旁的秦温莫名其妙在傻笑,停下拖地的动作,无语道:"你最近的笑点也太低了吧,怎么我们说什么你都会笑?"

秦温咳了两声敛起笑容,一脸严肃地说:"哪有那么夸张?"

"不是啊,我也觉得温温你笑点低了好多。"高宜也附和。

不至于吧。

"这孩子学疯了。"梁思琴结案陈词。

"那我们班没人去吗?"陈映轩又问。

"那不废话,我们班哪能有做英语演讲的人?不过有听冰冰说 Mrs. Yang 想叫李珩去,只是他没去。"高宜说道。

"他不是请假了两三个月,上个星期才回来吗?"梁思琴问。

"是呀,所以他最后就没有去比赛了嘛。"高宜说道。

"不过话说李珩为什么要请那么久的假,他是不是身体不好啊?"

高宜摇摇头,话头被一旁的陈映轩接过:"这你们就不知道了吧!人家李珩的家本来就在 B 市。"

陈映轩现在和一班男生们的关系都不错,知道很多第一手信息,几乎都要动摇高宜的八卦王地位了。

"啊?那他干吗不直接在 B 市念书?B 市那么多好大学,学籍留在 B 市会更有利吧。"

"那我就不知道了。"

秦温在一旁也觉得奇怪,听过有人将学籍迁入教育资源更丰富的城市以方便高考,怎么李珩还反着来?

不过以他的实力,放在任何一个城市都可以畅通无阻吧。

高宜和梁思琴接着逼问陈映轩更多关于李珩家里的八卦,谁知陈映轩竟然一问三不知，三人就这样东拉西扯地聊起了天。

秦温旁听了一会儿后看了眼手表，背起书包准备离开。

高宜问道："现在就走了吗？"

秦温："我去书店写会儿作业，你们聊。"

"好的，那你小心点哦。"

秦温撑着遮阳伞，快步走向书店。

虽然现在才四月，但是 A 市已有进入盛夏的态势，轻风吹过，热浪缠身。

下一周就要期中考了，她想要去书店温习会儿再回家。

这个学期秦温去随风书店的频率比上一个学期要频繁得多，大概是因为自从上次在随风书店被老师点醒以后，她对书店的感情更加深厚了，也乐意多去书店拜访两位老师。

不过，临近大考，随风书店即便是周末也会有不少的学生前来自习，她又在教室那儿听高宜她们说了会儿闲话，也不知道现在店里还有没有座位。

希望是有的，不然这么热的天，白跑一趟就真是太得不偿失了。

"丁零零！"

秦温入店，店内静悄悄的。

每逢碰上复习周，书店都会把背景音乐关掉，两位老人坐在柜台后，一位看报一位看书，秦温没有打扰，径直轻步往店内走去。

她走到桌椅区便看到无论是四人桌还是双人桌都已坐有了人。

果然，只能和别人拼桌了。

秦温往桌椅区走进了几步，打量着哪一桌看上去空余的桌面位置大一些，突然她看到最里面靠近窗户的双人桌那儿坐了一个男生，男生也正好抬头看了她一眼。

是上周才回学校的李珩。

秦温有些愣神，怎么每次来随风书店好像都能见到李珩。

要不怎么说人家是学霸，刚回学校就马上来书店自习了。

秦温正在这儿腹诽着，突然看到李珩将放在对面椅子上的书包拿开，让出了一个空位，朝她轻轻一笑。

秦温又一愣，这是在给自己让位吗？

李珩拿开书包以后便低头看书。秦温看了眼自己身后，这里确实只有自己在找位置。她不再扭捏，走到李珩那一桌坐下。

他其实没有级里传的那么高冷、不近人情。

秦温坐下后想和李珩说声谢谢，谁知道李珩一直低头看着教辅，又戴着耳机，似乎并不太想说话。那么多天没来上学，复习任务估计挺重的，还是不要打扰人家好了。

她打开书包，拿出一张数学模拟卷，准备掐表两个半小时刷题，然后一抬头，就看到了他们旁边桌子坐的居然是梁媛！

对面是李珩，对面的旁边是梁媛！天啊，这是什么学霸阵容，真是太……秦温甫一这样想就立马自我提醒——集中集中，学习学习，别一会儿又把自己整焦虑了。

她赶紧按笔做题，转移注意力。

李珩瞟了一眼窗户的倒影，见秦温专心做题，才抬头看了看坐在自己对面的她。

没想到在B市一忙就是四个多月，现在才回来。

家里为了培养他，特意带着他出席了一系列商务活动。见多了虚与委蛇的场面，倒让他有些怀念校园里的清净氛围。所以再见秦温的第一眼，算是他这四个月来最轻松快乐的时刻。

李珩看着秦温认真思索的模样，嘴角微微上扬，余光突然察觉到坐在隔壁桌的女生一直盯着自己和秦温来回看，他收起笑容，冷脸瞟了眼那个好事的女生，女生吓得立马低头。

"婷婷你怎么了？"梁媛不满对面的女同学一直弄出细微动静，耐着脾气佯笑道。

"没事没事，脖子有点酸了。"

"这样子吗？那你要不要去前面柜台找那两个老人家，说不定他们那里有药水借你。"

"天哪，我可不敢！那两个退休老师一看就是超级严厉的人，我哪敢像你这样去和他们搭话啊！"女生连忙摆手，仿佛潘老师和高老师是什么可怕的人。

被朋友捧着的梁媛眼中一闪而过得意神色，语气却不减关切之情："哈哈哈哈，他们人真的都挺好的，你如果还是很不舒服的话，我待会儿陪你去问问吧。"

女同学没想到只是说自己脖子有点酸也能让梁媛这么关心，心里有些感动："梁媛，你太好了！不过我没事。"

"那就好。"

说罢，梁媛又借转身从书包拿作业偷偷看了一眼李珩，李珩正巧也要从放在身侧的书包拿出卷子，两人之间的距离稍稍靠近了些。

李珩虽然从头到尾都没有看她一眼，但是梁媛自己的心跳依旧快得吓人，接着她又不甘心地看了一眼秦温的位置——自己该晚些来的，不然那个女生的位置就应该是自己坐。

李珩看到秦温做数学模拟卷以后，也拿出那张没打算做的卷子，瞄了一眼秦温做到哪里以后，开始答题。

时间不知不觉过了两个小时，秦温看着卷子倒数第二道几何大题有些发愣。

老吴是不是没有把题目打完，两句话就结束了？连个图都没有配，要自己画吗？

秦温按照题目的意思，在草稿纸上粗粗画了几个三角形。

总觉得哪里不对……

她跳过这一题，看最后的压轴代数题，刚刚那道几何题已经够简练了，没想到这道代数题更加简短。

好吧，这非常符合老吴的出题风格：题干越简单，限制越少越好，因为这样就越考验学生的分情况讨论能力。

秦温三两下就把两道大题的一、二小问做完了，然后看着剩下的精华第三小问，一筹莫展。

老吴是真的太懂出题了。

秦温试着解题，时间又过了二十多分钟。

不行，做不出来。

她放下笔，活动了下有些僵硬的腰背，刚好看到对面的李珩不知道什么时候也开始做数学模拟卷了，而且已经快要把压轴题的最后一小问做完。

好厉害……

秦温又看了眼手表，时间已经过去两个半小时了。她干脆停笔，长舒一口气，往后靠在椅背上喝水休息。

今天本来就上了一早上的奥物课，刚刚又刷了一套题，现在实在是转不动脑子了，还是等明天再想这两道压轴题吧。

于是疲惫的秦温喝着水，看起了李珩做题。嗯，看帅哥刷题也是一种视觉放松，反正他也不知道自己在看他。

见惯了李珩平时一副高冷模样，今天还是第一次见他那么专注地做题目，确实有几分特别的吸引力。

而且重点——李珩解得很顺，简直就是表演。

大学霸做压轴题都不用打草稿的吗？

秦温看得入迷，李珩写完，抬眼就看到了秦温一副看东西看得出神的模样。他心情大好，虽然知道秦温盯着看的是他的答案。

秦温视线追随李珩的笔尖直到最后一个数字写完，抬头正好对上了李珩的目光。

怎么又对上眼了？

这倒没什么，主要是他们这种半熟不熟的关系，对上目光又没话聊，还挺让人尴尬的。

"秦温。"李珩出声。

"嗯？"

李珩看着秦温等了几秒，发现她并没有想要问自己问题的意思——她显然看到了自己会做这两道问题，但是她也没有要问自己。

虽然他们打交道的次数很少，也不深，但是李珩看得出秦温是个要强的人，她也不会想要直接拿到自己的答案。又或者还有一种可能性——自己不在她请教的范畴里。靠近她的动作太明显、太生硬的话，她会觉得拘谨吧。

"怎么了？"秦温问，怎么喊了自己一声又不说话。

"没什么。"李珩想了想，还是把到嘴的话咽了下去。算了，她也不是那种直接拿答案的女生。

"嗯。"秦温有些莫名其妙，不过也没多说什么。

她看了眼手表，打了个小哈欠，将黑笔放入笔袋，收拾桌面。

快五点了，回家吧。

"要走了吗？"李珩问。

秦温有些意外，点点头，接着李珩也开始收拾东西。

一旁一直留神两人互动的梁媛突然觉得不妙，什么时候见过李珩主动和女生搭话？

秦温收完东西起身，正好李珩也单肩背包起身，直接走过秦温的前面。秦温紧随其后，同路离开。

"梁媛，怎么了？你在看什么呀？"梁媛的同伴问。

"没事，不过时候不早了，我们要不也走吧？"

明天就是期中考，大家理应专心复习，但还是有不少人被一件事分掉了心神——期中考过后的外出一周学农实习！

学农是礼安高一级最后一次集体活动，等到了高二、高三重新分班，大家就很难再聚在一起，所以即便老师已经耳提面命过无数次先专心期中考，还是很难消减同学们对学农的期待与关注。

因为奥班是特色班，不参与重新分班，所以两个兄弟班对学农的热情不算高涨。

但是，也有两个人例外——高宜和梁思琴。

秦温在教室后头看完明天的考场安排，转身回到座位，正好就看到高宜一溜烟小跑回来。

"高宜，你的考场在七班哦！"秦温提醒。

"好的好的。"高宜敷衍过秦温便急切地挥挥手，"温温，还有思琴，你们快点过来，大新闻！"

"什么什么？"隔着秦温、高宜两列座位的梁思琴一听这话，立马两眼放光地跑了过来。

秦温哭笑不得，怎么搞得跟地下特务分享情报似的。

三人围成一圈。

高宜压低声音："我听说学农晚会梁媛要和李珩同台演奏！"

"哇！"秦温惊讶，梁思琴也好事地发出惊呼。

这两人居然真的联动了，还是官方促成的联动！

"消息来源可靠吗？"梁思琴立马追问。

"靠大谱！三班有个同学告诉我，音乐老师让他们两个在学农晚会上来个钢琴和小提琴合奏。"

学农晚会每年都会邀请学生表演节目，但因为时间就在期中考以后，学生们不大有时间准备，所以都是由老师直接挑选级里才艺突出的学生速成一段节目。

除了李珩、梁媛，还有几个艺术特长生也被邀请。

"真没想到他们居然能在这地方凑一起。"高宜接着道，"啧啧啧，那得多少男生伤心啊！"

"为什么男生要伤心？"秦温不解高宜为什么这样说。

"因为梁媛现在在年级里很受欢迎啊！是男生们的女神，但显然，他们都比不过李珩。"

"可我怎么还是不太信这两人能一起在台上呢？"梁思琴突然有些迟疑地说。

"老师提出来的，那还能有假啊！"

"也是……"梁思琴不解地挠挠头，说不出来哪里不对劲，"可能太难想象李珩那种人上台给大家表演节目的场景吧。"

听完梁思琴的话,秦温也跟着想象了一下:李珩冷着脸,站在台上拉着小提琴。

嘶!

不敢听。

第二天就是期中考,第一场语文考试在八点。

秦温提早半个小时来到考室,站在门口外看座位表找自己的位置,嘴里还默背着古诗词。

面对这次的期中考,她还是有些紧张,时不时也会想到万一又被李珩、梁媛那些顶尖学霸甩开一大截差距怎么办,但她在学着自我心理调节,也庆幸他们不在一个班。

其实只要不作死去留意这些焦虑源,她会轻松很多。

四排五列。

她记下自己的位置,然后眼睛顺势往上一看——

李珩

虽然秦温已经竭力控制自己不去留意别人,但是伟大的墨菲定律告诉她:如果你担心某种情况发生,那么它就更有可能发生。

秦温一瞬间宕机。

妈呀!这么小概率的事情都会发生吗?她一点也不想坐在大学霸身后考试啊!

已经可以想象大家还在奋笔疾书前一页,大学霸"唰"地翻过第二页,领先全场!

啊,不对!不能想、不能想,李珩做到第几页关自己什么事!

秦温幼稚地一个人猛摇头,深吸一口气,让自己放松下来。不去管别人,努力考出自己的真实水平就好了。

七点四十五分,老师进场,提醒学生将书包和一切电子产品放在走廊上。不少学生依依不舍地将书本合上,还有一小部分索性就先不进入考场,继续站在走廊上背书。

秦温早已准备就绪,静静地坐在位置上等待发卷,放空自己,缓解紧张。过了刚知道自己坐李珩身后考试的那个紧张劲以后,其实也还好,慢慢学着调节就行了。

前面的座位空无一人。该不会李珩又不来考试吧?

秦温惊奇。如果真是这样的话，还挺让人好奇大学霸家是干什么的，能请假两个多月，缺席两次大考都不被学校追究。

还是说大学霸其实身有顽疾，其实他是身残志坚地坚持来上学？

天，这样想的话，秦温竟有些感动，然后眼前突然就坐下一个人。

李珩来了。

秦温被这冷不丁出现的大活人吓一跳，再加上刚刚还想着他可能有什么隐疾，连忙心虚地将自己桌子悄悄往后拉拉。

"叮！"

考试铃响，今天的考试开始了。

两个半小时的语文考完，学生们休息十五分钟，接着一个半小时的地理考试，这中间时间紧迫得让人走路都是跑步前进，但到了下午就只有一场两点半的数学考试，安排上轻松了不少。

秦温两点就来到考场看自己的错题收集本。

下午就是李珩的主场了，她有些紧张又有些期待。紧张自然是因为一贯的焦虑情绪，但这次里面还夹杂了几分期待之情。

秦温其实还挺俗气和"中二"的，慕强的同时也渴望自己变强，只不过之前跑偏了，天天把精力放在自己不擅长的科目上，自然被折磨得身心俱疲。

但是如果只论理科的话，她的状态就完全不同了。

她的数学虽然远不如李珩出色，但也算是上游水平，所以即便老师说过不要靠超越别人来肯定自己，她也还是按捺不住想在数学这一科上悄悄和李珩掰下手腕。

更何况所有竞赛生的本业都是小学奥数，只是上了初中才分化出自己的竞赛主科。

所以，自己和李珩也不是完全不能比，只不过要把目标调整一下，比如分差在15分以内就算她赢！

秦温兴奋地点点头为自己加油打气，隐隐又找回了从前的考前兴奋状态。

于是李珩一进教室便看见了秦温笑脸盈盈的模样。

想什么呢，笑成这样？

向来踩点进考场的李珩，今天离考试还有二十分钟就到了。

不过看来还可以再早点。

李珩走近，知道她把考试看得很重要，便没有打扰她。

两点二十五分，老师提前发卷，所有考生在写好姓名等信息后放笔阅卷。秦温扫了眼试卷前两页便赶紧翻过去看第四页压轴的两道大题。

"叮！"

两点三十分，考试正式开始。

秦温提笔答题，在做题目的时候顺带快速自查一遍。

秦温其实解难题、刁题的能力比较薄弱，但她胜就胜在做题很细心，而且基础扎实，所以每次分数都能非常稳健地停留在130分附近。

时间很快就过去了，结束前十五分钟，提示铃响起。

这骤然响起的铃声吓了秦温一跳，她深吸一口气，还在和压轴题的最后两问纠缠。

响铃过后，时间似乎加快了流逝的速度。当秦温再抬眼看钟时，居然就只剩下五分钟了！

无论自己算出来什么结果都要一股脑往上面写了。

快快快！

秦温奋笔疾书。

前面的李珩轻轻把笔放下，悠闲地粗略检查。

"叮！"全场考试结束。

秦温也正好将自己在草稿纸上演算的过程誊抄完毕。

她放下笔，身心俱疲。

这压轴题绝对！绝对！绝对！是老吴出的！学校里没有哪个数学老师出题能有老吴这么简单省事，又是两句话就出完一道题了！

李珩喝着水，听到身后传来秦温哀怨的叹气声，嘴角应声扬起。

她不会做模拟卷那道压轴题的话，今天应该估计也是做不出来的。如果在书店教了她的话，今天搞不好就可以邀功了。

不过按照她的性格，估计还是会更开心靠自己把题目解出来吧。或许比起主动教，还是应该想点什么办法让她主动问。

李珩手指敲敲桌子，身子往后靠在椅背上。他腿长，本就不喜欢将腿收在课桌下，所以他将椅子退至紧挨秦温桌子的边沿，加大空间然后半伸一腿出来。

如果秦温的身子也靠前的话，头甚至可以靠在李珩的肩膀上。

不过这隐藏的暧昧空间秦温是完全察觉不出来的，因为她现在心心念念的都是——

难怪老吴不发模拟卷答案！可恶啊，早知道自己就找人问明白那道题了！

数学考试结束，当秦温不再要求自己九科面面俱到后，史、地、政的考试对她而言就变成了调剂品。

周四早上考的物理和政治。

物理是秦温的本家，自然不会出什么差错，她考得非常顺手。

和昨天火急火燎考完语文就马上考地理不同，这次考完物理一个小时后才考政治。

秦温轻闲地去了趟洗手间，又打了杯水。等她再回到教室时，李珩已经坐在位置上了，面前是摊开的政治书。

她路过李珩，忍不住瞟了一眼他的书，上面干干净净，什么笔记都没有。

秦温收回视线，回到自己位置坐下，打开那本已经被各种记号笔画得花花绿绿的课本，开始复习。

只是她看着自己这又乱又全的笔记，对比李珩那洁白如新的课本，突然有种不祥的预感——就这样，她在政治这一门上也还是考不过李珩。

"唉！"秦温悠悠叹气，打住，打住！

坐在前面的李珩正翻看着课本，那些浅显的概念都是他打小就听父辈讨论的东西，于是他又无聊地合上课本。

突然听见了身后秦温的叹气声，他垂眸笑了笑，又看了一眼手表，离考试还有四十五分钟。

他黑眸缓移，再次定格在那崭新的课本封面上。

秦温一手撑头，百无聊赖地翻看着课本，这笔记越看越乱，实在让人心烦，于是她又拿出之前老师发的一百道选择题模拟卷，看起了错题。

前面一直背靠椅背的李珩突然直起腰身。

秦温以为李珩要起身，便把自己的课桌稍稍往后挪了挪，好给他腾出空间。可没想到李珩却是转过身来："秦温。"

咦？秦温抬头对上李珩的目光，客气道："怎么了？"

李珩眉头微皱，似乎有些为难："你有多余的政治笔记可以借我看看吗？我前两天才回学校，没来得及补笔记。"

秦温愣住。万万没想到一贯高冷的李珩居然会主动问自己拿笔记，而且重点是，找自己这个政治考试级排六百多名的人拿笔记……

李珩的视线轻轻扫过错愕的秦温："随便什么都可以，不影响你复习就好，但如果没有的话，也没关系。"

李珩的话都周全到这样了，秦温不可能不给。

"没事呀。"

秦温看了看自己的课本,又看了看自己的卷子,直接看题应该才是短时间提分的最佳途径。她递过模拟卷:"我只有这一张卷子,你要不先看看?"

李珩接过秦温手里的卷子:"谢谢。"

两人的距离比以往都要近些,以至于秦温可以清晰地看见李珩那双深眸的每一个细节,他的瞳色是纯正的黑色。

她看向别处,避开与李珩对视。

"不客气。"

大学霸还是远远地观赏就好,关系太近的话,秦温也不敢保证自己会不会动心,毕竟李珩这张脸实在是好看,而且他还那么厉害。

这一个小插曲过后两人又接着各自复习,但隔了一会儿,李珩又拿卷子上的问题问秦温。

方才还被李珩迷了一下的秦温这会儿又有些哭笑不得了。同学之间请教问题没什么,关键是请教的科目。

她觉得吧,自己被人请教政治题这件事……就挺离大谱的。

她可是吊车尾的人啊!

李珩找她问政治问题,不就等于找神婆看病吗?

可总不能和李珩说自己是政治不及格的人吧,于是她硬着头皮,机械地给李珩讲题。

头两个问题还算一个问一个答,后面几个问题就像是讨论了。

秦温政治基础本就不扎实,有些题目她即便知道正确答案,也不知道为什么这样选。

恰恰好李珩问的就是那几道她不确定的题,于是两个人就对着正确答案讨论解答过程。

秦温没想到李珩似乎比自己还熟悉课本框架,很多她不理解的东西,经过李珩一理清内在的逻辑,她立马就理解了。

以至于最后都不知道是谁在教谁了,秦温也不知道自己该开心还是不开心好。

虽然是被大学霸教明白了,但是大学霸半个学期没听课啊!她可是比大学霸多上了半学期课的人啊,学得居然还没有人家明白。

就……离离原上"谱"。

不过,秦温也发现李珩虽然看上去很有距离感的样子,但其实他在给同学讲题目的时候很耐心,好像也没有大家说的那么不近人情呢。

又讲到一题,秦温不太理解,她低头沉思,说了几句自己的想法。

"我这样想对吗?"

"不对。"

秦温有些窘迫。

李珩笑了笑,拿过笔翻开书本给秦温梳理知识点之间的逻辑关系。

两人就这样讨论了近半个小时,直到老师进来提醒大家做好考试准备。

秦温突然有些依依不舍,李珩的政治题理解方式非常适合她,要是能听李珩再多讲会儿就好了。

李珩看了秦温一眼,似乎猜到了她在想什么,笑了笑对秦温说道:"谢谢你的卷子。"

秦温接回卷子。

"不客气,也谢谢你帮我讲明白了几道题!"

"应该的。"

秦温是万万没想到政治考试前她那一瞬间对大学霸的念念不忘居然还能有回响。因为大学霸后面每一场考试都会提前到场,然后问自己有没有多余的复习资料可以给他看看。

大学霸估计也是急着临时抱佛脚吧,可以理解,只是别的也就算了,怎么连英语也找她借啊!

他可是国际部的大神啊!应该不需要看她做的这些低幼笔记吧!

李珩迎着秦温疑惑的神情,面不改色:"我不太清楚考试范围,不知道要背哪些段落。"

哦哦,原来如此。秦温恍然大悟地点点头,直接把书给了李珩。

"那要不你直接看我的书吧?前四个单元课文里标蓝的段落都是期中考默写范围。"秦温大方地说道,反正她都已经背完了。

"可是这样不会影响你复习吗?"李珩看着秦温的书,黑眸闪了闪,接过课本。

"没关系,我看看单词本里的单词就好了。"秦温笑道。

"好。"

李珩转过身去,两人又各自复习。

秦温看着单词本,突然想到离考试只有二十分钟了,李珩还来得及背吗?

好吧,学霸就是学霸,临危不乱,从容不迫。

周五下午考完生物，期中考落下帷幕。

秦温拿着文具走出考室，李珩紧随其后。考试前他们是一起去放的个人物品，所以书包是放在一起的，正好一起去拿。

终于考完试了，秦温心里高兴，蹲在走廊外慢悠悠地收拾书包，好一会儿才搞定。等她背起背包转身，就见李珩正站在不远处等着自己。

秦温一愣，没想到李珩居然会等自己。

李珩朝秦温走近两步："走吗？"

秦温抱歉地笑笑，和李珩一起回班："不好意思让你久等了。"

"没事。"

经过期中考最后两天的相处，秦温觉得自己在李珩面前自在了些，不会老是觉得惊讶和遥不可及。

其实大学霸也只是普通人，也会有不知道的东西，也需要考前专心复习。都怪自己以前不够了解李珩，还有包括梁媛那些级里的优秀学生，只一味在心里给他们加上光环，最后害得自己又紧张又焦虑。

秦温自顾自地笑了笑，很开心自己越来越清楚焦虑的问题所在。

李珩看了眼身边笑脸盈盈的秦温："明天要补奥课吗？"

"不用呀。"

秦温看到好几个经过李珩身边的女生都悄悄回头，再看他一眼。

啧啧啧，大学霸虽然久不露面，但是杀伤力依旧不减。没办法，大学霸这脸、这身材、这气质，在哪儿都一定会是视觉中心吧。

秦温悄悄走慢李珩两步，和他拉开一点点距离，不想被那些回头的女生纳入视线。

"是下周一才开始补课吗？"

"嗯？"秦温以为自己听错了。

李珩放慢脚步，又变回和秦温并排："怎么了？"

秦温非常确信自己没有听错。

好吧，原来还有人比自己更不关心年级的事情。

她无奈地笑道："下周要去学农，一整周都不上课呀。"

第十三章

学农·初章

南省教育厅要求，高中必修课程设计中必须涵盖学农实习，所以礼安在高一下期中考后一周会安排学生们到学农基地参加为期一周的务农实习。

挑 A 市最闷热的五月初去务农，礼安，可真有你的。

秦温他们周一一大早就被学校送到了 A 市高中学农基地。早上同学们还只是跟随教官参观基地，参加安全宣讲讲座，下午才开始正式的学农培训。

本以为郊区会远不及市内那般闷热，谁知竟是有过之而无不及。

大片大片的阳光自蔚蓝天空投下，圣白耀眼，带着狂热的渴望融入礼安的纯黑校裤。空气湿度不低，黏黏腻腻的风擦过，仿佛给身体缠上了一层塑料薄膜，要竭力将那阳光的热量压入学生的身体。

秦温穿的还是校服长裤，上午绕基地走这么一圈，她大腿的皮肤就已经被闷得泛红。

午休过后，下午出操。秦温看着窗外那片艳阳天，无奈地叹了口气，有些不情愿地换上短裤。

女寝里只剩下秦温在等还在厕所拖拖拉拉的高宜。

"'高阿姨'你好了没呀，只剩下十分钟了。"秦温催促。

"来了来了！"

高宜换好衣服，急急忙忙地出来，然后她就傻眼了——好漂亮的一双白花花大长腿！

"哇！秦温你居然换短裤了！"高宜惊呼。

过年了吗这是？要知道秦温的腿可是在初中奥班就小有名气，只可惜她低调惯了，并不喜欢被过分关注，被人盯着看得多了就不爱穿短裤了。

秦温有些不好意思："我穿短裤有什么奇怪的。"

"不奇怪呀！我就说你应该多穿短裤的！有那么漂亮的腿，干吗藏着掖着！"

"走不走啦，快要迟到了。"秦温岔开话题，作势就要抛下高宜。

"别别别，你等我再拿个水壶！"

最后她们是离集合时间还有五分钟才到场的。

穿着短裤的秦温从远处跑过来的时候，一班、二班里一些曾经的初中同学投去惊羡的目光。年少时期的心思总是单纯的，美就是美，发自内心地赞扬。

秦温低着头快速归队。她是二班女生里最高的，站在排头，紧跟她后面的梁思琴出其不意地上手摸了一把。

"哇！这大白腿也太滑了吧！"

秦温猛地被梁思琴这一摸，瞬间满脸通红："你在干吗啦，'大色狼'！"

"哈哈哈，对不起，我一时没忍住。我再摸一下。"

"走开！"

"回去能摸吗？"

"不能！"

秦温害羞地警告着梁思琴，转身站好，接着就看到李珩站在自己旁边。

全场每个班早已按方阵站好，列队男左女右，一班、二班又紧挨着，于是二班最高的女生秦温右手边就站着一班最高的男生李珩。

秦温整个人瞬间就不好了，她可不想被大学霸听到她和朋友那些没皮没脸的话啊！

她立定站好，眼睛余光偷偷瞟了眼李珩，他还是一贯那副冷漠疏离的模样。

他没听到！他没听到！他没听到！秦温催眠着自己。

高台上的总教官结束发言后，各个班级跟着自己的教官去参加不同的学农课程。

学农基地为了教学方便，安排相邻班级参加同样课程，所以一班、二班又被分到一组行动。

他们下午参加的是插秧，虽然夏天插秧确实招笑了点。

下水田之前全部学生都要换上高脚连衣防水服和雨鞋。虽然秦温有些抗拒散发着奇怪味道的公用防水服，但在看到那一池子的黑泥水后，还是咬咬牙套上了。

"妈呀，秦温你快看李珩！"秦温正单脚穿着水鞋，被高宜猛地拍了下肩膀，整个人失去重心，往后踉跄了几步，险些跌倒。

"高宜干吗啦！"

"李珩这帅得也太降维打击了吧……"梁思琴也站在原处定定地看向远方。

秦温有些无奈地看向梁思琴视线的方向。李珩帅很出奇吗，不是大家早就公认的吗——

李珩和她们穿的是同一套防水服吗？

为什么李珩能把这身黑蓝色脏兮兮防水服穿出奢侈品牌的感觉？

"他这身材和气质也太优越了吧！"高宜惊叹。

"主要是脸也很帅啊！"梁思琴续上。

秦温也愣愣地看着李珩和几个男生并排走来。

画面太残忍了，秦温有些不忍心看下去。

李珩单看的时候就已经很帅了，现在再和同龄人对比起来看，他这一身的硬件配置更显杀伤力。上流感十足的精致长相，一米八的男模身材，超乎年龄的贵气格调，瞬间把结伴而行的几个男生衬托得……嗯，稚气未脱。

"你们说，李珩会不会身份证年龄报小了？"秦温突然说道，他这样真的很难让人相信才十六岁上高一啊。

高宜和梁思琴同时回望秦温，一脸无语。

"秦温你比我还能毁氛围。"直女梁思琴冲秦温比了个大拇指。

"更毁氛围的还有。"高宜认真地看着秦温和梁思琴，"你们能想象李珩那种高富帅插秧吗？"

哇，这画面！三人一起低头沉思了一会儿，然后默契地一起摇头。

李珩大概会插出绝版水稻的感觉吧，秦温想。

"同学们换好衣服就赶紧集合了！集合了！"一旁的教官催促。

秦温她们不敢再犯花痴，赶紧过去集队。

虽然一班、二班一起上插秧课，但他们的劳作区域比较远，所以两个班在上课时也没有太多交集。不过就算真有什么交集，秦温她们也顾不上欣赏李珩的美男插秧。

因为太折磨了。

背朝大太阳，弯曲脊背，艰难地将禾秧插稳，然后等插过几株后，又要艰难地把自己的腿从泥泞中拔出迈向下一步。更惨的还有像陈映轩这种重心不稳的小胖墩，在泥地里摔了一跤，脸朝下，直接变"黑人"。

秦温发誓，她以后再也不浪费粮食了！

时间一分一秒地流逝，终于等到了四点半教官通知收队。

"好，全体队友，埂边集合！"

终于解脱了。

秦温放慢动作直起腰身，等把整根脊柱完全拉直后，她才敢缓缓地舒一口气。

我要这一米七何用？

"妈呀，温温、思琴，快来拔我一下，我出不来了。"一旁的高宜紧急求救。

"还有我，还有我。"梁思琴喊道。

秦温啼笑皆非地看着整个小腿都陷进泥地里的两人，这都什么跟什么啊。

不知道折腾了多久，秦温终于救出两位好友，三人互相搀扶，狼狈地走回队伍。迎面走来李珩，他面无表情地脱下手套，同样归队。

秦温看了李珩一眼，很是佩服他在插了两个半小时秧以后居然还能保持一贯的整洁帅气模样，即便是额前那被汗水打湿的几缕黑发，都像精心裁剪过似的。

大概这辈子都不会看到李珩失态的样子吧。

李珩看了眼被太阳晒得脸颊、耳背、脖颈都微微泛红，一步一个脚印地艰难挪动的秦温，微微低头掩去眼里掠过的笑意，不料竟骤然看到自己短袖上溅到的泥点，烦躁地拿手套内衬将泥巴掸去。

不是秦温，他才不乐意来参加这种遭罪的活动。

如果远在 B 市的朋友知道了他在 A 市插秧，估计都要乐翻天了。

初夏的傍晚，天色总是特别漂亮。落日的余晖被晕染成温柔的橘黄色，交融白昼与黑夜，给人归家的感觉。

教官还在训话。

李珩面无表情地站立，不时用余光偷瞄身边灵魂出窍的秦温，直到教官喊出"解散"，她才回过神来。

终于解散了！

秦温和小姐妹们已经累得连去食堂的力气都没有了，大家直接回宿舍洗澡然后"躺尸"。可是后来高宜和梁思琴实在受不了饥饿，一起去了小卖部。体力不支的秦温躺在床上,实在没有额外能量可以消耗了,便拜托高宜给自己带份餐包。

宿舍里的其他女生进进出出,秦温没有留意她们,只将头靠在软枕上,晕晕沉沉。

一觉醒来发现宿舍里只剩下自己,秦温赶紧从床上弹起来。身体此时仿佛沉淀了一万斤乳酸,她这猛地一动,全身肌肉抗议,疼得人倒吸一口气。秦温忍着痛,将耳朵靠近走廊的窗户,听到宿舍楼外传来阵阵欢呼声,她这才松了一口气——

不是忘记出操就行。

她又艰难地爬回床头,靠在枕头上。

她今晚原计划是去学农基地的图书馆自习,但是身体太累了,连带着大脑也转不起来。

反正这周也没有作业,不着急去图书馆。硬逼着自己学也学不下去,休息的时候就休息一下吧。

秦温从书包里抽出没看完的小说,戴上耳机,进入别人营造的世界里放空自己。

空无一人的环境最适合看一些惊悚氛围的小说,秦温越看越屏住呼吸,双腿屈膝不断收紧。

怪物正在猎杀,信徒发疯似的逃命,最后却被笨拙的罩袍绊倒。

信徒绝望地跪坐在地,月华初现,他看见浓雾中怪物伸出仍滴着血的触手。

秦温紧张地咽了咽口水,突然眼前出现一只熊掌似的大手,遮挡住了她的视线!

"啊啊啊啊啊——"秦温发出了生平最高音。

"妈啊!"高宜也被秦温吓得往后弹进梁思琴怀里。

梁思琴又被高宜撞到跌坐在床上:"你们两个干吗啦!"

惊慌的秦温抬头看清楚了是谁,赶紧拿下两个耳塞:"你吓死我了!"

"你才吓人呢!我们喊你那么久都不回应!"高宜惊魂甫定。

秦温深呼吸缓平心情:"我这不是戴着耳机嘛!"

"宿舍就你自己,干吗还戴耳机?"梁思琴坐在秦温床上分着新买的零食。

"还不是因为外面太吵了。"

话音刚落,宿舍楼外又传来一阵欢呼声。秦温撕开包装啃了一口面包:

"外面怎么了吗,一直有人在欢呼。"

正嚼着辣条的高宜突然猛地一噎:"咳咳咳咳,我知道。"

秦温哭笑不得,递过去一瓶牛奶:"你慢点吃,没人和你抢发言权。"

就着牛奶,高宜终于咽下辣条:"那是因为李珩在篮球场那儿打篮球呀。而且温温你知道吗?除了本校的,居然还有一些外校的女生在看李珩打球!"

"怎么会有外校的人?"

"很正常呀,学农基地又不止我们学校。"梁思琴补充道。

秦温难以置信地咬下一口面包,这也太夸张了吧。

"据我的观察,那几个外班的女生是下午和我们一起插秧的班级。"高宜补充道。

"你这都知道?"秦温惊讶。

"这有什么不知道的。谁让温温你一直都只弯着腰插秧呀,偶尔直一直腰杆,远眺四面八方,这样才不会累嘛!不然你看你,人都要报废了。"

"搞半天你一直在偷懒啊!"秦温抗议。她就说怎么永远插不完的感觉!

"哪有!我很认真的!哎呀,那不是重点!你知道刚刚在篮球场——"高宜故意停一拍咽口水,想要吊一吊秦温的胃口。

可惜秦温并不吃这一套,而且高宜偷懒的账还没算呢!

高宜看着无动于衷的秦温,整个人都不好了。

"哎呀,秦温你怎么不问我嘛!"她最受不了想吊人结果反被吊,"问问我嘛,是关于李珩的!你不想知道吗?"

"我为什么会想知道?"秦温没好气。

"拜托,那是校草欸,难道你没对李珩犯过花痴!"高宜一屁股坐在秦温身边。

秦温猛地被问中,面上表情一滞。花痴,她好像也犯过几回,不过对那种条件的男生犯花痴是人类慕强天性的本能反应吧,她又不是呆子。

高宜见秦温迟迟不回话,也懒得再掰扯,直接说:"有个外校女生趁李珩在场边喝水的时候过去找李珩搭话了。具体说什么不知道,但是李珩就只说了一句话就直接走回场上。"

秦温有些无语地看着高宜,还以为是什么事呢。关于李珩的,听来听去不都是这些,他今天又怎么残忍拒绝女生了。

"就这件事吗?他不是一贯都这态度吗?"秦温说道。

"老实说我还以为李珩会对那个女生的态度好一些欸,感觉会是李珩那种高富帅喜欢的类型,长得很成熟明艳,有点御姐类型。"一旁安静吃东西的梁思琴突然发话。

"所以啊,真的很让人好奇李珩会喜欢什么类型的女生。会不会是萌妹啊……"

"你是说小萝莉那种吗?"

高宜、梁思琴两人突然开始兴奋地讨论起李珩的潜在理想型。

秦温三两下啃完一个面包,打了个哈欠,继续看未看完的小说,无意加入朋友的讨论。

楼外依旧不时传来阵阵欢呼声。

夜幕低垂,旷野有皎洁的月亮,有满天的星星,有被爱慕着的人。

出人意料的是,学农除了第一天下午的插秧外,其余课程都非常轻松,比如野炊、农作物讲解、鲜花种植等等。

要说有什么一直没变的,大概就是那晒得人没脾气的艳阳天吧。

到了周三上午,市里甚至发布红色高温预警,基地迫不得已临时提早半小时结束所有课程。

秦温最开心听到这种消息了。每天外出劳作弄得一身汗淋淋的,让她皮肤不太舒服,高宜她们天天在宿舍唱萧敬腾的歌,也不见雨神显灵,太阳反倒是越来越猛,可谁知结局竟是因祸得福。

真是太棒了!

秦温和朋友吃过午饭,想要早点回宿舍睡觉,不巧在饭堂门口碰见老吴。

二班没有女班长,五个女生里只有秦温是科代表,所以老师们都把秦温当作女生代表。老吴喊秦温去办公室把学农日记册带回宿舍,给大家写反思总结。

秦温应声,跟着老师去了临时办公室。

她最是尴尬和不熟的人一路同行,更何况老吴还是个话痨。一路上他都在狠批两个奥班这次学农太过娇气散漫,秦温在一旁只能尴笑地说着下次注意,心里只想能快点拿完东西就走。

听老吴念叨了一路,好不容易熬到了办公楼,秦温跟着老吴去了他的座位。

恰巧李珩也在。

几乎在秦温看到李珩的瞬间,李珩也抬起头看见了来人,只不过比起秦温,他的眼里更多几分意外。

虽然两个班很多学农课程都是一起教学,但是两个毫无关联的异班人想在课堂中找到机会说话还是挺难的,更别说秦温下了课就躺宿舍里,从来不会出来。

见一面真难。

秦温笑了笑与李珩打招呼。

不知是不是期中考在同一间考场让她对大学霸更加熟悉,又或是学农期间与李珩打招呼的次数变多,她现在可以自然地向李珩点头示意,不再认为李珩是和自己半熟不熟的人。

起码也算点头之交吧。

李珩也是微微颔首回应,眼眸明暗不清。

"来,秦温你把报告带回去,让女生们明天下午前交给我。"老吴递过来一沓报告本。

秦温点点头:"好的,老师。"

"哈哈哈哈哈,同志们,西瓜来喽!"办公室门口传来爽朗的笑声。

秦温吓一跳,回头一看,原来是总教官,他还推了一车已经分袋装好的西瓜。

总教官摘下帽子当作扇子扇风:"老师们,这是基地给学生们的新鲜西瓜!今天天气太热,大伙都吃块西瓜消消暑!"说罢,他一班两袋地将西瓜发给各个老师,然后接着去给其他学校送西瓜。

火热天气看见一个个油绿圆滚的西瓜,老师也无法安静下来。

"太好了!"

"是啊,实在是太热了,我们班都有两个人中暑了。"

老吴和身后的一班班主任说笑着,又和秦温说道:"那秦温你顺便把西瓜带回去给女生们吧。"

"好的,老师。"

秦温应答如流,顺势一把抽起那袋大西瓜。两位老师看呆,一旁的李珩都略微有些惊讶。

拿得动?

秦温没有留意到大家的奇怪表情,一提起就想要自己拿回去,谁知道,刚拿起来手就开始发抖。

妈呀,怎么那么重!

她今天抡了好一会儿的锄头,手臂正是没力的时候。

"哎呀,你一个女生怎么拿得动呀!"老吴连忙让秦温放下,"快放下,别受伤了。"

秦温大型尴尬现场，只能笑着把袋子放下，卸力的时候她还憋着一口气，生怕一下子把那袋西瓜砸了下去。

站在后面的一班班主任也被秦温这实心眼的举动逗乐，拍了拍李珩："行了，李珩帮二班女生带过去吧，正好你们男女生就住隔壁栋，也顺路。"

"嗯。"李珩应声。

秦温始料不及，这不好麻烦大学霸吧。

老吴倒是爽快："也行。"

"好了，快点回去休息吧。"一班班主任催促。

秦温看了眼那袋西瓜有些不知所措，还真让李珩拿呀……

"能帮我拿一下吗？"李珩无视秦温的犹豫，将手里的文件夹递给她。

秦温自然地接过，便见他一手拿起一个大袋子，走了出去。

对比秦温刚刚一拿起那袋西瓜手就发抖，李珩看上去毫不费力。

真羡慕啊，她怎么就没那么大力呢。

秦温和两位老师说过再见，连忙跟上李珩。

可是当他们走出办公楼时，天色已经暗下。秦温站在屋檐下看着头顶的一片乌云："会不会下雨呀？"

李珩垂眸看了眼秦温："不会，而且宿舍楼离这儿没多远。"

"不远吗？要走七八分钟呢。"秦温说。

"嗯？要那么久吗？"李珩佯装认真地反问，言语间有些逗趣。

秦温一滞，好吧，谁让人家一米八——腿长呢！

两人并排走着。

乌云越显阴沉，一路上都见不到教官或者学生，一场倾盆暴雨正以肉眼可见的速度酝酿。

秦温开始不自觉地加快步伐，可无奈身边的男生一直走得不紧不慢。可能是西瓜太重，所以他走不快吧，秦温又放慢脚步。

风势加重，路边新栽下的树苗被狂风来回拉扯。远处薄钢板不断互相撞击，发出冰冷模糊的金属声。

秦温、李珩逆着风前行。本来两人并排，不知什么时候，李珩一步迈过，正好走在秦温身前替她挡风。秦温很是感激李珩这一绅士行为，小声说了句"谢谢"，虽然她觉得大学霸刚刚应该走快点的。

又走了几步，闷雷声起，轰隆雷鸣传自远方天空，这是给行人的最后警告。

秦温心里有种不祥的预感："我们会不会来不及……"

"轰隆！"

惊雷骤至,打断了她的话。响声之大,似乎闪电在一瞬间就可从远方击至身边。

秦温被吓一跳,本能地往前迈多小半步靠近李珩的身后。

滴滴分明的雨点已经落下,而且越来越密。

"先去亭子里。"一向沉稳的李珩也难得凝眉,领着秦温快步走向离他们不过几步开外的小亭子,但他们离宿舍楼已经不到两百米。

所以说刚刚就应该走快点的啊!秦温腹诽。

两人快步,一进凉亭,强势暴雨便从天幕垂直降临,直接模糊了亭外景象。

"哗——"雨声夹杂着雷声,天空奏起响乐。

两个人再晚几秒就要一起变落汤鸡了。秦温跑了几步,有些喘气,转身看了眼气定神闲地将西瓜放在石桌上的李珩。他看了她一眼,淡淡道:"失算了。"

秦温心里有一点无语。

"抱歉,刚刚应该听你的。"他又补充道。

好吧。本来有些没好气的秦温被李珩这突然的认错弄得哭笑不得,这件事确实可以怪他走路慢慢吞吞,但好像也没到要道歉的地步。

"没关系,我也没想到这雨会下得那么快。"秦温朝他友善地笑笑,又看向亭外,"只是不知道这个雨要下多久。"

"我们等会儿吧。"李珩走到秦温身边。

"也只能这样了。"一丝丝没劲隐藏在语气里。

然而五分钟过后,雨势加烈,狂风碾压过大地,甚至能看出雨幕被卷起微浪。

站在亭边感受冰冷雨丝拂过的秦温心里流着宽面条似的眼泪。

妈呀,这要下到什么时候啊?要是没来拿这个学农报告就好了,不然现在窝在被窝里听雷雨声睡觉,多舒服啊。

哭死。

李珩看了眼表情逐渐有些别扭的秦温,心里失笑,这回是真失算了。

"坐一会儿吧,过云雨很快就停的。"李珩转身走到石桌边坐下安慰道。

秦温听完李珩的话,又看了看磅礴依旧的大雨,这雨会是过云雨吗?

不过闷闷不乐归闷闷不乐,李珩已经坐下了,她还干站着就显得突兀。秦温走到石桌边,在李珩的对面坐下,眼睛却继续盯着亭外雨幕看,希望能把这场暴雨给看停。

快点停吧,不然她宝贵的午休时间就要浪费在这亭子里了。

"你坐那儿可能会有蚊子。"李珩的声音打断了秦温的思绪。

她坐的位置靠近亭边,离绿化植物较近。可秦温看了看四周,并没察觉到蚊子,便干脆地说了句:"没事。"

李珩看秦温一脸淡定,没好再说什么。

两人之间又陷入安静。

秦温想李珩也不是个多话的人,所以两个人即便干坐着不说话也不会尴尬。

李珩知道她脸皮薄,如果没有话题硬和她聊天反而会让她不舒服,学习是个不错的切入点,但是当下这种场景聊数学、物理也太没意思了,而且他希望秦温可以放松自己,不要老想着课业。

他看起了手头的文件,陪秦温安安静静地等雨停。

过了十分钟,雨累了,阵势收敛不少,但也远不到可以外出的程度。

虽然吓人的暴雨有所收敛,但是一些小生物却趁着雨气出来不安分地游荡,比如蚊子。

"啪!"

秦温第九次拍小腿,心里的泪越流越宽。李珩说得对,坐这花丛边真的很容易招蚊子,而且她还穿着短裤!

一开始秦温还能靠动动腿吓退蚊子,可是山里的蚊子品性都比较野,在尝过甜头之后,攻势竟越发强烈,最后她只能靠手在腿那儿乱拍赶走蚊子,结果手也被咬了两个蚊包。

又痒又闷热,这外面下的不是雨,是她水逆出来的水。

李珩看了眼不安的秦温,有些无奈,她好像总有一些奇怪的"叛逆点"。但有些事情不能任着她来。

"坐过来吧。"李珩起身,坐到了旁边的石凳,把自己原来的位置让给秦温。

秦温本抓着腿上的蚊包,听到李珩这一说,只能尴尬地笑笑。李珩肯定是看到她在这儿又挠又拍的,自己刚刚还自作聪明地无视了人家的提醒。

她小声说了句"谢谢",起身坐到了李珩的位置上。

李珩微微侧头,扫了眼她的小腿和脚踝,本来细嫩白净的肌肤现在多了好几个突兀的红包,有一两个甚至还能看出抓挠的痕迹,接着他又看到秦温把手放在了腿上。

"别抓,忍忍就好。"

秦温本低头看着自己的腿,听到李珩这句话,有些惊讶地抬起头。

啊?大学霸还管这种事?而且为什么他看上去好像脸色不太好的样子?也是啊,谁午休时间被困在这儿受罪还能有好心情啊!

李珩俊脸冷起来时气场更盛,秦温乖乖点头,悻悻地将手从腿上收回,只不过好想挠啊。

"有带清凉油吗?"李珩问。

"有的。"

"忍一忍,回去上药。"

"知道了。"秦温点点头,此时她在大学霸超乎同龄的气场面前格外乖巧。

李珩只"嗯"了一声,确定秦温不会再乱挠,又继续低头看文件。

他不知道在看什么文件,一脸专注。秦温不好打扰别人,只一手撑头继续看雨发呆。轻柔的雨声催眠着人放松心情,偶尔有风,游进这小亭子里,同时停留在这二人身上。

又过了二十分钟,雨势收敛渐停。

"啪嗒啪嗒……"

细雨滴落,阴云渐渐隐去,灿烂耀眼的阳光再次降临大地,一切崭新。

本有些昏昏欲睡的秦温被一声蝉鸣唤醒,这才留意到亭外雨已停。

"哇,终于停了吗?"她起身走至亭台边缘,伸出手感受是否还有雨滴降落。

一份私人捐款给学校的协议书,李珩已经来回看了无数遍,几乎可以倒背如流了。见秦温走开,他也收起文件,起身站到秦温旁边,安静地看着笑容明朗的秦温。

"嗯,终于停了。"

他其实最讨厌雨天,衣服黏糊糊地搭在身上惹人讨厌。可刚刚那场雨他却很喜欢,即便秦温的心思还不在他身上,也无碍他已经开始怀念。

李珩眉眼扬起,今天是他们第一次独处呢。

被晴天解放,秦温兴奋地抬头看着李珩,眼眸熠着光亮,澄明透彻。

"那我们回去吗?"

"好。"

第十四章

学农·周三

秦温跟在李珩后面一并回了宿舍楼。在大门口那儿秦温拿出一班、二班女生的两份西瓜,向李珩说了声"谢谢",刚准备转身进楼,又想起自己手上还拿着李珩的文件夹。

秦温回身看了眼李珩,他一手一袋西瓜,根本腾不出手。难道要让大学霸将文件夹夹在腋下走回去吗?

噗,这个画面……

"怎么了?"李珩见秦温抿嘴,知道她肯定又想到了奇怪的事情。

秦温假意咳两声:"那这个文件夹……"

"没事,先放你那里吧,我晚点时候找你拿。"

"那我到时候怎么给你呀?"

"到时候再说,先回去休息会儿。"午休时间快结束了,李珩催促。

"要不下午上课我带给你?"

"下午上什么课?"

"挑粪水施肥。"

李珩听见后生硬地扯了扯嘴角。

秦温第一次见李珩脸上流露出先是惊讶然后无语的精彩表情,这回真没忍住笑出了声。

"还是晚上我找你拿吧。"李珩的语气中带着些许无奈,即便被秦温笑,也是半点脾气没有。

"那晚上……"

"晚上再说,回去休息。"李珩故意微微板脸。一问起来又没完没了,能有这工夫在这儿和他纠结这个文件夹,她都可以再多睡会儿了。

秦温见李珩催促自己回去,便点点头准备离开。

"午安,秦温。"李珩看着终于肯回去睡觉的秦温,语气放缓。大学霸还挺绅士礼貌的。

"嗯嗯,午安,谢谢你帮我们班带西瓜。"秦温又回身朝他笑道。

"好了,快点回去吧。"

下午的课程虽然说是施肥,但其实挑的是清水。

暴雨冲刷过后的天空被阳光轻焙,空气格外清新舒适。

奥班最不缺劳动力,挑水这种事根本不劳女孩子们费力费神,秦温她们便安心站在树荫下洒洒水做个样子,蒙混过关。

"哎,我们晚上去表演会吧!"高宜拉着秦温兴奋地说道。

秦温无奈地笑笑。不怪高宜又开始来劲,今晚的学生表演是由学生会组织的学生活动,老师们也不太参加,因此是整个学农期间表白事件的井喷期。

星月疏朗的郊外夜空,远离大人们的束缚。可爱的礼物,清新的情歌,乘着同学们的起哄,鼓起勇气说一声我喜欢你。在这样的氛围下,即便表白失败了也不会丢脸吧。

"好呀。"一向稳重的梁思琴语气中也充满期待。

"而且今晚还有李珩和梁媛的合奏呢!想想都迫不及待了!"

"可我还是很怀疑李珩会不会去欸。"

秦温听着姐妹们的聊天,突然又感到小腿传来痒痒的感觉,赶紧跺脚。山间蚊子太毒,中午在凉亭那儿被咬的蚊包,即便抹了清凉油,也还是让人难受。

梁思琴看了眼不安的秦温:"话说秦温你今天中午去哪里了,被咬得那么厉害?"

"我在凉亭那儿躲了会儿雨,然后就被咬成这样了。"秦温眼神闪躲。她可不敢把自己下午和李珩单独躲雨的事情说出来,这要是被高宜和思琴逮到再一通细节分析,指不定会得出什么让人啼笑皆非的结论。

"那温温你去吗?"高宜问。

秦温摇摇头。玩了两天,又难得今天的任务比较轻松,她该去学习了:"我不去了,你们玩得开心点。"

"为什么呀?"高宜惊讶。

"我都不认识他们。"

"那还有李珩、梁媛他们呢!"

秦温笑笑，那些她也不感兴趣："不是还有你们嘛，你们到时候回来告诉我就好了呀。而且我也听不来那些演奏曲，还不如去阅览室吹会儿空调看会儿书。"

听完秦温的话，高宜瞪大了眼睛，梁思琴闭目后仰。

秦温对两位好友的反应习以为常，继续像个哄孩子自己去玩的老母亲般说道："总之你们去玩得开心点，要是有什么特别出彩的，回来我当你们的听众不就好了？"

"好吧。"

"温温，你最扫兴了！"

晚饭过后，高宜又软磨硬泡了秦温许久。

秦温还是不为所动，甚至提醒她顺便把垃圾带下去扔了。

"我才不会告诉你今晚发生了什么事！"

"好好好，我到时候也不问。去吧去吧，晚了该抢不到好位置了。"秦温站在门口挥手，目送愤愤不平的高宜被梁思琴拉走。

终于送走了吵闹的"熊孩子"，秦温坐回床上，准备将长发再擦干些就去阅览室。

"嗡嗡——"手机响动。秦温失笑，肯定是高宜还不死心。

她没有急着看手机，继续擦了会儿头发，突然想起衣服还没晾，又跑去晾衣服，还在阳台那儿与其他舍友聊了会儿天。

等她再回到床上，已经过了快半个小时了。

糟了！把高宜忘了！坏了坏了，秦温赶紧拿起手机。如果不陪高宜去表演会还一直晾着她的话，今晚一定没得睡了。

秦温打开手机，一看，没想到竟然是通讯录那儿多了个醒目的红色数字"1"。

有人加好友。

秦温有些惊讶，自己最近并没有新认识谁。

她没多想便打开"通讯录——新的朋友"，看到好友申请那儿有一个陌生头像以及那人发来的备注信息，然后就是惊得嘴巴都不自觉张开了。

李珩

对方通过"一二奥班群添加"

李珩？大学霸？他怎么会突然加自己？

秦温一惊，眼角突然扫到那份文件夹。

应该是文件夹的事，她又瞬间冷静下来。

不过即便秦温反应过来李珩为什么加自己，那已经启动加速的心跳还是有些难以克制。

她对李珩的情感还挺矛盾的，一方面觉得他很厉害，让人崇拜；另一方面她又觉得自己与这么优秀的人差距甚远，还不如远远地保持距离，免得又自惭形秽。

不过总的来说，能加上那么厉害的大学霸还是荣幸更甚！

秦温深吸一口气，通过了好友申请。

界面跳转到李珩的主页，秦温好奇地点开了。

半年可见。他只在过年的时候发了一张雪景图。

秦温切出页面，刚给李珩改完备注，就看到对话框最顶上的"一班李珩"突然变成"对方正在输入中"。

她还没来得及东猜西想就收到了李珩发来的信息。

李珩：今晚去表演会吗？

秦温一愣。

对了，他今晚要和梁媛同台表演。

秦温：我今晚可能不去表演会。

李珩：不想去吗？

秦温：嗯，我要去阅览室。

李珩：正好我也要去阅览室。

李珩：今晚我去找你拿文件夹吧。

啊？他不用去表演会吗？秦温疑惑，没有马上回复。高宜不是说过他要去上台吗？

李珩：怎么了？

秦温：没什么，不过你不去表演会吗？

李珩：太久没来学校，欠了很多笔记要补。

秦温恍然大悟地点点头。天啊，你看看大学霸这自觉性，被万千少女宠爱依旧心系学业，真的可以说是吾辈楷模了！不过他一个要表演的人，直接不去可以吗？

秦温挠头。跟高宜她们玩久了，其实她也多少有些爱八卦。

不过她和大学霸不算熟，还是别问人家私事了。

李珩：今晚能借我课本补一下笔记吗？什么科目都行。

秦温：可以呀，那我带物理和化学给你？

李珩：物理吧，太多你不好带。

一本书而已，有什么难不难的，大学霸太客气了。

秦温：没关系的。
李珩：可是我看你拿西瓜挺吃力的。
什么嘛，说这些！秦温弹起。那是一大袋西瓜欸！能和一本书比吗！
甚少被人踩尾巴的秦温当即就要反驳，敲敲打打又删删减减，打算不卑不亢地为自己辩解一番，谁知道大学霸先来短信。
李珩：我开玩笑的。
秦温火速删掉自己的小段辩白。
秦温：拿多本书还是可以。
李珩：好，麻烦了。
秦温：不麻烦。
李珩躺在床上，看着秦温从慢吞吞回消息到一条条秒回，嘴角扬起，显然心情大好。
啧，要不是不想秦温觉得突兀不自在，他早八百年就加她了。
李珩：我先去阅览室占位置，到了告诉我。
秦温的小情绪来得快去得也快，她想说今晚应该没什么人去阅览室，不用提前占位置也可以。不过还是算了，搞不好人家大学霸就是要早点去学习呢。
秦温：好的，谢谢。
李珩：不客气。
秦温放下手机。
学农宿舍不允许使用大功率电器，她继续边擦头发边看小说，二十分钟后才依依不舍地合上小说，背起书包出门。
才出走廊就已经听到广场那儿传来的热闹的音乐声，夹杂着主持人说话的声音以及观众的欢呼声。
她停住脚步，看了眼大广场架起的幕布，投屏放出表演现场，同学们正欢腾。
抬头望天，夜空却很安静。稀疏的星星散落在夜幕中，闪耀碎钻般的光芒。
她深吸一口暴雨过后的清新空气，莫名惬意。今晚对很多人来说都会是难忘的一晚吧。
秦温开心笑笑，同样小声哼着歌，开自己的演唱会，步履轻快地走向阅览室。

傍晚入夜。

秦温走进阅览室，轻轻合上大门，外头表演会的声音瞬间变得影影绰绰，不真切。在前台填过登记表后，她走进室内。

阅览室面积不大，自习桌之间都有一层书架隔开，所以每一桌都算一个独立半封闭空间。

李珩早就发了信息，让秦温直接去最里面。

秦温走到时，李珩正背对她，转着笔看书。

他的手指修长又白净，并没有因为打篮球而变得粗糙、钝感，反而在转笔的时候更显灵活，对力量的控制游刃有余。

大学霸就是大学霸，连转笔都比别人厉害，一直不带掉的。

秦温轻步走至李珩对面，拉开凳子坐下，而此时李珩也抬头，与姗姗来迟的秦温对视一眼后笑了笑。

冰冷深邃的双眼哪怕只是微微弯个弧度都让人觉得好看极了。

毫无防备的秦温被李珩这一笑蛊得心跳蓦地漏了一拍，机械地冲他扯了扯嘴角便赶紧坐下，扭头翻书包找课本转移视线。

要是仰慕变爱慕，喜欢上的还是李珩这种无心恋爱的大学霸，估计就惨了。

李珩收起笑容，很是开心看到秦温这些小慌乱的反应。

秦温从书包里抽出物理和化学的课本递给李珩。

此时李珩已经变回一贯的清冷表情，秦温还是更习惯他这副酷酷的样子。不然他时不时一展笑颜的，自己还得经常做心理建设，按捺少女心动。

"这是我的课本，不知道你用不用得上。"

李珩接过课本，没看先说："用得上。"

秦温点了点头，打开自己的笔记本准备开始学习，然后就见李珩将桌上的小零食推了过来："顺路买的。"

秦温有些惊讶，这是请自己吃的意思吗？

李珩看着呆呆的秦温，又补充："笔记的谢礼。"

这算什么事嘛，大学霸太客气了。秦温笑着摇头："借笔记又不是什么大事，不用那么客气的呀。"

"还有今天害你躲雨被蚊子咬。"

不说还好，一提这事秦温又觉得自己小腿那儿开始发痒，还有想到那被浪费了一大半的午休，主要是如果李珩当时走快两步，他们哪用这么遭罪。

算了，不要白不要。

"那好。"秦温点点头,却没有动手,只是低头翻看笔记。

"先喝酸奶?"李珩迎着秦温微愣的表情,主动拿过那瓶酸奶,然后拿出一张干净的纸巾盖在瓶盖上,拧开瓶子,递给秦温。

秦温突然觉得自己心跳怦怦加速。

大学霸好体贴,体贴到让她觉得……太体贴了?

李珩看见秦温眼中一闪而过的疑惑与警惕,心神一转便立马想出解释:"今天拿那袋西瓜重不重?"

秦温瞬间瞪大双眼,妈呀,怎么又提这事!所以李珩是觉得自己连这酸奶瓶都拧不开才帮自己的吗?

过分!秦温有点羞恼,赶紧错开自己与李珩对视的双眼,心跳却又有些加速。

她能感觉到自己脸颊有些发烫,却不是因为李珩老是打趣自己没点力气,而是为自己刚刚的自作多情而害羞。

想什么呢,人家学霸级校草。

"喝吧。"

"谢谢。"

"蚊子咬的地方还难受吗?"

"不会。"

"上药了吗?"

"嗯。"

"好。"

李珩说罢,打开秦温的物理课本低头看书,秦温也赶紧开始学习。

离今年的省赛只剩小半年,学农回去老师又该给他们赶进度上奥课,秦温本来计划预习一下奥物教材,但是想到今晚最多只能学两个小时,还不如扫尾期中考不会做的题目,周末再回家学习奥物。

她拿出期中考数学问卷,又看起了那道没做出来的压轴题。

阅览室内的空调静静地吹着冷风,隔绝初夏的热气,两人一直专注自己的事情。

秦温铆足了劲头一定要解开这道题,而李珩也因为确实落下的课程很多而快速地消化着秦温的笔记。

两个小时过去。

在第三次算进死胡同后,秦温直了直腰身,有些气馁。好难啊!

前两次她试着用一些讨巧的代数方程去解,发现不可取以后她又老老实实地做了条辅助线,想不断拆解未知角度,谁知竟是越算越复杂,未知量越来越多。

这真的能解出来吗？秦温叹了一口气，将剩下的小半瓶酸奶都一口闷了。

"怎么了？"听见秦温的动静，李珩合上物理书。

秦温摇摇头："没什么。"

李珩扫了眼那张数学卷，还有那满满当当的草稿纸，打开一盒巧克力递给秦温："吃点东西歇会儿吧。"

秦温思绪仍旧沉浸在题目中，自然地从李珩手中接过那颗巧克力。

指尖轻微交接，清凉酥麻。

李珩愣了一秒才收回空荡的手，食指、拇指互捻，心神有些旖旎，可当他下一秒看到旁边秦温眉头紧皱地吃着那块巧克力，脑海中的氛围立马被破坏了，无可奈何地笑出声。

等她主动问估计得等到猴年马月。

秦温补充完糖分，稍微打起了精神，一看手表居然已经九点二十分了，天啊，居然白白浪费了一晚上时间在一道题上。

她有些郁闷地合上笔盖。

"秦温。"

"嗯？"

"你现在不忙了吗？书上有个地方我看不懂，能不能和我说一下？"

"可以呀，哪里？"秦温凑上前去。

她不想再解那道压轴题了，不如回归物理的怀抱放松一下。

李珩将课本翻到万有引力，那正是秦温学得最感兴趣的章节，于是她非常起劲地给李珩讲清楚其中的知识逻辑，也当巩固自己对基础知识的理解。

"……大概就是这样。"秦温讲完，"这样说你好理解点吗？"

"嗯，多谢。"李珩淡淡笑道，"不愧是奥物组的人。"

秦温被大学霸夸奖，脸上只害羞地笑笑，心里却开心得紧。可眼角扫到那满满当当的草稿纸，秦温又一下清醒过来，小声说了句："也没有，就物理厉害而已。"

李珩轻咳一声，掩藏自己的笑意："做不出来吗？"他迎着秦温的眼神，轻声问道，语气依旧是一贯的清冷。

"嗯。"秦温点点头，不否认。

"我帮你看看？你也教了我那么多物理题了。"

秦温本来还想说不麻烦了，谁知听李珩这么一说，突然被点醒。也对，李珩还一直请教自己问题呢，自己问他应该不算唐突吧。

"可是会不会打扰打你？"

"我忙完了。"

于是，秦温心安理得地将试卷掉了个头。李珩扫了一眼，挑眉："期中考的题？"

"嗯，我考试的时候最后一小问没做出来，然后今晚花了一晚上也没有做出来。"秦温有些丧气地说道。

李珩拿起一颗巧克力，半拆糖纸后给秦温："最后一问是挺难的。"

"那你做出来了吗？"秦温接过巧克力，好奇地问。

"嗯。草稿都不用打的那种。"

"天啊，好厉害……"

"我看看你的解题过程。"李珩笑笑，伸手拿过秦温的草稿纸，然后便是像在看什么重大报告似的认真审阅。

秦温心里莫名有些忐忑："不会是从一开始就想错了吧？"

"嗯。"李珩直接告知。

秦温内心暴哭。

李珩看着秦温欲哭无泪的表情，好玩又可爱："没事，这是新学的知识点，慢慢来。你看在这里，方程这样列的话……"

他拿过笔，罕见地给人一对一讲题，秦温听得入神，身子也不自觉靠上前去。

她听到一半，思路突然被打开，一下子看清了解题方向，也猜到了李珩要怎么处理这个方程组。她打断李珩的解题过程，跃跃欲试："能让我试试吗？"

"嗯。"李珩知道秦温更喜欢自力更生，配合地将笔还给她以后又看了眼她是怎么算的，确定她没有解错方向以后，便在一旁边看手机边等她算好。

微信里十几条未读消息现在才被他点开，几乎都是奥班的同学，不是问他在哪儿就是喊他去表演会，说有人找。

李珩一一回复"在忙"两字。他还不至于高冷到已读不回，有浅薄交情的同窗，他也不会故意让人难堪。没有交情没有来往的，他也不会加人。

还剩三条未读信息，是他 B 市的哥们何奈发来的：

？

什么情况？

你朋友圈啥时候改半年开放了？？？

李珩：军校要招新了。

何奈秒回：别！我立马消失！

"最后的答案是45°和60°吗？"秦温最终算完，兴奋地问。

"嗯。"李珩收起手机。

"真的吗？！"秦温双眼放光，给了个大大的笑容。天啊！折腾了那么久，终于解出来了！而且按照李珩的方法，其实也不算难。

"谢谢你教我做题！"

李珩看着秦温灿烂的笑容，心情也大好："有这么开心吗？"

"嗯！"秦温点头，然后又反应过来李珩会这样问，是不是因为自己的反应太幼稚了些，毕竟也不过是做出一道题而已。

"因为我已经算了很久了。"秦温补充道。不对，这样回答怎么感觉更显傻了……

"这样子，那是挺值得开心的。"李珩看着秦温说道。

秦温看着李珩真诚的眼神，内心的不安与怯意突然被安抚。

怎么说呢，就实力和外貌而言，李珩绝对是一个很有距离感的人，但他的性格是真的很不错，是一个会让人觉得很舒服的人。

她开心地朝李珩笑笑，好心情地又拿起一颗巧克力吃掉，用甜分庆祝。

李珩看着秦温如释重负的样子，又看了眼满满当当的草稿纸，手指轻敲桌子："不明白的话要早点问，同一道题上没必要花太多时间。"

学习讲究的是效率，像秦温这样钻牛角尖解题，虽然可以说是锲而不舍，却没有必要，大把时间花下去最后还不一定做得出来，还不如及时止损，问清楚怎么做以后，再多练两道同类型的题。

秦温本开心吃着巧克力，听到李珩的提醒，顿了顿，开始思考他的话。

"我不懂的都会马上问你，就是为了提高效率。"李珩补充。

李珩是个十足理性的人，他喜欢秦温，在表达心意的时候尚且小心谨慎，可在看到她的不足时，却又毫不避讳地指出来。

更何况秦温这种学习习惯不改的话，以后会很辛苦的。

秦温安静地点点头，开始反思自己的问题。她确实花了很多时间在这道题上。

"自己能解出来当然是好事，但是陷入困境的时候，有人在旁边提点一下，也不妨碍你自己独立做出来不是吗？"李珩循循善诱。

秦温也是冷静自知的人，并不为李珩的提点而感到扫兴。李珩能兼顾好学业和奥数，自然有他的可取之处，她该听听别人的建议。

"是呀。"秦温想明白了,"以后我知道了。"

李珩看着秦温乖巧的模样,到嘴的"以后不会来问我"又咽了回去,不想显得自己太絮叨。其实说不说都不重要,她要是再钻牛角尖,自己再点出来就好了。

解决完压轴题,又得到了大学霸的建议,秦温更加开心,食欲大开,想要再拿一颗巧克力,但想到李珩还一颗没吃呢,都快要被自己吃完了,她问:"你不吃吗?"

"我不爱吃甜的。"李珩说道。

噢噢,这样子。秦温点点头,只是也不好意思再拿巧克力。

两人突然陷入无言。

室外突然传来鼓点"砰砰砰"的声音,不知表演会那儿上演着什么曲目,这回竟然连在自习室最里面都听得到声响。

秦温惊奇地看了眼窗外,今晚的任务都解决了,自然可以分神贪玩。她又看了眼一直在看手机的李珩,心中好奇更甚。

"怎么了?"李珩头也不抬地问道。

"你怎么不用去表演会呀?"秦温问。

"我为什么要去?"

"可是大家不都说你要和别人一起上台演奏吗?"

一听秦温这话,李珩一愣,终于抬头看着秦温,目光冷了冷:"谁和你说的?"确实有老师找过自己,但是他早就推辞了,怎么还有这种说法传出来?

要是以前也就罢了,反正围绕他的无关传闻多一件不多,少一件不少。但是他现在有喜欢的人,不会愿意再被人扯上关系。

秦温被李珩这一眼神看得有些紧张,又见他一言不发的样子,心里有些忐忑。说错话了吗?可是这不光高宜说,身边挺多人都有在讨论他要和梁媛合奏的事情。

见秦温不安地看着自己,李珩立马敛去身上的逼人气势,淡然道:"是有老师找我,但我从来都没答应过,放心吧。"算了,也有可能是自己小题大做,其实不过是个被传开的口误吧。

秦温机械地点点头,不再追问。

不过放心啥?

"嘀嗒!"墙上挂钟响起。

秦温看了眼手表,已经十点,宿舍门禁是十点半,外面的表演会估计也快要结束了,他们该回去了。

她合起笔记本，正好结束刚刚的尴尬话题，李珩也将她的课本递回来。

"走吗？"

"嗯，快要门禁了。"

"好。"

两人收好书包，一同离开。

拐角处路灯不太亮，李珩用手机打着光走在前头，秦温乖乖跟在他身后。

李珩："刚刚我没生气。"

"嗯？"

"没什么。"

草丛边窜出一只小野猫，吓了秦温一跳，下意识就往李珩身边靠去。

李珩开心笑着，一直平稳打在路面的手机灯光开始左右舞动。

"明天晚上还来阅览室吗？"

"啊？明天晚上不是露天电影吗？"

"是吗？"

"对呀，课程安排表上写了。"

"课程安排表？"

"就是之前群里发的图片。"

李珩安静了两秒，似乎陷入回忆。

"我好像没有看到。你能转发给我看看吗？"

"可以呀，我回去发你。"

"多谢。"

"没事呀，不客气。"

另一边，学农表演会结束，梁媛一脸疲惫地坐在椅子上，学生会长方文博给她递了瓶水。

"辛苦了，今晚的晚会很成功。"

梁媛接过水，笑着轻声道："谢谢学长，其实也不算累。"

"你又要当主持人，又要上台表演，还说自己不辛苦呢。"一旁收拾台本的女生突然插嘴。

"对啊，梁媛你也太厉害了，这都兼顾得过来。"旁边其他学生会同僚附和。

"重点是你的钢琴演奏还只排了一天啊。"

梁媛却只摇头笑笑，精神恹恹的，没有多大的兴致说话——没想到李珩不仅不愿意上台和自己合奏，还没有来现场。

一贯骄傲的梁媛有些沮丧，耳边萦绕着同学们愈演愈烈的讨论声：

"要我说都怪那个李珩，居然不来表演节目，害得梁媛只能自己上。"

"对啊对啊，他以为自己多大牌啊，全年级都惯着他啊。"

"别的不说，临时反悔这个真的超级恶心。"

"所以我就说长得好看有什么用呢，人品不行，没担当。"也有男生加入这场"三姑六婆"之间的谈话。

梁媛听着大家对李珩的攻击，拧开水瓶喝了一口水，没有什么想要澄清的。

上周音乐课结束后，老师问梁媛愿不愿意和一班的李珩一起合奏，她开心地应下。而当时在场的还有几个同班同学，大家都觉得老师开口的话，李珩肯定来，所以三班的人早就认定李珩和梁媛要同台演奏，高宜听到的错误信息也是这样得来的。

梁媛也想不到这种机会，李珩居然听完就拒绝了。

梁媛坐在凳子上看着水瓶里的水发呆——为什么不来呢？他不感兴趣能不能和自己同台演出吗？

"对啊，还害得我们要临时改节目。要不是梁媛厉害，我们还得空一个节目出来！"一女生激动地挽起梁媛。

梁媛连忙回神，又听那女生接着说道："长那么好看又有什么用。"

"所以说啊，帅不能当饭吃。"

梁媛知道李珩从头到尾都没有答应过，却也任由大家把默认的错误事实宣扬出来，反正她也从来没说过李珩会来。

"可能奥班学习任务比较重吧，而且他还大半个学期没来上课，期中考任务肯定比我们要重些。"梁媛好心地为李珩说着不必要的解释，"也可以理解的。"

"理解个锤子！谁不用期中考啊，凭什么就顺着他来，然后让你给他收拾烂摊子啊。"

"媛媛你就是人太好才吃亏的。"

"对啊对啊，换我，我就谁爱排谁排。"

梁媛又不再说话，只笑着摇头。

一旁的会长方文博听完学弟学妹们的对话，也语重心长地和梁媛说道："辛苦你了。"

同时还有几个学长学姐也前来安慰。

等到了高二，学生会的骨干成员就会换血，所以高年级的学长学姐们基本都不参与学农表演会的筹备，放手让高一的成员们去准备，权当一次考核。

梁媛这番"临危受命"，表现突出，博得了不少不明就里的学长学姐的好感。

"没关系，表演会顺利结束就好。"梁媛笑了笑，轻声道。

周四下午，二班在阶梯教室听农业史讲座。

由于秦温昨天没有去看表演会，所以她被高宜和梁思琴拉到教室后排位置去"补课"。

"哇，温温你昨晚没去表演会真是亏了，好多东西看！首先就有一个你绝对猜不到！"高宜兴奋道。

秦温坐在这两人中间，一脸好奇："是什么？"

"李珩没有去表演会！"

这……秦温汗颜，不知道该不该说李珩昨晚在阅览室补笔记。

"话说他会不会是在篮球场那边？"梁思琴问。

"不在，郑冰都说他们班男生也不知道李珩在哪儿。"

"为什么一班的男生也要找李珩？"秦温好奇。

高宜一看秦温奇怪的表情就知道她想岔了："哎呀，你想哪儿去了！是几个外班女生来拜托一班男生去找李珩啦。"

"李珩不去也正常吧，他那种高冷的人应该是不喜欢闹哄哄的环境。"梁思琴又说。

秦温点点头。

"那他去哪儿了？连男生都找不到人的话，说明他也不在宿舍吧。"高宜自言自语。

秦温见她们那么好奇，正想着开口说出实情，谁知梁思琴抢过话头："管人家去哪儿呢，说不定不想被人发现去找喜欢的人了。"

高宜和秦温同时瞪大眼睛看向梁思琴。

什么鬼！

"你们别这样看着我。这也是有可能的啊，不然为什么从来不见李珩和哪个女生走得近呢？"

秦温还在惊讶地干眨着眼睛，高宜就已经点点头不置可否："对哦，搞不好李珩还真的有喜欢的人，只是我们不知道而已。"

"对嘛对嘛，我们要跳出定式思维，大胆猜想，合理分析。我个人认为可以诓陈映轩去问一下，他最近不是和一班男生很玩得来吗？"

高宜一拍掌:"我看中!"

秦温夹在两位"大侦探"中间,心虚地将身子往椅子后坐稍稍,紧张地咽了咽口水。

妈呀,还好刚刚没有嘴快说出自己昨晚和李珩在一起,不然就真的洗不白了。然后她又想起昨晚问李珩为什么没去晚会时,他那一瞬间就充满警惕的冰冷眼神。

大学霸估计不太喜欢被人问私事,如果陈映轩跑去问他有没有喜欢的人……

"除了李珩,还有什么别的好玩的吗?"秦温生硬地笑了笑,赶紧扯开话题。

"小样你还挑上了你!"高宜佯怒,却非常配合秦温,"昨晚梁媛不是主持人嘛,然后有人上台给她献花了,听说是学生会的人,然后还有人在观众席那儿喊喜欢梁媛,搞得最后连老吴都从教室宿舍那边过来抓人了!"

"哇,这么疯狂吗?"秦温惊呼。

"对啊,昨晚梁媛真的是出尽风头,又当主持人又弹钢琴又被表白的,我都羡慕她了。"

"她原来在年级里已经这么吃香了,我都不知道。"梁思琴插一句。

"你当然不知道,也就我们两个奥班在级里与世隔绝!我听说这次期中考梁媛的语文又是第一名,好像政治、历史也很高分,估计级排又稳了。"

"成绩已经出了吗?"秦温好奇地问。

"肯定出了呀,只不过现在在学农,老师没说而已。"梁思琴补充。

"虽然很不喜欢她,但又不得不承认,她是真的厉害。"高宜郁闷,又将话题扯回来。

秦温笑了笑:"我们也不差啦。"

"对呀,等到了高二文理分科不就好了。不过听说我们这届要开始新高考模式,也不知道最后是怎么分的。"梁思琴说道。

秦温想起上学期在随风书店就听老师说过他们这届就要开始新模式:"估计回去老吴就会说了吧。"

"唉,真倒霉。之前还听说我们这一届要取消大学自主招生政策呢,真不知道到时候我们这些竞赛生怎么办,要是拿不到保送资格的话,还真不如不读竞赛了。"高宜一手撑头,更显丧气。

而她这么一说完,秦温和梁思琴两个人也都陷入沉默。

确实，没有加分制度，又没有自主招生政策的话，那么除去那些凤毛麟角可以被保送的竞赛生，哪怕像秦温这种中上游的竞赛生都基本没有出路，只能回归普通高考了。

但就从高一两次大考来看，他们这些竞赛生去参加普通考试也不一定有优势。

秦温摇了摇头，算了，还是不想了，专心学习总是没有错的，她上个学期就是因为想得太多才越学越差的，可不能又犯同样的错误。

她深吸一口气，打起精神，看了眼情绪有些低落的朋友，起肘推了推高宜，笑着岔开话题："还有没有什么新的八卦呀，老是听李珩、梁媛的，我都听腻了。"

高宜一听秦温这话就来劲了："喊，谁让你昨晚不跟我们去！我才不会告诉你。"

"哎呀说嘛，求求你了。"

"偏不！"

"那我待会儿请你们吃东西，你告诉我好不好？"

"这还差不多。"

"你们两个真的好幼稚！"

周四入夜，晚风微凉，蝉鸣蛙叫像是一层张开的巨大声网，隔绝了一切来自钢筋丛林的喧嚣。

今晚的活动是集体看电影，所有班级在宿舍楼集好队以后就来到操场，按照列队的位置落座。操场已经搭好巨幕，教官还在调试设备，学生们在观众席上悠闲地聊着天。

秦温百无聊赖地看着巨幕发呆。

她向来对电影不感兴趣，如果不是集体活动，她倒更想去阅览室看书。

"温温，'蚊怕水'借我一下。"身后的梁思琴拍了拍秦温说道。

"嗯。"秦温递过。

"这蚊子也太多了！难怪你穿长裤。"梁思琴烦躁地拍着自己的脚踝。

已经领教过这基地蚊子有多厉害的秦温叹了一口气，说："我已经被咬怕了。"

隔着半人宽过道坐在秦温旁边的李珩和身边同学正聊着天，突然笑了笑。

"话说你知道待会儿要看什么电影吗？"秦温转身。

"《贫民窟的百万富翁》呀，老吴发了群消息你没看？"梁思琴像是消毒般将自己的小腿前前后后喷了个遍。

秦温摇头:"我没带手机。"

说完秦温便转回身去,谁知余光就瞥见梁媛和一个朋友竟然朝她们走了过来。欸,她怎么来这边了?

梁媛走过二班,在李珩的身前停了下来。

"同学你好,我想找宋康。"

李珩本侧头和旁边男生聊天,没以为梁媛在和自己说话,还是余光扫过一双鞋子一直停在自己跟前才抬眼看向来人。

梁媛微微一愣,似乎没想到眼前的男生竟是李珩,随即露出一个纯真的笑容,自在地和他打招呼:"哈喽,好巧呀,我们又见面了。想问问你知不知道宋康在哪里呀?"

梁媛这自来熟的反应让李珩有些不解,又见梁媛身边的女生冲自己翻了个白眼,心里更是无语。

不过他今晚心情不错,没打算在这些鸡毛蒜皮的事情上计较什么。他往后看了眼:"最后一排。"

梁媛看向后方,为难地说道:"我走进去好像不太方便,你能帮我把书本转交给他吗?"说罢她将书本递给李珩。

李珩接过书本便直接传给身后的同学:"宋康的,帮忙传一下。"说完又和身边同学接着刚刚的话题聊天。

梁媛只犹豫了两秒便立马走开,不愿意让人看出自己在李珩这儿也被冷落。

"喊,梁媛你干吗还对他好声好气的啊?他差点害你表演会的节目被换欸!"梁媛的同学愤愤不平地说,"刚刚居然还一副没事发生过的样子,这种人亏那么多女生喜欢他!"

梁媛听完笑笑,安慰道:"表演会都结束了,我们也没必要一直追究下去呀,说不定他有什么急事不方便来呢。"

"你就是性格太软才被他欺负的!"

两人渐渐走远。

"欸?那个不是梁媛吗?"梁思琴凑到秦温背后,小声说道。

"嗯。"秦温点点头。

"她怎么在我们这儿?"

"不知道呢。"

"好!各位同学久等了,现在是电影时间!"在年级长走上台强调了十分钟观影纪律后,电影终于开始放映。

秦温挺直腰背看着大荧幕。

李珩余光看了一眼旁边认真观影的女生，低头笑了笑。

每个班级之间都隔着半道宽的距离，但随着电影的进行，学生之间扭头转身交谈，特别是一班、二班本来关系就铁，那半人宽的距离便也逐渐模糊，比原来接近了不少。

秦温干什么都全身心投入，就连看影视作品也是，再加上她很少看血腥暴力的场面，所以在看到电影中小孩被束缚，意识清醒地被坏人弄瞎眼睛时，她赶紧捂着耳朵低头闭起眼睛，不忍心听到电影里小孩的哭喊声。

不过不止秦温，身边许多同学都发出叹息声，难以接受。

两三秒过后，秦温忐忑地抬头，视线依旧朝下。刚刚那一幕太冲击了，秦温感觉那勺铁水直接浇在了自己的眼眶里。

过了几秒，不知道那残忍场景结束了没有，秦温再次忐忑地缓缓抬头。

"再等一下。"旁边传来好听的男声。

声音不大，只有秦温才能听见。

她垂眸看着草地，因共鸣苦难情节而产生的不安情绪瞬间被冰泉般的声音镇定下来。

是李珩在出声提醒她。

秦温心里有些感动，李珩实力又强又会照顾人，真是让人不禁想要——成为像他一样的人！这就是榜样的力量吗？让人内心涌起源源不断的能量，已识乾坤大，犹怜草木青！

秦温的脑回路清奇地转着。

"好了。"李珩再出声。

有了李珩的保证，秦温松一口气，放心地看了眼荧幕，确实画面又变成主角在答题的轻松场景。

秦温飞快地看了眼李珩，感激地小声说道："谢谢。"

"很怕？"

"也没有，我只是不太习惯。"秦温反驳。

李珩笑了笑，拧开矿泉水瓶喝了一口水，看了眼电影又轻声说："先别看。"

秦温听话，赶紧挪开视线，不看血腥、悲惨场景。

"你已经看过这个电影了吗？"

"嗯。"

"那它大结局好吗？"如果是 bad ending（坏结局）的话，那她就要提前做好心理准备。

"算好吧。"

"算？难道不是吗？"

李珩扭头，见秦温正一脸好奇地看着自己，黑眸熠熠。

"想知道？你不怕剧透吗？"

"没关系，你直接说吧！"太折磨人了，还是赶紧让她知道大结局吧。

"男主角最后拿到了奖金，和女主角在一起了。"

"两个人都平安吗？"

"嗯。"

"呼——"秦温松了一口气。

那就好，即便她现在看到主角在受难也不用心疼。

两人之后便都专心观影，没再聊天，除了李珩偶尔出声提醒秦温低头闭眼。

秦温看得入神，所有的情绪都被电影那跌宕起伏的情节所牵引。可同样的情节却没能吸引李珩的注意，他的心情甚至开心得与压抑的电影氛围格格不入。

晚风拂过，吹来她身上的清香，简单又美好，这一刻他并不在乎别人是受难还是幸福。

对极度理性的人而言，外界无法轻易共鸣他们的情感，除非他们自己催生。李珩毫无波澜地看着哭天喊地的画面，却在秦温微微低头的瞬间立马主动陪她说话，转移注意力。

李珩笑了笑，好像也有点受不了这么纯情的自己。

原来他的少年青春隐藏在了秦温身上。

两个半小时过去。

"……find the lost love……destiny……"（……找到失去爱的……命运……）

电影结束，观众席响起掌声，大家都很开心最后皆大欢喜。

"天啊！"秦温双眼湿润，感慨了一声，想到的却是虽然男女主角在一起了，但那些被致残的孩童又该何去何从呢？

不还是一样生活在阴暗里吗？

该庆幸自己生活在和平的国家，身体健康，可以自由地追逐自己的梦想。

"觉得好看吗？"李珩问。

秦温抬头眨了眨眼，把眼泪憋了回去。听到李珩问自己，摇摇头闷闷地说："太沉重了，那些小孩好可怜。"

李珩不意外秦温的关注点："嗯，以后看些轻松的。"

秦温点点头，应该看点喜剧片才不会那么压抑的。

"被蚊子咬的地方还难受吗？"

"不难受了。"

"抹药了吗？"

"嗯嗯。"

"好。"

教官开始组织学生们有序退场，二班先行，一班稍后。

秦温朝李珩笑了笑道别后，便与好朋友一起离开。李珩的目光默默追随了秦温一会儿才收回，也和身边同学说笑着离开。

小姐妹们乘着月华结伴而行，畅想明天最后一天学农结束。

"太好了，温温，明天就可以回家了。天天顶着个大太阳，我都黑了好多！"

"是呀，终于结束了。"

"可是要发期中考成绩欸。"

"梁思琴你不说话没人当你是哑巴！"

第十五章

高一下·新高考落地

学农结束就到了期中考,经过半个学期的心态调整,秦温已经不再那么执着于自己的成绩与外人的差距。

周一早上各科老师就把答卷发了下来。

秦温的理综发挥得一如既往的稳定,文综还是很吃力:地理擦边及格,63分;历史70分。

她要兼顾奥赛学科,又要学好九门的话实在是精力有限,所以只能放弃文科来保证自己的竞赛主科和理科。而事实证明,有些科目如果不开窍又或者找不到学习方法的话,花三个小时和一个小时去复习的成果都是一样的。可能学十个小时会因为量变引起质变,但是她挤不出那么多时间来。

因此这次的期中考秦温也猜到了文科不会太好,所以在拿到成绩的时候,她也没有再像上学期那样难过了。

但令人意想不到的是有一个大惊喜!

她政治居然考了82分!

当然这个分数在级里并没有什么看头,但是考虑到自己以往撑死70分,这个82分还是挺让人高兴的!

秦温暗自开心,宝贝地将政治试卷收好,拿出英语课本,准备换下政治书。

突然,她想到了一个问题:自己的政治好像是靠李珩考前给自己梳理过知识点才……

不对,打住!自己也有付出努力!

秦温赶紧打断自己的胡思乱想,不要再否定自己了!

这一周的课堂内容主要是试卷评讲。对于学生们而言，评讲课最吸引人的只有公布成绩和排名的那个瞬间，讲解题目本身还是很枯燥的。

好不容易熬到周四，所有科目都扫尾结束期中考，终于不用再听沉闷的解题过程，明天又是新的挑战开始。

"哇！温温你有去看外面的成绩排行吗？"高宜回班就问秦温。

"大屏幕那儿吗？没有呢。"秦温边收着书包边说道。看那个展示高分成绩的电子屏只会让自己又开始焦虑，还不如不看。

"你怎么不去看看呀，这次期中考还出了别的排名哦。"

"啥？什么意思啊？"不等秦温回话，默错古诗词正在被罚抄的陈映轩便先问道。

"就是还加了个语、数、英、物和语、数、英、史的四科排名。"

嗯？秦温收拾的动作缓了缓，抬眼好奇地看着高宜。只排四科？

"就这四科？会不会排错了？"陈映轩问道。

"没有呀，我看得很清楚！"

"那这是为什么？如果要分科排名的话，不是应该按文理综六科排名吗？"

"不知道欸，但不是说我们这一届开始新高考，取消文理分科了吗？"

"那也不应该只排四科呀？"秦温终于出声。

高宜摇摇头，陈映轩接话："老吴下午班会课会说吧。"接着他便两眼放光，"话说只有四科的话，我的排名不就可以上去了！"

"得了吧，就你那语文成绩，横排竖排都上不了榜的。"高宜吐槽，然后又像是想起什么似的，兴奋地转向秦温，"不过温温，我看到你好像是全年级唯一一个物理满分的人！"

秦温先是一愣，然后笑笑摇头："嗯？不会吧，这次物理应该挺多人可以满分的。"又不难。

"真的，那排行榜从头滚到尾都没有物理100分的人，其他的高分也只是95分、96分这样。"

"那也差不多了呀，拉不开什么分差的。"

"哇，秦温你也太拉仇恨了！"陈映轩揭竿而起，"你不要给我吧。"

"对啊！哪有人考100分像你这样还嫌分差不够大的！"

秦温被两位好朋友逗乐，继续开玩笑道："那是你们还不了解我。我呀，最希望物理改革成150分满分制了。"

说完她自己都被吓到，妈呀，一下子上头吹了个大的，以后被打脸怎么办！

她又看看高宜和陈映轩，这两人似乎对于自己的狂妄发言没有任何质疑，只接着打趣说笑，羡慕自己物理三次大考都这么稳定。

秦温心里突然安定下来，微微扬唇，没再否定朋友们的说笑。

她每次听到别人的夸奖，第一反应都是否定，好像害怕别人发现自己其实没有他们想象中的那么优秀，会让别人失望。

但实际上，自己确实很厉害呀，该学着支棱起来的。

而关于级里新公布的两个成绩排名，下午班会课老吴就给了解释。当然他一进来还是循例就纪律问题先训了二班一通，然后才给大家发成绩单。

成绩单上的总排名有三个，分别是九科成绩，语、数、英、物，语、数、英、史。

刻意对自己排名不闻不问的秦温现在才知道：九科第151名，语、数、英、物第60名，语、数、英、史第220名。

这……差又不完全差，好又不完全好的排名确实让她不知道该高兴还是难过。

"好了啊，大家手上应该都拿到了自己这次的期中考排名。这次除了九科以外呢，级里还单独排了两个排名。"老吴在密密麻麻的电脑桌面上找着刚做好的班会PPT。

"相信大家这两天也有看到新闻，包括同学们之间也可能已经讨论了，就是从我们这一届开始就执行新高考分科制度，从原来单纯的文理分科，变成物理、历史二选一，外加自行搭配的两门副科。所以年级里再给了语、数、英、物和语、数、英、史的排名，供大家参考。"

"啊！"

"还真的是。"

"天啊，我们也太倒霉了吧！"

班内顿时议论声四起，瞬间淹没了老吴的声音，就连秦温等人也忍不住小声议论。

"安静！安静！"老吴立马炸毛，提高音量。"要不我说你们成绩老是比不过一班，你看看你们这跟菜市场一样的纪律！真是岂有此理！"

老吴这一吼，二班又立马安静下来。

"明天下午级里会组织新高考制度的宣讲，到时候你们给我注意点！别校长在上面说，你们也在下面说！"

老吴瞪着眼睛来回扫了四五圈，确定没人敢再私下讨论才又重新开始说话。

"好了,这次新高考涉及的教学改动也比较多,到时候'校讯通'里会发布相关的通知,大家回家后可以和父母一起读一下。在这里我先简单说一下,这次改动里最重要的一项,就是走班制。"

秦温收起成绩单,认真地听老吴介绍新政策。

"因为不可能大家都选择同样的科目,所以年级会根据同学们的选科来合理分配教学资源,组织大家走班上课。

"当然,这只是针对副科而言,'大三科'的话,同学们还是在这个班一起上。"

老吴一说完走班的事情,同学们又忍不住低声讨论。

秦温上学期期末已经在随风书店那儿听潘老师提过新高考和走班制,所以她现在并不太意外。甚至比起新高考本身,她更惊讶的是自己居然能碰上高考改革这种小概率的事情。

秦温又打开那张成绩单。

别的不说,走班这件事还挺新奇的,应该会很有趣吧。

正巧奥班不像其他班级一样高二会重新分班,她可以借走班这个机会认识更多的同学和老师。

"要走班的话,我们怎么办呀?"高宜转向秦温,低声说道。

"什么?"秦温没听懂高宜的意思。

"那我们这么辛苦才考进奥班,结果跟大家走班?万一被分到很坑的老师怎么办!"高宜不满道。

秦温一愣,倒是没有想过这个角度。不过外班也有很多深藏不露的大学霸,证明老师们都是不差的。

"都是礼安的老师,又怎么会坑呢?你别太担心。"

"喊!那他们怎么之前不带奥班!"

秦温被问倒,想了想又换了个角度:"老吴也说了'大三科'还是大家一起上课呀。"

"那也很亏好不好!"

秦温还想再说什么,恰好这时老吴又发火拍着讲台维持课堂秩序,两人也就赶紧收声。虽然大家平时都爱与老吴打趣,没大没小的,但是他真的发起火来,二班绝对不敢造反。

不过新高考对于大家来说无疑是平地惊雷,即便大家忍住在班会课不说话,一到了下课,教室里还是立马炸开了锅。

秦温也没有心思去找老师评卷,在座位上听高宜他们说着高考改革的事,直到快六点才和小伙伴们一起回家。

李珩放学和朋友打完球回来已经六点半,教学楼内几乎没有来往的学生。他正要回班收拾东西,走过教学楼大堂,余光瞥见电子屏幕上一闪而过的熟悉的名字。

秦温 年级排名 60 语文 105 分 数学 130 分 英语 120 分 物理 100 分

嗯?

李珩站定,转身正眼望向那块电子屏时,恰好此时页面再次滚动,秦温的名字消失了。

她上学期期中考考完也是站在这里看这块电子屏吧,看上去又失落又难过。然后他又想起她认真解题的样子,还有在凉亭那儿看着自己的幽怨眼神。

李珩笑了笑,明明是毫不相关的东西,怎么能一下子全部都想起来?

他拧开矿泉水瓶又抿了一口,活动活动右肩,走到正对大屏幕的长椅那坐下,看着电子屏上的名单一页一页滚动。

他刚和高三的师兄们打完球,浑身肌肉酸痛,上半身慵懒地靠着墙壁,向外伸长右腿,一手百无聊赖地晃着半空的水瓶。

半湿的刘海被他嫌弃地往后捋,深邃优越的眉眼构造在没有刘海的弱化后,更显逼人的疏离气势。

明明坐没坐相,却更显贵气从容。

梁嫒一出大堂便看到了自己暗恋的男生这般吸引人的模样,瞬间像被点了穴一般定在原处。

她本还在讨厌年级出了个什么四科排名,害得自己风头被抢,也不耐烦刚刚一直缠着自己问问题的同学,好不容易打发完他们准备回家,谁知一出教室竟惊喜遇见李珩!

梁嫒赶紧悄悄走近身旁的通知栏,假装在看公告。他在这次期中考的年级排名……

想到这儿,梁嫒又想起李珩的成绩:九科第 10 名,语、数、英、物第 1 名,语、数、英、史第 30 名,而且他前半个学期还没有回学校。

她的心跳不禁又有些加速,他的成绩真好。

梁嫒紧了紧书包肩带,拿出手机看了看时间,脑海快速盘算着要怎么搭话才更自然。

页面终于再次滚到秦温那一栏,然后二十秒过后又滚到下一页。

李珩动了动脖颈,起身回班。

梁嫒站在大堂另一侧,余光偷瞄到李珩走开,懊恼地闭了闭眼睛,下次一定要搭上话才行!

周五的体育课被老师从早上第三节调到了下午第二节,上完体育课便是学校关于新高考政策的宣讲会。

秦温发自内心地希望这节体育课可以直接被吞掉。

因为有她最、最、最讨厌的东西——200米体能测试!

救命啊,她宁愿上一整天地理课,都不要参加这个体能测试!

秦温哭丧着脸换完运动短裤,闷闷不乐地跟着女生们一起去了操场。

梁思琴爱惨了秦温的腿,难得见她换上短裤让自己的腿重见天日,兴奋地围在秦温身边羡慕道:"秦温你的腿真的好漂亮,就算不能跑我也想要!"

秦温一听梁思琴这话,更是发出认命的悲叹:"啊——"

因为这样一双腿,运动天赋却为零。

"能不能找人代跑呀……"秦温挽着梁思琴绝望地说道。不光每次跑完腿都像灌铅了一样抬不起来,跑到最后只剩自己在跑道上"疾驰"也是一件很丢脸的事啊!

"哈哈哈,不能,体育老师要查学生证的!"

秦温和小姐妹们最后是压着上课铃来到操场的,老师已经在整理队伍,她们快速归队,秦温虽然心里一百个不愿意,也赶紧小跑到第一排。

就这样一小段路跑完她都觉得小腿已经有些发酸。

完了,不会提前透支待会儿跑步的体力吧。想到这儿,秦温更加泄气,只垂着头郁闷地看着眼前的空草地。

礼安的体育课是同级三个班一起上,一班、二班、三班正好排到了一起。一班、二班紧挨着,所以秦温和李珩正好并排同列站在一起。

李珩微微侧头,瞟了秦温一眼,有些奇怪她为何闷闷不乐,接着视线往下一扫,缓缓收回。他的心神虽被秦温的低沉情绪牵引,但也难以自制地生出岔道,荡漾起了微风。

"好了。"体育老师将文件夹在腋下,拍着手高喊,"各个班的体育委员出来带头做准备运动!同学们要认真做,待会儿跑步不要受伤了!"

跑步!跑步!跑步!秦温现在一听到这两个字就头疼,要不来个战术崴脚吧。

李珩视线不时关注着秦温,见她仍旧一副哭丧的样子。

想起那天学农插秧时她那费劲巴拉的样子,李珩突然明白过来秦温在烦什么,不由得唇角轻扬。

她跑步估计不会太快吧。

秦温整个热身过程都做得心不在焉，只希望时间能过得慢一些。

但是越这样想，时间就过得越快。

没一会儿体育老师便吹哨，然后通知："好了，男生、女生分开，按班级为单位，男生跟我走，女生跟高老师走，马上进行200米体能测试！"

啊……躲不过的。

不仅躲不过，秦温还很悲催地发现自己要和三班的女生一起跑。

八条跑道，一班四个女生，二班五个女生，秦温的学号刚好排在第九。

"呜呜呜……"秦温紧抱高宜，不肯松手，"高宜你别走，陪我跑好不好？"

"乖乖乖，温温乖，我得上场了，赶紧放开我。"高宜强掰开秦温，欢快地上了跑道，临了，还不忘回头和秦温说，"放心！回来就陪你——"

等你回来就轮到我上"刑场"了！秦温闭眼，心里全是泪水。

体育老师挥挥旗子，与操场对面的另一位体育老师示意，女生组已经准备就绪。这200米体能测试是男女生同时进行，正好一组一边，互不干扰。

"各就各位——"

秦温一听到这个口令就已经开始腿软，不断安慰自己，反正剩下的女生也不认识自己，同班的男生们也不在这儿，就算跑最后也不丢脸。

"预备！"

"哗——"

哨响的瞬间，秦温感觉自己的心都要跳出来了——救命啊，能不能来个谁救救我！

"好了，下一组女生站好。"体育老师平静的声音和秦温内心的呐喊形成鲜明对比。

秦温两条腿软弱无力地走上跑道。要命的是，她还要跑最内侧的第一跑道。

为什么她和别人的距离看起来那么远啊？

秦温无助地看着跑道，开始神志不清地考虑能不能巧用向心力帮助自己创造奇迹！

老师又挥挥旗子。

"各就各位——预备！"

正在做受力分析的秦温，思绪突然被打断。

"哔——"

死就死吧！不就是四十几秒的事吗！一道选择题的时间罢了！

李珩站在跑道另一头，看着对面那组女生的情况。

哨响，第一条跑道的女生明显比其他女生反应慢了一秒才开始启动，然后距离不断拉大。

难怪她刚刚一副不情愿的样子。

三十秒过后，女生们开始陆续过线，秦温还奋力在道上跑着，又过了五六秒，她才过线。

过线后，秦温双手撑膝，身子半蹲，久久不能起身，似乎很辛苦很难受。

李珩微微凝眉，直到看到秦温的朋友们过去扶她，他才收回视线。

"李珩看什么呢！"一旁的男生见李珩望着女生那边发愣，好奇地问了句。

"没什么，等得太无聊。"李珩岔开话题。

"是啊，还好我们一班先跑。"男生不以为意。因为也没见过李珩对哪个女生感兴趣，自然也就不会多想李珩竟然会是在看女生跑步。

操场另一边，秦温由梁思琴扶着走到长椅那儿休息。

秦温才稍稍屈膝，就已经感受到大腿正面的肌肉在疯狂收紧，好像那里已经囤积了成吨的乳酸，一下子把她整个人压在了椅子上。

"啊……疼疼疼！"秦温倒吸一口凉气，可怜兮兮地说道。

"嘿嘿嘿，我帮你捶一下就不痛了。"梁思琴恶作剧地抡起拳头。

"不要！"

"啧啧啧，我的天。"高宜一路走来，口中连连感慨着，现在才和郑冰过来找高宜和秦温。

"你们去哪里了？"梁思琴问。

"我们去看跑步成绩了。"郑冰出声。

"你们知道梁媛跑了多少秒吗？"又到了高宜的八卦时间。

"那我们怎么知道嘛，不过应该挺快的！"梁思琴说。

秦温坐下以后浑身散架，后知后觉地发现不仅腿酸，胳膊也酸。天啊，只是跑步挥了挥手臂就这样了吗？

一定是自己挥得太大力了。

"我感觉她都跑完了，秦温才跑了一半。"梁思琴补充道。

本小心翼翼揉着小腿的秦温一听这话老脸一红——天啊，那自己刚刚跑步的场景得有多可怜啊。

"哪有那么夸张……"秦温"挽尊"道。

"确实没有那么夸张。"高宜实事求是,"但是人家200米跑到了28秒哦!"

好强啊!体能废柴秦温顿时无比羡慕。

"唉,你们说怎么会有人那么完美,长得漂亮,成绩也好,社团也吃得开,就连体育都甩别人一大截。"郑冰闷闷地说。

"怎么没有?隔壁李珩不也是这样。"梁思琴说道。

秦温因为跑步的时候岔气了,嗓子现在也火辣辣地疼,加上身体又累,所以不太想说话,只在一旁默默听着朋友聊天。

她看着郑冰垂头丧气的模样,突然意识到,自己上个学期的状态应该就和冰冰现在的样子差不多吧。

在耀眼的光芒前迷失了视线,看不清自己。那种感觉挺不好受的,而且会像寄生虫一般蚕食自己的思维模式,消极向下循环。

"怎么会?冰冰你奥数那么厉害。"秦温咳了咳,笑着说道。

"我知道,可是我奥数也没有多厉害,我都已经开始感觉跟不上了。"

"你都在奥数组了,怎么会不厉害?"秦温说道。

"对啊,奥数组欸,礼安最强的战斗力了。"心大的高宜也安慰。

"那考得进不代表后面跟得上呀,我现在在班里就只是中下游的水平了,分分钟会掉队。可是你看梁媛,人家考进礼安以后成绩一直稳定在年级前十……"

"每个人学习的进度不一样呀。"

"话虽如此……"

"哎呀,想这些干吗,不是给自己添堵嘛。"直爽的梁思琴出声,"走啦,我们去走圈吧,干坐在这里好无聊,而且也好热。"

"温温你能走吗?"高宜问。

"没事,我们去走圈吧,一直坐在这里,老师也会说的。"

秦温起身,挽着郑冰跟高宜和梁思琴身后,四人一起去散步。

男生这边,一、二班也全部跑完,几个男生约着一起去架空层篮球场打球。

李珩去拿球鞋,专门绕路到操场边,见长椅那儿已经没有了几个女生的身影,也放心地去了球场。

第十六章

高一下·选科

礼安操场左右两边各有一条下坡路，沿路下去便是偌大的架空层，有四五个简易的篮球场和羽毛球场，环绕架空层还分布了几间室内运动教室。

体育活动时间老师不允许学生干坐着又或者偷偷写作业，所以不运动的学生大多都爱和朋友一起绕着架空层外沿散步聊天，秦温她们几个也是这样。这会儿她们聊起了新高考。

"话说你们有想好选什么科目吗？"郑冰问道。

"这还用想嘛，肯定是物、化、生三个理科呗。"梁思琴说道。

一旁的高宜也赞同："对啊，我们肯定是选理科轻松些吧。"

秦温默默跟在后头，没有说话。全部都要理科吗？

"温温你呢？"郑冰见秦温没有说话。

秦温摇头："我还没想好呢。"

"啊？这还想什么？难不成你还想文理混着来呀？"

"唔……就是还没想好嘛。"秦温被梁思琴问住，"不过要是文理混科的话，到时候成绩怎么排名？"

"不知道欸。"

"温温你这样问，不会是真的要选文科吧？"高宜问。

三个女生突然像是找到了什么新鲜东西似的，来了兴致，要盘问秦温。

"肯定不会是地理。"梁思琴"补刀"。

秦温笑得有些尴尬，确实不会是地理，但具体是什么她也没想好，应该说她目前还在犹豫要不要混一门文科进去。

而且她不是为了高考方便自己考试，只是单纯不喜欢单一的学习方向,大方向已经被奥物占了,剩下的一点小空间里,她想要留一门出来让自己的高中生活丰富些,就当是调剂品吧。

她想要打破一些固定模式,不是为了打破而打破,而是发自内心地想要去学习不同风格的东西。

只是这种想法,秦温自己都觉得太理想主义且儿戏了,为高考服务才是最关键的吧。

"哈哈哈,别问了,我还没想好呢。"被姐妹们盯得心里有些忐忑,秦温赶紧招了,"不过我确实想选一门文科。"

"哇,温温佩服你!"郑冰拍着秦温的肩膀,崇拜地说。

"这有什么好佩服的,说不定我这样是在自讨苦吃呢。"秦温笑着说。

"是啊,我感觉我们这些礼安的奥赛生从初中开始就没有怎么学过史、地、政,要是现在才正儿八经地学,还不知道能不能应付得了高考呢。"高宜出声。

"所以,我得好好想想。"秦温认同道。

"话说秦温你怎么会想要选一门文科?"梁思琴好奇。

"唔……你们难道不好奇其他科目吗?"秦温发自内心地问道,说起来小伙伴里好像也只有她自己有这种想法。

"这有什么好好奇的!"高宜惊讶地说,"平时不都一直在上课吗?"

秦温摇摇头。

和平时肤浅的读读背背不一样,要像李珩期中考前和自己过政治课本那样。

人家李珩虽然前半个学期都没有上到政治课,但是他只要看一眼课本就立马梳理清楚了那些条条框框,还顺带帮自己捋了一遍课本知识点。

秦温还记得那时候的感觉,如同拨云见日,终于看清浩瀚的知识宇宙。原先那些死记硬背而且还背不太牢的知识点,也像瞬间被名为逻辑的锁链定住,安分地待在自己的脑海里。

一瞬间顿悟,然后看到了学科内在的逻辑与思想。

秦温想要见识的是这些,虽然她知道这种想法太理想化,甚至有点书呆子。

"不太一样嘛。"她不知道该怎么和朋友解释自己的想法,只笑笑结束话题。

"我知道!"梁思琴出声。

秦温惊喜地看着梁思琴,难道思琴也是这样想的!所以自己也不是孤孤单单一个人有这种想法!

"秦温你最近有点叛逆。"

吐血。

李珩和男生们已经打了两三个回合了,他们所占的半场在架空层边缘,旁边的走道不时走过绕圈散步的学生。

他运着球站在半场线,眼角瞥见几个女生从转角处走出。

此时他眼前的防守人员见他走神,赶紧跑前一步想要偷球,谁知他后撤一步直接转身过人,传球给人又快速跑到底角三分线站定。

持球的队员见李珩空位,又迅速将球传回给他。

李珩接球,定点瞄准投篮,手中篮球如离弦之箭飞出,却"砰"的一声撞上了篮筐边缘然后飞向场外。

他看向队友拍拍自己,示意这球算他的,然后便横穿半场去捡球。

篮球第一下砸在了场边,卸去不少力道,然后又轻轻跳了几下,缓缓滚向场边。

秦温和朋友们聊着新高考的话题,余光看到不知从哪里滚来一个篮球,她停下脚步顺着篮球望去,李珩正缓缓向自己走来。

秦温猜这球是他们的,便想着帮他捡一下。谁知刚一屈膝,大腿没由来地一抽紧,秦温没有防备,疼得倒抽一口凉气。

"没事,我来吧。"李珩眉眼隐笑,喊停了秦温,快一步走到她身边,拍了拍停在她脚边的篮球,然后运着球离开。

秦温看着李珩近距离走来然后又离开,有些小小惊讶——

他是怎么做到把静止的篮球又给拍起来的……

"喂,喂,秦温你口水流出来啦!"三个女生走到秦温面前,高宜笑着打趣道。

秦温一惊,连忙用手擦嘴,谁知什么也没有。

"我哪有!"

"那你干吗盯着人家看?"梁思琴说。

"哎呀,我只是在想他是怎么把球拍起来的啦。"秦温可不想被高宜盘问,赶紧带头继续往前走。

"秦温真有你的,一个大帅哥走过来,你关注的重点居然是他拍球的技术。"

"要不然还能有什么重点?"秦温笑着打趣,"他长得好看,我们又不是第一次见。"

"欸欸,你们看,梁媛,梁媛!"她们走到篮球场区的另一侧,高宜兴奋地指出梁媛和几个女生正在那儿练习投篮，一旁还在站了两个男生指导。

"她选的原来是篮球吗？"梁思琴说。

"她真的好厉害，居然选篮球！"郑冰赞叹道。

秦温也赞同地点点头。礼安的体育课是四个班一起上课，但是热身活动后，学生可以各自报名参加篮球、羽毛球、乒乓球、瑜伽等项目。

体育细胞为零的秦温选的就是瑜伽课。

"思琴，你们梁家人，都不简单啊。"高宜发自肺腑地感慨。

"谁跟她一家人了，走开。"梁思琴撇清关系，同"梁"不同人。

秦温被大家的讨论逗乐，捂嘴笑笑，顺势扭头看向三位小姐妹，然后一惊！

高宜、梁思琴、郑冰三人，从左到右排排站好，看着梁媛出神。算上她自己，她们四个人就这样站在人家场边盯着别人看。

也太直接了吧！

马上反应过来的秦温赶紧催促其余三人快点走过："一直盯着别人看会被发现的啦！"

体育课结束便是学校关于新高考的宣讲会。

高宜她们回教室拿上纸笔做笔记，秦温因为腿太酸且教学楼又离操场太远，没有随同朋友们回班而是直接去大礼堂，顺便帮朋友占位置。

她走出操场，正好路过小卖部，想起自己还一直没有喝水，便进店里拿了瓶矿泉水。刚到收银台排队准备付款，手摸了摸裤袋，却发现里面空空如也。

哎呀，她的饭卡在长校裤里，没有带过来。

秦温深吸一口气，倒霉，只要跑步就会倒霉。

"同学？"店员有些不耐烦地催促道。

现在是课间时间，过来买零食、饮料的学生不少，店员显然是嫌弃秦温拖慢进度了。

秦温尴尬地笑笑，说了句"抱歉"，准备回身把矿泉水放回去。

"刷我的吧。"熟悉又好听的声音响起，有人直接将饭卡放在刷卡机上。

"嘀——消费成功。"

秦温惊讶地回头，没想到李珩就排在自己身后。

体育课结束，他已经换了件白色私服短袖，搭配礼安的黑色运动短裤，比平时还要再多几分阳光少年的气质。

李珩朝秦温笑了笑，算是打了个招呼。

"谢谢！"秦温欣喜地说道，"我下次还你。"

李珩像是没听到秦温的话，扫视了一圈摆放在收银台上的小商品。

"一盒巧克力。"李珩看着店员侧了侧头。

"好的，好的！"

"嘀——消费成功。"

李珩拿过巧克力，走到秦温身边，与她并排以后再往前走："没事。"

秦温不自主地跟着李珩一道走着。

呃，虽然两块五好像确实也不是什么要紧的数目，但她还是不要欠李珩人情比较好。

"还是要的。"秦温笑着说道。

李珩就只是扬扬唇角，没有再说话。

两人就这么安静地走了一小段路，秦温突然想到大学霸会不会也和她同路去大礼堂。

体育课下课时间较早，现在校道上人还不算多，两人就这么安安静静地走着，总让秦温觉得哪里有些不自在。大概是大学霸的气场太强了吧，再加上学农结束以后他们就没再怎么说话，多少又生疏了些。

"你也是去大礼堂吗？"秦温想着说些什么打破这诡异的安静，可是刚说完就咬了咬自己的舌头。

这不废话嘛，李珩肯定也是要去听宣讲的呀！

"嗯。"

瞬间冷场。

秦温汗颜，大学霸现在一定觉得很无语。

还不如不说话呢。

李珩走得比秦温稍稍快些，秦温自然看不到他脸上隐隐的笑意。

他知道秦温这没话找话说可不是因为想和自己聊天，不过是因为又认生了。才几天没说话亲密度就清零了，这谁受得了！

李珩突然开始考虑后面他是不是该少回点B市。

秦温铁定心思——说多错多，放弃聊天。

"有想好高考选科选什么吗？"这回轮到李珩主动说话。

秦温微微一愣，没有想到他会问自己这个。要是和李珩说自己想文理混选，他会不会也和梁思琴她们那样不能理解呢？还是算了，解释起来好麻烦。

"没想好呢。"秦温轻松道。

李珩听出她语气里的敷衍，转了转手里的巧克力盒，生平第一次为怎么聊天感到无奈。

秦温也挺会冷场的。

"物、化、生？"李珩接着问。

果然，李珩也是和高宜、梁思琴她们一样的看法。

秦温看了看李珩的侧颜。

其实李珩除了会给人距离感，他身上还有一种令人信服的领导力。

大概是因为无论发生什么，他都能保持那安如泰山及冷如冰山的模样，又或者是因为他实力太强了，只要有他在，就能将乱糟糟的事情理清。

比如模联面试、篮球赛、期中考复习。

秦温想，不管李珩认不认可自己，起码他在自己这儿算是个可以交付想法的人。

一些不知道成不成熟又有些离经叛道的想法，或许不好和知根知底的朋友深谈，但是和不太相熟的人说的话，说不定能得到更好的论证呢。

秦温摇头，低声坦承："我不太想选物、化、生。"

"这样子吗？"李珩手部动作一顿，内心有些波澜。

秦温见李珩果然没有太大反应，心里宽松了些。

李珩成绩好，在同级生里很是有号召力，而这号召力在秦温这儿同样也适用，要是连李珩也反对的话，她也会真的重新考虑选科的事情。

没必要孤注一掷，有时候还是要听听别人的意见。

"你呢？"秦温问。

"应该也不是纯理科。"

咦，他也不是吗？！秦温大喜，双眼放光，惊讶地看着李珩："真的吗？"

倒不是说新高考里学生们只有纯文科或者纯理科两种选项，其实大多都是双理一文的搭配，只是秦温他们在初中奥校几乎全然忽视了文科的学习，导致文科底子比许多学生都薄弱得多。

读读背背虽然能保住成绩中游水平，但要冲击高等院校，还是需要科科拔尖，所以两个奥班的学生都更偏好选择稍带文科属性的理科生物。

所以秦温这文理混选的搭配才会被梁思琴说"叛逆"。

但是现在孤独的旅者好像找到了同道中人。

"嗯。"

"你是选两门理科一门文科吗？"

"嗯。"李珩耐心地接受秦温的盘问。

"我也想这样呢!"秦温收回视线,看着脚下活泼的树影开心地说道。

李珩笑笑,没有点破秦温才说自己还没想好选科。

不过秦温开心归开心,一想到这事还有挺多悬而未决的部分,又不免有些担忧:"但我不知道该怎么选。而且我也不知道文理混选好不好,我怕到时候学得很吃力。"

"为什么会吃力?"李珩漫不经心地说,"还有两年时间,够的。"

一股异样的能量充盈秦温的心间。

"可我现在就学得很吃力了。"她不自觉地和李珩吐露心声,就像小树无意识地伸长枝丫想要汲取温暖的光能。

"学习方法要对,效率要高。"李珩没有含糊。

秦温点点头,脸上却又露出无奈的表情。

文科的正确学习方法她好像不太清楚,老师教的要多读多背多看她也有做到,可好像对她不适用。

李珩见秦温又不再说话,看了她一眼,兴致恹恹的模样。

"慢慢来。"李珩开始反思自己是不是说得太生硬了,又补充道。

他倒是想说自己可以教,不过一下子太热情她会不适应吧,而且她也可能会婉拒。

秦温只是看上去弱弱的,性子却十足要强。凡事爱先自己尝试,所以她没主动开口要的东西,送到她跟前她都不一定会收下。

所以说,还是得混熟了才行。

李珩在脑海里快速盘算着该如何与秦温相处,又换了个话题:"有想过选哪一门文科吗?"

秦温点点头,"嗯"了一声。

经常不及格的地理是绝对不可能的,她的历史和政治之前一直都是半斤八两的样子,但这次期中考政治居然破天荒上了82分,历史只有70分。就这么分析来看,好像选政治比较合适,但她也只有这一次考得比较高分而已,就这么直接下决定会不会太草率了?

"应该是政治或者历史吧,目前还不太确定。"秦温如实相告,"还没那么快定选科,所以我想等期末考成绩出来再看看。"

"嗯,不急。"李珩回道。

两人一路聊着天,不知不觉就到了大礼堂,进去后两人便在找位置。

准确地说,是秦温在认真找位置,李珩就只是毫无违和感地跟在她身边。

"那你有想选什么吗？"秦温回头笑着问李珩。

仿佛有种神秘的力场自秦温灵动的双眸散出，瞬间赋予李珩的心跳一种莫名的加速度。李珩自然清楚明白自己要选什么，但他不想那么快和秦温说。既然她还在苦恼中，那么自己就陪她一起"苦恼"吧。

不过男生嘛，总是不自主地就会在在意的人面前表现表现自己。

"都行。"李珩实力满满地说道。

这就是他的"苦恼"。

秦温先是一愣，然后笑出声。第一次见李珩这么骄傲的样子，不知道为什么觉得挺……平易近人的。

也是，大学霸是"六边形战士"，其实选哪科都没关系。

不过奥班里也有人和自己一样文理混选，起码证明自己也没有那么"叛逆"。

秦温为自己的小心思窃喜，挑了大礼堂的侧边后排坐下，这里方便她看见高宜和梁思琴她们什么时候进来。

李珩见秦温开心，心情也大好。不过看看时间，他该走了。

"秦温，"李珩喊了她一句，然后将手中的巧克力递过去，"我临时有事要先走了，这个给你吧。"

秦温有些惊讶，她怎么好拿李珩的东西，而且他不听宣讲会了吗？

"不了不了，我……"

"我带着不方便。"反应更快的李珩换了个说法。

啊？这不就一小盒巧克力吗，会不方便带着吗？

"我要迟到了。"李珩虽说着催促的话，语气里却没有一丝不耐烦，听着更多像是有些无奈。

这让秦温突然觉得过意不去，自己这样拖拖拉拉的话，会耽误李珩的行程吧。

"好，谢谢。"秦温接下。

"嗯。"李珩应了一声便直接离开，好像真的急着要去哪儿。

秦温一路看着李珩走出大礼堂门口才收回视线，安心坐好。

好像跑步的日子也不会那么倒霉嘛，起码误打误撞地吃到了一盒巧克力。

秦温转过巧克力盒背面，看看价格。

还矿泉水钱的时候把巧克力的钱也一起算上就好了。

李珩走后，秦温一个人安静地坐着。她没有带手机，所以挑了大礼堂后排的位置，方便留意过道的同学，好找到高宜她们。

进来的学生越来越多，秦温等得有些心急。要是人多了起来，她就不好干占着三个位置了。

所幸没过一会儿，她就见到了小伙伴们。

"高宜，高宜——这儿！"秦温朝她们挥手。

高宜她们也看到了秦温，赶紧过去落座。

秦温这时也拆了那盒巧克力，热情地说："一起来吃点东西吧。"

"好棒！我正好饿了！"梁思琴兴奋地说道。

"天啊，温温你太土豪了！"高宜也开心地拿起一颗，"你这跑步的仪式感真隆重！哈哈哈哈。"

秦温干笑两声。

嗯……反正她也会把钱还给李珩，这盒巧克力最后算自己头上也没毛病。

她没见郑冰，疑惑地问："郑冰呢？她还没来吗？"

"她说要赶奥数作业就回家了。"

"这样子。"秦温了解。宣讲会的内容学校肯定会另出纸面通知，确实没必要来听。

此时宣讲会也开始了。

校长围绕新高考选科和走班制两个主题进行宣讲和答疑解惑，不外乎是强调学生要结合自身实际，慎重选科。出人意料地，这次宣讲会居然只花了半小时就结束了，末了校长还不忘絮絮叨叨，提醒学生们放学早点回家，注意安全。

"又不是小学生了。"梁思琴无语地吐槽。

秦温却无比开心校长居然只讲了半小时，今天没有奥物补课，就等于她比平常还早了二十分钟回家！

好棒，今天是彻底打破体测就倒霉的魔咒了！

A市傍晚，霓虹初上。宏伟的高档星级酒店自人流和车河中拔地而起，顶尖闪烁着冰冷的光芒，刺入夜幕中。

李珩今晚和外祖家的长辈们一起吃饭。因为塞车在路上花了不少时间，等他到顶楼大厅时，家宴已经快要开始。

管事刚为李珩打开门，正在厅内抱着妹妹玩举高高的潘嘉豪就眼尖先发现了他，抱着妹妹向他走来："哎呀，你怎么才来，我都快饿死了！"

李珩笑了笑，自然地从表哥手中抱过表妹，往厅内走去。

"表哥哥。"小女孩开心地抱着李珩，甜甜地喊。

"嘉慧真乖。"李珩心情也不错，一手捏捏小女孩的肉手逗她。

今天的家宴在A市地标之一的PC大酒店顶楼。

富丽堂皇的大厅正中间摆了一整套奢华沙发和精美茶具，大厅左侧摆了一张古典大圆桌，上面皆是高级银制餐具，右侧则是文娱区，分置了钢琴、台球桌、赌桌、吧台等供客人玩耍。

厅内四壁还挂了不少西方宫廷艺术画，顶上悬着一盏盏流苏水晶灯。

整个饭厅的布局、设计都与"家常便饭"四个字毫无关系，可李珩外祖一家却在里面玩出了其乐融融的感觉。

"姥爷，大舅，二舅，二舅妈。"李珩抱着妹妹走到了沙发这边，一一向长辈们问好。

"好好好，珩儿来了。"主位的老人面容和蔼亲切，"快来姥爷这边坐。"

"嘉慧来妈妈这儿。"右侧沙发一位年轻妇人起身将小女孩抱走，好让李珩陪老人聊天。

"珩儿，一个人住还习惯吗？要不来和姥爷住吧？"老人看着外孙笑道。

李珩为老人添茶，礼貌笑道："姥爷您那儿离我学校多远，我还想多睡会儿。"

"啧，这有什么的，有司机送你去学校，在车上不照样睡。"

"哎呀，爷爷您那犄角旮瘩没上年纪的谁愿意住啊。"潘嘉豪也过来，坐在妹妹旁边边逗她边吐槽道。

"你今晚就给我搬回来住！"老人一拄拐杖怒斥。

众人被这爷孙逗乐，都哈哈大笑。

"话说小珩，你爷爷奶奶那边都还好吧？"二舅又问。

"嗯，都好。"

"哼！"李珩的姥爷听到有人提及自己的老对头，不免有些上火，"还用得着管他们。"

李珩看出老人的心思，习以为常，只笑着主动聊了几句家常陪老人解闷。

聊着聊着，老人又问起李珩的学业。老人知道外孙前半个学期都在李家，关心他那么久没来上学还跟不跟得上，李珩自谦说勉强还行。

一儒雅男子坐在一旁笑道："小珩的'还行'就是没问题了。"

"小珩这么聪明，以后经商可不得了，不如早点来大舅这儿帮忙。"

男子说完，老人也看着李珩点点头，眼里的笑意味深长。

李珩见怪不怪："大舅说笑了，我做生意可没有天赋，还是等表哥吧。"

"他呀，他上个寒假都来公司了。"潘嘉豪的父亲朗声笑道。

"别说了，天天加班敲报表，我都快无聊到要吐了。"一说起去实习，潘嘉豪就头疼。敢情资本家连童工都不放过啊？

"不行！"老人厉声训斥道，"性子毛毛糙糙跟猴子似的，暑假给我接着去！"

"救命啊——"

众人又被逗乐，哈哈大笑，就连年幼的潘嘉慧也奶声奶气地乐呵道："哥哥去我也去！"

秦温回到家，吃完饭洗完澡后便和父母聊起新高考选科的事。父母都很开明且信任她，表示只要她不会太辛苦就好。

秦温心里暖暖的，却也对父母的无条件支持有几分无奈，她还想着能有人和她一起客观地讨论一下利弊呢。

不过算了，有人支持总是好事。

她又和父母多待了一会儿后才回房间，看一眼时间，已经快九点了。

秦温打开手机查看校讯通发布的新高考文件。今天跑了个二百米，透支了她不少体力，还是多休息会儿再做作业吧。

看看文件，又看看群聊。

她眼角突然扫到桌上的矿泉水瓶，想起李珩。

对了，她还没还人家钱呢。

秦温打开聊天界面，建立转账，在转账备注那儿想了想，敲了"谢谢"两个字便转账过去。

然后她将手机静音，喝了口牛奶便开始刷题模式。最近新接触的函数概念让她有些难以消化，她得好好研究下。

秦温一会儿翻看课本笔记，一会儿在草稿纸上正算反算。

李珩和外祖家吃完饭再回到公寓时，已经快九点了。

他先洗了个澡，随后换上居家的衣服擦着头发从浴室出来，自冰箱拿出一瓶冰水喝了一口，便舒服地坐上按摩椅放松筋骨。

合目浅眠，突然手机来电响起。

李珩慢悠悠醒来，看了眼被自己扔在沙发上的手机，是爷爷打来的。

他起身，眨眨眼瞬间清醒意识，走至沙发处坐下，接通来电。

"老头吃饭了没?"

"都几点了。"

"嗯,时间不早了,早点休息,我挂了啊。"

"你小子敢!"

李珩打了个哈欠,懒懒地说:"这不是看您老人家到点睡觉了嘛。"

"少贫,今天和姥爷他们吃饭了?"

"嗯。"

老人小声抱怨了句,然后打着哑谜似的问道:"立场没动摇吧?"

李珩听完爷爷的话,抚额低笑:"您和姥爷两个人都多大了,也太幼稚了吧。"

"怎么跟你爷爷说话的!"

电话这头的李珩笑笑,看了眼时间:"放心,我绝对坚定立场。行了,老头您该到点睡觉了,挂了。"

说罢,他便利索地将电话挂掉。

刚又要把手机扔到一边,谁知看到一条半个多小时前的信息——

秦温:你有一笔待确认入账

李珩扬唇笑笑,加秦温那么久,这还是她第一次主动找自己,唉,不容易啊。

李珩:不用客气。

等了两三分钟,不见秦温回复。九点多,她应该在写作业。

李珩拿起手机进了卧室,打开电脑上线游戏,把手机放在一边。

他刚一上线,聊天框里时不时便传来好友消息。

手机每响起一次提示音,李珩都会扫一眼,不是她。

秦温写完作业,再看时间,居然十点半了。

"呼!"

她伸了个懒腰,点开手机,看到了李珩的回复。

秦温发了句"应该的",又想了想李珩会不会不解为什么转给他的钱比矿泉水多。

还有巧克力,谢谢。

李珩正和朋友冲塔,视线第 N 次扫过手机的来信提示,终于等到了。

他拿起手机发了条语音给秦温。

手机那头的秦温微微一愣,没想到李珩居然发了语音给自己。

秦温突然有些紧张,点开了语音——"等我一会儿,马上。"

冷调的男声听得秦温有些脸红。啊——大学霸真完美,连声音都这么好听。

秦温开心一笑，放下手机，步履轻快地出了房间。

李珩这边完成冲塔，拿下MVP直接下线。连着麦的朋友们还在兴奋地聊着刚刚的游戏，一分钟过后才反应过来主C不见了。

"掉线了？"

李珩从电竞椅上起身，拿过手机直接躺在大软床上，和秦温聊天。

李珩：没事。

李珩顿了顿，敲了句"巧克力好吃吗"，啧，太尬了，她肯定是觉得好吃的。

李珩：今天宣讲会说了什么吗？

又不见秦温回复自己，李珩边玩手机边等着。

刚刚玩游戏的朋友发来信息：继续啊，说好了今晚冲分。

李珩：没空。

朋友：？？？

朋友：你开什么玩笑？

李珩懒得再回朋友。

秦温洗漱完毕，再次回到房间爬进舒服的被窝里。看一眼手机，李珩居然十分钟前就回复了，她赶紧也回过去。

秦温：你还是收下吧，不然我会很不好意思的。

秦温：今天宣讲会讲的就是选课和走班制。

接着秦温便一连十几条信息和他仔细讲了今天的内容。

李珩看着秦温隔着手机屏幕嘴巴倒是比面对面聊天更利索，无可奈何地笑笑。要说这么多，早知道他刚刚就打语音了，理由完美。

两人难得聊起来，李珩还想和秦温再多聊一会儿。不过看她今天跑步累死累活的样子，还是算了，不合时宜。

李珩见秦温不再发消息，想她应该说完了。

李珩：我知道了，多谢。

李珩：今晚早点休息。

李珩：晚安。

秦温早已躺在床上，酸痛疲惫的身体被厚实有安全感的被窝包围，卸掉所有力气，仿佛下一秒就可以进入梦乡。

可是自己还在和李珩聊天，再困也只能硬撑着。

谁知大学霸见自己说完就直接结束话题！

天啊，好棒！

秦温：嗯嗯，晚安。
高冷的人最棒了！
消息发完，秦温关掉手机，一秒坠入梦河。

第十七章

校园开放日［上］

颁布完新高考政策后,学生们的生活又回到平常:做不完的题,聊不完的天。

奥班的补课也在期中考结束后重新恢复,秦温的日子也变回学业与奥赛并行的节奏,只不过她现在还需要留心自己的高考选科。

比起原来的两耳不闻窗外事,秦温开始花更多的时间去了解课外的东西,也和随风书店的两位老师聊了不少。

日子当然还是枯燥忙碌的,可她却觉得有种充实的快乐。因为她知道自己现在正是在为未来做选择的时刻,这也是她上了高中以来一直想要追求的自由,不再只听学校的要求埋头于奥物的课程,也不是只能被动地二选一,她也可以自行决定自己的学习生涯。

不过再怎么期待新高考,自己的第一任务始终还是奥物,起码在下半年的省赛以前。

时间就这样眨眼到了五月末,很快就是礼安一年一度的校园开放日。

礼安的校园开放日一般选在周六,在这一天里礼安会对外开放校园,欢迎所有的初中应届生和家属入内参观。

礼安去年因为奥班和重点班的成绩与平行班的差距过大而被闹上了热搜,导致学校形象受损。为了不影响今年的招生,学校要借开放日大力洗刷刻板印象,所以今年格外重视开放日,在开放日前一周又让学生会临时再多招募二十名志愿者。

周一下午,秦温找政治老师评完练习卷,回来见高宜、梁思琴她们又凑一堆。

"你们在看什么呢?"秦温开心地问。

"温温你来了,正好我们打算报名周六的开放日志愿者,你要不要去?"高宜热情地问道。

"可是我们周六不是要补课吗?"

"老吴说可以只做半天的。"

"这样子。"

"而且可以加素质学分哦!"陈映轩补充道。

"你们都去吗?你们去我也去。"秦温走过去看一眼高宜手里的报名表。

"肯定呀,那我把你名字也写上。"

"好呀,谢谢。"说罢,秦温又突然想起好像这个志愿者是要经过学生会筛选的,不一定报了名的都能去,"我们报了名是不是还要等学生会通知?"

"啊?不需要啊,老吴帮我们报上去。"陈映轩打开一份餐包,边吃边说,"可能因为我们奥班没什么时间参加社团活动,所以学校特别照顾一下我们吧。"

秦温恍然大悟,原来如此。

到了周三下午,又是奥班补课。

奥物老师因为外出调研,所以安排了三十五分钟随堂小测,然后让科代表秦温跟大家对答案。因为没有老师把握节奏,加上同学们的讨论热情比较高涨,这节奥物课严重拖堂。

李珩那边奥数补课结束,跟着同学从教室出来,走过长廊,看到了教室里秦温一个女生站在讲台上念着答案。

她大概有些紧张,脸颊微微泛红。

李珩心血来潮,决定要等秦温下课。

"怎么了?"同伴见李珩停下脚步。

"你们先走吧,我找个人。"

"行,再见。"

同学以为李珩是约了奥物班的哪个男生去打球,没有多想便先行离开了。

李珩倚在栏杆上,看着教室内的人。路过的有几个学生认出李珩,忍不住低声讨论。

"天哪,你看,李珩。"

"哇,他原来这么高的吗?!"

"那不是李珩吗？他怎么站在那儿呀？"

"他真人比照片还好看！"

"天哪，他都那么厉害了，还要听奥物组的课吗？"

一句句议论声传入李珩的耳朵，让他突然觉得自己干站在这儿好像很突兀。秦温也好像没有那么快出来，而且看她在讲台上的样子就已经够紧张了，要是看到自己在看着她，估计会给她添乱。

于是体贴的大少爷一手插兜，转过身去——看起了楼下的猫猫打架。

奥物组开始讨论起最后一道计算题，一些等不及的学生已经出了教室，秦温依旧在教室里听着大家讨论。

隔壁奥化组也下课了。

梁媛抱着课本出了教室，本想问两个奥班学生借他们的习题笔记，谁知一抬眼便看到了李珩静静地站在走廊外，身姿笔挺，目不转睛。

夏日五六点近晚的夕阳，柔黄明亮，如同爱人的温柔目光。

就算在李珩这里已经碰壁过无数次，梁媛对李珩的热情依旧高涨。她开心笑笑，好事多磨，能一直不断撞见就是缘分。

李珩转身看向秦温，又看了眼手表——那么才晚回去吗？

梁媛鼓起勇气走上前去，笑着和李珩打招呼："哈喽。"

此时两个路过的学生在经过他们二人时没忍住诧异地回望。

李珩被喊了一声，注意力从秦温的背影抽回，看向身边热情和自己打招呼的女生。

"我是三班的梁媛，上次放学以后我们打过招呼。"梁媛开心地说道，"没想到又见面了呀。"

李珩认出梁媛，冷冷道："有事吗？"

梁媛笑容不减，不再像以前那样对李珩的冷漠反应感到吃惊和不服气，优秀的人有些脾性也是可以理解的。

她视线从李珩的脸移到了他的衣服，突然激动地伸出手指，指了指他衣服上的低调logo，惊喜道："这个牌子的衣服我也好喜欢！你在哪里买的呀？"

李珩无语，又看了眼教室。秦温终于走下讲台回到座位背起书包，他更加无心梁媛要干什么，正准备离开，又见到奥化组的两个女生也进了教室，和秦温聊天，不知道说起什么好玩的，几个女生笑成一团。

和朋友一起走吗？李珩打消上前搭话的念头，不过也不打算继续在走廊里干站着了。

梁媛见李珩不搭理自己，又接着说道："这件不是只在北美发售吗？

国内很难买到的呢。"

"上网就能买。"李珩看也没看梁媛,回了一句便转身离开。

"上官网吗?我一直都找不到渠道,你能把怎么买告诉我吗?"梁媛紧跟在李珩身边说道,"你是有人代买吗?能不能把微信号推给我呀?"

然后两人就可以顺势加上微信好友,完美。

李珩立定,冷冷地看着梁媛。

梁媛比很多女生都要聪明,明明喜欢他却硬压着不说,想方设法接近他,问的事情对李珩来说都是举手之劳,让他不好拒绝。

可惜李珩不是什么好接近的人,或许没有表演会的事,他还会敷衍一下梁媛,但现在是绝对不可能的。

李珩看着梁媛正准备要说话,眼尾扫过,秦温已经和她经常走一起的两个女生出了教室。

这边秦温她们也恰巧回头,看见李珩和梁媛站在一起,纷纷惊讶地愣了两秒,然后那两个女生一脸看热闹不嫌事大地捂嘴偷笑,拉着秦温就快步离开。

李珩的脸色顿时就不好了。看着秦温被人拉走,他脸色更寒:"我也不知道。"说完转身就走,根本不给梁媛任何反应时间。

梁媛愣在原处,没想到李珩突然就离去,脑海里开始机警地复盘刚刚是哪里不对劲,李珩怎么突然像是要发火了。

梁媛的眼睛看向李珩一直站着的教室门口,教室内已经空无一人。刚刚不是奥物组在上课吗?李珩在等奥物组的人吗?

可是他明明没等到人又走了。

如果等的是男生的话,即便自己在场,也不妨碍他们打招呼啊。

梁媛心里突然有种不祥的预感,他不会是在等哪个女生吧?

他……已经有喜欢的人了吗?

话说高宜她们在看到李珩和梁媛站在一起聊天后果然引发了无限遐想,放学回家的路上,高宜和梁思琴两人便一直聊个不停,秦温在一旁没有插话,心里想着刚刚的物理题。

刚刚那个力学方程组,与其麻烦地分情况讨论,好像用函数的方法会更便捷?不对,她函数都没学多少,就算知道可以用纯数学的理论去求解也没办法呢。

李珩回到家,算着时间秦温应该也吃完饭了,便发了条信息给她。

李珩:我能再找你借笔记吗?

他要主动找秦温说清楚他今天为什么会和梁媛在一起，她肯定不会多想，但她身边的朋友就不一定了。

想到今天秦温被她朋友急匆匆拉走的样子，李珩就头疼，随便开个话题，然后和秦温说一句梁媛找自己干什么了吧。

可半小时过去，不见秦温回复消息。

手机隔一小会儿便会响起信息提示音，李珩总是第一时间去看，不是朋友就是群聊。

啧，他不耐烦地将手机静音，独给秦温开了来信特别提醒，然后又在客厅干坐了半小时，什么事也没有发生。

在洗澡？和爸妈聊天？

李珩深吸一口气，不可能花一晚上时间浪费在这上面。他调整好状态，拿出作业，把自己认为必要的题目做完，又看了眼今天奥数课的压轴题。

手机仍旧没有任何动静，李珩看了看时间，想再发条信息过去，可是秦温第一条都没回，发再多也没用。他又打开电脑，上线游戏进入无限火力模式，把烦闷都发泄在游戏里。

"谁惹你了？"何奈问。

最后结束时，时间已经十一点半，手机竟然就这样安静了一晚上。

李珩打开手机，置顶的对话框依旧毫无动静，对话停留在自己三个小时前的发问便再无下文。

他认输，烦闷地关掉手机。秦温大概是一直没看手机，不然她那么礼貌客气的人，不会不回自己。

人生一路顺风顺水的李珩第一次在秦温这儿体会到折磨是什么滋味。

不过后来这件事被他以后和秦温在一起时不断拿来卖惨逗秦温，让秦温一点办法都没有。

而早早做完作业的秦温自然不知道今夜有人在受苦，她正苦恼于今天那道力学方程组的最优解法。

用物理的思维去进行力学分析固然可以求出，但是这花了她快一个小时才把所有情况都考虑齐全。如果这是省赛考试，上哪儿去挤一个小时做压轴题。

如果是单纯用数学的方法去求解这个二元二次函数方程组呢，会不会快一点，毕竟所有理科的根本都是数学啊。

可当秦温看着密密麻麻的函数理论时，又有些发愁。

看不懂……她已经不接触奥数好多年，上手很多新概念远不如学奥物那般利落。

还是等明天去一班问问郑冰吧。

第二天周四,学校因为要组织开放日,暂停了早上的大课间,秦温就正好借这十五分钟去了趟一班。

她走到一班靠近后门的玻璃窗旁,正准备往里看看找郑冰,谁知道挨窗的男生突然抬眼,吓了秦温一跳。

男生也愣了一下,眼里的情绪阴晴不明。

缓过神来的秦温朝李珩礼貌地笑笑,后者缓缓推开窗户。

"嗨,我想问问郑冰在吗?"秦温笑道。

李珩黑眸动了动:"在前面。"

秦温稍稍走上前,透过窗户看到了坐在李珩前两个位置的郑冰。

"冰冰!"秦温叫了声。

李珩收回视线,心不在焉地看着自己的课本。

所以她为什么不回自己呢?不回自己但是又和自己说话吗?

她看出来自己喜欢她了?不应该啊,她那么迟钝的人。

"冰冰,你能不能出来一下呀,我有问题想问你。"

"可以呀,你直接进来我们班吧,外面好热。"

"可以吗?"

"这有什么,陈映轩他们经常来。"

"那好,谢谢。"

秦温开心地进了一班,来到了郑冰身边。

"你直接坐后面吧,反正林田今天没来。"郑冰热情道。

这道题估计也不会马上讨论出来,秦温也没有扭捏,就坐在了郑冰后面的位置上:"谢谢。"

李珩支肘撑头,看着就坐在自己面前的秦温,想起潘嘉豪说他老是那么冷漠地拒绝女生,以后会有报应的。

秦温就是了。

没心没肺的秦温感受不到来自后背的目光,抓紧时间问郑冰那道方程组怎么解。

"咦,你怎么突然问起了二元二次函数的问题了?"郑冰拿过笔和草稿纸。

秦温认真看着郑冰演算:"这是一道物理题列出来的方程组,力学分析太麻烦了,想看看能不能直接当方程组求解了。"

"那我看看。"

郑冰花了快十分钟算完，求出三个解："对吗？"

秦温看着郑冰的答案，摇了摇头："对是对的，但答案是四个解，还有一种情况。"

"啊？不可能吧。"郑冰又检查起自己的演算过程。

"会不会是哪里漏了？"

"不应该呀，检查过没问题的。"

秦温看着题目："那可能是不能用数学的方法去算吧，因为这也只是我自己的想法，说不定其实根本就行不通。"

"有可能，"郑冰合上笔盖，"不过我知道还有一个方法。"

"咦，是什么呀？"秦温难掩期待。这道题已经困扰她两天了，她只想快点解决。

郑冰神秘兮兮地凑到秦温身前，指了指秦温的身后："你身后的那位，是我们奥数组学函数学得最好的。你找他给你看看，说不定你就知道了。"

秦温一惊，什么鬼啦！

"你这不是和没说没区别吗！"秦温抱怨了一声。

她哪儿来的胆子贸贸然去找李珩问问题，唯一一次在学农自习室问过，还是因为自己那次借了笔记给他。

"哈哈哈，开玩笑嘛！"郑冰捂嘴低声笑道。

"你就是跟高宜……"

"丁零零——"

秦温正要反驳，上课铃声响起。

"天哪，这么快就上课了，那我先回去了，谢谢冰冰！"

"没事，去吧去吧。"

秦温赶紧带上草稿纸快步走出一班。

李珩看着无情的秦温走过，看也没看自己一眼，沉眸抿唇。他就是在浪费时间，应该更强势一点融入她的生活。

高冷惯了的李珩突然找回真我本色，老子就不该迁就着她的节奏来。

秦温自然不知道李珩内心的峰回路转，所以当她终于在周五循例打开手机，看到了李珩周三发来的信息时，惊得下巴都要掉了。

妈呀，大学霸居然找她了？

而且都两天了，她居然一直没回人家信息！

秦温一下子就慌了。

李珩人很热心，教过她做题，也和她提过学习上的建议，她也算是从他身上获益良多，做人不能忘恩负义，何况她还把他当学习榜样，所以无论怎么样都不能怠慢了他。

只是她又想起自己今天和大学霸打招呼的情景,看不出来李珩哪里有不自在的地方欸。啧啧,看看人家这心理素质,要是换她,一定会觉得超级尴尬,不过,他怎么不当面和自己说借笔记的事?

秦温:对不起……我现在才看手机。

秦温说完又想了想,发了个小恐龙道歉的表情,想着这样会更有诚意。

秦温:可以呀,我明天把笔记带给你?

秦温:你要哪科?

您老人家随便点。

回完李珩,秦温心里的愧疚瞬间减轻不少,只是刚放下手机就收到了新信息。

李珩:没事。一般周末才看手机吗?

秦温:嗯嗯。

秦温:你想借什么笔记呀?

李珩:政治吧,我明天找你拿。

秦温:好呢。

说完,秦温放下手机。她和大学霸一般聊不久,基本上已经说完了,可是突然手机又"嗡嗡"响起。

秦温看了一眼,居然是李珩又发来信息。

李珩:问郑冰的问题解决了吗?

秦温一愣,没想到李珩居然问这个,更没想到当时教室那么吵,大学霸居然还能听到自己和郑冰讨论题目。

秦温:还没有呢。

说起那道题,秦温无奈地叹了口气,要不还是算了,不折腾自己了。

李珩:发来我看看。

什么!秦温有点不敢相信自己的眼睛,大学霸主动说要帮她看题。天哪,这是什么天降的大惊喜!是因为又问自己借笔记,所以大学霸不好意思吗?!

李珩:我现在有空。

又收到一条信息,秦温赶紧拍了张照片发给李珩,絮絮叨叨地说了一段话说明冰冰今天的计算情况,问李珩是不是这个方程组不能用函数求解的方法算出来。

秦温说完,看着手机期待不已。有大学霸帮忙,这道题应该不会被自己算成死题了吧。困扰了自己两天的知识难点终于可以完美解决了!

好棒!

就在秦温对着手机聊天记录傻笑,兴奋地等着李珩的回复时,聊天框突然一秒切换成纯黑的界面,李珩的头像移到了屏幕正中央。

手机响动不已,一行醒目的小字惊得秦温不敢动弹:

对方邀请您加入通话——

秦温的心跳也一直在随着响动而加速。

这……大学霸怎么直接打电话过来了?

秦温咽了咽口水,紧张交织着莫名的羞怯,不知道该怎么反应,可手机却像是通灵了一样又响又振,越振越急,再不接就会自动挂断,那样会更不好吧!

哎呀,不管了,秦温咬牙划了一下接通键。

"肯接了?"

李珩的声音隔着屏幕传来,好听得不真切。秦温瞬间脸红,她还从来没有和男生单独打过电话:"咳咳咳……没有呀。"

明明私底下也讨论过题目,怎么换成语音通话反而还更不知所措了?

"我以为你故意晾着我呢。"李珩看着电脑屏幕低笑出声,就像你前两天那样晾着我。

"我没有呀。"秦温赶紧反驳,不过是稍微,就稍微晚接了一点点。

"真的?"

秦温没想到一贯高冷的大学霸居然在这件事上计较起来,但是想到刚刚确实是自己很没礼貌地让电话干响了半天。

"真的呀……"她有些没底气地说道。

电话那头传来李珩沉沉的笑声:"这样子吗?"

"嗯嗯。"秦温赶紧承认。

"我看一下这道题,等会儿。"

李珩不再追究,秦温如临大赦。不过,原来大学霸还没做吗?他打电话过来,她还以为已经算好了。

"谢谢。"

李珩没再说话,电话那边安静下来,除了偶有小声响。

秦温放下手机,喝了口水,深呼吸平复心跳,提醒自己集中注意力,不要胡思乱想。

不一会儿,李珩出声:"四个解。"

秦温看了眼时间,最多过去七八分钟。天哪,大学霸就算出来了?

她当初做力学分析可是做了快一个小时啊！

先前的害羞与不自在一扫而空，转而是满满的崇拜之情。

"是的！天哪，你怎么能这么快！"

李珩听着秦温这纯真无害的赞美，一下子咬牙抓紧手中的笔。

秦温没有意识到什么，继续追问："你是怎么算出来四个解的呀，冰冰说她只能算出来三个。"

"郑冰漏了哪个答案？"

"8。"

李珩扫了眼自己的演算："她漏了分类讨论 a=0 的情况，这个方程来自物理题？"

"嗯嗯。"秦温又拍了张原题发给李珩。

"你看看这个题目。"

李珩读完题沉思了一会儿："有没有动能为零的情况？"

"有的。"秦温快速阅览了一遍自己当初的力学分析，突然顿悟，"我知道了！系数 a 不等于 0 时，算出来的三个解都是动能不为零的情况，a=0 时就代表动能为零的情况，对吗？"

"聪明。"

秦温内心一下被击中："哈哈哈，谢谢！"

秦温："所以这道题确实可以用函数求解的方法去算的对吗？"

"嗯。"

"哇，好厉害。"秦温由衷地赞叹。

"这个方程本来就不难，只是你们还没学求导而已。如果你下次再碰到这种方程组，可以……"李珩跳过所有的理论与法则，直白简练地教导秦温怎么处理。

她不学奥数，一些数学方法对她来说不过是辅助工具，所以只要掌握关键的地方就好了。

秦温认真听讲，边听边做笔记，偶尔还会提一两个问题。李珩本以为秦温不过是好奇而已，没想到她是真的想要上手，便又再给她讲多了些。

最后居然和秦温讲了快一个小时的函数入门知识。

话题结束时，秦温看着自己满满四页的笔记，如获至宝。

"天哪，太谢谢了！"她开心地和李珩说道。

秦温开心，李珩心情也好，不过嘛，这一个小时可不能白讲。

打铁要趁热。

"秦温。"

"嗯？"

"我们组个学习小组吧。"

什么？

秦温愣住，怀疑自己是不是听错了。

大学霸要组学习小组？还是和她？

先不说大学霸这种"六边形战士"还有没有组学习小组的必要，要找也不是找她吧，她没一科考得过他啊，可能物理勉强算，但是他们两人之间的物理差距也只是微乎其微而已。

"学……学习小组？"

"嗯。"就我和你。

"可是我没有一科比你好的……"秦温当然愿意跟着李珩一块儿学习，但是她有自知之明，自己和李珩根本就不在一条水平线上，说是学习小组，她其实根本帮不上李珩什么。

"没关系。"李珩早就猜出秦温的第一反应，也不急，"我可能要一直借你的笔记。"

"哈？"秦温不解。

李珩："我后面会不常在学校，经常要补笔记。"李珩看着墙上五彩斑斓的艺术画，继续垂下钩子，"不止政治一门，应该六科都要，我懒得再找别人借了。

"我也不好一直白拿你的笔记，如果你在数学上有什么不懂的，我想我可以帮上忙。"

秦温的不能白嫖心理直接被他现学现用，一套等价交换的话术把秦温内心的不安打消了一大半。

这样子吗？秦温咬咬下唇，心动了。

这可是礼安奥数组第一开出的邀请啊，很难不心动啊。

"这样子会不会很麻烦你呀？"秦温还在纠结。

"你会问我问题吗？"李珩不答反问。

秦温愣住，什么？

听不见秦温的回答，李珩又耐心道："你从来都没主动问过我问题，我反而还问了你好几次。你觉得我麻烦吗？"

"不会不会，当然不麻烦了。"

"那不就是了，我又怎么会觉得你麻烦。"巴不得你天天问好吧？

"那……"

"哦……我知道了，"李珩出声打断，"奥物组的看不起奥数组的是不？"

电话那头传来李珩的声音，飞扬又无赖。

"没有没有，我哪有这个意思！"

李珩玩性大发："那你早说呀，我当初会选奥物的。"

秦温瞬间就被逼急："谁敢看不起奥数组的人呀，特别还是你！"

这边李珩忍着笑，秦温这样远比对着他又礼貌又客气的样子更可爱，不过点到为止就好，不能玩脱了。

他咳了两声，正经道："秦温，我没有你想象的那么厉害。"

李珩的声音清冷又不生硬，从窘迫中回过神来的秦温又感觉到自己的心跳漏了一拍。

"我也有不懂的地方，我也不是每次考试都满分。做题听课，预习复习，这些我都和你没有区别。

"级里的人乱传，把我传得太玄乎了而已。

"我记的笔记没有你的仔细，学习态度也没有你认真，就像你可以想到能用纯代数的方法去算物理题，我就想不到。

"我们各自都有自己的长处和弱势，不用觉得我遥不可及，也不用有负担。

"一起组学习小组好吗？"

秦温安静地听着李珩一段一段的话，心里突然觉得暖暖的。

大学霸说自己也有缺点，说她也很厉害。

其实，她心里还是觉得和李珩这种人差距太大，所以才不自觉地保持着距离。

李珩不说，她都没有意识到自己从来没有主动问过他问题，但明明他们之间的交集不算少，其实是因为潜意识里在害怕自己问出来的问题会太傻吧。就像李珩分分钟钟就算出来，自己还要花一个小时。

原来她心里的侪辈焦虑还是在，只是不像上学期那样能让人明显地感受出来，却藏在了她对李珩的态度里。她虽然不再和全级前几名的人比较成绩，专注自己，但也在逃避深入接触那些比自己厉害得多的人。

秦温握着手机的手不自觉地紧了紧。

和李珩组学习小组会怎么样呢，会因为更清楚地感知到自己和别人的差距而更焦虑吧，那拒绝这个机会呢？

她一定会后悔的，不是因为错过了李珩，而是因为她在向自己心里的焦虑低头逃避。

秦温目光定在那几页满满的函数笔记上。

这个问题一直不克服的话，会根植在自己的潜意识里。自己已经比上学期的状态自信很多，成绩也涨了不少，现在就是一个新的瓶颈。原来的性格里的缺点不能视而不见，就把自己暴露在焦虑源的身边又会怎样，总会找到办法去适应的。

李珩知道秦温在思考，没有催促，有些问题要她自己想明白。他喜欢秦温，并不只是想单纯对她好，时时刻刻陪在她身边，他发自内心地希望秦温能成为她想要成为的人。

他不仅要做她的爱人、她的知己，还要做她漫长生命里的合作伙伴。

"好呀。"秦温轻声道。

李珩垂眸一笑，所以秦温是他越来越喜欢的女生啊。

秦温不知道为什么也跟着李珩傻笑了两声，有不安，也有如释重负。

成长新的挑战来了呢。秦温深呼吸，在心里给自己加着油打着气。她也是很厉害的人呀，她可是礼安奥物组唯一上岸的女生啊，她当然有资格和奥数组第一的李珩组学习小组了！

"明天下午一起去随风书店吧。"

李珩的突然提议，打断了秦温的心理建设，啊？这么突然？

"可是我明天下午要去做志愿者。"

"志愿者？什么志愿者？"

秦温有些哭笑不得，有时候也挺怀疑大学霸到底上没上学：上次要学农了他不知道，明天要校园开放日他也不知道。

"明天是学校开放日呀，我报名了做下午的志愿者。"

"那你下午还在学校是吗？"

"嗯。"

"那我中午找你拿笔记。"

"好呀。"

两人陷入无言。

李珩看了眼墙上挂钟，居然已经快十点了。他本来还想和秦温聊一会儿，又怕她今晚还有任务要忙，不想害她晚睡。

算了，今天的目标已经达成。

"时候不早了，今晚早点休息。"

"嗯嗯。"

"明天见。"

"好呢。"说完，秦温又扫了眼手旁的笔记，"谢谢你教我做题。"

"没事，应该的。"李珩眼尾微扬，"你挂吧。"

"好的,再见。"秦温点了红色按钮,通话结束。

世界恢复安静,秦温放下手机。

透过窗户往外看,居民楼里一小半房间已经昏暗不见灯光。

不少人已经进入梦乡了吧,秦温也后知后觉,自己刚刚好像做了一个很不真实的梦。

居然和那么厉害的人组上了学习小组。

秦温又低头开心地笑笑,打开了奥物课本。

时常能感受到生活对自己的垂青真是太好了,所以更要好好努力呀!

第十八章

校园开放日［下］

周六这天，阳光明媚，微风穿行云间。

今天是礼安的开放日，秦温早上回校参加奥班补课，下午和朋友当半日的开放日志愿者，接待来访的初三学生和家长。

先前外出调研的奥物老师终于回校，把他没讲过的内容再快速过一遍，所以奥物组拖了半小时的课才放学。

秦温好不容易等到下课，看一眼手机，高宜已经提醒志愿者们都在大礼堂集中做最后的培训交代，催促秦温快点过去签到。

她甚至都没时间去饭堂吃个午饭。

秦温急急忙忙回班拿了礼服便去卫生间换上，出来又赶紧回班放好衣服，头发也被自己不小心弄得乱糟糟的，她扯下发圈，用手当梳子顺了顺头发，边走边系。

谁知发圈解下时缠在了一起，秦温一手抓着理好的马尾，另一手无奈地甩了甩发圈，希望能把它甩开。

这时她刚好走出走廊，早就下课的李珩从一班教室走出。两个人冷不丁地碰面，秦温被神出鬼没的李珩吓了一跳。

李珩也有些愣住了。

眼前的女生难得换上了夏季短裙礼服，更显身材高挑，双眸明亮带着惊讶，就这么直直地望着自己。

看得他心神荡漾。

"吓到了吗，抱歉。"李珩冷静地说。

"没有没有。"秦温急忙道。吓没吓到都是其次，重点是这讨人厌的发圈还不快点散开！她另一只一直半举绾发的手都已经开始发酸。

天气炎热又赶时间，秦温有些烦躁，不耐烦地又甩了甩发圈。

还是缠成一团。

秦温叹气，正准备松开绾发的手解决这个发圈——

"我来吧。"李珩走上前。

秦温抬眼，李珩朝自己走来伸出修长白净的手，秦温没想那么多，赶紧将自己手里的黑色发圈给他。

那发圈在李珩的指尖顺从地展开。

"要去做志愿者了吗？"李珩将发圈递回。

"嗯嗯。"秦温拿过发圈快速扎好头发，"谢谢。"

"对了，你不是要笔记吗？你要哪一科，我去拿给你。"

李珩看着秦温急匆匆的样子，说："不急，等你忙完再说。"不过他又看了眼教学楼外的艳阳天，皱了皱眉头，"这么热的天去做志愿者？"

秦温无奈地摇摇头："没办法，不然我没什么途径去凑素质学分了。"

"素质学分？"李珩不解，这什么东西，他怎么没听说过。

"就是……"秦温不意外李珩也不知道素质学分的事。

"嗡嗡！"

手机再次响起。秦温看了眼信息，高宜又在催她快点过去了。还是不要再拖拖拉拉了，秦温快步走过李珩，回身和他说道："对不起，我还赶时间就先走了，以后有机会和你说素质学分的事，再见啦。"

李珩一愣，没想到秦温这么快就要走了，他轻声道："去吧，小心点。"

秦温没有再回头，只摆摆手跑远。

李珩站在原处看着秦温转过走廊拐角才收回视线，他看了眼手表。

奥物好像才下课没多久吧，她够时间吃东西吗？

大礼堂内几十名志愿者早已到齐，来回走动的还有几位学生会干事。秦温赶到时学生会对志愿者们的最后培训已经进行快要过半。

她气喘吁吁，在进门第一排签完到便赶紧猫着腰走到自己伙伴身边坐下。

"温温，你也太慢了。"秦温刚一坐下，高宜便将手里的小扇子递给了她，"你吃饭了没？"

"没呢，哪有时间。"

"那你怎么办？"梁思琴问。

"我待会儿抽时间去小卖部买个餐包吧。郑冰呢，她不是说也来吗？"

"她又说要补奥数作业，下课就直接回家了。"高宜回答，"他们奥数组最近挺忙的。"

秦温点点头，赶紧坐好听讲。这场志愿者培训主要是针对上午出现的一些突发状况和家长们问到的刁钻问题来对下午场的志愿者们进行培训。秦温没有做过志愿者，更别说接待外校人员，心里多少有些没底，所以听得格外认真。

可再认真的人也架不住肚子饿分心。

秦温煎熬地喝了口水充饥。她还没吃午饭，而且一上午都在动脑子，能量消耗本来就大，现在真的好饿啊。

学长学姐们能不能讲得快一点？

高二的潘嘉豪站在大礼堂一角和几个女生聊天，他虽然不是学生会的成员，但是因为性格外向又会来事，所以和不少学生组织关系都不错。

他高三就要出国留学，所以礼安最后一次开放日，他也来志愿者们这儿凑凑热闹。

他正和女们聊得开心，突然手机响起，一看居然是李珩。

"被人绑架啦？"潘嘉豪开口就问。

"滚，来校门口。"

潘嘉豪举着电话一头雾水。

外面热死了，去校门口干吗？

潘嘉豪满心疑惑，快步来到了校门口，然后他看到了李珩站在校门口朝自己使了个眼色，身旁的桌子上放了三大袋外卖。

"哇，你做题做傻了啊？"潘嘉豪惊呼，"虽然你哥哥我要出国了，你也不至于现在就表达不舍之情啊？"

"你今天是不是负责志愿者的事情？"李珩问道。

"我负责那个干吗，就是过来玩的。"潘嘉豪仔细翻看外卖袋，竟是他们家常去的那家高级日料店的外卖寿司。

嚯，亏爷爷还老说他花钱如流水，李珩才是那个真正的败家子啊。

"把这些带过去给大家吃吧。"

"啊？"潘嘉豪怀疑自己听错了，"你脑子没病吧？"点这死贵的寿司外卖就是给那些他都不认识的学弟学妹吃？

不对劲，表弟绝对不对劲。这外卖是专门点给谁吃的！

"哇，谁呀？"潘嘉豪坏笑着走到李珩的身边，胳膊搭在他肩膀上，"你告诉我，我就帮你拿过去。"

李珩无情甩下哥哥的胳臂，看了眼他，提了两袋寿司离开。

潘嘉豪赶紧拿起剩下的一袋寿司跟过去。

"可以呀弟弟，哪个女生啊？想请她吃东西又怕她介意，所以请整个志愿者团队都吃？"潘嘉豪边走边笑着打趣李珩道。

李珩冷嗤一声，没有否认。

"谁呀？我帮你专门留几盒给她。"潘嘉豪见李珩不理自己，依然不死心地拐弯抹角打听，"谁呀？谁呀？谁呀？"潘嘉豪从李珩的左边走到李珩的右边，来回问道。

被潘嘉豪问多了，李珩也嫌他烦。

"秦温。"他大方承认。

"秦温？没听过，哪个班的啊？"

"关你什么事？"

两人都是步大腿长，很快就回到了大礼堂那儿。

礼堂的门紧闭着，李珩将手里的两袋寿司也给表哥拿着。

潘嘉豪不解："你不进去？这么帅气的场面，男主人公不出场？"

"赶紧进去。"李珩双手插兜站在一旁发号施令。

啧，他这哥哥当得，毫无地位。

"真不进去啊？"潘嘉豪准备推开大门，又回头最后问一遍，"不说你买的？"

"不用说。"

"你这不行啊，人家都不知道这是你做的，要不我教你两招？"

"暗恋几年都不成功的人有什么资格教我？"

"……"

这时礼堂大门突然打开，里面的培训已经结束，有的学生正要往外走。

"赶紧的！"李珩不耐烦地催促了潘嘉豪一声，然后转身离开。

饿着肚子的秦温心不在焉地听着培训。

"好了，同学们可以自行活动，下午一点五十分我们在大礼堂这儿集中。"主讲的学长终于宣布结束。

终于讲完了啊！已经有些胃疼的秦温长舒一口气，赶紧起身："高宜、思琴，我去一下小卖部。"

"快点去吧。"

"哎哎！大家都等一下！今天辛苦了，先吃点东西犒劳一下自己吧！"门口有一位学长喊道。

已经快要走到门口的秦温停住脚步，高宜和梁思琴听到那洪亮的吆喝声也走了过来。

"怎么了？"高宜问道。

"不知道啊，好像是有吃的？"梁思琴说。

潘嘉豪一人吃力地拎着三大袋寿司外卖走到大讲台处。他将外卖放下，打开麦克风："好了好了，大家都辛苦了，过来拿些东西吃一下，大家下午冲、冲、冲！"

那些认识潘嘉豪的学长学姐都像是见鬼了似的看着他，这是闹哪出？

场下的志愿者们却瞬间热闹了起来，做志愿者还有这种福利！

饿极了的秦温也忍不住开心地一拍手掌："天哪，太幸运了吧！"

"哇，没想到学生会这么豪气，早知道我当初就加入学生会了！"高宜也赞叹道。

梁思琴反应机敏，推了推秦温和高宜，催促道："哎呀，别傻站着了，我们也快点过去拿吧，一会儿就没有了。"

但梁思琴的担心是不必要的，因为李珩点的分量，再请十个人吃也没有关系。

一位学长拿着寿司走近潘嘉豪身边："豪哥什么时候这么大方了？"

"你这话说的！"潘嘉豪反击，愤愤地咬下一口鱼生。

潘家管零花钱管得紧，他手头上根本没有现金流；不像李家，直接划了B市两间黄金地段的商铺铺租给了独孙。

好气啊！

"哈哈哈哈哈哈，那不然你能花这么大价钱？"好朋友吐槽道。

"这又不是我买的。"

"哈？那不然是谁买的，学生会更不可能了。"

"散财童子买的呗。"

"天哪，这是哪家店呀，好好吃！"又有几个学生会干事走来，其中梁媛也在。

"是呀是呀，这家寿司感觉比好多日料店的都好吃。"

潘嘉豪见又有人走来，瞥了一眼外卖袋，默默将里面的消费单拿走，还是不要太高调。

"我来查查看，要是近的话，我们以后还能去打卡呢！"梁媛笑着拿出手机，旁边的女生也凑过去一起看。

潘嘉豪突然觉得大事不好，赶紧开溜，谁知别人的反应更快一步，一把拉住了他："这……这怎么这么贵啊！"

学姐惊呼，拉着潘嘉豪不让他走，梁媛也不敢相信自己的眼睛。

"潘嘉豪你快点老实交代啦！"

"对啊对啊，谁买的嘛！"

梁媛也好奇地看着潘嘉豪，这个学长认识的人都好有钱啊，难怪他也能和李珩玩得那么好。

潘嘉豪被学姐摇来摇去，心虚道："哎哎，你别……你别动手动脚的。"

"我知道！"突然旁边有人举手，"李珩，对吗？"

顿时，讲台上所有人都惊奇地望向这位发言的人，梁媛心里隐隐有种不祥的预感，李珩吗？

上次她看到李珩等奥物组下课，如果这次也是他请整个志愿者团队吃饭……会不会他真的是有喜欢的人了，而且那个人今天也在做志愿者？

"李珩？高一（1）班那个李珩？"

"对啊。"

"你怎么知道是李珩？"

"豪哥你刚刚不是和李珩一起拎这些东西过来的吗？"那名学生看着潘嘉豪问道。

"这个嘛……"潘嘉豪为难，结果又被几个人催着快说，"哎呀，就是李珩请的呀。"潘嘉豪也不喜欢被人缠着，索性破罐破摔。

说出去搞不好李珩暗恋的女生反而还知道了他的心意呢？嗯，不算出卖了弟弟。

"哇！"

"天哪！"

众人惊呼，梁媛的心也跟着沉了下去，几乎是板上钉钉的事了。

"李珩怎么会给学生会点吃的啊？"

"对啊对啊，嘉豪你知道什么了？"

"不会是李珩暗恋的人在学生会吧？"

不知谁提了这么一句，众人的热情更加高涨，学姐拉着梁媛也兴奋地议论着，梁媛生硬地笑笑。她不想知道，她不感兴趣。

可是她却突然被身旁的人推了推，那人问："会不会是你呀？你之前学农表演会不是和李珩打过交道吗？"

这话一出，顿时大家又把目光集中在梁媛身上。陷入深深失落中的梁媛对突如其来的关注反应不及，眼神有些惊愕。

大家却觉得这样更像是害羞。

"对哦，上学期末李珩不是提过你吗？"说的是上学期散学典礼李珩和潘嘉豪一同在体育馆的调控室那儿谈及梁媛。

学生会里既无奥班的人，更没有李珩的朋友，谈及他和哪个女生的传闻最为密切,大家第一反应还是和李珩在表演会上有过交集的梁嫒。

"哇!"

反应过来的梁嫒压下心中的不甘与难过,笑着说道:"大家别开我玩笑啦。"

大家却更加起劲,打趣着梁嫒,折腾着潘嘉豪。

"可是学生会里有哪个女生会是呢?"

"是买给谁的呀?"

"哎呀,潘嘉豪你好烦,你快点说啦!"

被人围着逼问,潘嘉豪只能嘻嘻哈哈地绕圈子。

"学长你快点说吧,不然我该怎么办呀。"梁嫒也看着潘嘉豪轻声笑道。她抱着试一试的态度,看看能不能问出那个女生的名字,虽然她心里也有数了。

"哎呀这……"潘嘉豪为难地摸摸头。

他看了眼梁嫒,李珩估计不会喜欢这种类型的女生,所以害人家女生被人误会和李珩有什么关系也不太好。主要李珩是最讨厌背后被人议论,虽然出国前先这么恶心一下亲爱的弟弟好像也挺好玩的,但要是那小子是动真格喜欢谁的话,还是不要给其添堵吧。

他离出国好歹还有一个月的时间,李珩要是想整回自己,一个月时间绰绰有余了……

"哎呀真没有,人家要是有喜欢的人,难道不会直接送过去?犯得着请整个大礼堂的人吃?"潘嘉豪咬咬牙,还是决定做个令人尊敬的哥哥,替李珩收拾这个烂摊子。

他张口就来:"就是他和我打赌输了,请大家吃饭而已。"

"怎么可能,也太扯了吧,你糊弄谁呢你!"

"那要是为了一个喜欢的人,请整个团队吃饭难道不更扯吗?"潘嘉豪反驳,"难不成还真的有钱没地方花啊。"虽然某位大少爷就是这种做派。

大家不再说话,确实好像那样更不合理。那位是学霸校草啊,用得着这么拐弯抹角吗?!

"真的假的……"

"我骗你们干什么。"潘嘉豪说。

"那你们两个也太土豪了!赌注那么大!"

潘嘉豪不自在地咳了两声:"他人傻钱多嘛。"还是赶紧溜吧,继续留在这里也是被人盘问,"行了,我们也不要在这里大声说话了,让那些志愿者在大礼堂好好休息吧。"

说完,潘嘉豪开溜。

"哎哎,你别……"

潘嘉豪吸取教训,长腿一迈就头也不回地跑出大礼堂,这回谁也没抓住他。

众人扫兴,又再聊了几句,很快也散去了。

梁媛没想到这个话题就这样被潘嘉豪三言两语带过去了,但是他能骗得了大家,却骗不了她,就像李珩有喜欢的人了也骗不了她。

她默默走到第一排桌子那儿收拾文件。

"媛媛,你不休息吗?"身旁的朋友问。

"没事,我再看会儿材料,你先去休息吧。"梁媛看也没看朋友说道。

朋友走开,梁媛也终于在零散的文件堆里找到了刚刚的签到表。

如果那个二班的奥物组女生也在的话,就合理了。

她看到李珩和那个女生一起在随风书店自习,当时却没多想,后来又看到了李珩在等奥物组下课,现在李珩那样生人勿近的人,居然又声势浩大地请了整个志愿者团队吃饭。

梁媛毕竟是个聪明人,不会对那么多巧合视而不见。

她紧锁眉头,检视的目光自上而下扫落,焦急又心存侥幸地翻过一页又一页的签到表,最后,她在最后一页最后一行看到:

高一(2)班 秦温

中午秦温她们在礼堂小憩了一会儿。一点五十分志愿者们再次签到,随后一众人浩浩荡荡去了校园正门接待来访的学生和家长。

梁媛视线扫过志愿者们,看到了秦温走出礼堂。

她收回视线,和其他学生干事继续留在大礼堂处整理文件。又过了快一个半小时,她突然起身,说:"我去看看志愿者们有没有需要帮忙的。"

"外面天气很热哎,你还要出去吗?"

"没事呢,坐久了正好走动一下。"

"好的,辛苦了。"

梁媛和大家道别,走出大礼堂,可她却没有急着走去校门口,而是转道来到主校道旁边的小坡上,那儿有一个凉亭。

每一位志愿者都要经过这条主校道往返,陪来访的外校人士参观学校,介绍礼安。

梁媛坐在亭子低栏上,静静地看着来往的学生。

有了！她看到了秦温，一个人从校道走过。

梁媛沉了沉眼眸，下一秒换上热情的笑容，跑下小坡。

秦温正开心地往回走着。

接待外校访客似乎没有她想象中那么难。她刚经历了中考，又是初中就在礼安读书的学生，无论是关于备战中考的建议还是解答对礼安的疑惑，她都能给出很好的答复。每一位她接待的学生和家长都由衷地感谢她陪他们参观礼安。

秦温越想越开心，油然而生一种满足感，步履也越发轻快。

"同学，请等一下！"

突然，身后传来喊声，秦温停下脚步回头看。

梁……梁媛？

秦温站在原处有些纳闷，怀疑是不是自己误会了，然后就见她跑到自己跟前停下："你好呀。"

秦温："你好。"梁媛怎么会突然找自己？

"我是三班的梁媛，你是不是叫秦温呀，奥班的？"梁媛笑着说道。

秦温更加云里雾里："是。请问有什么事吗？"

梁媛友好地笑笑："没事呀，只是之前一直都很想认识你，今天难得碰到机会了。"

啊？认识她？

梁媛和秦温并排走着："你要去校门口吗？"

"嗯嗯。"秦温应声，"不过你怎么会……"

"因为听说你是奥物组唯一的女生呀。哇，我之前听的时候就觉得你好厉害了，一直都想找个机会认识一下呢。"梁媛像是看透了秦温的想法，早一步直接回答。

这个……秦温有些哭笑不得，梁媛居然会想要认识自己。

"谢谢，不过也没什么特别的。"

"怎么会！"梁媛稍稍提高音量，顺势挽起秦温的胳膊，"我学了奥化以后才知道学竞赛有多不简单呢，超级佩服你的！"

秦温被不熟的人陡然亲密接触身体，有些不自在。她尴尬地笑笑，更不知道该怎么回应这么热情的梁媛。

不过梁媛似乎不在乎她的反应，在秦温冷场前又再开了一个话题："今天天气真的好热，开放日活动会不会很辛苦呀？"

"不会,还挺好玩的。"不过确实挺热的，梁媛能不再挽着自己就好了。

"你中午在大礼堂吗，有没有吃到那个寿司外卖呀？"

咦，怎么突然问这个？

"嗯嗯，我也在，是挺好吃的。"

"你有听说那是李珩点的吗？"梁嫒突然转过头来，低声说道。

秦温呆呆地眨了眨眼，哇，居然是大学霸点的，然后她——

就没有然后了。

她不像梁嫒那样对李珩的阔绰手笔那般敏感，梁思琴也早提醒过她们梁嫒不宜深交，秦温知道自己识人远不如小姐妹那般灵敏，所以不擅长的东西，她从来都是听从朋友的建议。

秦温绷着笑容，对热情的梁嫒保持客气礼貌的距离，不显得过分冷落，也不过分亲近。

"这样子啊，那他好大方。"秦温客气。

梁嫒一愣，万万没想到秦温居然就这反应，就好像……她已经对李珩待她有多好习以为常了。

梁嫒气结，突然又觉得眼前的女生没有自己想象中好糊弄。她还想借这件事试探一下秦温的反应，估量一下李珩和秦温之间的可能性。谁知道秦温这深藏不露的表情，倒让人一下子看不出内里情况了。

"是呀，大家都在讨论他会不会是专门点给谁吃的呢。"

秦温又是耸耸肩，轻松一笑。有钱人的世界嘛，普通人总是理解不了的。

梁嫒又碰壁哑言，却不死心，换着法子试探秦温对李珩的态度："不过我觉得李珩看起来好高冷的样子，感觉很不好相处。"

秦温眨眨眼，没想到梁嫒突然讨论起李珩。

嗯，大学霸给人的第一印象是挺高冷的，但其实接触得多了，便会发现他是个外冷内热的人。

不光是帮自己补课、鼓励自己这件事情，一班、二班里很多男生也是为他马首是瞻，很佩服他，就连高宜那种知道那么多八卦的人也从来没有说过李珩坏话，可见李珩真的是个品学兼优的大好人，只可惜一直被级里的人误会。

不过他的脸确实好看，贵气得让人很有距离感。

蒙恩李珩多次的秦温觉得自己很有必要为这位奥班兄弟澄清一下，她看着梁嫒真诚地说道："不会的，如果你和他熟了的话，你会发现他人其实只是外表高冷而已，私底下他很热心肠，也很好说话的。"

什么！梁嫒听着秦温的话，简直瞬间就要气吐血！

这是什么意思！她和李珩还不够熟吗！她主动和李珩说过那么多话，

哪次从他那儿感受过半点温度!

梁嫒直接被秦温一番话气得原地站住。

"怎么了?"误打误撞诛了别人心的秦温就势将自己的手从梁嫒怀里抽出来。大热天一直这样挽着确实不太舒服。

梁嫒意识到自己失态了,又立马调整好笑容:"没……没什么,太阳晒得我有点不舒服。"

"这样子,那你要不找个地方休息下吧,不要中暑了。"秦温善意地提醒。

缓过神来的梁嫒不说话,只打量着秦温的表情,虽然被她说的话气得不轻,但又没有从她表情里看出半分不妥与炫耀,只有种讨人厌的无知。

"怎么了,还是不舒服吗?"秦温问。

"嗯嗯,我想我还是找个地方休息下好一点。"梁嫒深呼吸。

"好的,那你快点回去吧。"

"嗯嗯。"梁嫒点点头却不着急离开,而是拿出手机笑着说道,"话说我们加个好友吧?"

秦温一愣,没想到梁嫒会突然提议这个。不过梁嫒应该挺擅长社交的,和自己打过招呼,想要加好友也不足为奇。

"嗯。"好友申请也不是什么难事,秦温不好拒绝,何况人家还那么热情。反正平时和梁嫒也不会有什么交集,加了就当是好友列表里多了个头像吧。

两点过后,一直在教室看书的李珩想着要不要去看一下秦温。

"嗡嗡嗡!"

手机响起,李珩看了眼来电是谁才接。

"喂?你在哪儿啊?"接通电话,那头的潘嘉豪直接问道。

"班里。"

"哇,你居然还没走?等小学妹?啧啧啧啧,你这也太……"

"挂了。"

"别别别,"潘嘉豪立马改口,"开个玩笑都不给,也太护短了。"

"你来不来篮球场打球啊?"他又问。

李珩看了眼时间,秦温在忙的话,自己在旁边跟着好像也不太合适:"好,我现在过去。"

等李珩去到篮球场时,潘嘉豪已经和两个朋友在等着了。李珩先前就和他们一起打过球,也算有几分交情。

李珩走到篮球架旁,放下手机,解开手表。

"来吧来吧,好久没有一起打球了!"潘嘉豪拍着球催促道。

一旁的学长是位球鞋收藏爱好者,他看着李珩脚上那双联名鞋,心脏都要骤停了——2020年的"鞋王"啊,就这样被学弟穿来水泥地打球也太暴殄天物了吧!

"哇,李珩你穿这双鞋打球也太浪费了吧!"

李珩一愣,似乎被提醒才反应过来自己穿了什么,却又不以为意笑笑道:"没有带别的鞋子。"

"那也太可惜了啊!"

李珩又再笑了笑,走到底角站定发球。

四人在球场打了快两个小时。

后来那两位学长有事先行离开,球场只剩下潘嘉豪和李珩。李珩站在三分线那儿投篮,潘嘉豪则在一旁百无聊赖地拍着球。

"学妹呢?"潘嘉豪打趣道。

李珩眼角瞥了一眼好事的潘嘉豪,起手投篮,三分穿针。

潘嘉豪知道李珩这小子秘密贼多,而且事情没到一锤定音的地步,他绝对保密,就像他一直瞒着外公这边以后不留在A市一样。

"那你以后还是要回B市?"

"嗯。"

"那小学妹怎么办啊?跟着你去B市?"

李珩停下手中的篮球,用看元谋人的眼神看着潘嘉豪:"都什么年代了,她想去哪里都可以。"

"不是,那你们以后要异地啊?那多辛苦,你还不如直接留在A市算了。"

潘嘉豪话头一转,李珩始料不及,然后一脸防范地看着自家表哥。

"欸,别用那种眼神看着我,我不过是随口说说而已。"潘嘉豪赶紧解释,谁知李珩还是一副臭脸看着自己,糟糕,他可不想招惹这位好弟弟!

"别当真啊!我真是随口说说的!再说了,不出意外的话,你应该高三就回B市了吧,你难道就这么走了?"

李珩冷哼一声:"你下个月就要出国了,还是关心你自己吧。"

潘嘉豪潇洒地笑笑:"我可没有什么担心的。"

"人家又不喜欢你,当然没有什么要担心的。"李珩在潘嘉豪的痛处上猛踹几脚。

"哈哈哈，不喜欢我就算了呗。"潘嘉豪满不在乎地说道，"不过倒是你啊，你和学妹说了你高三回B市的事吗？李爷爷应该会想你早点回去吧？"

"啧啧啧，就你们家，无论哪个女生跟你回去都会被吓一跳。"

李珩一直没有说话，让潘嘉豪觉得不对劲，怎么李珩完全不聊这个女生的事情，难道……

"你不会真的还在暗恋吧？"潘嘉豪神色夸张。

李珩瞥了一眼哥哥，侧头承认。

"太纯情了吧？"潘嘉豪走到李珩面前接着激动说道。

话题涉及秦温，李珩通身的气场都温柔了不少，笑了笑说道："这是我和她的秘密。"

潘嘉豪看着李珩这一副"如沐春风"的模样，突然一阵恶寒，手臂汗毛都竖起来了："这是你一个人的秘密吧。"

好吧，现在确实是。

窘况被点破，李珩很不爽。

"你什么时候走？"

"哎哟，想我了？"

"赶紧走吧。"

兄弟俩你一嘴我一嘴又开始互怼起来，最后还是幼稚地用1v1篮球比赛定胜负，结果毫无悬念——

潘嘉豪大败。

"你吃什么长大的，能跑这么快？"潘嘉豪双手撑膝，气喘吁吁地说道。

李珩站在一旁面不改色地拍着球，神气地说道："人和人是不一样的。"

"去你的，你就是爱装。在外人面前端成那样，其实就是个幼稚鬼，老子不和你计较！"

"喊。"李珩冷笑一声。

兄弟二人继续在场边闲聊，李珩看看时间，已经四点半了，不知道秦温那里结束了没有。

"那个志愿者什么时候结束？"李珩问。

"啊？我怎么知道？你问这个干吗？"潘嘉豪干完最后半瓶水，"要去找你的小女友了？"

"还不是。"李珩否定，但眼里却是信心满满的年少气盛。

"喊，你千万别让我知道那个小学妹是谁，不然我一定让她好好整整你。"潘嘉豪说道。

李珩正想回击，却见一行人浩浩荡荡地来到篮球场。

是学生会的人。

"嗯？方文博他们怎么来了？"潘嘉豪也看到来人，疑惑地问。

李珩一手插兜，冷冷地命令自己哥哥："去问他们。"

"哈？"

"志愿者什么时候结束？"

"不去，要问你自己问。"潘嘉豪不怀好意地笑道。他可不是什么热心肠的哥哥。

"CSGO狙击枪你任选一把。"

"你说的！"没钱的潘嘉豪瞬间跳边，主动朝学生会的人走去。

"方文博，你们怎么来了？"他笑着打招呼。

李珩也跟了过去。

"学弟。"方文博笑着主动和李珩打招呼，李珩只点点头算是回应。

"你们今天怎么在这儿打篮球？"方文博一直都想结交李珩，所以丝毫不介意他的高傲态度，主动开话题。

"哈哈哈，没什么，无聊玩玩而已。"潘嘉豪习惯性想要扯皮，谁知眼尾收到一个李珩的警告，又立马将话题转回，"话说志愿者那边什么时候结束？"

方文博一愣，没想到潘嘉豪会问这个。

"四点半就结束了。"

方文博话音刚落，李珩脸色一凝地看看时间，现在都四点四十五分了。

"走了。"

李珩和潘嘉豪打了声招呼便掉头往教学楼那边去了，剩下的两人，一个猝不及防，一个满脸坏笑。

"啧啧啧……"潘嘉豪感慨，突然又不想出国了。

李珩饱受暗恋折磨，这种戏码你上哪儿找去！

"李珩怎么突然走了？"方文博不解。

"嘿嘿，他作业要来不及交了啊。"

"啊？交作业？周六吗？"

"奥班嘛，忙一些也可以理解。"潘嘉豪讳莫如深地笑道。

李珩快步回到教学楼，走到二班门口往里看去，秦温的书包已经不在了,桌面也重新收拾过,想来是已经回家了。

她能早点回去就行。

李珩也回班背起书包回家。

夜晚,秦温洗完澡回到房间。

真正的周末开始了!

秦温开心地坐在书桌前,又到了一周最快乐的时候——周六晚上。

倒不是说她今天就不学习了,只是想到明天可以睡懒觉,周一也没有那么快到来,就很开心。

更何况今天志愿者还做得非常顺利,帮到了学弟学妹们,也算是做了一件很有意义的事情。

秦温哼着小调子吹干头发,然后拿出练习册开始写作业。

心情轻松的时候大脑也会格外活跃,不到九点半她就快要完成这周末的作业了。

时间还早,秦温又看了看作业清单,还有两张物理卷子没做,今晚要不要再加点任务量呢?

她又拿出一张卷子,扫了眼客观题后便翻到最后一页压轴题。长长的题干占满了小半张页面,底下还有一张看上去就很棘手的传送带加滚轮轴承的附图。

她果断地合上卷子。

还是明天再做吧,劳逸结合,作业永远做不完的,不着急。

秦温起身躺到床上,躲进被窝里,真舒服呀。

"嗡嗡!嗡嗡!"不知在床上何处的手机突然响动起来。

怎么有人这个时间点找她?

秦温小心翼翼地掀开被子,东翻西翻,最后在枕头下面找到了自己的手机,打开微信界面。

李珩:在忙吗?

哇,居然是大学霸。

秦温:没有呀。

秦温:今天没来得及给你笔记,抱歉。

秦温还记得和大学霸说好的今天带笔记给他,结果下午顾着志愿者的事把他给忘了。

李珩:没事。

秦温:你要哪科呀,我周一备一份给你。

另一边的李珩心满意足地笑笑。

秦温想选什么他都不会反对，不过，他可没说自己不会从中影响。正好秦温也在考虑政治，他肯定要为自己创造些有利因素。

李珩：政治吧。

秦温：好呀。

李珩：我直接去班里找你拿可以吗？

不要！！！秦温内心惊呼。

大学霸怕是不知道自己的话题度有多高吧！要是他突然来班里找她，还是找她拿东西，别人不说，光高宜一个就能榨干了她。

虽然秦温自认她和大学霸之间清清白白，但是人言可畏，她还是喜欢安宁平静的环境，不要惹那么多不必要的目光。

秦温：不用不用，那多麻烦。

秦温：我一般去学校都比较早。

秦温：到时候直接放你桌子上吧。

秦温连发三条。

幼稚的李珩看着女生的连环信息忍不住笑出声，他都可以想象自己刚刚那样问能让秦温惊慌成什么样。

李珩：那会很麻烦你。

嗯，从二班走到一班确实挺"麻烦"的。

秦温看着大学霸发来的信息，又见聊天框上面显示"对方正在输入中"，更加担心大学霸坚持要来，于是她又抢在李珩之前连着发了好几条。

秦温：怎么会！

秦温：不麻烦的！

秦温：那我到时候就直接给你了哈。

"哈哈哈哈哈"，太好玩了。李珩开心地笑着。

不过点到为止，说多了万一她又和自己保持距离，得不偿失。只不过自己那么拿不出手吗，居然不让自己过去找她。

嗯，李珩又在心里记下这件事，以后卖惨又有资本了。

他将原本打好的话删掉，新开了话题。

李珩：今天好玩吗？

秦温已经从被窝堆里起身，坐在床上，见大学霸不再纠结，终于放松下来。

不过，要问她志愿者事情的话，她就来劲了！

秦温今天本就因为头一次做志愿者而兴致高涨，碰到了好多好玩的事情想和别人说,只是最后结束的时候高宜和梁思琴两个人都累得不行了,没人想聊天,她也就只能自己憋着那份快乐。

现在李珩骤然问起,她当然愿意发言。

秦温:还不错!

秦温:今天来了两个居然以前小升初就来考过礼安的学生……

…………

秦温滔滔不绝地讲着今天的志愿者流程,一屏对话框都是她的消息。

等她终于讲完才发现自己居然发了那么多条信息,而且中间李珩都没有打断自己。

妈呀,讲嗨了,估计李珩也只是客气地问一句吧,自己居然说那么多。

秦温:你下次要来试试吗?

她又把话题转回给李珩。

李珩:不一定有时间。

也对哦,秦温想了想李珩那张贵气十足的冷脸去给人介绍礼安,讲解中考备考,好像确实挺违和的。

他要是来学校参观的话,好像更像是要来买学校的……

李珩:高考选科还是想选政治吗?

李珩见秦温不说话,又换了一个话题,秦温一愣,大学霸这人聊天还挺跳脱的。

秦温:嗯嗯。

秦温:看看这次期末考成绩怎么样。

李珩:好的。

秦温不知不觉中在李珩这儿放松下来,一贯礼貌的聊天态度也多了几分活泼。

秦温:那你呢,你有想好吗?

李珩眼眸定了定,闪过一丝狡黠:没想好呢。

秦温觉得这非常可以理解,大学霸是"六边形战士",选哪科都差不多,又或者搞不好人家高二就拿了个省赛一等奖,直接保送呢。

秦温:嗯嗯。

李珩不意外秦温不追问自己,只是没想到话题又冷掉了。他要不要说自己也选政治呢?

窗外闷雷惊起,紧接着便是"哗哗"的雨声,原来夜幕不知何时已经拢聚了厚厚的乌云。

李珩看着窗外雨点密集斑驳,坠落在窗面上,被室内的灯光照亮而后反射光点，仿佛熠熠的碎钻，又像秦温眼里闪烁的亮光。

李珩突然觉得还是先不说自己选哪科比较好，留个"惊喜"给她。

李珩：下雨了。

秦温：欸，我这儿没有。

对话框又没了动静。

刚刚逗人还逗得起劲的李珩现在也只能无奈地笑笑，一段对话下来变着法子和秦温多聊会儿，可……在哪儿都享受众星拱月待遇的他服输了。

高冷的到底是谁啊？

李珩又看看电脑另外一个跳个没停的对话框，潘嘉豪还在追着他买CSGO装备，眼里的笑意又立马收起。

一个想听她说话她不说，一个不想听他说的反而在信息轰炸。

算了，不急，反正知道她选什么就行了。

手机又响起来电提示，老头子的电话。电话打进来以后让手机网络不稳定，微信上方一下子标红显示"无网络请重试"，李珩想都没想就直接把他爷爷电话挂了。

网络又重新连回。

李珩看了眼时间，快十点了，差不多秦温也该休息会儿又或者去忙了吧。

李珩：我还有事，先不聊了。

秦温本看着又被自己冷场的对话有些发愁，谁知正好李珩要忙，完美解决！

秦温：嗯嗯，好的！

李珩：今天早点休息，晚安。

秦温：晚安。

秦温开心地放下手机，和大学霸聊天就是舒服，大概因为他们两个都忙吧，都不需要什么尬聊。然后她又反应过来，不对，那是李珩啊，高效率人士，怎么可能和人尬聊。

自己在想什么呢！

窗外闷雷声徘徊，雨点被风拍落在窗户上，发出温柔的"嗒嗒"声。

秦温放下手机坐回书桌前，躺床上和李珩聊完她也正好休息了会儿，现在精神多了。时间还早，她可以在给李珩整理好笔记的同时为政治期末考复习做准备。

雨点滴落声交织书页翻动声，雨夜也很适合学习呢。

李珩等了一两分钟，见秦温不再回自己消息才回电话给爷爷。

"嘟嘟"两声后，电话被接起。

"老头怎么啦？"李珩抿一口冰水，舒服地靠在沙发上，声音清扬，完全不掩饰自己的好心情。

"臭小子敢挂我话！"老爷子听到独孙丝毫愧疚之情都没有，火气就上来了。

"这不有重要的事嘛。别气，血压又该高了。"

"什么重要的事情能让你挂电话！"

李珩长腿搭在桌子上，沉沉低笑："事关我们家以后的未来。"

"故弄玄虚，给你爷爷搞信息封锁呢！"

"没事就早点休息，我挂了啊。"

"等等！你敢再挂试试！"

"组织还有什么指示？"

"八一你回不回来？"

"现在才六月初，这么着急？"

"周年庆典，当然要重视了！你呀，就是生在和平年代，对战争……"

老爷子开始爱国思想教育，李珩不自觉收回腿挺直腰背，却是左耳进右耳出，并没有留意爷爷在说什么。

李珩耐着性子听爷爷忆苦思甜，二十分钟后，话题终于结束。

"好好好，我知道事情的重要性了，暑假肯定回去。"

"这还差不多……"老爷子又要起势。

李珩出声打断："您还睡不睡了？"他起身坐到电脑前，"放心吧，给我两个胆我也不敢糊弄您。好了，您老人家早点休息，帮我和奶奶问声好。挂了。"

大少爷干净利落挂断。

李珩放下手机，世界恢复安静，陷入沉思。

他早就计划日后考公务员从政，所以他高考选科必留一门政治。不过高考选不选政治也不大重要，因为他的首选还是高二拿下奥数省赛一等奖，提前保送回B市的大学，并且在大学正儿八经修思哲类的课程作为第二学位。

只是没料到会出了秦温这个变故，连潘嘉豪也好奇他会不会因为秦温而留下来。

想到秦温，李珩又低声笑了笑，刚刚不自觉冷下来的逼人气场也瞬间破灭。

  早已规划的道路他不会轻易放弃,喜欢上一个人也不会让他觉得纠结与冲突,反倒让他觉得生命更加充实,未来更加让人期待了。

第十九章

高一下·期末考

秦温周末整理好了政治知识点大纲和物理公式汇总,各复印了一份,周一一大早回学校便将它们放在了李珩的桌面上。

虽然李珩只开口要了政治,她还是顺手把物理公式也给了他,自己的物理笔记还是有些含金量的,起码比政治笔记要靠谱。

开放日结束后再过两周就是期末考,学习节奏又再次紧张了起来。

秦温和李珩一起组的学习小组也因为秦温的忙碌备考而变得形同虚设。

李珩当然是想大力推进的,比如放学后和秦温一起去自习室又或者随风书店,他都可以,但是她身边一直都有朋友陪着,总是很难找到两个人独处的时间。

不过也不是没有机会。

秦温越到考前就越心无旁骛,虽然这次期末考要重点关注自己的政治成绩,但其他几大科也不能落下。

不过有一件事情还是让她有些分心,那就是梁嫒莫名其妙和她变得很熟。

一天秦温和高宜、梁思琴在走廊上走着,正巧梁嫒从三班门口出来见到了她,竟然专门小跑过来打招呼。

梁嫒又热情地挽着她:"秦温,好巧呀!"

什……什么?秦温愣在原处,扭头看了看身旁的高宜和梁思琴,她们正默默往旁边退开,眼神同样惊讶。

"嗨。"秦温有些不自在地露出笑容,自己好像和梁嫒没有那么熟吧。

"你要去哪里呀?"梁嫒还没松手。

"我和朋友去趟办公室问问题。"

"哈哈哈,好巧!我也要去找老师,一起吧!"

这……秦温又不知所措地看了眼高宜和梁思琴,可关键时候那两个人居然——默契地扭过头去看三班门口的宣传口号!

居然无视自己,太过分了!而且一个口号而已,哪用目不转睛地看那么久!

"那一起去吧。"秦温笑道。

"嗯嗯!"梁媛挽着秦温的胳膊就往前走,在旁边的人看来就是一对交好的闺蜜。

梁媛一路上热络地和秦温聊着天,问她高考打算怎么选科,又咨询她选科物理难不难,和选历史的差别大不大。

秦温当然不会和梁媛细说自己高考的选科打算,至于选物理难不难,她也没高考过,根本就答不上来。

梁媛见秦温还是有些客套,又主动接着说自己的事情,并一直冲秦温真诚地笑着。

秦温就这样被梁媛挽着去了办公室,一路上还见她还和不少人招呼。

这社交能力也太强悍了,再多两个自己也认识不来这么多人,秦温感慨。

直到进了办公室梁媛才依依不舍地和秦温分开,而等找老师办完事情,高宜和梁思琴也第一时间就把秦温拉到走廊角落。

"温温,你居然叛变了?"高宜质问。

梁思琴帮腔:"你和梁媛怎么突然那么熟了?"

秦温也头大:"我不知道呀,就是志愿者那天她突然找我加了微信,刚才是我们第二次打招呼。"她赶紧招了。

"啥?你们才第二次打招呼?"

"这么熟络的样子不像欸。"

两位"私家侦探"都蒙了。

"是啊,所以我也不知道发生了什么。"秦温无奈,"你们没看她刚刚好像认识很多人的样子吗,我估计她就是自来熟的性格吧。"

"那为什么对你自来熟呀?"高宜追问。

"不知道呀。"

"哎呀,你怎么什么都不知道,你是当事人哎!"

"就是当事人才奇怪嘛!"秦温又低头想了想,"不过她刚刚问我物理选科的事情,估计是知道我是奥物组的,所以想了解一下情况?"

"怎么可能,高考又不是奥考。"梁思琴有些无语,然后一手托下巴,煞有介事道,"不对劲,非常不对劲。"

"会不会有什么猫腻啊?"高宜和她探讨了起来。

秦温看着这两人就要站在这小角落分析起来,哭笑不得,又不是什么大事,梁媛虽然有些不讨人喜欢,但也没到妖魔鬼怪的地步。她推了推好朋友:"好啦,快上课了,我们先回去吧,能有什么事嘛。"

"确实好难想出来梁媛为啥看上温温了。"高宜和梁思琴被秦温提醒才开始往回走,但还继续着刚才的话题。

梁思琴扭头上下打量了眼不谙世事的秦温:"对啊,搞不好只是图秦温成绩好吧。"

周五晚,秦温拿出数学模拟卷,打开手机。

最后一道压轴题没有做出来,老吴今天也没来得及讲,秦温在想要不要去问问李珩。

大学霸说过自己也可以主动问他问题,而且自己还把政治和物理笔记给他了,问一下下应该也不算突兀。

就在秦温有些纠结时,手机响起。

李珩:笔记我看完了。

李珩:明天还给你?

哎,正好。

秦温:不用。

秦温:那是复印给你的。

秦温:你现在有空吗?

李珩看着手机满意地笑笑,重大进展啊。

李珩:嗯,怎么了?

秦温将题目拍给李珩,问他能不能借答案给自己看看。如果自己能消化答案的话,其实也可以不麻烦李珩。

谁知道手机马上响动起来,那连续不断的声音让猝不及防的秦温吓得差点没拿稳。也不知道是不是心理作用,秦温总觉得只要是李珩的来电,手机就会响得特别厉害。

不过也不是第一次了,不用紧张。

秦温接通通话邀请后,喝了一口水压压惊。

"组长。"李珩毕恭毕敬。

"噗,咳咳咳——"秦温被李珩这冷不丁的一声组长吓到,什么鬼啦!

听出秦温的异样,李珩忍着笑,继续用自己好听且正经的声音关心道:"组长怎么了?"

"什么组长呀?"房间里只有自己,秦温也还是害羞得满脸通红,一定是因为咳的。

"我们不是组了学习小组吗?我觉得有个小组组长比较好。"李珩正声,好像在提什么了不起的建议似的。

就两个人还定什么组长呀!秦温虽然很崇拜李珩,但是有这么一两个瞬间,也觉得大学霸这人真是——清奇。

"我们就两个人而已。"平缓完咳嗽的秦温委婉提醒道。

李珩:"你还想加其他人?"

李珩:"我不同意。"

李珩:"会拉低我们这组的实力和水平的。"

这又是什么跟什么呀!

"我们就两个人而已,哪还用选组长?"秦温觉得自己应该说得更直白些。

"那不行,你看我们这一周干什么了?"李珩反问。

呃……这个……秦温被问住。

她这一周好像都没有和李珩说过话,更别说学习小组的事了,组了和没组没有区别。

李珩听秦温没有回答,懒懒道:"想想是不是自己失职了,组长?"

"我!"秦温语噎,好像确实是自己的问题。不对!什么失责啦,她又不是组长。

"我又不是组长。"秦温小声抗议。

李珩这回笑出声,不过很快语气又恢复正经:"我是说真的,再少人的合作,没有带头的人的话,到后面也只会变成表面功夫,对不对?"

好像也是,秦温想了想:"那要不我们轮流当?"她可不敢当大学霸的带头人。

"就两个人还轮流啊?"李珩拿秦温的话反驳。

"这……可是……"秦温又语噎,哎呀,怎么说着说着,好像自己还不当不行了?

"批了,你要问哪道题。"李珩直接翻篇这个话题。

两个人的学习小组,秦温的"权力"还被架空了。

"我……"秦温又想把话题拉回去。

"压轴题没那么快讲得完,拖下去就很晚了。"小组员善意地提醒道。

好吧，秦温咬牙，把注意力又集中回题目上。

结果讲解题目时的李珩又让秦温有些恍惚，好像刚刚那个提议自己来当组长的大学霸是假的。

一道题目讲了快一个小时。李珩当然可以讲得更快，不过他讲得细些，偶尔又让秦温自己想想下一步，所以才拖拖拉拉那么久。

她也该放松一下，不是闷头苦学，而且居然冷落了自己快一周，多多少少得讨点本回来。

题目最后的三分之一是秦温自己独立算出来的，她报完答案，期待地问道："是这样吗？"

"嗯。"

"哈哈哈，太棒了！"秦温不掩欣喜。

李珩听着秦温的笑声，心情也同样开心，虽然他不太能理解这种快乐。

"明天去随风书店吗？"李珩问道。

"嗯嗯。"秦温应声，但是高宜她们已经约好一起去书店自习了，"可是我已经和朋友约好了。"秦温有些不好意思道。

"没事。"李珩倒是轻松地笑笑。正好他明天下午有事不能和秦温一起，她有朋友陪着他也开心。

"那你还有什么要的笔记吗？"秦温想到大学霸是那种完全不了解教学进度的人，又好心提醒，"下下周就要考试了。"

"都行，你看着给吧，哪科方便给哪科。"

买菜都没大学霸这么随便。

"好，那我到时候看看。"

"你的笔记是会复印给别人吗？"李珩突然问道。

秦温有些不解："不会呀。"只是她有习惯期末考前把课本的笔记都精炼到A4纸上，想起之前见过学姐把笔记复印拿出来卖才想起来她也可以直接复印给李珩。

"没事，随便问问。"李珩心情更好，"星期天早上有空吗，有两道物理题想问你。"

"可以呀。"秦温爽快答应，不知不觉代入组长的身份。反正平时也说不上话，周末拿来解决问题最合适不过了。

"嗯。"

两人陷入无言，李珩又贴心地当起话题终结者。

"时候不早了。"

"嗯。"

啧，多一个字都不给他。

"早点休息。"

"你挂吧。"

秦温舒服自在地笑笑，一边拿出练习册，一边说"好呀"。

"晚安组长。"

秦温突然觉得自己的脑海里有一根神经，只要一听到李珩喊组长就会自动扯一下。

她深呼吸，那是大学霸啊，当然是选择包容他啊！

"晚安！"

后面秦温这个小组长当得还挺自然的，初时被李珩喊她还很不自在，后来经过大少爷的反复脱敏治疗，她也就心安理得地戴上了这顶小帽子。

连着两个周末秦温都和李珩打了电话讨论问题，两人很有默契地把周五晚上定为秦温的提问时间，周日早上是李珩的。

秦温先前还一直担心自己的水平会不会拉低大学霸的学习效率，但后来发现自己也没有想象中那么鸡肋。她能跟得上大学霸的解题思路，压轴题里由她自己独立算出的比重慢慢加大，而大学霸问的物理题她也都能解答。

虽然这个学习小组只合作了两个周末，但是凭借着一大一小两位学霸的超高学习效率，还是很有成效。

秦温也终于明白李珩和她说学习效率要高，不懂就问的重要性。不再执着于钻牛角和只靠自己解决的那份骄傲感后，她解放了更多的精力在精益求精上。原来她花一晚上算一道压轴题小问，还不一定算得出来；现在她在问完李珩快速解决以后，富余的时间还可以多做两道同类型的题目来加深理解。

满满的收获感让秦温不断找回以前在初中时的状态。

很快就到了期末考。

秦温完全适应了高中的学习节奏，其他科目也渐入佳境，又加上临考前两周和李珩之间的互惠共强合作，所以面对这次的期末考，比起过往的紧张与强行镇定，更多了几分兴奋与期待，想要看看自己在实战中能不能算出数学的压轴题，想要看看自己的政治还能不能稳定下来。这是最佳的应试状态了。

三天的考试眨眼过去，秦温周五晚上外出和家里人聚餐。周末不用奥赛补课，秦温干脆周五去爷爷奶奶家住，陪陪老人。

秦温的爷爷奶奶知道她学习辛苦，所以一领她回家便端出炖了五个小时的超级大补汤。

秦温看着那满满一小锅黑乎乎的汤液汗毛都竖起来了，想要撒个娇蒙混骗过去，谁知两位老人却是铁石心肠地一左一右盯着她喝。秦温没有办法，皱着眉头捏着鼻子喝。

"你这孩子怎么跟喝毒药似的。"奶奶打趣。

"爷爷你炖的什么呀，味道好奇怪？"秦温问完，就见那黑洞似的汤面好像浮起来了一个什么壳，大惊失色，赶紧打断爷爷要说的话，"不了不了，还是别告诉我了。"

"爷爷专门从养殖场给你挑了个大的。"爷爷自豪道。

秦温忍住反胃的冲动，笑带哭相。老人家上了年纪爱研究养生，除了养他们自己，剩下一个就是养她了。

秦温又再磨蹭了半小时，最后还是考虑到放凉了味道会更奇怪才一口闷完最后小半锅。

喝完秦温赶紧就去洗澡洗漱了，出来后又陪爷爷奶奶聊了会儿天，祖孙三人一聊就到了十一点。

最后秦温和爷爷奶奶道完晚安回到自己房间时已经十一点半了。

换平常，不忙作业的话，这个点她已经入睡，可是那锅汤实在是大补，她现在大脑清醒得感觉能再刷一套题。

秦温点开闲置了一晚的手机，要不看会儿美剧练练听力吧？

在那之前，她先看看未读信息。朋友、爸妈、班群……李珩？

秦温点开对话框。

晚上七点半。
李珩：秦温，我今晚回B市。
李珩：可能没那么快回A市。
李珩：学校有通知能告诉我一声吗？
晚上八点。
李珩：登机了。
李珩：没那么快回消息。

嘶！秦温倒吸一口凉气，她居然又把李珩晾了这么久！而且她一直没回，他非但没说什么，还提前告知自己他会有一阵子不能看手机！

天哪，李珩简直就是道德楷模！这种优秀的聊天习惯她得好好学学。

晚上十一点三十三分。

秦温：抱歉，我现在才看手机。
秦温：可以呀，学校有什么通知我都告诉你。
接着白色的对话框无缝衔接秦温的话。
李珩：没事。
秦温一愣，没想到大学霸居然秒回了。
李珩：今晚在外面？
秦温：嗯嗯，今晚在爷爷奶奶家过夜。
秦温：你不是登机了吗，怎么能回消息？
李珩：已经下机了。

哦，对，真是傻掉了，离李珩说自己登机都过去多久了，他肯定已经到了。

李珩：还不睡吗？
秦温：还不困。

李珩抬起头，从车内视镜看了眼司机："开快点。"语气里有着他自己都察觉不出的欣喜与急切。

"嗯。"

凌晨的B市灯火渐息，人声渐消。一辆纯黑超跑如鬼魅于钢筋丛林中急速穿行，而后驶出市外，回到西山主宅。

李珩提前回B市本就没有告诉爷爷奶奶，想给他们一个惊喜，父母出国了，所以他一下车就直接进家门回房间。

期间他还一直和秦温断断续续聊着天，他压慢自己回复秦温的速度，不想对话又戛然而止。

后来秦温提了句准备看美剧，李珩便问是什么剧，他最近也剧荒。

然后秦温又来劲了。这部剧是她之前为了锻炼听力随手点看开的，谁知竟然十分好看，让她忍不住想要"安利"给身边的朋友，结果高宜她们不感兴趣，并反手推荐了两部重口味的美剧给她。

秦温：好看的！
秦温：它讲的是……

李珩便安安分分地看着信息没说话，然后他又看了眼时间，等秦温终于讲完，他才发信息说自己要去洗澡。

秦温连忙说：好的。

不过和大学霸聊完以后，她更加兴奋，看来今晚是真的不用睡了。她打开视频开始刷剧，过了十五分钟，李珩又发来信息。

李珩：还在看吗？

秦温：嗯。

李珩：好，我玩会儿游戏。

秦温惊叹大学霸的精力，他不是才下飞机吗？又那么晚了，他居然不累，还能接着熬夜玩游戏？

大学霸真的是不论智力还是体力都是顶级。

秦温：好呢。

两人没有再说话。

寂静夏夜，遥远距离，一个靠在床上看喜欢的剧集，一个在游戏里放松心情。

周末很快就过去，来到了机动周发试卷。

秦温这次的期末考又比以往进步了些，语、数、英加物理居然排到了年级第30名，九科总排也进步了20多名。

心心念念的政治继续稳定在85分，虽然还远不到拔尖的标准，但是起码让她更有底气高考选政治了！

除此之外，秦温还收到了一个意料之外的惊喜——数学137分！

秦温都不记得自己的数学卡在130分这个瓶颈多久了，没想到这次居然跨过"135"这条半神分界线！

老吴曾经和他们说过，高考数学题的难度占比从低到高基本稳定在6：3：1，所以只要考生基础过硬，做题够细，对题目类型够熟，不说拿下135分，要稳定在130分不是不可能的，特别是对于秦温他们这些有奥数底子的学生而言。

至于剩下的15分，那就是非义务教育在选拔优秀人才。要是吃这碗饭的，像隔壁奥数组又或是非常倚重数学来拉开分差的学生，就要全力冲刺；如果不是吃这碗饭的，就要好好考虑是继续扎实基础还是克难攻坚。

这也是老吴和其他老师不一样的地方。

他一直都提醒二班这帮兔崽子不要花大把大把的时间投放在单科上，他们未来要应付的不光是省赛，还有高考，而高考不是省赛，看的是总成绩而不是单科成绩，要学会合理分配自己的精力，同样的复习时间里取得最优的回报。

二班听完老吴的评讲都大为感动，秦温觉得老吴除了凶了点，人还是挺真诚的，就连一贯毒舌的高宜和梁思琴也夸老吴这样真有大教练的风范。

不过隔壁一班就没有那么好彩了。

一班绝大部分都是奥数组的人,老吴对他们的要求自然更高——"不想八月暑假补课被练得太惨就给我班级平均分考到130!"

"老吴居然说期末考谁没过班平均分,谁就暑假加五张卷子!"郑冰夸张地说,"这不变相的'养狼计划'吗?"

"哈哈哈哈哈哈!"秦温她们听着郑冰的吐槽,很不厚道地笑出了声。

重点是一班不纯是奥数组,还有三个奥生组的同志啊,虽然老吴对他们放宽了要求——过120分就好,但是谁能顶得住天天跟着一帮狼崽混啊!

机动周试卷评讲结束,寒假开始。学校要求学生在暑假的第一周内登录校园网填报高考选科意向,方便高二排课。

假期第一天,秦温外出和小姐妹们玩到晚饭过后才回家,洗漱完突然想起李珩,自己还没告诉他学校已经开始收集高一级的选科意向,虽然这种事情肯定会有班级通知,但秦温还是发了条信息给他。

秦温:这一周要在学校官网完成高考选科报名哈。

秦温等了一会儿,没见李珩回消息,便放下手机,开始做起了暑假作业。

今天和小伙伴们玩得很开心,又是暑假第一天,秦温不太想高强度地动脑子,便只做英语的单词抄写作业。

李珩今晚和朋友们聚会,偌大的包间里除了十台高配置电竞电脑,清吧、影院等也一应俱全。

他正和兄弟打桌球,看了眼墙壁挂钟,拿出手机看信息,然后冷清的脸瞬间挂上了笑容。

从小打到大的好哥们何奈见李珩这破天荒春风满面的模样,手里桌球杆一滑,竟然打了把空气,引得众人哄笑。

李珩却没有听见周围的笑声,眼睛看着手机,走到一侧沙发坐下。

"李珩到你了哦。"有女声提醒道。

"不玩了。"李珩笑着看手机,对外的语气却疏离至极。

"嗡嗡!"手机响起。秦温听见了却没有着急,将单元剩下的两个单词抄完才放下笔,点亮手机。

李珩:好。

李珩:政治考得怎么样?

秦温现在一想到自己的期末考成绩就像小朋友看到心爱的玩具一般心花怒放。

秦温：85分。

李珩：考得蛮好的。

秦温：是呀，谢谢你帮我补习政治！

秦温：还有数学！这次也考得好，也是多谢你帮我讲题。

李珩一愣，本意只是想把秦温的政治稳一稳，没想到还顺带把她数学也带了上去。李珩又笑得更开心了些，其实数学不太能算他的功劳，秦温一直都有在很努力地自学，自己最多算是在她想不通的时候点一下。

不过嘛，送上门的功劳不要白不要。

李珩：客气。

李珩：怎么谢我？

秦温看到这儿微微一愣，怎么谢大学霸？她不是已经把笔记给了一份大学霸吗？

不过，自己的数学和政治好像都是得益于李珩，至于李珩，估计没从自己这儿学到什么，所以这个小组还是她占便宜比较多，确实应该再回报得多一些。

但是她没有什么东西拿得出手了。

就在秦温苦思冥想的时候，李珩又发来信息。

李珩：组长，物理作业的答案借我抄抄。

哈？秦温惊得差点没把手机摔地上，大学霸要找她抄作业？

李珩：暑假可能会有点忙。

李珩：没时间做。

秦温真的好想问李珩的日常到底是什么安排，不仅一考完就要回B市，还居然忙到做作业都没时间。不过也有可能大学霸只是懒得做呢，就像陈映轩也经常这作业不交那作业不交，但完全不影响他已经手握一个奥物省赛二等奖。

秦温：可以呀。

秦温：我拍下来发给你？

这时，何奈一屁股坐到李珩身边。

"跟谁聊天呢，笑成这样？"

"滚吧。"

这时又有三两个女生坐过来，想要与他们一起聊天。李珩皱了皱眉，侧头幽幽地瞥了眼何奈。

他明明只叫了几个相熟的哥们儿来的，谁知道接着后面又有几个不认识的女孩子来了。

何奈满不在意地靠在沙发上笑道:"都是朋友,人多热闹点嘛。"

"那你就好好招呼她们吧。"李珩起身冷冷说道,走到清冷的吧台。

"你这也太扫兴了。"何奈抱怨道。

李珩:不急,你慢慢做。

李珩:我到时候问你拿。

秦温:嗯嗯。

秦温放下手机,那就暑假先把物理做完好了。手机两分钟没有动静,自动黑屏,谁知下一秒又再次亮屏。

李珩:考得好没想去庆祝下?

秦温被夸,开心地笑笑:今天和朋友去外面吃了饭。

对了,冰冰说奥数组没过平均分的话要加练,大学霸会知道这件事吗?秦温陷入深思,李珩本身就是奥数组第一梯队的水平,估计不会出这种小概率的事件。

要不还是和他说一下吧,万一他不知道呢。

秦温:你知道自己的数学成绩了吗?

李珩:没看。

李珩:怎么,组长要检查吗?

秦温脸一红,什么跟什么呀!

秦温:老吴说你们奥数组要是数学不过平均分的话,暑假作业要加倍。

李珩笑笑,是他的问题啊,居然让秦温怀疑自己的能力。

李珩:那你帮我看看。

秦温一愣,还在想什么叫帮他看看,接着手机就收到了李珩的学号和密码。

他们的大考成绩都可以在礼安的公众号上查到,只要登录学号和密码就行。

李珩:密码没记错的话应该是这个。

账号、密码这些,这么隐私,怎么好帮他看,只是还没等秦温说话,李珩又发来一条:我在外面不方便看。

那回家再自己看也行吧,秦温心想,谁知道李珩又催了催。

秦温有些发愁,算了,大学霸自己都不介意,自己也不要一直拖拖拉拉的。她赶紧打开小程序登录李珩的账号,帮他查高一下期末考成绩。

哇,数学 148 分,果然自己的提醒是多余的,好羡慕啊!

虽然很不应该这样,秦温还是没忍住接着往下扫了眼李珩整张成绩单,数学和物理两门年级前十,其他基本都在年级前五十。

天哪，就算自己已经比原来进步了很多，一对比大学霸这种科科稳扎稳打的排名，还是根本不够看的，她的组员好厉害！

李珩：多少？

秦温：148 分。

没等秦温再说什么，李珩就发来一句"组长放心了吗"，又让秦温莫名其妙害羞了起来。

这话说得她信不过他实力似的，她哪有嘛。

秦温：什么嘛！

秦温难得反击，李珩满意地笑笑，屈指敲了敲自己的桌前。

一旁服务生赶紧调饮，却又忍不住偷偷打量眼前这位少年。

笑成这样，是在和喜欢的人发信息吗？年轻真好。

远处的朋友喊了李珩一声，问他要不要一起玩牌。

李珩的视线终于从屏幕离开，抬头看了眼长桌那边，筹码和纸牌都已准备好，大家也都落座了，他便点点头起身。

他许久未回 B 市，今夜难得和朋友聚会，这个局又是他约起来的，一直晾着大家也不好。

李珩：我和朋友在一起。

李珩：先不聊了，早点休息。

秦温刚刚久不见李珩回话，已经放下手机又继续抄起了英语单词。手机响起，秦温没有停下笔尖的流动，只抬头看了眼信息。

其实现在也刚过九点而已，说休息还太早，但秦温跟着这位道德楷模已经掌握了不少满分聊天礼仪。

秦温：好的，你也是。

秦温：早点休息。

于是李珩一晚上怎么玩都是赢的。

第二十章 高一暑假

秦温真正的暑假满打满算只有一个月，奥班八月就要回校补课。

七月的四周里，除去外出和家人旅游了一周，秦温花了两周时间解决大部分的暑假作业，最后一周开始预习新的奥赛内容。

今年高二的省赛至关重要，如果高二省赛还拿不到好名次的话，高中的竞赛生涯几乎也就到此为止了。虽然高三还有一次机会，但是要顶着高三复习的压力再次冲击省赛无疑是难上加难，更别说那时候肯定是全力准备高考的胜算更大。

秦温现在只有一个省赛三等奖，高一拿下这个成绩算是无功无过。如果高二能拿下一个省赛二等奖，秦温后面的压力就会小很多，虽然二等奖还达不到保送的资格，但是也能在一些高校的特色招生计划里发挥用处。

这样，五年奥物也不算白学。

眨眼就到了八月奥班开课的时间。

偌大的校园里只有高三应届生和高一、高二两届奥班在上课。

秦温走在校道上，突然想到去年八月奥班开课，自己也是这样一个人安静地走着，不过现在的心境却和之前大有不同——少了些激动与兴奋，多了些淡定与自在。

旁边走过两个雀跃的学生，说说笑笑地同样往高中部走去。

他们应该就是今年的准高一奥班生吧，秦温开心地笑笑，时间过得真快，自己也是学姐辈的人了。

"秦温！"身后有人喊。

秦温回神转身，是梁媛快步走来。

"早啊。"秦温打招呼，有些惊讶梁媛居然也来参加暑假补课。

学校在秦温他们高一的时候又在年级选拔了一小部分非奥赛生，与两个奥班一起参加平时的补课，但其实不少学生在高一上学期参加完补课后，高一下学期就申请退出了。一来是奥班这一、三、五下午补课外加周六上午补课的强度侵占了很多课内时间，二来是奥课的内容确实与高考相去甚远，所以许多学生在接触了一个学期，尝完鲜后还是退出了。

当然也有一小部分真正有这方面爱好又或是学有余力的学生坚持了下来，继续与奥班一起补课。

梁媛便是其中之一。

虽然高宜和梁思琴她们都不太喜欢梁媛，但秦温心里还是很佩服她的，就算实力强劲也不放弃对自己的高要求。

"今天天气好热呢。"梁媛客套。

"是呀。"秦温笑了笑。暑假的时候梁媛不时会找秦温说话，问问物理题又或是高考选科的事，所以秦温现在和她也可以算是半熟不熟的关系，总不至于像以前那样不自在。

梁媛看看秦温前后，不见李珩的身影。

"话说秦温你真的选了政治吗？"梁媛接着和秦温说话。

"是呀，选了物理、化学、政治。"秦温笑道，"你呢？"

"物、化、生。"

秦温一愣，她只知道梁媛的高考必选科选了物理，说这样以后大学可选择的专业更广，却没有想到梁媛最后竟是三科纯理。

秦温想了想自己高一见过的梁媛的成绩，她好像是文综更加出色吧。

梁媛看着秦温有些不解的眼神，心里默默翻了个白眼。几乎所有知道她这个选科组合的人都这个表情，就连班主任都在她递交完选科申请后专门打电话过来和她确认有没有选错。

她虽然是文综更加出色，但她可是中考状元啊，又是拿过两次全年级第一的人，选这些科目哪需要考虑什么长处短处，最后肯定都能学好。

"物、化、生挺多人选的好像。"秦温想了想最后说道，梁媛和李珩都是一个等级的人，其实选什么都不受限制吧，还是挺羡慕的。

"那奥班也很多人选物、化、生吗？"梁媛顺着秦温的话问道。

"嗯嗯。"

得到秦温肯定的回答，梁媛笑得更开心，其实这个问题她也已经找一班的男生问过。当然不能直白地问李珩会选什么，她只是旁敲侧击了一下奥数组的选科情况，得到的答案也是大家都选物、化、生。

那李珩应该也是物、化、生的组合,梁嫒低头笑笑,最好物、化、生里能有一门可以走班去一班上课。重点班要走班的话,学校应该也是把他们安插进奥班吧。

秦温看着梁嫒的笑有些不知所以。

"对了,秦温,你上次期末考多少名呀?"梁嫒问道。

"85名。"秦温有些尴尬地笑笑,没想到梁嫒突然问这个。

"这样子。"梁嫒点点头,她这次总排虽然退步到了45名,但还是要比秦温高得多,而且这还是自己因为李珩和学生会的事情分心没有考好的状态。

梁嫒突然又想起除了总排,年级里还出了两个非常恶心的小排名。

"哦对了,那你的语、数、英、物四科排名呢?"她又问。

梁嫒不像秦温偏科严重。梁嫒的三大科外加理综都是中等偏上的水平,在一骑绝尘的文综成绩加持下,瞬间就能帮她拉开和大家的分差,所以她的九科总排经常很高,但在小排名上却一点都不吃香。

秦温有些不解梁嫒为什么突然对自己的成绩感兴趣,但也没有多想:"好像是第30名吧。"她没太放心在排名上,所以记得不太清楚。

梁嫒有些难以置信,没想到秦温居然在小排名上会这么高,她自己好像也才90来名而已。

她不甘心地咬咬牙。已经把秦温当作假想敌的她自然样样都想要压过秦温一头。不过她是因为没有考好所以小排名才不高,等她一调整回来,成绩肯定不比秦温差。

两人说着话的空当已经来到了高二的教学楼。

秦温看着陌生的教学楼深吸一口气,新的一学年又开始了呀,高二也好好努力吧!

梁嫒见和秦温走了一路都没有见到李珩,问道:"你待会儿下午去随风书店吗?"

出神的秦温一愣,梁嫒是怎么知道自己会去书店的?

"嗯。"

"那我能和你一起去吗?"虽然没见到李珩,但是如果秦温去书店的话,李珩估计也会过去。

"可以呀,那我去的时候喊你一声吧。"

"好呢,说好了哦。"

梁嫒当然不会想到,李珩早就和小组长报备过还要在B市待几天,没那么快回校。

八月过了一周，A市台风季将至未至，风成为天空的主宰。

下午奥课补课结束，秦温留下来和老师请教完刚刚课堂没听懂的地方，再回到二班时，班上已经没有人了。

奥物组的人都走了，奥化组还在随堂测试，所以今天梁媛也说了不去书店。

秦温收拾着书包，想着要不她也不去了，最近天气总是阴晴不定，昨晚还下了一夜的雨。不过——

"咚！咚！"两声清脆敲窗声打断了她的神游。

秦温抬头，李珩已经站在走廊外。

外面应该有风，他的发梢和衣襟被微微吹动，清冷的目光却一如既往的沉稳，如台风天里久未露面的日光。

一个月没见，大学霸好像又帅了些。

秦温开心地冲李珩点了点头，加快手里收拾的动作。虽然天气不太好，但是大学霸昨晚已经和她说好了今天去书店，反正前几天去都没有碰到下雨，今天应该也不会吧。

她背起书包，快步走出教室，笑着和李珩说道："抱歉，久等了。"

李珩看着一个多月没见的秦温张口就是客套礼貌的话："组长你还是这么客气啊。"

被李珩这样说，秦温不好意思地笑笑，正准备说些什么，李珩递来一个东西，她下意识接过。

一个小锦袋，大红色的，看着很是喜庆。

"这是什么呀？"

"手信。"大少爷言简意赅。

秦温一愣，没想到李珩回了趟B市再回来还带这些东西，真的是太客气了。她笑着说道："谢谢。"

李珩没说什么，只扬了扬唇，可是又见秦温拿着那个锦袋没有要打开的意思，又说："打开看看喜不喜欢。"

应该不会不喜欢。

秦温迟疑了一下，想着当着别人的面拆礼物不礼貌，但是大学霸都发话了，她也没什么好介意的。

她打开小袋子，里面原来是一个银质的雕花小圆盒。

秦温双眼亮亮，好漂亮！

突然一阵幽幽淡香飘来，秦温深呼吸，正是这个小银盒散出的。

秦温难掩喜欢地将它拿出,银盒不过半个手掌大小,放在手上欣赏更显通体雕刻精细。秦温文学细胞欠缺,满脑子只能反复夸出好漂亮及好看看。

"这个小盒子好漂亮!里面是什么呀,闻起来也好香!"秦温抬眼看着李珩开心地问道。

李珩看着秦温明亮的眼眸,满意笑道:"香盒,宁神用的。"然后又想到奶奶的提醒,"多闻闻。"他又补充道。

秦温万万没想到大学霸带的手信居然会是一个宁神香盒,太用心了。

她又偷偷深吸了一口这不知名香,不知道是不是心理作用,好像确实会让人心情愉悦,可是这个盒子看起来就无比精贵,一个应该要不少钱吧,她怎么好收下。

"谢谢,不过这个礼物太贵重了,要不还是你拿着吧。"秦温将银盒放回喜庆的锦袋里,笑了笑,还给李珩。

李珩一愣,没想到秦温又要还回来:"不喜欢?"

"不是呀……"

"那就拿着。"

"这个应该很贵吧。"

"不贵,我家一大把。"李珩酷酷地说道。

他这话没说错。

主宅里,奶奶的花又谢了一季。老人家不忍心悉心栽培的花儿就这样被埋没了,便把花瓣都收集起来自己做香膏。

李珩昨天下午让司机带着找了一圈都没买到合适的手信,最后带了两条手链回家,却还是不满意。

他郁闷地回到主宅,临出发去机场还有两个小时,他一走,主宅就剩爷爷奶奶两个人冷冷清清的,所以李珩就算没什么心情,也还是主动坐在奶奶身边,陪老人家说说话。

讲话有一搭没一搭的,心细的老太太当然看出李珩的心不在焉。

司机早就和两位老人报备过李珩要去干什么。

原来是买手信呀。老夫人笑笑,小孙儿Ａ市、Ｂ市来回跑也四年多了,什么时候听他说过要买东西回去。

"珩儿,你闻闻看这个味道怎么样?"老夫人问。

被奶奶问起,李珩将注意力从怎么让秦温自在地收下手链这个问题中抽回,却也只是随意地往奶奶手里的粉色香膏靠了靠:"嗯,好闻。"

"啧。"老夫人不满孙儿的敷衍。

李珩后知后觉自己冷落了奶奶，便又嘻嘻哈哈起来："奶奶，您这样懂生活的大美人，配我爷爷那个大老粗太委屈您了。"

说完他又拿起桌上的一个小盒子扔着玩，愁人啊。

"怎么说话的，一会儿你爷爷又该训你了。"

李珩无所谓地耸耸肩，老夫人看孙儿还是一副提不起劲的样子，一切了然于心，和蔼道："要不要送个小香盒？"

李珩一愣，接住落下的银盒，惊讶地看着自己的奶奶。

"这些香膏都是奶奶调的，舒心缓神，学生应该也派得上用场。"老夫人又瞥了眼李珩手边的精美礼品袋，"这不比你送那些冷冰冰的东西好？"

李珩被点醒。对啊，秦温老是闷头学习，能缓解一下压力当然好，而且香盒这种平易近人的东西她肯定不会拒绝。手链就不好说了，起码他不敢打包票。

李珩看了眼时间，还有一个半小时。

"那我来做一个！"他雷厉风行，拿过奶奶手里的小木槌就要抓一把花瓣开始捣鼓。

老夫人似乎也没想到孙儿说做就做。

"你这怎么来得及！"老夫人呵斥，"毛毛糙糙的，还好意思说你爷爷呢，这香膏一时半会儿能让你做出来啊！赶紧把我的花放下！"

"那怎么办啊？"

"你手里那盒不就是现成的。"

李珩恍然大悟，这时才真正打量起手里的小银盒，挺漂亮的，女生应该会喜欢。

李珩又凑前闻了闻香味，还行，不浓。

找到了满意的手信，他一身轻松，高兴地说道："行，就它了！"

"就这样送人呀？"老夫人有些恨铁不成钢。

哦，对，应该包一下。

"这盒子在哪儿？"

本来就只是一件文物的复制品样版，虽然不是正主，但也足够精细，材料什么的也都货真价实，所以老夫人当初去修复馆参观的时候才会将它带回来，现在孙儿要拿去送人也绝对不会失礼。

"配的盒子不适合拿去送人。"老夫人看了看桌面，拿过一个大红色锦袋，"用这个装着吧，红色意头也好，就当是奶奶给的祝福。"

李珩开心地接过老夫人手里的袋子，将银盒装进去，突然又犯了难：

"可这都没有我做的地方。"心意会不会不够啊?

"你买的那小饰品就是你自己做的?"老夫人看了眼一向聪明的孙儿,无语道。

李珩听完也反应过来,抚额干笑两声。从小到大都是被送东西的人,突然要做送东西的那个人,确实会有些没经验。

"一个小盒子而已,能有多贵重。"李珩说。

秦温听完李珩的话,又纠结地看了看手里的小银盒,真的好漂亮呀,如果大学霸都说家里很多的话,应该确实不太贵重吧。

秦温最后还是动心了,看着李珩害羞笑道:"好呀,谢谢!"

"嗯。"送点东西真不容易。

"不过这里面是什么味道,闻着好香。"

"不太清楚,应该是什么花吧。"

"这样子。"

两人一路说着话走到教学楼外。

刚刚还艳阳四射,这会儿天又灰蒙蒙的了。

"好像又要下雨了。"秦温看了看天,今天怎么好像特别阴沉。

"没事,走吧。"从不留心天气的李珩早先一步下楼,下雨的话,坐车就是了。

秦温却还站在原地没有动。

不妙……大学霸这话好像在哪里听过。那次学农,他也说过不会下雨,结果他们走到一半就直接大暴雨。

"怎么了?"李珩见秦温没跟上来,回身问道。

"要不我们别去了吧。"

"组长,小组活动要认真落实才行。"

这都什么跟什么呀。

"好像要下雨了。"秦温指了指天提醒道。

是因为这个啊,李珩很敷衍地抬头看了下天空:"不会下雨的。"两个人那久没见面,说什么他也要和她待一会儿。

"可是天气预报说最近好像有台风。"

"没事,就算下也是过云雨。"

秦温有些难以置信地看看天。过云雨,台风天会有过云雨吗?

"快点,再不去,一会儿又半路下雨了。"李珩贴心地提醒。

秦温又将视线从天空收回,看着李珩一本正经的表情,突然有一种拧不过他的感觉。算了，下雨的话，人在书店里也没有关系，还不如像大学霸说的那样快点过去。

秦温快步下楼跟上李珩。

"我饿了，哪里有吃的？"李珩问道。

"嗯？学校后门出去有个便利店。"

"你如果周六下午去书店，也是去那里吃午餐吗？"

"是呀，买个面包应付一下就好了。"

李珩凝眉，只吃面包怎么行？

"叮咚！"

空荡的便利店走入两名高中生。

秦温轻车熟路地走到面包柜，正好午餐在学校也没有吃太多，她拿了个牛角包，而跟在自己身边的李珩却没有动静。

怎么了？秦温回头，看了看大学霸那张贵气十足又有些不满的脸。

糟了！忘了她这位组员好像是家里很有钱的主！

秦温忐忑地咽了咽口水，又瞥了李珩一眼，不至于不吃便利店那么娇气吧。

李珩却没有留意到秦温的小眼神，见她只抱着个牛角包，他便径直走向熟食区："再买点别的吧。"

秦温紧随其后，噢，原来只是挑食啊。

李珩拉开柜子，微微低头问身边的秦温："你要吃什么？"

秦温一愣，不是他要吃吗？

"我吃个面包就够了，谢谢。"

"只吃个面包怎么行？"

"可我一直都是吃个面包就可以了。"

李珩凝眉："不行。"

今天他在这儿就不行。

"中午学校的饭那么难吃，现在要多吃点。"李珩想起奶奶以前的念叨，但是记不太全内容，便开始东拼西凑，"特别是下雨天，天气湿冷要吃些热的驱寒，不然要受凉了。"

就差没把空腹吃面包伤身说出口。

秦温听着大学霸这话哪里不对劲，呆呆地回道："那些是说姜茶红糖水什么的吧。"

李珩眨眨眼，条件反射地扫了眼秦温的小腹："你要喝姜茶吗？我去看看在哪儿。"

哎呀！什么呀！

"没有啦！"秦温瞬间羞得脸都红了！谁在跟他说这些！

李珩看着秦温突然害羞的样子，愣了一会儿才反应过来自己会错意，忍不住低声笑了起来："抱歉。"

"快点拿啦！"

"好，好。"

李珩随手拿了几个饭团和手卷、两瓶乌龙茶，去了收银台那儿又点了一份关东煮，连着秦温的那个小牛角包一起买了单。

两人一起落座店里的餐饮区。

秦温看看左右，还好没有礼安的学生，大学霸在学校的知名度还是很高的，万一他被人认出来误会他们就不好了。

李珩看了眼东张西望的秦温，没有说什么，拿出纸巾帮秦温擦干净桌面。

"快点吃吧。"说罢，他用纸巾隔着瓶盖帮秦温拧开饮料，放到她面前，"这个挺好喝的，试试？"

秦温有些意外，不过李珩已经帮她开了，她也不好拒绝。

"谢谢。"秦温抿了一口，涩涩的甘甜，确实挺合她的胃口的。

"好喝吗？"

"嗯嗯，是挺好喝的。"

"如果喝茶会睡不着觉的话就不要喝太多。"

"好的，谢谢。"

说罢，两人开始吃速食。

两人都不习惯吃饭的时候聊天，相安无声也不觉尴尬。

不过秦温却忍不住分心在李珩身上。

这还是她第一次见李珩吃东西。曾经认为遥不可及的超级大学霸，结果现在坐在自己身边吃饭团，就还挺新奇的。

她又飞快瞟了李珩两眼。

李珩吃饭的速度不算慢，但是看得出很有教养，没有杂音，也很干净，再加上那帅气的侧颜，冷漠的目光，还有……嗯，不时舔唇的舌头，上下滚动的喉结，饮食时的吞咽声，真是让人胃口大开。

不对！关注点错了！哎呀，都怪高宜她们推荐的那些奇奇怪怪的美剧！

秦温脸一红赶紧收回视线，但是没过一会儿又忍不住，就看最后一眼，谁知道这次李珩突然转过脸来，和她的视线撞了个正着。

他笑了笑："怎么了？"

秦温一惊："没有没有。"

"你已经看我好几次了。"

"没……没有呀。"打死都不可能承认的！

"嗯，没看。"李珩忍笑，这脸还是有点用的，然后他又拆了个手卷，逗她道，"你是想吃这个吗？"

正好，她只吃一个牛角包怎么行！

救命啊！秦温看着大学霸递来的手卷尴尬得想死。偷看被人抓了个正着不说，还要被人误会成是嘴馋！

可她刚刚只是眼馋而已啊！

"不用了不用了。"秦温连连摆手。

"不想吃？"

"嗯嗯！"

"那你怎么一直看我？"李珩突然又把话绕回去了。他双肘撑桌，靠近了秦温几分，眼神佯装不解，却又掌控力十足地锁紧她，"我视力很好的。"

"我那个……"这辈子都没有这么尴尬过的秦温大脑宕机，救命，大学霸能不能放过这个话题啊！

见秦温支支吾吾实在说不出话，李珩笑得更加开心地将手卷放在她面前。

"谢……谢谢。"秦温含泪拿过，美色误人啊！

李珩回身，仿佛在继续专心吃东西，嘴角却已止不住上扬，不时还要咳两声掩盖笑意。所以说，他怎么可能因为台风天就不和秦温待一块儿呢。

"叮咚！"又有人进了便利店。

秦温还在羞耻地吃着手卷，身后突然传来熟悉的声音："温温——"

她和李珩一起回头，梁媛？

李珩方才还很温柔的目光在看到梁媛的一瞬间冷了下来，丝毫不掩饰其中的防备与警惕。

梁媛感受到了李珩的注视，内心有些开心，果然跟着秦温就能遇到李珩。

本来梁媛都准备走了，路过一班听到奥数组的人说李珩已经回来了，她又立马改变主意，要去书店看看，来便利店也是想着万一李珩真的也在书店的话，她正好给他买些水又或者小零食。

谁知道居然碰到这两人就在这儿!

想到这儿梁媛又有些吃醋和不甘心,但还是笑着走到秦温身边:"好巧呀,你在这儿!"

"嗯。"秦温笑道,"你们奥化考完了吗?"

"考完了,好难哦,我们老师……"

李珩看着不知道什么时候和秦温走近的梁媛,眼神越发冷漠。

梁媛有心在李珩面前多展现自己和秦温的熟稔关系,滔滔不绝地说着话。

李珩却没有心情听,他稍稍靠近秦温说道:"走吗?怕待会儿下雨。"说完还侧头冷冰冰地看了眼梁媛,眼中放出的警告意味已经流露出几分震慑力。

但凡识相的人都知道该离开了,可惜梁媛本来就是识相了也要挤进秦温和李珩中间。她假装没看到,还不等秦温回应李珩,她先出声:"欸,温温你今天去书店吗?"

秦温刚听完李珩和自己说话,又接着听到梁媛和自己说话,有些应付不过来。

"嗯嗯。"她看着梁媛点点头道。

"我也想去欸!我可以和你们一起吗!"梁媛大喜过望,开心地拉起秦温的手。

梁媛这几天都和自己去书店,所以秦温习惯了,她又看了看李珩,后者依旧那副冰山脸,多一个女生,大学霸应该不会介意吧?

李珩收到秦温询问的眼神,这种情况下他也不好让秦温为难,便按下自己的脾气,"嗯"了一声。

"好呀。一起去吧。"秦温看着梁媛笑道。

"太棒了!我们待会儿可以……"

梁媛心花怒放,她从来都没有和李珩私下相处的机会,正要再说些什么,一旁的李珩早已不耐烦,在秦温耳边低声说了句"我们走吧",便直接起身离开。

秦温看着李珩走开的背影愣了愣,是她的错觉吗,她怎么觉得李珩生气了?

第二十一章

暑假补课

三人出了便利店，李珩走在前面，秦温被梁媛挽着跟在他身后。秦温静静地听着梁媛说话，不时也说几句。

天越发阴沉，庆幸三人一路走来还不见有雨，顺利进店。

台风天本就没什么人外出，书店自习区也只有两个陌生人散坐在不同桌看着书。

他们三人找了个四人桌，秦温和梁媛一排，李珩在秦温对面坐下，这时高老师过来喊秦温去一下前台。

秦温应承，正准备起身，突然想到李珩刚刚好像不太开心的样子是在梁媛来了以后才有的，难道李珩也不喜欢梁媛吗？

"我去一下高老师那儿哦。"她凑到李珩身边低声道。作为一个尽职的组长，该照顾下组员的情绪。

李珩现在确实挺不爽的，不仅是因为独处的时间被打扰，还因为发现梁媛莫名其妙黏上了秦温。他正专心地想着这些事情，突然见秦温靠近，软声软语地和他说自己要走开一会儿，他不耐烦的心情又瞬间消失。

看出来他不开心了？不错，这段时间算是没有白相处。

"去吧。"李珩笑道。

秦温放心，赶紧起身去前台那儿，免得高老师久等。而即便梁媛在场，李珩也丝毫不掩饰自己对秦温的偏爱，视线一路追随她离开而后才收回。

只是他的视线在收回的那一刻，又变回一贯的冰冷。

他看了梁媛一眼。

梁媛再怎么自欺欺人也不可能看不见这次李珩眼里赤裸裸的距离感。

"怎么了吗？"梁媛笑着问道，心里却泛起一阵苦涩。

李珩并不想和梁媛说话，收回目光，也没回她。大部分情况下，李珩从不收敛自己的喜恶，更何况是对着自己不喜欢的人。

　　两人陷入无言。

　　再怎么难过，李珩现在就在自己身边，梁媛不想白白浪费说话的机会，露出笑容违心地说道："我觉得秦温人好好哦，我本来还以为她会很难接近，谁知道她人超级好的！"

　　找不到话题的话，她便从秦温这里下手。

　　李珩听到梁媛主动提起秦温，果然立刻抬头，目光停留在她的脸上，阴暗不明。

　　梁媛的心里只泛起从未有过的苦涩。李珩就像一片深海，浪潮围绕秦温涨落，而自己就只能被搁浅在虚无的滩岸上。

　　"要是我的物理能有秦温一半厉害就好了，她真聪明。老师们也都好喜欢她哦。你知道这个书店的店长是雅执的退休老师吗？秦温一来，那个老师就把她喊走了，好厉害。"

　　"你到底想说什么？"李珩冷冷地问。

　　梁媛看着李珩心里一紧，他冰冷无情的语气不知道为什么让她生出一种害怕的感觉，但是本性的骄傲与优越感又让她硬着头皮去挑战李珩的禁区。

　　"你是不是喜欢秦温？"梁媛笑着问道，"我们温温呢，比较专心学业，只是陪她上课下课，估计一直都反应不过来你喜欢她呢。"

　　李珩靠在椅背上，一手敲着桌子，听着梁媛和自己说的话，冷漠的脸终于有了表情。

　　他笑了一声，最近是不是脾气太好了，让别人觉得可以来教他做事？

　　梁媛本就迷恋李珩出挑的高贵气质，现在看他这样轻蔑的笑容更显桀骜的模样，越发心动。

　　他备受关注，他成绩好，他长得也好，他还有超脱同龄人的气场与掌控力。她想要的李珩全都有，她不知道李珩想要什么，但是她也可以为他做到完美，起码这一点，秦温就远不如她。

　　梁媛也跟着李珩笑了笑。以为李珩真的在权衡她扔出的价码："要我帮你吗？"

　　梁媛："我也希望温温能遇到不错的人呢。"

　　能听一个疯子在这里废话这么久，李珩觉得自己确实是和秦温待一起久了，脾气变好了。

　　"我们温温呢，比较喜欢……"

"你该把心思放在学习上。"李珩不想听到喜欢的女生被这种人谈起，出声打断，"离她远点。"

他语气冰冷，且不容置喙。

梁媛一愣，瞪大了眼睛看着李珩，似乎不敢相信自己刚刚听到了什么，只是她又感觉到自己的心思被李珩看破，本能地维护起了自己的立场："你什么意思？

"你难道不怕我把些这话告诉秦温吗？"

李珩懒得理梁媛，起身去前台找秦温。

秦温去前台找高老师，原来是老师想要关心她的选科。

秦温很感激老师这么挂念自己，再加上选的政治科是文科，她也可以多从高老师这儿听听建议，所以一老一少便在前台聊了起来，直到李珩走来。

秦温背对李珩，还不知他已经来了，直到身后传来熟悉的声音喊了句"老师好"，她才转过头发现李珩。

"你是温温的同学吧。"高老师看着气宇轩昂的李珩，和蔼地笑道，"现在的小孩真是越长越好看了。"

李珩笑了笑，恭谨地回答老师的提问："嗯，我在一班。"

"哦？奥班的呀，不错不错，小心学习别太累了。"高老师叮咛。

秦温在一旁听到高老师这话，好笑又无奈——高老师的职业病，看到奥班的学生第一反应就是提醒别太辛苦。

"嗯，多谢老师提醒。"李珩礼貌地说道。

"来，最近下雨天，喝些薏米水祛祛湿。"高老师倒好三杯饮料放在小托盘上，"去吧，我也不打扰你们了。最近台风天，待会儿早点回家。"

"谢谢老师。"

秦温、李珩异口同声地说道。

李珩主动拿过托盘，秦温朝高老师笑了笑，两人回身离开。

高老师看着两人离去的背影，突然联想到了自己和潘老师。她低声笑笑，怎么想到这些去了，真是为老不尊。

"我们待一会儿就回去吧。"李珩和秦温一并走着，低下头说道。

"嗯？"秦温扭头看着李珩。

"老师不是说了，台风天早点回去。"

这时秦温认真地打量起了李珩的表情，看不出来哪里不对劲呀，大学霸不是那种做事情想一出是一出的人，明明他在教学楼还一副非来不可可的样子,怎么突然又要走了?

"怎么了吗?"秦温关心道。

"待会儿和你说。"李珩低声道。

"好。"

书店面积不大,两人几句话的工夫就已经回到自习区。

李珩端着小托盘走到秦温对面坐下,把薏米水递给秦温。梁媛假装着刚刚和李珩的对话不存在,等着李珩把水递给自己,却见他接下来再没有别的动作。她看着自己被冷落,咬咬牙装作不介意,也拿过一杯水。

两个女生和李珩说了句"谢谢",三人便开始学习。

这一桌都是学霸,所以开始自习以后也没人说话,就连梁媛都静下心来。不过她看到秦温在做物理题,又合上了自己本来打算做的练习册,同样拿出物理作业,偷瞄着秦温做到哪里自己便从哪里开始,暗自与秦温较劲。

李珩坐在秦温对面,有些无聊地看着数学卷子。

一小时过去,闷雷声起,窗外枝丫摇曳。

李珩抬头看了眼秦温,她还在专心算着题目。要是平时,他肯定不会打扰,但是现在他们该回家了。

"外面好像要下雨了。"梁媛也发现了天色异常,小声说道。

秦温听到有人说话,依依不舍地将注意力从题目中抽出,看了眼外面——天哪,怎么突然那么暗了?

李珩看着后知后觉的秦温:"我们先回家吧。"

"可是现在出门的话,一定会碰上暴雨吧。"秦温说道。早些时候回家说不定还能躲过这一场,现在才走的话就不太合适了。

"啪嗒啪嗒!啪嗒啪嗒啪嗒!"雨水如飞箭夹杂在疾风中,打在窗户上发出清脆冰冷的声音。

雨势加剧,店外老槐树沦为雨的玩具。

"这雨不知道什么时候才能停,打车回去吧。"李珩打开手机。

秦温听着李珩的话有些为难,她没带手机,现在外面下雨她也不好出去叫车。干脆她自己在书店再看会儿书,待会儿找高老师借电话和家里报个平安就好。

"那要不你们先回去吧,我再看会儿书。"

李珩凝眉:"台风天还是早点回去比较好,趁现在雨还不太大,收拾一下书包,我帮你们叫车吧。"

"可是……"

"好了，快点收拾，车快到了。"李珩打断道。

秦温有些无语，他才刚拿出来手机吧，怎么车就快到了？

"我们还是走吧。"见秦温不太愿意配合李珩，梁媛便跳出来做贴心顺从的那一个，"一会儿雨下大了，真就不好走了。"

"那好吧。"秦温虽然有些心疼学习时间被打断，但还是点点头。

"输一下地址。"李珩知道秦温没带手机，自然地将手机递给她，"我帮你喊车。"

秦温很开心大学霸这么贴心，拿过手机："谢谢。"

"没事。"

一旁的梁媛近乎自虐地羡慕着，却也暗暗安慰自己冷静下来，李珩刚刚说了帮她们喊车，意味着自己也有份。

有秦温在，李珩不会不顾及自己，落下没绅士风度的印象。

梁媛顺手点亮手机屏幕看看时间，秦温见她没有动静，非常状况外地问了句："你不叫车吗？"

"我……"梁媛顿住，她又看看李珩，他正看着手机也没理她。

"叫呀，现在叫。"梁媛绷着笑容，心里气到快要吐血。

低着头的李珩嘴角微扬——秦温迷糊糊的样子也挺好玩的。

所以当他从秦温手里拿回手机，并没有着急下单，看了眼秦温输的地址，悠悠道："方海花园吗？我家也在那附近，我们刚好一起。"

"可以呀。"秦温开朗地说道。

什么！梁媛惊得差点手机都拿不稳，他们两人居然还一起坐车回去。

李珩得到秦温的许可后，没有从软件叫车，而是发了个信息给司机：来随风书店接我，先去方海花园，记得你是网约车。

这条信息直接把接送李珩快十年的专职司机给看蒙了。他忐忑地咽了咽口水，想起了那天他把小少爷载去买茶和烟酒做手信时收到的幽怨眼神。

今天要机灵点了……

他回：是。

李珩放下手机，两个女生也已收好东西，三人相顾无言地坐着。

"丁零零！"

梁媛的电话响起，门外已经有车在等候。她叫的是网约车，接车时间自然比李珩的司机从另外一个区赶过来要快些。

梁媛咬牙，很不服气。她看着李珩冷漠的脸，后者似乎感受到了她的目光,一抬眼冷冰冰地回望,瞬间淋灭了所有幻想。

梁媛深呼吸:"那我先走了哦。"

"好呢,小心点。"

梁媛安静离开,剩下秦温和李珩两人。

李珩又拿出手机打开,秦温以为他在留意车什么时候到,她又看看窗外,雨势还在加剧。

怎么好像比学农那场雨还大。

秦温收回视线,正准备问李珩车子什么时候到,李珩先出声:"下次我们别叫梁媛了。"

秦温一愣,所以刚刚大学霸是真的不开心多了一个人。还不等她说什么,李珩又抿了一口薏米水,看着秦温,用像是在说今天天气真不错的语气悠闲道:"梁媛好像喜欢我,但我现在只想专心学习,所以并不想给她机会,有她在不太好。"

秦温瞬间瞪大了眼睛。

她都听到了什么!

秦温听着李珩放出的惊天八卦,瞪大了眼睛呆呆地看着他。

梁媛居然喜欢李珩?而且李珩还直接把这件事告诉她了?

李珩看着秦温傻傻的表情,悠悠地抿了口薏米水。

唉,没吃醋。

"这……这样子吗?"秦温语气难掩惊讶。

"嗯,所以我们下次别叫她了。"

看着李珩,秦温木讷地点点头,然后也跟着他喝了口水。

难怪大学霸刚刚不开心了,接着她又想到自己刚刚还留李珩和梁媛独处。

这两人得多尴尬啊。

她看着李珩一脸云淡风轻的样子,心里有些过意不去:"抱歉啊,我不知道。"

"没事,我之前也没告诉你。"

秦温又点了点头,没好意思再看他。

这件事别说李珩没说过,就连高宜那个八卦小雷达都从来没有和她说过。

不过这两人居然会有交集,好神奇。

秦温又抬头看了看李珩,大学霸连梁媛那么厉害聪明的女生都不喜欢吗?

她和李珩对视了几秒，后者没有要再说下去的意思。

其实和高宣、梁思琴她们待得久了，秦温也自认自己有些八卦。

"想问什么？"李珩看着秦温欲言又止的样子笑道。

"没……没什么。"秦温惊讶自己的心思被李珩看穿，连忙否认，这么隐私的事，她可不敢直接问当事人。

"是吗？"李珩的眼神在秦温脸上停留了一会儿，捕捉着她的细微表情而后又收回，"梁媛怎么和你那么熟的样子？你们什么时候玩到一起去了？"这件事他居然完全不知道。

秦温一愣，没想到大学霸突然将话题转到这儿："就是上次做志愿者的时候加了个好友。"

"她加的你？"

"嗯嗯。"

"因为什么加的？"

秦温并没有意识到自己被李珩盘问着，乖乖配合："好像没有因为什么，就是单纯交个朋友加的吧。"

"这样子。"了解完情况后，李珩轻描淡写地结束话题。

而说到梁媛，秦温自己也有些犯难。梁媛总是很热情，暑假经常找自己说话，讨论题目，聊学校的事情，几乎就要从诗词歌赋聊到人生理想的地步，但反观自己，从来都没有主动找梁媛说过话。

面对推心置腹的梁媛，秦温都觉得自己这样太冷漠太没礼貌了，可自己又确实没想和梁媛交心。

再加上她也不是擅长社交的人，逆着性子以同样的热情去回应梁媛什么的，她有些做不来，更何况思琴她们还提醒过梁媛不宜深交。

秦温一手撑头，苦恼地叹了口气，又能怎么办呢？

李珩看着秦温出神地想着问题，又突然一脸为难的表情，他低头笑笑，秦温也开始慢慢在他面前会有别的状态了。

"怎么了？"他轻声问。

而被李珩问起的秦温只是摇摇头，女生之间的事情怎么好和男生说。

李珩瞥了眼私藏心事的秦温，抿了口薏米水悠悠道："啧，咱们组长有秘密了。才半个暑假不见，小组就要排挤成员了吗？"

总共就两个人，还能怎么排挤嘛！

秦温被李珩打趣得有些窘迫："哪有！"

"那你刚刚怎么发呆了？"李珩身子靠前，看着秦温一本正经道，"而且我都告诉你梁媛喜欢我了，你不应该也告诉我一些什么作为交换吗？"

这又是什么鬼！秦温难以置信地看着李珩这一副无赖的样子，又不是她让他说的！

"又不是我让你说的！"她小声回击。

"那我不管，你不说些什么，我就亏了。"

这东西还能一换一的吗？

秦温深呼吸。

其实和大学霸相处久了，她也渐渐摸索出来，虽然李珩对很多事情都漠不关心，比如年级通告，比如学校安排，但如果他对什么事情感兴趣了，是绝对会不依不饶的，完全就是打破砂锅问到底的精神。

"我哪有什么可说的。"她全年级小透明一个。

"那就说说你刚刚发呆在想什么呢。"

啊，怎么又把话题绕回去了。秦温看着李珩目不转睛的样子，他显然是在这个问题上和自己杠上了。而在和李珩眼神对抗了十秒后，秦温也终于意识到自己逃不开这个话题。

"没有什么呀，就是我和梁媛也不算熟吧。"

"就这件事吗？"李珩笑笑。

到现在还不了解秦温的性格的话，他也算是白认识她那么久了。本身就慢热的秦温怎么可能会习惯梁媛那种聒噪的做派，所以他也没信过梁媛说的什么和秦温很熟的鬼话。

他自己都花了那么长时间才和秦温混熟好吧！

幼稚的李珩眼神里闪过一丝不屑，秦温没有留意到，只接着说自己的话："我其实有点不习惯她这么热情。"

"嗯，别理她就好了。"

秦温无奈地笑笑："那要怎么不理，总不能一直不回她吧？"

而且梁媛再怎么不讨大家喜欢，她毕竟也没对自己做过什么过分的事情不是吗，那么自己又怎么好冷落人家？

"这有什么，又没义务一定要和谁做朋友。"李珩身子往后靠在椅背上，不以为意道，"何况她还不一定是真心想和你做朋友。"

梁媛还和他说什么要把这件事告诉秦温，好笑，他李珩长这么大还没受过谁的威胁。

秦温听着李珩的话点点头。主要是她自己也觉得和梁媛熟得莫名其妙的，从来都没有交集的两个人突然就处得像闺蜜一样，高宜、梁思琴她们都有些意见了。

"可是她会时不时找我。"秦温接着说自己的烦恼，"所以我也不知道该怎么办。"

"这有什么难的,"大少爷发话,"你就说和我在一起。"

什么鬼,秦温一听李珩这话脸顿时就红了,这话也太有歧义了。

李珩开心地看着秦温害羞又惊愕的样子,轻咳一声敛去语气里的飞扬:"在和我打电话,在和我讨论问题,随便什么都可以。搬我出来,她就不会再来找你了。"

哦哦,是这意思吗?秦温赶紧从奇怪的害羞中回过神来,真是的,刚刚在胡思乱想什么!

她赶紧把注意力放回和李珩的对话上。

李珩说把他搬出来打发梁媛,嗯,这建议还真是——有够没谱的。

"她喜欢你哎,我还说你出来,这得多伤人。"秦温看着李珩,认真地反对,"不要。"

她想起听过的年级里的传闻,李珩其实对女生态度挺生硬的,有时候甚至是近乎伤人的无情。

听秦温维护起了梁媛,李珩的语气不自觉冷淡了几分:"我觉得她不是喜欢我。"

秦温一愣:"你不是才说……"

李珩:"我和她本就不熟,私底下从来没交集。

"她找我说过几次话,云里雾里的,也不知道她想干什么。

"她根本就不了解我,谈什么她喜欢我呢。"

一向少话的李珩也难得说了一连串。

"而且我管她喜欢我什么呢,喜欢可以说,不喜欢当然也可以说。

"我如果为了不伤别人的感受而粉饰自己的意愿,让别人以为有希望,这才是害了她。"

秦温有些惊讶地看着李珩,大学霸是这样考虑的吗?

确实,有时候虚伪的希望比真相更加害人。

"这样子,那确实实话实说比较好。"秦温轻声道。

哎呀,那自己刚刚不就错怪李珩了吗?而且自己好像说话的语气也有些重……

秦温有些心虚,看了眼脸上没什么表情的李珩,她主动讨好似的冲他笑了笑:"对不起,刚刚说错你了。"

上一秒还因为秦温维护外人而有些不爽的李珩,看着她突然这一副卖乖讨巧的样子,心中的郁闷又瞬间一消而散。

秦温虽然慢热但不好面子,从来都不会回避自己的错误,有错就认,这也是李珩很欣赏她的地方。

李珩心里荡起微风，不知道她承认喜欢的时候会不会也和承认错误一样主动呢。

秦温不知道李珩的心思，还在心虚地看着他，就好像他如果不说些什么，她就会一直不安。

李珩看着秦温的眼睛，哎，他是真的对她这个样子没办法。

他咳了一声，没说什么，只挑挑眉当作一笔勾销："所以组长，交朋友也是，你没义务陪着梁媛，不喜欢、不自在，没必要委屈自己。"

秦温见李珩已经没把刚刚的事情放心上了，安心不少，听着李珩的话也开始反思着自己的行为。

是呀，说不定就是因为自己压着不喜欢不自在的情绪一直回应梁媛，所以才让她一直缠着自己。这样子看来，自己好像确实也挺虚伪的，明明自己心里也是不愿意和梁媛深交的。

就这一点，她还没面上看起来冰冷无情的大学霸处理得好呢。

想明白这一点，秦温又有些不好意思地看着李珩，脸红地笑了笑。

李珩看着秦温一副孺子可教的样子，满意地点点头。但他并不想让这段对话变得太正经，好像自己在训话似的。

"所以你和她说你和我在一起是在为她好，又怎么会伤人呢？"

秦温内心的羞愧一瞬间破功，怎么又回到这个话题了！

"这都什么跟什么呀。"

"真的，你这是在帮她脱离苦海。"

"才不要！"

伤不伤人不说，光是和别人说什么自己在和李珩打电话什么的就非常不可！更何况梁媛还认识那么多人，万一被她传出去，让大家误会了怎么办？

"组长，咱们要知错就改。"李珩悠悠道。

秦温无法反驳，脸更红了，不过她知道李珩的意思，他是在委婉地提醒自己做法确实有不对的地方。

李珩见秦温还在纠结，准备继续说下去，秦温怕他又要说些什么奇怪的东西，抢先他一步发言："我知道的。"

秦温低头小声说道："我以后少些回应她就是了。"但是搬他出来的这些损招，就还是算了吧。

李珩见秦温吃瘪，忍着笑应了一声，反正意思传达到了，她自己也可以处理好。

秦温看着李珩眉眼隐笑，越发不好意思，扭头看向窗外。

雨势已经减小。

"车子怎么还没到呀？"秦温转移话题。

秦温生硬机械的语气让李珩眼里的笑意更浓："现在高峰期，再等一会儿应该就到了。"

秦温回头，脸依旧红红的，见李珩一直忍笑，只想快点把这个话题翻篇。

"那你开学以后还要回B市吗？"秦温咳了两声问道。秦温总觉得李珩说话跳脱，但其实她自己转起话题来也是十足生硬。

"怎么突然想问这个？"李珩笑道。

"你上个学期不也是快半个学期没来嘛。"这个学期有省赛，如果李珩还经常不来上课的话，不怕影响考试吗？

"那你省赛怎么办呀？"秦温又问。

"我又没说这个学期不在学校。"李珩大度地不追究秦温的尬聊，静静地陪她说话。

"话说你之前那么久不来学校，怎么成绩都不受影响呀？"

"我只是不来学校，又不是不读书了，在哪儿学不是学。"李珩被秦温这个天真的提问逗乐，笑了笑。

"这样子。"秦温点点头，又想到高宜说大学霸是初三上了一年奥数私教的人。

啧啧，大户人家啊。

李珩看着秦温突然亮起的双眸就知道她想错了："我自己在家学的。"

秦温一愣，啊？

"不然你以为呢？"

"那你不是初三请了一年奥数私教吗？"

"嗯，怎么了？"

"我还以为你高一也会这样。"

没想到居然是自学的，那大学霸自学都能进奥数组第一梯队……这是什么可怕战斗力啊。

李珩听秦温这样问，语气有些无奈："你愿意一整天对着一个老头啊？"

"嗯？"

"我初三的时候每天几乎要上八小时纯奥数课，很无聊的好不好？所以后来才不愿意让家里请老师了。"

讲起那段"苦不堪言"的过往，一向稳重的李珩脸上也难得地流露出了无语的表情。

初三帮他补奥数的是一位退休老教授，老人家天天没事干，又看中他够聪明，非把他当什么关门子弟来练，早上上课，下午两小时大考外加评讲。要是老教授讲高兴了，晚上可能还要加课。

因为老人和家里的长辈私交不错，李珩再怎么不喜欢也没有表露出来，硬是耐着性子听了快一年。

好玩的是，潘嘉豪一直拿这件事打趣李珩，说他这如老磐石般的沉稳性格日后定能成大事，然后李珩就和老教授提议多教一个也是教，课堂更热闹。热情的老人家当然乐意栽培国之栋梁，于是和家里长辈提了一句，结果潘嘉豪也被关进了书房旁听。

"反正就不是什么值得羡慕的事情。"李珩嫌弃地吐槽。

而秦温没想到一段听起来就金光灿灿的学习经历居然能被他说得那么悲惨，还一副往事暗沉不可追的表情，这回轮到她忍不住笑了起来。

没想到大学霸也会因为补课而感到无可奈何呀。

李珩看着秦温好笑的模样也不生气："不然，你以为呢？"

秦温笑着摇摇头说："不过奥课的教练都很贵吧，你还是我见过的第一个请奥赛私教的人。"

"认识的长辈，没花钱。"所以他更不好拒绝老人家这悉心栽培的心意。

秦温惊讶地看着李珩，哇，原来事实是这样的吗？高宜她们说的都是李珩请的私教，砸钱补上去的，没想到实情居然是这样。

"怎么了，是不是和你听到的传闻不一样？"李珩看着秦温道。

被李珩说中，秦温尴尬地点点头："是有点点不一样。"

"早和你说过级里很多关于我的事情都是不对的。你想知道不如直接问我。"

李珩移开桌前的水杯，微微靠前，看着秦温说道："你想知道什么我都告诉你。"

李珩说话的声音很好听，近听更好听。

秦温突然有些紧张，明明他说自己可以直接问，但怎么感觉她才是被盘问的那个。

她拿起水杯抿了一口，压下心跳，不再看李珩："你们家居然还认识数学教授，好厉害。"

"还行，那个教授以前和爷爷是战友。"李珩漫不经心地说着。

秦温却不禁瞪大了眼睛,战友?

天哪,怎么感觉自己听到了很不得了的东西。

而且怎么好像又和高宜说过的情况有些出入,之前听说的都是李珩家里经商。

甚至还有些更夸张的,说李珩是单亲家庭。毕竟没有人知道他的父亲是干什么的,也没听他提过,所以有些人就默认李珩没有爸爸。

李珩看着秦温一脸好奇宝宝的样子,笑笑道:"我的爷爷以前是军人,我偶尔要回B市是因为以后的发展都会在那儿。"

秦温只是随口一问,李珩全盘托出。

秦温继续呆呆地看着李珩,觉得一下子接收到了巨量信息,还没反应过来。

军人?他爷爷是军人,原来大学霸家里这么厉害吗?!秦温眼神里有些崇拜,是保护国家的大英雄呀,难怪李珩自己也这么优秀。

而且大学霸回B市是因为有正事吗?秦温尴尬地摸摸脸。

关于李珩经常不在学校的事情,她其实还听过一个传闻,就是李珩身体不太好,所以要经常请假。

而且实不相瞒,她还信过一阵子,是后来见大学霸打篮球那么厉害才觉得应该只是假的,但接着就是李珩高一下又半个学期没来,于是她又信过一阵子李珩病情加重的传言。

尴尬……

"怎么了?"李珩看着秦温脸上的表情一会儿一个样,有些疑惑。

"没什么没什么。"秦温否认。

"组长,你又孤立我。"

哎呀,怎么又说这些?秦温无奈:"我们组里就两个人好不好?"

"就是这样才更加让人寒心。"

怎么什么话他都能圆!秦温投降,她的这位组员该去辩论队的。

秦温忐忑地看了李珩一眼:"那我说了你不能生气。"

她猜李珩应该不喜欢被人背后议论,但其实自己也从高宜那儿听过不少关于他的八卦,所以她也有些拿不住李珩会不会不开心自己说起关于他的传闻。

"嗯,事后绝对不追究。"李珩好脾气地发话。

"就是我之前以为你生病了。"

李珩愣了愣,没想到秦温刚刚在想的居然是这个。

秦温打量了一下李珩,见他似乎没有不开心,又接着说下去:"因为你经常请假嘛，而且请假时间也不短。"就像这次八月补课，他也是晚了一周才回来。

而回过神来的李珩被秦温这清奇的想法逗乐，爆发出沉沉低笑，他还真没想到秦温会误会这个。

秦温被李珩笑得犯窘："哎呀，你别笑了。"

"嗯嗯，好。"李珩却还是笑着回应。

好吧！秦温收回视线，不理李珩。

李珩见秦温小脾气出来，心里却更加开心，忍住揉一揉她脸的冲动，他咳了两声敛去笑意，慢条斯理道："放心吧，我很健康。"

"嗯。"

"组长不用担心。"

哎呀，什么跟什么！

秦温抬头正准备说什么，窗外响起车鸣，李珩和秦温不约而同地望向窗外。

一丝不苟的司机精准地读秒，卡着李珩说的半小时后出现。

李珩有些无语地看着熟悉的车子，而秦温看看挂钟，时间快到六点了。

天哪，都已经这么晚了，李珩叫的这车也太久了。

"是来接我们的车子吗？"

"嗯。"

"那我们快点回去吧，有点晚了。"

"嗯。"

秦温、李珩两人在和高老师打过招呼后一道出了书店门。

书店门外一辆纯黑悍马，停在飘摇的雨幕中沉稳不动，更显逼人气势。

此时主驾驶位车门打开，走出一位黑西装打扮的中年男人。他拿着黑伞绕过车子快步走向李珩、秦温，为他们打开车门，并站在一侧为他们撑伞。

期间司机大哥还趁秦温不注意，朝李珩点点头，李珩闷闷地应了一声。

上车后，三人无言。

秦温静静地看着窗外雨景，李珩则习惯性合目休息。

十几分钟后，秦温认出道路外的景象与自己家附近的越来越相似，她转过身去想和李珩说平摊车费的事，谁知就见大学霸闭着眼睛，头微仰靠在车座上。

纵是秦温一向专心学习也不能免俗地咽了咽口水。

多完美的侧颜啊，啧啧，真好看，这鼻梁，这下颌线……

不对，打住！秦温突然清醒过来，果然不能再看高宜她们推荐的美剧了！

而一直合目的男生却突然睁眼，侧头看她："好看吗？"

秦温瞬间被李珩这一眼定住。

"没，我没看什么呀！"她心虚地赶紧反驳。

"是吗？"

"嗯嗯！"

"我以为你刚刚在看车外。"李珩支肘抵在车窗边缘微微撑头，看着秦温佯装困惑道。

秦温恍然大悟——对哦，李珩刚刚闭着眼睛，怎么会知道自己在看他啊！自己心虚什么嘛！

"对的，对的。"

李珩没有纠缠秦温刚刚才说完自己没看什么，眼神紧锁她，接着问道："那好看吗？"

"呃……"秦温在李珩的注视下有些卡机，妈呀，怎么感觉自己又被审了。

"好看的，好看的。"

"喜欢看吗？"

"这个……"

"嗯？"

"好看！"

秦温看着李珩一咬牙，大学霸刚刚那个眼神显然是如果自己不正面回答的话，他又要纠缠起来。

得到肯定回答的李珩开心笑笑，顺着秦温的谎言说下去："我也喜欢看，下雨天很漂亮。"

她刚刚看窗外雨景的时候，李珩其实也一直假寐看她。

都好看。

秦温被李珩看得又有些心虚了，想着赶紧再把这个话题翻过去："对了，我还不知道你的高考选科呢。"

李珩无奈地笑了笑，还真是聊什么都能往学习上聊，怎么就不问点别的呢？

他突然不乐意配合秦温，瞥了她一眼："不告诉你。"

秦温一愣，什么呀，明明刚刚在书店还说她无论问什么他都会告诉她。

"可是你刚刚在书店还和我说，我想知道什么都可以欸。"秦温往前凑了一些，较真地说，"说来我还一直都不知道你选什么科目呢。"

李珩看着喜欢的女生一脸无害地拉近了些许和自己的距离，突然心脏紧一拍，呼吸重一瞬。

车内隐秘的空间让人浮想联翩，车外雨势又开始加剧。雨点打落在车身上的声音杂乱无章，像是顽劣的起哄，又像是节奏的律动。

李珩深呼吸，身子稍稍侧过，隔开距离让理性压制脑海里不合时宜的念头。

"到时候你不就知道了。"李珩转过脸去，不再看秦温，"好了，别问了。"

秦温一愣，没想到李珩完全不愿意谈这件事。她也没有再纠缠下去："那好吧。"

两人陷入无言。

车子拐过大道，再往前开两百米，停在小区大门。

"你好，方海花园到了。"

"开进小区里。"李珩看了眼窗外。雨又大了，他又要和秦温分开了。

"好的。"司机又准备重新发动车子。

啊！开进小区里？秦温回头惊讶地看着李珩，他们这小区就是传统的老式小区，不过十栋居民楼，邻里左右又多是认识的，让别人看到自己和一个男生同坐一辆车还得了。

她连忙和司机说道："不用不用，我从大门进去就行！"

"这怎么行，外面雨下大了。"说完李珩又透过车内视镜给了司机一个眼神。

"真不用，我从大门进去很方便的。"

司机左右为难，理论上他应该听李珩的，但显然这位女同学也很有话语权。

李珩还想坚持，秦温却不等他回话就已打开车门撑伞下车："我先回去了哦，晚点我把车费按 AA 制转给你。"

李珩看着秦温利落下车，一旁空荡荡的，心里也空空的。

"那赶紧回家，晚上再说。"

"嗯嗯，再见。"

秦温和李珩挥挥手，快步上了楼梯走进大门，刷卡进入小区。

她接着往里走去，可走到转弯处，她又忍不住停下脚步，回身自高台往外看。

雨势再次加剧，雨幕中黑车缓缓发动，而后疾速驶出视线。

李珩走了。

秦温收回视线，放缓脚步走向家的方向，脑海里却自动回忆起刚刚和李珩聊天的画面。

好像无意中知道了大学霸很多事情呀，没想到他的家庭居然这么优秀，而他本人也同样那么厉害，不仅成绩好性格好，想事情也比自己成熟得多。

秦温又想到大学霸委婉地提醒她和梁媛相处不自在的话也没必要违背自己的意愿。

她低头笑笑，好像很多烦恼的事情只要和大学霸说了，整个人就会变得轻松起来，特别是高考选科和梁媛这两件事。

小区人行道一路都有雨棚遮顶，大雨如注，却打断不了秦温的回忆。

她该谢谢大学霸的。

有些烦躁的李珩一回到公寓就把书包、手机都一股脑扔到沙发上，直接去浴室，只是手机突然又"嗡嗡"两声响起，把他叫住。他看了眼时间，临近饭点，估计是爷爷奶奶关心自己吃饭了没。

李珩走回沙发处拿起手机，没想到收到的竟是来自秦温的短信。

秦温：今天谢谢你。

李珩无可奈何地笑了笑，真是打一巴掌给颗糖，刚刚下车的时候还走得那么干脆。

李珩背靠着沙发席地而坐，秦温大概是天生就能拿捏他，无意识的一举一动都让他越来越喜欢。

想起今天她害羞认错、脸红讨巧，还有她在车里专注地看着自己，他黑眸深处亮起细碎亮光。

李珩垂首看着手机，胸腔震起低低笑意。

李珩：客气。

李珩：就是被组长误会了有些难过。

李珩：化学作业也借我看看吧。

那年盛夏
SHENG NAN XIA

秋日温泉

著

那年盛夏

下

贵州出版集团
贵州人民出版社

秋日温泉

著

那年盛夏

下

贵州出版集团
贵州人民出版社

第二十二章

高二上·走班

今年的台风格外猛烈些,似乎整个八月都没有消停几天,所以后来秦温补课结束都是早早回家,没有再去书店。

秦温不去李珩就不去,梁嫒就更不可能去了。

梁嫒后来还是像以前那样经常找秦温聊天,谈天说地,而秦温的回应则比以往要冷淡得多。再加上随着时间的不断推进,奥课的内容越来越难,也越来越多,新学期马上又要开始,秦温想要再多花些时间去预习新内容,自然也就没有原来那么多时间听梁嫒说话,到后面就回得更少了。

有一两次秦温被找得没办法,只能主动说自己还要再忙一会儿作业,下次再聊。梁嫒应该是感受到了她的疏离,后面找她的次数也少了。

秦温在自己的高考科目组合里放弃了一门生物,改换政治。

虽然高一下两次大考她的政治分都还过得去,但她不敢一劳永逸。她的文科底子还是很薄弱,而高二的课程又比高一难些,政治又从以前的副科变成了她的高考主科,地位不同,当然要更加重视。

所以在开学前,秦温就已经把政治新课的第一单元基本都背了下来。至于其他科目,她也多少摊了些时间去粗粗预习前面的课程。

毕竟在高一就已经体验过奥物组省赛备考的复习强度,去年他们还只是省赛预备军都快被老师练趴下,今年作为正式军,肯定只会更加辛苦。估计到省赛前两周,老师又要压缩正常上课内容给奥赛内容让步,所以如果她不提前准备好的话,省赛结束跟着的期中考就一定会大受影响。

所以她不光是和梁嫒说得少了,和李珩私底下也没有怎么闲聊。

不过奥数组似乎也挺忙的,李珩也很少找她说话,有的几次也都是找她借作业。

听郑冰说,老吴还自发地给奥数组加了一节课时,说台风天大家在家也没事做,不如再上会儿课。所以在其他奥科组都下课的时候,奥数组的人还悲催地坐在教室里听课。

一次秦温下课路过奥数组的教室,看见老吴正站在讲台上激动地一边用三角板尖端敲着黑板,一边讲题。

老吴嗓门大,说话不用戴麦都能让门外的学生听得一清二楚。

"所以!"

"嘭!"三角板敲一下黑板。

"这个 θ 角!"

"嘭!"三角板又敲一下。

"可以通过 α 角来怎样表达?"

"嘭!嘭!嘭!"三角板又连敲好几下。

秦温看着老吴说得口水都快要飞出来的样子,觉得有些好笑,微微移过视线,正好看到坐在后排的李珩,他也正看着黑板,一手撑头,一手转着笔。

许是感受到了自己的视线,李珩也凑巧偏头看过来。

两人视线交汇,秦温冲他笑了笑,而李珩看着秦温却流露出一脸无奈的表情,挑了挑眉当作回应。下一秒他收回视线不再看秦温,放下笔往后靠在椅背上,胸膛微微起伏,似乎叹了一口气。

秦温看着李珩生无可恋的样子,和他在书店说自己被一位老教授闭关补了一年奥数时如出一辙。

更加好笑了。

她笑出声,快步走过奥数组的教室。

那天晚上李珩正好来问秦温作业答案,秦温打趣说了句"老吴真敬业"。

李珩:无语。

李珩:我怎么总能摊上这种事?

秦温第一次没忍住发了一串"哈哈哈哈"给李珩。

单调的八月就这样在阵阵雷鸣骤雨中飞快流逝。

转眼九月,高二正式开始。

走班制终于落地执行,级里不少班级都为适应走班制而风风火火地准备着,两个奥班却没有受到什么影响,一派岁月静好,在级里显得格外突兀。

这不是年级藏宝,只是因为奥班绝大部分的学生都是选择纯理科目,并没有什么人员走动,再加上奥班在临近省赛两周会调整正常上课的内容让学生更好地准备省赛考试,所以学校并没有安排外班的学生到奥班走读理科。

反倒是奥班有几名学生需要走读去外班,秦温就是其中之一。她是二班里唯一选了政治的人,另外还有三名同学选了地理。

不过也是庆幸奥班没有接纳走班学生,正好一班、二班两名班主任都外出开会,而且还要一周才回,不然这两个班开学还指不定要乱成什么样。

开学第二天,秦温终于迎来了自己的走班初体验。

是早上的第一节课,她开心地收拾着文具,难掩期待。

"温温,你真的选了政治啊?"高宜靠在梁思琴身上看着兴高采烈的秦温,闷闷不乐道,"你不跟我们一起吗?"

秦温抬头看着高宜笑笑:"我就只是政治一门去外班呀,怎么就不跟你们一起了?"

"那不一样嘛。"高宜小声嘟囔。

"嗬,科代我真佩服你,"陈映轩也转过身来看着秦温感慨,"换我就没这胆量了。"

秦温哭笑不得,这又不是什么了不起的事:"哪有那么夸张。"

"话说秦温你去哪个班呀?"梁思琴问。

"十五班。"

陈映轩瞬间瞪大了眼睛,十五班,是那个去年篮球赛差点把他们二班炒零的十五班吗?!

"天哪!"小胖子又发出感慨,他还记得自己跟在十五班主力身后追得累死累活的场景,"那也太可怕了!秦温你一定要保护好自己!"

秦温知道陈映轩在说什么,忍不住笑出声:"我就只是去上课而已,又不是找他们打球。"

"但还是小心驶得万年船啊！"

"好啦，你们这走个班还搞得跟生离死别一样。"最冷静的梁思琴无语出声，"都快上课了，秦温你还是快点去吧，别迟到了。"

"嗯嗯。"秦温点点头，然后就见到梁思琴顺手拿过陈映轩的小面包递来，看着自己一脸认真道，"你这第一次出远门，我们也没什么东西可以送你的。"

"就带点干粮上路吧。"

"好啦！我就只是去外班上个课，哪有这么隆重呀！"

最后秦温被高宜和梁思琴握着手送出二班门口了才得以脱身。高宜还想着来个离别前的深拥，秦温拒绝了，走廊上还那么多人看着呢。

秦温和大家分开后一路小跑上楼去十五班。虽然经常被小伙伴们弄得哭笑不得，但是知道大家彼此都很关心，所以即便是要去陌生的班级，也不会让人觉得无依无靠呢。

她最后几乎是踩点到的十五班。

秦温刚踏入十五班门口，预备铃响起。门口一位女生向她走来，笑着说道："同学你好，我是十五班的班长，请问你是来上政治课的吗？"

"嗯嗯。"秦温笑着应了一声。

十五班班长点头，贴心地和秦温交接着走班事宜，然后又给她指了指班级后排座位："我们班后排空出来的座位你都可以随便坐，有什么需要的，直接找我就好。"

"好的，谢谢。"秦温笑道。

班长走开，秦温深呼吸，缓缓走进陌生的班级，来到最后一排坐下。这还是她时隔很久再去完全陌生的集体。

上一次都可以追溯到她初一入学，高一因为身边的同学大多是以前初中奥班的同窗，所以她并没有多少新鲜感。本来以为高中也是这样，三年都会在熟悉的环境里度过，谁知道出了新高考走班制，又让她多了一次新鲜感的体验。

真神奇啊，秦温好奇又开心地打量着别人班。

十五班墙上挂着老吴心心念念的流动红旗。嗯，确实比自己班要干净整洁很多，特别是那黑板，光滑干净如镜面。

秦温低头笑笑，难怪老吴那么嫌弃二班的值日卫生。

此时正式铃敲响，班上突然安静下来。

四周没有人声，只剩下孤独的铃声还在响着。

秦温以为是老师来了，感慨十五班纪律真好，说静就静，不像自己班。

她也赶紧摆好课本，坐直抬头看向教室门口，然后就瞬间惊得愣在原处。

她是见到鬼了吗？

一个她从来没有想过会出现的人出现了——

李珩？！

秦温瞪大了眼睛。

他怎么会在这里？

而李珩的反应明显比秦温冷静得多。他优哉游哉地走到惊讶的秦温身边舒服坐下，长腿半伸出桌外，懒懒笑道："早。"

秦温看着坐在身边的李珩，讷讷出声："你……你怎么会在这里？"

"我怎么不能在这里？"李珩煞有介事地将课本翻到第一单元第一节，看着秦温佯装不解地笑道，"我选的也是政治呢。"

不会吧！秦温深呼吸，还需要一点时间去消化这件事，本来是认识的人里只有自己选政治，自己一个人去十五班上课，变成了她和李珩都选的政治，还做起了同桌。

这还真是——

"好巧。"她最后傻傻地感慨道。

"嗯，是挺巧的。"李珩扬唇。也是多亏两个奥班选文副科的人不多，所以学校在排班的时候就就近把他们都分到了一起。

秦温又看了看四周，再没有其他人进来："你们班也只有你选了政治吗？"

"不知道。"他并不关心其他人。

"噢。"秦温点点头。

她从刚见到李珩的惊讶中缓过神来，冷静了不少，毕竟李珩很久以前就和她说过他也不会是全理科的组合，只是没想到他居然选的也是政治，他们两人误打误撞还分到了一个班。

还成了同桌。

秦温还是觉得难以置信，这么小的概率都撞到一起。

此时十五班的政治老师也进教室了，开始上课，秦温不再走神。

第一次走班下来，除去开课前见到李珩的震惊外，秦温也没觉得有什么特别的。她和李珩之前就已经一起自习过，两人也是很熟的交情，所以即便突然成了同桌，秦温也不觉得有什么不自在的。

等到了下课，两人一起回班，也是相安无事。

"温温你终于回来了！"高宜见到秦温回来，开心地去班级门口接她，看到李珩从秦温身边走过，以为他们只是恰好顺路，没有多想。

"怎么样怎么样？走班好玩吗？"高宜虽然自己没有选文副科，但心里还是很好奇走班制。

"还行呀，没什么特别的。"秦温笑着和高宜一并回到座位，梁思琴也过来了。

"十五班没有把你怎么样吧？"陈映轩转过身来问道。

其实大家都对走班制很好奇，毕竟是从来没有过的体验，更何况两个奥班高中三年都不会换班，如果可以的话，大家也想出去认识一下新面孔。

"你是真的被十五班打出阴影了吧？"秦温有些没好气地笑了笑，"我都不认识他们，怎么可能把我怎么样？"

"那温温你真的没有见到认识的人吗，就自己一个人在完全陌生的班里上课吗？"高宜好奇地问出一连串问题，"会不会很不习惯呀，好玩吗？"

这个……秦温听着高宜一连串机关炮似的提问，有些哭笑不得："不会不习惯呀，就只是去上课而已，能有多好玩。"

但是关于高宜的第一个问题，秦温有些犯难。她想起自己的新同桌："而且也不是完全没有认识的人。"

"哈？我们班都没人选政治，还有谁你能认识？"梁思琴难以置信，秦温是他们几个人里最不爱社交的，走出奥班几乎就没有认识的人了。

"一班呀。"陈映轩提醒，"没想到一班居然也有人选政治。"

"那是谁呀？"高宜顺着话题问下去。

秦温看着高宜真切的眼神，心里突然有些发毛，她几乎可以预料到高宜下一秒的表情。

"李……李珩。"她忐忑道。

"嘶！"果不其然，高宜瞬间瞪大了眼睛，呆住了。

不只高宜，一贯高冷的梁思琴都忍不住倒吸一口凉气："李珩？

你是说隔壁一班的那个李珩？"

"哈哈，是呀。"秦温干笑两声。

"天哪，那难怪你们刚刚一起回来！"高宜后知后觉，眼睛瞪得更大，"你们居然一起上课了？！"

高宜这语气问的，怎么哪里怪怪的？秦温尴尬地笑笑："我们都选了政治，一起上课也很正常呀。"

"可是那也好神奇！奥数组的大神哎，居然能和他一起上课！"

"秦温，你们不会还是同桌吧？"梁思琴的关注点总是比较致命，她上前一步靠近秦温，幽幽问道。

秦温咽了咽口水，其实比起高宜，她更怕梁思琴。她机械地点了点头："嗯。"

"哇！"高宜又发出连连惊呼。

梁思琴和陈映轩也都好事地笑出声。

"高宜你小声点啦！"秦温看着周围同学都被高宜这一嗓子惊得转过头来，赶紧出声提醒。

"拜托，你的同桌是李珩哎！你的反应怎么能这么冷静啊！换我早就要不行了！"高宜拉着秦温兴奋地说道。

"这有什么呀，冰冰还和李珩做了一年同班同学呢。"秦温被高宜弄得有些不好意思。

"那同桌和同学能是一样的体验吗？"梁思琴有些无语地看着秦温，这孩子没救了。

"不过不知道李珩人性格怎么样，温温你和他同桌会不会很难受呀？他是不是特别高冷，他和你讲话了吗？"梁思琴继续问道。

秦温知道级里挺多人都误会李珩是高冷的人，正准备开口为他澄清一下，谁知一旁陈映轩接话："你说这话我不同意。珩哥人很好的好不好！有他在的话，十五班肯定没人敢动秦温！"

"陈映轩你有完没完了，赶紧给我交物理作业！"秦温破防。

走班的第一次体验就这样结束了，有些意外，但总体来说还算平常，秦温想，其实走班体验应该也只是一开始新鲜吧。

可谁知道，后劲还挺强的。

思琴说得对，做同桌和做同学不一样的，和李珩一起政治走班上课以后，秦温感觉自己看到了一个更……鲜活的大学霸。

他们一周共三节政治课：周一早上第一节，周三大课间后第一节，还有周五下午第一节。

如果是早课，李珩基本都是踩点到，坐到自己身边懒懒地说一声"早安"。

秦温一直见到的李珩都是生龙活虎的样子，篮球赛打满场的那种，还有他以前晚上回B市，下了飞机回家快凌晨还在打游戏，那天晚上他好像打了个通宵来着。

她以为李珩一直都不会觉得累，可是看他现在握拳掩唇打哈欠的样子……

"你昨晚没休息好吗？"秦温好奇地问，目光一直在打量犯困的李珩。

"嗯，昨晚晚睡了点。"李珩合目回答。

潘家的聚会宴场多，李珩偶尔也要出席，特别是外公知道他要回B市以后更加舍不得他，恨不得去哪儿都把他带上。

老人家恨，最疼的小女儿被李家拐去B市，现在连最疼的外孙也要跟着走了！

"这样子。"秦温看着李珩，"那你怎么不早点休息？"

"忘了。"李珩还没醒透，一手撑头，继续闭着眼睛，但秦温问什么都回答。

"这还能忘吗？"

"对啊。"

哇……神奇，秦温惊叹："不是到点就睡吗？"

"因为我在外面呀。"面对好奇宝宝的提问，李珩忍不住换上轻柔的语气。

不过真的好困，他现在只想立马补一觉。

李珩侧过身子拉近与秦温的距离，终于睁眼："组长。"

秦温看着李珩的眼睛因为打过呵欠而显得格外湿润明亮，远没有往日那般让人有距离感："怎么了？"

"和你换个位置，我坐里面睡觉。"秦温和李珩坐一块儿，一般都是李珩坐在外侧，秦温靠墙。

秦温一愣，没有反应过来。

李珩一手搭在桌面的书堆上，半枕手臂，眼睛又闭了起来，声音比往常更轻了些："我太困了。"

看着他这样，秦温突然想起邻居的小男孩每天去上学也是这副灵魂出窍神志不清的样子。她忍笑："好。"

两人起身交换了座位。

和李珩擦身而过，秦温才意识到他真的挺高的，她在女生里面个子不算矮，但也才堪堪到他的肩膀而已。

上课铃响起，开始上课。

"组长帮我挡着点。"准备睡觉的大少爷发话。

秦温一愣，他比她高大那么多，她怎么可能挡得住！

"这怎么挡呀？"

"你坐过来一点不就好了。"

"这样子吗……"

秦温乖乖配合，也稍稍往里侧了一点，然后又拉开自己与李珩的距离看看，不对呀，感觉还是挡不住，她又轻轻挪过桌面书堆，再帮李珩挡一下。

闭着眼睛的李珩感觉到了女生的靠近，开心地扬了扬唇。

秦温在帮李珩摆好课本后，也挺直腰背专心听课，可没过一分钟，她又不自觉扭头看了看身旁的男生，正毫不做作地用手撑头睡觉。

天哪，李珩就这样直接睡了吗？不会太显眼了吗？

"你不趴着点吗？"老师已经上课了，秦温凑到李珩身边压低声音提醒，"你这样好明显。"

几乎都要睡着了的李珩再次被叫醒，被秦温折磨得一点脾气都没有。

"趴着睡不舒服。"

秦温一愣，李珩怎么跟大爷一样："那要是老师下来了怎么办呀？"十五班的政治老师爱巡堂，经常讲着讲着就从讲台上走下来，李珩这样一定会被抓到的。

"嗯嗯。"大少爷不会管这些，用有些含糊的声音出着损招，"那你就说我低血糖晕过去了吧。"

什么鬼，谁会坐着低血糖晕倒啊！

"那……"秦温又说话。

"组长。"又快要睡着的李珩这次出声打断了秦温，语气里百般商量。

"你让我睡十五分钟好不好?"

"睡醒了随你问。"

秦温听到李珩这么说才突然反应过来自己一直在打扰他休息,脸一红,轻声说了句"抱歉",专心听课。

而李珩也不是经常上课睡大觉,秦温也只是偶尔看过他这样。

大部分情况下,李珩还是她一贯认识的清醒模样。只是除那以外,秦温又比以往再多看到了更多不同面的李珩。

九月放晴了一周,很快新的台风又来了。天气不好的话,体育课组会直接暂停大课间,学生们也就比平常多了十五分钟下课时间。

奥班的省赛备考比八月的强度又高了些,秦温觉得要是再像上学期那样周五晚上和周日早上都和李珩组学习小组会有些影响时间,便问他要不改周三早点去十五班上政治课,正好在大课间把不会的问题问清楚。

李珩巴不得全天和秦温在一起,当然不会有异议,于是这个议案在组内全票通过。

到了周三,秦温、李珩都会早早去十五班讨论问题,再慢慢就是周一和周五的课他们都会不约而同地早到。

而李珩和司机说周一要特别早点去学校时,司机还云里雾里。脱节校园已久的司机只能代入上学时的那些经历,还以为自家少爷要去负责每周的升旗仪式,结果又收到了自家少爷一个幽幽的眼神。

时间慢慢推进,秦温慢慢不仅和李珩变得越来越熟,和位置周围的同学也都走近不少。她和李珩讨论问题的时候,前桌和旁桌的人都会过来一起听。

大家也都知道李珩、秦温来自奥班,而奥班在礼安又素来冠有"王牌宝贝班"的美誉,所以大家都很崇拜、仰慕这两位来自奥班的学霸。

慢慢地,身边一些女同学见秦温为人亲近温和,也会主动来问她物理题,秦温自然很乐意给大家解答。大家问的问题不算难,多给他们解释几遍,也是在帮自己加深对基础知识的理解。

有时候她和大学霸刚进班还没坐下,就已经有同学来问,虽然和大学霸的学习小组被打断,秦温也没不满过什么。只是从来都没有女生敢问李珩问题,大家还是比较怕在级里风评不太好的李珩。

而秦温自己倒是担心过李珩会不会介意他们之间的学习小组老是被打断,但是后来她发现自己多心了。

一般他们进班,不仅秦温会被周围同学问问题,李珩也会被十五班的几个男生找去聊天。

秦温模模糊糊认出这几个常来找李珩说话的男生,好像就是之前篮球赛和李珩做对手的那几个。

看着李珩还没来得及坐下就和几个男生站在一边聊天说笑,她也掩唇笑笑。

按照陈映轩的想法,自己班还是人家十五班的手下败将,她来上课都得谨小慎微些,那加时赛绝杀了十五班的李珩来听课就该全副武装了吧。

陈映轩就是那场篮球赛被十五班虐太惨了,事实上,人家李珩和十五班的男生玩得很好,应该是篮球赛结束以后还有联系吧,不然也不会李珩第一天进班就有男生来和他打招呼,喊他"李少",看上去很熟的样子。

大学霸也不是那么高冷的人呢。

秦温又给前桌讲完一道题,女生开心地和秦温道谢:"哇,你好厉害!你这样一说我就懂了!"

秦温将笔还给女生,客气笑道:"也没有呀,多做几次就好了。"

身边的李珩和朋友不知道说着什么,几个男生低低笑了起来,他们聊的话题秦温不太了解,估计是游戏和球赛一类的。

女生也和秦温一起看着李珩他们,她感慨:"我觉得我以前一直误会你们了。"女生收回视线看着秦温,"你们人都好好呀,特别是李珩,我还以为他是生人勿近的那种,现在看来好像也不是。"

秦温有些哭笑不得,大学霸这冰山形象还真是深入人心。

上课铃响起。

前桌和秦温笑笑然后转回身去,李珩身边的男生也散去,他坐回秦温身边。

秦温看着不和人说话又变回一贯清冷表情的李珩,突然兴起,也好玩地学着男生喊了他一声:"李少,好受欢迎呀。"

李珩听到也自然地接下秦温的玩笑,侧头看着她笑道:"哪有秦组长威风。"

秦温一窘。

"解答问题我都排不上号了。"

"什么跟什么呀。"

"你教别人那么多题。"

"自己本职工作都不记得了。"

李珩挑挑眉,说秦温管别人不管他。

秦温一愣,她还以为李珩不介意他们的学习小组被打断。她看着李珩抱歉笑笑:"哪有不记得,只是别人问了嘛。"

"没事,我不介意。组长偶尔开个特例让我插个队就行。"

秦温被李珩的话逗乐,笑着转过头去不再看他:"不要。"

而秦温和李珩真正混熟,是从她不断从李珩手里接过东西开始的。

周五下午上完第一节政治课,后面跟着就是体育课。

十五班离操场几乎是最远的斜对角距离,而政治老师又爱拖堂,所以秦温几乎每次都是小跑赶到操场,踩点上课。秦温气喘吁吁,看一眼旁边和自己同上体育课的李珩,明明他也是跟着自己跑过来的,人家喘都没喘一下。

"你应该多做点运动。"身体素质倍棒的李珩气定神闲地提出建议。

秦温喘着气说不上话,只能闷闷地点点头。

而就是因为每次周五政治下课秦温都会赶不及去操场,所以碰上体育课的每月随堂考核时,她都会提前换好短裤,不然穿着长裤再去是来不及换的。

A市的秋老虎跟盛夏差不多,室内的中央空调呼呼作响。

秦温、李珩的位置正巧在空调风口下方,可以说是全班最冷的地方。

秦温深呼吸,双手紧握装好温水的杯子取暖,心里默默叹气,早知道就还是先穿长裤了。

一旁的李珩看着秦温微微发抖的样子,又瞥了眼她只穿着短裤的长腿。

虽然很好看,但是保暖更重要。

李珩从背包里拿出一件纯白短袖:"秦温。"

秦温正觉得越来越冷,只能用指尖贴着温热水杯吸取热量时,听到身边男生喊自己，转过头，就看到他递来一件衣服。

"盖着吧。"李珩轻声说道。

秦温愣了愣，还没反应过来，又听李珩说："一会儿该着凉了。"

秦温后知后觉，原来李珩发现她冷了，心里很感激，但那是李珩的私服，她不太好意思借用。

秦温摇摇头："不用了，谢谢。"

李珩看着秦温要硬扛着挨冷，难得对她皱眉："盖着，一会儿该着凉了。"

"可是……"

知道秦温会害羞，李珩反应更快，换了一套百试百灵的说辞："组长你嫌弃我？"

秦温一愣："我哪有。"

"那就盖上。干净的。"

李珩不由分说，把衣服半递半塞似的给了秦温，秦温还来不及再说拒绝的话就被迫接下。

秦温看着李珩，他已经转过头看着黑板不再看着自己，她也不好再婆婆妈妈。

"谢谢。"她感激地说道。

李珩没说什么，只点了点头。

秦温把李珩的短袖打开对折，当作小毯子盖在大腿上。可能是因为大学霸衣服质量太好了吧，盖上以后，她觉得确实没有原来那么冷了。

只是后来体育课结束，秦温看到打完球的李珩换上的干净的纯白短袖正是那堂政治课自己盖着的那件，脸还是有些不自在地红了红。

而此后，向来都是衣柜里有什么衣服就直接拿的李珩也破天荒地格外留心那件白T，时不时都会穿出来。

可后来秦温发现李珩也不是经常背包去上政治课，特别是周五体育课前的政治课，或许那次只是凑巧他背了，大部分时间他都是只拿了本政治书就去上课，打完球回一班再去换衣服。

所以再后来有一次周五政治课下课，李珩没背包，两人起身准备一起去操场。

"组长。"李珩喊了秦温一声。

秦温扭头："怎么了？"

"待会儿帮我带一下手机。"李珩把自己手机递给秦温。

同桌了一个多月,秦温已经习惯从李珩手里接过东西,笔啊,课本啊,顺路买的小零食啊什么的,但手机还是第一次。秦温愣愣地接过,不解地问:"怎么了?"

"我要打球,短裤带着不方便。"李珩说道。

秦温恍然大悟,礼安的短裤口袋设计得非常浅,基本装不了东西,当然老师也不会考虑到学生要带着手机去上体育课的情况。长裤的口袋就是正常深度,装个手机没问题。

秦温拿着李珩的手机:"可是我怕摔了。"大学霸的手机可是很贵的。

李珩笑了笑:"你体育活动就是跟朋友走来走去,能怎么摔了?"

秦温一窘:"哪有嘛。"

李珩看着秦温又犯窘的表情,笑道:"是吗?那可能是我看错了。"

秦温脸一红,不再看李珩,拿着他的手机快步往前走去。

李珩则又一贯悠闲地跟在她身后。

不怎么留心体育活动的秦温当然也不会想到李珩以前打球都是把手机放在篮球架旁边,谁没事会把手机揣口袋里打球。

两人慢慢变熟,时间也过得飞快,眨眼到了十月,离十一月省赛只剩下一个月时间。

秦温没有猜错,奥科组为两个奥班设计的备考进程果然是"死亡"级别。而且让秦温远没想到的是,奥科组居然还要再提前一周,在省赛前第三周就压缩正常课堂内容帮助竞赛生准备省赛。作业量也不是高一备赛时可以比拟的程度。

秦温有种错觉,她觉得老师们似乎也很焦虑,奥物老师一天能和她交代几次提醒奥物组的学生一定要多练题,高宜她们也说奥化组从一周一测变成了三天一测。

秦温说不出来哪里奇怪,就好像,有种置之死地而后生的感觉,大概是因为高二的省赛真的很重要吧。

一天政治课课前,秦温也问了李珩奥数组会不会这样,大学霸酷酷地说没留意。

好吧,大学霸这种高抗压的人,估计老吴是练不到他的。

不过李珩本来也是会在政治课上做奥数题的人。

秦温觉得还挺新鲜的，虽然不是没有看过李珩行云流水地解题，但是自从听他说如果不在学校的话他就自己自学奥数，让她对他的崇拜又额外多了几分，也就更加好奇大学霸是怎么自学的。

课堂上政治老师还在喋喋不休，秦温出神地看着李珩笔下的计算过程，渐渐靠近。

"听课。"李珩出声。

偷看被人抓到现行的秦温赶紧坐直身子，不再看他。

还在专心算着自己题目而目不转睛的李珩则悄悄扬了扬唇。

李珩不听课，那么身为组长的秦温自然就——莫名其妙也负责起了他的政治笔记记录工作。

"帮我划一下重点就好。"

李珩又把自己的政治课本递了过来，已经能很自然从李珩手里接过东西的秦温愣了愣："那你不听吗？"

"你不是在听吗？"李珩打开新的数学卷子，懒懒道。

这一个多月的同桌相处不仅让秦温看到了不同面的李珩，也让她在李珩的面前越来越自在。

秦温看着李珩一副甩手掌柜的样子，突然兴起："要听你自己听。"

李珩听到秦温的话也只是喝了口水，打开卷子按下笔盖，看着题目优哉游哉地说："那残忍的组长就让我一个人自生自灭吧。"

什么话都让他说了！

秦温败阵。

她当然也只是开个玩笑，大学霸无论是课内还是课外都有帮助过自己，所以她也不会真的不管他。因此秦温上政治课时桌面都是放着两本课本，同步帮李珩划重点，偶尔也会再发发慈悲帮他记一下关键点。

不过关于李珩到底有没有在听政治课这件事，秦温自己也拿不准：有时候感觉他其实在听，有时候又感觉他好像完全不管政治课上说了什么。

十五班的政治老师是位新人，上课风格明显比奥班的中年老师们更加活泼，且更注重课堂互动，经常会为了提高学生之间的合作度而提议一些小合作。

"来来来，同学们。"政治老师拍拍手，"我们来评讲一下上周留下的选择题试卷。

"我们这次来同桌互相批改,大家多些留意自己和同桌都犯了些什么错哟。"

秦温听完一顿,心虚地偷偷瞥了眼认真算题的李珩。

他应该没有听到老师在说什么吧。

和大学霸交换作业批改什么的太公开处刑了,她可不想。

就在秦温准备假装没事发生,收回视线不再看李珩的一瞬间,一直低头解题的李珩突然"啪"的一声合上了笔,将面前的数学卷子折起,扭头看过来。

"你的卷子呢?"李珩一脸无害地问道。

秦温当然愣住:"什么卷子?"

"老师不是说同桌互改作业吗?"

秦温紧张地咽了咽口水,原来大学霸是会听老师说了什么的吗?

"我觉得也不用换来换去那么麻烦。"

"这怎么行,要听老师的话。"

要听老师的话就不该在政治课做奥数题吧!

秦温无语:"你不用做题了吗?要不我自己改自己的就好了,你接着看题吧。"要是被大学霸抓出来一堆错怎么办,那会丢脸死的。

"组长,你这是在带坏我。"李珩没有理会秦温,手伸过桌面自然地拿走她的试卷。

她哪里带坏他了,而且他自己本来就已经在政治课上开小差好嘛!

"你做了卷子吗?"秦温不死心,接着问道。

不知道为什么,她觉得不听政治课的李珩不做政治作业也是正常的,更何况这张卷子老师上节课就说过不用上交,她会在课堂上评讲。

"你看看不就知道了,"李珩打开秦温的卷子,扭头看着她自信满满地笑道,"就夹在课本里。"

真的假的,不会吧。

秦温赶紧翻了翻李珩的课本,在最后几页看到了熟悉的卷子,打开一看,五十道选择题全都做了。

秦温泄气地塌了塌肩,无意识地小声嘟囔:"怎么还真做了?"

"你这话说的,你的组员一直品学兼优好不好?"李珩好玩地看着秦温沮丧的模样,笑着为自己正名。

李珩看着大屏幕上放出的答案，活力满满地帮秦温校对答案，末了还很欠地看了眼无精打采的秦温："该对答案了，组长。"

秦温没好气地看了眼笑容格外明朗的李珩。李珩长得很好看，笑起来更加好看，但秦温突然觉得李珩有时候也挺……烦人的。

哎呀，没忍住在心里抱怨了大学霸一声，罪过罪过，李珩在她心中的形象还是很崇高的。

秦温整理好心情，看了眼李珩的答案，心里还是很不安，她往旁边看了看李珩手里自己的试卷。

妈呀，怎么已经看到好几道题不一样了？

秦温闭了闭眼，心如死灰，认命地拿出红笔，也同样看着大屏幕校对答案，这就是把自己暴露在焦虑源身边的后果吗？要开始切实地感受自己和大学霸之间的差异了吗？

秦温开始边对边做心理建设，结果发现——这焦虑源好像有点失水准了。

那些和李珩对不上答案的题目，竟然都是她选的才是对的，李珩是错的。

甚至还有一两道错得非常离谱。

秦温对完答案，一脸困惑地看着李珩。

李珩见秦温神色古怪地看着自己，耸耸肩："打游戏的时候做的。"

他会做政治作业但不代表会上心做，这张卷子本来就是他在等游戏队列开始时抽空做的，后面那几道错得比较离谱的题目，他其实只扫了眼选项就盲选了。

前后对完答案不过五分钟，李珩又笑着把手里的试卷还给秦温："啧啧，咱们组长真厉害。"

秦温一窘，陡然被夸有些不好意思："什么啦。"

她从他手里接过试卷，又准备将他的试卷还给他。

"放你那里吧。"大学霸又打开了自己的奥数卷子。

"那你不听了吗？"

"我听完了呀。"李珩心情不错，哄小孩子似的和秦温说话。

秦温有些无语，搞半天他就只是要和自己对个答案然后就又不管了。那干吗还要帮她对呀？他出一声，自己把两份卷子的答案都对了不就好了？

不过这样看来,李珩上课还是会听课的,起码他知道老师的课堂活动,秦温想。但是没过多久她又否定了,李珩其实根本就不管政治课上发生了什么。

一天,政治老师又来整活,让同桌之间互相讨论一下大屏幕上的话题。

秦温这回淡定不少,她又看了眼李珩,他正抚额看着自己的计算过程。

难得大学霸停笔,估计是他也被难住了。

秦温笑笑,安心地收回视线,这样正好也不用和李珩讨论话题了。她和李珩讨论问题从来都是一个问一个答,像政治老师说的那样对着一个话题强行聊起来他们还没试过,估计会很尴尬吧。

觉得自己逃过一劫的秦温轻松自在地拿起记号笔,在李珩的课本上帮他划重点。突然,她眼角瞥见政治老师正从他们这一列的首排座位慢慢往后走。

政治老师不会要过来吧!

秦温定住,呆呆地看起了老师的行动路线,此时老师又往后走了一排,听同学之间的讨论。

妈呀,果然老师要过来!

前后桌都热烈地讨论着,就她和李珩两人静悄悄地什么话都没说,显得格外突兀。

老师又往后走了一排,一直什么都不说的话,等老师来了,他们两个人就只能互相干瞪眼了。

"要不我们也讨论一下下吧。"秦温扭头,看着李珩轻声问道,"随便说点什么做做样子就好。"

李珩不知什么时候又拿起笔开始算题:"你说。"

一副敷衍的样子,显然没有听秦温在说什么。

什么呀,他不是会听政治课的吗?

"老师快要巡到我们这儿了!"秦温又飞快地瞥了一眼老师,老师已经走到了他们前桌处。

马上就要走到他们这儿了!

秦温看李珩完全没有要配合的意思,有些心急:"我们不说些什么吗?"

"嗯？要说什么？"李珩转着笔，还是不肯分心。

秦温气结，见弯腰听着前桌讨论的老师突然满意笑笑，然后直腰，马上就要脚尖转向，往后一步走向他们这儿。

秦温不安地收回视线，李珩还在画着辅助线。

老师都快来了！

"李珩！"她第一次连名带姓地喊了李珩一声。

下一秒，李珩立马折起卷子。

老师正好走到，笑着问秦温、李珩两人："你们呢，讨论得怎么样？"

被老师提问，秦温突然意识到自己刚刚光顾着叫李珩快点一起讨论，她自己也没有思考老师放出的问题。

秦温语噎，又赶紧看向李珩，谁知他也正看着自己，眼神更加迷茫。

秦温正好背对着老师，趁机看了看屏幕上的论题，又看了李珩一眼，暗示他随便说些什么。

可大少爷向来走的都是艺高人胆大路线，所以他迎着秦温的眼色，一本正经地说："该你了。"

秦温睁大眼睛愣住。

政治老师被李珩带跑，微微侧过身子，看着背对着自己的秦温笑道："那同学你说说看。"

老师的眼神也锁定秦温。

"我……"秦温被李珩这一通操作整得卡机了，"我的看法是……"

"嗯，说来老师听听看。"老师留意到秦温是外班的学生，对她更加关切。

最后秦温硬着头皮，强行东拉西扯说了一大堆有的没的才把老师糊弄走。老师临走前还满意地夸秦温对课本内容非常熟悉，其实秦温讲的几乎一大半内容都是之前预习时就背下的内容。

老师走后，秦温立马瞪了"坏人"一眼。

李珩心虚笑笑，凑近秦温桌边："错了。"

认识李珩一年多，秦温第一次没理他。

看着秦温小脾气尽露的模样，李珩却是笑得更开心，用毫无悔改意味的语气说："保证没有下次。别生气了好不好？"

秦温深呼吸："你太过分了，我好心提醒你，你还把我推出去。我还帮你做笔记了！"

她细数李珩的罪行。

李珩被秦温这副较真的模样逗乐："我这不是想着应该让组长来做我们小组的代表发言人嘛。"

秦温听完却是更气,没想到李珩居然能说出这种歪理。她看向李珩的眼神更凶了,正要反驳,却又听到他笑得更没皮没脸："而且组长说得多好。

"文化作为国家的软实力,应该受到政府的重视⋯⋯"

天哪,他都听到了什么!秦温瞪大了眼睛,李珩居然把她刚刚说过的话一字一句复述了出来。

明明就是胡诌敷衍老师的话,结果又被李珩拿出来说,真是丢脸死了啊!

"你不许再说了!"秦温赶紧打断,"你再说我就生气了!"

"那你不生气了我就不说了。"

秦温气结!

她怎么从来没发现李珩原来是这么赖皮的人啊!今天的他是不是被人调包了啊!原来那个高冷稳重的大学霸呢!

见秦温不理自己,李珩又开始了："而公民也应该有主动保护文化遗产的⋯⋯"

跟夺命咒似的!

"哎呀我不生你气了!不许说了!"

"哈哈哈哈哈,好啊。"无赖的李珩终于放过秦温,不再逗她,但又百般讨好,"来,我来帮咱们组长做笔记。"

"不要!做你的题去吧!"

"不行,你得给我一个赔罪的机会,不然我们会有隔阂的。"

"不要!把你自己的书拿回去!"秦温破防。

那节课的最后半节,大少爷只能自力更生,自己划重点。

于是,十月在有些吵闹的相处中,又比九月过得更快了些。

转眼进入十一月,省赛马上就要来临。从八月开始,累积了三个月的紧张氛围现在已经完全笼罩着两个奥班。无论谁踏进奥班,都能感受到暗流下涌动的焦虑与压力。

秦温突然有些庆幸自己选了政治,一周能有三次机会从压抑的环境中逃离出来,去更轻松自在的环境休息,更何况旁边还有个李珩。

虽然李珩有过那么一两次很不靠谱的行径让人生气，但总体来说，跟着他，秦温感觉自己也会安心不少。大概是因为无论外界压力怎么加剧，李珩永远都是那副冷静自信的模样，让秦温觉得其实省赛也不是那么可怕。

虽然离省赛开考的日子越来越近了，但秦温并没有像李珩那样在政治课上看竞赛科的东西。秦温知道自己和李珩的节奏不同，李珩可以扛得住一天八小时以上奥数课的强度，自己却是到了一定压力阈值就要休息。

而和李珩走近了以后，秦温也发现自己并没有像想象中那样变得更加焦虑，她反而更清楚地认识到自己和李珩在学习习惯、学习进度等方面的差别。

不再是差距，是差别。

每个人都有自己的道路，不该放在一起比较的。

秦温开心地笑了笑。李珩忙着复习奥数，她也很少打扰他，只安静地在一旁听课做笔记，再顺便帮他把笔记补上。

还有两周就到省赛。秦温想，她未来一年多的日子应该就是这样按部就班地进行下去了吧：省赛备考—省赛考试—查省赛成绩。

可突然有一则关于教育改革的传闻从互联网流出。

事关考试的传闻这次没有在级里引起什么风浪，甚至级里绝大部分的学生都不知道这件事。反而是向来最不受打扰的两个奥班的学生备受冲击，以至于班上没人敢再嘻嘻哈哈、打打闹闹。

国家要取消高校自主招生计划了。

第二十三章 / 又一年篮球赛

省赛获奖证书能派得上用场的地方主要有两个。

一是帮助学生获取超一流大学的推免保送资格。这不仅要求学生所在的高中足够优秀，可以从全国顶尖的学府那儿获得推免指标，同时还要求学生要获得更高的省赛排名，无一例外都是要求省赛一等奖，因此能靠竞赛这一条途径直通大学的学生少之又少。

另一个派得上用场的就是高校的自主招生。按照原有的规定，高校每年都可以拿出一定比例的招生名额用在自主选拔考试上，并通过高考降分录取的方式录用通过了自主考试的学生。竞赛生们手上的省赛成绩单就是可以参加高校自主选拔考试的"敲门砖"。

同时自主招生是绝大部分竞赛生上岸的主要途径。

第一种推免保送，且不说全国只有几所高等学府可以享有这个指标，名额少之又少，光是要先考个省赛一等奖就已经难比登天。但对于第二种自主招生，不仅有更多的高校可以有权开展自主招生考试，同时它对学生的竞赛成绩要求也更低，省赛二等基本就可以参加，对于一些排名稍差的高校，甚至省赛三等奖也能派得上用场。

但现在流出的风声是要取消自主招生考试，对于绝大部分竞赛生而言，这意味着那张省赛奖状很有可能就只是一纸证书而已，最后还是要回归普通高考。

秦温也是这时候才知道原来她觉得奥班的老师们越来越焦虑不是她的错觉。

难怪这个学期一开学两个班主任就外出参加研讨,难怪奥科备赛组还要再提前一周压缩他们的课程来准备省赛,也难怪物理老师一直提醒她要告诉同学们不要分心,要多做题。

风雨来临之际,谁也不知道会发生什么,就更要把握好眼前的机会。所以即便是在省赛前听到了这个风声,两个奥班的同学都很默契地没有讨论这个话题,顶着压力,直到数、物、化、生四大竞赛主科省赛全部结束。

可当大家从省赛考试中解放出来时,大家对于这个传言又似乎看开了。

新高考当年都是风风火火地传了两三年才落地,这个取消自主招生的改革按理也不会马上执行吧,是他们杞人忧天了,搞不好他们能很幸运地蹭上最后一班车呢。

"我觉得应该不会影响到我们。"考完省赛的那个周末,高宜在网上查了快一天的资料,回来和小伙伴们说,"网上根本就没有看到哪里有正式文件,就只是那些媒体在传而已。"

"应该没我们什么事的,总不能新高考让我们碰上,自主招生取消也让我们碰上吧。"梁思琴附和。

陈映轩啃着小卖部新上架的小蛋糕:"对啊,要是真这样,我们这一届就是天选之子。"

秦温在一旁听着朋友们的话默不出声。虽然不知道这件事会往什么方向发展,但想到自己一直以来默默耕耘的科目最终要因为外界原因而不得不放弃,她还是有些难过的。但客观自评,如果真的没有了自主招生,那么比起冲击奥物省赛一等奖,可能全力准备高考对她而言胜算更大。

"你有听说自主招生要取消的事吗?"政治课前,秦温问李珩。

"嗯?"李珩背靠椅背,低头无聊地看着手机。

两人的关系比以往要熟了不少,相处起来也更加自在。

李珩似乎没有在听她说什么,秦温也不介意:"也不知道这件事情最后会怎么样。"

正看着手机的李珩察觉到秦温语气里的低落,抬头看了一眼。她无精打采地趴在桌子上,眼神空空地不知道在看哪里。

李珩笑笑关掉手机,身子往前坐了些看着她:"不会怎么样。"

秦温诧异，微微抬头："为什么呀？"

"说不定会有新的政策出来呢，不会一刀切的。"他轻声安慰。

秦温看着李珩一贯的沉稳表情，叹了口气："不知道呢，希望如此吧。"

算了，自己在这里干想也无济于事，还是专心学习吧。

而说起学习，马上就要期中考了。

"你期中考复习好了吗？"秦温问李珩。

"没复习。"李珩酷酷地说道，不再看手机的他顺势拿起秦温笔袋里的一支笔转着玩。

秦温一愣："为什么不复习？"

手里的笔不称手，李珩又在秦温笔袋里挑挑拣拣换了一支："之前复习省赛太累了。"

秦温难以置信地看着李珩，怎么还会有人由于这个原因不去准备考试，然后她又想到李珩之前复习奥数省赛的状态，只要做题就不带停的，而且也是奥数省赛结束了她才发现李珩也是上课会看手机的人。

李珩很聪明，但也不能否认，他其实也很努力。不过只复习省赛不复习期中考这个行为，总感觉是不值得提倡的。

秦温脑海里千回百转，看向李珩的眼神好像有点崇拜又没完全崇拜："你真的好厉害。"

李珩侧头看着秦温那古怪的眼神，厚脸皮地笑道："那当然，不然我是怎么在学习小组里自力更生的。"

秦温一窒："什么跟什么。"他肯定又要投诉自己了。

"我的组长经常不管我，老是先回答别人的问题，搞得我现在都只能靠自己了。"

"你说我该学习成绩好点还是差点？"

"期中考考差一点的话，组长会不会就先关照我了？"

哪儿看来的琼瑶剧情啊！秦温被李珩逗乐，笑着说了句"神经病"就转过头看不再看他。

李珩见秦温终于笑了，也扬了扬唇，靠回椅背接着低头看手机。

很快期中考又来了，考试、发卷，一周半内完成。

这是秦温在新高考开始后的第一次大考，也是她第一次看到自己的六科排名——年级排名 70 名。

这个排名不算差，礼安是省第一的高中，能在礼安年级排名 70 名，虽然还不太能摸到那些超一流大学的边边，但起码进省内前几的大学问题都不大。尽管高二的排名对于高考成绩的参考意义不大，能在高二有这样的起点也算是一件振奋人心的事。

另外她的小排名——语、数、英、物四科是 55 名，相比上次期末考的 30 名稍有回落，考虑到省赛备考牺牲了其他科目的学习时间，秦温觉得这个小幅度的回落也是在可接受的范围内。

总之就是一次平稳的期中考。

就是这样被折磨着，折磨着，不知不觉，秦温他们也熬过了枯燥无聊的八、九、十月备赛期，忙碌的十一月省赛考试及穷追不舍的期中考。

十二月将至，气温缓降，冷却了焦虑与不安的氛围，专属夏日的快节奏生活也终于被放缓，新一年的篮球赛又来了。

礼安不允许高三年级参加篮球赛，所以高二篮球赛就是大家高中生涯的最后一次篮球赛。

二班体委冯阳作为一名篮球运动铁粉，想起去年自己班差点被十五班炒零，实在不想今年比赛又是"一轮游"，一点参与感都没有，于是他早早探清级里其他班的篮球水平，如果是和个别几个班打的话，二班还是有可能挣扎一下挺进第二轮的。

但是考虑到自己去年的手气，冯阳决定换个人去抽签。

他找到了二班奥物组公认的最厉害的大神，传说那个男生有一只算无遗策的神之右手。

"康神，"冯阳走到那位同学身边，"要不你去篮球赛抽签吧。"

男生正专心阅读着一本书边已经卷毛泛黄的《天龙八部》，他听到冯阳的话身子顿了顿，视线缓缓上移看了眼来人，厚重的镜片射出一道充满智慧的光芒。

"我来？我手气很差的哦。"

再差能有他抽到篮球赛第二的十五班差啊？

"没事，康神，我相信你的右手！"

"那好吧，别说我没提醒过你。"

大课间，冯阳陪着他亲选的"福星"去抽签。

那个男生站在全封的黑箱面前,神情肃穆地推了推无框眼镜,一个深呼吸,发功似的以迅雷不及掩耳之势从黑箱中"唰"地用两指夹出一个纸卷。

"怎么说怎么说?"冯阳赶紧凑上前去。

"我感觉对了。"康神点点头。

"Yes!好样的!"冯阳兴奋地一拍康神的肩膀,"赶紧看看!赶紧看看!"

然后两个男生手忙脚乱地拆开纸卷,一摊,一看:

一班

梁媛从来没有想过自己有一天会因为成绩的问题被老师找去谈话。

"梁媛。"班主任神情严肃地看着她,"你这次的期中考怎么退步得这么厉害,都到130名去了,是发生了什么事情吗?"

梁媛低着头看地,后背冷汗一阵阵出却没有说话。

班主任见梁媛一言不发的样子,语气不自觉轻了几分。梁媛毕竟是她非常看好的学生,实在不愿意厉声指责:"怎么会无缘无故出现这么大的降分呢?"

按照历届高考成绩总结,在礼安高中级排150名就是一条划分线,150名以前南省"985"大学基本没问题,150名以后就非常悬了。

这也是为什么梁媛的年级排名才刚开始逼近这条红色警戒线,班主任就立马找她谈话的原因。梁媛是以中考状元的身份进的礼安,如果最后高考反而出现高进低出的情况,那么她这个老师也绝对难辞其咎。

"如果这次不是还有语文和英语两科帮你兜底,你估计都要掉出150名去了。"

梁媛没有听出老师语气里的警告,却是心想,对啊,自己无论怎么样,还有两门文主科帮自己把分差拉回来。

"所以是怎么回事呢?"老师再次问道,"如果学习上遇到了什么难题,要及时找老师或者家长沟通。"

被一直追问的梁媛有些不耐烦地深呼吸,看着老师抱歉地说:"之前主要都是在准备奥化省赛,可能课内的学习有些耽误了。"

她没说错,但也没说全。

高二的理科难度又比高一提升了一个等级,学生的选科组合到底合不合理马上就能体现出来,显然文科见长的梁媛并不太适应纯理科的选科组合。

如果只是单纯学得吃力问题倒也不大,她毕竟是中考状元,又在两次大考级排第一,资质和基础还是在的,只要愿意多花一些时间在弱科上,不说立马拔尖,起码不会掉队。但偏偏她这个学期当上了学生会主席,社团招新、新成员培训、年级篮球赛筹备等等一大堆事情都需要她负责调度,她根本抽不出额外的时间查漏补缺。

与此同时,梁媛也还是不肯割舍奥化。

奥班不接受外班的人走班,那么她和李珩唯一的维系就只剩下同为奥赛生,而且秦温还在奥物组里待着,梁媛不觉得自己哪里比秦温差,秦温没一次大考考过自己,结果自己却要先从奥化组里退出来,要是被李珩知道了,估计更看不上自己了。

不过虽然上面的种种事情都让梁媛整个高二分身乏术,但也正因为这诸多光环加身,梁媛现在可以说是高二级里风头最盛的学生,也是高一新生里最受崇拜、仰慕的学姐。

现在突然暴跌的成绩打灭了她其中一盏光环,那另外两个盛名就更加不可能放弃,所以她挑了一个听上去最情有可原的原因。

"之前奥化组布置了很多作业。"她顿了顿,怯怯地看了老师一眼,"我赶着完成奥化组的任务,就没来得及兼顾其他课内的学业了。"

老师听完皱皱眉,没想到居然是因为梁媛把时间都分配到奥化那边去了。如果是这个原因,她也不好说什么,毕竟奥班的备赛强度确实会侵占到学生正常学习的时间。而梁媛一直没有退出奥化组,想来也是真的对竞赛感兴趣,她作为老师,又怎么好打击学生热情?

"那你要抓紧时间把落下的进度补回来,知道吗?"老师叹了口气。从教多年,她见过不少高起点的学生由于各种各样的原因最终沦为无名,庆幸梁媛只是由于学习时间分配不合理而导致退步,不是其他棘手的原因,比如早恋什么的。

"高二很关键,要是掉队得太厉害,是会影响你的高考的。"老师提醒道。

"是,谢谢老师。"梁媛点点头,她又等了等,老师已经不再说话。要是往日,她一定还会和老师聊天说笑几句,但是她现在被这个突如其来的成绩约谈弄得一点心情都没有,"老师,没有什么事的话,那我就先出去了。"

"去吧。"老师发话。

梁媛点点头,立马转身要离开这个场合,谁知道老师又把她喊住。她深呼吸,耐着性子走回老师身边:"老师还有什么事吗?"

"年级下一周会有一次新高考选科转组的机会,你要不要再考虑下选回偏文科的组合。"老师苦口婆心,"这不是老师不信任你,只是参考这几次大考的成绩来看,梁媛你还是选回更加适合自己的科目比较好。"

梁媛听完只是笑笑,连退出奥化组都不愿意的她又怎么肯转组,这不就是昭告全级自己学不好理科吗?

"没事的老师,我能调整好状态。"

二班在知道自己篮球赛要和一班打以后,几乎没有男生愿意报名参加——一班可是去年的冠军啊,这还打个啥,还不如直接让一班晋级算了,他们还能早点放学。

"不行!

"我们怎么能轻易服输呢!

"你忘了老吴平时是怎么教我们的吗?要不放弃不抛弃,坚持再坚持!"冯阳摇着陈映轩激动地说道。

秦温她们在后头听着这段对话掩唇忍笑。

"说是这样说,"陈映轩无情地将自己的手抽出,"但是老吴还说过我们要及时止损。"

"那怎么行!全力以赴才是对对手的最大尊重!"

"你这话说得太片面了……"

于是陈映轩与冯阳你一言我一语地就是站着死还是躺着死的话题辩论了起来,并在最后达成共识——两杯奶茶换陈映轩上场。

冯阳兴高采烈地在报名表上写下陈映轩的名字,接着就飞奔去找下一个队友:"亲爱的康神宝贝,我有事找你!"

秦温她们几人都好玩地看着冯阳缠下一个人,梁思琴开口:"也不知道冯阳怎么还能这么有兴致,这不是铁输的比赛吗?"

"你懂什么,拼死一搏是男人的浪漫好吗?"刚刚加入篮球队的陈映轩已经入戏。

梁思琴没好气地翻了个白眼,高宜也懒得搭理小胖子,却突然窃笑着用手肘推了推秦温。

秦温一看高宜这小眼神就有种不祥的预感:"怎么了?"

"啧啧,温温你的亲亲同桌要不要上场呀?"高宜笑着打趣。

果然!

一听到"亲亲同桌"这四个字,秦温觉得自己头都要大了。

省赛结束以后,高宜又恢复一身活力无处安放,可级里最近都没有好玩的事让她感兴趣,结果她东探西探,居然盯上了自己和李珩!

对此,高宜给出的解释是,正好温温和李珩都是奥班的人,她这叫圈地自萌。

听着高宜的打趣,梁思琴也配合地在旁边笑秦温。

秦温头都大了,深呼吸:"别瞎说!"

"一会儿让别人听到要误会了。"

"哎呀,肯定知道呀,我们也只是私底下开开玩笑嘛。"高宜挽起秦温的手臂。

秦温没好气地看了眼屡教屡犯的高宜:"莫夫人最好说到做到。"

其实小姐妹们都互相给彼此配了一位"情郎",也不光是秦温被起哄。

但高宜的脸皮比秦温厚,秦温这点反击对她来说不过是挠痒痒:"嘿嘿嘿,那肯定呀,我哪有李夫人架子大嘛。"

秦温正想反驳,可是想到是自己先叫高宜莫夫人的,要说起什么,估计还是自己理亏。

算了,反正高宜她们开玩笑也从来不带大名,这些李夫人啊,亲亲同桌啊什么的,估计别人也听不懂。

最后秦温只撂了句"讨厌"。

"温温,你要不要问问你的那位?"

"才不要!"

结果最后政治课前,秦温还是被迫要去问李珩一班怎么准备篮球赛。

秦温苦恼掩面,因为冯阳那双诚恳无比的小眼睛实在让人不忍心拒绝啊!

"秦温,你就从李珩那儿打听一下一班会有谁上场就好。"冯阳看着秦温可怜兮兮地说道。

"我这个怎么好问啊……"秦温为难。

"这个简单,我教你。

"你就先假装聊一聊学习,然后把话题转到篮球赛那儿。

"最好还问出一到五号位有谁打,他们的板凳队员有谁,第一节准备谁先上场,第二节轮换阵容有谁……"

然后冯阳就叽里呱啦地交代了一大堆东西,听得秦温头疼。她根本就不懂篮球啊,就算李珩和她说了,她也记不住。

"我最多帮你问到有谁上场。"

"行!二班的篮球事业全靠你了!"

然后秦温现在就苦恼地看着正低头玩自己书包坠饰的李珩。

打比赛,谁还会把底透给你嘛!

秦温又纠结地看了李珩一眼,然后她的视线自然下移,突然定住——她的毛毛球都快被他薅得不成球形了!

秦温咳了一声,拉了拉坠绳,把毛毛球从李珩的手里救回来,放回书包边。

手里的小球被拽走,无聊的大少爷这时才抬头,眼神有些困惑:"怎么了?"

看上去好像没睡醒的样子,搞不好能忽悠一下他,秦温又不自在地咳了一声:"你们班不是要和我们班打篮球比赛吗?"

"对啊。"李珩又将那毛毛球拿回手里捏着玩,"怎么了?"

这个东西那么好玩吗……有求于人的秦温决定随李珩玩。

"那你们班准备得怎么样呀?"

李珩听完秦温的话,侧头打量了秦温一眼,懒懒笑道:"刺探情报?"

秦温一窒:"我只是关心一下下而已。"

"嗯,身为组长确实应该关心组员的。"

"那所以你会上场是吗?"

李珩笑着"嗯"了一声,然后又报了几个名字:"他们都会去,都是冯阳认识的。"

秦温了解地点了点头,谁知又听见李珩说:"知道了也没用,你们班篮球队水平太差了。"

秦温一顿,好吧,虽然知道自己班体育不好,但是看到男生们那么认真地准备比赛,特别是冯阳,一副殚精竭虑而后已的样子,她还是不想自己班输得太难看。

"那你什么时候上场呀？"秦温问李珩。

他打球那么厉害，冯阳是不是应该和李珩的上场时间错开，这样冯阳就能在李珩不在的时候带队追分了。

"第一节应该就会上场了。"

秦温神色凝重地"哦"了一声。

李珩扭头看着秦温愁眉苦脸的样子，心里越发觉得她可爱。

"组长要来帮我加油吗？"

秦温一愣，没好气地笑道："我是二班的欸，怎么可能帮你加油呀！"

不过像李珩那么厉害的人第一节就上场的话，分差会一下子被拉大吧，搞不好到时候就算李珩下场了，自己班也追不回来。

"那一班会全力打二班吗？"秦温往前凑了些，看着李珩问道。好歹是兄弟班欸，应该会留点面子吧。

李珩手里捏着小球，看秦温一副为自己班求情的样子，心神分出一些岔念。

反正秦温在他面前已经自在不少，他也就没必要再像原来那样收敛着自己的心性。

羊皮披久了也会嫌热的啊。

"真的会全力打吗？"秦温见李珩不回自己，又问了句。

这回李珩也同样凑到秦温的面前，不过并没有回答她的问题，却是开出筹码："那要看组长帮不帮我加油。"

秦温没想到李珩会突然靠近，美色当前，她赶紧往回退了退，拉开两人距离："我怎么可能帮你加油嘛！"

"这样子。"李珩也坐直身子，话只说一半。

秦温看着李珩故弄玄虚的样子，有些不解："不加油会怎么样？"

"不会怎么样。"

哦，只只是这样子呀。秦温点点头，然后她就听到李珩慢条斯理道：

"那我就摁着二班打。"

"打到组长为我加油为止。"

十二月的第一个周五，礼安高二级篮球赛初赛正式开打。

现在离开赛还有十几分钟，篮球场架空层内早已人声鼎沸，欢腾躁动的气氛让人仿佛仍置身盛夏。

毫无疑问，同时进行比赛的几个场子里，一号场即将要上演的奥班"雌雄对决"是最引人关注的，现在一号场边已经站满了一圈人。

秦温她们又来迟了。而当她们到达架空层时，即便是高一已经看过一次篮球赛的秦温也还是被眼前的场景吓到了，这也太多人了吧，场边都要没有位置站了。

"怎么感觉人比去年还多？"秦温跟在高宜、梁思琴身后问道。

高宜在前头一边艰难开路一边说："因为是最后一次了呀，再不看就没得看了。"然后她又回过头来看着秦温笑道，"特别是你同桌，他现在可是高一级里最受欢迎的学长，有不少学妹都要来看他呢！"

"李珩怎么又在高一年级出名了？"秦温问，好像没听说他干什么事了呀。

"拜托！"高宜大无语，"他那张脸能让他还在初中的时候就闻名高中部了，现在又出圈高一年级有什么好奇怪的。"

秦温听完恍然大悟。可能是因为自己和李珩打交道的次数多了，现在多少对他的外貌有了些免疫力，除了偶尔的几次近距离接触，她几乎都没有意识到李珩这张脸还是很帅的。

秦温自顾自点点头，一旁高宜还在喋喋不休："而且他现在还多了一个学长的身份，像他这款的高冷校草，还是奥数组的大神，在低年级里杀伤力简直不要太强好吧。"

这……秦温眼神迟疑地看着高宜，对于她的话觉得有些无法苟同。高冷吗？

高冷的人会说自己期中考考太差，需要组内成员多多开解，帮忙心理辅导吗？而且重点是他那个表情看上去就不像是考差了黯然神伤的样子啊！

"可是你为什么好像很开心的样子……"课前听完李珩推心置腹的诉苦，秦温看着他的笑脸狐疑道。

"那是因为我在强颜欢笑，其实我只是在死撑着而已。"

好吧，那就算是真的强颜欢笑，他总排75算什么差啊，自己也才70名呢！而且他这个75名还是因为语文、政治、英语那些该背的地方他不背，结果扣掉了很多不必要的分。只要他认真复习，期末考还不是闭着眼睛就上去了。

"哪有这么严重，你年级排 75 呢。"秦温接着安慰。

但是大少爷心理脆弱极了："不行，组长都 70 名了，我担心自己会拖组长后腿。"

这话听得秦温一个深呼吸。

李珩一直都会在自己迷茫的时候提建议，现在他状态不好，自己当然也该多多关心他，只是怎么听着那么像鬼话啊！而且他们两个都不是什么超高分段的排名，在这计较什么拖不拖后腿嘛！

这还不算什么，最让秦温没招的是，在她说什么都不肯在球场上给他加油以后，李珩直接说这就更打击他了，本来还想着能在篮球赛被人认可找回点信心，结果现在一句鼓励的话都听不到。

他要不行了，再这样下去，他要焦虑自卑了。

拜托！怎么可能啊！

"怎么会呢，你打球那么厉害，肯定很多人都支持你的呀。"总觉得哪里不妥的秦温依旧轻声安慰。

"别人的话又怎么能和组长的一样分量呢。"李珩一副看不开的样子，"咱们这个学习小组不应该是互帮互助吗？"

"对……对的。"

"现在小组成员心理状态波动很大，组长不该开解一下吗？"

"好像确实应该要的……"

最后他们定好了今晚九点秦温线上给迷茫彷徨的他做做心理辅导工作。

想到今晚还要安慰李珩，秦温有些无措地叹了口气，她来安慰考差了的李珩，这都什么跟什么呀。

一旁的梁思琴敏锐地捕捉到秦温这点小动静，非常理解地拍了拍她的肩膀。

"看着你家那位这么受欢迎，多少会有些不安吧。"

秦温一惊："瞎说什么呀！"

听到思琴的打趣，高宜也来劲了："温温你放心，我待会儿一定要帮你找个好位置，方便你看比赛！"

这些话听得秦温头皮发麻，所以才说绝对不能在这个场合给李珩加油啊!

要是让高宜和梁思琴看到了,她们两个能当场阿卡贝拉一段《婚礼进行曲》好吗!

梁嫒站在一号篮球场的中场边,定定地看着场上的李珩和身边队友聊天。

想起去年,自己也是站在同样的地方看着他,梁嫒心里突然酸酸的,到底是哪里出了问题呢?

"梁嫒,"方文博走来,他是上一任的学生会主席,这次梁嫒能当上主席,背后少不了他的帮助,"这次学生会将篮球赛组织得很不错,你功不可没呀。"

被人喊了一声的梁嫒快速回笼心神,看着这位只会发号施令的学长,浅笑道:"没有,也要多谢学长给了我很多建议。"

说完她收回视线,心里不愿再多和这位学长说话。

也是当了学生会主席后梁嫒才发现这个方文博"官瘾"有多大,枉她高一时还那么支持他的一些举措。结果等到了自己做主席,方文博升入高三该退位离开时,他竟然还赖在学生会不走,让自己这个真正的主席反而成了一个文秘似的,只负责上传下达的工作。

更别说方文博比她更加长袖善舞,会里几位指导老师一有什么事都还只会找他,完全当自己不存在。

梁嫒深呼吸,万万没想到一个主席居然能让她当得空有名号。

身后又有一些学长学姐走来,都是往日学生会的干部,他们看到了梁嫒,也都客气地夸她个人能力突出,把这次的篮球赛组织得很好。

被众人夸赞着,梁嫒内心的不平衡又稍稍调平了些。

这几人聊着天,谈起会内最近又有什么好玩的事,突然篮球场边爆发欢呼,打断了他们的对话,大家不约而同看向场上。

原来是李珩在热身的时候进了一个三分球,场边的观众在为他喝彩。

梁嫒看着李珩俊朗的身影,心里又泛起一阵酸涩。听说他又在高一级里出名了,今天场边那么多人都是来看他的,要是他能在这种场合看自己一眼,又或是和自己说会儿话,该多好。

"温温,来来来,我们在这中间看!"

"还好冯阳他们给我们留了位置,上次站在篮球架那儿就只能看半场比赛,这次打死我都不去那里看了!"

身后传来声音,梁媛还没来得及回头,就被人往前撞了撞,本就心情烦躁的她没忍住往后嫌弃地瞪了一眼。

高宜发现自己不小心撞到了人,正准备道歉,结果一句"对不起"没说完就看到了梁媛有些恶意的眼神,让她有些不知所措。

"对……对不起。"

梁媛按捺着不耐烦,刚想说让她留心点,结果看到这个女生后面跟着的秦温也走了过来。她深呼吸,缓了缓语气,和高宜说了声"没关系",然后又看向后方,笑着和秦温打招呼。

秦温也朝梁媛礼貌地笑笑,然后就见高宜一副局促的模样,一旁的梁思琴也看出高宜这不满的小眼神。

"怎么了?"秦温问。

"没什么。"高宜耸耸肩。

这个小插曲过后,秦温她们站在半场边又开始聊起了天。

而现在看到秦温,梁媛就想到那烦人的奥化竞赛,她也没什么心情去找秦温说话,便回过头去接着看场上。

李珩还在运着球和身边男生聊天,然后他又利落投出一个穿针大号两分,让场边再次沸腾。梁媛的心情也像场边的这些学妹一般,心跳忍不住有些加速。

突然,她看到李珩运球转身然后定住,看向自己这边,目不转睛,接着他收回视线和身边队友说了句什么,将球传走。

梁媛的心跳突然漏了一拍,她感觉自己呼吸都要慢了许多,有些不敢相信眼前的景象。

因为她看见李珩正缓缓向自己走来,眉眼隐笑。

沉浸在场边的热烈氛围中,秦温她们几人聊得正酣,旁若无人。

李珩在篮球场等了半天终于见到了自己喜欢的人,便想趁开赛前过去和她说几句话。

谁知道刚走近一点,耳力过人的他就在纷纷扰扰的环境里听到了一段清楚的对话:

"温温你的情敌也太多了。"

"秦温别难过,你要对自己有信心,你可是他的同桌啊!"

"你们两个够了！"

秦温有些羞恼地提醒着越来越起劲的高宜和梁思琴："这里这么多人呢！"

"嘻嘻，偏不，我……"高宜正还要说下去，突然顿住，连着旁边的梁思琴脸上的笑容都凝固了。

秦温看着这两人，心生疑惑，明明上一秒还跟打了鸡血似的，怎么突然又不说了？

等等！该不会……秦温心里有种不祥的预感，她也机械地转过头看向身后，然后就是她也定在原处——

天啊！李珩就在自己身后！

他是什么时候走过来的？他刚刚不是还在场上吗？

李珩直视后方，似乎没有留意到身前的女生。

他从场上走来，本想去秦温身边和她说说话，没想到才走近些就听到了她朋友开的玩笑。又是情敌又是同桌，李珩先是愣了一下，然后反应过来，嗯，她的朋友可比她上道多了。

他的心情瞬间起飞，没忍住上扬唇，正想那他就顺势出其不意地露个面，看看秦温被人抓包背后议论他会是什么反应。

谁知道接着他就听到秦温有些无奈又有些恼怒的抗议，然后下一秒回头看到自己，她的眼神里还带着未消的愠怒和陡然而生的尴尬。

已经是人精的李珩瞬间意识到秦温并不喜欢这种玩笑。

她那么认真的人，估计对玩笑的接受程度也不会太高，就算自己和她熟了不少，但肯定也只限定于私底下开开玩笑。要是真搬上台面说什么起哄的话，她绝对会把和自己的亲密度清零的。

别，他今晚还想和她打电话呢。

李珩便一直目不斜视，不看秦温，原本按捺不住飞扬心情的神色也冷了下来。

"体委怎么才来！"他径直走过这几个女生，和秦温身后姗姗来迟的队友们打招呼。

秦温本来看到李珩人都呆了，要是高宜她们的那些玩笑话被他听到了，她得多尴尬，不光不知道怎么和他解释，以后估计连同桌她都没脸当了!

秦温越想越难为情,呼吸也有些急切。正在这纠结着,就看到李珩直直走过自己,她又瞬间轻松了不少。李珩看上去没什么特别的反应,他是没听到吗?

是啊,这里这么吵,李珩没听到或者没听清也是正常的!

警报似乎可以解除,秦温松了口气,正好李珩走开了几步,她立马回头怒瞪了高宜和梁思琴一眼。

而这两人受惊吓的程度不比秦温轻多少。

本来就只是图个嘴瘾开开玩笑,谁能想到真的把正主招来了。而且,虽然她们都不带大名,但这些要是被李珩听到了,当事人肯定听得出啊!

心虚的高宜连忙厚着脸皮挽起秦温的胳膊,赔笑着小声说道:"温温……对不起,我不是故意的……"

梁思琴也不好意思,一贯毒舌的她也靠着秦温:"嘿嘿,下次不敢了,下次不敢了。"

这两人是真的不敢了。秦温性子软,有时候闹一闹她也挺好玩的;但是李珩不同啊!年级里出了名的生人勿近的人,他那冰山一样的眼神就能把人吓死好吗!

而且要是真的这些玩笑话害别人误会什么,秦温绝对会不开心的。

还有些生闷气的秦温拒绝听小姐妹们的忏悔,没有搭理她们,只费劲地想要甩开挂在自己身上的两人。

"温温你别生气了,我们也没想到他会突然走过来。"

"秦温你最好人了。"

"温温你别生气嘛。"

"秦温要不你说回我们吧!我们保证不反驳!"

秦温用力地想要把自己两只胳膊抽出来,谁知道高宜、梁思琴两人居然把自己锁得死死的,最后再挣扎几下依旧动弹不得,她实在受不了了,终于开口:"走开啦!你们重死了!"

高宜和梁思琴瞬间相视一笑,秦温开口就代表她不生气了!

"不走,就不走!"高宜继续黏着。

"不!"梁思琴附和。

秦温看着这两只"考拉",无语地训道:"都跟你们说了别开这个玩笑了!你们一直不听!万一真的让他听到怎么办!"

"嘿嘿,下次真的不会了。"高宜赔笑,"刚刚我也被吓死了,谁能想到你同……哦,不不不,李珩,李珩,他神出鬼没的。"

梁思琴也在一旁疯狂点头。

秦温没好气地看着这两人。

她们还卖惨了,自己才是最被吓到的那个好吗!要是真让李珩误会什么了,她差不多也可以换一个同桌了。

秦温又甩了甩高宜和梁思琴,但现在这两人负罪感正浓,根本不肯放开她。

秦温最后也放弃挣扎,任由两个朋友靠着,只是又嗔怒了一句:"烦死你们了。"

这边李珩走到两位队友身边,拿过他们刚买来的水,听着队友的聊天,眼神却不时扫向秦温,一直留意着她和朋友的那些小举动。

看着秦温最后任由两个朋友黏着,李珩扬了扬唇,应该和好了。

"哇,李少,"冯阳也来到篮球场,挨着李珩腻腻歪歪地来了句,"您待会儿轻点。"

李珩抚额笑笑,没说话。

冯阳又和二班几个男生打了声招呼,看到秦温她们在前面,他又走上前去,李珩和身边的男生跟在他后头,都准备上场。

"你们待会儿要记得给我们班加油啊。"冯阳苦口婆心和秦温她们交代,"分差很大很丢脸也不许倒戈!"

小插曲过后,秦温已经和小姐妹们和好,大家都笑冯阳太卑微了。

秦温也笑,抬眼正好看到李珩走来,这回他们的视线对到了一起。

想起刚刚的事,秦温的脸还是没忍住红了红,李珩还是一贯的面无表情,只是看向秦温的时候眼神会柔和些,他朝秦温点了点头当作打招呼。

秦温一愣,然后也生硬地回了一个笑脸。虽然李珩面上看不出来有什么异常,她心里却还是有些不自在,不知道为什么她觉得李珩刚刚不太可能没听到。

高宜和梁思琴更怵,不敢抬头看李珩。

收回与秦温对视的视线,李珩眼神冰冷地扫过她们。

这两人立马挺直腰背站好。妈呀,李珩的气场也太吓人了,以后还是不要开他和秦温的玩笑好了。

"哔——"

场上哨响,裁判示意比赛开始。

李珩跟着身边的男生一同上场,他走过自己身边,秦温还是有些担心,又看了看他,这回他没有看自己。

秦温收回追随李珩的视线。

她其实是有些庆幸李珩刚刚没和自己打招呼的,毕竟高宜和思琴现在保证了以后不开玩笑,谁知道她们后面会不会再闹。不过就刚刚李珩一副和自己不熟的样子,估计以后她们也不会再说什么。

只是秦温已经很久都没见过李珩这副高冷模样了,一时又有些拿捏不准李珩是不是其实听到了那些玩笑话。她知道他心里并不喜欢被人背后议论。

秦温无奈地叹了口气,刚刚放松下来的心情又开始有些纠结,所以才让高宜、思琴她们一开始别说这种玩笑嘛,搞得现在自寻烦恼。

场上所有球员都已就位,裁判吹哨,球员开始争球,进攻,防守。

秦温看着场上人员来回跑动,身边高宜、思琴已经开始喝彩,她却心不在焉,视线不自觉地追随李珩。

要是李珩听到了怎么办,他们以后相处一定很尴尬。要不要再和他说清楚这件事?但要是他真的没听到,自己再这么一说,不就此地无银三百两了嘛。

场上李珩接球,第一个回合的进攻由他组织,跑过中场线时眼尾瞥见秦温正愁眉苦脸地看着自己。

李珩心里好笑,运球利落转身,一步过掉自己的防守球员,跑到三分线外起手就投。

场边一片哗然,去年的李珩可是整个第一节都没有出手啊,今年居然直接第一球就投了。

"唰——"篮球穿针入筐。

"天哪!"场边有人在惊呼。

这回纵是秦温再苦恼也被李珩这干净利落的得分惊住,这就得分了?这才刚开场没多久啊!

秦温愣愣地看着场上的李珩,一时也忘记了自己心里的纠结,然后就看到李珩开始回防。

只是他在转身的时候冲自己拍了拍胸口，举臂伸出三指示意得分入账，眼神很是嚣张。

又想起他说的那句如果自己不给他加油的话，他就要把二班摁着打，秦温被李珩这气死人的动作逗乐，还会跟自己开玩笑，那看来是真的没有听到吧。

秦温松了口气，也终于开心地扬扬唇。那么，接下来比起担心李珩有没有介意，她更应该担心二班的下场。

事实证明，李珩今天心情很不错，只摁着二班打完第一节就下场了。

秦温看着李珩进完最后一球，下场后隔着一个半场冲自己挑挑眉，一副很仁义没有对二班下死手的样子，她有些没好气地笑笑，不再看他。

后面的比赛，李珩都在篮球架边和队友聊天。

一班爱打篮球的男生本来就多，五个主力、五个替补也装不下所有有心上场的人，李珩已经打过一届篮球赛了，所以他早就和体委说好只打一节，让出时间给其他没参加过篮球赛的同学。

毕竟二班的实力也不需要他打满四节，一节就差不多了。

李珩和队友说了几句话，又看起了手机。

场边方文博他们还在。

方文博一直都想结识李珩，只是李珩什么社团活动都不参加，他很难有接触的机会。自己也暗示过潘嘉豪几次，结果潘嘉豪听不懂自己的话里话，导致他一直结交无门。

但是机会总是留给有准备的人的，这不就等到了李珩参加篮球赛了嘛。

方文博已经不在学生会了，不好出面安排一些事情，他和身边的梁媛说："跟我来一下。"

梁媛一听方文博这话就觉得不爽，他肯定又要指示自己做事。

梁媛深呼吸，笑了笑跟在方文博身后。再不喜欢她也不好说什么，会里大家都说他们这两位学生会主席是历来关系最好的前后级，有他们在，一定能把学生会经营得更好。

都被人架在那样的高度了，梁媛更不好和方文博唱反调。

梁媛不耐烦地跟在方文博后头，谁知道走着走着，她留意到方文博似乎是要走去李珩那边！

"学弟。"方文博走到李珩身前,笑着和他打招呼。

从来没被什么人喊过学弟的李珩听到了自然不会以为是在喊自己。

方文博被冷落,又耐心地喊了句:"李珩?"

李珩听到有人喊自己名字,这才抬起头,看到来人以后,淡淡道:"有事?"

方文博一愣,没想到李珩会是这反应,但他依旧好脾气地重复自我介绍:"我叫方文博,是嘉豪的朋友,我们以前也见过几面。"

这时李珩已经看到方文博身边还站着个他没什么好感的梁媛,语气冷了几分:"所以呢?"

方文博又语噎。没想到李珩一副甩脸色的样子,想来自己也几番讨好他了,他还这一副高高在上的样子,还真是个刺头啊。

方文博继续耐着性子,提醒自己李珩这种天之骄子一般脾性都不会太好:"哈哈哈,没什么,就是过来和你打声招呼。

"没想到学弟的篮球打得这么厉害,之前应该多跟着嘉豪一起出来和我们玩的。"

"没兴趣。"李珩侧头冷冷道。

方文博彻底呆住。本来还想着问李珩想不想赛后接受学生会记者的采访,结果他一下子就把话说死了,这让人要怎么往下说!

梁媛在一旁默不作声,眼里闪过一丝得意,李珩也算是替她出了口恶气吧。

梁媛深呼吸敛去眉眼的欢喜,抬头看了看李珩。

谁知李珩在看到自己的下一秒,眼神里的厌恶更甚,似乎比起方文博,他更加讨厌自己。

她的心瞬间就冷了,她彻底意识到李珩根本不可能喜欢她。

他对她的态度甚至比对方文博还冷淡。

他根本不屑于和她说话。

李珩没耐心在这儿陪人东拉西扯,正好有 B 市的电话打来,他径直走出场外。

方文博见自己被李珩直接搁置,整个人不知所措。之前他和李珩打交道的时候都有潘嘉豪在场,潘嘉豪是气氛型选手,经常会帮人圆场,所以他并没有切实地感受过李珩对他的不屑。

现在体会到了,李珩是一点都不把他放在眼里。

梁媛默默地看着李珩走远,又扭头看了眼身边的方文博,替李珩收拾残局道:"学长别介意,他好像就是这样的人。"

方文博听着梁媛的话,点点头。

四节比赛结束,毫无悬念,二班以 15∶31 的结果落败。

该庆幸李珩只上了一节,也该庆幸比赛后面一班的手感也不好,所以最后的分数不至于太难看。

篮球赛结束,两个奥班的男生们打算去吃顿烧烤,纪念二班的高中篮球赛体验落下帷幕,秦温她们担心会吃得太晚,就婉拒了男生们的邀请。

一帮男生走在一起闹哄哄的,秦温她们跟在后头,正好一起出校园。

秦温边走边听着高宜和思琴讨论刚刚的篮球赛,突然她看到走在男生大部队后头的李珩回身看着自己笑笑。

秦温也开心地冲李珩友好地笑笑,感谢他"老人家"对自己班手下留情,谁知接着就看到李珩冲她举了举自己的手机。

秦温笑容一凝。

要命,她都要忘了她这位在球场上意气风发的组员,现在正强颜欢笑地徘徊在焦虑自卑的边缘。

她今晚还要安慰考差了的李珩,这都什么跟什么啊!

第二十四章／安慰

夜晚，万家灯火通明。

秦温饭后陪父母说了会儿话便回房间写作业。她看了眼时间，离和李珩约好的九点还有一个小时，她便打开语文练习册做起了议论文的阅读理解。

可不知道是这篇议论文太生涩还是自己今晚状态不好，秦温总是不太看得进去，看了下一段忘了上一段，反反复复阅读了近半小时才把文章通读理解。

接着答题外加校对答案，又花了快二十分钟。

一抬头，已经八点五十三分了。

秦温放下笔，伸了个懒腰，拿起手机看信息。

李珩今晚一直都没找她，会不会他忘记了，又或是男生们的烧烤局还没散场？

秦温正想着，"嗡嗡"两声，手机又开始响动，是李珩发来的通话邀请。

猝不及防的秦温先是被吓了一下，但很快又恢复淡定。她和李珩也不是第一次打电话了，总不至于每次都咋咋呼呼的。

只是要安慰李珩什么的，秦温总觉得哪里怪难为情的，她何德何能啊。

秦温深呼吸，接通电话。等了一会儿，听不见有人说话，她生硬地来了句："喂？"

电话那头终于传来男生的坏笑:"你怎么听起来那么别扭的感觉?"

秦温一窘,她表现得这么明显吗?

"哪有。"

李珩又笑了一声:"组长,我们这个学习小组该坦诚些,我都和你坦白很难过自己考差了,组长也不应该敷衍我不是吗?"什么哪有,明明就有。

秦温听完李珩的话,不自在地咳了声。

"组长是不是要反悔了?"

"没有呀。"

秦温低头看看自己的练习册,确实没什么不可以讲的。

"我只是不知道该怎么安慰你嘛。"

"而且你也没有考得很差。"就比她低几名而已。

"真的?可我以前都没有跌出50名。"李珩语气正经地说道,仿佛真的在苦恼这件事。

"一次而已呀,状态有波动也是正常的,不是吗?我们下次努力就好了。"秦温轻声安慰,不过想了想,又补充,"而且你考前也没有好好复习……"嗯,身为组长,还是应该客观指出组员的不足的。

李珩忽略掉秦温的最后一句话:"那万一我下次考不回来怎么办?有第一次就会有第二次。"

他慢慢引导秦温打开话题。

秦温听完李珩的话顿了顿,没想到李珩那样厉害的人也会这样想。

"好好复习的话又怎么会呢,更何况你的基础那么好,怎么会考不回来呀?"

听着秦温温柔的声音,李珩心情大好。他舒服地往后靠着沙发后背,落寞语气却仍旧不变:"我就是说不出地担心,更何况大家都那么厉害,我怕自己一旦掉下来就回不去了。组长你会不会这样?"

秦温一愣,没想到李珩突然会问自己这个问题。

她垂下眼眸,过了一会儿:"我现在不会了。"

李珩扬唇,拿过一瓶水抿了口。

排名在他眼里什么都不算,不过是想看看秦温有没有因为期中考考差了不开心而已。秦温爱自己憋着那些负面情绪,虽然就他的观察而言,她并没有因为这次的期中考而伤心,但他还是要确认一下。

现在听完秦温的答案，李珩也松了口气，就想着赶紧聊点什么好玩的，他可不想再说两句话又变回讨论题目去了。

可是一句玩笑话还没说出口，他就听到秦温又开口："但我以前会。"

秦温趴在桌子上，看着摇头晃脑的仙人球摆饰，轻声道："我以前高一的时候也像你这样想过，觉得自己比别人差，觉得自己要追不回去了，特别是每次考试都刷新自己的最低排名纪录的时候，我也很难过，很讨厌考试。

"而且我还是一直都有复习的呢，但是就一直状态不对，越考越差，和别人的差距越来越大。大家都是一分耕耘一分收获，可我是十分耕耘，颗粒无收。"

秦温伸手按住嘻嘻哈哈的仙人球摆饰。

无论是因为帮过自己还是后来的同桌相处，她都已经把李珩当作非常要好和重要的朋友。

她希望自己身边的人都能开开心心的。

"然后我就特别焦虑和难过，所以我很能理解你现在的感受。"

会很紧张，会很不安，曾经也是意气风发的人会因为不断受挫而变得畏缩恐惧，到后面甚至会直接把自己放在失败者的位置，不断放大自己和别人的差距，不断自我否定。

越来越压抑的感觉一点都不好受，秦温花了很长时间才从高一上的岔路中走出来。

她不愿意那么要好的朋友重蹈覆辙。

"但其实也只是一次普通考试而已，不是吗？

"我们明明也考过那么多次试，有过那么多优秀的成绩，又怎么能对那些成就视而不见，因为一两次的失败全盘否定自己呢？

"我们又不是机器人，成绩会起落涨跌也正常呀，哪里有不对的地方，我们及时改正就好了，不会一直消沉下去的，你别担心。"

秦温轻声安慰着，李珩却凝眉，全无开玩笑的心思。

秦温说她高一上状态不好他信，他那时在随风书店见过她红着眼睛的样子，满满的难过与无助。

自己主动接触秦温可以算是在高一下后半学期吧。李珩认为自己一直都有好好地陪伴秦温，但是在她最难过的高一上呢，还有她挣扎着走出困境的高一下前半学期呢？

她都是自己在默默坚持。

李珩垂下眼眸,心疼地说了声:"这样子吗……"

秦温没有听出李珩语气里的轻柔,而说出压抑在心中的话让她突然觉得自在轻松不少。

她笑了笑,接着说道:"嗯,而且你是李珩呀!

"初中一年就进礼安奥数组,高一就拿到省赛二等奖的人呢,无论是数学满分还是全级前十也都考过,多厉害呀。

"你已经比我们很多人取得的成绩都要好得多了,又怎么会这样轻易沉下去呢?

"我一直都很崇拜你相信你的,你也该为自己感到骄傲呀,不用担心会发生那些无谓的事情。"

像是周围的空气都被抽干,世界陷入真空状态,这段对话轮到李珩愣住,本晃着水杯的手也定在原处。

他不过是随口说的觉得自己考得不好,想要秦温安慰自己,他以为的是秦温会害羞,然后最多敷衍自己几句,没想到,她居然会这么认真地安抚自己。

她是真的很担心自己会因此消沉。

李珩突然觉得心上开出了花,一朵两朵,五朵九朵……向阳而生,慢慢满心繁花,盛大得像是主宅的花园。

学习于他而言就是帮助他进入全国顶尖大学的工具而已。

但现在,秦温说他已经很厉害了,她很崇拜他。

李珩往后靠在沙发上,抬头仰望着头顶的繁灯,眼眸因灯光映衬更显明亮。

他本来就是在众星捧月的环境里长大的,B市李家的独孙,他就是干站着不动也会有一堆人捧着自己。

李珩知道这些光环都是李家带来的,溢美之词真假难辨,他从来都没把那些话放心上,只想着能尽快自立门户。

只是上位者荣耀的累积不可能一蹴而就,纵是他这种天之骄子的起点,也得学着蛰伏与谦卑。

可是秦温说他该为自己感到骄傲。

未来的日子还很长,挑战还很多,即便还没达到自己的预期,但是已经足够为自己驻足喝彩了。

而且你是李珩呀。

"嘀……"李珩垂首轻声一笑,这段对话不该是这样发展的,怎么还真的被安慰到了?

秦温这边一直没听到李珩的回答,然后又莫名其妙听到一声轻笑,她以为李珩怎么了,担忧地问道:"你还好吗?"

李珩赶紧敛去语气中的异样,轻声道:"没事。"

"真没事?"

"嗯。"

"组长人真好。"末了李珩又补充。

好到他喜欢得不得了,好到他这辈子都不会再碰到比她更好的女生了。

"这有什么,你没事就好啦。"秦温开心地松了口气,手也终于放开那个小摆饰,"不用担心,看开点就好了。"

"好。"

"仙人掌"又开始摇头晃脑起来,显得格外喜庆。

秦温看了眼时间,不知不觉聊了大半个小时了。

李珩心情好点的话是不是该挂了,不然她也不知道接下来还该说什么。

"组长。"电话里又传来好听的声音。

"嗯?"

"不挂好不好?"

秦温一愣,要是按照以往,都是李珩说没事就挂了,这次他居然和自己说不挂。

"你还是不开心吗?"她问。

"嗯。"

确实焦虑的时候也不是别人开导一两句就能看开的,不然自己也不会在高一下挣扎了那么久。

"可以呀,那我再陪你说会儿话吧。"

本还满心蜜意的李珩听完这话愣住了,然后摇头无奈笑笑,看着天花板无声叹了口气,敢情她刚刚是真的想挂了。

唉,算了,他还是当个贴心的组员吧。

"没事,你不用陪我说话。你忙你的,我在旁边待一会儿就好。"

秦温刚准备把练习册合上："没关系呀，我陪你聊会儿天吧。"

李珩笑笑，瞧瞧这人一副充满人文关怀的样子，明明刚才还想挂电话呢。

"真没事，我在旁边静静待一会儿就好。"本来就是什么事都没有，他也不想打乱秦温今晚的安排。

秦温听着李珩的坚持，担忧道："真的不用我陪你说话吗？"

"嗯。"

"我又不是小屁孩，还要人一直陪着说笑啊。"

什么跟什么呀，秦温被李珩逗乐："确定真的不用？"

"嗯。"

"那好。"秦温又打开练习册，刚刚阅读题错得太多了，再练一篇吧，"那我做会儿作业，你有事就和我说。"

"好。"

一段对话安静下来。

秦温专心阅读，临冬的晚风自未关紧的窗缝中溜入也没引起她的注意。

李珩趴在客厅大矮桌上，基本不会让自己闲下来的他竟然真的就只是安静地在一旁待着，看着手机界面的通话时长不断累加。

就像他对秦温的喜欢一样，每一分每一秒都在叠加。

给李珩做完心理辅导后，期中考的事也就彻底翻篇了。

十二月渐深，气温经过几次急降后，也到了该穿校羽绒服的时候。

A市的深冬艳阳不减，却总有阵阵细微的阴风无孔不入，穿再多衣服，身体也总有一两处会觉得寒意难耐。

李珩侧头看了眼身旁把两只手都缩进衣袖里的秦温，也只有在不得不做笔记的时候她才会把手伸出来，画完写完又立马把手缩回去。

"有那么冷吗？"李珩轻声问。

这种天气他穿一件内衬外加一件厚外套就可以了，怎么感觉秦温那校羽绒服下面还有三四件衣服？

秦温正听着课，突然被李珩打断，她回神看着他点点头。

今天才八九摄氏度欸。

她看着衣服比自己单薄不少的李珩："你不冷吗？今天天气预报

说气温不会超过十摄氏度。"

这还能是什么了不起的温度吗？李珩半认真半打趣道："你体质太差了。"

秦温一愣，"真的挺冷的，今天早上出门的时候风很大。"

"可现在我们在室内。"李珩笑笑。

秦温语噎，扭头不看他却较真了起来："明明就挺冷的。"

李珩也收回视线，眉眼忍笑，要不以后把自己的羽绒服也借她穿好了，校羽绒服那么薄能扛什么冻啊，他从来都不穿。

老师又讲过一个知识点，提醒大家在课本上做好记录。

秦温将手指微微伸出衣袖，拿过记号笔。

李珩瞥了一眼，啧。

"我来。"大少爷直接拿过秦温的课本和笔。

秦温刚准备下笔，谁知道就拉了道空气，视线追随课本，发现它们被李珩拿到他那儿了。

"画哪儿？"李珩看了眼屏幕又看看秦温。

秦温心里一阵无奈：他听课了吗？他刚刚还在一直看别的呢。

"好啦，还给我吧。"

就这手还缩在衣袖里呢，李珩不理会秦温的话，只催促："赶紧的，要画哪里，老师要翻页了。"

秦温看了眼大屏幕，老师已经翻到下页PPT："画第二段前两句。"

李珩照做。

秦温以为李珩只是心血来潮，准备拿回自己的课本，谁知道他抬了抬手肘打断了自己："听课，我来帮你画。"

秦温一顿："你怎么了？"突然要帮她做笔记。

看不得你受冷啊，怎么了？

"之前我备赛奥数的时候你帮我做了那么多笔记，我也该报答你一下了。"李珩语气敷衍道。

秦温恍然大悟地点点头，那又不是什么费劲的事，他怎么那么客气？

"没关系的……"

"你别老说话。"李珩出声，对付秦温这种磨磨叽叽的时候，直接打断就是了，"打扰我听课。"

秦温无语，谁先说话的嘛！

她又看了眼李珩，一副心无旁骛看PPT的样子。算了，随他吧，反正政治笔记也只是画画线抄个小标题，不是什么麻烦人的事。

"那好吧，谢谢。"

李珩似乎专心得连她说的话也没听见，并没有什么反应。

她便也收回视线重新认真听课。

秦温想，李珩估计也就报一节课的恩吧，谁知道后面的课他都主动请缨。一开始秦温还不好意思，后来也却之不恭了。

事实证明，有人帮忙做笔记还是挺好的，自己只要在旁边看着点就好了，哪里不对就提醒一下。

"你漏画了最后一句话，还有旁边要把老师总结的小标题抄上。"

又一节课，秦温边看李珩做笔记边出声。

大少爷乖乖照做，秦温大概是第一个敢这么使唤他的人。

"小标题在哪儿？"

"PPT上呢。"

李珩看了眼屏幕，又将笔记补全。

秦温看着李珩劲挺大气的字，想起陈映轩那次篮球赛后吃完烧烤回来和她们讲起李珩的字。

"妈呀，李珩的字写在烧烤单上也太帅了，能把'鸡中翅'这三个字写出特级烤羊腿的感觉！"

秦温突然没忍住笑出声。

"笑什么呢？"李珩专心抄笔记，没看秦温却问道。

"没什么。"秦温敛起自己的笑容。

"怎么我问什么你都说没什么？"

好吧，投诉她了。

"真没什么，就是男生们说你的字特别好看，"秦温停了停，又笑了声，"写在烧烤单上特别霸气。"

李珩听完这话抬头看了眼秦温，然后眨眨眼像是在回忆，过了几秒才反应过来她说的烧烤是什么事。

他也跟着秦温笑了声："那件事啊。"

"嗯嗯。"秦温点点头，然后又看了眼李珩的字，由衷地称赞，"不过你的字真的写得好好看。"应该是练过的吧，比她见过的很多男生的字都要好看。

喜欢的女生不仅夸赞自己，还为了看笔记往自己这边靠近了不少，李珩的心情瞬间起飞，什么稳重，什么自持，见鬼去吧。

　　"我什么东西不是最强的！"李珩看着笔记，自己点点头臭美了一句，语气极尽飞扬。

　　连暗恋的女生都是世界最强的好吧！

　　秦温一愣，没想到一向冷静的李珩居然也会这样自吹自擂，而且还是因为说他字好看这种小事。

　　怎么有种幼稚鬼的感觉？

　　秦温被李珩逗乐，忍笑扬唇，同样收回视线认真听课，不再看他。

　　印象这种东西，一旦脑海里出现了某个特定的形容词，我们便总能不自觉地找到更多的证据去证明这个形容词的合理性。

　　自从秦温有那么一瞬间觉得李珩也有幼稚近人的一面后，她感觉自己好像找到了越来越多的证据。

　　转眼来到十二月尾，周五圣诞。

　　学校虽然不提倡过这种节日，但是学生们私底下会借这个由头丰富一下枯燥的学习生活，比如十五班的同学们就在互相交换贺卡。

　　政治课前，秦温转身看向旁边的李珩，他也正看着自己。

　　"你们准备怎么过圣诞呀？"

　　李珩耸耸肩："好像没什么活动。"

　　"这样子。"秦温又好奇地打量着十五班正交换贺卡的同学，"十五班今天好热闹呀，他们待会儿的班会课一定很好玩。"

　　李珩只笑笑没说话。

　　秦温又接着说下去："不过你们班真的一点活动都没有吗？我们班都有礼物交换活动呢。"

　　李珩笑着说了句"这样子"，然后表情突然一凝，眼神警惕："什么礼物交换？"

　　秦温有些不解李珩的变脸："就是大家都准备一份圣诞礼物，然后上台抽签，抽到了谁就和谁交换礼物。"

　　李珩凝眉，二班男生那么多，秦温绝对会抽到男生的。

　　不行。

　　"我们组没有团建吗？"

秦温一愣，怎么突然说这件事："我们组就两个人，还过什么呀。"

确实两个人往团建上扯有点不合理，李珩不依不饶："可我从小到大都没过过圣诞节，你不帮我过吗？"

他这话不假，李家从来不过洋节。

这……秦温为难，没过过圣诞节有什么稀奇的，自己也不过圣诞节呀，如果不是同学们想放松下心情组织活动，她都不会买这个圣诞礼物。

不过同样的事，李珩怎么就说得……那么悲惨的感觉？

"那我下次也给你带一份。"秦温心软。

"还要等到下次？"李珩提高音量以示不满。

秦温以为李珩误会自己说的是明年，便解释："下周呀。下周给你带可以吗？"

"下周就不是圣诞节了，那我不就又一年没过上？"李珩说得惨兮兮的，"那要是明年又没人帮我过呢？"

秦温有些无奈地看着突然较真起来的某人，她像哄着非要买玩具的幼稚小屁孩似的哄着人生因没有过过圣诞节而残缺不完整的李珩。

"可我没有准备呀，总不能现在给你变一份出来吧。就等一个周末而已好不好？"

听到秦温这样说，李珩眼里的落寞与受伤一扫而空，他扬唇笑笑，挨秦温挨得更近了些。

"谁说你没准备？"

"你不是要和别人交换礼物吗？"

"你把那份礼物给我就好了。"

秦温听完愣了愣，摇头："不行，那我拿什么和别人交换？"

"我待会儿体育课结束帮你买回一份。"政治课后跟着体育课，然后便是班会课。

"你去哪里买？你要出校园吗？"秦温不解。

"不用，我去小卖部给你买点，你拿那些和别人交换。"

秦温听完狐疑地看着李珩，怎么感觉李珩在带着她干坏事。虽然礼物给什么都一样，有得给就行了。

"这样会不会不太好？"秦温问。

"怎么会呢？"

"而且我是你组员!"

"我难道不比你班上那些同学重要?"

什么跟什么呀,秦温脸一红。

"好好好,知道啦。"她赶紧答应李珩,生怕他一会儿又说些什么让人啼笑皆非的话。

童言无忌,童言无忌。

而到了体育课结束后,班会课开始前,秦温看着李珩拎着一包东西过来,都看呆了,他这架势去拜年都可以了。

重点是,李珩还说这些都是给她的。

李珩从秦温手里接过她买的玩具盲盒,又将自己手里的一袋东西递过去:"圣诞礼物,送你的。"

秦温愣住,讷讷地打开袋子看了看,各式各样的巧克力,大的小的白的黑的。

她抬头,不解地看着男生,他这是把小卖部里的巧克力都买了个遍吗?

"这小卖部什么东西都没有,等我周末给你买更好的。"李珩以为秦温不满意。

谁跟他计较这个呀,买这么多干什么,秦温叹了口气,突然预备铃响起。

秦温突然想起来,这袋东西是李珩送给她的礼物的话,那她要送别人的礼物呢?

"那我班会课要送人的东西呢?"秦温看着同学们三三两两回班,有些急切地问他,马上就要班会课了。

"哦对,"李珩后知后觉,从外套口袋里拿出一小盒口香糖,"给这个就够了。"

秦温傻眼,就这?

"这我怎么给人呀!"

"怎么不能送,礼轻情意重好不好?"

这什么歪理啊,他这不是添乱呢嘛!

"丁零零!"

又一声,正式上课铃响起,秦温看到老吴和Mrs.Yang从走廊尽头走来。

没时间跟李珩在这儿瞎闹了。

"赶紧拿着吧,你们班主任要来了。"突然没有眼力见的某人又把口香糖往秦温眼前送了送,好心提醒。

他这是故意整自己吧!圣诞礼物送这个还不如不送呢!

秦温瞪了李珩一眼,后者还一脸无辜,她莫名更气:"这东西你还是自己拿着吧。"说完就要转身进班。

"真不要啊?"

"不要!"

"不许把我送你的巧克力拿去和别人交换。"

"你管我!"

二班班会课,氛围正热烈,每一轮抽签送礼都会引发全班欢呼。

老吴和Mrs.Yang站在班级后头看着学生们吵闹。

"杨老师,你看看他们,你看看他们!"老吴双眉凝成"川"字,恨铁不成钢,"都什么时候了,还玩得这么开心!自主招生都要取消了,还天天在这里傻乐,真是岂有此理!"

Mrs.Yang听完老吴的话倒依旧笑容开朗:"吴老师,学生们该劳逸结合的。你看大家现在都开开心心的,不好吗?"

"开心不能让他们考高分啊杨老师!要是真没有竞赛降分了,这帮学生该怎么办啊,高考能考得好吗?"

Mrs.Yang听完立马不满地一拍后辈的肩膀:"小吴你这话说的,难不成他们还只会学竞赛不成?我就相信奥班这帮聪明又活泼的孩子一定都会找到自己的出路的。你别天天在这儿骇人听闻地干扰学生!"

第二十五章

取消自主招生

今年的省赛成绩出得格外迟些,期末考前两个星期才放榜。

周一秦温去到教室时,大家都围着后头通告栏那儿议论纷纷。

秦温刚放下书包,恰好高宜回头发现了她,兴奋地朝她招手:"温温快来!"

秦温还没来得及问发生了什么事,就听高宜接着说:"你省赛二等奖欸!"

秦温一愣,她连紧张忐忑的心情都还没来得及酝酿,没想到无比重要的高二省赛成绩就这样被高宜直接揭晓。

不过还好是好消息。

秦温开心地快步来到通告栏那儿。

陈映轩也在,他看到秦温立马哭诉:"天哪,科代,我才三等,比去年还退步了一个等次。"

所以说老是不交作业是不行的,秦温笑着安慰:"没关系呀,你高一都拿到一个省二等了。"

"对啊,陈映轩你这样也太拉仇恨了。"梁思琴在一旁吐槽。

身旁的人稍稍散开了些,秦温往前走近通告栏那儿速读获奖名单。

奥物组和奥化组各有一名省赛一等奖,剩余绝大部分是省赛二等奖,零星几个省赛三等奖,没有人名落孙山。

那看来老师应该满意了。毕竟拿下省一等的难度太大,每个奥科组能保证每年都有人拿到就不错了,省二等才是绝大部分竞赛生最实际的目标，不图推免保送，能有资格参加自主招生考试，最后换个高考降二三十分录取就可以了。

反复确认完名单，好朋友们也拿到了省二等，秦温松一口气，轻松地笑了笑。

太好了，这样几年竞赛生涯也算是有所回报。有这小几十分的加成，说不定自己还能冲击一下外省排名更高的大学呢。

"话说不知道冰冰他们奥数组什么情况，"高宜说，"每年都是奥数组出的省一等的学生最多，今年他们应该也不止一个人吧。"

"估计是，听说老吴赛前一个月把他们练得很惨。"陈映轩说道。

"秦温，你有问过李珩他们奥数组考得怎么样不？"梁思琴扭头看着秦温。

高宜也追问："对呀对呀，温温你知不知道呀？"

上次篮球赛背后拉郎配秦温、李珩，结果差点被李珩听到后，高宜和梁思琴都识相地不敢再乱开他们两个的玩笑。

秦温摇摇头："不知道欸。"

不过虽然不知道别人是什么情况，李珩那么聪明的人，在那样的复习强度下，上岸省赛应该是铁板钉钉的事情吧。

等到了早上政治课前，秦温和李珩都坐定在自己位置上。

秦温见李珩还是一贯的清冷表情，他正百无聊赖地看着手机。她心里闪过一丝疑惑：这感觉不太像拿到省一等的表情啊。

虽然她觉得李珩一定是稳上岸的人，但凡事都有万一，如果李珩真失手没有考上，自己还问他省赛的事会不会不太好？

秦温又想起李珩之前还说过觉得自己很担心落别人。她皱皱眉，一时不知道自己该不该问他成绩的事。

"你要一起看吗？"李珩冷不丁地出声。

秦温思绪被打断，快速回神："看什么？"

"你一直看着我，是想和我一起看手机吗？"李珩侧头看着秦温笑道。

"什么呀。"秦温有些窘迫，她哪有盯着他手机看。

"那你干吗看着我？"

"那是因为……"自己还是应该关心一下组员的情况，万一李珩考得不好,现在正失落呢,"你有看省赛成绩吗?"

"看了啊,怎么了?"李珩放下手机,专心陪秦温说话。

"那你……"秦温想着该怎么措辞。

李珩一看秦温这欲言又止的样子就知道她想问什么。

"一等奖,组长放心吧。"李珩笑了笑,云淡风轻道。

果然!秦温眼睛瞬间放亮,音量也不自觉大了些:"哇!一等奖吗?天哪,你好厉害!好羡慕你呀!"

对比秦温,李珩这个当事人倒显得冷静许多,仿佛那个一等奖不是他拿的。

他看着秦温因为兴奋激动而有些泛红的脸,眉眼间的笑意也深了些:"有那么值得开心吗?"

"怎么会不值得开心!你难道不知道省一等的话基本都能被礼安列入推免保送名单吗?就等于你不用高考了欸!而且去的还是顶尖的大学呢!"

李珩看着秦温兴奋的小表情,突然有些不知道该怎么回应她这番热烈的贺词。

其实他早一个星期就知道自己拿到省一等了。

那几所顶尖的大学向来都会提前联系相中的优等生,不仅高考会如此,省赛也会。

李珩父母正好最近任务告一段落,难得回主宅陪陪两位老人。正吃着饭,李珩的父亲接到一个电话,是以前的大学校友打来的,告诉他李珩拿了奥数省一等。

校友笑着打趣,让李珩父亲看在往日大学同窗的交情上把李珩留给他,别让B大抢走了,接着又问候了一番李老爷子,说说笑笑,二十分钟才结束通话。

"看来他高三就能回来陪爸妈了。"李珩母亲笑道。

老爷子也开心地点点头,小声念叨了句:"这小子终于靠点谱了。"

当晚老人家打了个电话给李珩。

铃声响了好一会儿独孙才接,老爷子皱皱眉,刚准备发话就听到李珩机械地汇报:

"老头。

"已经吃了。"

"挂了啊。"

"……"

"臭小子等会儿！有事和你说！"

"啊？什么事？"李珩看着电脑屏幕，一心二用，双手仍旧飞快操作着。

"A大的唐伯父打电话来了，问你要不要去。"老爷子说着话，难掩语气中的骄傲。

"行啊。"

李老爷子满意地点点头，正准备再说什么，又听李珩笑着说了句："您老把升学红包给我准备好就行。"

这小子！还真跟那潘老头似的，掉钱眼里去了。

"臭小子！你！"

"哈哈哈哈哈哈——"老爷子一句话没说完，电话那头就传来李珩张扬肆意的笑声，"我跟您开玩笑的。

"行了，优秀的老兵该早点休息了。

"挂了。"

"欸，你！"老爷子反应没有李珩快，一句话没说完，电话又被挂断。老爷子看着电话也只能愤愤地说句："欠练。"

而李珩在知道了这件事后自始至终都没什么太大反应，本来就是志在必得的东西，没必要弄成什么需要普天同庆的大事似的。

不过他现在看着秦温由衷地为自己开心的样子，又觉得自己不好一点反应都没有，扫了她的兴。

"还行吧。"李珩听着秦温又一轮的兴奋道贺，笑着说道。

"天哪，怎么会只是还行！你是省赛一等奖欸，如果我是你的话，做梦都要笑醒了！"秦温开心地说道。直接保送不用高考，多少学生的梦想啊！

李珩有些无可奈何地看着越说越夸张的秦温，他把话题转到她身上："那你呢？"

"我……"秦温立马收敛语气，害羞地笑笑，"我才二等。"

虽然秦温对自己的二等奖已经很满意了，但是在一等奖面前，确实得用个"才"字。

李珩看着秦温害羞的小表情，温柔道："可以呀组长。"

秦温难得没有自谦，同样肯定地点点头。李珩很厉害，她自己也不差。

"那我们是不是该去庆祝一下？"李珩突然话题一转，"要不我们一起去吃个饭吧？"圣诞节提过一次，他还心心念念。

"上次那家烧烤店不错。"

秦温一愣，没想到李珩突然说这个。

李珩迎着秦温不解的眼神，一手撑头懒懒道："咱们组也该团建一下了。一年到头的，一点组织活动都没有怎么行？别人过年好歹还有年会呢。"

反应过来的秦温被李珩这不着四六的话逗笑："我应该多提醒你我们组才两个人而已。"

"都就我这一个组员了，组长还听不见群众的声音吗？"

李珩卖惨，秦温笑得更加开心。她摇摇头，同样顺着李珩的玩笑话说下去："没办法，组织经费不足。"

一听秦温这话，李珩就来劲了，搞半天是钱的事啊！

他收肘抬头："那我包了！让我来好好招待一下咱们秦组长，希望她来年能多多关照我一点！"

秦温笑得不能自已，什么跟什么呀。

"别光笑啊，我说真的。"

李珩兴奋地打开手机："小的现在就给你个方案，放心，不用组织报销。"

秦温正笑着，看李珩一副欢欣雀跃真的要去的样子，连忙咳了两声敛去笑容，微微板脸正色道：

"不行。"

"要期末考了。"

李珩还没看几家约会场所星推荐就被人淋了一盆冷水。

他定了定，皱着眉抬头看秦温："期末考还有两个星期呢。"

秦温又被李珩这变脸逗乐："两个星期的复习时间还多啊？而且我们还有两三门科目没上完课呢。"

"那……"

"总不能你自己不用高考了就不管我了吧，我还得接着上课参加高考呢。"

李珩刚想说就吃一顿饭又不耽误多少时间，谁知道秦温把高考搬出来了。虽然他从来没把高考放在眼里，但是秦温都这样说了，他还能说什么呢。

他还能说什么呢！怎么就变成只顾他自己不顾她了呢！

"诡辩王"第一次说不过秦温。

"丁零零！"

上课铃声响起，同学们都回到座位。

秦温看着李珩难得吃瘪的样子，忍着笑意打开政治书，转过身去不再看他。

"那期末考结束了呢？"李珩歪头看着秦温问道。

秦温没忍住又侧头看了眼认真发问的李珩，向来冰冷的眼眸现在亮晶晶的，十足一副等着大人带自己出去玩的小男生样子。

她又低头笑出声，收回视线看着老师新打开的PPT。

"看情况吧。"

"嗯？"

"考得好就去，考得不好就不去。"

秦温说要准备期末考就真的认真备考。

临近期末考，奥赛的补课再次暂停，秦温周六也不去书店，只专心在家复习。她看李珩拿到省赛一等奖以后更加放飞自我，知道他无心备考，便停了他的周日学习小组线上提问时间，而自己的周五晚上提问时间也砍半。

如果她没有要问的数学题，两人就只说一会儿话，之后她就去做作业。

当然作为一个好说话的组长，秦温还是先把自己的这些想法和组员说了。

李珩听完只笑着说秦组长好大的官威，这大刀阔斧的改革快把他给改没了。

嗯，那就是没意见的意思，于是秦温就不管他了。

李珩也很识相地没有多去打扰秦温，只等着她期末考考个好成绩，能批了他的团建方案。

两人现在也就政治课的时候见面说会儿话。现在只剩下一门政治课算是李珩最上心的科目，数学偶尔听听，其他基本不听。

"身为组长，你不能老打击组员的积极性。"

又一节政治复习课，秦温嫌弃李珩做的笔记太简单，要拿回自己的课本，李珩挡掉她的手，大言不惭道："不就是走了会儿神没听到老师说了句什么嘛。"

秦温语噎，他老是漏知识点还有理了？

"那要不换你当这个组长？"

见秦温难得小脾气上来，李珩笑得更加开心，脸皮也更厚："我当的话，放学就去团建。"

无赖！

"刁民！"秦温没忍住说了句。

李珩先是一愣，然后被秦温这话逗乐，谁敢这样说他啊。他忍着笑："哪有人会这样说自己的组员啊，我是刁民，你是什么？"

秦温也愣住了，没想到自己居然脱口而出这样的话，都怪李珩老是给她戴高帽！

"赶紧把黑板上的东西抄上啦！"秦温决定不和李珩纠缠这个问题，只催促他快点补上笔记。复习课的节奏本来就快，他又在这儿拖拖拉拉的，还真不如自己做呢。

"知道了，我的大组长。"李珩赶紧写上，"您老审审这样行了没？"

秦温凑上前去看了眼李珩新补上的笔记，确实都补齐了，她收回视线，但心里还是有些不放心。

"你认真点记。"她又婆妈地叮咛了一句。

"好好好。"

时间眨眼就到了期末考。

这一次秦温预感自己可以考得比期中考再好些，因为没有了奥赛的影响，她有了更多时间去复习，再加上有一个省赛二等奖的好消息，让她在考试时心态更加从容淡定。

考试期间学习小组暂停一切活动，那三天时间里，秦温也只在走廊偶遇了李珩一次。

"组长考好点。"李珩笑容灿烂地说道。

秦温看着李珩这无害纯真的笑容，说不出来哪里不对劲，什么时候见他心情这么好过。

不过先不管了，考试最重要。

很快三天考试考完，又到了评讲周。

罕见的是奥科老师们居然在这一周集体出差，奥班的数、物、化、生四科都是由外班老师来代课。

"为什么就只有奥赛的老师外出了？"陈映轩问高宜。

"不知道啊，而且好像不止我们级，高一、高三年级的奥赛组老师都不在。"高宜担忧地分享着自己打听到的最新情报。

秦温几人又互相看看彼此，都一头雾水，所以这次讨论也就无疾而终。更何况期末考各科的成绩还在不断公布，显然期末考更吊大家胃口，于是奥赛老师都不在这件事大家只当作普通巧合，没往深处想。

二班甚至还因为老吴不在而气氛更加欢腾。

可秦温心里却有种不祥的预感，上次他们两个奥班的班主任外出一周回来就听到了要取消自主招生的风声。

这回是所有奥科老师集体外出，她感觉事情更严重了。

很快两天过去，所有单科成绩和年级总排都出来了。

秦温开心地看着自己的成绩单，果然又比期中考进步了些，这次来到了52名。

如果说礼安的级排150名是省内一流、非一流大学的分界线，那么50名就是省内、省外一流大学的分界线。只要考生能考进年级50名，基本就能去省外排名更高的大学了。

所以秦温在看到自己排名时，一向踏实谦虚的她也忍不住得意地来回看那张成绩单。虽然还远不到优秀，但是每次都能感受到自己的进步实在是太好了。

她还有一年半的时间，只要能继续保持这个前进的势头，说不定真的可以留一个梦想去挑战那些她高一想都不敢想的大学呢。

一场考试有人欢喜有人忧，成绩不过是对一个学期的总结，等发完成绩，大家更开心的是寒假马上就要到来，又是一年春节了呀。

"我们放假聚一次会吧！"高宜挽着秦温的胳膊，和梁思琴、郑冰提议道，"去看电影怎么样？过两天有一部我很想看的电影要上映了！"

"温温又不爱看电影，约电影的话，她一会儿又不来了。"郑冰提醒。

秦温尴尬地笑笑:"不,这次我一定去!我给你们买爆米花!"她现在学习压力没那么大了,也就没必要再像以前那样闷着头死学了,该多些和朋友出去玩的。

"好棒!"高宜一拍手掌雀跃道。

"要不别等过几天了,学校后门新开了家剧本杀店,我们周五下午去探探店?"梁思琴又提议。

"也可以呀,我还没去玩过剧本杀欸!"高宜更加兴奋,"去吧去吧!"

四人便约好了先是这周五下午去玩剧本杀,下周周末再约看电影。

不止秦温几人,班上其他同学也都对即将到来的寒假期待不已,剧本杀、旅游、开黑、宅家,光是想想都让人巴不得马上把时间调到周五。谁知第二天周三教育局出了一则正式新闻,瞬间打消了所有人的玩乐之心。

与自主招生无关。

是以礼安为首的A市前六所学校的初中部都要应要求改制成公办学校,扩大规模,划片招生,分摊A市中小学生学位资源紧张的压力。

这次被挑中的前六所学校都是公办高中无疑,但是大家为了保证自己每年中考所录取的生源质量,早十几年前就各自开设了自己的民办初中部,独立招录优秀的准初中生,由自己培养三年,为高中部输送优质生源。

所以一般这些民办初中都不会太差,暗藏的特色班更是被校方当作未来高考与其他高中决一胜负的"秘密武器"来培养,譬如礼安的初中部,就是高中部两大奥赛王牌班的预备军。

但是现在突然这几所初中都要改制成公办学校,不再能组织独立小升初招生,改为划区入学。

那么很有可能,礼安初中的小奥班就不复存在了,而是改为一所普通学校。

如果从源头就取消了奥班的组建,那么竞赛成绩存在的必要性……秦温突然有些不敢想下去。

不仅秦温在担心,两个奥班的学生都开始不安,而自己的老师们还没回来,就像狼崽们没有了老狼的带领,但是狼窝眼看着就要被人占领。

"我们初中部真要改成地段招生的话，会不会自主招生真的就要被取消了？"陈映轩转过身，趴在秦温的桌面上无精打采道。

秦温点点头："是啊。"

想到自己记忆里的初中就要改头换面了，她心里莫名泛起一阵酸涩。像秦温这种六年都在礼安就读的学生，大半个青春期都是在礼安的培育下度过的，说是由礼安一手栽培成材的也不足为过。

礼安初中可以说是自己竞赛生活的起点了，真的要变了吗？秦温想着。

"我去问了学长学姐，"这时高宜回班，她也没有了往日的精气神，语气闷闷地和大家说，"他们也不知道怎么回事。"

梁思琴叹了一口气："问学长学姐有什么用呀，他们是高考应届，就算有什么风吹草动也不会影响到他们的。

"现在问题是我们这一届会不会真的又那么不好彩，撞上了自主招生的取消。

"真那样的话，这个省二等就没什么用了。"

梁思琴一这样说，高宜和陈映轩也都纷纷叹了口气。小圈子里除秦温排名最高最稳妥外，其他三人都在100名附近徘徊，他们自然比秦温更加依赖自主招生带来的帮助。

秦温看着大家泄气的样子，虽然自己心里也涩涩的，但还是出声安慰大家："老吴还没回来，说不定他比我们更清楚到底发生了什么，到时候再去问问他吧，我们不要自己瞎想了。"

"也只能这样了。"不知是谁闷闷地说了句。

而老吴等一众奥赛老师去B市出差，直到周四晚上才回到A市。第二天周五早上散学典礼结束，其他班级直接放学过寒假，单单每个年级的一、二班都被叫回去开临时班会。

一向吵闹的二班难得鸦雀无声，同学们只静静地看着老吴进班，背着手低着头走到讲台那儿。

要开班会却没带电脑，大家都隐隐预感到老吴要说什么。

老吴在讲台站定，咳了两声开始发言，一向机关炮似的语速难得慢下来。

"相信同学们最近都有看新闻，包括也可能从家长，从学长学姐，又或是别的什么途径听说了可能要取消自主招生的事情。"

秦温放缓呼吸，真的要说自主招生的事了。

高宜转过身来和秦温使了个眼色，秦温苦涩地抿了抿唇，如果没事的话，又怎么会全校奥班都留下来，只怕不会是好消息。

老吴顿了顿："老师们这一周也外出参加了个学术研讨会，可以这么说，"老吴扫视了一眼安静乖巧的学生们，心里默默叹了口气，接着说下去，"自主招生已经确定要被取消了。"

班上已经有人发出低低的惊呼声和吸气声，而真的从权威的口中听到自己的猜想被证实后，秦温也没忍住，失落地闭了闭眼。

"而且大概率就是在你们这一届执行。"

老吴一句话粉碎了班上所有学生的侥幸希望。每逢这些改革，大概率都是由中间的高二级来做过渡届，测试政策的可实施性。

"你们如果留意到了前两天的新闻，学校的初中部明年就会改成公办初中，所以大家一定要做好心理准备，很有可能就是从下一届的高考开始取消自主招生，也就是你们这一届。"

班里的气氛安静得让人不安。

要是换作以往，老吴一说什么大消息，班里立马就闹哄哄的了，这回竟从老吴进班开始就全班噤声至现在。

向来粗神经的老吴也有些心疼这诡异的安静，他将语速又放缓了些："所以大家在往后的学习中，一定要重视其他科目，不能再像以前那样死磕一门奥科。如果没有自主招生的话，你们手里的竞赛奖项在高考是帮不了你们的。

"不要再抱着投机取巧的心态，想着我有自主招生降分，其他科目不学得那么认真也行。

"现在你们没有了。"甚至可以说得难听些，这几年竞赛算是白学了。

"该做的作业赶紧补上，那些以前没兼顾到的科目抓紧寒假去好好复习，上课老是讲话，嘻嘻哈哈的那些坏习惯也该改了。"谈起班级纪律，老吴难得没有发火，而是耐心地劝导着。

"大家也不要担心，还有一年半的时间，老师相信你们，一定可以克服困难的。"

班上没人响应老吴。

唉,老吴又在心里叹了口气,看了眼墙上挂钟,十一点多了,还是让大家早点回家吃饭吧。

"好了,老师也不说那么多了,不要偏信网上的传言,专注学习本身就好。

"大家放学吧。"

老吴不等班长喊同学们起立便离开了。当了这么多年奥数教练,他也是第一次碰到这种变革,一会儿还是再给家长们单发一条短信提醒他们要照顾好孩子们的情绪,安抚好孩子们吧。

老吴走后班上仍然静悄悄的,没人说话。

寒假伊始,班内却一片死寂。

慢慢地,过了几分钟,开始有人收拾课本,有人背起书包,或独自离开,或结伴而行,却仍旧没人高声阔论什么。

"温温,"高宜转身,"我们下次再去玩剧本杀吧。"

秦温静静地点了点头,没人有心情去玩。

小伙伴们都各自离开,秦温也背起书包走出教室,静静地沿着主校道往下,马上就要走出校门。

主校道尽头是一座烈士的雕像,雕像的另一侧延展出另外一条校道——通往初中部。

秦温看着校道笔挺前展,在一块刻了"初中部"三个红色大字的巨石身后转弯,隐入高大的洋紫荆树后。

自己好像升入高中部以后就再没有去过初中部了。

秦温垂首顿了顿,脚步一转,踏上紫荆校道。

已经又一年深冬,自她从初中部毕业以后,母校的洋紫荆已经开过两轮。

她沿着校道缓缓地往前走,转过大石头,进入初中部深处。

礼安依山而建,正好在小山的半腰处,左高右低,初中部就是在较为低矮的右边。

与四季永远不缺阳光恩惠的高中部相比,礼安初中部更显荫蔽幽凉。又有一排排高大的洋紫荆驻守,漫长的花期让紫红色的花云得以常伴学生身边,让整个初中部看起来就像是一座孩童的秘密花园。

秦温还记得她第一次来礼安初中参加小升初考试,时值洋紫荆花期,整个校园都被紫红繁花包围,她从来没有见过这么漂亮的学校。

一起入学的同学也都认为他们这个初中部简直就是全市最漂亮的学校了。

直到后来初一运动会,他们去了左边的高中部参加比赛,那时大家才又见识到什么叫名校气派,什么叫庄严典雅。

原来他们这个初中部,破破烂烂,又老又小。

老池塘,老石桌,老凳子,就连猫猫都似乎要比高中部的那些老上几岁。

不过算了,儿不嫌母丑。

正好大人们都把注意力放在了高中部那些哥哥姐姐那儿,他们初中部就可以躲在这老校园里自娱自乐。

秦温继续往里走,走过池塘,走过许多棵紫荆树。

紫荆花期已尽,昔日平坦洁净的校道上没有了花儿,只有一层层细碎沙石和散落各处的水泥块。

没有了阳光的照耀,校道更显脏乱不堪。

秦温皱皱眉。

"砰!砰!砰!"

"吱吱吱吱——"

不远处传来的施工的声音打破了安静的氛围。

她抬头,那栋大家一直都很嫌弃的老破小教学楼外侧自上而下被覆上绿网,搭满竹架。

像极了老人覆布时的安详模样。

礼安每逢寒暑假必装修,这或许又是一次循例的无效装修。但是想到老师说学校要改制成公办学校,以后也会扩大招生规模,秦温突然觉得有种说不出的难过。

无论是她的初中回忆还是竞赛回忆,都正被人从现实生活中抹掉。

初中会在来年变一个样子吗?

一阵风吹起,吹落枝叶上的灰尘,让人眼睛有些刺痛。

秦温侧过身去躲开这阵风,视线正好看向另一侧,沿路高大的紫荆树,它们好像也被这装修队弄得灰头土脸的,怎么看怎么狼狈,让她突然就不想回家了。

她走到紫荆树旁的一条长椅坐下,远处施工的声音接连不断,她静静地陪着不得安宁的老校园。

"秦温。"

突然有熟悉的声音响起。

秦温缓缓抬眼看向声源，李珩正缓缓向她走来。

不知道为什么，看见他的一瞬间，秦温觉得自己鼻子酸酸的。

李珩看着秦温独自一人坐在长椅上吹风，往日明亮的眼睛此刻落寞又无助。

他走到秦温身边坐下："怎么了？"

秦温收起自己的不开心，生硬地朝李珩笑了一下，然后避开他的视线："没什么。"

李珩看着压抑自己情绪的秦温，见她不想说话也没有再追问下去，只静静地陪在她身边。

过了一会儿，秦温稍稍平复了些突然翻涌的苦涩心情，想起自己还一直冷落着李珩，便轻声开口："你们也说了自主招生要被取消的事吗？"

"嗯。你在担心这个吗？"

李珩的视线没有离开过秦温的眼睛，秦温的眼神却一直放空地看着眼前。她想了想李珩的问题，摇头："不算吧。"

有一阵风吹来，顶上树枝抖落几片落叶，其中一片正好落在秦温手中。

"其实我对于自主招生要被取消的这件事似乎还好，虽然没有了降分录取什么的，但这件事对我的影响还在可接受的范围内。"

进高一以来秦温就没有放松过对其他非奥赛科的要求，虽然这让她学得很累很苦，还差点把关注点放错地方，让自己变得又焦虑又不自信，但庆幸她都坚持下来了。

不论出于什么目的，学习的时候多努力一点总不会有坏处，起码之前的努力就在这次教育改革中庇佑了她，因为她现在六科本身的排名就已经很具备竞争力，而她的心态也在不断逼迫自己的过程中变得更加抗压。

虽然没有了降分的优势，但是她还有一年半的时间不是吗？

秦温露了个开心的笑容给李珩看："还没和你说，我这次期末考了年级第52名哦。"

不过想到老吴刚才在班会课说过的话，她脸上的笑容又稍纵即逝：

"我只是有些难过陪伴了自己那么久的科目,有朝一日也会不得不放弃。

"你知道吗,其实我高一状态特别不好的时候就有想过不学奥物了,又耗时间又费脑子,压力还大,不如安安心心准备高考。

"不过那也是我自己想想而已,等到了现在自主招生真的要被取消,我真的可以不用再学奥物了,我又说不出地难过。"

秦温哽咽了一下,脑海里想着该用怎样的措辞让李珩更加明白自己的意思:"就是……"

"就是主动选择和被动选择的区别。"李珩看着秦温轻声道。

"对。"秦温认可地点点头,庆幸李珩理解她。

"就算它很累人,但好歹也陪了我那么久,我还是很舍不得。"

久到可以追溯到她从小学二年级就接触奥数,然后初二转奥物一直到现在高二,都快十年的时间了。

秦温委屈地看了眼李珩,不等他说话,又接着问道:"你知道礼安的初中部也要改建了吗?"

"嗯,我听说了。"

"对啊。"秦温垂下眼眉,心情更低落,"这些都是我过往的经历,现在统统都要改变了。我的初中也没有了。"

李珩心疼地看着秦温:"怎么会呢,初中部肯定还是在的,你的初中老师、初中同学不都和你在一起吗?"

"那不一样嘛。"秦温定定地看着李珩,不甘心地反驳道。

李珩听着秦温有些单纯的发言,眼里没有半点不耐烦,轻轻帮她拿下肩颈处的一片落叶。

很多事情本来就轮不到个体愿不愿意,更何况没有什么东西是会为了你而永恒不变的。换别人说这种话李珩只会觉得没脑子,可就是这样一个极度理性冷静的人,却在共情着秦温这份低幼的不舍与难过。

"怎么会不一样呢,曾经的学校不过是一个载体,记忆才是真正陪伴你的东西。"李珩轻声开导,"也没人可以掩盖得了你的回忆。"

秦温没有说话,只低头看着灰尘满地的校道:"是因为实际的东西留不住才安慰自己可以寄托于回忆吧。"

"不是。我们总是要遇到很多离别,难道每一个地方都要住上一辈子不离开才能证明发生的事情都存在过吗?正是因为有回忆,我们才能更好地轻装上路,对不对?"

秦温听着李珩的话，愣了愣。她没有说话，眼睛又看向那老破小教学楼。

这时从旁边的一栋低矮小楼里跑出两名欢腾的小男生，其中一个还抱着足球，两人兴奋地跑向通往高中部的校道。

校道沙石满地，抱着足球的小男生打滑摔了一跤，手里的足球也被抛开。摔倒的男生被自己逗乐，大笑着爬起来，一旁的小伙伴也因这滑稽的一幕而放声大笑，连忙跑去追一直向前滚的足球。而重新站起的小男孩也懒得拍掉身上的灰尘，赶紧和小伙伴一起去截住那快要滚到老池塘里的足球，然后两人又嘻嘻哈哈地奔向高中部。

秦温突然意识到这初中不仅承载了自己的回忆，也会承载着这些学弟学妹们的回忆，还有那些未来入学的学生的回忆。

她独占不了学校。这所学校不是为了自己而建的，自己也不过是里面的一个过客而已，所以回忆比实体更重要。

秦温看着李珩，有些不好意思："好像是有点矫情了。"

离别和割舍才是正常的，所以能留下的回忆才更弥足珍贵，而非那些实体。

"这有什么，念旧又没错。"李珩侧头看着秦温笑道，"这一点我应该多向你学习。"

秦温脸红了红，没有回答他的话，只朝他笑了笑，视线又不自觉看向那几栋矮楼。

李珩的手搭在秦温身后的椅背上，不愿意她一直想着不开心的事："我还没去过初中部，能带我去看看吗？"

秦温一愣，回身看着李珩，有些意外："你想去看看吗？"

"嗯。"

"好啊！我带你去看看吧！"秦温开心道。其实她刚刚就想进去走走了，但是自己一个人去的话，她怕会太难过。有李珩陪着的话，她想应该不至于那么悲情。

两人起身，秦温带路。通往教学楼还有几十米距离，秦温边走边给李珩说着她初中的日常。

早读，晨操，午餐去饭堂还是偷偷溜出校外，下午放学和高宜她们逗会儿几位猫爷再走。

男生们经常抱怨初中部没有运动场地，每次去高中部的足球场、篮球场又总是被人嫌弃。

奥班的女生很少,三个年级的女生基本都认识彼此。

李珩扬唇看着越说越开心的秦温,她觉得自己过往的校园没有了,那就换自己全盘吸收她的回忆,做证明她回忆真实存在的那个实体,一直陪着她。

正好他错过了秦温的初中,现在补补课。

他跟在秦温身后,认真地听着她的过往,不时回应。

秦温停在刚刚那两个小男生跑出的小矮楼前,这是他们的宿舍楼。

初中部虽然没有走读生,但学校还是批了一栋小楼专门给学生们午休用。

"以前我们初中部人少,宿管老师就一个老奶奶,我们喊她黄老师。你看上面二楼走廊的外花栏,那些小花都是黄老师种的,里面还有芦荟呢。

"以前班上有个男生中午摘了其中一小株芦荟去洗脸,结果全脸过敏,请了两个星期假才回来。"秦温笑着和李珩说道。

李珩也看着秦温轻笑一声。

秦温又抬头看着楼上的花儿,李珩收回视线,看向一楼的宿管办公室,从他的角度正好可以看到办公室内部。

没有什么老奶奶,只有一个中年妇女。

"要不我们进去看看吧。"秦温收回视线,看着李珩兴奋地提议道,"黄老师说不定还记得我呢!"

李珩眨了眨眼眸,见不到认识的人她会失落吧。

秦温已经抬脚往前走了几步。

"秦温,"他喊住她,"宿舍楼里还有女生,我不方便过去。"

秦温站定,被李珩这么一提醒才反应过来自己的提议确实欠考虑,她走回李珩身边,抱歉地笑笑:"也是,那要不还是下次吧。"

"嗯。还有别的地方吗?"

秦温摇摇头,无奈笑道:"没有了。你看,初中部很小吧。"

李珩环视四周,一眼就能看完全貌,感觉还没他家主宅后头那片空地大。

"是挺小的。"

"所以说呀,以前我们真的超级嫌弃这里,特别是一对比高中部那边又气派又有档次的样子,这里怎么看怎么破。"

李珩笑笑,可还是架不住她很喜欢不是吗?

秦温最后看一眼校园,说不定一个寒假回来这里就已经开始变样,不过终究是留不住的,它会是自己的回忆,也会是未来别人的回忆,不管变成什么样都是美好的东西。

秦温扬唇,希望一切都好。

"还逛吗?"李珩看着秦温出神的样子,轻声问道。

秦温摇摇头:"我们走吧。"

然后她又看了眼连通高中部的校道,她问李珩:"要不要从这里去高中部?你应该没走过这里吧。"她也好久没走过了。

"嗯。"李珩应声。

秦温开心地笑了笑,又带着李珩往前走。

礼安沿半山腰呈"门"字形,连通初中部和高中部的是一条完全背阳的上坡校道。

迈入上坡校道就再没有紫荆树,校道一侧是铺满爬山虎的油绿矮山壁,另一侧是架空层,往里走可以穿到篮球场、乒乓球场等运动场所。

秦温、李珩静静地走着。

校道上没有人来往,这里背离阳光更显幽深寂静,也让少男少女的声音更显轻扬。

"那你还有回国际部吗?"秦温抬头问李珩,她说了那么久自己的事,也想听听李珩的初中。

"没有。"李珩耸耸肩。

他和秦温算是两个极端,他从来不念旧,特别是A市、B市两边跑这么多年,更不觉得离别是什么大事。

"这样子。"秦温点点头,"那国际部漂亮吗?应该比高中部还漂亮吧!"

李珩好笑地看着突然对自己感兴趣的秦温,说:"没有你的初中部漂亮。"

"骗人,国际部怎么可能不漂亮?"秦温不信,"你们连校服都比我们漂亮那么多。"

"也就那样吧,几栋楼几棵树。"

秦温听着李珩这回答有些哭笑不得,什么地方不是几栋楼几棵树。

李珩回应得平淡，秦温也没好再继续问下去。

不过说起国际部的事，她又想起高一八月开学前在随风书店偷听到国际部的女生和李珩的对话那件事。

那时候看到李珩那样拒绝女生还觉得他真是个超级冷漠无情的人，没想到一年多接触下来，其实他也是个很温暖的人呢。

秦温打量着自己的组员，掩唇忍笑。他那时候应该对自己没印象，也不会知道自己还见过他被人追到书店的样子吧。

李珩见秦温傻笑，问："又想什么呢？"

"没有没有。"秦温转过身去，继续往前走。这种事情还是不要说了，让人尴尬。

很快上坡校道就到了尽头，再登上十几步台阶，他们便来到了田径场观众席的一侧。

这里就已经是高中部的区域了。

视线瞬间开阔，宽阔的田径场，远处四五栋高大古朴的教学楼，红墙绿瓦依偎着参天大树。

秦温接着走到空旷的观众席正中央坐了下来，趴在栏杆上。李珩一直默默跟着她，也在她身边坐了下来。

冬日的阳光温和不刺眼，照耀着光秃秃的草坪。

偌大的足球场，好几队人正欢快地玩着。现在放假了人不多，一向被嫌弃的初中部弟弟们也难得地从高中部学长那儿分到了一小个半场，乐呵呵地追着足球跑来跑去。

"砰！"

足球被踢高踢飞的声音此起彼伏。

秦温又扭头看向右侧的初中部区域。

远处低矮的楼房被近处的高大树木遮挡，只能看到楼顶一角，装修队施工的声音已听不见。

又有几名身穿初中制服的学弟学妹从他们刚刚走来的上坡校道中跑出，脸上都挂着无忧无虑的笑容。

从背阳处跑到了向阳处，接力传承。

秦温依旧趴在栏杆上，看向身旁的李珩："你说得对。

"学校不过是一个载体，回忆才是最重要的。

"未来学校也会成为别人美好回忆的载体，我应该学会看开这事情。"

李珩背靠着椅背，笑笑地看着秦温没有说话。

秦温深呼吸，冬日的空气干燥又醒神，她清醒了不少。

"谢谢你陪我。"她看着李珩笑道。如果不是李珩陪自己说了会儿话，估计她现在还在初中部那小疙瘩里吹风钻牛角尖。

李珩说了句"没事"，知道秦温心情变好，他也收回视线不再看她，只远眺观众席下方的足球场。

突然，他悠悠地说了一句："我饿了。"

秦温被李珩这么一提醒，视线扫过他的手表，居然已经快两点了！

天哪！他们居然都说了这么久了！

秦温愧疚地看着李珩，连着说了两句"抱歉"，都是因为陪她说那么久的话，才害他一直没能去吃饭。

李珩扬唇，点头收下秦温这句道歉，正准备说什么，就听见她开心地说道："校外有一家桂林米粉，是我和高宜她们初中常去的，你要去试试吗？"

李珩一愣，没想到秦温会提这个，虽然他有推荐的地方，中式、西式、日料、韩食，他都做好了准备，不过秦温想去吃什么桂林米粉他也没意见："嗯。"

"那走吧！"秦温活力满满地起身，"我带你去团建！"

李珩："……"

第二十六章 / 寒假与新春

李珩,一个标准的富家大少,虽然没有什么纨绔子弟挥金如土的劣根性,但是想带喜欢的女生去吃香喝辣的虚荣心还是有的。

所以当秦温把他领到一家挂着"百年老字号"的桂林米粉店前告诉他这顿算团建时,他脸上的表情多少有些绷不住了。

秦温没留意到身边男生的异样,只热情地推荐道:"这家店还上过《探味》节目呢,味道超级正宗的!要不是因为现在不在饭点,估计我们还得排队呢!"

"我们赶紧进去吧!"秦温使了个眼色,示意李珩跟上,然后就兴奋地进了店。

她熟悉地来到收银台前,看着墙上的菜牌:"你有什么想吃的不?"

李珩抿抿唇,他都答应了秦温陪她来,就算这里规格简陋了点,他也不好说什么。

他同样走上前看菜牌:牛肉桂林米粉、叉烧桂林米粉、锅烧肉桂林米粉……

嘶!李珩马上就是一个深呼吸。

不是他嫌弃,只是他设想的和秦温的第一次吃饭该去些更有档次和质感的地方啊!

"这里的牛肉桂林米粉超级好吃!你想好吃什么了吗?"

秦温笑着抬头。呃……李珩怎么看上去怪怪的?

"你不喜欢吃吗?"她有些忐忑地问道。应该不会吧,他刚刚还答应了自己要来的。

"没有，就吃这个吧。"

"可你怎么看上去没胃口的样子？"

李珩又深呼吸，扯了扯嘴角："饿过头了，赶紧点吧。"

"哦哦，好的。"秦温恍然大悟，都这个点了，她也挺饿的。

"老板娘，我要两份牛肉桂米：一份中份，一份大份。"秦温开心地说道。说完她又看了眼面色不豫的李珩，想到自己害他现在还没吃饭，"大份的桂米再另外加一个煎蛋和一份牛肉。还有两瓶豆奶，谢谢。"

"好咧，盛惠五十四块。"

这价格，这是什么简陋团建啊，李珩痛惜地叹了口气，刚想拿出手机，秦温就已经付完款。

"团建我请客！"秦温豪爽地说道。

李珩突然觉得自己胃疼。

秦温当然看不出来李珩胃不舒服。她又看了眼四周，店外阳光更好。

"要不我们坐外面去吧？外面有太阳晒着比较暖和，店里有些阴冷。"

"好。"

然后秦温又把李珩领到店外。

李珩看着大路树边摆着一张可折叠方桌，旁边两张红色胶凳，胶凳还因为摆放着的地面有隐隐浮起的树根而半倾着。

完全和"浪漫"二字不沾边啊！

李珩又看向早已坐定的秦温，第 N 次默默叹气，把胶凳挪了个位置放平坐下。算了，她喜欢就好。

"来来来，两瓶豆奶。"店主先上饮料。

秦温谢谢店主，拿过一瓶豆奶放在李珩面前，一瓶插上吸管吸了一大口。

啊！晒着暖暖的阳光，一口微甜的豆奶下胃，满满的回忆呀！

秦温开心地看着四周，上了高中她就很少来这边了，没想到一切都还是初中记忆里的样子，真好。

她收回视线，看了眼李珩，他眼神空空地看向一旁。

好像出了校园他就无精打采的样子，秦温估计他是真的饿坏了，便主动陪他说话打发时间。

"对了,说起来还没正式祝你省赛一等奖呢!"她举了举手里的豆奶瓶,想让李珩打起精神,"应该要干杯庆贺一下的!"

正郁闷着的李珩见眼前不解风情的秦温兴奋地和自己邀杯,有些没好气,可心里的烦闷又很没原则地一扫而空。

他侧头不看秦温,自己这样也太没脾气了。

而且在路边举着豆奶瓶干杯什么的,太幼稚。

"这又不是什么大喜事。"李珩微微弓背,双肘撑在双膝上,侧眸不肯配合秦温。

秦温有些惊讶李珩的不为所动的样子:"这都不算,什么才算呀!"她又晃了晃自己的瓶子示意李珩。

"不要,这样好幼稚。"李珩拒绝这种小孩子过家家的行为。

心情变好的秦温想着难得李珩有抗拒的事情,也来劲了,毕竟李珩也经常让她有为难的时候。

她想了想:"还有我期末考考了52名呢!"

李珩臭臭的表情一滞。

"所以来嘛,别害羞呀!"秦温忍笑道,又晃了晃自己的瓶子。

李珩咬咬牙,如果只是他自己的事他当然不肯,但是秦温居然搬她自己出来,就像那天她说自己还要高考不去吃饭。

这下他不铁定被妥妥拿捏了吗……

"快点啦。"秦温催促。

李珩深呼吸,不情不愿地拿起了手里的豆奶瓶,正要敷衍地和秦温碰个杯,就见秦温突然又把手里的瓶子放低了些然后才向前碰上他的瓶子。

碰撞发出清脆的声音,像风铃摇过。

"之前他们说碰杯的话,低一辈的人杯沿要低。期末考比不上你的省赛,当然我要低一点。"

秦温笑着说道。

看到秦温方才的举动,李珩先是一愣,然后又听她不着四六地科普着。

他从小就跟着父辈去酒席,看着大人们觥筹交错,没想到这些世故客套的陈词滥调居然能从秦温口里说出,而且被她这么一说,好像也变成了什么可爱的事情。

李珩心里的郁闷之情一扫而空,低声笑了起来。

嚣,天赋,秦温绝对有拿捏他的天赋。每次只要他不开心了,秦温绝对能轻而易举哄好他。

"你笑什么?"秦温看着眼前像是被人点了笑穴般笑个没停的李珩,不解地问道。

"没有。"李珩又笑了一会儿才咳了两声止住笑意,抬眼看向秦温,她正吸着饮料,一双大眼睛目不转睛地看着自己。

阳光穿过细碎的槐树叶洒下,零星的光线映衬得她眼眸更加明亮澄明。

寒冬深藏春意,心情大好的李珩主动举了举自己的瓶子:"应该是我敬组长。"

秦温一愣:"你刚刚不是还不愿意吗?"

"没有啊,你听错了。"

"你还说幼稚来着。"

"那我收回。"

"祝贺我们组长期末考考了个不错的成绩。"李珩扬唇邀杯。

秦温看着明朗帅气的笑容,突然有些失神。她顿了顿,也举过自己的瓶子,这次他的杯沿比自己低了不少。

碰杯,再次发出清脆的声音。

他长得真好看。

"来喽!两份桂林米粉!"热情的店主快步走近,送来热气腾腾的主餐。

秦温被这一吆喝惊得立马回神,赶紧把瓶子放下,冷不丁地当着外人的面拿豆奶瓶碰杯好像真的挺幼稚的。

李珩看了眼突然害羞的秦温,笑笑地给她递过一双筷子,又自己拿起一双,低头一看,这时才发现自己面前的这碗米粉比她那碗丰富那么多。

秦温点菜的时候他没太认真听。

"怎么你才吃那么点?"说罢,他便要夹一些配菜给秦温。

秦温赶紧把自己的碗挪远些:"我吃不了那么多,会浪费的。"

"你不是饿了吗?快点吃吧。"

李珩看着秦温猛摇头的样子也没有坚持。不过他又放下筷子，迎着她的眼神又看了看她眼前的碗，抬了抬头示意。

秦温没太懂李珩这意思："怎么了，你不喜欢吃吗？"

李珩身子往前凑了些，用一贯清冷的声音打趣："压我一辈的组长都没起筷呢，我怎么好动筷？"

"什么呀！"秦温脸又红了红，"我刚刚跟你说着玩的。"

"别废话，你赶紧吃吧，我快饿死了。"李珩催促。

秦温抿抿嘴，谁让他自己不吃非得说这些："好啦。"

她象征性吃了一口，然后又看着李珩："好了，你可以吃了吧？"怎么感觉自己这个组长当得一点威严都没有。

李珩笑了声，才开始动筷。

"好吃吗？"

"嗯。"

"那就好。"

两人都不是爱边吃东西边聊天的人，便只安静地吃着。

风又吹动白云，原本洒落在秦温身上的零星阳光也悄悄揽过李珩。

秦温的分量少些，她比李珩早一点吃完。放下筷子的她有些无聊，看起了李珩吃粉。

她很少和李珩一起吃东西，算上上次两人一起在便利店啃手卷，这次是第二次。

然后秦温又被美色诱惑了。

李珩的吃相是真的百看不厌啊！速度不算慢，却完全没有狼吞虎咽的感觉，干净不拖拉，专注又安静，每一口都莫名给人一种很有掌控力的荷尔蒙感。

好帅。

秦温双手撑头，又想起李珩刚刚在学校安慰自己，还有之前高考选科给自己建议，教自己怎么处理和梁嫒的关系。

李珩不光成绩好，做事情想问题也成熟，自己跟他比起来，还真的是挺幼稚的，明明他们也算同龄人。

她呆呆地看着李珩，陷入沉思。

"想什么呢？"李珩放下筷子，拿纸巾擦嘴。

秦温回神，连忙摇头："没有。"

李珩拿起剩下的小半瓶豆奶,一饮而尽。

秦温又走神,他怎么能把豆奶喝出香槟的感觉?秦温又看了看自己的瓶子,默默把咬得有些变形的吸管抽走,是有点蠢。

"组长。"

"嗯?"

"我们应该定个组规,不能每次我问你怎么了你都说没有。"吃饱喝足,李珩的语调也懒了不少。

又被逮到的秦温脸一红:"我真的没有想什么。"

李珩侧侧头,显然不收这句话。

"我就是在想……你今年多大呀?"秦温认真提问。

李珩一愣,没想到秦温会问这个:"怎么好奇这个?"

"就总觉得你不太像我的同龄人。"秦温想着该怎么措辞。

李珩扬唇笑笑:"那组长要查我的身份证吗?"

"不不不,我这是夸你呢,又成熟又稳重。"

"那可不,我要是没那么成熟稳重,都进不了这个学习小组了。"李珩看着她意味深长地笑道。

秦温这种慢热到极致又只关心学习的人,他哪怕稍微没那么耐得住性子,估计都会让她敬而远之。

秦温一窘:"什么呀,这个小组还是你先组起来的。"怎么又说他自己会进不了。

"那你不在能组得起来吗?"李珩伸了伸自己的长腿,懒懒道。

秦温没听出李珩的话里话:"就两个人,当然少谁都组不起来呀。"

"嗯嗯,少谁都不可以。"

两个人就这样错着频道聊着天。

李珩又看了眼手表,快三点了:"待会儿还要不要去哪儿?"

秦温摇头:"我差不多该回家了,今天爷爷奶奶要来家里吃饭。"

"好,那我叫车。"

秦温见李珩拿出手机,连忙说:"不用不用,对面有公交站,我坐公交可以直接到家附近。"

"这样子,"李珩看了看马路对面,"那我和你一起吧。"

"好呀。"

两人起身走到公交站。

"我坐318路,你呢?"秦温问。

"和你一样。"李珩张口就来。

秦温点点头,上次李珩就说过和自己住得比较近,现在回家一条公交线也正常。

很快车来了,两人上车。

工作时间车厢格外空荡,两人坐在后排双人座,距离比同桌还要近不少。

秦温看着窗外,公交车刚好绕过半个礼安外沿,她又看到了学校。

今天早上还闷闷不乐的,现在只觉得开心和释然。

李珩默默地看着扬唇的女生,阳光透过窗户映着她的侧颜,更显脸庞干净。

似乎围绕她的一切都会变得温暖安宁,而她就这样紧挨着自己坐下,被自己挡在里面,就像是他领地范围里至高无上的存在。

"有没有什么想要的东西?"他问。

"嗯?"秦温将视线从窗外收回,有些疑惑地看着李珩,怎么突然问这个。

"我晚上回B市,你有没有什么想要的,我回来的时候带给你。"李珩轻声说。

秦温一愣,摇摇头笑道:"没有呀,谢谢。不过你这么快就走了吗?"

"嗯。"所以刚刚才那么不爽和她年前的团建一碗桂米就结束了啊!等他回来估计又要两三个月以后了。

她没有想要的东西,李珩便想向她推荐B市好玩的小物件,谁知公交车突然停边开始报站。

秦温注意力被抽走,看了眼窗外后又扭头看着他,先他一步开口:"我到了。"

她起身,又笑着和他说:"谢谢你陪我,我心情好多了。"

今天幸亏碰到了李珩,不然她可能要因为自主招生被取消和初中学校要改制而闷闷不乐很久。

李珩愣愣,没想到和秦温的独处这么快就结束了。还没等他反应过来,秦温已经下了车,公交车车门关闭。

他又连忙看向窗外,秦温站定车外,一脸高兴地冲自己摆了摆手。

公交车加速,没两秒他就看不见她了。

这公交车也开得太快了吧。

他不爽地低声爆了句粗口，向来对A市、B市来回飞无感的他第一次觉得扫兴。

这时手机响起，李珩烦躁地看了眼手表。

这时候无论是谁找他都绝对要撞枪口上了，谁知道他一看来信备注，什么脾气都没发，立马打开手机。

秦温：忘了祝回B市一路顺风。

嘶……要命。

寒假过了大半，新春将至。

B市在腊月廿九这天难得地下了一夜小雪，让昨晚还是热闹喧哗的国际化大都市第二天清晨又变回寂静古城，仿佛只剩下街巷弄堂里少许人置办年货的细碎嘈杂声。

远处城郊西山就更加安静了。

游龙似的风水山脉银装素裹，半山腰无名佛塔飞檐挂雪，沿路古树一棵棵垂下雾凇，几间别院隐匿其后，雅韵十足。

李珩被闹钟叫醒，意识蒙眬地翻身起床，转身看到窗外熟悉的美景，他难得地发了会儿呆，然后拿起手机拍了张照，又抓了抓头发让自己清醒过来，洗漱完便下楼。

每年除夕李家都会受邀去参加B市商会开年宴，今年也不例外。李珩只参加午宴，晚上则陪奶奶去慈善中心与不能回家过年的工作人员一起吃年夜饭。

中午一轮宴会从十二点庆贺到四点多，李珩回常住套房洗漱一番再换身衣服。等他准备完毕，时间正好对接上歌舞团前来接送的专车。

车上老夫人看着孙儿合目休息，心里很为他能独当一面而骄傲的同时，又心疼他在这个年纪本应该更轻松自在些。

"珩儿，要不一会儿去办公室睡会儿？"

"奶奶，"听到这话的李珩抚额笑笑，"我没这么娇气好吧。"当他小孩啊，去长辈上班的地方睡午觉。

很快专车驶向城市的另一边，来到总部大门前停下，早在门口等候多时的慈善基金会会长领着几位下属快步上前打开车门迎接老人。

"哎呀老师，每年都劳您来陪我们这些人吃年夜饭，这让我们怎么过意得去。"会长笑着虚扶老夫人。

老夫人和蔼地拍拍会长的手:"大伙儿孤身在外过年才更辛苦。"

会长连忙点头,刚想再客套两句,就见一位帅气的年轻男生同样从车里出来。

会长也算见过不少容貌出挑的年轻人,但眼前这位无论是外形还是气场,都还是让她暗暗惊叹:"这位是……"

老夫人笑道:"李珩呀,我们家小孩,你不记得了?"

李珩朝人礼貌地点点头:"会长。"

经过老人提醒,会长这才恍然大悟:"哦哦小珩!我想起来了!哎呀,老师,看我这记性。"说罢会长拍了拍自己脑袋,又朝李珩笑笑,"小珩小时候还经常来玩呢,这么多年没见,个子长高了,又比小时候还要好看,我这一时半会儿还真没认出来。"

老夫人听到孙儿被夸,脸上的笑容又多了几分。

会长接着热情地将二人往里领:"来,老师、小珩,你们随我进来,外头风大,我们先进去等着,年夜饭很快就要开始了。"

一行人来到集体大饭堂。

主桌上,李老夫人坐主位,李珩坐奶奶右侧,几位老前辈沿两边坐开,还有几位今年表现最为出色的新成员也受邀上座。

和李老夫人一桌的前辈都是与她交情颇深的学生。师生聚餐没有那么多规矩讲究,听听大家讲外出参加慈善活动时的趣事,还有新人们说起自己刚加入时的感受,一桌人也吃得轻松自在。

李珩一言不发,只在一旁安静地听着。

"话说小珩也读高中了吧?"一人问。

"高二。"老夫人笑道。

"哎呀,那正好跟我女儿同一届。"那人惊讶,又看着李珩赞许道,"可是小珩看上去就稳重多了,不像我家那个,整天嘻嘻哈哈的,根本没有坐得住的时候。"

"年轻人就该活泼点才好,你自己以前也是整天跑东跑西的。"老夫人打趣。

"所以我这不一事无成呢嘛。"对方笑着起身为老夫人斟茶,"就该让我家姐跟着小珩学学,看看别人再看看她自己。"

老夫人听完学生的话,意味深长地笑笑。老人家这几年虽然深居简出，只对养花感兴趣，但毕竟也是战争年代当过家的人，怎么可能听不出学生的意思。只是老夫人还记得孙儿有送过礼的人，知道分寸在哪儿。

她轻轻将学生斟的茶推开了些："珩儿也就看着安静，脾气大着呢。"然后又问起大家日常如何排练，把这个话题岔了过去。

而李珩也在大家又开始新一轮闲聊后给自家奶奶盛了小半碗羹汤，欠欠地低声道："瞧瞧，您才是咱们家最有风范的人。"

老夫人没理不着调的孙儿，只继续听大家说话。

很快晚宴过半，台上给老夫人准备了几个简单的歌舞节目，众人都看得津津有味。

李珩看看时间，已经快十点了，待到这份上基本就是他的极限了，便和奶奶说与朋友有约要先行离开，老夫人也知道他在这里坐不住，叮嘱注意安全后便让他离开。

李珩点点头，起身和众人致歉以后出了大堂，又去了市区中心一家高档俱乐部。

管事领他进了包厢，他一进房便有朋友前来和他打招呼，厢内服务生端来冷饮盘，他拿了杯饮料便随朋友往里走去。

正带着身边女生上分却输了一晚的何奈见李珩来了，郁闷之情一扫而空，兴奋地一把拿下耳机："李珩，快！黑玫上号！"

真正的"大腿"来了。

李珩正和身边的人聊着天，被何奈喊了声，拍了拍朋友肩膀便走去电竞区，却在最边上一台电脑那儿坐了下来。

"坐那干吗呀，搞分裂啊？"

"赶紧过来加入大部队。"

李珩看着手机懒懒道："不玩。"何奈玩游戏的水平不差，只是看他刚刚的表情，估计身边队友不太给力。

何奈刚想说什么，身边的女生先扯了扯他的衣角："叫上你朋友，再加上敏儿，我们凑两队人一起玩好不好呀？"

何奈笑着说"好"。

女生便使了个眼色给朋友，朋友赶紧走了过去。

"哎呀，就差你一个人了，赶紧的吧，别磨磨叽叽的了。"何奈催促道，"不是说好了今晚通宵吗？"

李珩没有理会何奈,等着游戏登录,手机点开对话框,将今天早上拍的雪景发了出去,眼角瞥见有女生走来。

他抬头看了眼不认识的女生,冷冷道:"我不想开年就喷人。"

那位敏儿脸上的笑容一滞,虽然面前的男生完全长在她审美点上,但他的眼神实在太吓人,让她一时半会儿不知道该走还是该留。她赶紧看向自己的朋友,对方明显也不服气,又在何奈耳边撒着娇:"一起玩有什么嘛,敏儿玩游戏也不差的,起码比我好。"

何奈听完却是哈哈大笑:"能玩得比你差的人确实少见。"

"哎呀真讨厌,快点嘛。"女生撒娇。

"好好好。"

"哎呀,李珩你玩两把又能怎么样啊?"

"追到那女生了?"

李珩没理何奈。

何奈起身,心大地冲向李珩的雷区:"没有的话,正好换一个省心的呗。"

他话音刚落,一个软枕带着十足的力道高速飞向他的脸,何奈骂了句赶紧侧身躲开,而后飞空的软枕直接打向他们身后长桌上的一个的花瓶。

花瓶被撞得飞落地面,发出清脆的破碎声。

包厢里有人吓得发出惊呼,但大多数人都没把这些小打小闹放心上。

何奈看着碎了一地的花瓶,心有余悸,连忙转身看向肇事者李珩,他正悠闲地抿了口调饮。

"用不用这么大反应啊,开个玩笑都不行?老子可是你兄弟啊!"

"你该庆幸我还把你当兄弟。"李珩抬头看了眼何奈,警告道,"不然飞过去的就不是软枕了。"

好吧。何奈小声"喊"了一下,讪讪地坐下安慰身边受惊的女生:"看到了?为你闺蜜着想,换个人吧。"

最后那位敏儿另外找了个伙伴。

李珩又看了眼手机,秦温一直没回他。

他放下手机,进了 LOL 一个人玩云顶,身旁的朋友凑上前来:"李少,我玩会儿你的 CS 号。"

"嗯。"

几千公里外,秦温也跟着家里人回老家过年。

小村年味浓,晚上吃过流水席,秦家一大家子人都聚在秦温家,看看春晚,逗逗刚出生不久的小宝宝,唠嗑吹水,搓麻打牌。

秦温今晚学会了玩麻将,现在正是人菜瘾大的时候,输了一晚上却越挫越勇,连手机都没想起来看。

"温温你快点出牌啦,都想多久了!"

"马上,马上。"

秦温纠结地看着摸回来的底牌,想了想还是丢了出去:"五筒。"

"杠!"堂姐兴奋地推倒眼前的三张牌,大笑地拍拍秦温呆滞的脸,然后立马从牌垛尾巴抽出最后一张底牌,手抓着牌绕麻将桌一圈,吊足大家胃口,"各位观众!"

秦温心里突然有种不祥的预感,好像上一把也是这样啊?

堂姐"啪"的一声翻过牌面,果然!

"哇,杠爆!我又赢了!"

"天啊……"秦温泄气地趴在麻将桌上,"不是说新手都不会输的嘛!"她都输一晚上了!

"秦温你这水平,我儿子都比你玩得好。"

众人哄笑。

而在欢声笑语中,旧年流逝,电视机里主持人已经开始集结表演者们重新上台,准备倒数。

"好了收桌啦,准备去放鞭炮了。"有人起身提醒。

亲戚们开始散场,村子里大家住得近,都快步回家准备放鞭炮。

秦温家也将鞭炮解开,长长一串展开在自家门庭前,秦温爸爸扎着弓字步,一手将燃着的香烟伸得老长,回头不安地看向躲在门后的老婆与女儿:"到时间了没啊?"

"到了到了。"秦温妈妈看了眼时间。

秦温爸爸深呼吸,颤抖着将香烟对准引子,两秒过后,引子被点着,零星火花冒起,快速顺着引线燃向后方。

"妈呀!"秦温爸爸撒腿就往家里跑,差点撞倒正站在门后的老婆大人。

"哎呀干吗啦！大惊小怪的，真没用！"

"嘿嘿，那不是求生本能嘛。"

秦温母亲还想再说些什么，窗外爆竹声噼里啪啦响起，盖住了屋内说话的声音，与此同时，村里各户人家的鞭炮声也纷纷响起。

此起彼伏的爆竹声打破深夜的安宁，驱赶旧年。

秦温捂着耳朵站在窗边看每一尾爆竹炸开，心情也有些澎湃，默默许着新年愿望。

鞭炮爆到最后一尾，哑火般平静了两秒，然后"砰"的一声响彻云霄！

炮衣飞落，新年已至。

"爸爸妈妈新年快乐！"秦温开心地转过身，谁知妈妈还在那儿吐槽爸爸胆子太小，爸爸则在一旁讨好地点头赔笑，没人理她。

好吧，她就是多余的"小狗"。

秦温笑着摇摇头，走到沙发坐下拿起手机。手机已经攒了不少未读信息，大多是朋友和亲戚发来的新年祝福，秦温一一回祝。

再往下翻翻，李珩的头像旁一个赫然的红色数字"1"。

李珩：[图片]

秦温纳闷，随手点进对话框，打开就是一幅空寂的远山雪景图。

哇，好漂亮！秦温没忍住惊叹了一声，李珩过年是旅游过年吗？她心里有些好奇。

不过比起问这些，还是应该更加应景地先发新年祝福。

秦温：新年快乐呀！

秦温又接着在对话框里敲了一句刚刚收到的最多的祝福——一夜暴富。

欸，等等！李珩好像已经很有钱了，那改学业进步好了。啊不对，他已经半只脚踏入A大了！越来越好看什么的就更不需要了。

秦温突然意识到她的这位组员各方面配置都已经很人生赢家，一般的祝福搞不好还拉低他生活水平了。

秦温：祝心想事成，要什么有什么！

这样不就没毛病了，秦温满意地点点头，将这无可挑剔的祝福语发出去。

"温温，来拿下碗筷。"爸爸在厨房喊道。

小村传统是守岁的人过了零点要再吃一顿简单的晚餐,这个岁才算守完。

秦温应了一声,赶紧放下手机过去帮忙。

B市这边,李珩这一把棋正玩到最后一个阶段,他还在满血18连胜中,场上只剩两个残血玩家。

手机不时"嗡嗡"响动,他都只扫了眼屏显信息,没有打开。

身旁友人观摩他怎么在王者局玩出满血连胜,不断发出惊呼:"稳啊李少!"

李珩笑笑:"牌好而已。"

友人"啧啧"两声,羡慕不已,那也得能像李珩那样能把同行玩死变成独家才可以牌好啊!

突然手机屏幕再次亮起,李珩瞟了一眼,眼中笑意瞬间加满。他立马坐直身子,一口喝完杯中剩下的调饮,快捷键与鼠标并用,拉满人口,卖掉英雄,卸下装备,一把梭哈听牌将场面换为大成的高费T0阵容,迅速将装备分配好。

游戏里还在观赛的玩家已经忍不住出来发言。

一区小弟弟[胖胖龙]:???????

梦里花落什么玩意来着[嗡嗡虫]:可以点了。

旁边朋友也看得目瞪口呆,李珩这手速也太快了吧?

李珩一套阵容换完准备时间还剩五秒钟,他按了两下快捷键看剩下两家的站位,卡在新一轮PK前一秒调好自己的主C站位。

然后,他起身拿着手机准备离开。

"你不玩了?"友人喊他,搞不好能满血鸡欸,他不看着点吗?就差两轮了。

"没事,挂着吧。"李珩径直走开没有回头。

太可惜了吧!友人赶紧起身,坐到李珩位置上准备帮他接管比赛,谁知道刚坐下,游戏已经灰屏,然后页面跳转开始结算胜点。

李珩双杀吃鸡了。

友人惊呆,连忙拍照记下李珩的这套阵容,学废了。

李珩走出包厢,一旁管事看见赶紧走上前来,他拨通电话,摆摆手示意,走到廊边软椅坐下。

秦温还在厨房帮忙,妈妈突然拿着她的手机走了进来。

"温温,手机响了哦。"

"嗯?"秦温转身,手还在洗碗池里。

毫无心理准备的她一看屏幕,然后瞬间瞪大眼睛,满脸飙红像刚刚的爆竹:

一班李珩 邀请您进行语音通话

什么鬼!干吗突然打电话过来!这明晃晃的男生名字啊!

她立马抬头看向妈妈,要是让母亲大人误会什么的话就解释不清楚了!

可秦温妈妈却比她淡定许多:"赶紧接呀,好像已经响了很久了。"

"好,好的。"秦温赶紧脱下洗碗手套洗干净手,又将手胡乱地在身上擦了擦,拿过手机,刚好这时通话因为无人接听自动挂断。

秦温不自觉地拿手挡住手机屏幕,不敢看妈妈。

这还是她第一次从家长手里接过男生打来的语音电话,虽然她是清白的,但就是架不住莫名心虚。

"看看要不要回一下,这里爸爸妈妈来忙就好。"秦温妈妈说道。

"嗯嗯!"秦温干笑着点头,然后转身故作镇定地走出厨房,立马又几步小跑来到客厅,这时手机又响动了两下。

李珩:?

李珩:怎么了?

他还好意思问!秦温脸更红了,突然觉得自己有被气到,虽然理性告诉她李珩是无辜的。

不知道李珩为什么找自己,还是打回去比较好吧。秦温站在客厅回头望望,厨房那儿妈妈好像已经准备端菜出来,她想了想,又悄悄打开大门走了出去,在家门口的小木椅上坐了下来,回拨电话。

对面秒接电话,比她爽快多了。

"睡了?"李珩轻声问。

秦温心虚又害羞地回头看了眼大门,压低声音回道:"还没有。"

电话那头的李珩愣了愣,怎么听上去那么小声?

"你在哪儿,怎么压着声音说话?"

秦温一顿,这他都能听出来。

"没有呀。"她连忙深呼吸咳了两声,将声音生硬地调大了几分贝,

"怎么突然打电话？"

"来给我的组长拜年。"大少爷不掩声音里的飞扬，"新年快乐，秦温。心想事成。"

"那也不用打电话呀！"

"不行，那多没诚意。"

就是这个电话害得刚刚差点出事好吗？秦温有些没好气，但又被李珩的说笑逗乐，最后还是没忍住笑了一声，和他说"谢谢"。

被爆竹声吓得钻进车底的小土狗见到熟人，连忙钻出来，耷拉着耳朵跑到秦温脚边躺下。

秦温轻轻地帮小狗把附在身上的爆竹红衣挑走。

明明过年前一刻时间还匆匆忙忙的，可跨越完零点的那一瞬间，一切又都慢了下来。

"对了，你的照片是在哪里拍的，好漂亮呀！你在旅游吗？"

"没有，我家附近。"

秦温挑着红衣的手一顿。

天哪，谁家附近会这么漂亮啊！还好没祝他一夜暴富，不然要笑死人了。

"你们家附近也太漂亮了。"秦温感慨。

"也就那样吧。"李珩又拿出耳机戴上，听出隐隐约约的溪流声与犬吠声，"你不在A市过年吗？"

"嗯？你怎么知道？我回老家了。"

"听得出来，你们那儿应该也很漂亮吧。"

这个嘛，秦温看看四周，山间黑漆漆的，只有几户人家门口还有大路那儿亮着引路的灯，这夜景好像很不怎么样。

可当她又顺着远处路灯无意识抬起头时，映入眼眸的景象让她愣了愣。

旷野般的夜空点满繁星，浩瀚又浪漫。

"漂亮。"秦温轻声赞叹，像在自言自语，"晚上很多星星。"

"拍一张我看看？"温柔的男声在耳边轻声问着。

"手机应该拍不出来。"

李珩笑了一声，同样抬头看向市区空无一物的夜空。

"那有机会我去看看。"

"那倒不至于。"秦温回神笑道,"而且你们那儿风景这么好,你现在应该也能看到很多星星吧。"感觉李珩家附近不在市中心的样子,如果是在城郊,空气好的话一般都能看到。

"嗯,不过我现在不在家。"李珩和秦温聊着天,又点开她的朋友圈,没见她今天发东西,"组长过年没许些愿望?"他打趣,好多人都发了朋友圈说新年期望,怎么不见她的?

秦温仍旧抬头看着满天繁星,被问起新年愿望,她开心地笑出声。

"许了呀。"还许了不少。

成绩能再好一点,自招被取消了还有别的出路,她爱的人都健康快乐,爱她的人也同样开心自在。

"你呢?"她反问,很好奇李珩这种人生赢家会许什么愿望。

听着喜欢的女生的笑声,李珩也跟着笑笑。

他看向窗外,原本漆黑一片的夜空突然亮起星星般的光芒,一闪一闪,缓缓滑动。

想到开年就和秦温聊天,李少爷心情大好,他眼睛追随着夜空那唯一闪烁的亮光,扬唇缓缓道:

"我也许了一个呢。"

年少时期的暗恋可以开花结果。

第二十七章 / 强基计划

秦温在过年的时候许了许多愿望,很快就有一个有了回应。

过完年,国家正式下发红头文件《关于在部分高校开展基础学科招生改革试点工作的意见》。

文件明确规定,自今年起,原有高校的自主招生方式将不再使用,改建立以基础学科(如数、物、化、生、信、历史、哲学、古汉语等等)为基础的人才选拔培养机制。

换而言之,自主招生被取缔,强基计划来了。

强基计划依旧允许高校开展独立招生工作,但是与自主招生不同,强基计划要求高校依据高考成绩而非竞赛成绩来选拔可以参加独立招生考试的考生。而在参加独立招生考试后,高校也必须要结合学生的高考成绩、独立招生考试成绩以及综合素质考核等方面来计算综合得分,择优录取,不再是像自主招生那样高考降分录取。

强基计划计算的综合得分里,最重要的一点就是考生的高考成绩占比不得低于85%,再加上高考成绩又成了考生能否参加高校独立招生考试的选拔标准,因此即便还有独立招生考试可以让学过奥赛的考生发挥专长,但显然在那之前,高考成绩是更为重要的必要条件。

当然,高考成绩也并不是强基的唯一入围标准,那些竞赛成绩尤其突出的学生也可以被高校破格录取,入围独立招生考试,只是破格入围的条件更加严苛,起码不是原来自招只要求省赛三等奖的水平。而且这破格入围的流程也会更加公平规范,能靠竞赛成绩入围的决定权并不在高校手里,而是划归到省级高校招生委员会手上。

因此这个政策对奥赛生们的影响非常"暧昧",不能说完全抹清了学习竞赛的作用,但确实让手里那张省级开头的竞赛证书变得有些鸡肋。

一般人很少会关注政府官方文件,等教育媒体将这个改革政策报道出来再引起社会广泛关注时已经是一天后。

寒假尾声更近,秦温和朋友们还是完成了假期前就约好的电影聚会。正好马上就要开学,新学期他们两个奥班还不知道会因为强基计划而发生什么变化,所以小姐妹们就还是想着先放松一下看个电影吧。

谁知道今年的贺岁大片实在有够无聊,尴尬又吵闹的电影让郁闷的人看完更加难受,于是大家又决定去吃点甜食开心一下。

最近正是强基计划话题热度最高的时候,四个人刚一坐下,郑冰就泄气地叹了一声,接着刚刚在路上聊的话题:"那你们说我们现在该怎么办呀?"

"我看网上的说法,好像强基是不认我们这些省级竞赛证书的,如果要想靠竞赛入围强基,起码也得是国赛银牌。"

郑冰撑头,又无奈地叹了口气:"可我们连进全国决赛的机会都没有,上哪考个国奖嘛。"

郑冰会这么说,是因为各省省赛相当于奥林匹克竞赛的初赛,而在南省,只有省赛一等奖里的高分者才能被选入省队代表南省参加全国决赛,拿下的金、银、铜就是国奖。有些强基高校还没放出破格入围的要求,但是全国排名最高的A大、B大都已发出招生简章,要国奖银牌才能破格入围强基计划的考核,而有这两所高校带头,其他强基高校的破格入围条件都不会相去甚远。

高宜呆呆地看着秦温将蜂蜜倒进芋圆碗里:"你这话说的,好像进了全国决赛就能考个银牌回来那样。"

"那不然怎么办嘛?"

一旁撑着头的梁思琴撇撇嘴,拿过勺子:"还能怎么办,认真高考呗。"

"唉!"郑冰又长长地叹了一口气,趴在桌子上。

秦温已经将一大碗甜点调好,推到四人正中间。她看看朋友,大家都无精打采的样子,虽然她心里也有些无奈,但还是笑笑说:"好啦,先吃东西吧！"

她话音刚落，身边趴着的郑冰突然直腰一把抱住了她。

"哇……温温我好羡慕你啊！"

秦温被郑冰这突如其来的熊抱吓了一跳，旁桌的人也投来奇怪的眼神，她想要挣开郑冰，谁知道被郑冰箍得动弹不得。

最后她被迫放弃，哭笑不得地说："有什么好羡慕的，我又没有国奖。"

"可你是我们四个人里成绩最好的了！最不用担心没有自招！"

"哪有这么夸张啦，而且离高考还远着呢，你别自己吓自己。"

"不是啊。"梁思琴舀起一大勺芋圆，"秦温你上次期末考不是挺高分的吗，我感觉这个强基计划就很适合你。你分数不差能进强基，又是实打实的竞赛生，考那些自招考试肯定也没问题。"

梁思琴分析着，一旁吃着东西的高宜如梦初醒般地点点头。

秦温任由郑冰挂在自己身上，话虽如此，她想了一会儿还是摇摇头："也不算很适合吧。"

她问："你们有看强基计划的试点大学名单吗？"

高宜和郑冰都摇摇头，梁思琴倒是抬头回忆了一下："我好像留意到了，但是没细看。怎么啦？"

"我看了一下那个大学名单，我们省也有三所大学可以开展强基计划，其他都是外省大学，可是除去那顶尖的五六所，剩下的不是排名没有我们自己省内的大学高，就是离家太远，估计都不太合适。"

强基和自招的另外一大区别就是，过往可以开展自招的高校有过百所，现在强基计划里只有选定的三十六所大学可以展开试点工作。

听完秦温这一说，高宜和梁思琴都惊讶地张了张嘴，就连靠着秦温的郑冰都抬起了头，诧异地看着她。

"可以啊秦温，你居然还会关注这些。"梁思琴赞赏道。

"对啊，我还以为温温你不会关心这件事呢，平时你啥都不管的。"高宜又吃一勺。

被朋友打岔吐槽，秦温不自在地咳了一声，她也没那么两耳不闻窗外事好吧。秦温："哪有，该关心的我还是会关心的好不好？"

接着，她又续上刚刚的话题："可就算我们省那三所大学有强基计划，但我觉得好像凭高考就已经能进去了，毕竟我们是本地生源，录取分会低一些不是吗,不需要再靠强基计划上岸了呀。

"所以,排除用不上的和不能用的,也就剩下那些高排名的大学是真的适合我参加强基计划。"

三人听着分析,认真地点点头。

"但是!"这回轮到秦温长叹一口气,靠在郑冰身上,"那些大学录取分数这么高,强基计划的入围线也会很高吧。"

"我这种年级排52名的肯定入不了围。"更别说就算入了围,最后的综合录取成绩里高考成绩还要占比85%,也就是说单纯擦边入围也没有用,最后综合总分还是很有可能比不过别人。

"应该要30名才稳吧?"高宜吃完最后一勺。

"我感觉不一定,不是强基计划开放的招生名额也没有那么多吗?"梁思琴猜。

"天哪,30名还不一定吗?"郑冰难以置信,"这样算还不如就在省内报个志愿呢,分高一点,挑个热门的专业不更好吗?"

"那怎么能比!"梁思琴立马放下勺子反驳,"强基是本硕博连读的欸,搞不好培养出来就是什么国家专项人才,起点肯定比你跟风读热门专业高。

"而且万一等我们毕业出来读的专业又不吃香了怎么办,搞不好你还要考研呢,不是说考研的难度不比高考低吗,所以能去强基肯定去强基。"

秦温倒没有像梁思琴那样都考虑到大学毕业的事情了,但是听着她的话,秦温也认可地点点头:"而且好像强基和高考志愿录取不冲突,实在上不了强基,就正常地报高考志愿就好啦。"

郑冰恍然大悟:"哇,原来是这样子的吗?"

秦温和梁思琴都"嗯"了一声,这时一旁一直沉默不语的高宜终于出声,似乎不敢相信地看看秦温又看看梁思琴:"天哪,你们怎么知道这么多!我居然是知道最少的那个!"这让她"高密探"脸面何存。

秦温听着高宜的话,没忍住笑出声。

"谁让你整天只对八卦感兴趣。"梁思琴吐槽。

"我这叫术业有专攻好不好!"

"拜托你长点心吧!"

最后四人说说笑笑临近五点才分开,而秦温才刚回到家就收到了李珩的信息。

　　李珩：回家了吗？

　　李珩昨天来找秦温说话，秦温顺口提了一句今天要和朋友们去看电影。

　　秦温：嗯嗯，已经到家了。

　　李珩：好看吗？

　　一说起那部电影，秦温就觉得自己耳朵又开始"嗡嗡"响了。不仅不好看，还很遭罪，因为高宜买错位置，把最后一排买到了第一排，害得她们四个人被音响狂轰滥炸了两小时。

　　秦温：超级不好看。

　　然后她又把坐第一排的事情告诉了李珩，最后发了个小恐龙无奈叹气的表情。

　　对话框另一边的李珩看着屏幕笑了一声，她怎么老被朋友坑？

　　李珩：只看电影了吗？

　　秦温：后来又在甜品店坐了会儿。

　　说到这里，秦温又想起和梁思琴她们的聊天。她这几天查了不少强基计划的资料，得出的结论就是高考很重要，已经远比她的奥物要重要得多。如果是这样的话，她是不是该停了自己的奥物补课，匀出更多的时间准备高考？

　　礼安奥班的学生可以和奥科组递交申请不再参加奥科的课外补课，变回普通学生，但可以继续待在奥班上课。不过大家之前都很倚仗竞赛带来的降分优惠，所以除非是身体或是心理的原因，一般都不会有人递交这个申请。

　　但是现在大环境已经不一样了。秦温有些拿捏不准她是不是也该顺势而变，因为理性自评，半年时间肯定不够她从省赛二等奖飞跃到省赛一等奖前几名，所以比起拿个国奖去破格入围强基，还不如实打实考好高考更有保障，就算上不了强基，她还可以报考普通志愿。

　　秦温坐在沙发上思忖着，她还没和李珩聊过强基计划的事。他考虑问题比自己要成熟得多，应该也问问他的看法。

　　她看了眼手机，李珩还没回自己信息，她又问：

　　你有看强基计划不？

　　我有些事情可以问问你吗？

秦温又等了会儿，还不见李珩回复，可能在忙吧。

之前李珩就和秦温报备过在B市他有时候会比较忙，如果耽误了组长的问话，让她看在他忠诚拥戴她的份上网开一面。于是秦温发了个小恐龙地铁老人手机的表情给他，她什么时候问过话，又什么时候生过他气了嘛，真是。

李珩虽然比自己这些同龄人要成熟理智得多，但幼稚起来也是真的很幼稚。想到这里，秦温笑了笑，为什么感觉高一的他和高二的他是两个人？

这时手机再次响起，李珩回消息了。

李珩：好。

李珩：但我还在外面。

李珩：今晚说好吗？

秦温：好呀。

秦温：谢谢！

李珩：没事，这是小的分内应该的。

幼稚！

入夜，早春还有些许寒意，秦温捧着杯子继续在电脑桌前查着强基计划的资料，手机放在一旁，李珩说了晚上忙完来找她。

秦温边看着网页上的繁杂赘述，边在小笔记本上记下有用的信息点。

时间缓缓流逝，不知过了多久，手机突然"嗡嗡"响起，秦温看了眼便划开接通。

"我忙完了。"电话里传来熟悉的声音，"组长要问我什么？"

秦温看了眼时间，居然已经快十点半了。李珩如果是忙到现在才有时间的话，自己还找他问问题会不会太打扰了？毕竟要说的东西也不是一时半会儿就能讲清楚的。

"你才忙完吗，要不要休息会儿？"秦温问。

李珩戴上耳机，坐到了按摩椅上："也不是忙，下午出去了一会儿，又吃了个饭。"

"那现在会不会太晚了？"

按摩椅开始工作，舒缓了身体上的疲惫，李珩好笑地叹了一口气："组长你再磨磨蹭蹭的，就要耽误会议进程了。"

秦温一窘:"那我说了哦。"
秦温:"你有看强基计划的新闻吗?"
"嗯。"李珩合目,懒懒地应了声。何止是看了新闻,今晚和父亲的校友们吃饭时已经听他们讨论了好几个小时。

突然想到今晚长辈说起自己省赛的事,李珩抿唇,烦躁地摁了摁太阳穴。

"现在强基计划不是更看重高考成绩了吗?如果要靠竞赛入围强基计划的话,起码都得是国奖级别。"

"嗯。"

"我就想着……"说到这儿秦温顿了顿,担心自己的考虑会不会太离经叛道,因为确实没听过礼安奥班有谁平白无故退出补课,这就几乎等同于退出校队了。

"怎么了?"李珩见她不再说下去,耐心地问道。

秦温深呼吸:"我想着要不开学我就退出奥物的补课了吧。"

李珩睁眼。

秦温又继续说:"你想,如果要拿国奖,那我就得今年下半年省赛拿到一等奖,而且还得是排名前几的一等奖,能被选进省队的那种,然后明年再拿个国奖银牌,中途还得要保证我自己其他科目的成绩不掉下来。这些事情我根本办不到,所以我不能依靠竞赛上岸强基。"

上学期她那么高强度地去准备省赛也才二等奖,还连着期中考的排名也掉了二十来名,所以上面的情况是不可能发生的。

"那如果我都放弃了竞赛入围这个方式,不就应该放弃得更彻底点吗?

"奥班的补课时间太长,如果我不走竞赛的话,不也就没必要花那么多时间去补竞赛课程了吗?"

礼安奥班的补课时间是一、三、五放学外加周六上午,临近省赛的时候甚至会是周六全天,一笔账算下来,其实里面占了不少课内时间。

"嗯。"李珩头靠在椅背上扬唇笑笑,想象着秦温在说这些话时的认真表情。

秦温又翻了翻自己刚刚做的笔记,继续道:"不去补课,我就有更多时间去准备高考了。高考的复习难度肯定比我拿个银牌要低得多,也更实际。"她之前一直都把精力放在奥科还有新加入的文副科政治上,没有时间抓自己的三大主科，导致她的总分级排一直不能发力冲起来。

100分制的科目再好，能拉的分差实在有限，就好比别人英语140分，而自己只有120分出头，人家一门大科就一下抹平了物理和化学帮她赚回来的分差。

但如果不再参加奥科的补习，她就可以解放更多的精力去加强那些150分制的科目，语文作文分再高点，数学压轴题解得再深点，英语阅读再错少点。

她就算不靠语、数、英拉分，起码也能做到不被别人拉得那么开。

"而且就算最后进不了强基计划，好好高考也能让我读到不差的大学，比孤注一掷地去冲个银牌要靠谱多了。"

"组长聪明啊。"李珩直直地看着阳台外的星空笑道。如果秦温真的只看到强基那个什么破格入围的竞赛条件就一股脑往前冲，他搞不好也会出声提醒她不合适。

不过看来不需要了，秦温是他喜欢的女生啊，本来就很有自己的主见。

被人夸赞的秦温突然有些不好意思："那你也觉得我这样想是对的吗？"

"当然，人要学会根据实际情况调整自己的战术。"

秦温听着李珩一贯冷静的语气，低头开心地笑了笑，那自己这样想的方向应该没错吧。不过……好像真的没听过谁是除了生病以外的其他原因退出礼安的奥班补课。

这是礼安的王牌教资所在啊，多少人想进都进不了。

她又没忍住叹了一口气："可你有听过谁平白无故退出补课吗？好像都没人这样。"

一轮按摩结束，李珩直起腰，喝了口水："管别人干什么呢。"

"话是这样说，可是总觉得不太安心。"秦温有些迷茫地趴在桌子上，眼睛呆呆地看着手机屏幕上显示的头像，"退出来以后就真的没有后路了，只能好好高考了。而且万一班里只有我自己退出来了呢？"

李珩听出秦温语气里的担心，知道她有时候就需要别人推一把。

他笑了笑耐心道："不对。

"本来我们就是第一届碰上强基，你不能拿以前还有自招的时候没人退出奥班补课和你自己现在的情况比。

"再说了，你自己不是也说了不可能一年时间里考到省一又考到银牌吗，这条路本来就不存在，又怎么会因为你退出了奥班就会变成你的退路呢？"

和秦温讲正事时李珩的话从来都说得很直白，他不能又误打误撞给了秦温错误的安全感，虽然割舍手里的筹码很难，但更应该深刻认知到那是没用的筹码，丢了不可惜。

而比起身边人无条件的支持，秦温反而更信服李珩这种会指出问题所在的说辞，总让她更有安全感。

她深呼吸下定决心："也是，不应该想那么多的。"

"嗯。"

手机屏幕熄灭，秦温又一次将它点亮，想到自己好像经常干这种自己一个人去做的事，她轻轻笑了声："我怎么好像老干这种只有自己去做的事，还有选科政治也是，但这次说不定也会有人跟我一起吧。"

班上奥物省一等就一个，她想应该不会所有人都去冲银奖的，只是看谁先带头提出来。

"组长，你怎么又把我排除在外了？"

"我不也跟你一起上着政治课呢，而且我开学也不去补课了。"

"就这表现还不够风雨同舟吗？"

李珩打趣，说完严肃的，该说些让她轻松的。

秦温听着李珩的鬼话没忍住笑出声，至于李珩说到他也不去补课，她一点都不意外。

礼安作为南省排名第一的高中，每年都能从那三四所高排名的大学里获得推免名额，不过不多，全部加起来封顶也就五个。这些指标大部分都会给到奥班的学生，就像他们现在高二级两个奥班一共出了四个省赛一等奖，基本就把推免名额占完了，剩下的一个应该会给非特色班里高中三年成绩综合表现最出色的学生。

"我们怎么能一样？"秦温也学着他打趣，"你是基本都不用高考了才不去补课的，我是为了高考才不去补课的。"

"那不殊途同归嘛。"

哪有人这样说的，秦温又笑："这词能这样用吗？怎么听起来怪怪的。"

"不知道呢，组长不是要高考，帮我查一下？"

"那我查完不告诉你,反正你不用高考。"

"怎么了啊?不高考没人权?"

李珩提高了些音量,显然不乐意了,秦温却笑得更加开心。

不过她不打算和李珩纠结这个问题,她肯定说不过他:"不跟你扯这个。"

说回正事。

"那我开学以后再去问问潘老师,如果潘老师也觉得没问题,我就把申请交上去了。"

"潘老师?哪个潘老师?"李珩一愣,他们班的物理老师不是姓陈吗?

"随风书店的潘老师呀,就是那个老奶奶的先生。我跟你说!他是奥物组里超级出名的元老级老师,听说以前还没有奥班的时候,礼安的奥物校队就是他老人家一手培养起来的,他老人家都可以说是奥物组的奠基人了。"

秦温不掩崇拜地介绍着德高望重的老前辈,高一的时候自己把学习的关注点放错位置弄得整个人状态都很焦虑的时候就是潘老师点醒的。这次退出奥物补课也和他老人家说一声吧,毕竟潘老师也很关心自己的成绩。

"这样子吗?那我跟你一起去吧。"

秦温以为李珩也要一起问退出奥班补课的事,有些不明白他为什么也会纠结:"你怎么也要去?"

"我不高考,就连书店都不能去了?"李珩更加不满,"带头针对我是吧?"

秦温一愣,她怎么觉得今晚的李珩特别胡搅蛮缠。

算了,不和他计较。被泼脏水的秦温语气也不自觉软了几分:"我哪有针对你嘛。"

"那我们一起去吧。去的时候记得叫我。"

"嗯嗯。"

秦温又看了眼时间,已经十一点过十分,很晚了。

李珩今晚忙到那么晚才有空,自己也别耽误他太久吧。她主动开口:"现在很晚了,你今天很忙吧,我就不打扰你了。"

李珩终于从按摩椅起身,他今日确实有点累了,也没和秦温再客气:

"嗯，你挂吧。"

"好，晚安。"

"晚安。"

高二下开学的第一周，两个奥班的班会课内容都是班主任为大家解读强基计划，安抚学生情绪，但还没有说奥班的学习计划会有什么调整，因为常规补课还是照旧。

秦温和李珩在周六上午补完课就顺路去书店。

只是下课的时候已经临近饭点，高老师和潘老师也可能在吃饭，秦温就打算去便利店买个面包坐一会儿，李珩当然不愿意她只吃个面包，而且他也得吃啊，就违心地说自己有点想念那家桂林米粉店的味道。

秦温喜出望外，没想到自己居然"安利"成功了！于是她又开心地把他领到那家百年老字号。两人又是坐在店外的小桌子旁，晒着初春的阳光吃粉聊天。

等快到两点时，秦温估计两位老师也差不多开店在忙了，两人才又起身去了书店。

米粉店在礼安的侧面，书店则在礼安的后方，两个地方中间正好是一片小区，走近小区深处就到达书店。

随风书店的春日午后，店内放着悠扬耐听的老歌，一位老人坐在工具桌旁修理相机，另一位在前台那儿为破损的书本重新包上书封。

"丁零零！"

门口风铃响起，又有人进店，两位老人都没抬头。

秦温轻步走近前台，低声问候："高老师好。"

因为书本受损而心疼不已的高老师被人叫了一声才将注意力抽回，抬头看了眼叫自己的学生，一边摘下手套一边和蔼地笑道："温温，这么快就来了。"然后她又看到秦温身后还站了个男生。

男生看到她，也礼貌地喊了声"老师好"。

高老师点点头，这个男孩子怎么好像之前在哪儿见过，是不是和温温一起来过的？

秦温没看出老师眼里的狐疑，又轻声问："潘老师在吗？我想找潘老师。"

"就在那儿修相机呢。"高老师指了指桌边，"直接去找他就好了，老师给你们泡点姜茶驱驱寒。"

秦温和高老师道完谢就往潘老师那儿走去，李珩也跟着她。

还坐在前台的高老师定定地看了一会儿这两个如影随形的学生，然后低头笑笑，一看到他们总想起自己以前和老潘还在礼安念书的时候。

高老师将书收好，拿出两个空杯，又把潘老师的铁杯子拿出，静静地泡起了驱寒的热姜茶。

她已经退休了，还是不去管学生们的事吧。

工具桌旁，老人轻轻擦拭着老相机的机壳，眼角瞥见两个学生向自己走来，抬头认出是秦温，然后身边竟然还跟着个他很眼生的男生。

"潘老师。"走近的秦温问好。

李珩跟在后面也同样打了声招呼。

"嗯……"潘老师悠悠拉长了一声回应，缓缓放下相机，用猎鹰般的教头眼神打量着李珩，不怒自威。

现在是强基改革初期，正是大环境最不稳定的时候，越是这样，竞赛生们就越该沉得住气，不要节外生枝，动学习之外的心思。

秦温是初一就爱来随风书店自习的学生，这么多年过去了，也只剩下她还保持着来书店自习的习惯。对看着长大的学生，又是自己奥物组的苗子，潘老师当然格外留心些。

李珩迎着老人审视的目光，沉稳恭谨地半垂眼眸。

而潘老师是奥物组里有名的上古严师，所以秦温也不觉得潘老师现在的表情有什么不妥："老师，最近关于强基的事，我有些问题想要请教您。"

潘老师听秦温这么说，有些惊讶，又将自己的注意力收回。他正好也想了解了解学生对这件事的态度，便让秦温直接问。

秦温看着潘老师犀利的眼神，突然有些忐忑和紧张，这种感觉就像是在宗师门派里要和关心自己的长老说自己要下山去学别的门派，让人有些愧对培养。

不过该说还是得说。秦温深呼吸，缓缓地自白强基背景下自己对奥物和高考之间关系的看法，想要舍弃奥物的学习，全心准备高考。

潘老师默默地听着，不时点点头。

做了几十年奥物金牌教练，他比秦温更加清楚省赛和国赛之间的鸿沟有多深，真像秦温说的那样自己准备得很充分也才考了省赛二等奖的话，那再惜才也不能强留了。

秦温长长一段话说完，视线垂地，不敢看潘老师的眼睛。

潘老师知道秦温学习踏实努力，一直都是他很看好的竞赛苗子，只是没想到环境有变，有些事情做不到的话，也等不及学生慢慢一步一步往上爬了。

潘老师惋惜地叹了口气："老师认同你的看法。"

秦温心里顿时松了口气，这才敢抬头看回老师。

"好好准备高考，专心学习，知道了吗？"潘老师只交代了这一句。

"嗯嗯，老师我会的。"秦温信誓旦旦道。

处理完秦温的事，潘老师又突然将眼神转回她身边的男生身上："这位同学呢，你是哪个班的？"如果这两人之间真有什么，他不会坐视不管。

秦温一愣，没想到潘老师会主动问起李珩。潘老师远没有高老师那般亲和，很少见他老人家主动问话哪位学生。

李珩被问起，抬头直视老师："老师，我是一班的，李珩。"

哦？也是奥班的？潘老师脸色更加凝重，屈一肘，半搭在斑驳的桌面上："你也是跟秦温一起不参加补课的？"

不用一起补课，这两人私下里就有更多时间在一起了啊。

李珩眼眸移了移，大概猜出这位老师为什么突然要盘问自己。老人的语气不算和善，李珩却没觉得有什么不妥，因为一向周全的他觉得秦温这么崇拜这个老前辈，这一老一少又有奥物组的渊源，那么这位老人——

也算是秦温半个娘家人。

"嗯，我已经拿了省赛一等奖，不再需要参加补课了。"向来不屑成绩的李珩主动提起自己有多优秀。

"哦？"潘老师一听这话，语气果然缓和了不少。他又重新打量起眼前这位外形出挑的男孩子，没想到自己居然也有看走眼的时候。

然后潘老师的关注点开始跑偏："没进省队？"

端着姜茶走来的高老师不满地咳了一声，都提醒老潘多少次了，少打听学生的成绩，万一学生考不好他还去问，不就让人伤心了吗？

要是这个男孩子想进没进到呢？

秦温也是潘老师这么一问才意识过来。对啊！她之前一直只想着李珩能被学校推免了,怎么就没想过李珩的这个省赛一等奖说不定还能进省队呢!

可一贯沉稳的李珩此时脸色却似乎有些难看:"进了。"他也是上次去父亲的校友聚会才知道自己原来被南省挑进省队了。

"天哪!"秦温忍不住赞叹,"你好厉害呀!"

李珩看了眼身边两眼放光的秦温,面无表情地扯了扯嘴角。

潘老师也认可地点点头,看向李珩的眼神也满意了不少。这个学生可以啊,有这么出彩的成绩还一副波澜不惊的样子,看来是个耐得住性子好好学习的人。

想到这里,潘老师眉间的"川"字也松了下来,倒不是说他老人家就默认了这两人,只是奥数作为竞争最激烈的奥科,这个男孩子能进省队,想来也是个勤于学业的人。

而秦温又主动在强基背景下求变,也证明她是个用心学习的人。

既然如此,他也不好平白无故猜忌什么,徒惹是非。

潘老师最后看了李珩一眼,又拿起相机,悠悠地提醒了一句"机会难得,要好好把握",便不再看他们两人。

秦温知道潘老师不喜欢被人打扰,和李珩使了个眼色,暗示他们该走了。而临走前,一旁的高老师出声,让他们把两杯姜茶带上,叮嘱他们天气还有寒意,快点回家。

秦温和李珩跟老师道完谢,转身走出店门。

高老师站在原处,欣慰地看着两人一同离开的背影——男生贴心地帮女生推开门,户外温柔的阳光照入,他们好像还在说着什么话,青春又美好。高老师不禁有些感慨,又瞥了眼身边在桌子上东翻西找的老伴,她老人家没忍住嫌弃地笑笑。

而秦温、李珩出了书店后,又走回小区的人行道上。

春日阳光正好,穿过人行道棵棵老槐树之间的缝隙,让笔直单调的人行道明暗交错如黑白琴键。

秦温才知道李珩进了省队,一直没忍住用崇拜的眼神看着他。

要知道南省省队才二十人,而全省和她同级的考生少说有几十万,居然这都让自己认识到了省队大神!

"天哪,原来你被选进了省队!你怎么从来没说过呀!好厉害!"秦温兴奋得就像她进了省队一样。

"我也是最近才知道的。"李珩淡淡地说道。

秦温走快两步，转身看着眼前男生边笑边问："你怎么还能这么淡定呀？

"你可以代表南省参加国家决赛，还能拿奖牌呢！

"真的好棒啊！感觉你在为省争光了！"

李珩听着这话反倒是冷冰冰地"啧"了一声，他已经可以被礼安推免了，又不需要拿国奖进强基，进这个省队可不是就剩个为省争光了。

秦温看着李珩奇怪的反应，站定后问道："怎么了嘛，你看上去一点都不开心的样子。"

秦温打趣："我这还要准备一年半高考的人都比你有精神。"

李珩耸耸肩："那你怎么那么开心？"

"为什么不开心！"秦温笑着反驳。

"本来还以为自招没有就没有了，谁知道又出来了个强基，让我考大学的方式又多了个选择。

"你和老师也都支持我不再去奥物补课，我后面就可以全心准备高考了。

"时间又有一年半，现在改途转向还不算晚。

"之前没有照顾到的科目也终于有时间去好好准备了。

"这些不都是值得开心的事情吗？"

秦温细数着这些大喜事。

李珩定定地看着秦温，认输般地笑了一声。她都这样说了，他还能说什么呢？

而秦温在见到李珩终于笑了出来后，也开心地跟着笑了声："不过我没想到潘老师会这么干脆直接地认可我，我还以为他会说些什么。"

心情慢慢变好的李珩也多了些话："你的想法是对的，他为什么要说你？"

"嗯嗯！"秦温开心地抬头看着顶上树叶，深呼吸，"真好。"

透过枝叶缝隙，她看到白云在蓝天里自由自在，没有任何束缚。

现在阳光虽然不太强烈，但看久了也会刺眼。李珩走到她的身边，为她挡了挡阳光。恰好这时秦温侧过头，明亮的视线盛满盈盈笑意，正好与他冰冷的眼眸对撞在一起，然后定格了他。

一缕和风吹来，李珩向来稳健的心跳"怦怦"两声，漏了一拍。

人行道上人来人往，他眼角能看到热恋的情侣牵手走过，初为父母的夫妇推着婴儿车散步，晨出运动的老人现在才回。

可秦温正身处这些陌生人的中央，眼神澄明地看着他，里头有对他的崇拜，有对他的期望。

李珩侧过头去，避开秦温的视线，突然觉得自己这几天一直因为被选进省队，高三就要离开 B 市去 A 大参加集训而闷闷不乐的做法有些幼稚。

秦温都想着怎么高考考得好一点，自己反而拿了个省一就想一劳永逸，连原本规划好的高三回 B 市都想搁置，只想待在她身边，实在是太小孩子气了。

喜欢一个人不该让自己故步自封的，该和她一起进步。

李珩兀地低声笑了起来。

秦温看着李珩这莫名其妙的样子，有些不解："笑什么呀？我脸上有东西吗？"她又摸了摸自己的脸。

李珩摇摇头："没有，我只是觉得自己思想觉悟太低。"

"哈？"秦温更加一头雾水。

李珩笑笑，没有再解释什么，只微微低头，目光炯炯地看着喜欢的女生，像是暗处的猎手，又像是忠诚的教徒：

"我应该多和组长待一起的。

"这样我能成长得快一些。"

第二十八章 / 养老院［上］

开学第二周，秦温向物理老师递交了退出礼安奥物校队的申请，不再参加后续补课。

办公室里，陈老师看着秦温退队的申请书，叹了口气没说什么，摆摆手让秦温先回去。

第二天，秦温的退队申请被批准。老师又特地交代，如果秦温还想参加补课，不用再交什么材料，直接来上课就好。

秦温很感谢老师的特批，只是从周三开始，她就再没有去补过课。

等到了周六这天，本该回校参加补课的时间，秦温在家收拾起了书桌。她把奥物组的复习资料都整理到一起，厚厚的课本、试卷摞在一起像一面小墙。

然后她又从床底拉出一个大储物箱。打开箱子，里面放着几本小学和初中的奥赛教辅。以前的大部分资料都已经被亲戚要走，现在手里剩下的也就箱子里的几本了。

秦温看着熟悉又陌生的封面愣了愣，盘腿坐下，她拿出其中一本小学二年级奥数习题册。

书本久置无人问津，现在再次被翻开，书页间立马散发出陈旧墨香。

秦温的小学正巧赶上国家奥数势头最猛的时候。她拿起一本，翻看着一页页五彩斑斓的绘图，看完又放下拿起另外一本，接着下一本……

课本的颜色越来越少，没有了小象、小狮子问小朋友能不能帮帮忙，老师的大拇指印章越来越少见。

题目开始变长，可爱的卡通退化成单纯的数字，直线与棱角，漫无目的的木筏有时候顺流有时候逆流，小明、小红在操场上跑来跑去，甲和乙永远在纠结谁先开始做工程。

秦温看着自己六年级奥数补习班的期末卷压轴题一个大大的叉，没忍住笑了出来，又拿起初中的课本。

初中她开始在礼安接受系统正式的竞赛训练，初一她主修的还是奥数，等到了初二就换成了更感兴趣的奥物。可惜初中教辅是送走最多的，她现在也只剩下两本，其他的早在她中考结束时就被仰慕礼安名声的亲戚给要走了。

这两本来就是派不上用场才被剩下的，上面的笔记也寥寥无几，全书几乎还是八成新的状态。

至于自己初中学了什么，没有资料的辅助，秦温一时间也想不起来了，大概就是声、光、力、电那些吧。

她惋惜地叹了一口气，合上书本放回原处，不知道被要走的那些以后还能不能拿回来呢。

秦温起身，又把书桌上厚厚的一摞书抱了过来。

最上面的那本竞赛指导书，她上周末还听着课在里面做了不少笔记，指导书的后半部分有好几页还被折起了一角，是上个学期陈老师在最后的课程告诉他们这是以后的竞赛重点，让他们有空的话可以提前预习。

谁能想到它们马上也要被封存起来了。

秦温将书一本一本地归置到储物箱里——《中学物理奥林匹克竞赛教程》（上、下）、《金牌高中物理竞赛辅导》（一、二、三）、《大学物理》……

书不算多，但是足够厚重，差点把半空的储物箱塞满。

秦温最后看了眼纯蓝纯绿的单调书封，轻轻地盖上盖子。

高中的竞赛资料就不给人了吧，虽然可能没人会来要了。

秦温又将箱子推进床底，坐回书桌旁。

没有了奥物教辅，原本满满当当的书架突兀地空了一块，她从书桌底下的小架子里拿出新的教辅填补那片空白区域，单调统一的奥物教辅变成了《高中作文精选》《高考数学压轴题大全》《高中英语阅读一百篇》。

再次将书架填满，秦温将眼前的窗帘又拉开了些，让书桌前的光线更加充足。她看了眼时间，默默记下起始点，从文件夹里抽出一张试卷。

一向专属奥物补课的时间里，秦温开始刷英语的语法选择。

在秦温第一次没去奥物周末补课后，两个奥班也陆续有其他人递交了退队申请。

参加补课的学生越来越少，高二年级的奥班补课时间也开始缩减，从周一被取消，到周六被取消，最后全面暂停。

秦温也不让李珩帮她做笔记了，一来是她现在要准备高考，记笔记这些事情应该亲力亲为，再来——

"你做的笔记老是不全。"课前秦温拍了拍李珩准备拿走自己政治书的手，笑着说道。

李珩不以为意："不就漏了几次嘛。"

"几次还不够啊。万一漏的是高考考点呢？"秦温看着他的眼睛一本正经地投诉。

李珩愣住，手都忘记抽回，有些难以置信地看着女生。

这几天他都因为秦温开始适应只需要准备高考的学习节奏，很识相地没去打扰，两个人现在也就剩个政治课做笔记这种清汤寡水的互动了。他都还没说什么呢，结果这都不行？

他眉头一皱当即就要驳回去，谁知又听见秦温认真道："而且，您可是为省争光的人，我可不敢劳您动手。"

这是人能说出来的话？

被两连暴击的李珩立马一个深呼吸，抿着唇死死地看着秦温。

爆雷的人却只是咳了一声，竭力忍住笑意，一脸大无畏地看着他。自从秦温发现李珩好像对"为省争光"这四个字特别敏感，她就总趁他不注意的时候提一句，总能看到他特别好玩的反应。

反正李珩平时也没少编排她，难得让她找到他的一个靶子，总不能一直就她一个人受欺负吧。

李珩深呼吸，调整心态。

虽然也定下来要去集训队了，但是不代表他能舒坦地"为省争光"啊，特别是这四个字还要从秦温口中说出，跟赶他走一样。

他觉得自己应该要不爽的,但是对着秦温,他根本生不起来气!

特别是看着秦温藏不住笑意的眼睛,那不爽的心情又立马被大脑本能地掺进了许多心动和满足,又开心又不开心,搞半天他竟然也不知道该说什么来反驳她。

最后他咬咬牙恶狠狠地一点头,一下子收回自己的手当作表态——不帮她做笔记了。

李珩转过头去,觉得这个话题到这儿就可以了,他可不想感受到自己在秦温面前能有多没脾气。结果秦温看着李珩这有些粗鲁地将手抽回,轮到她不自在了。

平时自己开他玩笑他都不会反驳一两句,怎么今天反应这么大?

秦温看着他的侧颜呆呆地眨眨眼,玩笑开过头了吗?

她回想了一下最近几节政治课,拿"为省争光"这件事打趣他的频率好像确实高了些,如果有个人一直在她旁边念叨"物理第一",她听多了也会觉得很有负担。

她不会把李珩给说出过激反应了吧!

想到这儿,秦温更加不安,她连忙凑到李珩身边,认真发问:"你生我气了吗?"

李珩正闹着自己的别扭,被秦温冷不丁地关心了一下,看了一眼她的眼睛,又快破防了。

顶级折磨啊!李珩觉得这是他碰到过的最艰难的心理战。

他怎么可能生她气啊!只是不仅不生她气,还要告诉她自己没气,这是他没想到的!

"你真生气了?"秦温又问。

李珩转头看着无意识凑迟着他但又无辜乖巧的秦温,深呼吸:"我怎么可能生你气?你要高考,我不得捧着点你吗?"

没生气呀?那就好。秦温松了一口气,至于李珩最后那句捧着点她,她也很大方地笑纳,说了句"确实"就转回身去,打开课本准备上课。

作为组里唯一一个要准备高考的,当然是谁要高考谁最大。

可李珩看着秦温就这样转回身去不理自己,心里突然有种不祥的预感。上学期秦温见他不用准备期末考就各种组内活动调整,都快把他给革没了,现在她看自己不用准备高考,搞不好解散小组的事都做得出来啊!

想起秦温的铁腕手段,不怕一万就怕万一,没有骨气的组员立马凑上前来打断她的预习:"你不会看我不用高考就不管我了吧?"

正看着书的秦温一愣:"什么不管你?"怎么突然这样问?

"我们这个学习小组啊,你不会要踢人了吧?"李珩的眼眸冷了冷,要是她敢散组,那这个组长就换他来当好了。

秦温更加一头雾水,不明白眼前的男生怎么会突然这样想,而且这又不是什么大事,干吗一副要炸毛的表情,看上去好像不太聪明的样子。她想了想,故作认真道:"是呀,你要准备的是国赛,我要准备的是高考,我们的方向都不一样了。"

李珩表情一滞,搞半天秦温根本就没有想过散组的事情,不过不管这个了,他又立马接过秦温的话头。

"方向怎么就不一样了?"

"老子省队,这还没利用价值?"

本来就是强行板着脸的秦温一听到李珩这怨气十足的语气,立马笑出了声,为什么说得好像她在始乱终弃啊?

秦温:"可我帮不了你什么了呀。"

虽然只是开玩笑的话,不过秦温也确实担心自己帮不了李珩什么。后面能有他继续给自己解答数学题当然最好不过,只是她一直白蹭李珩的能力的话,心里也会过意不去的。

李珩深呼吸,循循善诱。不就是要个名头吗?卑微如他,可以一说一大把好吧。

"你可以帮忙看着点我的心理状态。"

秦温:"嗯?为什么?你又自卑焦虑了吗?是因为要进集训队了吗?"

服了,秦温这问话的艺术李珩是彻底服了。被动暴击主动纵容的人第 N 次深呼吸。

"都不是。我是怕我哪天被人气死了。"他咬牙切齿道。

没有奥科侵占课内时间,奥班其他科目的课程内容也松动了不少。

周五上午,语文老师难得拿出两节连堂语文课专门评讲二班上学期两次大考中存在的作文问题。

课程即将结束,PPT 跳转到最后一页,大标题为"常见问题十——自造名言名句",下面紧跟着一张放大了的作文截图,文章开头第一行就被红笔醒目圈出,旁边还有两个问号。

"著名西方实干主义哲学家唐纳德曾经说过,一个人若是不活着,他便死了。"

秦温看着屏幕上的话还没反应过来,自言自语了句"唐纳德是谁"。

前桌陈映轩听到了秦温的话,将椅子往后退了退,半转过头:"美国总统。"

"噗!"秦温没忍住岔了半口气,这句话就是他写的吧!

讲台上,站姿笔挺的老师身着修身旗袍,伸出不沾半点粉笔灰的干净长指,优雅地划过一道空气,对底下忍着笑的同学们好脾气地叮咛道:

"同学们注意了,我们在议论文里引用名人名言作为自己的论据是对的。但是,千万不要自己捏造名言。老师们虽然不会知道全世界的名言,但是可疑的话还是能看得出来的。"

也不知道二班谁带的头,特别爱自己造名言。

"特别是高考的时候,绝对不可以走这种旁门左道噢。"

接着老师又摁出几张试卷截图,都是鲁迅、尼采、弗洛伊德等人"说过"的奇奇怪怪的语录。

班内顿时哄堂大笑。

课堂没有了秩序,语文老师也不生气,只笑着强调大家看过乐过就好,下次谁再被她逮到了,就写三篇作文哟。

话说到这里,下课铃刚好响起,语文老师下课。

而老师一走,班内的笑声彻底被解放,大家都在打趣身边的人是不是他们编的名言名句,秦温也笑着收拾桌面,一旁高宜喊了声陈映轩:"哈哈哈哈,第一句肯定是你写的。"

陈映轩转过身刚要说什么,秦温也跟着高宜笑道:"我能看看你的作文吗?"

"当然不能!"陈映轩立马激动反驳,被老师第一张扔出来当反面教材就已经够丢脸了好吧!

"欸,那个唐纳德是你吧?"隔了一排的梁思琴也走来笑话陈映轩。

"你又怎么知道的?"

"字如其人。"

秦温和高宜听着梁思琴的犀利吐槽笑得更加开心,陈映轩虽然一贯自诩小姐妹们的编外成员，这回也有点挂不住脸了。

"哪有！不许笑了！再笑你们就别进烧鸡社了！"烧鸡社一把手愤愤威胁道。

见陈映轩开始吓人，秦温她们也收敛了些，不过高宜还是接着打趣："谁要进你那破烧鸡社！"

陈映轩被怼，秦温又没忍住掩唇偷笑。

陈映轩倒是一愣，像是没想到高宜她们会说不进自己的烧鸡社："那你们还有社团进吗？"

之前礼安高中为了响应素质教育的号召，从秦温他们这一届开始新加了一条毕业要求，规定学生修满6分素质学分才予以毕业。这些学分只要参加学校认可的组织或者活动就可以修到，比如社团、篮球赛、运动会、艺术节等等。不过虽然才6分，但是每一项活动加的分数也少，0.1分到0.5分不等，所以比起等那些一年一度的大型校办活动，细水长流的社团活动才是正解。

礼安是极其严苛铁面的学校，凡是出了明文规定的毕业要求，学生没达到的话，就是状元也不给发毕业证。

所以班上很多同学都为素质学分的事情发愁。之前他们为了补课，没有时间去参加社团活动；等到了现在有时间了，但社团也不再招高二下的老人了。

现在二班班里，只有陈映轩还有其他几个早早被他拉进烧鸡社凑人数的同学靠着每个月买两次烧鸡给教工人员这种充满人文关怀的活动快攒满6分素质学分了。

"你们难道修够学分了？"陈映轩问。

"没修够也不一定要去社团呀。"高宜回答。

秦温点点头："我们打算去礼安的志愿者协会参加活动。"

老吴已经说了，礼安会让志协优先照顾两个奥班，让一直没有修到分数的竞赛生们先参加活动。

"啊？那多无聊，还累呢。"陈映轩不死心。他还想着拉几个学姐入团好招些人呢，现在烧鸡社发展的一大瓶颈就是高一没人报名。

"那买鸡好玩啊？"梁思琴吐槽。

陈映轩语噎："可是去做志愿者能加多少分，赶得及在高三前攒够吗？"

"嘿嘿嘿。"高宜有些得意,"志协做一次志愿者加 0.5 分,连着做一个学期就好了。"

"0.5 分那么多!"陈映轩惊呼,学校批给他们烧鸡社的活动一次才加 0.1 分!

"废话,志协是礼安的校办组织欸,加的分肯定多啊,不然我们得买多少次烧鸡才能凑够分啊。"

听到这里,一旁的高宜又似乎想起了什么,转身看着秦温:"温温你真的不和我们去做艺术节彩排的志愿者吗?"

秦温摇摇头:"不去了。正好志协有个养老院志愿点就在我家附近,我去那个。"艺术节彩排的志愿时间都在放学后,秦温想早点回家,正好养老院的项目离家近,又是周六的活动,最合适不过了。

"啊?可今年是礼安的一百二十周年校庆欸,艺术节肯定会很隆重,你不想去提前看一下吗?"

秦温笑笑,就是怕会太闹腾她才不去的,还是去些清静点的地方吧。

"反正过两个月就能看到了呀,早去晚去不都一样吗?"

"可是你又脱离我们大部队了!"高宜拍拍桌子很是不满。

梁思琴见怪不怪。

"我哪有嘛,何况冰冰也说她去图书馆做志愿者呀。"

"你要是也去的话,她肯定也去了!"高宜抗议,她还是喜欢一伙人整整齐齐的。

"惯犯"秦温则好脾气地赔笑着,不为所动:"下次一定,下次一定。"

"高三我们都不能去看艺术节了,还下次呢!"

下午政治课,老师难得准点下课,秦温和李珩两人正悠闲地下楼去操场上体育课。

两人并排走着,想起今天早上和陈映轩他们的话题,秦温有些担忧地看了眼身旁的男生。

"你素质学分修够了吗?"

"什么学分?"李珩看了眼信息,将手机递给秦温。

秦温接过手机,果然,他是绝对不会关心这些事情的。

自从秦温上次说了担心自己帮不了李珩什么以后,李珩便让她帮他看着点学校的通知，做他的毕业小助手。

"这有必要吗？"听完这个建议，秦温当时就反问，怎么觉得这里有坑？

"怎么没必要，我又不看学校的信息，万一漏了什么要求没达到怎么办？"

"一个学习小组，组长圆梦高考，组员高中肄业，这传出去像话吗？"李珩优哉游哉地说道。

怎么可能那么夸张嘛！秦温无语："那你怎么不自己看学校信息？"

"这不是你老想着为我发光发热嘛。"李珩看着秦温好玩道。

秦温脸一红："什么啊！"

"哈哈哈，别生气，我开玩笑的。"

"我……"

"可以，就这么定了。我教你数学，你帮我看着点学校通知。"

实权组员拍案，然后"毕业小助手"这事就这么定下来了。

秦温看着李珩一手插兜，慢悠悠地下着楼梯，突然也认可他好像真的需要这么一位毕业小助手。于是她叹了一口气，边下楼梯边给无心毕业的省队大佬科普母校的要求。

"这样，你怎么修的？"

"我打算这个学期去志协，他们周六有个养老院志愿活动，正好一个学期就能修完。"

"那你去的时候喊我。"

听到这话，秦温难以置信地看着李珩，他该不会以为这些活动直接去就好了吧？

"你得先报名呀。"

"嗯？"李珩转过头看了眼秦温，那意思是让她继续科普。

秦温有些无奈，他真的是位甩手掌柜："就是你要先去志协那儿报名才能参加他们的活动。一楼大堂就有报名表，或者公众号也行。"

被人腹诽的李珩虚心受教："行，那你帮我在公众号报名吧。"

"哈？"秦温不明白。

"我手机不是在你那儿吗？密码010909。"当然，她愿意录指纹，他也是没意见的。

无意间听到别人的开机密码，秦温立马像个操心的老母亲般嫌弃地看着李珩,怎么会有人这么没有安全意识,直接报密码让别人看手机的?

"这样不好吧,而且你怎么随便把密码告诉别人?"

"我都不介意,你怕什么?"

"可是……"

"那你帮帮我好不好?"李珩知道秦温又要磨叽,直接换了个更弱糯无害的语气,求助似的问道,虽然正目视着前方的眼神还是一贯的疏离。

这怎么好帮忙嘛,秦温为难,手机还是很隐私的东西,就算李珩不介意,她也不应该看的。

李珩侧头瞥了眼纠结的秦温。

"我又不知道那个公众号名字叫什么。万一错过了报名时间怎么办?和组长分不到一起怎么办?我这个人比较内向,又没有做过志愿者,不跟着你的话做不了。"

面对吃软不吃硬的秦温,李珩继续卖惨。

秦温听着李珩可怜兮兮的话,继续瞪大了眼睛看着他,继自卑焦虑以后又多了一个内向吗?焦虑自卑也就算了,她也经历过那种心情,可以理解,只是内向这个,感觉完全没看出来啊!

他不会是在糊弄她吧?秦温忍不住偷偷打量李珩,正好李珩也抬眼回望。

秦温顿了顿,李珩的眼神比以往柔和了不少,眉眼微垂的样子好像还隐隐有几分无助?

"好不好啊?"男生又催。

心软的秦温投降,李珩也不像会矫作示弱的人。她语气不自觉温和了些:"好吧,我一会儿帮你弄。"

"组长人真好。"李珩笑笑,视线收回的一瞬间又立马变样。

这时跑过一个男生,与他们反方向上楼,男生在见到李珩以后停住脚步。

"欸,李少!放学五号场打球啊!"

"好。"

李珩客套地拍了下那男生的肩膀,男生又跑开。

看到这一幕的秦温突然站住脚步,幡然醒悟。

不对!他明明下个楼梯都能碰到认识的朋友,而且他在十五班也认识很多男生!什么鬼内向,还摆出一副惨兮兮的样子,其实他是在骗自己吧!

李珩见秦温没跟上,回头不解道:"怎么了?"

秦温握着李珩的手机,定定地看着他那没有一丝怯懦的眼神:"你是在骗我吧?"

大骗子,差点就被他糊弄过去了!

面对秦温的指控,被人当场揭穿的李珩也不介意。他站在比秦温低两级的台阶上,面无愧色地看着她扬唇笑道:

"聪明。

"不过你已经答应要帮我报名了。

"组长可不能带头学坏,反过来骗我。"

第二十九章

养老院［下］

完成志协活动报名的那个周末秦温就收到了进项短信。她在聊天群里问了下，小姐妹们也都去到了自己想去的项目。

奥班难得开始有空闲的周末可以去体验课外活动，大家都很兴奋，特别是高宜，她已经开始搜罗级里会有哪些好玩的节目，别到时候跟不上进度。

而等到了周一一大早的政治课，秦温也问了李珩有没有收到短信。

还有些困意的李珩看着秦温，迷茫地眨眨眼。

"什么短信？"

"志协的短信呀。我不是帮你报名了去做志愿者？"秦温觉得自己这个毕业小助手真的有必要替李珩多操点心。

被提醒的李珩突然想起来好像是有这么回事，这才打开手机的讯息箱，一直往下扒拉了许久，终于找到那则通知。

来自礼安高中志愿者协会：亲爱的李珩同学，恭喜你……

李珩瞥了一眼短信开头便切出界面，看着秦温点了点头，道："收到了。"

秦温看着男生事不关己高高挂起的样子，又忍不住操心道："我到时候是直接去养老院门口等集合，不来学校哟。"

周六的志愿者活动要先统一在礼安大门口集合再由领队带着大家去养老院，但是秦温家离养老院那儿不过一站公交车，没必要跑来跑去，就和领队申请了直接去养老院门口等候。

"那我和你一起就好了。"李珩说。

"也行，那你也和那个领队说一声吧。还有，记得看一下短信，那里有养老院的地址。"秦温指了指李珩的手机，他刚刚根本就没有点进去看完那条短信吧。

等秦温不厌其烦地交代完，李珩却是抬头想了想："要不我直接去你们小区那儿等你？正好我去你们那儿也近。"

秦温看了眼李珩，不知道为什么她突然觉得连短信都不看的李珩到时候找不到养老院在哪儿的可能性也会非常大。

算了，还是自己看着点吧，别到时候他真的没修够素质学分。

秦温点点头："也行，那我们八点半碰面吧，然后坐公交车一个站就能到了。"

"好。"

可等到了周六这天，秦温和李珩的见面时间又提早到了八点过十分，因为李珩前一晚问她要不要一起吃早餐。

"要不要明天一起吃早餐？"周五晚，两人讨论完一道数学大题，李珩问秦温。

终于算出答案的秦温也放下笔，疲惫地趴在桌子上长舒一口气，不愿意再动脑子的她变得格外好说话："可以呀。"

反正她之前周六回学校补课的时候都是在路上买早餐，现在要去养老院也一样，李珩和自己顺路的话当然可以。

于是又如李珩所愿，和秦温待一块儿的时间又多了二十分钟。

周六早上，两人下了公交车，在附近的肠粉店吃过早餐才又悠闲地走到养老院。

养老院规模不大，隐匿在社区街道的末尾拐角处。与热闹的长街牌坊相比，这家养老院略显冷清，只不时有几个行人匆匆经过。

养老院大门口外还站着一个同样身穿礼安校服的男生，他在不安地四处张望，直到看见同样穿着礼安校服的秦温、李珩走来，紧绷着的神情才稍微松了些。

秦温和李珩从远处走近，还就着刚刚早餐店发生的事聊天。

他们去的那家肠粉店是由本地人经营的。李珩刚走上前去要下单，嘴里还叼着半根烟的大叔就先开口了，用含混不清的本土方言报了一串肠粉名,直接把他问蒙了。

秦温好笑地看着难得卡机的李珩,走上前去帮他做翻译。

也是这样,秦温才知道李珩原来在A市待了这么多年,竟然还听不懂本土话。

吃过早餐,两人并排走着。秦温刚在李珩身上发现了新大陆,现在正是最好奇的时候。

"天啊,你怎么会听不懂本地话呢?"

"你不是说初中就来A市了吗?"

"真的一点点都听不懂?"

"也太神奇了吧!"

一向厚脸皮的李珩也被问得有些忍无可忍:"普通话早就全面普及了。"

那也没有普及到让生活了几年的人都完全听不懂本地话的程度吧,秦温笑得更加开心:"那你们家在A市也是说普通话吗?一点本地话都不说?"

"对啊,家里也不说。"李珩一脸无可奈何,所以他听不懂有什么奇怪的。

李珩初中才来A市,学校早就已经全面普及普通话,潘家虽然根基在A市,但外公也是战乱年代跟着太姥姥不知道从哪里一路逃难才来的A市,因此潘家严格意义上也不算A市的本地人,在家也只说普通话。

李珩又从来只把A市当作落脚读书的地方,就更没有花心思去了解A市的风土人情。

结果就发生了早餐店那件小插曲。

秦温看着脸臭臭的李珩,低头忍笑,原来他也有知识盲区的啊。

"有这么好笑吗?"李珩有些没好气,又有些无奈,将伞侧过一些,再次把低笑点的秦温揽入阴影中。

初夏的阳光已经开始逐日明朗。

被问起的秦温抬眼看看李珩,依旧没完没了地笑着:"对啊,很难想象有人在一个地方待了那么久居然还听不懂当地话。何况你还是那么聪明的人,居然一句也听不懂,这也太说不过去了吧!"

而比起秦温的打趣,李珩的关注点都在她微弯的明眸上,比伞外的阳光更加耀眼夺目，却被他笼罩在自己的范围里。至于秦温说了什么，他全都左耳进右耳出。

树上一声莺啼让人心动，引得捕食者又铺下一张网。

"好像确实说不过去。"李珩看着秦温，笑了笑问道，"要不组长教教我？"

正乐着的秦温一愣，可还没等她反应过来，身前又有人出声，打断了她和李珩的对话。

"你们好！"那名在养老院等候已久的礼安男生见到同校同学，终于放下心来，快步跑到秦温、李珩身前，也不管别人还在说着话就直接出声打断。

"你好呀。"秦温还没回李珩的话，注意力被人喊走。

被冷落的李珩眼神瞬间冷了下来，他将伞上扬了稍许，抿唇看了眼来人。

稍微长点心的人被李珩这样看一眼都知道赶紧一边待着去别惹他，可偏偏也有心大的人，没留意到别人的眼神。

"我都在这里等了好久了，还担心自己会不会走错地方了，还好看到你们了。"男生看着秦温笑着说，"你们好，我叫江月明。"

秦温礼貌地笑了笑："我叫秦温。"说完，秦温又看了一眼身边的李珩，见他没有要说话的意思，便帮他开口，免得别人难堪，"他叫李珩。"

江月明："你们还有看到其他人不？怎么好像就我们三个人？"

"没有，但应该过一会儿就来了。"秦温回答。

"那就好。"这位江同学又松一口气，"我上次就是去错地方，被志协记无故退出项目一次，如果我这次再没有按时出席就要被志协拉黑了。"

呃，这也太不靠谱了吧。秦温干笑两声："下次小心点就好。"

"嗯嗯。"江月明点点头，看着眼前说话轻柔的女生，"话说你们也是高一的吗？"

秦温摇摇头："不是，我和他都是高二的。"

"哇！"江月明开心地一合双掌，原来是个温柔的学姐欸。

"学姐好！"他开心地打着招呼，"学姐好漂亮呀！"

直白的夸赞来得猝不及防，让秦温定在原处，她身后一直沉默的李珩也皱起了眉头。

"还好上次活动去错了，不然就不能认识学姐了。"江月明一脸开心地看着温柔学姐，完全不吝啬自己的赞美。

虽然被人夸赞是件值得开心的事，但秦温还没碰到过这种架势的，面对热情的学弟她一时也不知道怎么回应才好，便只是笑笑，有些不自在道："谢谢。"

"我一会儿能跟着学姐一起吗？"学弟又问。

李珩侧头看着探入自己领地的学弟，脸色越发不爽。他收回视线，微微低头靠近秦温的耳边，不等秦温回答那个学弟，先开口。

"我们要不要把伞收起来？"他轻声问，"现在没有太阳了。"

比起突兀的学弟，秦温更习惯和李珩的相处："好呀，谢谢！"

李珩没说什么，按下伞柄的折叠按钮，黑伞三段折回。

他把伞递给秦温："帮我收一下好吗？"

"嗯嗯。"秦温接过，低头帮他将伞瓣理顺。

而趁秦温不注意，李珩也抬头，冷冷地看了眼目瞪口呆的学弟。他迎着学弟惊惶的视线，侧了侧头点向养老院大门方向，让对方赶紧去那边。

江同学被学长这个死亡凝视看得浑身起毛，紧张地咽了咽口水。虽然还不确定学长、学姐之间的关系，但是同为男生，当然能看出这位学长眼里对他的警告。

天啊，那他刚刚都干了些什么啊！

江同学立马心虚地一缩脖子，不敢再看学长。

他脑海里突然想起刚刚学姐说的话——他叫李珩。

江同学眼珠子看着地面快速转动着，李珩，李珩？李珩这个名字怎么听着这么耳熟？

突然，他的眼睛定住——年级里常说的高二年级有个很帅又很凶的学长好像也叫李珩来着……

秦温刚把黑伞收好还给李珩就见学弟突然走开，心里有些奇怪，她看了李珩一眼，后者也耸耸肩，提醒了她一句"其他人来了"。

秦温又看向长街的方向，果然又有几个同样身穿礼安校服的同学向他们走来："那我们过去吧。"

"好。"

今天的志愿者大部队终于会合，所有来做志愿者的学生，算上秦温、李珩一共才七个人，领队带着大家进了养老院，找到相关负责人。大家在小会议室里开过简单的交接会议，领队便把志愿者分成两到三人一组去负责养老院内不同区域的事务。

作为仅有的两名高二年级学生，秦温、李珩很自然地又组到了一块儿。

秦温看着李珩面色不豫地穿上志愿服马甲，今天竟然能第二次看到一向威风的李珩吃瘪，身为组长的秦温很不厚道地看着他笑出声。

因为他刚刚又没有听懂负责人说的话。

这家养老院是一所本地养老院，里面无论老人还是职工都是附近的本地人，大家都说惯了本地话，就像刚刚负责人在开会时，即便她说的是普通话，也依然带着浓郁的本地口音，加上阿姨语速快，一通噼里啪啦的蹩脚普通话说下来，李珩只能听懂个五六成，最后要秦温边听边给他翻译，他才知道今天的流程。

"她普通话说得也太不准了。"李珩看着憋笑的秦温，义正词严道。

"嗯嗯。"秦温干咳了两声，敛去笑意，"所以听不懂也可以理解的。"

两人走进阅览室，他们今天的任务是整理阅览室。

李珩看着秦温一路扬唇，就又把话题绕回去："你还没说教不教我本地话呢。"

秦温正拆着今天新到的报刊，被李珩问起也没有停下手里的动作，继续把拆封的报刊一一用报刊夹夹好："你又不感兴趣，学来干什么呀！"

李珩双手插袋干站在一旁："现在感兴趣不可以？"

"那你就多听歌多看剧，很快就能学会了呀。"整理好报刊的秦温将包装绳收好，抬头看了眼李珩，像来参观似的，什么都不干。

老实说，秦温觉得李珩这一身的气质和气场搭配那件暗红色志愿服马甲实在是有够违和的。特别是当他什么也不干就站在旁边的时候，更让人觉得他不是来志愿服务的，像是来慰问的。

秦温嫌弃地皱皱眉，身为组长，当然不能这样纵容组员。她指了指整理好的报刊夹："拿一下呀。"

李珩照做，跟在她身后继续说道："我不爱看剧也不爱听歌，你直接教我不就好了。"

他们来到报刊区,秦温让李珩把报刊一份一份递给她,她再将它们挂到书架上。

"我又不会教。"

"会说不就会教了?"

"唔……不要。教起来好麻烦的。"

"……"

李珩语噎,没想到秦温这么干脆就拒绝了他。自从上次发现他瞎说什么自己内向以后,她就不好糊弄了。

秦温从李珩手里接过最后一份报纸将它挂好,随后看了眼抿唇沉默不语的他,笑笑径直走。

李珩那么聪明的人居然会听不懂本地话,说明他其实根本不感兴趣,突然说什么要自己教他,肯定是见自己一直笑他,才想着掉过头来折腾自己。

她才不会又上他的当。

第一次被秦温拒绝的李珩心里不太高兴,又跟去秦温那儿,这时开始有老人缓缓走进阅览室看晨报。

秦温看了眼还要说话的李珩,低声和他说了句"有人要看书,别出声",便让他推着小车,两人一起去整理书架上的书。

想要说话的李珩被人禁言,郁闷地吸了一口气,安分地跟在秦温后面,帮她把书放在高架子处。

失策了,早知道就不一时口快说什么自己内向了。

李珩决定先好好表现一番,一会儿休息的时候再找秦温说这事。她还没有拒绝过自己什么呢,当然不能让什么事情开了先例。

中间又有两位老人过来,拿着一串数字编号问李珩这书在哪儿。老人口齿本就不太清楚,又说着李珩听不懂的话,果不其然,李珩又很尴尬地掉线了。

最后还是在书架内侧的秦温走出来帮他收拾了局面。

"看,你还是得教我。"李珩挑挑眉得意道,"不然我老是听不懂,多耽误事。"

秦温笑笑转过头,没说什么,李珩又跟在她身边:"要不就周五晚上?正好我给你讲完数学,你教教我咱们 A 市的当地话。"

还咱们呢。

"你让他们来问我就好了呀。"吃一堑长一智的秦温又轻飘飘地把历史记录不佳的某人的申诉给驳了回去。

李珩愣住，难以置信地看着秦温，像极了小孩在用眼神向家长控诉：你不爱我了吗，你不疼我了吗？

秦温却是铁面无私地回望着他，这回说什么也不会被他忽悠过去。

就在两人眼神对峙的时候，突然一位老奶奶走来一把拉过秦温："姑娘，过来帮我一下。"

"欸？"秦温还没反应过来，就被老奶奶拉着直接往外走去。

老人家一脸着急忙慌的样子，秦温也不好磨叽什么，只能边跟着老人，边回头冲李珩抱歉笑笑："那我一会儿回来。"

李珩凝眉看着秦温被陌生的老人拉走，跟着往前走了几步，但最后还是停下，看着秦温点点头。他又扫了眼四周其他正安静看书的老人，然后垂下眼眸，继续自己一个人收拾书架。

这时，坐在李珩正前方的一位老人"哗"的一声合上报纸，眼睛透过老花镜打量着这位落单的小伙子。

老人咳了一声，用喑哑的声音冲李珩喊了句"后生仔"。

李珩正摆着书本的手顿了顿，抬头望向声源，一位老人正神情严肃地打量着自己，不知道想干什么。

秦温跟着目的不明的老奶奶，心里有些忐忑，不过负责人也说过，大家除了整理院子内务，也可以多陪陪老人说说话打打下手。

老奶奶把她带到了自己的房间，让她随便坐，接着又抱过一个针线篮，里面各色棉线交缠在一起。

"来小姑娘，你赶紧帮我把这线分好，我一会儿要织件毛衣。"

秦温一愣，喊自己来就是做这个？

"快点啊。"老奶奶见秦温不为所动，又催了催，自己抽出一个线头开始缠绕成团。

秦温呆呆地应了声，也坐在老奶奶身边，帮她缠另一种颜色的毛线。

不过这满满一篮面条似的棉线——天哪，这要缠到什么时候，今天一天都不一定搞得定吧。

秦温心里无奈地叹了口气，突然老人又惊呼一声，猛地放开手里的线团,线团又散开。

"怎么了?"秦温不解道。

"怎么我黑色的毛线用完了!"老人一个劲地扒拉着毛线盒,"糟了糟了,怎么又用完了!"

秦温看着老人越来越急的样子,轻声安慰道:"要不我们用别的颜色?"

"不行的,我老伴就爱黑色的!小姑娘,你快点去帮我找院长要黑色的毛线团来!"

"我……"

"快点去呀!"

老人心急如焚,秦温只好先放下手里的东西,赶紧从负责人那儿领了团黑色毛线回来。

她拿着东西正往回走,突然又想起李珩。

他自己在阅览室那里搞得定吗?肯定搞得定,他只是听不懂本地话而已,又不是什么大事。而且就在养老院,还能出什么事?

秦温又将那团线抱在怀里继续走着。

李珩又不是巨婴,做个志愿者而已,哪用得着自己全程陪着。

她走过阅览室门口停下脚步,脑海里又浮现李珩一头雾水看着自己的尴尬表情。

要不还是去看看他吧,万一他一会儿又赖自己不管他。

秦温咬咬唇,最后还是进了阅览室。可没想到的是,她走过一排排书架,竟然都没有见到李珩的身影,阅览室也比她离开的时候冷清了些。

秦温又转过身四处张望,怎么回事,去别的地方忙了吗?她掉头原路返回,又往每个书架区看了看,还是没有看到李珩。

最后她默默走出阅览室,看了眼手机,他也没和自己说什么。

去哪儿了?秦温将手机息屏。

算了,管他呢,都那么大个人了。

她拿着线团,又继续走向走廊深处,走过电脑室,走过书画厅,走过棋牌室。

突然,在棋牌室内,她眼角无意中看到了一个熟悉的背影。

秦温立马站定转过头,室内四个人坐了一圈,背对自己的男生身穿暗红色志愿服马甲。

这人……看着很眼熟啊！

秦温嘴巴张了张，有些难以置信地走进棋牌室，谁知刚走近那桌，她就听到了熟悉的懒懒的声音。

"大爷，您再磨蹭，您手里的棋子也飞不过来将我的军啊。"

秦温瞬间瞪大眼睛：李珩？在和老大爷下棋？

秦温快步走到男生身边，转过头惊讶地看着男生，竟然还真的是李珩。

"你……你怎么在这儿？"秦温不敢相信，刚才还听不懂大爷在说什么的人，现在居然和别人凑一块下起棋来。

李珩抬头看了眼来人，笑道："你这话说的，我怎么不能在这里？"他又转头看了眼秦温抱着的东西，"大热天的，怎么抱着团毛线？"

秦温一愣，看看自己手里的东西，确实和夏天很违和："刚刚把我拉走的老奶奶说要织毛衣。"

"夏天织毛衣？"

秦温无奈摇摇头，正要说什么，一旁的老大爷不耐烦地出声，用蹩脚生硬的普通话催促李珩："欸欸欸，该你啦！"

两人的对话被打断，李珩慢悠悠落下一子。

李珩："大爷，您每次落个子要想十分钟，我就跟我的人说两句话都不行？"

老大爷没理李珩，低头看着棋盘。

"噗！"秦温看着李珩这无可奈何的样子，没忍住笑出声，看来得真正的大爷才能治得了大爷。

她掩唇笑笑，准备转身离开。

"去哪儿？"李珩看她又要走，出声道。

秦温举了举手里的线团："那个老奶奶还等着我呢。"

"织毛衣多无聊。"李珩拍了拍身边的椅子，"坐这儿看我玩吧。"

秦温不依："不要，我回去了。"

"这样……"李珩也不坚持，"那你忙完过来不？"

"再说吧。"秦温朝李珩摆摆手就离开了。

李珩看着女生出门的背影，收回视线，侧过头笑了笑。

早上的志愿者活动到十一点半结束。志愿者们吃过午饭,可以小憩一会儿,下午两点再开始志愿活动,然后再过一个小时,全天的志愿服务就完成了。

养老院安排了小会议室给志愿者们休息,但李珩休息的时候不喜欢人多,就拉着秦温陪他一起去阅览室。

两人一起出去的时候,学妹忍不住向秦温投去羡慕的眼神。年级里一直传的校草学长真的好帅呀,真人比照片还要好看一百倍,真羡慕那个学姐能和学长玩这么熟。

阅览室里还有两位老人在,秦温、李珩两人走到了最末桌坐下。

小阅览室内照进大片澄明的阳光,窗外知了鸣叫,墙上铁扇嗡鸣。

李珩正靠在椅背上满眼喜欢地看着秦温,然后就见她拿出手机,没有要睡觉的意思。

"你不休息会儿吗?"他轻声问。

秦温摇摇头:"我趴着睡不着。"

说罢,她看了看手机信息,然后打开单词软件。

李珩凝眉,那也不该饭后马上动脑。他身子坐前,伸手挡住秦温的手机。

秦温被人打断,刚抬眼看着李珩,就听他说道:"伤胃。而且你还没教我 A 市的本地话呢。"

秦温拍了拍李珩的手,笑着打趣:"你还要学吗?今天那位大爷都陪你说普通话了。"

说起这一点她还是很佩服李珩的,居然能让老大爷迁就他。

"下棋好玩吗?"她将话题岔开。

一说起这个李珩就头疼:"别说了,快磨死我了。"

秦温被李珩逗乐,笑了一声便不再看他。

"所以呢,你什么时候教我说本地话?"李珩追问。

她看了眼李珩,他正一脸无比认真地看着自己。

"真的要学?"

"当然,我什么时候骗过你。"

秦温没忍住翻了个白眼:"你还骗我自己内向呢,内向的人还陪三个大爷玩象棋玩得这么开心呀。"

李珩立马表明认错态度:"下次肯定不会了。"

"那你之前说的焦虑自卑呢?也是骗我的吗?"秦温突然转过话题问道。

李珩脸上的笑容瞬间凝结,怎么还突然开始清算他了?

没碰到过这阵面的他有些无措。

他当然可以死咬不认,只是秦温直接问他的话,他也不想说谎。可是看着秦温仍旧一贯温和的笑脸,并没有生气的意思,他心里又有些摸不准秦温知道了会不会介意,便先虚心请教:"拒不承认会怎么样啊?"

秦温看着他,温声道:"你觉得呢?"

学妹眼中的天神学长被学姐拿捏得死死的。

"就不会教我了是吗?"李珩试探。

秦温满意地点点头:"聪明。"就像那天他夸她聪明一样。

李珩心虚地咳了一声,更加后悔自己那天口快扯什么内向,哦不对,就不该答应去打球的。

"自卑焦虑这个,也不算骗你。确实有过那么几秒钟。"

秦温若有所思地"哦"了一声。

李珩立马认罪:"下次不会了。"

"不会什么呀?"

"不会胡说八道骗你了,我错了。绝对没有下次。"

秦温侧头看着李珩一副乖乖认错的打蔫样子,立马笑出声。

本来就不是什么不可原谅的弥天大谎,只是秦温想到自己那次还那么认真地安慰了李珩,还推心置腹地说了好多自己的心里话,结果到头来他根本就不需要,心里多少有些郁闷。

她都没骗过李珩呢,结果他经常糊弄自己。

秦温咳了咳。现在李珩已经向她认错了,她也没必要一直抓着这种小事不放,而且他也保证了以后不会再随便糊弄她。

"那你想怎么学?"秦温收起手机,"事先声明,我可能也不太会教。"

得到赦令的李珩立马又变回原来活力无限的样子:"你随便教我说点什么就好了。"

这怎么随便教嘛,秦温看着他想了想:"要不你想学哪句我直接教你?"

自己来开口吗?求之不得。李珩支肘撑头,开心地看着秦温,说:"好啊。"

"我喜欢你。"

他突然开口,无比认真地看着她。

在李珩的注视中猝不及防听到这样一句话的秦温身子一顿,呆呆地看着李珩好看的眼睛,一瞬间听不见其他杂音。

他在说什么?

"'我喜欢你',这句话用你们的方言该怎么说?"李珩继续看着秦温笑道。

耳边再次传来窗外蝉鸣,惊醒秦温。

她猛地回神,不对,李珩在跟她学说话,自己瞎想什么呢!她赶紧转过头去不再看李珩,害怕被他看出来自己误会什么。

"你怎么不教我?"佯装看不出秦温异样的李珩又故意凑上前了些,"'我喜欢你',到底该怎么说?"

缓过神来的秦温咽了咽口水,手不自觉地抠着手机背壳。

无论怎么样,她还是能感觉到自己的脸正很不争气地因为第一次从李珩口中听到"我喜欢你"四个字而快速发红发烫。

别红了呀,又不是在说什么别的,秦温暗恼自己的薄脸皮。

她又飞快地看了眼李珩。

都怪他长得太帅!从那么好看的人口中听到表白用的话语,是根木头都会心动的!

"你怎么不说话呀?"身旁没有眼力见的李珩继续追问。

秦温深呼吸,不肯看他,语气半嗔半嫌:"哪有人学说这些的,不是应该先学'你好''谢谢''吃了没'这些吗?"

"学那些乱七八糟的干什么,我只要学这一句就够了。哦,对,还有一句'我爱你'。"

说完,李珩开心地笑了。

他不需要秦温回应自己什么,连认识没多久的学弟都夸她长得漂亮,他怎么反而还越喜欢就越哑巴了?

"快点快点。"李珩又推了推僵硬的秦温。

被催了好几次的秦温终于肯看着李珩了,只是她自己也从来没有跟男生说过喜不喜欢什么的,一时竟然不好意思开口。

"怎么说呀?"李珩又问。

秦温咬了咬唇,告诉自己不过是在教他说方言罢了,又不是什么别的。

"我钟意你。"她轻声快速说完,声音几乎要被蝉鸣掩盖。

李珩笑得更加开心,十几年的人生里没有哪一刻比得过现在。虽然他不需要秦温回应,但他可以占秦温便宜啊!

"我钟意你。"他立马学着秦温的话,"我说对了吗?"

秦温连忙点点头,只想赶紧打发了李珩,让这个话题翻过去。

可李珩偏偏又很不合时宜地较真起来:"真的假的,我怎么感觉听起来不太地道。你再说一遍我听听。"

"不说,已经教了一遍了。"

"啧。"李珩不满,"你自己听听你自己说的话,教了一遍就不教了,这负责任吗?快点。"

"我钟意你。"

"会不会听起来口音很重啊?"

李珩又推了推秦温。

害羞的尽头会让人的小脾气跑出来,什么笨蛋啊,教了一次还不会!

秦温被他问得烦了,瞪了他一眼:"会,难听死了。"快别说了。

"哦?那你再说一遍,我得好好学学。"

搬起石头砸自己的脚的秦温又懊恼地咬咬唇。她被他缠得没招,继续深呼吸让自己的心跳平复下来。

"我、钟、意、你。"她又慢慢一字一句道。

"我钟意你。"李珩认真学着,"地道吗?"

秦温猛点头。

"我还是觉得不太像,要不你再教我一次?"

"我钟意你。"

"你字好难发音啊,你再说一遍我听听?"

"你。"秦温耐着性子又重复了一次。

"哦哦,你。"

"我钟意你。"

"我钟意你。"

"准吗？准吗？"

李珩一直在秦温耳边重复着，就是放只鹦鹉在旁边都要学会了，于是害羞的秦温终于忍无可忍："吵死了！赶紧睡觉！"

第三十章

艺术节［上］

初夏过后就是漫长的盛夏。眨眼又快过去三个月了,到了期中考试周。

周一政治课,老师进班就告诉学生们本堂课自主备考,她随堂答疑。班上同学开始打开各自的复习资料,秦温也翻开课本,然后又没忍住用欣羡的眼神看着刚从B市回来的李珩,一个人出神傻笑。

哇——新鲜出炉的准A大生欸。

李珩正翻阅着秦温的课本,感受到身旁的炽热眼神,侧过头看了眼,就见秦温一双眼亮晶晶直勾勾地盯着自己看。

一向稳重的他也被秦温这眼神看得心里有些发毛:"干什么?"

秦温一手撑头,继续看着男生傻笑:"签保送协议是什么感觉呀?像签合同一样吗?是不是超级爽的?"

李珩上周回B市就是参加礼安和A大之间的推免面试,现在他已经签订了大学保送协议,高三就可以安心去参加省队集训了。

"天哪,你好厉害!"秦温看着李珩继续傻笑道。她都不敢想象换作自己被保送,她该高兴成什么样。

李珩有些好笑地看着比自己还开心的秦温:"能有什么感觉,不就签个名字。"

"这怎么会没感觉!"秦温立马收肘,直起腰身反驳,"被保送A大欸!全国最好的大学,你难道一点都不开心吗?!你现在和A大就真的只差一张飞机票了!"

秦温又凑上前笑着问道："而且你家里人肯定也很开心吧！"什么时候她也能给家人带去这种好消息呀，大家一定都会超级开心的。

李珩耸耸肩："还好，就一起吃了个饭。"

"那一定吃得很开心了。"

"嗯。"A 大加省队，提早一年回 B 市，家里的两位老人可不是开心坏了嘛。

"真好，我也替你开心！没想到我们这个学习小组居然出了个被保送 A 大的省队大佬，天哪，我感觉自己也沾光了。以后考试我也不用去拜猫爷了，拜你就可以了。"

听着秦温这不着四六的贺词，李珩机械地扯了扯嘴角。

什么叫拜他啊？能改对拜吗？

他"啪"地合上书，看着秦温阴恻恻道："是吗？我可没看出来你觉得沾光了。有的人不是一开始还不愿意和我组学习小组吗？"

秦温笑容一滞，没想到李珩突然提起那么久以前的事。而且他还没说错，自己一开始确实有些抗拒和他组学习小组来着。

"我哪有不愿意嘛。"秦温尴尬地笑笑。

李珩看了她一眼，冷笑了一声。

秦温自知理亏，而且看李珩一副兴致恹恹不太愿意聊天的样子，她也就不再缠着他问保送 A 大的事。

她收回视线，打开了李珩的课本，开始默起了老师的笔记。

这个学期她都没有帮李珩做过笔记，李珩也不怎么听课，所以他的课本干净得就像新书一样。秦温已经复习好期中考，就干脆把自己的书给李珩看，自己拿他的新书将老师的课堂笔记逐页默写出来，看看自己还有没有哪里没记牢的。

李珩也重新打开课本，百无聊赖地翻过两页，见秦温不再和自己说话，他又开口："那你有想好考什么大学没？"

"嗯？"秦温正在课本段落旁默着老师提炼的知识点，粗粗应了李珩一声，等笔下的东西写完她才抬头看着他，"考大学？"

"嗯，你没想好要考什么学校吗？"

反应过来的秦温低声笑笑。要不怎么说李珩是大佬，想东西就是比别人长远，她就完全没想过自己要考什么学校。

"我没想过。"她摇头。

"是吗？"李珩定定地看了秦温一眼，收回视线。

"对呀。"秦温继续道，"不过虽然不知道自己要去哪儿，但我想努力考高点肯定没错。"她现在的目标就是级排名上的进步，反正无论要去哪儿，高排名绝对是百利而无一害的：能让她去更好的大学又或是让她挑到心仪的专业，要是能蹭上强基计划的顺风车就更好了。

李珩用笔点着桌子，点点头认可道："那确实应该先考高点。"而且也不一定要去A大嘛，B市那么多好大学。

不过，有一个关键的问题。

"你想出省吗？"他又问。

我们国家太大了，一个南一个北，跨度还是不小的。

被问起的秦温一手撑着下巴，也开始跟着李珩考虑起这个问题："应该还是看大学吧，能考到比省内大学排名还高的大学就去。"

可以，这还真是有够实际的。

"那你父母愿意你出省吗？"李珩又问。

秦温又想了想："没问过欸，但如果我要出省的话，他们肯定也没意见。"老爸就经常说要趁年轻多出去走走。

李珩继续点点头，情况了解了。

秦温看着李珩这一副操心的样子，忍不住打趣道："怎么突然问我的大学，怕我拖你后腿呀。"

李珩听着秦温这没心没肺的问话，深吸一口气，不服输似的吐槽道："这不得先富带动后富嘛。"

秦温跟着李珩做了快一年同桌，两人关系亲近了许多，她的脸皮也跟着变厚了不少，被他损了也不介意。

"那估计带不起来，你这都是超级富人级别了，我能力封顶也达不到你的水平。"她笑道。

李珩一听秦温这样说，立马放下笔——引导得趁早："怎么能这么说呢，我们得有点野心才行对不对？"

秦温听完这话哭笑不得："我怎么就没有野心了嘛？难不成还得像你一样考上A大才算有野心呀？"

"我……"李珩语噎。虽然他很喜欢秦温，但有些要求不能由他来开。如果不是秦温自己主动想去，那么哪怕不去A大只是去B市，是他强逼来的也没意义，更何况秦温这么有主见的人，他也强迫不了她。

那还是像她说的那样，先考个高分再说吧。

"那……你好好学习。"伶牙俐齿的李珩最后只憋出来这么一句话。

"嗯嗯。"

秦温笑着点点头，收回视线继续默写笔记。

看着秦温专心复习的样子，李珩又凑上前来："那你有没有不会的？"

没写两句的秦温又被他打断，心里有些无奈，语气也重了些："没有啦。"

说完她才抬头看了眼李珩，他正微微皱眉看着自己。

秦温放下笔，不知道为什么她总觉得今天的李珩看起来好像有些焦躁，她语气便又不自觉地软了几分："放心，有不会的，我会第一时间问你的，你让我先自己看好不好？"

李珩抿抿唇："那好吧，有不会的一定要问我，知道了吗？"

"好好，放心吧。"

政治课过后，秦温还以为李珩那句"先富带动后富"只是心血来潮说说而已，谁知道他是来真的。他不仅期中考一考完就问自己觉得考得怎么样，就连周末志愿者中午休息的时候，都没有再像以往那样缠着自己说话，而是让自己安心背单词。

但是！

秦温猛地按下李珩突然朝自己举起的扇子，惊惶道："干吗啦！"

"你不是要好好复习吗？"李珩挥挥扇柄轻轻甩开秦温的手，然后"哗"的一声打开折扇，一本正经道，"这里又没有空调，我给你扇扇风，没那么热。没事，你专心背你的。"

说完，李珩又反过纸扇看看大小，满意地点点头。别说，大爷这扇子还挺合适的。

他给秦温扇了扇："怎么样，是不是没那么热了？"

秦温被李珩这小题大做的样子气笑，再次按下他不知道从哪里拿来的扇子："我不热，而且我又不是要干什么，弄这么大阵仗干吗呀！"他当自己在这儿"鸡娃"呢！

"快点收起来啦，别人看到要笑我们两个了。"

被拒绝的李珩立马眉眼微垂："我不是想着让你舒服点好复习嘛。"

秦温一愣，为难地笑笑，他怎么还受伤起来了？

"那也不用在旁边扇风那么夸张呀,我又没有那么娇贵。"她爷爷奶奶都不会这样好吗?

李珩只皱眉不语。

秦温看着一脸不情愿的男生,又好脾气哄道:"我知道你想帮我好好复习,那你就在旁边乖乖地待着好不好?让我背会儿单词就行。"

李珩很不乐意地"啊"了一声,像踌躇满志的小孩不满自己没有派得上用场的地方,又像满腔热情的老人委屈自己被人嫌弃。

秦温无奈赔笑,怎么横也不行竖也不行啊,明明她才是要准备高考的那个人欸,反而要她天天在这儿安抚不用准备高考的大佬。

"真要帮忙?"她轻声问。

"对啊,说好了同甘共苦的。"

什么时候说过了嘛!秦温瞪了眼又开始胡诌的李珩,收回视线。按照她对李珩的了解,今天要是不弄点说法出来,他还真不会善罢甘休。

秦温看着自己的单词软件,想了想,看着李珩好言好语地商量道:"那要不我以后在你这儿打卡吧?"

"嗯?"

"就是这个单词软件有一个高考打卡套餐,是按打卡天数返还金额,我要是从现在一直打卡到高考的话呢,可以全额退款。"

秦温循循善诱:"它分享链接给好友也算打卡,那要不我就分享给你吧,这样我就不用每天发朋友圈,你也可以监督我啦。"

说完,秦温又冲李珩笑笑。毕竟现在到高考还有四百多天呢,她也不确定自己有没有那么好的毅力坚持打卡这么多天,所以一直在纠结要不要买这个套餐。

买的话要四百块呢!她还是好心疼自己的零花钱。

但如果是分享给外人的话,就算不为钱,她应该也会为了面子坚持下去,特别还是分享给李珩,她总不能在他面前掉链子。

"好不好呀?"秦温问。

"行!"重新找到自己价值的李珩爽快答应。这还是送上门的每日互动,他求之不得好吧!

有了李珩的首肯,秦温也点头:"好呀,那我现在买。"

"你还没买吗?"心情大好的李珩立马打开自己的手机,"给你报销了。"

秦温连忙挡住自己的手机,看着不解风情的男生没好气地笑道:"拜托,就是要花自己的钱才会心疼,然后每天打卡呀。"他付的话就没那意思了。

她又接着按下指纹,支付成功,将套餐购买页面给李珩看了看。

李珩满意地点点头。秦温看着终于消停下来的他,默默地将桌子上的扇子拿到自己的另一边。

"好啦,我去背单词了,你睡会儿吧。"

"好。"李珩懂事地配合工作,"午安。"

"午安。"

从这一天开始往后,秦温每天晚上八点都会把自己的背词打卡链接发给李珩。

李珩虽然很开心和秦温每天都有联系,但还是很克制地没有顺着杆子往上爬,耽误她学习。

不过嘛,他还是想有点表示,结果就是秦温每天看着李珩秒回的"鸡汤"名言哭笑不得。

秦温:链接—QW完成打卡第5天,快来一起加入吧!

李珩:只有信念使快乐真实。

秦温:链接—QW完成打卡第17天,快来一起加入吧!

李珩:真正的才智是刚毅的志向。

秦温:链接—QW完成打卡第29天,快来一起加入吧!

李珩:读书不觉已春深,一寸光阴一寸金。

…………

虽然很感动,但是怎么看起来那么憨啊!

期中考评讲完试卷,下半学期里剩下的唯一大事就是艺术节。

今年是礼安的一百二十周年校庆。礼安作为南省高中里的老大哥,早从去年开始就已经着手准备今年的庆生,当然是越隆重越好。所以即便真正的校庆典礼是在下半年,校方也同样重视上半年这个例行的每年一度的学生艺术节,竟然外包了A市大革命讲堂的会场作艺术节展演会场,并邀请社会各界媒体、杰出校友临场观看。至于届时到场的学生,则是由抽签决定,并只限于高一、高二年级。

周三，秦温笑着将自己的期中考成绩单收起来。刚出班准备去十五班上课，就听到身后有人喊她。

"温温！等一下！"

秦温转身，看到郑冰向她跑来，便笑着问道："怎么了？"

郑冰小跑到秦温身前站定，又警戒地往自己身后看了两眼，将好朋友拉到走廊一边，低声道："温温，你能不能帮我个忙呀？"

秦温看着郑冰这没有由来的鬼鬼祟祟模样，一头雾水："可以呀，但是你怎么看上去神秘兮兮的？"

"就是……"郑冰看着秦温无辜的眼神，忐忑地咽了咽口水，"我们班不是开始艺术节排练了吗？"

"嗯。"秦温点点头。

"然后，能不能麻烦你，帮我们班，喊李珩去拉个小提琴呀？"郑冰支支吾吾道。

什么东西？秦温怀疑自己听错了："啊？"

"就是我们班排练节目想喊李珩去拉个小提琴，但是他好像拒绝了。"郑冰挽起秦温的手臂，"要不你去帮我们说说？"

秦温哭笑不得："我哪能说得动他呀，你们也太看得起我了。再说，我感觉李珩也不是会轻易改变自己主意的人，要不你们看看还有没有别的人选？"

"不行！我都和别人打赌了！"郑冰心急，一时口快。

秦温顿了顿："打赌？"

反应过来自己说了什么的郑冰"哎呀"一声拍拍自己的脸。她又看向一脸狐疑的秦温，决定索性全盘托出，不然温温可能也不会帮她这个忙。

"就是我和林田打赌，我能帮他让李珩去拉小提琴。"

"林田？"

"就是我们班的文娱委员啦。"

"你们好端端赌这个干什么？"秦温更加不解。

郑冰咽了咽口水，顾左右而言他："他笑话我嘛！"

"哈？"

"哎呀，这些都不重要，重要的是温温你帮帮我好不好，我认识的人里就只有你和李珩最熟了。"说完郑冰又开始晃起了秦温，"温温哪，你人最好了，你帮帮我好不好？"

"可是我也……"

秦温刚出声，就看到李珩出教室向自己这边走来，她立马噤声。郑冰也发现了他，连忙转过头假装没看到。秦温笑着和李珩打了声招呼，李珩看着她点点头，又见她身边朋友还在，就低声说了句"他先过去"便离开。

秦温和李珩说了声"好"。

等他走远，郑冰又立刻抬头看着秦温："温温你看嘛，你们都那么熟了，你去喊他拉小提琴好不好？"

"欸欸，别摇了别摇了。"秦温止住郑冰，"那你们班要表演什么他不愿意去嘛。"

"嗯……就是诗朗诵，然后让李珩在旁边拉个小提琴，还会有个人在旁边弹钢琴，不是只有他一个人。"

听着还挺正常的，秦温半信半疑地看着郑冰："那我帮你再问问他吧。"

"嗯嗯！温温你人最好了！"

"不过事先说明，他不愿意去我也没有办法。"秦温看着郑冰欢欣雀跃的表情，赶紧补充道。

"所以，温温你一定要和我保证他会去！"郑冰眼睛眨巴眨巴，看着秦温又可怜兮兮道。

秦温瞪大眼睛，这怎么还带赶鸭子上架的："我这怎么保证！我又不是神仙。"

"没事，我相信你可以的！加油！"

当秦温肩负着郑冰的巨大期望，步履沉重地来到十五班的时候，李珩正在位置上和身边的男生聊着昨天的 NBA 比赛。

秦温刚坐下，李珩便和身边的朋友匆匆结束话题。他转头看向她，谁知道就见她正看着自己，欲言又止的样子。

"怎么了？考试不理想吗？"李珩轻声问。

秦温正想着郑冰的话，被李珩这么一问，连忙收回注意力。而说起排名，她也换上灿烂的笑容："没有啊，年级排名 43 呢，比上次又进步了一点点。"

上次她的期末考是 52 名。虽然 43 名和 52 名比起来并没有阶跃式的突破，但是她已经开始攻克50名这个大关进入上游排名，又因才刚刚从竞赛生转为普通高考生，所以哪怕进步得缓慢些，她也乐意。

或许自己注定就不是会一飞冲天的那类学生吧，但是没关系，这种稳打稳扎一步步来的感觉她也甘之如饴。

李珩看着秦温得意的笑容，扬唇笑笑："那刚刚在想什么？"

"嗯？"

"你刚刚看着我在想什么？"李珩问。

被人逮到的秦温也不回避，垂眸想了想："你参加班里的艺术节彩排吗？"

"不去，怎么突然问这个？"

"为什么不去呀？"

"郑冰和你说什么了？"李珩一手轻敲桌子，看着秦温直接问道。

一下子就被发现了吗？秦温咽了咽口水，决定无视李珩上一个问题，继续说道："我还没听你拉过小提琴呢。"

李珩一眼看穿，就是班上的人见自己搞不定他，便找来秦温当说客，这种办法都能让他们想到。

"你知道我们班要表演什么吗？"他问。

"不是诗朗诵吗？"

李珩凝凝眉点头，形式是这么个形式，但是要复杂很多。

秦温见郑冰没说错，便先李珩开口，将自己一路上想出来的说辞一股脑搬出："那你怎么不去呀，一班好像都挺想你去的。高中就剩这一次艺术节了，你高三就要去省队集训的话，万一下半年校庆你不能回来不就完全错过了吗，多可惜呀！"

秦温哄着："再说了，你不是拉小提琴很厉害吗，正好去展示一下才艺，不也挺好的嘛。"

李珩无奈地侧了侧头。讲真的，但凡他们班的节目正常点，他都不至于考虑都不考虑就直接拒绝。

"去吧去吧。"

秦温见李珩没有拒绝自己，继续游说。

抛开帮郑冰忙不讲，她也希望李珩能在礼安多留点美好回忆，他不是说过对自己初中没什么留恋吗，他高中又时不时请假，会不会到时候也对礼安没什么特别的感情。

秦温觉得自家高中虽然事儿多了点严厉了点,但总体来说还是所很不错的高中,是值得以后怀念的。

"再考虑考虑好不好?"

李珩深吸一口气,听着秦温的软声软语,心也有点软了。虽然他不想去,但是确实可以借此表明态度,让其他人知道秦温可以喊得动自己。

李珩精妙算计着如何不露声色地表达心意,最后点头:"好吧,我会去的。"

秦温大喜过望,就说动了?天哪,她还以为要磨叽很长时间呢!

"好呀,那我下课回去就和冰冰说了哦?"

"嗯。"李珩淡淡地应了一声,"那你呢,你要去表演什么?"

秦温身子一顿,又想起自己班的节目内容,不去,打死都不去!她看着李珩心虚道:"我没去。"

听到这话,李珩立马不满地半转过身子看着秦温,说这么多冠冕堂皇的理由,搞半天她自己不去是吧?

秦温一看李珩这眼神就知道他在想什么,连忙摆摆手:"哈哈,你误会了,是我们班的节目内容不太适合女生去。"

"是吗?"

"真的真的。"秦温点头如捣蒜。

"那好吧。"

于是李珩参加一班艺术节节目的事情就这么定了下来。

两周后,各班节目开始接受艺术科老师们的初审。

到了艺术节当天,并不是所有班级的节目都能上台表演,一来是高一、高二两个年级加起来就有三十个班,再算上校合唱团、校舞蹈队、校演奏团等组织也会贡献节目,在有限的晚会时长里,确实不能大家都上;二来就是这次艺术节还有社会人士会莅临观看,所以校方更要保证表演的节目要足够高质量。

节目初审时间占用的是学生们的体育课,所以周五下午政治课结束后,秦温和李珩便直接前往大礼堂。

秦温看着身姿挺拔的李珩拎着琴盒缓步走着,心里生出一种他还真是多才多艺的崇拜感。

"还没见你拉过小提琴呢。"秦温负手跟在他身后,轻快笑道:"是真的很厉害吗?"

被质疑的李珩侧头"喊"了一声:"天籁之音好吗!"

"那怎么之前都不见你表演,还有学农那次。"

"亲爱的组长大人,我厉害不代表我喜欢。"

秦温听着李珩的话,好笑地收回视线。嗯,虽然很多才多艺,但有时候看起来会不太聪明。

等到了节目开审,秦温看着一班的节目,终于知道了李珩为什么一开始不愿意去——

冰冰和她说的诗朗诵原来是这么复杂的诗朗诵吗?!

全班上场,站在简易台阶上排成三排,李珩站在舞台左前方拉《月半小夜曲》,身旁还有一个男生弹着钢琴,这些郑冰都没说错。

只是为什么突然念着念着诗要开始跳舞啊!这海澜之家风格的踢踏舞是哪样啊!又是从哪里滑出来的男生站在最前面一直太空漫步模仿迈克尔·杰克逊啊!

一班的整个节目表演到最后,最前方是迈克尔·杰克逊舞蹈串烧,中间是踢踏舞,旁边是面无表情的李珩时不时跟着背景乐拉一下小提琴,而就在这一锅大杂烩似的表演里,最后方的诗朗诵大部队依然诵读着震耳发聩的诗篇。

天哪……秦温有些不忍心地挡了挡眼睛,不忍心看向被自己忽悠上场的李珩。

搞半天一班是大家会什么就全都放上场啊!当在这儿蒙题呢!难怪李珩不愿意去啊,换她也会嫌弃好不好!

一班热闹的表演足足持续了八分钟,艺术科老师看完表情严肃地点点头——融会贯通得很好,下次别这样了,有请下一个班级。

接下来就是二班,一帮男生闹哄哄地起身,单剩五个女生还坐在原处,恰好这时齐齐整整的一班从台上回来。

秦温赶紧心虚地转过头去,没敢看被她祸祸的李珩。

已经自暴自弃的李珩看着秦温这小表情,开心扬唇:"满意了?"

被问起的秦温身子一顿,懊悔地闭了闭眼,小声道:"难为您了。"

李珩轻笑一声,没说什么。

这时四周开始鼓掌,轮到二班表演了,秦温又赶紧抬头看向场上。

结果一看场上大家的队列,她又无奈地叹了口气,他们真的要那样表演啊。

舞台上，同样被保送走的奥物组大佬康神带着几个男生站在舞台正中央，其余男生在后方一字排开围成半圆，将中间的人半包起来。

场上响起了悠扬的古筝曲，康神带头，中间几人突然扎起了马步，开始太极拳表演。紧接着随着古筝曲变得激昂，中间的人又开始舞起了冲拳踢腿的招式，身后那半圈男生则帮中间的人"嗨嗨嗨"地喊着。

没别的意思，就是大家都想上场混个素质学分。

"嗨！嗨！嗨！"一排人站在后面什么也不干，就这么喊着。

"啊啊啊！"

高宜也低声喊着，转过头躲在秦温背后激动道："丢脸死了！都和他们说了别这样！还好我们中途退出了！"

秦温也抱着高宜认可地点点头，身子随着台上男生们那一声声的高呼越退越后。

重点是这太极拳表演也像一班那样要素过多，后半段开始了踢馆剧情，台下已经渐渐传出隐隐笑声。

这真是一言难尽的尴尬啊！

秦温彻底投降，收回视线不再看台上，谁知道身旁一向最不爱看文艺会演的李珩倒是看得津津有味。

"怎么组长不上台喊两嗓子呢？"李珩环臂交叉，微微低头打趣身边头正越垂越低的秦温。

"不要！"她的声音闷闷传来。

李珩："这节目真好看。组长也有学对不对？一会儿放学来两招给我看看？"

"你能不能别说话了？"

李珩："那个女侠是不是本来该你来？啧啧啧，这还有飞踢的动作。换我们组长来踢一定更好看。"

实在是忍无可忍了！

秦温猛地将头抬起，满脸通红地瞪着笑容灿烂的李珩，瞬间来势汹汹的气势又不自觉化作绵绵喷怒："我……对不起嘛！我哪知道你们班节目也那么不靠谱啊。以后会了解清楚了再喊你。"

李珩看着秦温恼羞成怒的样子，心情大好。虽说本来就是他自己主动答应秦温去的，他也照样厚着脸皮接下秦温这因为良心不安而出口的道歉:"没事。"

秦温见李珩并不介意刚刚上台表演,也安心了些,谁知道他又继续说道:"就是下次团建的时候能不能组长也给我来一招看看。放心,我不白占便宜。我在旁边给你拉小提琴怎么样?"

到底还有完没完了!秦温转头瞪着他,命令道:"你不许再说了!"

第三十一章 / 艺术节〔中〕

毫无疑问，两个奥班的节目在初审环节就被筛了下来。

艺术科花了一个星期定下所有演出节目名单，接着又是风风火火地为各个节目开展为期一个月的排练，终于赶在艺术节前将一切事务都打点妥当。

百年校庆是难得的盛事，也是为了赶在七月中考招生前造一波势，礼安特意把今年的校内艺术节安排在大剧院会场上演，除了邀请不少社会人士参观，也划分了十个名额给高一、高二各班，让校内同学同样可以进场参观。为了方便学生们一起感受母校的艺术节氛围，针对其他没被抽到的学生，礼安安排了现场直播。

至于初中部和高三级，一个因为年纪太小难以管理，一个因为临近高考，学校都不予以进场名额。

可这次的高规格艺术节实在太吸引人了，虽然初中部愿意配合学校安排不参与，但高三应届生们却顶着高考压力也想参加，好几个班一起联名提议到校长那儿，说同样希望为母校庆生，结果校长笑笑，一句"好好高考就是为母校庆生的最好方式"就把大家的提议给轻飘飘地驳了回去。

不过校长好说话，教导主任就不是了。

礼安的教导主任在知道了高三级这个联名提议后，第二天立马召开高三级会，狠狠地把学长学姐们批了一顿。因此高三级也只能自认倒霉，唯有等下半年校庆典礼的时候再以毕业生的身份参加。

而相比起高三来，秦温他们这个高二级就幸运多了，正好晚了一届，还有个艺术节可以参加，毕竟等到了下半年校庆庆典，升入高三级的他们肯定也是被教导主任摁在课桌前安心备考，不许凑热闹的。

　　全校师生都有条不紊地准备着，终于在五月中旬迎来了礼安一百二十周年校庆艺术节，时间安排在本周五晚上七点半到九点半，地点是革命大会堂一号会场。

　　秦温他们班也在周一班会课完成了艺术节到场观看的报名。二班一向不爱参加学校活动，比起外班都超过十个人报名而不得不抽签决定谁可以去，他们竟然还富余了两个名额出来。

　　有老师找老吴商量，想把那两个空余的名额给要过去，老吴婉拒，自己班的福利无论如何都要班内消化了。而且二班这玩啥啥不行，偷懒第一名的班风老吴决定必须给整顿了，于是别的班都是抽签决定谁可以去，二班的抽签则变成惩罚似的决定谁必须去。

　　隔壁一班情况比二班稍微好些，刚好内部消化了十个名额，不用抽签。

　　等到了周五下午，学校特意减少一节课，四点钟准点放学，让需要表演节目或者到场观演的学生们可以早点出发。

　　两个奥班的学生便约好一起出发，女生就是秦温和好朋友们，男生则是包括李珩在内的几个人。大家都是篮球赛时就打过照面的，所以一起走也不觉得生分尴尬。

　　一行人说说笑笑地从学校出发，直接去大剧院。

　　时间还早，地铁空荡荡的，女生、男生相对而坐，李珩听着身边朋友的对话，看着对面的秦温和她的朋友不知道在说什么笑成一片，他也开心笑笑。

　　地铁直达大剧院，一行人在快餐店吃过汉堡炸鸡，时间也才六点。最爱热闹的高宜刚拿出提前备好的桌游牌准备玩游戏，谁知道就被志协一通电话拉去补志愿者空缺。

　　高宜再怎么不愿意也架不住领队一直催，只好答应。梁思琴笑着打趣，说高宜也太倒霉了，这么多志愿者偏偏找上她，结果下一秒梁思琴的电话也响了起来。

　　原来礼安这次的艺术节因为在大剧院上演，很多不明就里的校友和社会人士都慕名前来，因此学校决定临时在广场户外也搭设巨幕直播会场情况,让更多的人感受到礼安百年校庆的氛围,所以才又紧急召集了一批志愿者过去帮忙。

"那要不我们都过去吧。"一班的林田提议。玩牌什么时候都能玩,既然都来看艺术节了,还不如早点去看看。

众人同意,纷纷起身。

地铁站出口就在大剧院的正门广场的侧边角落,一行人从扶手电梯上来,一到地面就被眼前的热闹场面惊到。

开阔的广场上,鲜花、横幅、气球随处可见,外沿还排列了一圈小摊,很多都是礼安的学生摆的,卖文化衬衫、高考笔记等。还有不少社会摊贩也凑热闹,支摊卖起了小吃食等。而广场中间的空地上,街舞社、乐队社、漫舞社正轮番表演节目,旁边志协的志愿者们手忙脚乱地搭建着巨幕设备。

广场上早已人来人往,处处都是欢声笑语。还在等候进场的学生正到处闲逛,往日同窗的校友们站在学校立牌旁合影留念,穿着礼安迷你版校服的小孩子拿着泡泡圈欢快地跑着,拉出一串长长的五彩泡泡。

夏日正盛,临近傍晚,天空仍旧湛蓝一片。

光线充足,最适合大玩特玩。

"啊啊啊,我不想去做什么鬼志愿者啊。"高宜一头倒在秦温的肩上,"外面看起来好好玩,谁要进去做什么鬼志愿者啊!"

秦温很不厚道地笑出声,拍拍高宜以示安慰。

最后高宜还是被冷静的梁思琴拉去了大剧院找领队。

剩下的人开始逛起了广场。但走着走着,其中的几个男生嫌天热无聊,躲到了树荫下开黑。秦温和郑冰当然不愿意凑这个热闹,就继续逛着,男生里便只剩李珩和林田还跟着她们。

秦温和郑冰挽着闲逛。郑冰逛着逛着,在一个飞镖摊前停下,玩起了飞镖,结果十镖什么都没飞中,便拉着秦温泄气地走开。

这时一旁的林田上前拍拍郑冰,问她要不要和他赌飞镖,他左手让郑冰右手。郑冰也是要强的人,被林田呛了几句立马就沉不住气,愤愤地就跟林田回了刚才的飞镖摊。

秦温这边正看着印章摊的小物件,冷不丁地听见郑冰、林田的对话,一头雾水地抬起头,这两人怎么又赌上了?然后就见郑冰跟着林田往回走。

秦温下意识地跟过去,一旁的李珩却拉住她,问她还要不要逛。

难得艺术节出来放松,虽然走着走着大家都散了,但秦温还是想好好感受校庆的氛围,便点点头,于是两人继续走着。

不过走着走着,秦温却不自在起来,总觉得和李珩一起瞎逛很突兀。

大概是因为没有和他一起这样漫无目的地闲逛过吧。虽然他们两个人之前没少待在一起,但她都是有事在忙,上政治课,刷数学题,做志愿者,都有事情分散她的注意力。

骤然像现在这样什么事也不用做,就和他待在一块儿,秦温一时半会儿还真有些不习惯,而且她觉得李珩应该也不会喜欢闲逛。

李珩瞥了眼一直沉默的秦温,她走得比以往急促了些。按她这样逛,估计半小时不用就能把这个广场逛完。

李珩看了眼身旁的摊位,突然停下脚步。

秦温发现李珩停步,疑惑地抬头看向他,然后就听见他说:"要不要玩这个?"

秦温转身看向身旁的套圈摊,看着还挺简单的,她又扫一眼地上的奖品,突然视线定格在正中央。

那是礼安的猫爷玩偶,身上还穿着校服,呼呼大睡的模样好可爱。

"好呀。"秦温笑道,"那个小玩偶好可爱。"

"我帮你?"

"不用呀,这么大一个猫爷,肯定很好套。"秦温托大。

她付过钱,买了十个圈,然后屏气瞄准,结果扔了九次都是失败,不是打到猫背就是猫耳朵。

秦温懊恼地垂下头。想到刚刚还和李珩说自己肯定没问题,结果眨眼就丢空了九个,天哪,这也太丢人了。

李珩在一旁看着秦温这模样,没忍住笑了一声。

听到笑声,秦温的脸不禁红了红,抬头看着李珩,很没底气地说道:"不许笑。"

李珩看着秦温这害羞的眼神心都要化了,他收敛了笑容,可微扬的眼尾怎么也收不回来。

秦温收回视线,为难地转了转手里最后一个竹圈,这次套空的概率应该也是百分之百吧。早知道就不拒绝李珩了，他打篮球那么厉害，套这些应该也没有问题吧。

秦温又泄气，为难地看了李珩一眼。

"想我来？"李珩看着秦温一副别扭害羞的样子，扬唇笑道。

秦温又看了眼那个可爱的猫爷，回头看着李珩轻声道："可不可以呀？"

李珩笑笑，从秦温手里拿过竹圈。比起秦温百般瞄准，他先抛了抛竹圈感受一下重量，然后轻轻一丢，竹圈顺从地套住了猫爷的脖子。

"好棒！"秦温开心地拍掌欢呼。

店主用竹竿钩过那只猫爷玩偶，很有眼力见地直接给了秦温。

秦温喜出望外，原本还打蔫的她抱着玩偶一脸崇拜地看着李珩："天哪，你好厉害！早知道就让你来了，说不定还能再多套点东西呢！"

秦温拿到自己想要的玩偶，心情高涨了些，崇拜地夸赞着李珩。李珩很受用来自喜欢的女生的夸奖，酷酷地说那下次团建就打篮球，他来亲自教组长抛投，然后秦温笑着说了一句"今天算团建噢"，泼了他一大盆冷水。

结果就是一路走着，秦温开始多话，李珩自闭了。

盛夏的晚意又深了些。余晖晕染薄云，让深海一样的蓝天也荡起浪潮。

大广场上的行人越来越多，渐渐竟能看到不少穿着礼安历届校服的学生在闲逛。

礼安校史悠长，从近代到现代，因此广场上学生们所穿着的历届校服款式也天差地别，给热闹的大广场平添了几分cosplay漫展的味道。

秦温目不暇接，不时拍拍李珩，提醒他看那边看这边。

"哇，你看，那个民国风的校服好漂亮。"

"天哪，我们学校以前还有旗袍款吗！"

李珩垂眸看着秦温脸颊微微泛红的样子："前面有个校服摊，你要不要去看看？"

秦温往前看去，最尽头果然有一个超大的摊位，高高挂起的纸牌上面写着斗大的字——历届校服出售。

秦温兴奋地转头和李珩说："那我们快点过去看看吧！"说罢又

快步走向校服摊。

李珩笑笑，优哉游哉地跟在秦温后面。

"同学，看到喜欢的就带一件吧，我们那后面还有更衣间，买了就可以马上换上呢。"店家吆喝。

秦温没说什么只点点头，然后好奇地打量起摊位上摆放着的历届校服。

"要穿哪件？"李珩走上前站在她身旁问道。他也扫了眼摊上的校服，突然抬头看见秦温手里拿着一款旗袍校服。

他的眼睛没忍住定了定，大脑也跟着想了想。

嗯，秦温穿旗袍一定很好看。

谁知秦温只是恰巧拿起而已。

她放下手里的衣服，摇摇头："不穿，我就看看。"这种仿制的衣服细看的话还是会少些味道。

李珩先是一愣然后"嗯"了一声，刚刚秦温那么兴奋，还以为她也会换一套呢。

秦温没听出男生语气里的失落，又看见校服摊的旁边还有一个小编发摊。

小编发摊卖长条发带，有纯蓝、纯红双色，是礼安校徽的颜色，也有非纯色发带，上面印满了和礼安一百二十周年校庆有关的文化标语。

秦温抬眼看看四周，已经有几个女生的长发上缠绕着礼安两色发带，看着似乎比穿那些校服更加应景。

她有些心动，走向编发摊。

摆摊的是几个早已毕业的学姐，她们见秦温走来，便招呼道："学妹随便看看哈，要是需要我们编发的话，稍微排队等一下就好。"

秦温点点头，站在一旁看学姐在帮同学编的花苞盘发，黑发被印满一百二十周年字样的发带干净利落地盘起，不垂一丝碎发，别有一番礼安书院的严谨治学气派。

好漂亮！

秦温跃跃欲试，转头对李珩笑道："我想等这个。"

"嗯。"李珩点点头。

秦温笑着走到编发摊队伍后头，前面还有三个女生。然后她见李珩也走到自己旁边，看上去是要等自己。

她也不知道要在这里耗多长时间，便笑着和他说："这里不知道要等多久呢，你要是觉得无聊的话，要不先逛逛？"

"没事，我等你。"李珩说道。

秦温开心地笑笑："好呀，谢谢。"

两人就排在小队伍的最后，此时秦温前面还有两个人。

编发摊不时有人走来看看，渐渐也有两三个人排在秦温身后。小小的编发摊周围无一例外都是女生，只有李珩一个一米八几的高个男生突兀地站在其中，不时陪秦温说说话，逗她开心。

李珩虽然在学校很低调，基本不出风头，但是架不住外形太出众，身边隐隐传来几句议论，耳尖的李珩听到了只当没听到。

队列前面又完成一人，学姐拿来小卡片，让秦温先挑好编发样式和发带的款式。

秦温看着小卡片有些发愁，又问李珩："你觉得哪个好看？"

李珩双手插兜，微微俯身和秦温一起看卡片。

"都好好看的样子，好难选。"秦温苦恼，要是她有六个头就好了。

"编第一个。"李珩笑道。他还没见过秦温半披发的样子呢。

"第一个吗？"秦温看了看卡片，是耳上两侧各编一股长发，然后拉至头后交会在一起又编成粗鱼骨的长辫，其余长发披下。

样式比其他盘发都要简单得多，确实她也越看越喜欢。秦温抬头看着李珩笑道："好呀。"

李珩扬唇直起腰身，一瞬间对秦温的喜欢值再次暴涨，就像顶上连片的白云，顿时填满整个天空。

"学妹来坐吧。"轮到秦温，学姐热情地招呼。

秦温坐下，告诉学姐自己想要一号编发，选红、蓝两个纯色发带就好，末了又问："学姐，这个会不会很久呀？"

学姐帮秦温解下发圈："五分钟就好呢。"

秦温点点头，失去束缚的黑发柔顺地垂下，她看着李珩笑笑："那你再等我一下下就好。"

"好。"李珩笑着点点头，站到一边。

这是他第一次见到她披散长发的模样。一头长黑发不算直，发中被发箍圈出一道波浪纹，显得格外蓬松，发尾轻微弯曲自绕半周，额前又有两缕细发顺着脸颊散下，让秦温以往清纯无害的模样再添几分小女生的娇羞。

李珩看得入神。

好看，她无论怎么样都好好看。

秦温垂首，配合地让学姐给自己编发。一旁的李珩也无比专心地候着，没有看手机，没有东张西望，就这样静静地看着秦温柔顺的黑发再次被梳起，挽成两股，再缠上长长的一红一蓝发带，两股编发自耳后又缠绕在一起汇成简练的鱼骨状长辫。

李珩没看过女生梳妆打扮，便更好奇地看着重新梳整散发的秦温又变回一贯的乖巧温婉模样。

正安静等候着的秦温感受到了李珩的注视，抬头看向他，见他正半垂眼眸，目不转睛地看着自己。

被李珩注视着，秦温心里突然怦怦两下。

"是不是不太合适呀？"她有些紧张地问，不然他为什么一直看着自己。

"不会。"对上秦温的目光，李珩的眼眸更加专注，他笑着说，"很漂亮。"

李珩无比真诚的样子让秦温的心跳再次加快，脸颊悄悄升起热气。她两手掰扯着自己的发圈，轻声说了句"谢谢"又立马错开视线，嘴角却因为被李珩夸漂亮而忍不住上扬。

被大帅哥夸漂亮心情当然会好呀。

"好啦！"身后学姐的声音响起，帮秦温镇住了心脏莫名的"小骚动"，"来，学妹可以去前面看看，那儿有镜子，下一个。"

秦温说了句"谢谢"便起身付款，然后站在镜子前照照。

李珩也走上前来。

"是挺好看的哎。"秦温开心笑道。她原本还担心会不会太浮夸了，没想到最后还挺合适的。

李珩微微俯身，看着自己和秦温一起映入镜框，两人并排而站，他也开心地扬扬唇，看着镜子里的她说："是的。"

"嗯！"秦温满意地点点头。

而在换了个美美的发型后，秦温也更加兴奋和放飞自我。

两人接着东逛西逛，玩上头的秦温开始买许多乱七八糟的小纪念品,基本上每个摊位她都贡献了点营业额,新买的环保袋直接被派上用场,里面装着纸扇、钥匙扣、印章、贴纸、书签,还有一份语文古诗词鉴赏笔记,一份政治高考考点大纲。

秦温开心地将两份笔记放进由李珩拎着的环保袋里。

李珩见秦温出来玩都不忘记买笔记,这学业心真是比他事业心还重一百倍:"这种东西有用吗?你自己不是也有做笔记?"

秦温抬头,看着李珩一脸开心道:"反正便宜呀。"

李珩无奈地笑笑,好吧,原来秦温也挺爱买这些小玩意的。

两人最后把广场外沿的摊位都逛了个遍,时间还不到七点,进大剧院候场还太早,他们便又往回走,打算去广场中央看会儿社团表演。

两人一路说说笑笑,中途竟然还碰到了两三个学妹过来找李珩学长加微信,结果被李珩冷冷的一句"好好学习"给打发了回去。

秦温默默退到一旁,等学妹倾诉完对学长的爱慕才又走回李珩身边。只是看着李珩不耐烦的样子,她也贪玩地演起了情景剧,学着甜甜的声音,明眸微弯地对他说:"学长,我也想加你好友呢。"

李珩本目不斜视地走着,听到秦温撩拨人心的一句"学长",身子顿了顿,侧过头,黑眸定定地看着清纯温婉的她。

半散的黑发微微卷曲,发梢随着她的动作轻微飘动,让李珩的内心如鹅羽拂过。

秦温见李珩不说话,还以为自己逗到了他,接着笑道:"学长,我是隔壁奥物组的,高一就认识您了呢。"

啊,要命。李珩深呼吸,秦温又开始折磨他。

他对秦温的喜欢与日俱增,想从她身上得到的回赠自然也越来越多。不然他也不会越来越黏她,变着法子告诉她他喜欢她。

李珩不自在地侧过头,强制敛去不合时宜的危险浮想,扬唇笑笑后又变回一贯腹黑无赖的样子。

"不行呢,学姐管得严。"

秦温一愣,他又编排她。于是她也学着李珩经常用的话术,神气兮兮地回击:"组织可不管你这些呢。"

李珩"嘁"地笑了一声:"我一向欢迎组织考核。"

秦温被李珩逗乐,果然她还是说不过他的,笑着收回视线不再看他:"谁考核你这个。"

说完，她又笑着走远了点，和李珩拉开距离。

"干吗啊？"李珩看着秦温奇怪的举动，问道。

李珩很绅士地帮秦温拿着东西，秦温负手在身后，看着不满的李珩边走边笑道："离你远一点呀。万一又有学妹来找你要联系方式呢，你一会儿又说组织管你了。"

李珩本来很不爽秦温隔开自己几步，但是看着她笑脸盈盈的样子，瞬间就什么脾气都没有了。

他低笑出声："那你就更应该离我近一点。"

"不要，拿我给你挡桃花呀。"

"你快点过来，别又带头搞分裂。"

"就不要。"秦温笑道。

李珩站定在原处，一手插兜，偏头看着秦温道："快点。"语调比之前微微提高了些，像是在威逼，却又满是藏不住的笑意。

秦温看着李珩这煞有介事的样子，好像她如果不过去他就要一直站在那里似的。

她轻笑出声，又磨蹭了几秒才走回李珩身边。

"幼稚鬼。"她说。

李珩没好气地笑了一声："你自己说什么都不肯过来，谁幼稚点？"

"你呀。"秦温笑道。

青春期少男不太能接受自己被喜欢的女生嫌弃幼稚，李珩竟然就他们两个到底谁更幼稚的论题和秦温辩论起来。

结果秦温除了刚刚那件事，居然还翻出了一大堆他有时候真的很幼稚的例子，要她篮球赛给他加油，圣诞节闹着要团建，养老院说什么都要学本地话，等等，包括现在和她掰扯谁更幼稚这件事也很幼稚。

李珩被怼得哑口无言，而且他连秦温一件幼稚事迹都举不出来。

于是被清算的小组员没得办法，赶紧买了两串烤肉孝敬组长，辛苦她平时包容自己了，而为组员操了不少心的秦组长也很是安心地收下烤肉。

两人就这样斗着嘴，一路慢慢走到广场中间的表演区。

现在时间临近七点，围观的人散了不少，秦温和李珩很容易就走到了第一排。

恰好上一个节目结束，这时旁边一位外国老爷爷走来，和学生们说着什么，最后竟是换他上场。

老人拿起台子旁边的吉他，坐到高脚凳上调了调麦，然后抱歉地和场边学生解释今天也是他夫人的生日，请允许他在这里为爱人献唱一曲。

场边学生包括秦温在内都兴奋好事地起哄鼓掌。

秦温探头看向观众席的另一侧，一位外国老奶奶站在第一排，满眼甜蜜地看着舞台上的先生。

两位老人都是礼安国际部的老师，同样被礼安邀请来参加艺术节观演。

"天哪，好甜。"秦温自言自语笑道。

老人调了调音，全场安静。

手指拨弦弹出简单的几个音符，沉稳醇厚的声音哼唱着动听的歌曲给一同老去的爱人。

"I found a love, for me……"

歌声一出，熟悉这首歌的学生们立马反应过来却没人敢出声打断，只忍不住发出惊羡的低呼，还有不少的学生拿出手机录制老人的弹唱视频。

"哇，这首歌超级甜的！"秦温兴奋道。

李珩垂眸，温柔地看着眼里满是羡慕之情的秦温。

"喜欢这首吗？"他问。

"嗯嗯！"秦温点头。

"那婚礼可以放这首。"李珩扬唇收回视线，他也喜欢这首。

秦温专心地听着歌，没听到李珩最后这句，只默默跟着老爷爷一起唱。

老爷爷看着与自己在异国他乡做伴的妻子，深情歌唱着，场边学生都轻声跟唱。

老人突然改用别的小语种唱起了副歌。

在场再没人能跟唱，就像珍藏的爱意外人无法轻易窥测，只有老爷爷能继续为老伴唱这首歌。

哇，秦温感觉自己的心都要化了，开心地抬头看向李珩，视线也不经意看见了天空。

夏日迟迟不灭余晖，一片片浪漫的橙色云潮终于被人看见。

"哇，你看天空，好漂亮！"秦温拍拍李珩兴奋道。
　　李珩抬眼，也惊叹了一声，是挺好看的。
　　不，应该说他今晚本就觉得无论什么东西都很漂亮。
　　秦温立马拿出手机拍照，李珩看见她在拍照，也拿出手机，笑着和秦温说道："我们也还没拍呢。"
　　秦温先是一愣，然后害羞地笑笑："好端端地要拍什么呀。"
　　"你不是说天空漂亮吗，正好我们合影一张。"李珩没和秦温废话，直接打开前置摄像头，歪头靠近了秦温几分，可以拍到她和他，也能拍到漂亮的天空，完美。
　　秦温看着手机屏幕突然映出的两人合影，害羞地往后躲了躲："不要，显得我脸好大！"
　　"哪儿大了，快点。"李珩笑着催道。
　　"那要不我站后面吧。"说罢秦温往李珩后半个身位站定。
　　李珩按下摄影键，然后又和秦温说难得天空漂亮，难得一百二十周年校庆艺术节，难得他们认识那么久，反正今天是个大喜的日子，得多拍几张。
　　秦温拧不过巧舌如簧的李珩，只能笑着和他一起接着合影。
　　只是拍着拍着，她又被李珩拉到和他并排，接着又变她站在李珩身前，李珩微微俯身，两人嘻嘻哈哈地又一起拍了好几张。
　　她和他的合影，她和天空的合影，她和猫爷玩偶的合影。
　　观众渐渐地消散了，广场上开始变得冷清。
　　傍晚最后一抹余晖也消散了，粉橙色的霞光也快速褪去如大海潮落，换月光上场指引归途。
　　天空早已恢复平平无奇的模样，幼稚的男生、女生却还就着一个自拍合影玩得不亦乐乎。
　　秦温好笑又好气地追了李珩几步，李珩步大腿长往后退了几步，欺负秦温体力差跟不上他。
　　"你赶紧给我删了！"
　　"不删，这么可爱怎么能删了！"
　　"你这个骗子！说好了一起做鬼脸的！"
　　"哈哈哈哈哈——"
　　…………

男生挨着女生的骂却肆无忌惮地笑着,又往后退开几步。
"大坏蛋!"
涨红了脸的女生又追向男生。
笑声渐远,广场中央,老人轻声哼唱的曲目也渐渐到了末尾。
"Sei perfetta per me."
你是我的完美恋人。

第三十二章 / 艺术节［下］

秦温、李珩两人一路玩,直到七点十五分才去检票。此时会场门口已经排起长龙,学生们都在等待检票入场。

"我们应该早点来的。"秦温探头看了眼队伍尽头,语气无奈,"现在才进去的话肯定就没有好位置了。"

李珩站在她的身后,一边半举手机听着爷爷发来的长串语音交代,一边笑笑说了句"怪谁"。

他还好意思说怪谁!

秦温愤愤地回头瞪了李珩一眼,如果不是他一直不肯删照片,他们才不会浪费那么多时间好吧。

可惜李珩听完语音后便一直低头回消息,她飞过去的眼刀没有人理会。

秦温抿抿唇,没有再说什么,也拿出手机看看信息。

高宜和梁思琴在群里说了志协已经提前安排好了位置给她们,郑冰还一直没有说话。

"那你说我们还要去找郑冰吗?"秦温问。

李珩又听起电话那头发来的语音,抬头看了眼秦温:"不用了吧,她和林田一起应该没问题。"

秦温了解地点点头,那看来一会儿就她和李珩两个人找好自己位置就好了。

和家里长辈交代完,李珩也终于收起手机。

终于轮到两人检票进场。

场内早已坐满了人，秦温好不容易才在观众席侧后方找到了连坐的两个空位。

两人坐下，秦温接着刚刚的话题，难以置信道："郑冰也真是的，也不来找我！"

终于进到有空调的地方，李珩挨着秦温舒服坐下，解开手表，又抓了抓额前细发将它们往后捋，好让自己凉快些。

"感受到有组织的好处了吧。"他说。

秦温回头，见李珩靠着软背，长腿半伸出过道，支肘撑头懒懒地看着自己笑道。

看着李珩这一副痞痞的样子，秦温又想起他骗自己拍什么鬼脸照，心里还是有些不服气。

不过……他今天确实陪自己逛了一下午，不仅帮她拎东西，还请她吃好吃的。如果没有李珩的话，形单影只的她今天搞不好就只能跟着高宜、梁思琴她们一块儿去做志愿者了。

综合考量下，这位组员的表现还是瑕不掩瑜的。

秦温与李珩一样靠在椅背上，冲李珩笑笑，当作认可他的话，接着她又想起来李珩刚刚什么东西都没买，送他个小礼物当作谢礼吧。

"我送你个钥匙扣吧。"

"那种东西就想打发我？"李珩将头偏向秦温那侧，挑眉道。

秦温一愣，这可是校庆周年的钥匙扣啊："那不然呢？"

听秦温这样问，李珩扬唇笑笑，正准备狮子大开口，谁知道手机突然响起。

李珩不耐烦地"啧"了一声，看了眼号码后接通电话。

李珩在和别人打电话，秦温也收回视线不再看他，在一旁盘点起今晚的战利品，看看除了钥匙扣，还有什么他可能会感兴趣的，然后就听到他和别人说着什么不去了，接着又说"那好，现在过去"。

现在过去？他要走了吗？秦温看了眼李珩，他还是一副坐没坐相的懒散样子，但讲电话的语气比往常都要正经冷淡不少，听着倒让她想起刚刚认识他的时候，疏离冷漠。

秦温正好奇地打量着李珩，这时他已经挂断电话，重新戴好手表又顺了顺头发，问："我头发有没有乱？"

"没乱。"

秦温摇头,然后又见他起身,她不解地问:"你要出去吗?"

"有长辈来了,我去打声招呼。帮我把位置留着。"

"好。"秦温点点头,随后看着李珩一路离开的身影直到他出了会场大门。艺术节快开始了呢。

李珩刚出大门,原地等候多时的潘家助理就将他领去了另外一个会议厅。

厚重大气的双开木门被推开,李珩走进豪华包厅。

偌大明亮的主厅里,顶垂流灯,地铺软毯,中间一套豪华沙发,只坐了潘嘉豪的父亲还有两名领导。

见李珩进来,本聊着天的三人都停下对话,起身看着他。

"小珩来了。"潘嘉豪的父亲笑道。

"二舅。"李珩点头问候。

"方校长、谭校长,这位就是你们刚刚问起的李珩。"潘嘉豪的父亲介绍,"小珩,这两位是军校的方校长、谭校长。"

潘嘉豪的父亲介绍完,李珩也转身笑笑,朝两位校长礼貌问好。

礼安高中的前身是在民国年代就设立的礼安学堂,其为当年的民族自救运动培养了不少革命领袖与大思想家。也正是因为有这么一段辉煌可贵的校史,礼安比起其他普通高中又多了几圈光环,且它每年都会为南部几所军校输送不少人才。

"哈哈哈哈,现在的年轻人果然不一样,一点都不怯场。"方校长拍了拍李珩的肩膀豪爽笑道,声若洪钟。

李珩谦虚地笑笑,没说什么。

两位校长也不是爱绕弯的人,都想把李珩拉进自己的军校,便问起了他有没有这方面的意向。

李珩摇摇头,说自己并没有考虑过这些,现在还是该好好学习。

潘嘉豪的父亲又在一旁笑着补充,说李珩已经和A大签订了升学协议。

潘家一向对外经营其重视教育的爱国企业形象,所以这次礼安的校庆艺术节潘嘉豪的父亲也应邀参加。

两位校长惋惜,其中一位笑着打趣,那看来还是A大的国防生更加吃香，另一位又说李珩能被保送A大，只怕以后要当科学家。

议厅的大门再打开，是校领导进来和三位外校来宾打招呼，看见李珩在一旁，他也见怪不怪，只笑着说艺术节马上要开始了，请几位进场观看。

校领导领着两位校长走在前面，潘嘉豪的父亲因为是在二楼包厢观看艺术节，与他们不同路，便和李珩走在后头。

"小珩，"潘嘉豪的父亲拍着李珩的肩膀，和睦地笑笑，"又是军校又是科学家的，看来反倒是外公说的从商最跌份了。"

一直看着前方的李珩沉了沉眼眸，侧头看着舅舅轻声笑道："经商能做到像外公这样大而不倒，又怎么会跌份呢。"

听到李珩的话，潘嘉豪的父亲脸上的笑容不减，眼眸却移了移。

李珩好笑地收回视线："不过我在这方面没什么天赋，所以让外公还是等表哥来吧。"

接着，李珩又婉拒了舅舅让他一起去二楼的邀请，重新回到秦温身边。

秦温见主持人已经开始说开场白而李珩还没有回来，便不时转头看向走道后方。而在主持人说完"现在开始"后，秦温又一次担忧地转过头往后看，这次她终于看到李珩回来了。

秦温松了一口气，笑着和李珩打招呼："幸好艺术节才开始，不然你就要错过开头了。"

李珩坐回秦温身边，看着她如释重负的样子，心里突然有些好笑，这里的人大概就只有她会担心他错过艺术节开场。

"看吧。"李珩轻声道。

秦温笑着点点头，收回视线不再看李珩。

礼安今年的艺术节虽然出演场地是在大剧院，又是对外开放，听着就像是什么高规格的演出，但说到底也只是一场学生的才艺表演。所以在演出形式上依旧与往届大同小异，中间都是学生的歌舞表演节目，先是交响乐团演奏，接着就是艺术科组筛选出来的优秀节目依次上演，有扇子舞、歌舞剧、小品等等，无一例外都紧扣礼安高中一百二十周年校庆的主题。

但也不知道是因为大剧院的音响设备与灯光设备更高级，还是因因为有百年校庆的主题在，秦温总觉得这次的艺术节比去年要精彩得多，学生们表演的水平也高了不少。

她看得兴奋入迷，不时拿出手机录像。

李珩坐在秦温身边却心不在焉，想起刚刚发生的事，眼眸里的冷意又深了几分，来自亲人的多番试探让他无比鄙夷和不满。如果不是看在潘嘉豪的面子上，他估计对这个二舅也会照样甩脸色。

李珩深呼吸，想起老爷子说的他的脾气还是不够定，便开始合目调整状态。

"天哪，这个班的扇子舞跳得好好！"秦温转过头兴奋地和李珩感慨，却见他闭上了眼睛，对自己说的话也没有反应。

居然睡着了？

秦温惊奇，双手搭在两人之间的座椅扶手上，凑上前去看，这么吵他都能睡着，是陪她逛了一下午太累了吗？

秦温正打量着，正好这时李珩悠悠睁眼。

骤然对上他的视线，她不由得惊了一下。

为了舞台效果，会场内观众席上方的灯光半熄，幽暗的环境映衬得秦温黑眸里的亮光更加闪耀。

"怎么了？"李珩看出秦温一瞬间的慌张，已经平复下来的心情又好了些，偏头看着她，语调懒懒地问，好像他是真的刚刚睡醒。

秦温还没从偷看被人抓到的尴尬中缓过劲来，说话有些支吾："我……我刚刚以为你睡着了。"

"没呢。"李珩轻声说道。

秦温讷讷地点点头，又想起刚刚李珩闭着眼睛，好像对这艺术节不大感兴趣。

"那你不看了吗？"她问。

重新恢复冷静的李珩对着自己喜欢的女生变得格外温柔，他看着秦温笑笑，不答反问："你想我陪你看？"

秦温一愣，倒也不是说陪她看吧，只是如果旁边有人一起讨论的话肯定看得更加尽兴，可这附近她就只认识李珩了。

"我觉得这个艺术节还挺好看的。"她小声和李珩说道。

"嗯。"李珩打起精神，坐直身体喝了口水，"行，我陪你看。"

秦温刚想说什么叫陪她看，可见李珩已经专心地望向舞台，便不好再说什么,只"嗯"了一声便同样看回艺术节的表演。

舞台上的节目精彩依旧,而李珩虽然不感兴趣,但说了陪秦温看就全程专心地看着,因此秦温后面无论对节目说什么评价他都搭得上话。

又一个歌唱类节目,表演的是A市本土歌曲串烧,结果大少爷的语言系统又失灵,便一直拉着秦温问那人唱的是什么意思。

秦温头几个问题还耐心地解释了,可后面李珩问得越来越多,搞得大半个节目下来她光做同声传译了,什么表演都没有欣赏到,便也忍不住嫌弃起他来:"你之前不是就在学方言了嘛,怎么学了那么久还是什么都不知道。"

"好笨啊你。"秦温没好气地笑道。

谁知道李珩脸皮更厚:"这怪谁?你就周六在养老院的时候敷衍我两句,我能学得会?"

秦温笑容一滞,难以置信地看着李珩,他还能再赖皮点吗?又忍不住和他斗起嘴来:"所以你自己学不好还怪别人没教你!"

"你要是上心点教我,我怎么会还是以前那水平。跟我一起下棋的大爷现在说普通话都有腔有调了。"

李珩支肘撑在他和秦温两人之间的座椅扶手上,看着她神气兮兮地说道:"你看看我,再看看你。"

秦温听着李珩的歪理好气又好笑,拜托,谁跟他一样,每次去养老院就是跟大爷下一天棋啊!

她懒得和他强词夺理,便只笑着说了一句"幼稚鬼"就看回舞台,不再理他。

嗯?就不理他了?

李珩又凑上前去。

学生们演唱的歌曲都是经典的劲歌金曲,秦温正专心听着,心里也跟着默唱,突然听到身边传来一句别扭的方言:"我听不明。"

秦温身子一顿,憋笑忍住回头的冲动。

烦人精。

而李珩看着秦温扬唇忍笑的侧颜,心情也彻底恢复过来,又恢复无限活力,继续低声说着蹩脚的方言逗她。

最后秦温破功,没忍住笑出了声,转头看着李珩说:"烦死你了。"语气听起来更加嫌弃,但是眼里的笑意却更满。

而除了常规的学生表演，节目的串场时间里礼安还邀请了几位杰出校友上台简短致辞。

礼安别出心裁地将校友们的出场顺序从年幼到年长依次排列，连贯地看起来就像是一个人高中毕业后的不同的人生阶段体现。

海外归来的精英学姐说学习一定要有目标；创业成功的企业家师兄说人生应该要不懈努力不断坚持；离经叛道的大作家校友说过得那么循规蹈矩干什么；功成名就的科学家祖师爷又上台，笑着和底下的学生说，没必要偏信别人的意见，在他们这个年纪，好好吃饭好好睡觉才是唯一不变的真理。

感受着学校源远流长的历史氛围，听历届校友云淡风轻地讲述自己过往的努力及成就，最后剥茧抽丝地凝练出人生经验，底下的学生们都热血沸腾。

看着那么杰出的校友就站在自己面前，仿佛他们的成就于自己而言也同样触手可及。

这一大碗鸡血打下来，再安静的人都会忍不住想要号一嗓子。

"天啊，那个老教授也太帅了吧！"秦温兴奋地感慨道。经历了那么多大风大浪，最后对他们这些后辈的期望竟然就只是好好生活什么的，也太大前辈风范了吧！

李珩侧头笑笑，他是不吃这种人生励志小道理的，只是见秦温感兴趣，他便也捧场地"嗯"了一声。

随着一个个杰出校友的出场，会场的氛围不断推高。学生们表演完节目后，又有两个教师组贡献的演唱类节目：前一个是来自女教师们的《生如夏花》，后一个是来自男教师们的《最初的梦想》。

虽然这两首歌都和校庆主题没什么关系，但是考虑到高考在即，学校还是希望借这个机会再为高三年级加油打气。

就连一向严苛的教导主任都上台声情并茂地领唱那句："最初的梦想紧握在手上——"

没有技巧，全是感情，以及几分很自信的跑调，让在场的还有观看直播的学生既感动又忍不住爆发连连大笑，最后只能不断起哄鼓掌来给教导主任挽回面子。

教导主任唱完，最后一个节目结束，盛大的艺术节终于在学生热情最高涨的时候迎来尾声。

就着感动人心的氛围,校长上台,先是简单地谢过所有为本次艺术节付出了辛勤努力的师生以及工作人员,接着又劝诫每一位礼安学子都要谨记前人的教诲,在未来的日子里不断努力奋斗、拼搏。

最后才是校长发言的重头戏,他又将话题绕回高考,致辞没能参加艺术节的全体高三学生,一字一句铿锵有力。

"……我亲爱的学生们,老师不会说高考会是一件多么轻松自在的事情,也不会说高考过后就该是怎样的轻松人生……

"……请勇敢地展开自己的翅膀,投身风雨中。

"你们的母校——历经一百二十年风霜的礼安高中,将会是你们在风雨中最坚强的后盾!"

说罢,全场雷鸣,大屏幕两侧的白墙上,不知从何处投影了满满的文化标语——礼安最强。

接着大屏幕上放出了先前早就准备好的高考激励片——来自五湖四海的礼安学子,大家都笑着对镜头说:

"×××大学欢迎你!"

"我们在×××大学等你!"

"Welcome to the University of ×××."

…………

随着伴奏的越发激昂,视频里出现的大学名号也越来越响,或是全国排名前几的大学,又或是国际著名院校,看得底下的学生们再次热血澎湃,不断发出惊呼。

"天啊,真的好棒!"秦温也激动地看着视频感慨道。特别是那些优秀的人和自己就读于同一所高中,这种感觉就好像她和曾经的他们很接近,他们之间的距离其实没有太远。

大屏幕上仍在变换着不同的大学背景,秦温继续看着屏幕,热血不断沸腾,心情越发激昂。

自己在高一时因为老想和优秀的人比肩吃了不少苦头,因此高二一年她佛系了很多,不再像高一那样设立高目标逼迫自己,每次都只要求自己进步一点点就好。可是现在猛地又看到那些鼎鼎有名的大学,秦温感觉自己一些本能的渴望还是被调动起来了。

永远都想要更好,达到了一个目标以后又会想要逼迫自己再进一层,达成下一个目标。

因为别人做得到啊，为什么自己会做不到？

不对。秦温立马深呼吸摇摇头，为什么又开始这样想了，她提醒自己不要把注意力放在别人身上。

现在这样就挺好的，不要到时候又把自己弄焦虑了。

李珩看着秦温脸上的笑容淡了些，又像是叹了口气，他出声："怎么了？"

"没什么。"秦温笑笑。

李珩正要再说什么，校长又上台致辞，打断了他的话。

"我宣布，本届艺术节圆满结束。全体学生起立，诵唱校歌！"

欢腾的艺术节终于落下帷幕了。

庆典散场，秦温、李珩两人却没有急于离开，而是在大剧院广场门口等待其他朋友集合。大家一起在广场拍了合影才各回各家，有的家长来接，有的坐地铁回去，秦温、李珩两人坐公交车，没人和他们顺路。

公交站在大剧院的另一侧，两人走过半个大剧院外沿。

欢闹过后，周围的环境变得格外安宁，只有河边还会不时传来蛙鸣。

明黄的路灯拉长人影，两人静静地走着。

"今年艺术节真过瘾。"秦温笑道，"我感觉自己被打了一吨鸡血。"

李珩走在秦温的身边，看了眼笑脸盈盈的她，好笑道："那恭喜学校目的达到了。"

秦温也抬头看着李珩："那学校在你这儿没达到目的吗？"

李珩耸耸肩："我不吃这套。"

秦温一愣，也是，李珩都考到A大了。

她又看了看身旁的李珩，突然有些感慨，喃喃了一句，像是在自言自语："不知道等我明年的时候又能考到什么大学。"

李珩看着秦温像是突然泄气的样子，轻声笑道："学校给你的鸡血不管用了？这么快就打不起精神了？"

秦温反应过来自己刚刚听起来确实是颓了些，不自在地咳了一声后又嘴硬道："没有呀，我就是有点累了。"

李珩站定，看着秦温凝眉道："那还坐什么公交车？叫个车回去吧。"说完又拿出手机给自己司机发信息。

怪他没反应过来，还想着那就陪秦温坐公交车。她体力那么差的人，玩了一晚上肯定早就累了，应该直接让司机来接的。

秦温有些惊讶，从大剧院回他们小区那儿四十多分钟车程呢，就是这样她才懒得让爸爸妈妈大老远过来接，还不如她直接坐公交车回去，正好总站就在家附近。

"不用呀，再走几步就到公交站了。"

"你不是说累了吗，还坐公交车？"

秦温哭笑不得道："现在这个点公交车又不挤，坐什么不都是一样吗？"

"不一样，早点回去早点休息。"

秦温刚想说那多浪费钱，结果就看到李珩抬头看了眼马路，一辆纯银轿车立马鸣了一声。

她惊讶地张了张口，他们两个人才说了几句话啊，他就叫到车了？

"这车怎么来得这么快？"

车子掉头，在他们旁边停下。

李珩一边为秦温打开车门，一边道："今晚这里客流量这么大，很多司机在这附近等着也不出奇。"

司机大哥刚准备透过车内视镜和自家小少爷打招呼，谁知道就听见他的胡扯，眼睛瞬间瞪大了些。

本来刚刚收到信息，他都已经准备启程去秦同学家附近等小少爷，在那儿接他回家，谁知道不一会儿又收到信息告诉他现在直接过来接人。发现自己还是个滴滴司机，司机大哥咬紧牙关绷了绷脸，让自己的表情看起来一如既往地严肃。

"那也来得太快了吧？"

"嗯。"

两人坐定，车子缓缓发动，驶入大道。

秦温看着一路昏黄的灯光，沿边大厦的灯光半灭，城市里有些人已经准备入眠。她又扭头看向身边的李珩，李珩正看着手机，她的环保袋正放在他的另一侧。

秦温又想起今天李珩陪她玩了一下午加一晚上，让她这个艺术节不至于要一个人到处瞎逛。

"李珩。"秦温轻轻喊了他一声。

"嗯？"李珩应了一声，依旧看着手机没有抬头。

"你真的不要钥匙扣呀？"秦温问。她觉得自己还是要送李珩一份小礼物当作谢礼。

李珩听到秦温这么说，先是一愣，抬头看着她眨了眨眼，过了几秒才反应过来她在说什么。

"不要，太幼稚了。"李珩收起手机。

秦温为难地抿抿唇，那确实，李珩这一身的气质挂个猫爷的钥匙扣确实违和了些："那你没有想要的吗？"

"怎么，想谢谢组织今天的不离不弃？"

秦温脸一红，点点头又问："要不书签、冰箱贴或者纪念册？"

李珩耐心地听完秦温报的物品名，抬眼看着她，收起笑容认真问道："要什么都可以？"

"嗯。"秦温看着李珩温柔地笑笑，"那你看看有没有你想要的？"

随便他要什么都可以是吗？

李珩的黑眸隐隐透出暗光，看着秦温一脸单纯无害的样子，然后视线移向她的黑发。

"我觉得你头发上绑的那两条带子就挺好看的。

"送给我好吗？"

第三十三章

寒假与离别

艺术节过后很快又是期末考,秦温又开始新一轮认真的学习。正好她和李珩已经修够了素质学分,不再需要去做志愿者,周末她也可以就在家里安心备考。

李珩郁闷得快吐血,秦温现在连政治课前和他聊天的内容都是数学题,他突然觉得数学学得好还是有点用的,不然还真不知道要拿什么吸引秦温的注意力。

可谁知道接下来就是秦温问的数学题越来越难,直到有一次,她把李珩问倒了。

李珩本就是学习和生活分得非常开的人,没有学习任务的话,他是半点书都不会看的,于是太久没有做题,题感有些生疏的他被秦温问到卡壳,然后他就看到了秦温有些意外的表情。

毕竟以前他状态好的时候,秦温问什么他都是秒解的。

秦温用笔抵着下巴,看了李珩一眼,轻声问道:"这样是不是不太对?"

"嗯,你等我算算。"李珩不自在地咳了声。

"要不我去问问老吴吧。"秦温看着李珩难得尴尬的样子,忍笑说道。

刚刚还和她说什么一直无脑求导就好,结果他自己求出了个更加奇奇怪怪的东西出来。

"不行,"李珩立马反对,"你是在质疑我的能力吗?"

李珩:"你最近对我最好耐心点,我现在快去集训了,心理压力大得很。"

秦温"扑哧"一下笑出声,她才不信他心理压力大的鬼话:"好好,那你算快点。"

秦组长笑着无情催促,在一旁监督起李珩解题。

庆幸李珩能力过硬,只是一开始解题角度判断错了,找对方向以后立马就把答案算出来了。

"看不懂就问我。"保住脸面的李珩酷酷地将草稿纸递过去。

秦温开心地和李珩说了声"谢谢",专心看起了解题过程。

李珩这一个学期都有辅导秦温数学,所以秦温现在也可以独立解一些难题、刁题了,即便李珩故意跳了几步过程没写出来也不影响她消化他的推算。

李珩在一旁撑头看着秦温,想着她差不多也该来问自己了。

秦温将草稿纸又翻过一页,按照李珩刚刚的解题方法自己也算了一遍,同样解出答案。她开心地笑笑,虽然打趣李珩算不出来,但是省队大佬就是省队大佬,认真解起题来还是分分钟钟的事情。

"我会了,谢谢。"

李珩脸上笑容一滞,然后就见秦温将草稿纸收起来,专心听政治课,不再理自己。

这就是教会徒弟饿死师傅吗?

李珩突然扫兴地趴在桌子上,秦温瞟了眼突然没精打采的他,扬唇笑笑。

故意跳步的幼稚鬼。

很快又到了期末考。

秦温的三门副科还是一如既往地稳定发挥,至于三大主科里,比起她花了更多时间在压轴题上的数学,更让人万万没想到的竟然是英语先开始起势,一向徘徊在120分附近的她居然破天荒地拿了次136分,语文则还是不好不坏的样子。

秦温自己也不明白她为什么能考这么高的分,结果等到拿到卷子一看,她才知道是因为她的一卷成绩比以往都要高了不少,选择题竟然只错了一道阅读题。

看来一个学期的单词没白背,那五六本阅读练习册和完形填空册也没白做。

秦温开心地将卷子收起来,第二天也收到了年级排名成绩单,果然在英语涨分的加持下,她的级排名从42名再次上升,来到33名。

如果高三能稳定在30名以内的话,就真的可以放开胆子梦一下前四所大学了。

寒假最后一天,李珩和秦温又去了那家桂林米粉店进行团建。

李珩认命地自己摆好红色胶凳坐下,谁能想到这家店最后会变成他和秦温的根据地。

秦温从前台点完菜回来,还拿了两瓶冰豆奶放桌上。李珩熟练地拿起起瓶器起开盖子,帮秦温插上吸管放在她面前。

"谢谢。"秦温好心情地笑道。

李珩"嗯"了一声,看着秦温止不住的笑容,悠悠然地问道:"考得不错?"

秦温开心地点点头,把自己的成绩和李珩说完,又吸了一口冰豆奶,笑道:"没想到居然快考到30名了。"

这个排名,就算不出省争取好的大学,也足够她在省内的几所大学里任选专业了。

明明她高一还是奥物竞赛生的身份,日常挣扎在一两百名,现在她居然很顺利地适应了普通高考的节奏,慢慢爬到30名附近。

"高二一年过得好快啊!"秦温感慨道。

李珩轻晃着豆奶瓶,看着秦温的笑眼,也感慨道:"是挺快的。"

应该怪自己太没出息,光是待在秦温身边什么也不用做都会觉得开心,感受不到时间的流逝。然后时间一眨眼就过去了,马上高三了,他们该分开了。

"那你高三准备怎么办?"李珩眼眸暗了暗,突然有些担心秦温觉得现在这个成绩已经够了,她还是没什么想法考虑外省的大学。

秦温好笑:"还能怎么样呀,好好学习准备高考呀。"

"那你有想好考什么大学吗?"李珩又问,"你现在这个成绩,应该可以冲击外省的大学吧,还有一年时间呢。"

秦温一愣,又想起艺术节那晚脑海里一闪而过的澎湃愿望。

她也是从激烈的竞赛圈子里一年一年考出来,及至成为班里唯

——个奥物组的女生,其实她的性格里早潜移默化地被培养出一种单纯的胜负欲,以及对"更加高分"的本能渴望。

只是她害怕又给自己设立太高目标的话,她又会变回高一时的状态,把自己逼得太紧反而走回焦虑压抑的状态。

于是讲起考什么大学,秦温总是一会儿斗志昂扬地觉得自己现在势头正好,要冲击什么大学都可以,一会儿却又觉得还是该专注眼前,不要想太多,担心自己又会变回高一的状态。

两种矛盾的状态拉扯下来,她有时候也不知道自己想干什么。

秦温垂眸:"我也不知道。"

她抬头看着李珩,语气闷闷道:"说实话我也不知道该不该给自己定个目标大学。"

李珩一愣,没想到自己的随口一问竟然使秦温的情绪低落起来。

他凑前了些轻声开导她:"分人,你受得了高目标带来的压力就定,受不了别逼迫自己。"

"那我要一直都不能高抗压怎么办?"

"你怎么又不高抗压了,慢慢有进步不就好了。"

秦温抿抿唇没说什么,觉得李珩只是在哄她。李珩无奈地笑笑,知道她说的是自己高一的事,她以前和他说过。

"那你以前还搞阶级分裂,不肯和我组学习小组呢,现在不是说不理我就不理我了。何况我现在还进了省队,又被保送A大,不比高一还厉害啊,但是你看你现在对我和高一对我的样子一样吗?"

正纠结着的秦温听到李珩打趣她,脸瞬间泛红,没想到李珩又翻起旧账。

"我什么时候搞阶级分裂了,而且我又什么时候不理你了?"她又小小声说道,不就是刚刚没接他的话嘛。

李珩看着秦温薄脸皮不禁逗的样子,轻笑出声:"你敢说你没有,你一开始不就是不想和我组学习小组吗,还跟我说轮流当组长呢。"

自己以前说过的蠢话冷不丁又被人提起,尴尬的秦温脸更红了:"哎呀!你不许说。"

"好,不说组长的经典语录了。"李珩满眼喜欢地看着害羞的秦温,声音又轻柔了几分,继续耐心地说道,"你看你以前对我还客客气气的,现在呢,天天说我幼稚鬼。要是别人听到,我的面子还要不要了?"

秦温一愣，注意力跑岔："我说你幼稚鬼你生气了吗？"

李珩无奈地侧头笑了一声，看着秦温把自己的玩笑话当真低声询问自己的模样，他知道折磨又开始了。

"哼，我怎么会生你气啊。

"我的意思是，你以前不就是觉得压力会很大才不肯和我组学习小组，但是现在一年下来，不什么事都没有吗，我想你在我身边也没有感受过焦虑不安吧。"

秦温听着李珩的话，想起自己和他相处的这一年，事实也确实如此。自己以前担心他会变成焦虑源，甚至都做好了在他身边再次感受自己和优秀的人的距离的心理准备，但是最后却是她认识了一位很重要很要好的朋友，甚至于不止学习，很多方面李珩都给了她宝贵的建议。

其实高二这一年，她开始了走班制，经历了自招取消，又经历了强基计划的推行，对她来说应该是最不安稳的一个学年才对，但她的表现反而比平淡无奇的高一还要好上许多，其中也少不了因为有李珩陪着吧。

秦温看着李珩默默地点点头。

"所以你也在不断抗压，不存在你假设的一直不抗压的情况。"

秦温一愣，没想到李珩说了那么多，居然又把话题绕回来了，突然有些分心，感慨李珩的逻辑思维也太缜密了。

"但问题是，你没必要逼着自己太快走出舒适区知道吗？

"所以我说，能抗压你就设高目标，不能就先不要设。

"按你自己的状态来，知道了没？"

李珩看着秦温温柔地说道。

秦温听着李珩的话，突然觉得心跳漏了两拍。李珩虽然和她说着正经事，她却突然觉得今天的李珩特别帅。

"知道了。"秦温脸微红，赶紧收敛自己的心思，"那我还是好好学习吧，先不管大学的事情了。"

秦温深呼吸，跟李珩说完心事，心情又好了起来，她看着李珩笑道：

"不过我还是觉得现在的状态最好了。

"我所有的努力都有回报，即便不是1：1的比例，但起码我每一次大考都在进步。"

李珩"嗯"了一声，心里更加确定没和秦温表白是对的。秦温现在还是比较关心学习，自己没必要突然跳出来多给她加一个不确定因素，他只想秦温能随她的心愿认认真真准备完高考。

于是心理素质过硬的李珩一边开导完纠结的秦温，一边提前给自己做思想工作——

他要从暗恋变成异地暗恋了。

粉店老板端来粉面，两人的对话暂时被打断。

秦温手拿着筷子，还想着李珩刚刚说的话，意识到自己好像每次举棋不定的时候李珩都能给她很好的建议。

她又呆呆地看着李珩，能认识他真好。

李珩也拿过筷子，抬眼看到秦温看着自己默默不语，一时竟然没看出来秦温在想什么。

"我刚刚太凶了？"他轻声问。不应该啊，以前和她讲道理的时候他也这态度和音量。

秦温一愣，连忙摇头，又仰慕道："你好厉害，我觉得你比我成熟好多。"

没不开心就好，李珩拌着面："我很小就被家里人带出来历练，能不成熟吗？"

"为什么那么小就要去？"

"不是我那么小就要去，是我的身份摆在那儿就要去，你知道吗？"

秦温摇头。

"简单点说，我们家私下有些重要宴席我也是要去的，就算是人情来往吧。"

"哇，好神奇。"秦温惊叹，难怪总觉得李珩不像她的同龄人，一对比起来，倒是她自己整天想东想西的。

秦温又看了眼认真吃面的李珩，她垂眸笑笑，能认识他真好。

七月末的A市又将进入台风季，天空阴沉不见日光，湿热的风缠得人心烦意躁。

暑假已经过了半个月了，李珩该回B市了。下定决心不打扰秦温高三备考的他就真的耐得住性子一直没有开口，日常也只是陪着她刷刷题，直到大少爷要一个人带着满腔的爱意孤独地回B市——

是不可能的。

越要走,就越黏!

李珩早就和秦温说好要她来送机,秦温也觉得这是应该的,毕竟他们的交情那么深。

李珩的父母今晚也回家,老人家虽然没明说,但一直拐弯抹角地问A市最近天气不好会不会影响航班什么。李珩也猜得出爷爷奶奶想要聚少离多的一家人一起吃个团圆饭,所以他最晚今天下午就要登机。

一起吃过午饭,两人只剩两个小时还可以再待一会儿,正好商城旁边是图书大厦,李珩便陪秦温去买高三的教辅资料。

虽然正值暑假,但是因为近来天气不好,很少人出门,所以偌大的一层教辅资料区几乎没什么人来往,看着冷清,却更符合书店的安静平和氛围。

李珩推着购物车,跟着秦温去了英语四六级教辅专区。

有两个大学生也正在选书,看到旁边高大帅气的男生一手插兜,一手搭在购物车把手上,站在女生后面像是在陪她认真选书,眼里有些难以置信。

主要是李珩出挑的外形,再加上一身低调的纯色奢潮穿搭,怎么看都不像是好好学习的人,更别说在这儿陪人买书了。

"我的爱人,我无比渴望能于月光下……啧啧,你在看什么呢?"

秦温正看着手里的英语美文,冷不丁地听到旁边传来声音,惊得连忙合上书本,压低声音看着李珩说道:"什么呀!"

"怎么看情诗了?"李珩同样压低声音笑问。

秦温没好气地看了他一眼,把手里的书放回书架:"因为Mrs. Yang说我的作文太差了,可以多背点课外的文章,我就来找找看有没有合适的。"

"嗯?怎么突然研究起作文了?"李珩懒懒地半搭着身子在购物车把手上,缓缓跟在秦温身后问道。

秦温又停下,重新拿起了本《高考英语满分作文大全》。

"Mrs.Yang说我一卷那么高分,最后只考到136分是很不应该的,我可以考到140分的,但就是作文太差。说我写出来的东西太书面化,可以多背一些课外的文章,多学学别人的高级表达。"

"那确实。"李珩点点头。他的一卷成绩和秦温一样,但是他就

142分。

说完秦温又把《高考英语满分作文大全》放进购物车里，再走向四级阅读题专区。Mrs.Yang还说她现在可以试着练一些四级的题目再拔高一下阅读能力。

秦温挑着书，眼角看到李珩百无聊赖发着呆的样子，心里有些好笑，但还是一边将练习册放进购物车，一边轻声陪他说话解闷："那你英语那么厉害，怎么学的呀？"

李珩又顺手拿起秦温放进购物车里的练习册："不知道，可能是做联赛题目的时候顺便练到了吧。"

李珩偶尔也会做国际联赛的题，包括看国际联赛的数学资料。

秦温笑着说："天哪，你也太厉害了吧，以后能做大数学家吧。"

秦温崇拜地看着李珩，其实他学习也是很认真的呢，虽然经常一副懒懒的样子。

她突然好奇起他以后想做什么。他都已经开始做国际联赛的题目了，他以后是要往数学的方向发展吗？

"你以后想做什么呀，专门研究数学吗？"

"不，上了大学就不会再准备数学竞赛了。"李珩说。当初走竞赛就只是为了省时间，他可不会真的就扎根在这儿了。

秦温一愣，他准备得那么认真，结果上了大学就放弃吗？

"我还以为你会一直学数学呢，你学得那么认真。"毕竟和李珩做了一年同桌，她在政治课上看到最多的就是李珩刷数学题。

李珩挑眉："我做什么是不认真的？"

秦温看着男生大言不惭的样子，心里有些好笑，不过也认可他说的话。

他不喜欢的小提琴其实拉得很好；他不倚重的数学也学到省队的水平；至于那些他喜欢的，无论是篮球还是电竞，她都或多或少听同学讨论过，也是很厉害的水平。

他其实做什么都是按最高标准去完成，不管他喜不喜欢。

"好帅。"秦温抱着练习册，看着李珩笑道。

李珩直腰，酷酷道："我哪天不帅，也就你天天对我视若无睹。"

秦温笑笑："我是看惯了。"

李珩扬唇没说什么。

秦温又在李珩的陪伴下逛完了高考复习区，和他一起挑了适合自己水平的数学压轴题练习册，又买了本语文阅读题练习册和两本字帖。

看一眼时间，已经快三点了，李珩差不多也该去机场了。

李珩的司机已经在地下停车场等候，看着李珩身边的女生，心里有些感慨，小少爷还特意让他换一辆车来，不要让她认出前两次滴滴都是他。

秦温看着车里前排已经坐了两个人，有些不解地看了眼李珩。李珩和司机使了个眼色让他不用下车，然后帮秦温打开车门："司机。"

这一次本来就和秦温说好了送他登机，也没必要和她说什么打车，只是以前的事情没必要引她怀疑了。

既然下定决心不告诉她自己的心意，就没必要留些无谓的马脚。

秦温倒不太意外李珩家里会有司机，毕竟他家那么有钱。

两人上车。

"话说你们家没人来送你吗？"

"没，就我自己回。"

秦温一愣，李珩说过自己外家都在A市，那应该也算是很亲近的家里人吧，怎么最后反而就自己一个人来送他回去了？

秦温想再问问，但是又觉得不好开口问别人家事。

李珩看一眼秦温欲言又止的样子。

"大家都忙。"无论他父母还是其他近亲，都是大忙人，飞这里飞那里的，也就他爷爷奶奶都退休了，两个人清闲点。

他也对这习以为常了，反正今天也只想和秦温待着。

但是家庭氛围更加浓厚的秦温倒觉得李珩这样自己一个人回去，看着有点孤单可怜。

"这样子吗？"秦温收回视线轻声说道。

车子驶出地下停车场，再次回到地面。

天空又飘起微雨，雨水顺着车窗滑落，扭曲窗外的景象，让城市看起来远不如往日亲切干净。

两人上车以后，都默默地看起窗外雨景。

即将离别的人不介意路上拥堵些，因为这样能让分别的那一刻来得再迟一点。可今天的道路却是出奇地一路畅通无阻，很快车子就驶出市中心，往城郊的机场驰去。

李珩支肘，无声地看着路边熟悉的景象，一贯飞扬的眼眸也暗了暗。

虽然早就做好了心理建设，但是真的临近分开时刻，想到高三一年不能再像以往那样天天看得到秦温，年少单纯的心情还是不可抗地有几分低落。

所以还好没和秦温表白，不然现在难受的就该是两个人了。

这种事还是就自己受着就好。

秦温看着窗外景象越来越冷清，没有了高楼大厦，也没有了人烟，只有路边孤零零的广告牌，已经没什么看头。她收回视线看了眼李珩，见他正垂眸不知道在想什么。

看上去很孤单，又很低落。

秦温有些心疼，凑到李珩身边轻声问："你是不是舍不得呀？"

李珩正出神，听到秦温这样问，缓缓抬头看着自己喜欢的她，忍住想要摸摸她脸的冲动，收回视线淡淡道："嗯。"

再怎么和自己说等一年就好，他也无法否认舍不得就是舍不得。

他只能不断理性地分析着他们两个人当下的处境，告诉自己现在对秦温来说就是最好的，让她安安心心准备完高考，他不能和秦温说一句他喜欢她然后就不管不顾回 B 市了。

他想秦温和他在一起的时候，有男朋友触手可及的真切拥抱，而不是只能对着冰冷的屏幕苦相思，所以再等一年就好了，等高考完，一切都好说。

但是感性的自己却每分每秒都在脑海里叫嚣着他对秦温的喜欢。

李珩突然觉得喊秦温来陪自己登机真是一个很傻的决定，自己找罪受。

车子很快就开到了机场，李珩抬眼看了眼窗外，微雨渐弱，他打开车门，和秦温说道："别下车，我让司机送你回去。"

秦温一愣，来都来了，怎么就让她走呢？

"这怎么行？我进机场送你吧。"

"外面下雨了。"

"没关系呀。"秦温看着李珩，言语真切地坚持道。

李珩默默地看着自己那么喜欢的女生，不忍心拒绝她，既然她想送就让她送吧。

即便分离的难过对他而言会要再深刻些。

"好。"

秦温开心地笑笑，跟着李珩一起进了机场。

空旷敞亮的机场，旅人行色匆匆。耳边播音员用轻柔礼貌的语气敦促着乘客尽快登机，眼前登机指示仪机械地滚动着各个航班的登机时间。

秦温跟在李珩身后走近登机处，有人欢欣雀跃地排队等候，还打着电话兴奋道"雨停了，航班不用晚点"，也有人难过不舍地回头张望着。

她一瞬间有些出神，明明在车上还不觉得有什么，现在踏进机场，被满满的航班信息包围，才真切地感受到李珩真的要走了，而且他一走就不像以往那样过一两个月又回来了。

秦温深呼吸，想到要和那么要好重要的人分别，心里也有些失落。不过他是去更好的平台了，而且这也是他之前那么努力学习奥数的回报，秦温还是很为他开心。

李珩看了眼身边默默不语的秦温，轻声道："好了，已经送到了，你快点回去吧。"

他又留恋地看了眼她，深呼吸收回视线。

"走了。"

秦温一愣，还没来得及说什么，李珩就已经转身离开。

秦温有些难以置信。他还提早了那么多天和自己说要来给他送机，午餐又吃得那么隆重，把今天一整天都布置得那么有仪式感，结果最后一句走了就没有了？

她站在原地，呆呆地看着李珩一个人离开的背影，又见他拿出耳机戴上，突然觉得他看起来挺孤单的，明明他在A市也有家人，也有朋友，最后离开的时候就只有自己在，而且自己还没来得及和他说什么呢。

身边有即将分别的人在相拥道别。

秦温笑笑，小跑两步追上李珩，拍拍他的肩。

李珩回神，见是秦温，眼眸不掩意外之情。

秦温笑笑看着自己即将启程的好朋友，脸红红地鼓起勇气大方道："抱一个？"

李珩一瞬间觉得自己的世界静止了下来，他像是被定格了一般呆呆地看着秦温。

见李珩没有说话，秦温深呼吸，壮着胆子微微踮脚，虚抱男生，却不敢有任何身体接触。

她想告诉他，他对她而言是很重要的人，她不太愿意看着他就这样孤孤单单地离开，她总觉得这样太让人心疼。

而且，她也很舍不得他。

不过车上有司机在，她没好意思开口，所以她才要跟着他进机场，可谁知道他又莫名其妙要起了酷，她都没来得及说什么他就要走。

幼稚鬼，秦温轻笑。

"你要走了我也很舍不得。

"谢谢你高二一直以来对我的帮助。

"回B市一路顺风，也祝你的高三一切顺利。"

李珩瞪大了眼睛，难以置信这个突如其来的拥抱。

李珩一点反应都没有，秦温心里空空的，以为他还在难过分别，便抬手轻轻拍了拍他的肩背，轻声加油打气：

"不要难过了。

"开心点好不好？

"你是要回家了呀。"

李珩终于开始回神，他机械地咽了咽口水。只是脸上越是平静，内心就越翻涌起对秦温的汹涌爱意。

她知道自己在难过，她在心疼自己，她在安抚自己。

李珩突然觉得自己承受着的所有折磨，所有难过与不舍，连同脑内喧嚣的占有欲和控制欲，一切拉扯他理性的感受，都被秦温安抚。

再不安的他，只要秦温安慰一句就好，就能让他迅速调整好状态，找到最优解。

秦温拍了拍李珩，见他还是没有反应，眼睛瞥到旁边路人投来的目光，她突然回过神来自己在做什么没礼貌的事情，触电似的收回虚抱李珩的手。

难怪李珩一直不理自己啊，搞不好他不喜欢这种肢体接触！

而已经缓过神来的李珩意识到了秦温要离开，立马抬手，轻轻圈过她的后背，让这个拥抱再延长两秒，挑战友情所允纳的最长时长。

秦温被李珩这突如其来的动静吓到，李珩抱她比她刚刚要再用力些，她觉得自己的脸离李珩的肩颈不过毫厘的距离，她甚至能闻到他身上的淡香。

秦温心跳开始疯狂加速，庆幸李珩下一秒就放开了她。

李珩看着被自己放开的秦温脸色泛红蔓延至耳垂，害羞地看着自己却又不敢对上自己的视线，他俯身在她耳边轻声道："好，我没有不开心了。"

秦温红着脸，点点头没说什么。

"我落地了告诉你。"

"嗯。"

"你也早点回家，到家了告诉我。"

"嗯。"

李珩看着秦温垂眸害羞的样子，开心地笑笑："这回真走了，你还不看我吗？"

秦温身子一顿，深呼吸，才又缓缓抬头，然后看到了李珩好看的笑容。

"再见。"秦温深呼吸平复着心跳，轻声道。

"嗯，再见。"李珩笑道，心里却在规划着该什么时候飞回来给秦温一个惊喜。

"那你快点去值机吧，不要误点了。"秦温催促。

"好，我走了。"

李珩笑了笑转身，这次秦温站在原地看着他离开，直到转过拐角，再也看不到他。

想到自己刚刚居然那么大胆抱了李珩，秦温没忍住笑出声，随即转过身离开。

送别了好朋友，她也要好好努力呢。

"秦同学？"

前面有人喊自己，秦温抬头，一身黑西装的女子，正是刚刚车里的那位。

"小少爷让我来送你回家。"女子礼貌地说道。

秦温先是一愣，反应过来的她立马转身看向值机处，那里早就没有李珩的身影了。

她之前就好奇怎么会有两个司机，还以为这个女人是李珩他们家的贴身保镖。

原来是他还很贴心地为她留了个女司机。

秦温垂眸,掩唇笑笑,他真的很贴心呢。

"好呀,谢谢。"

第三十四章／高三上

秦温今年的暑假又只有二十天。说来他们这一届的奥班也是挺倒霉的，整个高中都没有体验过一次完整的暑假，前两次提前开学是因为省赛，这一次是因为高考。

暑假时间短，为了保持状态更好地衔接高三，秦温在家也是在校期间的作息规律：每天做完老师安排的作业，又提前预习高三上剩余的新课内容，到了晚上八点就准点在李珩那儿打卡背单词。

而这个暑假，李珩的省队集训也已经开始。

他比秦温更忙，每天都要上课，偶尔碰上晚测又或者有事要回李家主宅，也会没空看手机秒回秦温一句"鸡汤"。但等他忙完，哪怕有时候已经是十点、十一点，离秦温那个例行公事的链接已经过了两三个小时，他也还是照样回她。

等到了周末，李珩稍微有空些，秦温还是像往常一样把攒了一周的数学题拿出来问他。恢复竞赛状态的李珩解起题目来更加流畅，所以两人很快就完成了任务。时间还早，秦温便好奇地问起了李珩在省队的日常。

非常巧的是今年南省的奥数集训也是安排在 A 大数学系，李珩也可以说是提前体验大学生活了。

满心钦羡的秦温本想从李珩口中听听在 A 大进行省队备赛该是怎样高大上的体验，谁知道这件事从他口中说出来就一点也不酷，什么活动也没有,也没有哪里可以去,就是早中晚不停地上课刷题。

"我感觉又回到了初三。"李珩低声爆粗。

被李珩讲得幻想破灭的秦温听到这儿没忍住笑出声。他虽然外表看起来永远一副沉稳冷静的样子,就好像无论多枯燥的事情都会默默坚持下来,但结果是如果被烦到了,他也照样会说粗话。

"幸灾乐祸?"李珩肃正语气,显然对秦温光笑不安慰他的做法很不满意。

听出李珩在抗议,秦温咳了两声敛去语气中的笑意,轻声道:"再坚持一下吧,不是十二月就结束了?"

李珩"嗯"了一声,满意地说了句"这还差不多",又问:"你呢,这几天在忙什么?"

换她被问,秦温合上练习册,抬眼望向窗外的万家灯火,支肘撑头:"我想想。

"早上和下午做暑假作业,晚上开始预习新课了。

"本来还想做一下我们那次在书店买的数学练习册,但是暑假作业太多了,估计没时间专门做了。"

说完,秦温又想了想,接着补充:"不过那本四级阅读我开始做了,好像有点难,做一篇要好久。"

李珩:"难不就对了,当你觉得吃力的时候说明你在走上坡路。"

这又是哪儿来的"鸡汤"啊,秦温边笑边嫌弃:"好土,这些老掉牙的话老吴都不会说。"

"我天天给你加油打气,你说我土是吧?"电话那头传来的声音听起来很是不满。

李珩听起来像是生气了,秦温却有恃无恐地笑着,面上依旧说着嫌弃的话,心里却暖暖的。

虽然李珩在B市,但他们两个都还在为各自的目标努力着,知道日复一日的枯燥生活里,自己并不是孤单上路的那一个,难熬的日子似乎也变得有趣了些。

又一轮不着四六的辩论过后,秦温认输,确实不该嫌弃组员的良苦用心。

"好好,我知道啦,谢谢你的鼓励,你省赛也加油吧。"

"当然。"

"所以你看我,我从来就不嫌弃你。"

李珩又蹬鼻子上脸地补了一句,这回终于炸出了秦温的小脾气。她听着他的话,又笑又气:"你好烦啊!"

八月,礼安高三开学。

又一届新鲜出炉的高三学子搬入礼安最出名的教学楼——东风楼。

东风楼,在礼安还有一个别名——西北风楼。

那是因为这栋礼安专门为高三应届生配置的教学楼,它完全隐在高一、高二楼后,且还要再隔一条宽敞校道,绝对远离学校热闹区域。再加上绕楼环种的一圈高大槐树和木棉,天然隔音,不管什么"百团大战"、校运会、艺术节,操场那儿的半点声响都传不进东风楼。

可以说搬进这栋西北风楼,就跟被发配边疆无异,基本上学生也就与学校的各项活动脱节了。

但是对比同样偏僻的初中部,东风楼作为礼安高三学子奋斗争光的地方,在规格及装修上绝对要比老破小的初中部讲究得多。

东风楼外红墙绿瓦,楼内五层呈回字形中空。第一层外沿架空,回字形的中央是一个无穷符号外形的池塘,养了几尾龙凤锦鲤,池子正中央还有一道精致小桥,寓意鲤鱼跃龙门。

每当太阳东升,就会有一道道倾泻的光线投在顶上屋檐,然后又顺着时间的推移拂过窗边木棉、塘下睡莲,让整栋楼看起来似乎是旧日那些清幽高雅的老派学堂,处处彰显着百年名校的气派。

但东风楼作为高三备考场,绝对不只是给高三学生来养花看鱼的。

东风楼第二层全间打通,是专供应届生自习的阅览室。三至五层则是教室和老师办公室,里面所有的硬件配置都是为高考服务的,教室面积是非应届班1.5倍的大小,方便单排单列的座位排布和学生存放练习册,高级护眼的照明保证学生可以更长时间地看书。

而且东风楼是全校唯一安装了电梯的教学楼。当年的学生还感激涕零:学校终于"做人"啦,东风楼离操场那么远,他们高楼层的学生赶着去做广播体操真的会跑死,有个电梯就舒服多了。

结果东风楼给装的是货梯,只是为了方便老师们搬运教辅资料。学生们也妥协,反正他们也只是没有感情的刷题机器,搭货梯没毛病。

光是硬件上无条件支持高考也就算了,最无解的是就连东风楼里的猫都一股子教导主任的范，整天哪里也不去，就趴在楼梯口，眯着眼睛看那些还在下面晃悠不上楼做题的学生。

秦温他们就是在这样一栋看起来清心寡欲但内里却野心十足的教学楼开始了高三生活。

而也是等到了开学，秦温才后知后觉地感受到人在和人不在的差别还是很大的。

李珩走了以后，她要自己一个人去十五班上课，一个人等待老师进班，课堂里没人会不时和她说话，她下课以后也不用帮谁保管东西。

让人挺不习惯的，就好像连政治课都莫名其妙漫长了些。秦温想，或许因为自己还不习惯吧，毕竟李珩是从她走班第一天就和她一起上课的。

可两周下来，自己似乎还是没有适应多少，每次上完政治课，一个人抱着课本回教室时，总觉得心里空荡荡的。

回到班里，小伙伴们正扎堆聊天。秦温默默回到位置上，一手撑头静静地看着人来人往的走廊，心不在焉。

去年暑假，她补完课回班收拾书包，抬眼就能看到李珩站在走廊外等她。他第一天回来的时候还送了自己一个小香盒。

可现在他回B市了。

秦温敛眸回头，改听朋友聊天来转移注意力，可谁知道听到的每一件事又都和李珩有关。

之前高三很出名的文理学霸，两个人都去了B市读大学；上一届的高考成绩非常好，级里居然出了五个裸分考上A大的学生；十五班那个篮球体特生好像被球探相中了，毕业就直接去青年球队……

其实事情和李珩本人没关系，但是完全不妨碍秦温听着这些话题就立马联想到李珩：他家就在B市，他考上了A大，他爱打篮球。

天哪，怎么听什么东西都是他，秦温失落地半趴在课桌书堆上。

日子就这样一天天过着，上完最后一个半月的新课，礼安马上也要开始一轮复习了。

不管怎么样，秦温还是逼着自己振作起来，再枯燥的政治课也照旧专心听讲，一切如常。

只是晚上在李珩那儿打卡的时候她的心跳会莫名加快。

如果能马上收到他的信息她会很开心，但如果李珩恰巧在忙没有回她,那么秦温就会直接开飞行模式把手机放得远远的,免得自己分心,等好好学习完今天的课业,睡觉前再看一眼手机。

秦温第一次觉得看手机是一件忐忑的事情,要是李珩一直不回她的话,她应该也会像要一个人去上政治课那样不习惯吧。

但庆幸的是每次睡觉前她都一定能收到李珩的回复,然后安安心心地睡觉。

又一个周五的晚上,秦温将背词打卡链接发给了李珩,等了一小会儿,李珩还没有回信,她便又打算点开飞行模式,准备学习。

结果下一秒手机响动,她的心跳也跟着手机一起起伏。

李珩邀请您参加语音通话

秦温喜出望外,立马接通电话,却又深呼吸让自己的语速语调平静下来,让自己听起来不至于突兀地过分开心。

"你怎么今天就打电话了?"她轻声问。

李珩从来都是周末才会打电话给秦温辅导数学,这个破例周五就来的电话对她而言多少算个惊喜了。

"我看看组长在做什么。"电话那头的男生笑道。

听见久违的好听声音,秦温的心跳又慌乱了些,她屈膝抱腿坐在凳子上:"我还能干什么,准备做作业了。"

"好,真乖。"李珩笑道。

什么嘛,他当自己哄小孩呢。秦温感觉自己的脸红了些,刚想说什么,就听到电话那边传来了上课铃声。李珩说过集训队偶尔也会在晚上安排 A 大数学系教授来客座讲课。

"你今晚还有课吗?"秦温问。

"嗯,抽空打给你的。"

心头小鹿乱撞,秦温的声音又轻了几分:"那你快点回去吧,上课不要迟到了。"

"预备铃而已,还有几分钟。"

秦温开心地咬咬唇,她轻轻"嗯"了一声,眼尾瞥见桌子上的镜子,顿时愣住。

自己的脸怎么那么红了?

"对了,我明天晚上有事,不能打电话给你了。"电话里又传来李珩好听的声音。

秦温正心乱地想着自己的脸怎么红得这么厉害，突然听到李珩这句话，瞬间回神。

慌乱的心跳恢复平稳，纷飞的思绪突然冷静，就像骤然梦醒，她脱口而出："不能打了吗？"

语气里有自己都察觉不出的失落。

李珩耳尖，听出秦温语调往下，便笑道："就请一次假而已。

"要不周日打给你？你周日晚上什么时候睡觉？会不会耽误你第二天上课？还是你一会儿等我下课回去？但是讲座要十点多才结束，你有没有那么快睡觉？"

秦温听着李珩一连串无比配合她的提议，连忙拒绝："没事呀，这又不是必须做的，肯定等你什么时候方便我再问你。"

以前也是他迁就自己来复习，现在他比自己忙得多，肯定是自己迁就他，更何况为她答疑解惑也不是李珩的义务，她可以理解。

只是暗暗期待了一周的事情突然被取消，没有心理准备的她多少有些难过。

李珩听着秦温的话语，开心地笑笑："好，我有空了就找你。"

"嗯，不急。"

接着李珩又问："你明天要做什么，还是在家做题？"

秦温垂眸："不知道，明天学校拍高考宣传视频，高宜问我要不要一起回学校，我还没想好。"

李珩戴上蓝牙耳机，看起了手机。

"可以，你之前不是一直说高三没得参与校庆，现在不正好有机会？"

"也是。"

"去看看吧，你不是很久没出去玩了，去放松下。"李珩循循善诱。

秦温深呼吸，李珩说的也是。这一两个月来她除了刷题复习就没参加过别的什么活动，说不定就是因为生活太无聊了才老想着李珩的。

"嗯。"

"那你早上去还是下午去？"

秦温想了想："要不下午吧，早上我想再看会儿书。"

"好。"李珩话音刚落，正式上课铃响起。

"是不是要上课了，你快点回去吧。"秦温提醒。

"行,你挂吧。"

秦温轻轻应了声,然后挂断通话。

她的世界又恢复安静。

秦温看着手机又跳转回和李珩的聊天界面——简短的几分钟通话时长。她抿抿唇,关掉手机放在一边,打开了练习册,却又出神地想着刚刚的电话。

她虽然迟钝,但也不至于完全书呆子。当李珩告诉她他明天没空打电话的时候,那一瞬间的落差感,就像从梦中惊醒过来一般,让她自己也吓一跳。

原来自己那么期待和李珩打电话,原来自己那么习惯李珩在身边。

秦温将头枕在臂弯上,情绪有些低落。

李珩周日应该就会有空了吧。

周六下午。

秦温回学校陪高宜一起去看志协的学生拍摄校庆宣传片。

礼安真正的校庆在下半年,其实宣传片早已经拍摄得差不多,但现在要补拍今年六月高考的喜报视频,学校交给志协负责。而高二下才加入志协的高宜凭着超强的社交能力在一个学期内就和半个协会的人都混熟了,所以即便现在升入高三,协会里有什么活动也还是会喊上她一起玩。

高宜正郁闷自从被发配到东风楼与世隔绝以后生活都无聊了许多,现在正好碰上协会周末要拍宣传视频,她当然乐意来凑热闹。只是万万没想到,最后陪她一起的居然会是秦温,反倒是梁思琴和郑冰都说要复习不来了。

"天哪,温温你最好了。"高宜挽着秦温走向校内凉亭,今天志协在那儿补拍高考短片。

"不过你居然会愿意来,我真没想到。"

"我也无聊,来看看。"秦温笑了笑,就当是来散心吧。

"嘿嘿,那就对了,今天思琴和冰冰没来绝对是她们的损失!"高宜凑到秦温面前神秘兮兮地笑道。

已经是五六年的好朋友了,秦温一看高宜这表情就知道她在等自己问下一句。

"有什么好玩的事情吗？"

"对的！你知道高一新来了个长得还不错的学弟吗？"

秦温摇头笑道："这我怎么知道。"

"真的，人送外号'小校草'。"

秦温不解，什么时候这个还有大小之分了："怎么还分大小，那大校草是谁？"

"拜托，大校草还能有谁！"高宜嫌弃道，"你同桌李珩啊！"

李珩！

冷不丁听到这个名字，秦温赶紧移开视线不看高宜，但她的心跳却又不自主地加速了起来，搞不清是心动还是心虚。

高宜没有发现秦温的异状，一路喋喋不休："不知道这个学弟长什么样呢。"

"不过要我说，校草就该只有一个，还分大小，有什么意思。"

"要不是因为你同桌平时太低调加上现在不在学校，我们高三又被分到那么偏僻的东风楼，不然哪轮得到这些高一的学弟学妹来拍案谁是校草啊。

"当年李珩可是高中部、初中部、国际部三部通杀才当上的校草啊，现在的学弟学妹们怎么级里出个稍微好看点的男生就往校草的名头上冠呢，太没见过世面了。"

正心乱如麻的秦温听到高宜这番老神在在的言论，也没忍住回神笑她："李珩怎么还被你讲得跟传说似的。"

"拜托，本来就是！"高宜激动道，"你想想，我们认识的人里还有第二个像他一样的男生吗？！"

秦温一愣。

"不说方方面面都和李珩齐平，就样貌、成绩、家境这三个里面挑一个，谁有他配置高啊。"

秦温认可地点点头，又补充："而且他性格也挺好的。"

"这个方面……"高宜为难地挠挠头，"好像还没听谁说过他性格好欸。但如果温温你当了他一年同桌都这样觉得，那起码可以说性格不算差吧。"

秦温哭笑不得地点点头，他在学校里生人勿近的刻板印象是真的没得救了。

"你想这样一个方方面面都是顶配的人,难道不梦幻得像传说一样吗?感觉以后也碰不到了。"

秦温和高宜聊了几句,终于算是开心了些,谁知道一听到那句"感觉以后也碰不到了",脸上的笑意突然又一消而散。

以后再也碰不到了吗?会不会其实高二那一年是他们唯一的交集了?

她真正要适应的东西,是不是远不止要一个人上课那么简单?

一阵酸涩涌上心头,她的步调都慢了些。

两人已经走近凉亭,高宜兴奋地拉过走路慢吞吞的秦温,催促道:"他们已经在拍了,我们过去吧!"

秦温抬头看了眼那热闹的亭子,站定在原处:"高宜要你去吧,我就不去了。"

"啊?为什么?"高宜不解,"你不是说也想看怎么拍的吗?"

秦温生硬地扯了扯嘴角:"可是我和大家都不熟,我去了你还得带着我,不如你自己去和志协的朋友一起玩,可能会开心点。"

凉亭那有学生认出高宜,开心地打着招呼让她过去。

高宜也招招手示意,又看向秦温:"可是你要去哪儿?要不还是跟我一起过去吧。"

秦温摇摇头:"没事,你去吧,我回东风楼待一会儿。"

"高宜快来,就等你了……"凉亭那儿又有人在催。

高宜赶紧应了声,正准备说什么,秦温推了推她,又笑道:"好啦,你快点过去吧,我就不去了。"

高宜抿抿唇犹豫了一会儿:"那好吧,我先过去了,一会儿来找你哈!"

"好,去吧。"

秦温笑着和高宜道别。看着小伙伴兴奋地跑进凉亭,秦温也转身,一个人默默走回东风楼。

东风楼外的校道一路斑驳的光影,不在花期的红木棉枝叶不算繁茂,稀疏的绿叶根本挡不住初秋的阳光。

秦温在东风楼外的长石凳上坐了下来,捡起落在脚边的落叶,轻轻转着。

以后会再也碰不到李珩那样的人了吗?所以那次机场的分别远比她想象中的要重要得多是吗?

她看着手里泛黄的落叶，突然想起去年年末，自己因为初中部要改制，也是一个人坐在树下闷闷不乐，结果李珩不知道从哪里冒出来，陪自己聊天散步，两人还一起吃了桂林米粉。
　　那次如果不是有他在，估计自己会不开心好多天吧。
　　因为有他在自己才开心起来的。
　　秦温敛眸，深呼吸后突然抬头看向前方，以校道为分界，校道外侧阳光明媚，校道内肃静森严。
　　引入东风楼的校道口空无一人。
　　他人在 B 市呀，自己在想什么呢。
　　秦温叹了一口气，拿出手机。点开与李珩的聊天界面，对话记录还停留在两个多小时前，李珩问她去了学校没有，她说了句"快到了"。
　　她放开手里的落叶，自己也主动找他说话吧。
　　可点开键盘她却又不知道说些什么，该说东风楼好安静还是学校有好多人在拍高考宣传片？
　　好像都很无聊的。
　　秦温皱眉，想了想还是不发了吧，但心里却又泛起一阵涟漪。好像每次都是李珩来找她聊天，以至于她一时半会儿竟不知道该主动发什么给他。
　　她原来已经那么依赖他了吗？
　　秦温敛眸，呆呆地看着和李珩的聊天界面，没发什么，却又在每次屏幕将暗的时候再度点亮。
　　东风楼外没有任何人来往，四周只有秋蝉的长鸣，和偶尔的飞鸟啼叫。
　　越静谧，脑海里的思绪就越喧嚣。
　　秦温难过地看着手机，深呼吸，决定不再那么矫情，就找他说几句话又不会怎么样，他也经常找她聊天不是吗？
　　秦温生硬地敲出"今天东风楼好安静"几个字，刚准备发出去——手机突然响起欢快的铃声，直接打破她的困局。
　　秦温难以置信地看着聊天界面上方弹出的方框，呼吸都停了两拍。
　　李珩邀请您参与语音通话
　　天哪，怎么会这么巧，她也太幸运了……
　　整个人滞空了两秒以后，秦温的大脑重新运作，瞬间的心花怒放让人猝不及防,她甚至来不及思考李珩为什么会在这个点打电话给她就立马接听,害怕这个通话会因为太长时间无人应答而自动挂断。

"你在哪儿?"

电话里传来她思念的声音。

秦温一句"我在学校"还没有说出口,又听到电话里的声音接着说道:

"看到你了。"

什么看到她?秦温纳闷,为什么她完全跟不上李珩的话?这都什么跟什么,他不会其实是打错电话了吧。

"你是不是……"秦温还在问着,却被打断。

"抬头。"电话里的男生笑道,语气飞扬。

她没有多想,下意识地抬头——

李珩正笑着收起手机,缓缓向自己走来。

秦温屏住呼吸,不敢相信。

她是不是眼花了,李珩人不是应该在B市吗?他怎么会在这里?

她连连眨眼,确认自己没有眼花。

她难以自持地立马起身小跑到李珩面前停下,惊喜道:"你怎么会在这里?"

"我为什么不会在这里?"李珩看着秦温笑脸盈盈的样子,心情大好。

秦温也对上李珩注视的目光。

都已经是一年多的交情了,她现在再看着李珩注视自己的样子,心里却突然拂过一阵羞怯,连忙收回视线,轻声道:"你回来是要忙什么吗?"

会不会是集训队要回A市了?

"回来看看你呀。"李珩笑道。

秦温语噎,脸瞬间涨红,小声道:"什么呀!"

"身为你的组员,我不得定期回来做述职报告吗?"李珩扬唇看着秦温一副害羞的样子,径直走过她,来到身后的石凳子坐下。

秦温背对着李珩,虽然知道这不过是他平常打趣自己的玩笑话,却也还是忍不住开心地咬了咬唇。

她深呼吸,调整了一下自己欣喜的表情,转身一脸淡定地看着李珩。

"傻站着干什么？"李珩偏头点了点自己身旁的空位，笑道。

秦温平复自己的心动，缓缓走到李珩身边坐下。

风儿吹动云影，让更多的阳光投入东风楼外的校道，空中浮尘正自在地徜徉在阳光中。

久未见面的两人突然陷入沉默。

可即便没有说话，秦温也很开心。

她静静地看着沥青地面。原来只要李珩在她身边，那么即便他什么都没做，她心里也会安定那么多。

她已经不失落了，也不难过了。

"那你什么时候回去呀？"秦温转头看着李珩，轻声问。

李珩还在纳闷秦温今天怎么这么安静，正准备开口聊些什么，谁知道就听到她这么一句赶人的话，顿时好气又好笑道："你就这么想我走啊？"

秦温语噎："我不是这个意思。"

李珩挑眉，显然还在不满。

"真没有，我就随便问问。"秦温心虚。她只是想知道他什么时候会走，好提前做好心理准备而已。

李珩看着她还是一如既往的薄脸皮，并没有深究下去："一会儿四点多的飞机。"

正害羞的秦温一愣："一会儿就走了？"

秦温又看看手表，现在都快两点半了，四点多的飞机的话，一会儿他就该走了吧？

"你就回来两个小时吗？"她难以置信地问。

"对啊。"李珩看着秦温笑道，似乎完全没有意识到自己做了件多么令人难以理解的事。

"那你要去忙了吧。"秦温提醒，以为他是忙着回学校办什么手续，才会这样百忙之中抽空回来。

"你干吗一直赶我走啊？"

"你不是一会儿就要走了吗，那你还不去办正事？"

李珩好笑，目不转睛地看着秦温，耐心十足地说道："我不是说了，我回来看看你。我们都那么久没见面了。"

秦温呼吸一停，一时竟然不知道该说什么，脑袋空空的。

李珩看着秦温害羞紧张的样子，一阵困意却忍不住袭来。

昨天本来就上了一整天的课，然后到晚上十点多教授才结束讲座，后来又被老爷子喊回主宅；今天一大早就跟着他老人家外出，直到中午才脱身赶了趟飞机回来找秦温，一会儿四点多又该回去。

秦温心里还在发酵着李珩那句回来看看她。他明明说的是好朋友之间的事，她却有一种致幻的心动。

"秦温。"他轻声喊道。

李珩很少直呼她的名字，秦温心跳莫名又有些加速："怎么了？"

"我困了。"

"啊？"

氤氲的氛围突然被打破，秦温瞬间出戏，这是什么跳脱的话题？

她抬眼看了看李珩，他正支肘撑在椅背上看着自己，却眉眼低垂，一副疲惫不堪的样子。

秦温还愣愣地没有说话，李珩又开口："好困，有没有哪里能睡一会儿的？"

回过神来的秦温好笑又心疼地看着男生，如果那么困的话，他还回来干吗？折腾自己？

她掩唇笑笑，一面腹诽李珩真是个幼稚鬼，一面又庆幸还好自己刚刚没往深多想什么，不然就自作多情了。

"教室都锁门了，二楼阅览室应该还开着，你要不要去那里趴一会儿？"

"嗯。"

两人起身，李珩跟着秦温进了东风楼。

楼内更加静谧，只有池塘那儿偶尔还传来锦鲤游动时弄出的清脆水声。

秦温好笑地看着楼梯口那儿一脸正经看着自己和李珩的白猫，和李珩轻声道："你还是第一次进东风楼吧，我觉得这里好漂亮。"

李珩跟着秦温上了二楼，环视四周环境："嗯，是挺适合高三的。"他突然有些遗憾不能和秦温一起备考高三。

两人一起进了阅览室。

二层阅览室周末也会开放，算是高三的自习室。现在离高考还早，周末来阅览室自习的学生不算多，等到了高三下学期，周末的阅览室就会一位难求。

秦温将李珩领到靠内侧的空桌处。

"那你快点休息吧。"她笑笑看着李珩坐下。

见到了李珩,她瞬间忘记了自己原来有多不开心。虽然还没说几句话,但她也满足了,就还是不要打扰他休息了吧。

李珩却不解地看着秦温还站在原处,秦温笑了笑:"我不打扰你睡觉了。"

李珩总觉得两个多月没见,秦温和他生疏了点,不是问自己什么时候回去就是要抛下他。

他皱眉:"你要去忙吗?"

"不用。"

"那就陪我。"

秦温心跳又一紧,大概是心动也会扰乱一个人对话语的判断吧,李珩一句陪他,听得她又有些心乱。

"我怕会打扰你睡觉。"

李珩直接就把这种客气相处的苗头给灭了,他可不是大老远飞回来自己睡觉的。他拉开身旁凳子,看着秦温懒懒道:"那以前在养老院的时候不怕打扰我?"

秦温一愣,一时半会儿说不出话。

李珩见她不说话,便看着她然后又朝凳子偏了偏头,眼神示意她坐下。

秦温深呼吸,也是,他们又不是第一次这样。

"那好吧。"她坐下。

"嗯。"这回李珩终于点头,满意地看着秦温坐在自己身边,就像回到高二她坐在自己身边上课那样。

每次只要在B市就总会有一堆人关注他,以至于他有时候也不禁怀念在礼安优哉游哉的生活:上上课,打打球,玩玩游戏,黏黏秦温。

李珩低头笑笑,又一阵困意袭来。

"你还不睡吗?"

"嗯,三点半叫我。"

秦温点点头,李珩不再说什么,直接趴桌子上睡觉了,她也收回视线,拿出手机背单词。

周遭安静得只有中央空调制冷的低低嗡鸣。

她很快就背完了今日的单词，看了眼时间，离三点半还早，又加背了两天的分量，及至时间到三点二十五分。

秦温侧头看了看面朝自己的李珩，收回视线抿唇偷笑，可没过一会儿又忍不住转头看着他。

在养老院的时候，李珩也每次中午都在秦温旁边睡觉，但今天还是她第一次打量他的睡颜。

她又凑前了些，好奇又心动地看着。

就算他闭着眼睛看不见他平日清冷的眼神，优越的眉眼，高挺的鼻梁，摄略性十足的气场也还是会从骨相里透出来。

秦温掩唇轻笑，怎么会有人睡起觉来也一副不好接近的样子？

她又看看时间，三点半了。

秦温轻轻推了推李珩，他不为所动，她指尖抵着他的手臂又用力了些。

"三点半了哦，快点起来吧。"

睡得正好的李珩被人打扰，陡然睁眼，眼神攻击性十足地看着眼前的人，但没想到见到的是秦温。他这才反应过来自己已经回了礼安，便又立马敛去眼神里的不耐与烦躁，重新闭上眼睛，身子却往秦温那儿又靠了靠。

秦温被李珩刚刚的眼神吓了一跳，有些紧张，而且本以为他要起来了，谁知道他又闭上了眼睛。

眼看着三点半已经到了，她也顾不得李珩刚刚那样瞪自己，接着催促："你怎么还不起来呀？"

"嗯嗯。"李珩迷迷糊糊地应了两声。

秦温无语，又戳了戳他的手臂："你不是还要赶飞机吗？一会儿要来不及了。"

这话让已经醒透却还闭着眼睛的李珩一个深呼吸。想听她软声软语地喊自己起床，结果只听到了句这么扫兴的话。

李珩幽幽睁眼，秦温没有看出他的怨念，只松了口气笑道："你终于醒了，快点起来吧。"

"嗯。"李珩应了一声，却没有起来。

秦温看着还趴在桌上的李珩有些无奈。他不是还要赶飞机吗，在这儿浪费时间？

她先起身，又耐心道："快点起来啦，一会儿要误点了。"

怎么感觉自己在带小孩啊。

然后下一秒李珩说的话就让秦温觉得自己确实是在带孩子。见她起来，李珩也缓缓直起腰身，却又向她伸手，酷酷道："拉我起来。"

秦温没好气地拍了一下李珩的手掌："拜托，你都多大了。"

"十八啊。"李珩见手被打，立马抽回，随即又搭在秦温刚刚坐过的凳子的椅背上，神气分分道，"我现在可是组里唯一的成年人呢。"

都成年人了还赖在这里不起来，秦温没好气笑道："幼稚鬼。"说完便转身离开。

她算是看透了，她不走，那位大爷是绝对不会走的。

李珩看着秦温走开，低声笑了笑，终于肯起来了。

秦温身边似乎环绕有一股安宁纯净的磁场，让李珩依赖又迷恋，就好像只要回到她的身边，再忙碌纷扰的生活都会被屏蔽在外，他总能在她身边找到最简单的快乐。

所以即便只睡了半个小时，也足以让他调整回最好状态。

补过一觉又恢复无限精力的大少爷快走两步追上秦温。

"组长该我来当了,总不能一个成年人天天被一个未成年人压一头吧。"

什么跟什么啊，他是不是睡傻了？秦温嫌弃地笑笑："刚刚成年人还赖着不起来呢。"

"谁说我赖着不起，我眯眼了好不好？"

"明明我不喊你你就不起来。"

两人一路拌嘴直至走出阅览室。

推开门，阳光连着楼内对角线倾斜而落，照耀一半教学楼，明明他们刚刚进楼的时候光线还不充足。

秦温一阵恍惚，时间过得好快，李珩又要走了，不过能见到面她就已经很满足了。

秦温深呼吸，转身看着李珩笑笑。

"好了，我走了。"李珩先开口。

"嗯，一路……"

"来，组内的优良传统——临别前抱一个！"

秦温一句话没说完，下一秒便猝不及防地被李珩拥入怀抱。

属于他的清冷气息萦绕鼻腔，这个拥抱比机场那次更加用力，秦温甚至感受到了李珩的体温。

她瞬间满脸通红，这这这……这是什么啊！

李珩打着离别的借口，赖皮地抱到了自己喜欢的女生，扬唇偷笑，又贪心地将她在怀里紧了紧，然后立马放开她。

秦温被李珩一个突如其来的拥抱掠去所有的呼吸，直到被他放开才恢复神志，但绯红已经从脸颊泛到耳垂。她害羞地瞪着男生，第一次提高音量大声说他："这……这是什么破优良传统啊！"

李珩黑眸深处隐着亮光，他微微俯身看着秦温笑道："是你在机场先抱我的，所以不许生气。"

秦温瞬间哑口，什么嘛！那是她见他不开心了才抱他的，和刚刚又不一样！

"我在机场才……"

秦温话还没有说完，讨巧偷到糖吃的李珩却是先一步转身快步离开下楼："走了走了。"

飞扬又赖皮的笑声从楼梯那儿传来。

这个大无赖说什么优良传统，抱完人就跑！

秦温知道自己追不上李珩，又快步走到二楼栏杆前，往下对着刚出楼梯口的男生喊道："无赖！"

李珩却是一直快步往前没有再回头，笑声依旧不断，直到他出了东风楼。

看着李珩完全无视自己的抗议径直离开的背影，秦温紧握栏杆，又忍不住羞愤地说了句"坏人"。

她还是第一次被男生抱着，如果不算机场那次她主动抱李珩的话。

秦温还红着脸站在原处，看着李珩离开的方向，没有离开。

阳光又随着时间的推进而偏移几分，掠过楼内更多景象。

当因为突然被李珩抱住而潮涌的害羞之情褪去，空旷的心田居然蔓延生长出无数朵花儿。

秦温敛眸咬唇，她其实不生气李珩抱她。

她是开心乐意的。

而一旦意识到自己是开心的以后，这种满心的欢喜便愈演愈烈，心田里已经盛放了无数朵花儿。

喜不自胜，秦温便交叉双臂趴在栏杆上，下巴抵着自己臂弯，静静地看着楼下池塘，任由自己思绪纷飞。

李珩居然回来了，还正好碰上她很想他的时候。

她回想起打着电话抬眼见到李珩的那一幕，不，应该从接到他电话那一瞬间开始，他突然飞回来，思维跳脱地和自己说要去睡觉，又犯懒不肯起来，分开前又抱了抱自己。

秦温突然一个人害羞地低笑出声。

楼下鱼儿怡然自得地沉浸在秋水中，永不停歇地摇曳着长尾。

一如楼上春心萌动的少女徜徉在思慕中，每一秒都荡起懵懂的心思。

秦温用指尖摸了摸自己还有些微烫的脸颊，刚刚她轻轻撞上了李珩的肩颈，脸颊似乎现在还能感受到他的体温。

自己居然在那一瞬间那么靠近他。

想到这里，秦温不禁将脸埋进自己的臂弯里，无声扬唇，心动不已。

她喜欢他。

第三十五章 A大冬令营［上］

有一年多的深厚友谊为不露声色的喜欢保驾护航，不贪心的秦温发现自己暗恋起李珩来无比轻松。

她还是每天会在李珩那儿打卡，只是知道自己喜欢他以后，她不会再像之前那样发信息给他时会莫名心乱不宁，剩下的只有纯粹的开心。

就像童年补习班一下课就飞奔向亲人怀抱一般。

秦温突然庆幸上学期误打误撞提了每日单词打卡，就这么个小小的链接居然可以顺理成章地成为她每天联系李珩的借口。她甚至不用担心自己这样每天找李珩会不会让他烦，会不会突兀。

李珩也从来没有冷落过她，在这一点上秦温总是莫名有种安全感，她自己也不知道哪儿来的。估计是因为她和李珩真的很熟吧，他不是那种会甩朋友冷脸的人。

只是秦温没想到李珩突然不发那些复制粘贴来的"鸡汤"了。

有时候他会说他也开始上课了，有时候发的语音，说他在忙，让她自己一个人乖乖的，有时候回的是一张球场的照片，和他B市的朋友打球。

秦温谢天谢地，他也终于受不了那些土味"鸡汤"了！比起那些老掉牙的话，她当然更乐意看李珩说他自己的事，这让她有一种错觉：虽然李珩不在自己身边，但她好像比高二还更加了解他的日常了。

不过秦温收到李珩回的信息后也只是回个简单的表情包，然后关掉手机，专心刷题。

学校已经结束高三所有新课，开始一轮复习，忙碌又压抑的高三备考期抽榨了绮思。

所以李珩也从来不介意秦温说完话就跑，每次话题都是他来结束。后来两人又很有默契地调整成八点互相打卡，然后晚上秦温睡觉前又看一眼手机回一下李珩发的消息，说声晚安就去睡觉。李珩虽然不是每次都秒回，但是秦温每回第二天八点再看手机都绝对能看到他前一晚说的晚安。

秦温觉得这样就很好了，毕竟她也没想到自己高三会这么忙。以前准备省赛的时候也算是经历过高强度的备考训练，只是准备一门和准备六门比起来，确实是小巫见大巫了。

东风楼的货梯就没停过，一车一车的试卷和习题册被送上三至五楼。

上课永远都在讲题，作业量不断翻倍，不用高考的科目都被砍了，每天下午都额外加一节课，六个科目轮着安排测验，一学期两次大考变月考。

高考这场豪赌被押上了一层又一层的筹码——十年努力，父母期望，凤凰涅槃，等等，all in（全投入）的赌局让人有些喘不过气。

但其实最早进场押注的不见得都是学生，可能是旁观赌局的人。

二班班风本就松散随意，上课爱讲话，篮球赛敷衍，艺术节没人看，对什么东西都一副事不关己高高挂起的样子，以至于好像连带着对高考也满不在乎。

所以老吴在看到别的班都在早读了，二班居然才懒懒散散地刚拿出书来时，气得他不等下午班会课，直接上午数学课就训了二班一整节。

"你看看你们成什么样子！"

"就是学校把你们给惯的，别人能吃苦耐劳，为什么你们不能！"

"你们以为自己已经很厉害了吗？高考稳上了吗？没有自招，你们扪心自问有多少优势！"

整节班会课下来，二班没有一个人敢发出一点声响，课后也没有人敢不服。

下课铃一响，老吴直接甩手走人，留下二班学生面面相觑。

还是后面要上英语课的Mrs.Yang进来才稍稍缓和了些二班的氛围。

"那确实是你们的不对。"

"没事，吴老师脾气去得快，数学课认真点听就好了。"Mrs.Yang

笑着安慰道。

等到了下午班会课，老吴来补上早上的数学课，二班立马展现出了十二万分的认错诚意。老吴教了二班两年多，第一次见上课那么多人和自己互动，好气又好笑。

早上的插曲就这样翻篇了，二班在被老吴训过以后确实比以前上道了不少，而老吴也为了让二班更快地进入状态，感受高考氛围，每周班会课他都会邀请以前的学生来做高考复习建议和大学宣讲，又或是专业科普。

老吴一直带的都是奥班，往届学生高考成绩都不太差，一个多月下来，他们基本把省内的好大学宣讲了个遍。

梁思琴翻阅着学姐整理的省内大学热门专业录取分数手册，惊讶道："天啊，医学系也太高分了吧！"

高宜也凑上前来："咦，思琴你要读医吗？"

"没有啊，我在看哪个专业最高分。"

"那温温呢，你有想读的专业了吗？"高宜又问一直看着讲义的秦温。

秦温正呆呆出神，突然被问起，立马收回注意力："没有呢，我还在看。"

"拜托，"陈映轩转过身，"秦温你的年级排名那么高，省内大学的专业还不是任选，哪用看这个。"

"对啊，秦温你这样的成绩，就是S大的医学系、金融系都可以去了吧。"梁思琴分析道。S大是省内最好的大学，在国内的排名勉强能进前十。

秦温笑笑没说什么。说实话，听完学长学姐的宣讲，她还是没想好自己要考什么大学。

而且说起自己的年级排名……秦温心里默默叹了口气。

她已经徘徊在30名快一个学期了啊。本以为上了高三还会接着稳步爬升，谁知道自打高二下考到了30名以后就一直卡在这儿了。

不过也合理。到高三了，级里不止她一个在好好学习，大家都在发力。往上爬的路又怎么会一直都一帆风顺呢。

秦温又无奈地叹了口气，继续翻看学姐发的讲义。

礼安30名这条分界线划分了学生能不能去比S大综合排名更高的

大学。也有30名靠后捡漏上了其他比S大更好的大学的，但是那种情况，即便是录取了也大概率会被调剂到冷门专业，有时候性价比还不如就留在S大读个王牌专业，起码出来完全不用担心就业。

　　上课铃又响起了，语文科组都外出调研了，所以语文周测轮空，改学生自习。

　　想起自己绷住不动的排名，秦温默默合上讲义，打开每次月考成绩单，想着是不是该再调整复习策略。

　　但是已经没什么好再调整的了，物、化已经发挥到了极限优势，赋完分都能到99分以上，政治在90分附近，英语在跟着Mrs.Yang的指导强化完二卷以后也已经被她提到了138分。也正是这四门稳打稳扎的科目把秦温的级排保在了40名以前，在30名附近偶有波动。

　　剩下数学徘徊在130分附近，语文105分附近。

　　所以她就专心把数学和语文提上去就好了，再不济把政治拉上去也行。

　　想到这儿，秦温又有些泄气，数学她可是花了最多时间啊，居然一点起色都没有；语文则像是一直没开窍的样子，总觉得复习了又好像没复习，听了课又好像没掌握到什么。

　　秦温深呼吸喝口水，逼着自己打起精神又拿出阅读题，现在也只能慢慢靠题海拉起来了。

　　时间就这样温水煮青蛙地过着，做不完的作业，刷不完的题，对不完的答案和写不完的错题总结，让人觉得虽然一个学期快过去了，但好像又只过了一天。

　　每天日复一日的枯燥练习，千篇一律的上课内容，让即便是秦温这种一向专心的人有时候也会嫌枯燥无聊，怀念以前上新课的时候，更何况她的成绩已经达到瓶颈，现在的排名也可以了。

　　以至于高考备考对她来说，比起热血沸腾和干劲满满，她更觉得是例行公事：刷题—对答案—刷题—对答案。

　　周六和李珩打电话的时候，秦温和他聊起自己现在的状态。她居然觉得高考备考好无聊，一想到还要这样生活一百多天就总有点打不起精神。

　　李珩这一个学期都没有怎么过问秦温的学业，就是怕她压力大，没想到她居然主动和自己说起。

"你该多出去走走,别老闷着。"他耐心地听秦温说完,安慰道。

人又不是机器人,当然会疲惫懈怠,更何况秦温从高二下就一直发力赶超排名,维持这种状态大半年了,现在到了瓶颈期也再正常不过。

"每天去跑跑步什么的,放松一下。"他又说。

秦温趴在桌子上想了想:"可是外面好冷。"现在已经十二月腊冬了,出门的话风好大的。

电话那头的李珩听到秦温的话,无可奈何地笑出声。也是,她那么怕冷。

"不想出去的话也找点别的事情做。"李珩又看了眼时间,"想不想看电影,我陪你看。"他已经考完省赛,时间比前几个月都要松动不少。

"看电影?"

"嗯。"李珩打开电脑,"你喜欢看什么类型的?"

"我们又不在一个地方,这要怎么看?"比起看什么,秦温更好奇这个问题。

"就连麦看,看同一部电影,拖到一样的进度就好了。"

这能看得舒服吗?秦温心里好笑,却又开心着李珩说的陪她。

"不了,我还是写会儿作业吧。"

"那就通着电话吧,我在旁边陪你。"

腊月寒冬,心里拂过一阵甜丝丝的暖风。

"不用呀。"秦温害羞又轻柔地低声道,"我又不是小孩子,还要大人在旁边陪读。"

其实她心里是很想的,只是如果李珩在的话,她会一直忍不住分心想东想西的,肯定会做不了题目。

而且她也怕自己会依赖这种陪伴,李珩不可能每次都通着电话陪她做作业,她还是要自己习惯这种情况。

李珩皱了皱眉,不过秦温开声,他也不好坚持什么。

两个人都很默契地将这份暗恋控制在不影响学习的阈值下。

"那好吧,我今晚都在家,等你做完题我们再聊。"

"嗯。"秦温呆呆地看着男生的头像轻轻应了声。

两人陷入无言。

"很快就寒假了。"李珩又开口。等半个月后寒假到了,他应该也可以抽出空回A市一趟。

听到秦温说自己心情不好,雷厉风行的大少爷巴不得立马打飞的回去。

这次寒假回去也给秦温一个惊喜吧。

秦温不知道李珩的这些想法,只当他安慰自己寒假到了就可以好好放松,也笑着应了声,再随意聊了几句,两人便把电话挂掉了。

离寒假不过三个星期了,确实,再坚持一下,等寒假重新调整就好。

前不久A市前六所高中联办了一次六校模考,算是提前摸底,礼安因为是高三上的下半学期才开始一轮复习,节奏比其他高中都要稍慢些,所以联考的总排名并不高,只有第三名。

正常来说,礼安该是第一名的。

于是老师们一边安慰着学生和家长说礼安高中一般都是后期才发力,一边又继续加大作业量猛练学生。

因此备考的生活比原本更加一望无尽地单调与重复,原来东风楼是一栋诗情画意的笔墨牢笼。

不过临近期末的好消息就是秦温他们终于迎来了高三上唯一的校级活动——大学宣讲周。

其实这个宣讲周的渊源不过是礼安了解到大学有相关的志愿者活动——学生回高中母校宣讲,其并不希望重复的宣讲浪费高三学生的时间,所以干脆自己出面和大学官方组织对接,久而久之就形成了传统。和老吴自发组织的宣讲会不同,校办的宣讲会涵盖来自五湖四海的大学,大学的实力天花板也更高,甚至全国排名前几的大学都与礼安有宣讲会合作。保不齐未来状元就坐在底下的学生里呢,肯定要来争一争。

礼安虽然抠门地将所有宣讲会都安排在了午休时间,却还是有轻重之分。比如排名前五的大学就正好占了周一到周五的大礼堂,剩下的便被安排在了其余的空闲教室。

宣讲会的日程表已经发下来了,第一天在大礼堂宣讲的大学就是A大。

秦温在高宜问自己要不要去听A大宣讲会的时候,想也没想就答应了,而郑冰和梁思琴则想着要实际点,便去听了另外一所省外大学的宣讲。

礼安历届考入A大的学生中，两个奥班的学生靠着自主招生占了大部分比例，纯粹裸分上岸的学生少之又少，再加上今年又取消了自招，谁也不知道强基会是个什么情况，但这一切都不妨碍A大宣讲那天大礼堂人满为患。

考不上，来听个宣讲会蹭一蹭学长学姐们的状元气也好。

台上的学姐意气风发地介绍着大学母校，先是从辉煌成就讲起，接着又到丰富好玩的校园活动。

这在已经被学校按在东风楼小半年的高三学生听来，简直就是神仙一样的生活了。

"天啊，这学姐讲得我都想冲A大了。"高宜侧过头和秦温感慨道。

秦温听得津津有味，也满眼钦羡地点点头。

李珩是不是也会体验到学姐说的这些事情呢？

她笑着低了低头，继续记着学姐说的历届录取情况。

从老吴组织大学宣讲会开始，秦温也算是了解了不少大学，但是她第一次在A大这儿听宣讲听得这么入迷专心。

大概是慕强吧，她想。

高宜去了三天大礼堂，后面也跟着梁思琴他们去了普通教室听讲，只有秦温是只去大礼堂听讲。

结果听完前五所大学的宣讲，秦温发现自己果然还是对A大最感兴趣，甚至可以说，听A大宣讲的那个中午，是她开始一轮复习以来感觉最兴奋的时刻，就好像重新找到了驱动力。

虽然一直都勤勤恳恳、脚踏实地地学习，但她骨子里还是一位贪心好斗的学生，不然她不会高一一上来就定超出自己能力的目标，也不会那么耐得住性子好好学习。

所以即便一直催眠自己专注眼前就好，可只要抬眼看到远方的宏远景象来到自己跟前，那么真实地感受到Top1名校的氛围，心里真正的野心还是会瞬间冲破所有顾虑和胆怯，放肆地生长起来。

她对A大感兴趣，不光是因为李珩在，还因为它是国内最好的大学。

都已经在30名徘徊这么久了，一直慢慢吞吞地有什么意思啊！

就该强势地原地起飞。

曾经一闪而过的高考目标因为一次宣讲会开始扎根，秦温深呼吸，赶紧平复突然泛滥起来的雄心壮志。

看一眼时间，自己竟胡思乱想到十点半了，一定是因为晚上人容易变得情绪化。

秦温拍了拍自己的脸又喝了一口水，然后赶紧打开练习册，今晚的作业还没动多少。

她着急忙慌地赶了一个小时作业，看了眼剩下的习题，还是等明天周六再做吧。她洗漱完躺回床上，回了李珩前不久发来的信息。

没过多久，李珩打来电话："听宣讲会了？"

"嗯。"秦温简单和李珩聊了几句宣讲会里好玩的事情，却没有告诉他自己去听了A大的宣讲会，还对A大动了心思。

她怕自己第二天睡醒，那个"鸡汤"劲一过，冷静下来又后悔自己前一晚好高骛远了，毕竟那是全国最好的大学啊。

而且还是和自己喜欢的人说自己想考他的学校。

刚兴奋起来的秦温又莫名有些失落，乍一眼，她和李珩的距离其实也很遥远呢。他已经考到了A大，自己还在这儿停步不前。

秦温敛眸，她突然想李珩了。

她也有点怕，会不会两人之间的联系就停止在高中了？

果然，人到了夜晚就会多愁善感。

"你寒假会很忙吗？"秦温轻声问。

"不忙。"李珩温柔道。李珩听出了秦温的无精打采。与其闹什么惊喜，要不要现在就告诉她自己到时候会回A市？她早点知道的话，会不会好受点？

"这样子。"秦温应声，拿起放在床边的A大冬令营申报表。

"我有点困了，"她看着申报表上的空白栏，"想先去睡觉。"

李珩刚准备开口说自己会回去，听到秦温这样说，愣了两秒，到嘴边的话只好咽回去："好，你早点休息。"

"嗯，晚安李珩。"

"晚安秦温。"

可秦温挂掉电话以后却还看着A大冬令营报名表。

前几所大学每到寒假都会开展高中生冬令营活动，目的就是提早接触一些优秀学生。所以这些冬令营的招募标准也很严苛，必须得是大学认可的值得提前接触的优秀学生。

比如学生要就读于省级重点高中，几次大考综合排名要名列年级前茅，最好获得过高中阶段的学科竞赛奖项，等等。学生在报名后递交所有材料，通过了大学的审核才能被录选，所以这些冬令营绝不是那种花钱就能去的商业冬令营。

秦温浏览着一条又一条的招募条件，然后开心地笑了。

她的奥物省二等奖好像有派得上用场的地方了。

夜晚总是让人有一种不管不顾的勇气，一会儿觉得自己能考最好的大学，一会儿又想马上见到喜欢的人。

大概是因为神志不清。

秦温突然翻身下床回到书桌前，拿起笔开始填报冬令营资料，这还是她第一次骗李珩提早挂电话。

李珩说得对，她不能老闷着。

今年一整年都学得那么认真，寒假就奖励自己去旅个游吧。

去看看心动的大学，去见见喜欢的人。

第三十六章 / A大冬令营〔下〕

A大的冬令营是出了名的选拔严苛,秦温报的还是难度最大的理工营,可她的入营过程却异常顺利。毕竟她不仅高二下成绩就一直稳定在年级上游,手握一个奥物省赛二等奖的奖项,还有礼安高中的背书,完美契合A大的要求,所以她在参加完网上面试的第二天就收到了入营短信。

寒假第一天,秦温一面拿着冬令营的录取通知书,一面看着她和李珩的对话框,懊悔地闭上眼睛。

救命啊!那晚该早点睡觉的!不然也不至于什么情况都没有了解清楚,脑子一热就报名了。

原来学校老师是不会带队参加冬令营的啊!

她要怎么办?

两个奥班的学生中,除了秦温外,还有其他四个也报了A大理工营,但这四个无一例外都在平时成绩这一项被A大刷了下来。还有一个去了难度稍低的人文营,但开营时间和理工营是完全错开的。剩下的大多报名了省内S大的冬令营,只有零零散散的几个报了外省。

一来二去,秦温身边认识的人里,竟然只有她自己一个人去A大的理工冬令营。

她本来只是想着随队参加冬令营的时候抽空和李珩聚一聚,谁知道现在变成自己孤身赴B市,不得不找他!

秦温泄气地趴在桌子上,但脑子又飞快盘算着。其实也不一定非要麻烦他，实在没有同学的话，爸妈陪着也可以。

可是爸妈也去的话……秦温一个人猛摇头。

有父母在的话，她绝对不敢去找李珩，而且她也不想爸爸妈妈年底那么忙还要再抽出一周时间来陪自己去 A 大。

她已经长大了，完全可以不用父母陪同，自己一个人去的！

秦温猛抬头，又点亮了她和李珩的对话框。十一点了，他应该醒了吧。

虽然说可以不用父母全程陪着，秦温自问，她还是没有那个胆量在异地他乡谁都不靠。

更何况她还喜欢李珩，所以虽然慌张忐忑，但还是暗自开心能借这个意料之外又合情合理的机会和他多一些接触。

她点开对话框，又看见自己昨晚和李珩的聊天记录，清汤寡水的几句话看得人内心小鹿乱撞。

顺便去见他和靠他带着是两件性质完全不同的事情，但秦温想和李珩见面，所以无论她再怎么羞于开口也还是一咬牙——先发了个小恐龙探头的表情给他。

两分钟过去，他还没有回复。

是因为自己只发一个表情包太尴尬了吗？秦温连忙补了句"早安"。

啊，不对，都十一点多了，还早安吗！

秦温又赶紧撤回：你现在有没有空呀？

这太突兀了吧。

她又直接撤回，决定还是直接说事。

秦温在自己的对话框里飞快编辑着，打算一次性说清楚。

她怎么突然要去 A 大冬令营，为什么只有她一个人去，为什么父母不能去，然后顺其自然地问出李珩能不能带带她。

结果秦温一篇"小作文"还没写到第三行的时候，李珩就打来电话。

她没多想，顺手划开了接听，然后就看到了一个天花板圆形挂灯，左上角自己正一脸迷茫的样子。她愣了两秒，看着自己眨眨眼，画面中的人也同样动作——

秦温惊恐地屏住呼吸。

天啊！视频？

她的脸瞬间爆红，这什么鬼啊！

她赶紧点击旋转镜头，把自己的画面切成由后置镜头拍摄着的书桌，猛地放下手机，又立马用冰冷的指尖给自己的脸颊和耳垂降温。

什么跟什么嘛！

李珩那儿拍摄的一直都是天花板。

嗯？没人说话？冷静下来的秦温又凑前看了看画面，还是天花板。

李珩好像不在？那就好，没人看到自己刚刚的傻样，她松了一口气。

不过他怎么打视频过来又玩消失啊？

"李珩？"秦温轻轻喊了声。

李珩那儿的画面依旧不动，秦温却听到了细细簌簌的声音，像是床上被褥翻动。

秦温突然醒悟："你还在睡觉吗？"

还是没人回她。

"那我先挂了？"她又问。

画面终于动了。翻转几下，秦温看到了李少爷美男熟睡初醒的样子——很帅的一张臭脸，头发散乱，领口半垮。

好看还是好看，就是不太聪明的样子。想起李珩之前在养老院刚刚睡醒的样子，秦温没忍住笑出声。

李珩皱着眉，挣扎着睁开眼眸，发现手机画面是桌面和练习册。

"人呢？"他问道。久未开口，声音听起来格外冷漠不耐烦。

但是踩惯了李珩雷区的秦温并不在意他这个调调，只开心地笑道："我在旁边呀。"

李珩看了眼手机又闭上眼睛，滚动喉结润润嗓子："镜头。"

秦温并没有搭理他，笑着说了声"不要"，又见他说话言简意赅的样子，估计他还没睡醒，便开口："好啦，我不打扰你休息了，等你睡醒我们再说吧。先挂了哦。"

"我让你挂了？"半睡半醒的李珩脾气有点大，直接打断秦温，可下一秒又放软语气，懒懒道，"怎么了？"

秦温知道他如果不问出话来的话绝对会没完没了地缠着她，还是长话短说，让他听完就去休息吧。

"我周一要去 A 大的冬令营。"

李珩眼睛倏地睁开，拿起手机："你说什么？"

秦温看着画面中李珩一脸惊醒的样子，一面惊讶于他怎么能醒得这么快，一面又被他这夸张的反应弄得有些害羞。

她深呼吸，稳了稳自己的声音："我被 A 大冬令营录取了，到时候能麻烦你带一下我吗？"

秦温看着画面里的李珩忐忑道："因为只有我自己一个人去，我有点虚。能不能麻烦你一下下？"

李珩人生第一次大脑宕机就是一大早被喜欢的女生叫醒然后告诉他她要来找他，还是一个人，还问他能不能带一下她。

他这是提前过年了吗？

李珩心里像是刮起风暴似的狂喜。

那喜悦风暴从心里席卷而上，脸部却凝成了一个克制、收敛的笑容。

"那是当然的。"他爽快地答应。

他都已经计划好过两天就去找秦温，虽然身边事很多，但是熬一熬，总还是能抽出几天时间回一趟 A 市。谁知道，她先开口说要来找他！

这是他做梦都不敢和秦温开口提的要求啊！

"你什么时候的飞机？"

"冬令营有几天？"

"你人呢？给我看镜头。"

秦温来不及回答他前面的问题，就先说最后一个。

"不要，而且干吗要打视频？"她笑道。

"不小心按错了。"李珩义正词严。

秦温不愿意露脸，他也没纠缠下去，反正她都已经说要来找他了，其他事情无关紧要。

"对了，你怎么会突然要报 A 大的冬令营？"问这个问题的时候，李珩也不禁有些兴奋与惊喜。

秦温犹豫了会儿，不管是想考 A 大还是想见他都不是能轻易开口的事："就……随便去看看。"然后又把话题引回行程的问题上，害怕李珩继续追问自己，"我应该星期天的飞机……"

"好，到时候我去接你。"心情大好的李珩没听完就接过话头。

李珩爽快利落的承诺让秦温心中又忍不住泛起一阵涟漪，她低头一乐，正准备再说些什么，门外传来敲门声。

"温温，出来吃饭了哦。"妈妈提醒。

秦温赶紧回神，向着门外应了一声，然后立马压低声音和李珩说她要去吃饭了一会儿再聊,匆匆挂掉电话出了房门。

李珩看着秦温像灰姑娘到点回家似的飞快离开,他忍不住好玩地笑出声,太可爱了。

他将手机扔到一边,黑眸隐着亮光,定定地看着天花板,扬起的嘴角一直没下来过。

一个人来啊,简直完美。他可以带她去吃饭,去旅游,去兜风……

秦温吃着午饭,看看妈妈又看看爸爸,深呼吸开口:"妈妈、爸爸,下周的冬令营我已经和同学约好了,你们就不用请假陪我啦。"

妈妈的筷子一停:"那同学有没有家长陪着?"

李珩家在B市的话,应该也可以算有父母陪着吧。秦温点点头,心虚地扒一口饭。

妈妈想了想,还是不放心女儿出远门,又操心道:"多一两个家长,互相也有个照应。要不我还是跟着去,你爸爸就不去了。"

秦温小心脏一紧,生怕妈妈真的跟过来,又道:"不用不用,人已经很多了,而且我也想自己出门试试。"

这时一旁的爸爸开声,支持女儿:"对,都这么大人了,不用爸妈跟着,自己出个远门锻炼锻炼。"

秦温猛点头。

两票赞成,一票反对。秦温虽然听话,但也是主意大的人,妈妈拧不过,就还是答应了她。不过妈妈还是和宝贝女儿约法三章,在B市每天都要给家里打电话报平安。

事情就这么定了下来,可秦温却是哭丧着脸回到房间,有气无力地躺回床上打开手机,因为吃完饭以后妈妈又和她说:

"对了温温,你把同学的手机号给妈妈,还有陪同家长的手机号,以防万一妈妈联系不到你。"

要李珩还有李珩父母的电话……

天啊!事情怎么突然复杂起来了啊!光要李珩的电话号码也就算了,怎么连他父母的也要啊!

秦温哀号一声把头埋在枕头里,这又要怎么开口嘛!她又一次后悔起来,早知道就不那么鲁莽地下定主意自己一个人去找李珩了。

这时手机响起。

李珩：吃完饭了？

秦温：刚吃完。

李珩：在房间？

秦温：嗯。

然后李珩就很干脆地拨了视频通话。

电话响了十几秒才接通。

李珩看着屏幕上的玩偶抱枕，没好气地笑出声。他把手机立在一边，边拆外卖边说："你是打算一直都用后置镜头和我打视频了是吗？"

秦温盘腿环臂坐在手机面前点点头，她现在脸那么红，才不要和他打视频。

"你怎么才吃饭？都一点多了。"为了防止李珩继续纠缠视频镜头这个话题，秦温遛小狗似的把他遛到了另外一个话题上。

"才睡醒不就才吃。"

"你在家也吃外卖吗？"

"我自己住啊。"

"这样子……"

秦温和李珩尬聊着，李珩也很配合地她问一句他答一句。不过李珩后面见秦温没有要露脸的意思，便打开了电视，边看游戏直播边吃饭，边陪秦温说话。

秦温有些无语地看着视频里的李珩，只要她不说话，他就目不转睛地看着电视，不时吃两口饭。

这视频打的是什么鬼，他在直播自己吃饭吗？

既然这样的话，那她也不客气了——

秦温半趴在床上撑着头，看着屏幕里的帅气李珩犯花痴。他为什么连吃饭都那么好看，和他认真算题、打篮球、睡觉一样，都那么好看。

他们马上就能见面了呢，她可以面对面看着他。

秦温开心地笑笑："李珩。"

"嗯？"

"你能不能把电话号码告诉我呀？"

真正开口的时候还是会心跳不已，秦温又继续给自己壮胆子。本来出远门留同伴的电话给家长再正常不过，可这件事却因为她在暗恋着同伴而蒙上了一种青春叛逆的意味。

反正没人知道,她就偷偷叛逆这一点点也不怕吧。

"还有你父母的,可以留一个给我吗?我妈妈不放心。"

李珩正吃着饭,听到秦温这话,定定地看着手机屏幕上的抱枕。

"看镜头。"

"不要。"

"那我就不给你。"

什么嘛!他果然还是会抓着这件事不放!

秦温看着手机里的李珩一副不容商讨的样子,咬咬牙,把镜头切换成前置,飞快地瞟了他一眼,然后又看向别的地方。

过分,居然拿这件事威胁她!

李珩一脸正经地看着秦温,支肘以手握拳掩唇。

果然脸红了。抿着唇不看自己,看起来好像还生气了。

"那个……"李珩开口。

秦温立马转头期待地看了他一眼。

电话那边的李珩看见秦温红得不行的双颊,再也绷不住,突然爆笑:"哈哈哈哈哈……"

意识到自己被耍的秦温难以置信地瞪着李珩。

无论是第一次和男生视频还是开口问李珩要他父母的电话都让秦温害羞不已,谁知道李珩还没心没肺地笑着,她突然来了小脾气:"你笑什么嘛!"

明明发着火,却凶不起来。

"哈哈哈哈哈,我受不了了。你怎么这么可爱!哈哈哈哈哈。"

李珩无视秦温的质问,继续肆无忌惮地笑着。

可爱他个头啊!秦温板着脸让李珩不许笑了,但是李珩却完全停不下来,结果她也学着李珩威胁人的那一套:

"哎呀,你好烦!我不去了!我要去S大的冬令营!"

"别别别,我错了我错了。"大组长发话,李珩立马收敛,他担心真把秦温逼急了她不肯来,赶紧报了两个工整的号码。

"第一个是我的,第二个是我妈妈的。"

"好吧。"秦温依旧板着脸,看起来很有威严的样子。

李珩看着秦温一脸不好惹的样子,又轻笑出声,话锋一转:"那你和阿姨的电话呢?"

秦温脸上的表情一顿："你……你为什么要知道？又不是你出远门。"

"你这话说的，那我出危险了，我妈妈找谁？"

这话怎么听起来那么怪，他在本市出意外了，然后找外市的人吗？

"什么嘛，我们家离 A 市那么远，还能去救你啊？"

"那家长电话本来就应该双方都知道啊，万一阿姨打过来我妈开口你是谁，多没礼数。"李珩看着电话里的秦温笑道。

这又怎么还和礼数扯上关系了，秦温越听越蒙："可是我妈妈应该不会打给你们的，她也就找不到我的时候会找你。"

所以她去冬令营一定要全程带着手机，万一错过电话没联系到她，母上大人转头拨给了李珩又或是李珩的妈妈，她就完了。

"那不一样，万一你妈妈打了呢？"

秦温还是不解，没想到李珩居然会这么坚持这件事，不过也没有什么不能说的。

"好吧。"

"赶紧发我。"听到秦温的应允，李珩立马催促。

秦温就这样和李珩交换了自己和家长的号码。

"我妈妈没事不会找你的。"末了，她再次补充。

李珩得意地将手机号码保存下来："没事，阿姨找我我也不怕。"

秦温没有听出李珩的话里话，看着那两个号码终于松了口气。

所有事情都尘埃落定，她可以安心地一个人去 A 大冬令营了。

想到能出远门，看喜欢的大学，还能见李珩，秦温迫不及待地想要将时间快进到周日下午。

她看一眼时间——两点，该去睡一会儿了，下午起来还要看题。

"那我先去睡午觉了，下午还要看营测的题目。"

"好，午安。"

"午安。"

秦温挂掉电话躺进被窝里，心里却还在偷乐。

天啊，居然还误打误撞拿到了李珩的电话。

虽然现在通信软件发达，基本没人关心电话号码，就像她和李珩平时也是用微信语音通话，但拿到李珩的电话号码这件事还是让秦温有一种抵达里程碑的自豪感。

大概是因为这是自己主动开口要的，又或是因为没什么人知道她却知道，给人一种与众不同的身份感吧。

秦温笑出声，将被子拉过头顶盖住自己，又兴奋地翻过一圈。

刚刚问他要号码的过程也很顺利呢。还和他打了视频，提前看到了他。

他长得好好看！

被被子闷久了喘不过气，秦温又掀开被子露出头深呼吸。待气息平稳后，她又笑着拿过小抱枕抱在怀里，赶紧闭上了眼睛。

不能再想了，睡觉睡觉，下午还要起来看题。

大学冬令营虽说是为学生提供机会提前了解学校，但学校与此同时也在提前物色优秀学生，所以 A 大冬令营还专门安排了一天时间进行营测，同时还有随营老师为每一位营员的表现打分。

如果能在 A 大的冬令营里给学校留下不错的印象，那么学生在参加 A 大强基计划的综合考评时也会更有优势。即便综合评价占比分数远没有自招那么重要，但也略胜于无。

秦温很庆幸自己有李珩帮忙，她不用费心思在偌大的 A 大里选出地理位置最便利的酒店，也不用费心到时候怎么吃饭之类的琐事。

她可以专心地复习历年冬令营真题和思考参营攻略。

即便一开始只是抱着去旅游的心态脑子一热报了名，但是能被 A 大选中的话，当然还是要收起玩乐的心思，尽全力好好准备。

时间又过去一周。

周日 B 市机场，一架客机降落后滑行减速，而后缓缓驶向出机口。舱内机长播报着航站地面天气信息，即将落地，舱内也热闹起来。

秦温解开安全带后立马打开手机，先给家里报平安，然后又点开和李珩的对话框。

已经有好几条未读信息了，都是前几分钟发来的。

李珩：快落地了吧？

李珩：我在一楼出口外面等你。

李珩：还没到吗？

秦温开心地笑着，赶紧告诉他自己已经落地，然后拎上小包下飞机。

谁知她一出飞机便立马打了个冷战。现在时间刚过六点，正处于深冬的 B 市已经完全入夜。

好冷!

秦温搓着手,一路小跑着去拿托运的行李。她站在推动带出口最前面等候自己的行李箱,边轻轻跺着脚让自己暖和些,边回复李珩自己在拿行李。

她又看了眼缓慢的推送带,突然懊悔办了托运。

直接带上飞机的话,她现在就能去找李珩了。

最后秦温等了十分钟才拿到自己的行李箱,她也顾不得再添一件厚衣服,拉起箱子拉杆后便转身小跑向一楼出口。

拐弯下扶梯,扶梯正对着大门,秦温突然有些紧张。这还是她知道自己喜欢李珩以后他们两人的第一次见面。

她踏上扶梯静静等候,一楼大门外的景象也慢慢展开。

会第一眼就看到他吗?还是要找很久才能看到他?会不会她出错出口了?

秦温感觉自己的心跳又开始加速,扶梯继续往下到达一楼,然后她一眼就看到了在门口等候她的李珩。

李珩也同样一直看着扶梯,向来稳健的心跳也不禁有些加速,直至见到朝思暮想的女生出现,兴奋地向自己招手,下了扶梯就向自己小跑过来,他悬着的心才放下来。

所爱之人向自己奔赴而来,没有什么比这一刻更让人心满意足了。

"李珩!"秦温小跑出楼,她在李珩面前站定,脸红红道,"好久不见呀!"

每一秒的激动心跳都化作自口中吐出的阵阵白雾。

李珩将手里的羊绒围巾递给秦温,笑着打趣:"我们不是昨天才见过吗?"

说的是昨晚临睡前李珩缠着秦温打视频,说快要见面了,组内得最后来个视频会议确认一下会晤流程。

秦温自然地接过李珩给的围巾,一听他说起昨晚的事,内心涌动着的甜蜜立马凝结,转而羞怯不已。

她瞪了他一眼。

李珩倒是大无畏地笑出了声,接过秦温手里的行李箱:"赶紧披上,别感冒了,我带你去吃饭。"

一阵寒风吹过,秦温又打了个冷战,这才低头看了看手里的厚实围巾。

这好像是他的。自己要围他的围巾吗？秦温又一个人脸红起来。

李珩在旁边等着，见秦温一副扭扭捏捏的样子，"啧"了一声，直接拿过围巾帮她披好。

A市那种程度的冬天她都嫌冷，现在在B市，她不穿多点能受得了？

两人的距离又因为李珩帮秦温系围巾而拉近几分。他的手指轻轻擦过秦温的头发，秦温甚至能感觉到李珩的气息就在自己头顶，顺势而下，飘过她的脸颊、肩颈，潜入她的心里，温暖得烫人。

"明明就那么怕冷。"李珩的声音在耳边萦绕。

秦温心跳更烈："我……我自己来。"

但此时李珩已经帮她披好了，拉过行箱："走吧。"

秦温伸手摸了摸绕颈几周的温暖围巾，自围巾散出的属于李珩的清冷气味轻轻飘入她的鼻腔，仿佛置身在他的怀抱里，让人心安。

"走啦组长，我快饿死了。"李珩走了两步，见秦温没有跟上来，回头催促道。

秦温抬眼就看到李珩一脸不爽的样子。那么温馨的场景他就想着吃饭，让她脑海里突然闪过一个成语——不解风情。

秦温没好气地笑了笑，赶紧走上前去跟在他身边。

"吃货。"她吐槽。

这是什么鬼形容词，李珩完全没办法接受自己在喜欢的女生面前落一个这种一点都不帅的印象词，开口就恶狠狠道："我为了等你吹了半个小时的风好不好！"

他再怎么抗冻，B市那刀子一样的风刮来也会觉得冷好不好！

虽然这可以算是他自找的，秦温明明没那么快下飞机，是他自己急着从车里出来等人的。

秦温一听李珩这恶人一般的口气，笑得更开心，又从小包里拿出飞机餐送的小餐包，开玩笑道："请你吃呀。"

李珩看了眼幼稚的秦温，偏头抿唇："你变了，你都不会心疼我了。"

换作以前，她肯定是客客气气地抱歉她怎么麻烦到他了，绝不会像现在这样和他开玩笑。秦温又笑出声，李珩收回视线，也轻轻扬着唇。

当然，他更喜欢秦温不和他客气的样子。

秦温见李珩不理自己便将小餐包收回，见他们走过城际大巴站点，疑惑道:"不坐大巴吗?"

"这几天我做你司机。"李珩淡淡道。

秦温听到这话却是立马收回视线,心里又一阵偷乐。他说这几天呢,意思是这几天都会陪她吧。

她开心地笑着跟李珩去到停车场外沿,结果站在透着一股西装暴徒气场的冷峻黑车面前目瞪口呆。

天啊,这车好帅!而且怎么回回见李珩的车都不一样啊,他家也太有钱了吧!

嗯,自己暗恋上了一个家里超级有钱的富二代。秦温内心坦诚,然后又偷偷笑出声。不行不行!她喜欢的是人!才不是因为他超级无敌有钱!

李珩帮秦温关上车门,结果刚从另一侧上车坐进驾驶位,就看到副驾的秦温半转过身子,大眼睛闪着莹莹亮光。

秦温古灵精怪道:"李少。"

李珩很少见秦温一副要使坏的样子,昏黄温暖的车内,他深呼吸压制着内心想要揉捏她红润的脸颊的冲动。

大少爷赶紧按下车窗吹冷风,她想的使坏肯定不是他想的那种。

"咦,你怎么开车窗,不冷吗?"秦温本佯装不怀好意地笑着,谁知道见李珩这突兀的举动,顿时也打消了逗他这个富家子弟的心思。

"小心,不要感冒了,李少。"秦温殷勤着。

李珩冷静下来,又将车窗合上,怕冷着秦温。

李珩发动车子,看了眼一口一个李少在这可恶卖乖的秦温:"干吗这样喊我?"

秦温笑出声:"没有呀,就觉得你好土豪。"她又羡慕地打量着这一看就价值不菲的车内饰,"李少家里还缺不缺扫地的呀,我可以去打杂吗?"

李珩听到秦温这玩笑话,轻笑出声。

"要来我们家打杂还不如直接讨好我。"

"真的假的?"

"当然,我们家就我一个,家里的还不都是我的。"李珩一副不肖子孙的口吻。

秦温被李珩逗乐,笑着说了句"白痴"就转过头不再理他。

黑车顺滑驶出停车场，拐弯从高速路口的旁支开去。

李珩才刚拿到驾照不久，又不想有个司机在一旁当电灯泡，所以宁愿不能上高速，多花四十分钟回市区。

"饿不饿，可能没那么快。"李珩说。

秦温新奇地看着窗外萧萧冬景，摇头轻声说她不饿。

"你慢慢开，不着急。"她又补充道。慢点开的话，能和他多待一会儿呢。

不过，秦温不饿，李珩却是实打实正饿着肚子的。于是车子中途加油的时候，开着百万豪车的大少爷还是啃了秦温给的免费小餐包。

车外气温太低，两人都躲在车内等加油。

秦温看着眼前的男生每一口都好像难以下咽，"扑哧"一下笑出声。

"笑什么？"李珩不爽地又咬过一口。

"有那么难吃吗？"秦温笑道，"娇贵。"

"这面包很干很难咽好吗！"

看着秦温一脸嫌弃的样子，李珩立马自证清白，谁知她笑得更加放肆。他心里也更加不满，索性伸出右手不耐烦道："知道还不赶紧给你家少爷递水！"

"哈哈哈！"刚才还一副温顺恭谨的样子，说要去李家打杂的秦温此刻正毫不留情地嘲笑着李家独苗。

"还笑是吧？"

"那我哪知道你水放哪儿了嘛。"

"就在车座后面啊。摸到了没，快点，我快噎死了。"

"再等一下下哈，我找不到。根本就没有嘛！"

"笨，我来。"

两人打打闹闹直至车子加满油。垫好肚子的李司机重新上岗，载着自己的大组长回市区。

两人终于在八点时回到了市区。李珩先将车子开进购物中心的底下车场，然后带秦温去吃烤肉。

即便秦温刚下飞机的时候还是饱腹状态，两个小时过去，现在也有些饿了。服务员手脚麻利地为客人烤好肉便离开包间，两个饥肠辘辘的青少年大快朵颐，一顿晚餐下来虽然没说什么话，却也吃得无比满足。

结果就是两人都吃撑了。

时间还早，不到九点，两人便又在商城里闲逛着消食。

走进时装店，秦温选着羽绒服。她已经吹过几阵 B 市的风了，确实不是 A 市能比的，自己带的衣服好像不太够，她想着要不要买一件厚羽绒服。

唉，早知道就听爷爷奶奶的话，不嫌麻烦带上了。

秦温拿过一件长羽绒服，第一次陪女生逛街的大少爷非常上道地开声："我帮你拿着包？"

"好呀，谢谢。"秦温除下挎包递给李珩，后者很自然地挎在自己肩上。

秦温穿上宽大的羽绒服，一看镜子——呃，哪儿来的毛毛虫。

她赶紧脱下。

一旁的李珩不解："不要？"

"不好看。"秦温又翻过标签，而且还贵。

就一个星期而已，忍忍算了。

李珩从秦温手里拿过羽绒服："我来买吧。"

秦温赶紧按下他的手臂："不用呀。"

"你是不是没带够衣服？"李珩凝眉。

秦温心虚地咽了咽口水，李珩其实也早就提醒过她要多带衣服："冬天的衣服太难带了。"

李珩的脸色看起来不太妙，秦温又赶紧道："但我有厚衣服，不过羽绒服有点难带。"

李珩一直看着她不说话。

"而且这件一穿就显得人很肿，不好看。"秦温越说越小声，心里莫名心虚。不知道为什么李珩这眼神看得她心里毛毛的。

"你以为这是在 A 市吗？你是要好看还是要暖和？"李珩难得对着秦温严肃道，"我给你买。"

"不用呀，我自己也能买，只是就一周没必要。而且这些衣服不好看，我回 A 市也穿不上，没必要浪费钱对不对？"

说完，秦温不管李珩反对，把他带出了服装店。要是还待在那儿，秦温觉得李珩一定会买回来的。

李珩不满地看着宁愿挨冻也不肯穿不好看衣服的秦温，无可奈何。

两人又逛了一会儿。

路过杂货店，秦温拿起一大包暖宝宝，看着脸色依旧臭臭的李珩讨好道："这个实惠点。"

李珩没好气地抿抿唇，拿过商品帮秦温付了款。

两人逛到九点半，知道自己惹李珩不开心了的秦温殷勤地和他说话，终于在最后让他的脸色缓和下来，恢复如常。

等黑车开进Ａ大校园来到李珩早就帮秦温订好的酒店门前时，已经是十点多了。

深夜寒气更浓。

这时即便是围上厚实的羊绒围巾也挡不住寒意入侵身躯。秦温一下车又开始跺脚，让自己身子暖和些。

"谢谢，我自己上去吧。"秦温看着帮自己拿出行李箱的李珩说道。说出的话化作阵阵白雾，就像小金鱼吐着泡泡。

她正要接过行李箱，谁知就见李珩又拿出一个箱子。

"走吧。"他说。

秦温没有动，只是站在原处惊讶地看着李珩，他怎么也带了一个行李箱？

"陪你。"李珩看着秦温惊讶的样子说道，说完又觉得自己这话听起来不妥，"我住你旁边。"他再解释得清楚些。

说完，李珩往前走去。

还没消化完这件事的秦温也赶紧跟着："陪我？"

秦温："你的意思是你也住吗？那多麻烦你，我自己一个人也可以的。"

"别废话，我钱多没地方花不行。"李珩无语。他要陪人，结果还要被人劝退。

真要省钱，最直接的办法就是她住自己那儿啊。

李家为李珩在Ａ大附近置办了一套房子，日常也只有他自己一个人住，所以秦温完全可以去他家住的。

只是这么突兀失礼的邀请，李珩也拿捏不准秦温听了会不会反感，所以他也没问，直接改为陪秦温住酒店，订两间连号单间。

秦温走慢李珩两步，听着他说自己钱多陪她住酒店，心里暖暖的。

Ｂ市的晚风是甜的呢。

两人办好入住手续后上了楼,秦温刷卡开门,想起从今天落地到现在才过去不过四五个小时,但足以让她觉得这是她升入高三以来最开心的时候。

她一下扶梯就见到了李珩,夜晚和他躲在车里取暖,很饿的时候吃到了美味的烤肉,又在商城里漫无目的地溜达消食。

偶尔放纵的一晚,没有烦心的学习任务,也不用担心考试排名。

这种感觉真好啊,好到秦温已经开始怀念刚刚逝去的几个小时了,即便今天还只是他们见面的第一天。

秦温扬唇,一旁的男生还在等着她进房间,她转身看着他,轻声道:"那我进去了,今天谢谢你。"

"嗯,你几点睡?"

秦温一愣:"大概十一点半吧。"虽然今晚本就没安排学习任务给自己,但是自己状态还不错的话,就还是不要浪费时间,再看看营测的题目吧。

李珩看看时间,还有一个小时:"好,你快点进去,锁好房门。"

"好,你也早点休息。"秦温入房,关门反锁。

李珩也到旁边一间房刷开房门,却将行李箱踢了进去以后就立马关门离开。

前台服务员还在讨论着刚刚办理入住的帅气男生,那人好像就是最近很出名的数学学院新生呢,真人也太帅了吧。

三个人正七嘴八舌地讨论着,然后就见到话题的男主角突然出了电梯,快步走出门口。而后门口停车场一辆黑色跑车闪着灯倒车转弯,然后如鬼魅般呼啸而出。

"啊啊,也太帅了吧!"服务员兴奋地惊呼道。

房间里,秦温洗了个美美的热水澡,身子终于暖和起来。她吹干头发出来,完成妈妈要求的每日电话任务后,又坐到桌前看起了之前的营测错题。

按照营里给的日程表,后日就要营测。一考就是一整天,六科都要摸底,就像一场浓缩版的高考。

秦温专心看了一会儿书,等她再抬头时,已经十一点多了。

明天还要早起,她合上了练习册,拿出手机准备和李珩说晚安,谁知道这时候凑巧收到了他的消息。

李珩：睡了吗？

秦温：刚看完书，马上。

李珩：那开门。

秦温一愣，然后门外"咚咚"两声敲门声传来。

她赶紧放下手机，用手顺了顺刚刚思考题目时抓乱的长发，跑去给李珩开门。

谁知开门就见李珩还是刚刚那身衣裳，鼻尖微红，身上似乎还带着寒意。秦温刚想开口问怎么了，就见他递过来一个大袋子。

"里面衣服都是干净的，我没怎么穿过。明天出门给我穿上，别光贴什么暖宝宝。知道没有？"

李珩的举动让秦温始料不及，她机械地接过袋子点点头。

"那你早点休息。我就在旁边，有事找我。"

说完，李珩转身离开，没在秦温房门口多停留。

李珩做什么事都雷厉风行的，让秦温一时反应不过来。

她轻轻合上房间门，坐回床上，拉开袋子，里面是几件男士冬装外套。衣服样式简洁又讲究，潮牌 logo 低调地藏在一处，很符合他一贯的穿衣品位。

秦温看着衣服呆呆出神。

他，这是专门回家拿了衣服给自己吗？是因为自己不肯穿别的厚衣服，他才要拿衣服给自己，这么担心自己会着凉吗？

秦温拿出放在面上的大外套，衣服翻动，飘来熟悉的木质香。

他明明不用那么周到地照顾自己的，但他还是在航站楼外吹了那么久的风，开两小时车送自己，又陪自己住酒店，给她送衣服。

秦温心里涌过暖流。

浪潮升涨，脑海里荡起异样的思绪。

她又接着往下翻看，发现下面的几件外套卫衣都是可怜地被李珩"蹂躏"在袋子里的。

他应该是不怎么做家务的人，因为袋子里的衣服除了面上的是整齐的，越往下翻就越乱，让秦温看不出他到底是想叠衣服还是卷衣服。

已经可以想象李珩那种甩手掌柜是怎么简单粗暴地把衣服塞进袋子，然后又手忙脚乱地只把面上一两件整理好。

秦温没忍住笑出声。

怎么会有那么笨的人啊,叠衣服都不会。

第二天早晨,秦温穿上李珩的外套,跟着他去饭堂办了张临时饭卡,然后两人一起吃早餐。

秦温一边搅拌着小米粥,一边新奇地看着热闹的四周。

A大的饭堂竟然比礼安的还要大上许多,也更敞亮,早餐的种类也要丰盛许多,粥粉包面样样齐全,不论是南方还是北方的饮食习惯都照顾得到,此外还有不少精巧的西式点心,这些都是礼安从来都没有的。

一对比,秦温感觉自己这个高中生还真是没见过世面。

"天啊,好棒。"她惊叹。

李珩正剥着水煮蛋,听见秦温的赞叹,扬唇笑笑没说什么,只是把半褪壳的鸡蛋放进她的餐盘。

"一会儿要去哪儿?"他问。

"我们几个南省来的学生说上午想聚一下。"

"嗯。"

秦温抿过一口粥,纠结了一会儿,还是开口:"他们还想中午聚一下,我应该也会去。"说完她又面色抱歉地看着李珩。

他都住她旁边陪她了,她却要抛下他。秦温总觉得自己这样有些说不过去。

李珩听见秦温这语气,抬头看着她好笑道:"想去就去,既然都出来了,多认识点新朋友。放心,我不介意。玩得开心点,结束的时候我去接你。"

"真的吗!"秦温喜出望外,"那好呀,谢谢!"

没有什么比李珩开口告诉她"玩得开心点"更让人安心的了。

早饭过后,秦温由李珩带着去了教学楼参加南省学生自发组织的冬令营破冰。

把秦温送到了以后,李珩也自己去忙了。

要参加破冰,秦温一开始还有些紧张,毕竟她很少一个人参加都是陌生人的聚会。不过庆幸大家都来自一个省,虽然学校不同,但大抵都是各市大有名气的学校,彼此之间都听说过,其中有几所学校还不时会一起联考,所以聊起天来也没有多少隔阂感。外加大家又都是志向高远的学生，虽说在场的应该都是竞争关系，但年少单纯的心还是更看重机缘巧合下结识的友谊。

午饭过后，大家参加开营仪式，晚饭又一起聚餐。等聚会结束后，李珩便来餐馆接秦温回去。

接下来的日子基本如此，早上两人一起吃过早饭，李珩带秦温去她要去的地方，晚上再接她回来。

冬令营事关老师对学生的综合评价考核，所以即便是和喜欢的人在一起，秦温也不敢掉以轻心，收敛起自己的小心思。

开营后的第二天就是摸底测试，六门科目从早考到晚。第三天是小组合作，从学习全新理论知识到上手实践，一天时间内完成老师要求的任务。第四天总算清闲点，听了一整天的讲座，让参营的学生更全面地了解了A大相关的理工科专业。

第四天B市飘起了细绒小雪，让一票南方来的学生喜出望外，趁着讲座结束的间隙，跑出教学楼外玩雪。

A大教职工楼内一间温馨小屋内，李珩坐在涮锅旁，笑着看秦温发来的雪人照。

"今天下雪了啊！"身旁的老人感慨道。

李珩给秦温回了句"雪人很漂亮"便收起手机，又为老人斟上驱寒的药酒，笑道："爷爷冬天腿还会痛吗？"李珩对老爷子昔日的故友都称爷爷奶奶。

老人大笑："一把老骨头不走不跑，痛不痛也就那样吧。"

李珩再关心了几句，老人一杯烈酒下肚，感慨地讲起当年在西南和李珩爷爷一起摸爬滚打的日子。

这时又有一位老妪从厨房端出满满一盘切好的薄厚均匀的羊肉片，热情招呼："好了好了，都准备好了，来，小珩快吃。"

"好，谢谢奶奶。"

大少爷今天也是到处蹭饭的一天。

晚饭过后，李珩又陪老教授聊了会儿天。

老人见雪夜寒意更浓，让李珩干脆留下来过夜，反正哥哥也不在，房间正空着。

李珩笑着婉拒了老人的挽留，却推辞不了老人给的大包小包手信，他两手拎满东西，下楼开车去大礼堂接秦温。

人礼堂的位置离酒店有些远,如果是平时还可以慢慢散步回去,但今天下雪了,大少爷还是很心疼他的准女友的,怕她挨冻。

秦温收到了李珩的短信才从礼堂出来。刚出礼堂,立马就被冰冷的冬风吹了个正着。

幸好李珩到了。

"好冷。"秦温瑟瑟地抖着,连带着声音也一起颤抖。

半张脸藏在围巾下,露出一双水灵的大眼睛,看上去可怜兮兮的。

李珩心疼地看着秦温被冻成这样,这么怕冷,以后家里的地暖和中央空调得好好置备才行。

他递过一小袋东西给她后便催她先上车。

秦温接过,暖意从掌心传来,但她也顾不上那么多,赶紧跟着李珩上了停在路边的车。

回到温暖的车里,秦温才看到手里是满满的一袋栗子,腾腾香气溢满车内。

"哇!"秦温兴奋地看着李珩,"你怎么会有栗子!"

李珩开车目不斜视:"刚刚长辈给的。"

"那你刚刚是去长辈家了吗?"

"嗯,你呢?"

"听了一整天讲座。"

"有你喜欢的吗?"

"有呀,那个物理系的教授讲话好好玩!"

…………

两人一路闲聊着,车子开回酒店。

秦温默默跟在李珩后面,明天结营,后天早上她就要回家了。

天啊,时间怎么会过得这么快。

两人走到房门口前,秦温不像前几天那样活力满满地和李珩说晚安,心情有些低落。她正神游着,李珩递过来一个保温食袋,她接过袋子后抬头。

"羊肉汤,驱寒的。你可能会有些喝不惯,但是也要喝一点。"

秦温愣愣地看着他。

李珩见秦温还傻站着,又催促:"刚刚吹了风,快点回去洗个热水澡,不要感冒了。"

男生这么一催，秦温竟开始有些委屈，她想和他多待一块儿，他就赶自己走。

"那你呢？"秦温问，"你不吃栗子，不喝了汤吗？"

男生却难得没有顺着杆子往上爬。

李珩一手插兜，痞痞地挑眉笑道："让我进房间吃？"

秦温一愣，突然清醒过来。

对啊，孤男寡女地待在酒店房间里多不合适。秦温感觉到自己的脸在泛红，赶紧垂眸和他错开视线，还好有围巾挡着脸。

李珩看着秦温微微泛红的耳尖，心都要化了。

他俯身微微靠近秦温，轻声哄劝："我在长辈家吃了很多了，你自己吃就好。明天晚上要是雪停了我就带你逛逛学校，雪如果不停我们就去外面吃饭，好不好？"

一直看着地面不敢抬头的秦温点头，幅度几不可见。

"好呀。"她轻轻应道。

第二天结营，大家也拿到了自己的冬令营表现评价表。

因为是竞争最激烈的理工营，所以秦温一直都没有对结果抱太多的期望，心情轻轻松松，这几天也玩得很开心。可再怎么不抱期望，等到了真正拿结果时还是不可避免地心跳加速。

秦温深呼吸，忐忑地缓缓展开卷轴——

"……予以优秀评价。"

天啊！秦温开心地低呼出来。

虽然卷轴只有一个简单的优秀评价，没有再细化什么，但肯定是自己摸底测试考得不错，小组合作表现得也很合群才获得了这个优秀评价。

秦温喜出望外，本着尽力就好，重在参与，谁知道最后竟然获得了"优秀"的评价！

结营典礼结束，秦温留下来和几个新认识的朋友聊天。大家拿到的评价有优秀有良好，虽然结果各不同，但几个人无一例外地都很开心能近距离接触A大，又结识了来自五湖四海的与自己志同道合的好朋友。

最后分别时，大家都意气风发地约定今年九月再见。

晚上秦温请李珩吃饭，既是庆祝自己拿到了"优秀营员"的称号，也是答谢他这几天对自己的照顾。

"干杯！"秦温兴奋地举起杯子。

李珩虽然依旧嫌弃在大庭广众下拿着饮料碰杯，但还是乖乖配合，"咱们组长真厉害。"

优秀营员啊，这个还是很不错的。

被喜欢的人夸奖，秦温低头笑笑："谢谢。"她闷过一大口饮料，然后专心吃东西。

李珩看着不再说话的秦温欲言又止，想了想还是没问她要不要考A大。这是她自己的私人决定，不由他干涉。

不过她又来冬令营，又被评为优秀营员，心里多少还是感兴趣的吧，李珩安慰着自己。

小雪其实只下了昨天一小晚，今天已停。

晚饭过后，秦温跟着李珩随意逛逛，她都来A大四五天了，却因为忙着冬令营的事情而一直没有好好参观过校园。

"艺术馆就在附近，要不要去看？"

"嗯。"

"冷不冷，要不要先回去加衣服？"

"没事呢。"

李珩垂眸看了眼笑容生硬的秦温，收回视线，继续有一搭没一搭地陪她说话。

即便有被评为优秀营员这件喜事，想到明天就要分开，秦温也还是有些打不起精神。

她突然有些后悔前几天光顾着和营员待一起了，要是这几天多和李珩在一起，现在会不会就没这么难受？

时间能不能倒回星期天那个傍晚她刚从扶梯下来的那一刻啊，即便要重复地考营测和做实验她也不介意。

雪水消融，露出光滑的砖石路面。

秦温正低落于她和李珩只剩最后一晚，没有专心走路，以至于上台阶的时候不小心滑了一下。

女生惊呼一声，身旁的男生眼疾手快扶住了她，两人的距离再一次拉近。

和喜欢的男生这么近距离的接触，秦温甚至能看到李珩喉结细微的滚动，她顿时心乱如麻，连忙挣开李珩的搀扶。

李珩却没有办法拒绝秦温刚刚呼在自己肩颈处的温润气息。

是他那么喜欢和舍不得的女生啊，他做梦都想秦温留在自己身边。

于是在秦温收回手臂的瞬间，李珩立马顺势往下牵住了她的手，紧握不放。

秦温顿时惊住，她能感受到自己所有的心跳和呼吸，连同脑海里的理智，都被李珩通过交握的十指蛮横地分秒榨取着。

不可以，她羞怯地想要抽回自己的手。

李珩的手却不为所动，还将她往自己身边拉了拉。

"雪天路滑，我牵着你。"

秦温被李珩一拉轻轻撞上了他，她抬头看见他那无赖的笑容，想起那天他主动抱自己，现在又牵着自己不放。

秦温更加心乱悸动，轻喘着气急切说道："不要，我自己能走。"

李珩却还是一副痞痞的样子，半点没有要松开的意思。

"不行，万一摔着了怎么办？高考前还是小心点，不要受伤比较好。"

听到这话，秦温立马抬头，含羞带惊地看了李珩一眼。

他居然能用高考来当幌子，无赖！

她又垂眸不再看他。

应该要生气的，但脑海里却一直翻腾着他们往日在一起的场景。

一旁的李珩倒是被秦温这一眼看得瞬间冷静了下来。秦温现在低着头，他也看不见她什么表情。

他还是想要自私一回，顺从自己的心意。除非她自己真的生气了，不然他绝对不放。

李珩静静地等着，见秦温还是没有抬头看自己，便又牵着她往前走了几步。秦温也跟着他，没说什么。

他开心地扬扬唇，松一口气后又牵着秦温继续往前走。等她缓一缓再陪她说话吧。

谁知他牵着秦温没走几步，后者就主动开口，轻轻喊了他一声，声音柔软。

"李珩。"

他停住脚步。

秦温还是低着头，不敢看他："我们走慢点好不好？"

都已经快要分开了，她也不想压抑自己，只是走太快的话，她的心跳顾不上。

天，李珩喜出望外地看着身边的女生。世界安静下来，隐藏心底的爱意开始放肆欢腾。

"好啊。"他开心地笑道。

感受到身边男生的欢愉，平复了害羞心情的秦温也开心地笑笑，安静地跟在他身边。

两人慢慢走着。

获得女生批准的男生立马又变回痞气十足的样子，见女生还一直低头不看自己，不满道："你怎么都不抬头？"

秦温身子一顿，心虚道："不要，要是被人认出来呢？"

虽然她当初参营的目的之一确实是要来找李珩，但自己这样已经够出格的了，现在居然还在外面和他牵着手走路。

就算打着什么雪天路滑，高考前不要受伤的幌子，秦温还是觉得自己这样太过分。所以即便异地他乡根本没人认识她，她也做贼心虚，想把自己的脸挡起来。

李珩我行我素惯了，没有秦温那么多顾忌。见她一副害羞的样子，他又把她往自己身边拉了拉，微微俯身，故意使坏笑道："怕什么，叔叔阿姨和老师又不在。"

什么鬼！秦温低垂的眼眸瞬间睁大。她猛地抬头，见李珩满眼都是明目张胆的笑意，肆无忌惮。

秦温难以置信地看着他。

什么叫她爸妈和老师不在！他说的话简直离谱！

其实什么成绩超好，绅士又热心，他根本从头到尾就是个藐视学校纪律的主！还……还带坏她，说什么家长、老师不在。

"你……你怎么能这样说！"秦温抗议道，"原来你就是个坏学生！"

李珩听到却是偏头一笑，语气更张扬："谁跟你说我是好学生？"

秦温语噎，败下阵来，又不服地耍着小脾气："你……你放开我。"

"不放。"

"不放我喊了！"

"好呀。"

秦温又语噎，他这人脸皮是有多厚啊！她无论怎么说都说不过他就是了。

最后秦温愤愤地瞪了他一眼，就此作罢。

两人就这样一路牵着，逛过艺术馆，又绕道去了校史馆。

李珩由于家庭的原因，对近代革命的历史都很清楚，两人逛着校史馆，他不时给秦温讲解过去的事情，秦温也听得起劲。

"天啊，你好厉害，居然还知道这么多东西！"秦温眼睛亮亮地看着李珩。

李珩垂眸看着刚刚还生着闷气不和自己说话的秦温，打趣道："不生我气了？"

秦温脸上的笑容一滞，又立马咬唇收敛笑容，目视前方，恢复原来不满的样子。

李珩看着秦温一秒变脸，低笑出声："你怎么那么可爱！"

"闭嘴！"秦温恶狠狠地说道。

出了校史馆，夜深气温又降了不少，两人决定回酒店。

路灯昏黄，拉长人影。

近处教学楼铃响，学生鱼贯而出。

原本冷清的校舍瞬间挤满了下课的学生，或背着书包，或抱着课本，三两结伴，聊着最近网上好玩的热搜，又或者吐槽着刚刚教授布置的作业，总之都是有说有笑地走回宿舍，又或者是去饭堂买宵夜。

马路上还有跨区来上课的学生，他们打着清脆欢快的车铃，骑车疾驰而过。

秦温新奇地看着大学下课的场景，想起她这几天在A大的生活。

吃着美味又便宜的饭堂，听客座的教授们讲课，在高端的实验室里自己动手连电路。

老师告诉他们要志存高远，新结识的朋友约好金秋九月再相见。

秦温收回视线，看着自己和李珩牵了一整晚都没有放开的手。

分别的倒计时又更快了些，他们之间连一个完整的夜晚都没有了。

秦温失落地抿了抿唇。

她不想和他分开。

和他在一起，她总是很开心，哪怕没有经历什么惊心动魄的事情，只是和他一起吃饭，一起在校园散步，一起逛着学校的展馆，再细微的琐事都能让她无比留念。

她想她真的很喜欢李珩，以至于想要所有事情都再来一次。即便在冲击 A 大的过程中可能又要被焦虑和不安剥一层皮下来，让她心力交瘁。

但她已经比过往成熟了，而性格里那份蓬勃的野心也正逐日增长。既然感受到了梦中的学府对自己的吸引力，也感受到了自己有多喜欢李珩，那么她就该为这份热爱承担压力，而不是一味顾影自怜。

更何况她买的临时饭卡里还有金额没用完呢。

"李珩。"秦温轻轻出声。

李珩偏头看她："怎么了？"

她定定地看着他的眼眸，深呼吸："我想考 A 大。"

始料不及的李珩瞬间定在原处，又睁大了眼睛："你说什么？"

"我想考 A 大。"

李珩听秦温说第二次才敢确信自己没有听错，他缓了两秒将她拉近了些，又重复地问一遍："真的？"

他一直等的就是秦温自己主观地想考 A 大啊！

秦温从来没见李珩这么高兴过，睁大眼睛又张了张嘴巴，一副喜出望外的样子，即便当初他被保送 A 大也没见他有这反应。

她被他这傻样逗乐，笑着点点头。

"好啊，我绝对支持！"李珩也不赘问秦温为什么突然要考，总之她主动愿意就行。

秦温被李珩欢欣的目光看得有些害羞，她低头垂眸，却又走近了李珩些，语气懦懦道："可我不知道自己能不能考得上。"

秦温知道自己从来都不是天生勇敢的人，明明实力不差却又总是担心自己这做不好那做不好。比起坚不可摧的自信，她好像总是更需要先有一个来自外界的肯定来作为她勇敢前行的助推器。

李珩就是那个能助力她的人。

她曾经担心不安的焦虑源，其实是她的动力源之一。

李珩不知道秦温想这么多，他只是无条件支持她一切她想去做的事情。

"不用担心，我相信你。组长不是志不在此都照样拿下'优秀营员'的称号嘛。"

秦温忍笑。

"可万一要是我没有考到呢？"

"你管它呢，以后的事以后再说。"

李珩俯身笑道："你无论怎么样，我都觉得是最厉害的。"

他喜欢的女生是世界第一好吗！

秦温还一直低着头，轻轻摇晃着和李珩交握的手，却还是忍不住轻轻笑出声。

听他这样说，她就没那么不安了，也更加相信自己了。

李珩看着秦温轻轻扬起的唇角，心里更舍不得她，更何况她还主动和自己说要考A大。

他知道做这个决定对秦温来说不容易，所以他现在巴不得对她再好一万倍。

她想要什么都可以，想去哪儿他都陪她。

李珩俯身凑近她耳边，一本正经道："要不明天别走了。你把机票改晚几天，我和你自驾去西北玩。"

正沉浸在满心爱意里的秦温一听李珩这话，立马哭笑不得地抬头看着他。想什么呢，不说她爸妈那边怎么交代，她还要高考，哪抽得出时间去自驾游啊。

秦温轻声笑道："哪有这么多时间呀。"

"那就改到周一。明天我带你去古都城，后天我们出关去看雪，然后周一我陪你回A市，好不好？"李珩无比希望她再多留两天。

秦温听着李珩的话，扬唇笑着。

他那么恳切地挽留自己，说着那么多光是想想都无比甜蜜浪漫的事。还有这几天他又是接送自己，又是陪住酒店，专门送衣服送汤。

他其实也喜欢自己对不对？

秦温咬唇忍笑。

完了，怎么办？她好像非常主次不分地认为这件事比拿到"优秀营员"的称号更值得开心。

她赶紧咳了两声，收敛笑容。

既然已经下定决心要考A大，那么就该做好充足准备。何况她这两个星期一直都在忙着复习营测,高考都被她搁置下来了,作业也没写多少。

所以再不快点回去把复习的进度赶回来,她就真的主次不分了。

两人之间的距离已经近得无可再近。

秦温深呼吸,就当自己被李珩带坏了吧。

嗯,都怪他,是他先牵自己的。

秦温又深呼吸,一只手任由李珩牵着,一只手轻轻抬起,一指绕过他的卫衣帽檐垂出的长长抽绳轻轻摇晃着,头几乎要枕在李珩肩上了。

她侧头抬眸,看着呆滞的李珩,笑脸盈盈地用半服软半哄劝的声音说:

"我们等明年好不好?"

第三十七章／高考

最后李珩陪秦温回了 A 市。

飞机落地，李珩万万没想到昨晚和秦温还只隔着最后一层纱窗纸，今天就被她换成了钢板。

"你说什么？"李珩的脸色瞬间冰到极点，直接把秦温拉到走廊一角，严肃处理。

什么叫以后不打语音不打视频了？！

秦温看着李珩一副要爹毛的样子，忐忑地咽了咽口水，赶紧安抚："那我现在要静心准备高考了嘛，我们还老是时时打电话打视频的，会影响学习。"

她又飞快地瞥了李珩一眼："和你在一起的时候，我总是很难静下心来。"

她又小小声补充道："乱我军心。"

李珩听着秦温的话，脸色渐缓。

意思就是不想那么快谈恋爱，还是想等到高考后对吧？如果是因为这个才不愿意打语音和视频，那么他也能理解。

反正他大概一模的时候也会回 A 市，打不打语音视频都无所谓了，这条几乎可以作废。

"好吧。"李珩抿抿唇，答应秦温。

谁知道她接着又来："还有……"

"还有？"李珩提高了点音量，难以置信。就这一项还不够折腾人的吗?

秦温自知理亏,赶紧讨好地冲李珩笑笑。

"那现在的首要任务就是要考上 A 大嘛。"她半卖乖半委屈,"我又还没到稳上 A 大的程度。我自己也不好受的。"说完她又抬头看了一眼李珩,而后飞快地垂眸。

李珩看着秦温刚刚那一眼可怜兮兮的样子,咬牙:"那你还有什么要求,一次性说出来。"

秦温又抬眸飞快地看了眼李珩,心虚道:"高考前不打语音不打视频。"

秦温:"就是……我们不闲聊。"

李珩深呼吸,就等于把他禁言了是吗?

"好。"

秦温咽了咽口水,又说:"高考前暂停组内一切娱乐活动。"

李珩抿唇偏头,就是他回 A 市那天不能约她吃饭,周末也不来找她。

他深呼吸:"好。"

"还有就是最后一条,"秦温抬头抱歉地看着李珩,"高考前,只谈学习。我现在还不是稳上 A 大的水平,所以还是学习最重要。"

听到秦温这简短的一句话以后,李珩最后一次深呼吸。

秦温这个 A 大不光是为他考的,也是为她自己考的,所以即便已经上岸的他再怎么迫不及待地想和她在一起,也只能一切以她的意愿优先。

"好,我答应你。"

秦温一愣,没想到李珩这么快就同意了。他们虽然没有明说,但是经过昨晚的散步,肯定都知道了彼此的心意,他不可能没听懂自己的话里话。

她还以为他会极力反对最后一条,因为这件事对他来说,完全是不必要的。

结果李珩一句多余的过问都没有,就爽快地答应了她。

她突然觉得鼻子酸酸的,她看着李珩感动道:"你最好了!"

李珩没好气地看了她一眼,什么互动都没了他还顺着她,可不是大好人吗!

"但你必须得和我说早安晚安。"最后李珩恶狠狠地撂下条件。

"嗯嗯！"秦温点点头。

"我要你自己主动说。"

"好呀！"秦温开心地笑道。比起她对李珩的要求，他的这一个小小的条件又算什么，她当然答应。

李珩看着秦温开朗活泼的样子，气不打一处来，于是拉过她把她抱在怀里，只要个早安晚安怎么想怎么亏，还不如实实在在抱一会儿，正好优良传统不能忘。

秦温骤然被李珩抱住，先是愣了愣，然后耳边又听到他低骂了一句粗话。他其实还是很不爽的吧，但他还是答应了自己呢，秦温轻笑出声，心里甜甜的。

她轻轻把头枕在他肩上，手也不自觉环过他紧绷结实的腰腹，反正他们也是互相知道心意的，不过没明说而已。

只是这个拥抱真的就是最后的放肆了，后面要好好学习才行，不能辜负他们两个人之间的牺牲。

秦温闭了闭眼，心里正涌动着单纯又甜蜜的动力，耳边传来李珩的一句话。

刚才还狠恶十足的语气，此刻却又无比温柔深情。

"快点考完吧，秦温。"

高考这场竞局已过半，有人掩牌退局，有人已经没有筹码，有人却还在加注。

秦温在和李珩对他们之间的关系达成共识以后，就全身心准备高考了。她将 A 大饭卡别在手机壳后，正式把 A 大作为自己的目标。比起原来温和地希望自己每次进步一点，她对自己更严苛了。

本来就已经是强科的物、化两门，她就深耕知识点的细节，绝对保证自己能拿满分；数学压轴题一直不见起色，她就不再做新题，把所有的压轴错题挑出来分类，重复地做，从四十分钟算出来，到三十分钟、二十分钟，最后吃透每一道答题，在十分钟算出来；语文阅读上不来，她就一直题海战术，反复练。

中途穿插着听美剧、看杂志又或者背政治书来当调剂品。

一模过后她的成绩稍稍进步了一点点，升到 29 名，却还不够稳妥。于是秦温又申请了晚自习，就是为了能在学校多待一会儿，有不懂的可以立马找老师解决。

她逼着自己变得更加聪明,要学得再快一点,学得再多一些,学得再深一点。

人有时候喜欢留点余力,这样在失败的时候就可以安慰自己那是因为没有用尽全力,正如秦温之前每次都安慰自己进步一点就好,慢慢来就好,却没有急迫地逼自己一把。

可现在不一样了,她逼着自己把学习时间不断延长,又对自己说着刻薄挑衅的话语。

为什么别人可以你不可以;你到底有多想考A大,去证明你的诚意啊;现在的排名已经待腻了不是吗,那就冲上去成为新段位的守擂者啊。

为了去更高的殿堂,为了和喜欢的人并肩,她不留后路地只认A大作为自己的唯一目标。也不管这样全力全心的奋斗以后,日后如果失败了,她会摔得有多惨,承受多大的打击。

如果是累了又或是突然有那么一瞬间坚持不下,她就看看A大的饭卡,又或是打开那本满是李珩字迹的政治书。

秦温经常要给自己做心理辅导,用野心当自己的兴奋剂,又用回忆当自己的镇静剂。

她其实还是想李珩的。

想和他一起上课,想和他一起无忧无虑地聊天,但她最想和李珩在同一所大学里啊,不是隔着冰冷的屏幕,也不是艰难地抽时间来回奔波,而是可以舒服自在地吃过晚饭以后,悠闲地漫步在大学校园里。

所以无论如何,再坚持一下吧,离最后的时刻不远了。

李珩在一模以后就回礼安上复习课了,秦温要么在班里要么在办公室里,他也很少见到她,除了政治课。但是现在东风楼的教室座位都换成了单排单列,他也不好和秦温搭话,就只能默默地坐在她身后陪着她。

有一两次走廊上碰到了秦温,她甚至都没留意到他,抱着练习册和朋友就走过去了,让他想起高一上学期,他们在走廊上碰面的时候,他也是经常被无视的那个。

李珩没脾气地低头笑笑,继懵懂暗恋、异地暗恋以后,又解锁了新的模式——最熟悉的陌生人。

封心锁爱的秦温还是在一模后的政治复习课上看到了李珩后,才意识到他原来已经回 A 市了。

她看了看李珩,他正专心看书,并没有看自己。

秦温心里泛过一阵酸楚,有时候学习太累了的话,她结束一天的任务后也是躺床上倒头就睡的,所以有时候甚至忘了给他回晚安。秦温心里有些愧疚,她好像这个学期就真的完全搁置了她和李珩的关系。

他会不会介意了,应该没有人会受得了被人这样冷落吧,怎么可能有人会忙到、累到连发一句消息的时间和精力都没有呢?站在外人的角度,她自己都无法理解自己的行为,更何况李珩?

秦温抿唇垂眸,又看了眼李珩,他还是没看自己,她眼圈不自主地红了红,他从来都没有不理过她的。

上课铃响,秦温深呼吸,压下心里的难过,整理好表情转身坐下,结果就看到桌子上放了瓶冰饮,下面还压着便利贴,上面是李珩张扬又洒脱的字迹——

这种程度不算霍乱军心吧

——卑微小狗

这"卑微小狗"是什么鬼。所以他不理自己是怕会干扰自己吗,居然比她还小心翼翼。秦温瞬间笑出了声,赶紧吸吸鼻子,将便利贴夹进课本里,认真听课。

后来每一节政治课秦温都能收到一个小吃食,有时候是巧克力,有时候是饮料,外带一张便利贴,上面简单留了一句话,天罗地网,什么话题都有。

昨天健身好累,今天主队赢球,明天阴转小雨。

秦温也不介意李珩这样,她每次看到桌上的便利贴都会格外开心,然后默默地将便利贴夹进课本里。所以每次背政治课本的时候,翻过几页,她就能看到李珩的便利贴,像是意外的惊喜又或是奖励,支撑着她最后再坚持一下,高考马上就要结束了。

离高考越近,氛围就越压抑。

高考前一个月,东风楼挂上了历代传承的横幅标语——东风一振天下知,晚自习放学下课铃也改成了 Mariah Carey 的《Hero》。秦温和高宜她们都很默契地听完这首歌再回家。

不过真的好难熬啊,刷不完的题,穿不透的压抑氛围,逼着自己去做一个坚强勇敢的人，有时候巴不得明天就高考，有时候又希望能再多些时间复习。

高考前半个月，礼安结束所有复习课，学生自主自习，秦温就再没有和李珩碰过面。

临考前一周，秦温给李珩发消息，说她要关机一周，因为怕看到和高考有关的新闻会影响自己，特别是正式考试那三天。

李珩说好，两人简单地互道加油和晚安以后，秦温九点就上床睡觉了。

终于熬到高考铃响。

就像天空终于缓缓打开冰冷的钢板，狂风暴雨降临大地，阻拦着悬崖边正要起飞的雏鹰，却又投下几道来自云层以上的淡淡荣光，引诱雏鹰们展翅。

冲破这片天空就可以到达新世界：有自由，有梦想，有安宁。

于是一片风暴里，有人势不可当，乘东风飞上巅峰；有人备受质疑，逆着风挣脱满身锁链；有人心力交瘁，咬着牙逼迫自己前行。

秦温已经不记得最后那三天她是怎么过来的。

她好像三天都没有睡好觉，她好像考完就立马忘记自己考了什么，正如她现在坐在考场里，听着最后一门政治考试结束铃响。

刚刚有什么题目来着？

教学楼安安静静的，没有动静。

飞往新世界的天空已经在身后，狂风暴雨已经暂停，考场里的大家却似乎还没有反应过来。

老师收完试卷，大家讷讷地拿起文具，起身离开，仿佛所有思考能力和情绪都已经被掏空，只剩一副躯壳。

就好像做了一个很长很长的梦以后，难以确信当下是不是真的梦醒了。

大家还在慢慢反应着，高考真的结束了。

秦温抱着政治课本，愣愣地走着。

"高考结束啦！"远处不知道有谁喊了一声，打破了教学楼的安静。

秦温抬头看了眼楼外刺眼的阳光，眼前忽然落下一本书页不断翻飞的课本。

一本，两本，三本，无数本。

紧接着有人吹出助兴的长哨，楼内先是四处传来隐隐声响，渐渐响声愈演愈烈，没有征兆地充斥了整栋楼，像是地震来临，又像是疯狂的暴动。

课桌拍打声，飞奔的脚步声，长哨欢呼声。

楼里的学生开始沸腾，证实自己已经完成渡劫——高考是真的结束了啊。

十七八岁的天空被解放，下起了书页的雨。

书本从上而下飞落，发出哗哗哗的声音；单薄的试卷飘落，被风卷起，爱飞哪去飞哪去。

秦温一个人站在走廊看着身边的一切，鼻子突然酸酸的。

这折磨死人的高考她考完了，她终于考完了。

"来扔一本啊！超级爽的。"身旁有人怂恿着朋友，一人往下扔出一本。

"哈哈哈哈哈，老子终于自由了！"

秦温看见，也拿起怀里的一本书，正好就是高二上李珩帮她做笔记的那本。

结束了，高考结束了。

秦温翻了翻课本，他的字迹印证着他们曾经无忧无虑在一起的时光，她第一次和他做同桌，然后越来越了解他，越来越依赖他，越来越习惯在他的陪伴下过着每一天。

随风书店一起自习，养老院的午休，大剧院的艺术节，等等。

可是高中已经结束了啊，说不定这么美好的回忆再也不会有了。

秦温眼眶泛红。

高考已经抽干了她所有的毅力和理性。

她想他了，想告诉他自己很早以前就喜欢他了，想告诉他自己以后也还想他们一如当初那么甜蜜无间。

可是她没带手机，也不知道李珩在哪个考场。高考前最后和他讲话的时候应该问一句的，她没想起来。

秦温委屈又愤怒地骂了自己一句"蠢蛋"，然后病急乱投医地往楼外看去。

他会不会正好经过哪一层走廊？她那么喜欢他，要是他在，她一定能一眼认出来。

好像没有，不对，刚刚晃过去的人是不是他？

来来往往的学生走动太快，秦温不好分辨，便合上课本，心急地走到廊外栏杆处，希望能看得再清楚点。

她手里还拿着那本满是李珩笔记的政治书，半倚着栏杆四处张望的样子，看着就像扔书大军里的一员。

秦温专心致志地找着，看了一会儿才意识到自己在这儿干什么，还不如赶紧回东风楼一班那儿，那样说不定还更有可能找到李珩。

然后她半转过身子，正好拿着课本的手朝着廊外。

这时她身后响起熟悉的声音，一贯清冷好听，可微微扬起的音量又暗示着来者不善：

"你敢扔掉试试？"

番外一

　　一起在走廊上庆祝的学生来来往往，秦温听到声音立马转身。

　　"我做的笔记，你敢给我扔了？"男生音量微扬，很是不满。

　　而喜出望外的秦温则快步走到李珩跟前，不答反问："你怎么会在这儿？"

　　"来找你啊，不然你找得到我？"李珩无奈轻笑。考前她什么都没过问，怎么可能知道自己在哪儿。说完他又认真地打量起一周没见的秦温。

　　她大概这几天都没有休息好，脸色看着远没有平常那么有血色。

　　秦温见李珩一直目不转睛地看着自己，突然有些害羞，微微低头避开视线。

　　"瘦了。"他说，"这几天睡得不好吗？"

　　秦温轻轻"嗯"了一声，不过又抬头，神采飞扬道："不过我一点都不觉得累，考试的时候反而很是精神呢。"

　　秦温高考周都没有办法好好熟睡，因为一闭上眼睛就会立马想到自己正在冲击A大，然后脑子就会马上清醒过来，整个人就进入亢奋状态，再也睡不着。

　　不过庆幸的是虽说没睡好，但光借着一些自己已成功考上A大的虚假幻想，竟也够支撑她三天高考，不仅没有犯困，反而越在考场里就越精神。

　　李珩看着秦温一副精气神十足的样子很是不解：明明眼下已经泛

起淡青色的眼圈，身体怎么可能还很精神？

他无奈地低头笑笑，等她缓过这个兴奋劲来估计就该难受了。

"要去东风楼吗？"

秦温一愣，没想到他会突然将话转向这个。

"嗯，我要去东风楼拿一下东西。"她还有一些教辅在班里，正好趁这次机会全部带回家。

"走吧。"李珩转身，秦温连忙跟上。

走廊上穿行的学生已经少了不少，秦温就这样一直默默跟在李珩后面，两人与大部队的方向相逆，掉头回到东风楼。

秦温看着李珩挺拔的背影，一瞬间有些恍惚。平时她就是这样跟在李珩身边一起去上课的。现在他们又这样一起走着，感觉就像他们的高中时代还没有结束，刚刚的高考不过是一次稀松平常的月考罢了。

两人回楼。

东风楼内静谧如常，池中游鱼摆尾，廊上懒猫打盹。

秦温看着走在前面的李珩，又看看空荡的楼梯间。不少学生高考完都是直接回家，所以楼内鲜有人来往。

回班说不定还有别的学生在，而这里安静，李珩又在旁边，没有比现在更好的时机了。

秦温敛眸，抱紧了怀里的书本。

高考完是不是该处理一下他们之间的关系了？可是看李珩的样子，他好像没有要提起这件事的意思。

那他们现在这种算是什么状态，还是和以前一样吗？

秦温心里泛起一阵酸涩，突然有种错过了和李珩表白在一起的时机的遗憾与懊悔。

两人走上二楼阅览室。

秦温晃了晃脑袋，大概高考透支了她所有精力和乐观因子，等她一回到东风楼开始缓过劲来时，脑子昏昏沉沉的，竟然想什么都是不好的事情。

要不还是等过几天休息好再说吧，而且刚高考完，谁有那么多闲情逸致。

她默默叹了口气，还沉浸在自己的世界里，谁知道身旁的李珩突然将她拉进一扇门。

"砰！"铁门被人猛地踹上，而秦温怀里的书同样被人抽走扔到一旁。

静谧的阅览室里发出突兀的嘈杂声响。

秦温惊呼了一声，还不等她反应过来发生了什么，下一秒就被人拥入怀中，亲密无间。

属于李珩的气息和体温蛮不讲理地笼罩着她，秦温大脑一片空白，只剩心跳和呼吸在本能地加急。

他又将头埋在她的肩颈处。

秦温瞬间睁大了眼睛，脸色泛红。

像是有亿万伏特的神经电流流过，原本昏沉的大脑被人强制唤醒，放大身体所有感官功能。

秦温能清晰地听见李珩的每一轮呼吸，她的颈侧感受到他发梢掠过，自己的双手无论是搭在他的肩膀、覆上他的胸膛还是绕过他的腰腹，都能体会到他结实的躯干。

和李珩之间的距离再一次打破纪录，秦温本能地要推开他，后者却不为所动。

有力的双臂如蟒蛇捕猎般再次交缠要反抗的猎物。

秦温甚至能感受他腕表表带压在自己后腰带来的闷闷疼痛感。她惊惶地闭紧了眼睛，收回双臂抵在自己和李珩之间。

可李珩却不让她有半分可以回避的余地，他拉开她的双手，放在自己的后腰上，垂首在秦温耳边轻声道：

"宝贝，你终于考完高考了。"

亲昵的耳语让秦温的呼吸更加凌乱，她无比希望李珩能放开她，可李珩竟破天荒地忽视她的感受，还将薄唇轻轻贴着她颈侧泛红紧绷的美人筋，叫她更加害羞。

"我好喜欢你。"

肩颈处有火在烧，火舌掠过咽喉，秦温感觉自己快要无法呼吸了。

"我一点都不喜欢被你当普通朋友对待。

"也不喜欢和你分开，更不喜欢被你下令不许打扰你。

"我从头到尾都只想做你男朋友。"

李珩毫不避讳地说出自己的私心。

狂热的教徒将受惊的神禁锢在怀里，告解着自己觊觎神明的晦涩罪念。

救命,秦温感觉自己快受不了了。

无论是和李珩这样亲昵接触着,还是听到他突如其来的告白。

他说他高一就喜欢自己了,可自己却在好长一段时间里都把他当作要好的朋友。她从来都没有多想他什么,他却一直带着这样的心思。

巨大的信息量一下子淹没了秦温的大脑,本就慌乱的心神也因为突如其来的直接告白更加无所适从。

"疼……"最后她只能反映身体的感受。

李珩听到秦温这样说,终于松了松自己的手臂,但依旧环着她。

秦温感受到身上的力道被稍稍卸下,从李珩占有欲十足的环抱里得到了些许解脱,她急促地呼吸着。

李珩还在轻轻蹭着她的脸庞,示意该她回应自己了。

"让我先缓一缓好不好?"秦温额间抵着李珩的胸膛,怯怯地低声道,"我有点反应不过来。"

李珩看着秦温害羞无比的样子,心都要化了。他情不自禁地亲了亲秦温的脸颊,温柔地说:"好,不急。"

倾斜的日昳从窗帘缝隙偷偷投入,半明半暗的静谧空间里,青春的烈焰环绕即将要成为恋人的男生、女生。微光中的浮尘,就是那烈焰的火星,见证发生在这阅览室的小故事。

李珩拥着秦温往后几步,半倚着书桌边缘,让她可以舒服地枕在自己肩上。

阅览室还保留着空调制冷的痕迹,干燥清凉的室温让人渐渐冷静下来。

过了一会儿,李珩感受到怀里秦温的呼吸逐渐平稳,他垂首贴近她,又追问:"你呢,你喜欢我吗?"

适应了李珩的亲昵与拥抱,秦温的大脑又开始重新运作。

将脸埋在男生怀里的她害羞地点点头,没有说话。

她当然喜欢他,不然也不会高考一结束就想要找他说清楚他们之间的事情。只是李珩这表白的架势确实出乎她的意料,她设想的场景,该更委婉青涩些的。

不过,李珩会委婉表达自己的想法吗?设想了一下他扭扭捏捏的模样,秦温咬唇忍住了笑意。

他不会那样的。

他做事一向雷厉风行，目标明确，态度坚决。正是他这自信又果断的样子让她崇拜又爱慕，也让她很幸运地即便在一段不曾点明的关系里也没有受过患得患失的折磨。

秦温扬唇，手也不自觉环紧了李珩几分。是他一直在保护着自己，让自己可以安心高考呢。

而刚被人腹诽完不知道"扭捏"两个字怎么写的大少爷一听到女生只是简单地"嗯"了一声，果然立马不满地蹭起了女生的脖子，低声抱怨。

"不行，你都没有说出口。"

秦温终于被李珩这个举动逗得发声笑了出来。她笑着推了推李珩，想躲开闹糖吃的小男生。

"我不，你都知道了。"秦温害羞地轻声道。

结果就是她又被李珩抱紧，两人之间的距离再次拉近。

"我不管，你快点说你也喜欢我。"李珩扬声威逼。

秦温侧过头看了眼一脸不满的某人，又没忍住笑出了声："可是哪有人逼着别人表白的嘛。"

"我就逼你怎么了？"李珩将秦温的身子拥高了些，在她耳边恶狠狠道。

秦温好笑地看了他一眼。

幼稚鬼，听不到自己想要的就耍脾气。

不过，他这样好可爱呀，而且也只有自己能看到他这一面呢。

"快点，我数三、二、一了。"李珩又催。

秦温笑得更加开心，她明明喜欢的是成熟稳重的李珩，但是为什么他幼稚的时候，她好像更喜欢了啊。

她笑着伸手戳了戳李珩的臭脸，开心道："我也喜欢你。"

昏暗紧闭的阅览室里拂过清甜的风。

李珩早就知道秦温也喜欢自己，不该意外秦温的回答的，只是亲耳听见梦寐以求的话从喜欢的女生口中说出，他的心跳还是难以自抑地加快几分。

"真的？"

"嗯。"

才刚被高考解放的学生便开始密谋恋爱的事，甜蜜的话题让人连说话都不自觉地放轻了声音。

"那我们今天就在一起好不好？"他问。

秦温害羞地将脸转向李珩的怀里，环在他腰间的手也不自觉加重了几分。

"好呀。"她说。

李珩的呼吸重了重，眼眸掠过一丝兴奋的暗芒，他不想再废话什么，迫不及待地垂首凑近秦温。

"宝贝。"他轻轻地喊了秦温一声。

还沉浸在甜蜜爱意中的秦温下意识抬头，对上男生氤氲隐晦的目光，心中顿时警笛长鸣。

李珩又凑前了些，秦温连忙上手捂住了他的嘴巴。

"你想干吗？！"她惊呼。

被女朋友拒绝的李珩定在原处，迷离的眼神立马恢复清明。都在一起了，不是想干吗就干吗？

李珩还抱着秦温，懒得动手拿开捂着自己的细手，便咬了咬秦温的掌心。

秦温像是触电般又惊呼一声，立马收手，然后瞪大眼睛难以置信地看着对方。

"你你你！"秦温惊讶得有些说不出话。

李珩松了松紧抱秦温的双臂。

他倚着书桌只双手虚抱，十指在她腰后交握，默默圈出她的活动范围，迎着秦温惊讶的眼神，好整以暇道："我们已经在一起了。"

"可是我们才刚刚在一起呢！"秦温涨红了脸，"哪有人像你这么猴急的嘛。"不说才刚高考完就立马在一起，这才刚表白完就立马接着解锁初吻也太快了吧！

是介意太快接吻了啊，李珩下一秒就想出新的说辞。

"谁说我们刚刚才在一起的？

"我们两个早就互相喜欢，除了没有表白，其实我们之间早就是恋人的相处模式了。

"我们天天说早安晚安呢。"

一番话听得秦温目瞪口呆，这又是什么跟什么呀！

"所以,我们应该可以算在一起快两年了。来!两周年纪念日亲一个!"

说完,李珩又往前凑。

"才不要!你就是在瞎说!谁跟你早就在一起了!"秦温眼疾手快,又按住了他。

"而且……"秦温又心虚地环视一周。身旁几张桌子上还放着学生遗落的高考练习册,位列工整的书架在阴暗的环境里显得格外庄严。一窗之隔,外面就是走廊,说不定还会有人经过并走进阅览室。

"而且我们还在学校,这样偷偷摸摸躲起来像什么话嘛!"秦温又想起刚刚李珩把自己拽进来就立马把门踢上,然后亲昵地抱着自己。

她的脸再红几分,声音也不自觉压低:"你不许胡来。"

女朋友提出抗议,李珩却避重就轻,转而故意撩拨她。

他垂首亲亲秦温通红的脸,笑道:"我们哪样?"

他还好意思问!回过神来的秦温害羞又愤愤地瞪着李珩:"你明知故问!"

已经完全冷静下来的秦温不满地抗议着:"哪有人表白跟你似的,搂搂抱抱。"

"我们以前就抱过了,宝贝。"

"和以前才不一样!"秦温满脸通红,以前都只是抱抱而已,可他这次还亲了自己的脖子,就刚刚还亲了她的脸呢。

"讨厌!"秦温后知后觉地摸了摸自己的脖子,言简意赅地抗议道。

李珩扬唇笑笑,哎呀,原来被她记住了。

"嗯嗯,我讨厌,那我现在可以亲了吗?"李珩把秦温的指责照单收下,又把话题绕了回去。

什么嘛,搞半天她白说了!

"当然不可以!"秦温激动道,说完又将脸埋在他的肩上,不让他亲。

最危险的地方就是最安全的地方,有本事他就蛮力掰自己。

李珩好笑地看着女生的举动,像生气的小兔子躲起来不肯让人看一样。

怎么能这么可爱!李珩将自己的女朋友又抱紧了些,垂首用鼻尖蹭了蹭她的脖颈。

一个话题无疾而终，两人就这样静静地抱着，升起的暧昧氛围再度冷却。而李珩安分下来以后，甜甜的爱意又滋生，秦温忍不住主动和危险分子说话。

"李珩。"

"嗯？"

"你真的很早之前就喜欢我了吗？"秦温又将脸转回，眼睛亮亮地看着李珩。

"嗯。"

秦温立马笑出声，害羞地收回视线，哎呀，真是个大笨蛋！

"那你怎么不早点和我说呀？"

李珩敛眸，亲了亲怀里的秦温，轻声道："那时候你和我还不熟，而且我看你一副只想学习的样子，就算了。后来，我不在你身边，不管能不能在一起，我都不想让你一个人处理这种事，也没有说。等我意识到你也喜欢我的时候，已经快要高考了。"

听着李珩轻描淡写地说完他暗恋的事情，秦温心疼地看着他："那你会不会很难受？"

李珩看着秦温愧疚的眼神，没好气道："原来你也知道你有多迟钝啊。"

秦温对李珩指责的话信以为真，眼中愧疚之情更甚。

"对不起……"

"笨。"李珩无奈地亲了亲当真的秦温，"我开玩笑逗你的。"

"虽然我喜欢你，但你没有回应我的义务，这些是我自找的，所以你不用和我道歉，知道了吗？

"而且我们虽然没有定下关系，但我们不是天天在一起吗？

"除了刚分开的时候，绝大部分时间里我都是开心的，特别是看你做着自己喜欢的事情。

"你要知道，因为我喜欢你，所以你再怎么折磨我，我也愿意的。"

当然，他不满意的时候都变着法子让秦温哄他了。

李珩一番话听得秦温鼻子酸酸的。

"你对我好好。"

"当然。"

"所以我们现在可以亲亲了吗？"

秦温一愣,他怎么又绕回这个话题去了啊!

"不要,这是我的初吻。而且你好烦呀!明明说着那么感人的话,结果满脑子想的还是这些!"

"宝贝,你要知道我不是一个爱玩感动的人。"说完李珩又往前凑了凑。

"而且我也是初吻呢。"他又补充。

秦温说的两条反对意见都被驳回。

"不要,这里还是学校呢!"

"又没人知道。"

李珩轻轻呵在颈间的热气引得秦温发笑,她害羞地侧过脸去,紧贴着李珩的胸膛。

"不要嘛。"

过一会儿又传来秦温糯糯的声音:"我害羞。"

这话给巧舌如簧的李珩听笑了,他捏了一下秦温的腰,在她耳边佯装不满道:"矫情。"

秦温笑着打开李珩的手,拥着自己的他也没有多余动作,只是轻轻抱着她。

那李珩就是放过自己了吧,她躲在李珩的怀里偷笑。

秦温将身体的重心往他身上靠了靠,完全依偎在他的怀里,闻着室内淡淡的书香,还有他身上好闻的味道。

听着李珩稳健的心跳,她突然不合时宜地觉得有点犯困。

好久都没有睡好觉了。

可惜李珩的手机突然响动,打破了安宁的恋爱时刻。

秦温就要起身,李珩一手搭过她的双肩,用着暗劲不让她起来,另一手拿出手机。

秦温好笑,幼稚鬼,谁知下一秒就见李珩一脸坏笑地将手机屏幕转过来。

来电人备注是"岳母"。

他哪儿来的岳母?

"这是谁?"秦温认真问,语气不自觉严肃起来。

见秦温抓错重点,李珩笑得更加开心:"看号码,宝贝。"

秦温这才留意到来电号码,竟然异常熟悉。

妈呀，这不是自己妈妈吗！她怎么会打电话给李珩啊！

"我接？"男生笑道。

"当然不能你接！"她赶紧拿过李珩的手机，又看一眼墙上挂钟。

天哪，已经快六点了！高考都已经快结束两小时了。

一定是因为父母在校门口等自己太久，她又没带手机，他们担心才打了电话给李珩。

谁能想到之前寒假留的同学号码真让妈妈给用上了啊！

"不接吗？响了好久了呢。"看热闹不嫌事大的李珩又亲了亲秦温的小脸。

心急的秦温正要推开他，谁知道他又枕在了自己肩上："放心我不说话，你接。"

"不要，你……"

"一会儿你妈妈找不到人怎么办，快点接！"

什么叫她快点接啊，不该是他先快点放开人吗！

电话已经响了很久了，秦温瞪了李珩一眼，赶紧先接通电话。

"喂，是李芳同学吗？"电话里传来亲切的声音。

秦温和李珩的身子都顿了顿。

妈呀，糟了，秦温心虚地倒吸一口凉气，枕在自己肩上的男生缓缓抬头，幽幽地看着自己。

本来还气势汹汹准备一会儿找李珩算账的秦温立马讨好地朝他笑笑："妈妈，是我。"

"欸？温温，是你吗？你和同学在一起呢？"

"嗯嗯，刚刚和同学在聊天，现在出学校了。"

"那好，爸爸妈妈已经在校门口这儿等你了。快点哦，有点塞车。"

"好的，我马上出去。"

说完，秦温匆匆挂掉电话，生怕妈妈听出自己声音里的不自在，只是她不敢抬头看李珩了。

糟了，被逮到了。

"李芳？"李珩垂首在耳边温柔问道。

秦温闭了闭眼，紧张地咽了咽口水，装作没听见。

"我的名字见不得人？"

秦温还是不说话。

于是李珩蹭了蹭秦温的脸颊，蜷在腰上的手臂又开始用力。

秦温知道自己躲不过，懊悔地闭了闭眼睛，很没有底气地老实交代："那你的名字一听就是个男生嘛。"

"所以呢？"

"万一妈妈误会了什么怎么办，我就编了个女生的名字。"她越说越小声。

李珩被秦温这胆小又心细的样子逗乐，低声笑个不停："你胆子也太小了。"

其实秦温自己也觉得把李珩说成是李芳这件事真的是够没胆子的。

哎呀，烦人！

她红着脸，抬眼命令："你不许笑了。"说完又要挣开李珩的怀抱，想要逃离这个社死现场，"我得赶紧走了，爸爸妈妈肯定等我很久了。"

谁知环在腰上的手臂却一动不动。

秦温红着脸，心里突然有种不祥的预感，她赶紧回身看着李珩，义正词严道："我要走了。"

"嗯。"她根本唬不住李珩，他一点都没有要放开的意思。

"我爸爸妈妈还在外面等着呢，你不许闹了。"秦温有些心急。

"也是，确实不好让叔叔阿姨等着。"

李珩发话配合，秦温松了一口气，谁知道下一秒又听见他说："我也该和阿姨说清楚我的名字，我跟你一起去吧。"

秦温立马瞪大了眼睛："不要！你跟我一起去，爸爸妈妈铁定以为我们早恋了！"

李珩悠悠地"哦"了一声："这样子啊。"

听起来好像真的被说动了，秦温又赶紧挣了挣，然后她发现并没有，他还是不打算放她走。

"你想干吗呀！"秦温焦急地推了推李珩的胸膛，装傻不知道他的意思。

"你知道我想干什么。"李珩抬眸看着秦温低声道。

他的视线又在她嘴唇上逗留了几秒。

初吻。

秦温的脸瞬间涨红，认识他这么久了，她怎么可能不知道他不是那种会善罢甘休的人。李珩的意思很明显，要么亲一个然后他放她走，要么他陪她一起去见父母。

刚刚软的不行,李珩就来硬的。他都已经压抑快三年了,今天说什么也要破斋戒。而且他了解秦温,胆子大得很,甚至敢一个人去B市找他,所以又怎么会是害怕接吻。

只是她脸皮确实很薄,很容易害羞就是了。

李珩铁了心和秦温僵持着。

可秦温还一直低着头,这回连耳尖都红得吓人。李珩皱了皱眉,要不还是算了,等下次吧,反正都是他女朋友了,不急这一时。

而正当李珩准备开口说自己不过是逗逗她而已时,谁知道下一秒秦温就红着脸抬起头,眼神中泛着诱人水光。

"那你不许动。"

秦温抓着李珩衣服的手不自觉再用力了些。

"事先说好,我就碰一下,你不可以耍赖不认账!"

李珩面上扬唇,心里狂喜,还好没开口:"好。"

得到李珩的保证以后,秦温立马深呼吸。

李珩是她喜欢的男生啊,她怎么会讨厌,只是初吻多让人害羞啊。

所以第一次就只碰一下好了。

李珩很配合地让秦温自己来。秦温屏住呼吸,缓缓凑前,又看了眼李珩,他也正目不转睛地看着自己。

秦温害羞地缓缓移开视线,李珩的心跳竟也加快了几分,明明是他志在必得的东西,怎么临到嘴,他也跟着紧张起来。

最后秦温闭上了眼睛,李珩也跟着闭了眼。

下一秒,红唇轻轻碰到了薄唇。

柔软温润。陌生的触感,新奇的体验。

秦温和李珩同时睁眼,看向彼此的眼神都带着做梦似的迷蒙,不敢相信自己真的亲到了。

一个是喜欢了那么久的女生,一个是众星捧月般存在的男生。

两人就这么静静地看着彼此。刚刚蜻蜓点水的初吻是梦境,那么现在就是如梦初醒,两人竟然都没有思绪下一步该做什么。

突然室内广播传来细微的电流声。

接着"啪"的一声,秦温和李珩两人都被吓了一跳。

这个电流声的前兆他们再熟悉不过。

"丁零零！"

铃声溢满整间阅览室，宣告那段爱恋，那段不可告人知的青涩青春已经过去。

它在懵懂中开始，在初吻的交接中结束，现在梦该醒了。

率先反应过来的李珩兴奋地笑出声。他抬起秦温的下巴，深深地亲吻着她。

欢快的铃声为已经解放了的学生打掩护，掩盖那令人面红耳赤的声音。

下课铃响，放学了。

番外二

最后又过了二十多分钟，秦温才火急火燎地从东风楼往校门赶，身后还跟了个步调悠闲的李珩。

"你脸好红呢，这样去见叔叔阿姨没关系吗？"李珩贴心提醒道。

他还好意思说！秦温立马回头一个眼刀飞过去。

说好了只亲一下的！

"抱歉，我怕自己第一次技术不好组长会扣我分，就心急了点。"出阅览室的时候李珩是这样解释的。

可他刚刚那样，哪有半点担心自己会做不好的样子嘛！而且谁会拿这种事情扣分啊！

想起刚刚的激吻，秦温红着脸对着李珩愤愤道："你最讨厌了！"

在一起不过一个小时就已经被女朋友讨厌，李珩很不厚道地低笑出声，又垂眸看着害羞的秦温。

"你还笑！"秦温看着扬唇不说话的男生，羞愤之情更甚，连带着声音也提高了几分。

女朋友发话，李珩立马咳了两声收敛笑容："别气，下次我注意时间，好不好？"

秦温大窘，这是时间的问题吗！

回忆起更多细节的秦温脸色又开始泛红。

天啊！要知道一个多小时前，她还只是在纠结要不要表白这种事情啊！

"不光是时间,是你刚刚怎么可以那样!我……我一点准备都没有!"

"那我下次先请示组长的批准。"

"走开,这种事情谁要批准啊!"

"不行,我们两个都没有恋爱经验,得多多磨合才行,对不对?"

谁谈恋爱一上来就磨合这种事情啊!

"讨厌,你不许说了!"秦温瞪了李珩一眼,懒得和他掰扯这些事情,转身急匆匆往校门快步走去。结果秦温发现更讨人厌的是李珩步大腿长,而且身体素质比她好得多,所以即便快步走着,他也还是一副欠扁的优哉游哉模样。

就她一个人气喘吁吁的,丢脸死了。

两人终于出了校门。

秦温惊讶地发现校门口已经塞成一小片,难怪家里刚刚催自己快点出来。

门口停的车看得人眼花缭乱,秦温沿校道走了一段距离,好不容易终于找到家里的车,正好妈妈也摇下车窗,还有车后座的爷爷奶奶,都朝宝贝孙女开心地招招手。

天啊,一家人都等着她呢!

一旁的李珩看热闹不嫌事大:"那快点去吧。"

"温温。"他扬唇坏笑道。

刚刚她妈妈是这样叫她的吧,真可爱。

结果就是李珩又被秦温凶了一句,还被剥夺了一个称呼权。

"讨厌!你不许那样叫我!"说完秦温立马跑向了家里的车。

李珩看着飞快逃窜的脸红女生,想起刚刚一个多小时里发生的事,一个人站在原地傻笑了起来。

表完白以后,秦温就正式以女朋友的身份和李珩相处。她本来还以为多了一个新的身份,他们之间的相处也会大不同,结果没想到一切的转变都那么顺其自然。

由李珩一手搭建的和秦温之间的感情基础本就坚实,他们之间不光有恋人之间的爱慕与激情,还有伙伴和知己之间的理解与支持,两人早就是无话不谈的亲昵关系。

所以无论是看电影还是逛街，视频还是通话，秦温根本就不需要害羞尴尬什么。

即便因为失眠，李珩说要通着语音陪着自己睡觉，秦温也无比自在。

不过，又和以往的相处不同，恋人的身份又让彼此的肢体距离多了一份百无禁忌的暧昧。

所以还是有些事情，一提起就让秦温面红害羞。

比如李珩说的磨合。

无论是电影中场，吃饭包间，还是地下停车场，他总缠着她要抱抱亲亲。

后来秦温也发现，有些事情多多磨合确实可以起到锦上添花的效果。起码她现在，不会那么容易害羞了。

不过有的人好像天生就是欲望的猎手，知道怎么满足自己，也知道怎么满足别人。

以至于秦温觉得这个磨合只是单纯锻炼她的。

"我们这样，进展会不会太快了？"

一次热吻完，秦温轻喘着气依偎在李珩怀里，脸红道："别人也会这样吗？"作为初恋，他们这样会不会太无法无天？

一贯我行我素的李珩从来不管别人是怎么谈的。

本来就没有正确的答案。

李珩将怀里的秦温拥高些，蹭了蹭她的颈侧，轻声道："别人关我们什么事。"

发梢掠过引起一阵痒，秦温笑着侧过脸去躲开没完没了的李珩。

"难道你不喜欢吗？"李珩又宠溺地亲过秦温泛红的脸颊。

能让他收敛的，就只有秦温的抗拒了。

这问的什么问题嘛，烦人，秦温继续转过脸，抓着李珩衣服的手又紧了些。

她忍笑不理李珩，李珩又追问："喜不喜欢？嗯？"

秦温本来还想着继续装聋，谁知道幼稚的男生居然亲起了她的耳垂，逼她发话。

"哎呀，你最讨厌了。"

秦温终于转过头。

两人挤在主驾驶位里，稍显逼仄。

秦温一手撑着李珩的肩膀微微起身。她脸红红地看着他，眼眸还泛着水样亮光，看得李珩心神荡漾。

"喜欢呀。"秦温迎着李珩晦暗不明的目光，甜蜜心动地说道。

他无论是蛮不讲理地主导，还是贴心温柔地迎合，她都很喜欢，所以即便他们的节奏和别人不太一样，她也不介意。

熟悉又新奇的恋爱体验让人上瘾，热恋的小情侣巴不得天天黏在一起，白天一起出去玩还不够，晚上又要接着打视频。

直到一个星期后，秦温陪爷爷奶奶回老家住一阵子，两人才消停了会儿。

秦温虽然不好整天捧着手机，但是碰到什么好玩的事情都会第一时间和李珩说。等到了晚上回房间，李珩又会雷打不动地打电话陪她聊天，又或是一起看电影看电视剧。

有时候李珩也会请假，和哥们儿开黑玩游戏，秦温就在一旁听着李珩玩游戏，看看书追追剧。

李珩玩起游戏来少见地严肃较真，听着他和哥们儿之间对喷，秦温艰难忍笑。

等到他退出游戏，秦温终于开口笑道："你玩游戏好凶呀。"

"游戏里菜就是原罪。"李珩关掉电脑，舒服地往床上一躺，"下次我带你一起玩。"嗯，以后家里的房间都统一装两台电脑。

这话要是让何奈听到，绝对第一个喷李珩见色忘友。他有时候喊李珩带自己上分，李珩都不一定乐意，结果现在王者居然主动要求带青铜。

离谱。

"不要，万一你也喷我呢。"秦温笑道。

更离谱的是青铜还拒绝了。

"那你只要让我亲一会儿，我就会立马没有脾气了。"

"走开啦！"

说着又到了睡觉的时间。

秦温的睡眠质量好像彻底被高三下高强度的学习压力给破坏了，以至于高考都结束一个多星期了她还是会早醒浅眠，所以在她睡觉的时候李珩也不会挂掉电话。知道李珩在陪着自己，秦温心安不少，睡得确实更快更安稳些。

而且一向学业至上的秦温过惯了每天刷题的忙碌生活，平时又没什么特别的兴趣爱好，骤然闲下来，她竟然发现自己有种无所事事的空虚感，甚至一度考虑是不是该继续准备强基的考试。

这个念头让秦温自己都吓了一跳。

"天啊，原来我是个书呆子。"临睡前秦温惨兮兮道。

这突如其来的自白听得李珩笑出声："哈哈哈哈，你怎么那么可爱！"

是啊，秦温平时的生活确实有够单调呆板，所以李珩有时候也纳闷自己为什么一开始会喜欢她，又惊奇为什么和她在一起他总能发现无穷乐趣，明明他们之间也没做什么惊心动魄的事。

就像孩童在沙滩探宝，每打过一阵轻柔的浪花，他们都能轻而易举地找到漂亮的海螺与贝壳。

李珩又笑了会儿，一半笑秦温一半笑自己："平时可以找点事做，好好放松下。"

秦温点点头。李珩不能时时刻刻陪着自己，关键是她得重新组建自己的生活。

于是秦组长开始了新阶段新生活，小组员全力支持。

一天早上，大少爷起床，没看到女朋友的早安问候，便发了信息过去。

李珩：在干吗？

秦温：赶集。

李珩：？

秦温大窘。

没办法啊，在老家没别的事情做了，不是种菜就是养鸡，这赶集还得要赶上农历十五，她才有机会跟着老人家们去凑热闹。只是谁能想到会这么忙，以至于她都忘了和李珩说话。

李珩听了又是一轮爆笑，以至于后面他都换了一种问法。

李珩：小村姑在干吗？

秦温：走开！

最后秦温在老家住了快一个星期才回 A 市，明明高三分开得更久，两人都熬过来了；现在不过几天而已，秦温和李珩两人都快受不了了，立马计划着第二天要去哪里玩。

谁知道好巧不巧，同一天里，李珩的父母也因为公干来 A 市出差。

这回又轮到李珩没空了,要陪父母。

不过自家爸妈敷衍点也无所谓,所以李珩计划每天都腾个下午出来陪陪秦温。谁知道秦温让他好好陪父母,她可以再等几天。

"你不是平时很少见父母吗,还是先陪陪家里人吧,我们晚几天见面也没有关系呀。"秦温笑着安抚郁闷的李珩。虽然她不了解李珩的家庭,但是能猜得出来李珩的父母平时工作应该很忙,他很少见得到他们。

他们难得家里团聚,她还是不要打扰吧。

"好吧。"大少爷还是有些闷闷不乐。

但接着他又炫耀宝贝似的把秦温的话转达给了家里人。

李家一家听了都很满意、开心,特别是两位老人家,还额外叮嘱孙儿赶紧把那我行我素的臭脾气给改了,对人家女孩子好一点。

秦温还不知道李珩早就把自己介绍给了家里人,悠闲的晚上没有李珩陪着,她就一个人看剧。

手机"嗡嗡"响起,收到两条语音,都是李珩发来的。

秦温开心地拿起手机。奇怪,明明在一起以后他们天天聊天,对话比高二、高三都要多不少,可现在再看到李珩的消息,心脏却还是会抑制不住地怦怦直跳,倒让人想起高一刚和他聊微信的时候。

秦温笑着点开第一条,以为李珩问她在干吗,谁知道听到的竟然是清脆纯真的童声。

小女孩一字一句拉着长音:

"温——温——嫂——嫂——"

秦温愣住,手机又自动播放下一条语音。

这次先是听到熟悉的男声低喃,像是在交代什么,紧接着又传来那童声热情地问道:

"你什么时候来看嘉慧呀?"

秦温的脸瞬间涨红,赶紧放下手机。

他在瞎教小孩子说什么呀!

她立马用微凉的指尖给自己的脸降温。

什么嫂嫂嘛,才刚在一起,又没有结婚。

过分,占她便宜!

手机又响起,收到一张照片,甜美软萌的小女孩抱着糖果罐朝镜头比耶。

李珩：表妹。

秦温：笨蛋！

秦温：你别教坏小孩子！

看着信息，李珩已经可以想象薄脸皮的秦温会是怎样的脸红害羞。他看着手机开心地笑出声，一旁的小女孩见哥哥笑得那么开心，便也趴在沙发边缘，凑上前要看哥哥的手机。

"哥哥笑什么呀？"

李珩笑着抬眸，长臂一伸，疼爱地把表妹抱上沙发，帮她拆开手里的糖果："笑你温温嫂嫂呀。"

慈善晚会觥筹交错，李珩懒得去应酬，躲在大厅一隅带孩子。

又有两名女士走到他们这边，是李珩的母亲和潘嘉慧的母亲。

李珩的外公家潘家一共有三个小孩：大舅、二舅，李珩母亲是小妹。大舅奉行丁克主义，二舅有两个小孩，也就是李珩的表哥潘嘉豪、表妹潘嘉慧。

潘嘉慧的母亲看着小女儿和李珩亲近的模样，笑着和李珩的妈妈打趣："小珩那么有耐心，很讨小孩子喜欢呢。"

李珩的母亲笑笑："他闲得无聊而已。你给他一台电脑，看他带不带嘉慧。"

潘嘉慧的母亲又笑了声，两人坐下。

潘嘉慧的母亲打量了眼他们母子两人，朝李珩关切道："说来今天和爸私交很好的长泰集团董事也来了，还正好把他们家的小千金也带来了。"

"小珩要不要去见见？说不定你们有很多话聊呢，也不用窝在这里这么无聊。

"嘉慧别老缠着哥哥，妈妈叫阿姨来陪你玩好不好？"

说着便要支走女儿。

李珩听着舅妈的话，眼里闪过一丝不喜。

李珩作为家里的独苗，几乎没什么不经世事的童年时期，很小就被老爷子和爸爸当大人培养。权力场里的黑白博弈，名利场里的明争暗斗，李家从来不避讳在李珩面前讨论这些话题，所以李珩耳濡目染，心性也就比同龄人冷漠通透不少。

虽然潘老爷子还健在，但两个儿子已经隐隐有分庭抗礼的态势，在股份的问题上已经作对了几个回合。

李珩敛眸，自己母亲手里也持有一部分股份，而这个长泰集团只怕和二舅一家私交更好。

"小珩这几天要不和朋友去庄园里玩，正好长泰家的小千金少来A市，你也可以带她转转。"潘嘉慧的母亲又笑着提议。

这时李珩抬头，无奈地笑道："别，舅妈，我才考完，现在一听到和高考有关的事情就头疼，放过我吧。我还想和女朋友去玩呢。"语气听起来就像寻常纨绔子弟只想吃喝玩乐，给足了面子婉拒，不让对方太难看。

潘嘉慧的母亲愣了愣，他什么时候谈了个女朋友？长袖善舞的夫人顿时哑口，看向了李珩的母亲。

李珩不过小孩一个，关键还是看大人的态度。

谁知道李珩的母亲只是悠闲地呷了一口茶，当年闹着要嫁去B市的美人被丈夫疼爱了十几年，性格也多了几分柔韧与从容。她放下茶杯看了眼坐没坐相的儿子："有那闲工夫还不如早点带女朋友回去让爷爷奶奶看看，别跟你那些朋友似的没着没落，小心回去你爷爷又要训你。"

李珩偏头笑笑，没说什么。

同样是人精的潘嘉慧母亲这回也只能干笑。

李家上下都知道李珩有女朋友，唯独潘家谁也不知道，李珩摆明了不和潘家亲近。而且听李珩母亲的意思，李家已经认可这位女朋友了，他们外人又怎么好再插手什么。

李家这十几年的发展与过去相比，不可同日而语。即便当年李珩的外公再怎么反对小女儿远嫁B市，现在也不得不承认小女儿这个自由恋爱结下的婚姻比他一开始定的联姻还要好上百倍。

李家两位长辈都表过态了，潘家也就没人再敢打李珩的主意。

后来李珩又跟着妈妈和潘家去隔壁市待了几天。李珩虽然年少，但是因为父亲没空出席，所以场合里不少人都把李珩当作李家的代表人来应酬。

虚与委蛇的话听得越多，李珩心里就越想念秦温。

今天晚宴也是没有那么快散场，李珩发消息和秦温说抱歉，别等他，明天再抽时间陪她。

没多久李珩就收到秦温的回话。

秦温：没关系，我在看剧呢，正事要紧。

秦温：你别喝太多哟。

李珩偶尔主动和秦温说起自己的家境，也没有遮掩过自己在外会交际应酬的事情。

秦温虽然惊奇没见过同龄人里谁要去交际应酬，但也没有过分深究李珩要做的事情。她知道李珩不是贪酷耍帅的人，他私下也不会做这些，他在外这么做有他的道理，她也不想强制干预什么，不过她还是会提醒李珩要注意身体。

结果大少爷又开心地隔着屏幕要女朋友亲亲。

"我奶奶一定很喜欢你，因为你管得了我呢。"

番外三

夏日阳光正好，商城里青春洋溢。

秦温和小姐妹们四人在彩妆柜台旁研究口红色号，客人一身学生气，柜姐懒得过来引购，反倒给足了她们自娱自乐的空间。

秦温最后拿定一支最日常的豆沙色，突然听到一旁的高宜牛气哄哄道："本宫现在是钮祜禄氏高宜。"

转头一看，高宜拿了支最正的大红色，那膏体颜色单看就透着一股霸气十足的大女主气场。

郑冰惊呼一声："哇，这个颜色好帅！高宜你在哪儿挑的？"

秦温也兴奋地点点头："好像戏里的口红。"

只有梁思琴心思缜密地在脑海里模拟了一下活力四射的高宜涂个大红唇的效果。

"记得买卸妆油。"思琴提醒道。

最后四人出店时手背都隐隐泛着红，还没完全卸掉试色。

后来她们又去了服装层。虽说是暑假，但正值工作日，更衣间还算空闲，四人在几间快消店里流连忘返，试了不少轻熟风的衣服，过足了试衣服的瘾。

"温温你试试这件！"高宜两眼放光，把一件纯黑色的吊带短裙推给秦温。

秦温拿起一看，利落的裁剪，紧短的尺寸，不用上身，这件衣服都已经火辣十足。

"天啊,这太短了吧!"秦温低呼。

"现在最流行性感风啦!"

"那我也穿不上。"秦温赶紧又把衣服挂回去。要让奶奶看见这衣服还得了,估计立马就给它烧了。

"怕啥,试试也不花钱呀。"一旁的梁思琴走过。

郑冰也附和:"对啊对啊,温温你腿长个子高,一定好看!"

"我们先去排队了。"三人已经试了一轮,又去排队。

秦温又看了眼衣架上的衣服,咬咬唇还是把它拿下来了,一并放入小篮子里,跟上朋友。

试衣间内,秦温换过几件衣服,没有特别喜欢的,最后又试穿上那件吊带短裙。

大开大合的线条,回弹的面料紧紧贴合曲线,尽显夏日清凉又不失性感。

秦温看着镜子里的自己,莫名一个人害羞了起来,手机突然响动两下。

李珩发来一张游戏战绩图。秦温不陪他,他又不想去潘宅,便窝在家里和哥们儿开黑,等她逛完街去接她回家。

秦温和李珩厮混在卧室的时候也不全是在磨合,卧室又配了一台电脑,他经常带秦温玩游戏。

电竞少年的梦想之一就是在游戏里带女朋友飞,从英雄联盟到吃鸡战场,2k online 到地平线 5,李珩最爱的主机游戏都带秦温试了个遍,谁知道自己的女朋友是个操作麻瓜,过个独木桥都有可能摔下去。

凡是联网游戏的对战模式秦温只能在旁边干看着,最有参与感的大概就是和李珩一起兜风。

"好浪漫呀!"秦温两手离开键盘,撑着头满眼星星地看着画面里的男生骑着拉风的摩托车,载着自己疾驰。

突然李珩停下跳车,眼疾手快,举枪打死了伏在草地里的玩家。

"你跟着下车干吗,赶紧上摩托,跑毒呢宝贝!"

"哦哦,那你等我一下。"秦温花了几秒才上车成功,看得李珩直倒吸冷气。

结果就是在游戏这件事上,李珩给女朋友开了个 steam 号,再加上 wegame 账户,秦温一个不玩游戏的人,私人游戏库一大堆,但没一个她能上手。

秦温也不爱玩,太难了。

"有没有什么可以让我自己慢慢来的游戏呀?"秦温止住李珩又要再买一个新游戏的动作,别浪费钱了。

最后大少爷只能放弃带女朋友飞的美梦,给她买了古墓丽影。单机游戏秦温可以慢慢琢磨,遇到打不赢的NPC,她就亲亲身旁在峡谷厮杀的电竞大少爷,撒娇让他帮自己。

收到战绩图后,秦温笑着发了个小恐龙犯花痴的表情给李珩。

游戏大概也是需要天赋的,秦温就是最没天赋的那种,不光不会玩,李珩讲过的术语,她听过就忘,一张战绩图也不一定看得懂,但她绝对捧大少爷的场,因为那是他最喜欢的东西之一。

秦温:好厉害呀!

李珩回了个小肥猫酷炫冷笑的表情。

李珩:吃饭了?

秦温看一眼时间,已经快十二点了。

秦温:还没,在买衣服。

李珩:看看。

秦温又看了眼镜子里的自己,害羞地拍了张照片发了过去。

他应该喜欢。

果不其然,肤浅的男朋友立马打了个视频过来,欢快的来电声在安静的更衣间显得格外突兀,吓得秦温立马把它挂掉。她还没来得及问李珩想干吗,又收到信息。

李珩:买。

他言简意赅。

秦温:不行。

秦温:我妈妈肯定嫌短。

李珩:放我家,明天穿给我看。

秦温脸红了红:才不要!

最后那件吊带短裙还是被秦温掖在两件衣服里一起买了单。

四人出服装店时已经快一点了,她们又去新开的网红火锅店打卡。正值饭点,四人不得不先坐在店外的凳子上排队等号。

店家还贴心地摆了零食,让等候的客人可以先垫垫肚子。

手机信息一直不断。

李珩：这要排到什么时候？

李珩：去芳华园。

李珩：您收到一笔转账

芳华园是在另一层的高档中式餐厅，李珩带秦温吃过两次。确实不用排队，因为价格死贵，一般也没什么人会去。

秦温：不要，我们约好了探店呀。

秦温：而且快到我们了。

"温温，跟谁聊天呢？"好事的高宜见秦温对着屏幕笑得一脸含春的模样，立马就嗅到了八卦的味道。

"还有你的手链，是情侣款吧，谁送你的呀？"高宜笑眯眯地，她今天一见秦温就留意到了。

秦温抬眸，迎着好朋友好奇的目光，笑道："李珩。"

三人惊呆："啊？"

梁思琴、郑冰立马凑前，高宜又问："你们……"

"我们在一起了。"秦温又笑。

三人瞪大眼睛：我们错过了什么？

秦温开心地笑着，其实今天也不全是为了休息，也是为了请小姐妹们吃脱单饭。

结果一顿脱单饭吃了三四个小时。

又或者说，秦温被小姐妹们审了三四个小时，从高一到高三，她和李珩的所有交集都被好朋友盘了个遍。

不过秦温也没有所有底都交代出去，比如寒假飞去找李珩，比如一高考完就立马在一起，一些离经叛道的疯狂举动，是只有她和李珩两人才知道的小秘密。

"那你大学也要去 B 市吗？"末了，梁思琴问。

"对呀，你们大学应该也会一起吧。"高宜附和。

秦温拿着柠檬水的手一顿，笑笑"嗯"了一声："希望能去吧。"

朋友又起哄，毕竟 B 市大学那么多，以秦温的成绩，闭着眼睛都能挑到。

秦温笑着没说什么。

其实她贪心地不光希望去 B 市，还想继续和李珩做同学。B 市繁多的大学里,她想去的只有一所。

小姐妹提起高考成绩以后,秦温也才意识到没几天就要放榜了。

连连夏日明朗,终于熬到了高考放榜的那一天。

中午十二点,官网已经可以查成绩了。

卧室里,流光溢彩的电脑前,男生坐在电竞椅上,女生跨坐在他腿上,背对电脑,有些抽噎。

秦温今天强笑着送父母去上班以后,便等着李珩来接她,陪她一起查成绩。

秦温父母并不担心今天放榜,两人都没有什么望女成凤的高远理想,就这么一个女儿,只盼她平安快乐就好。

也是秦温一向乖巧懂事,打小在学业上就不需要家长额外操心。

反倒是秦妈妈见这小半年女儿的房间晚上十二点多还亮着灯,心疼得不行,又不好说什么,只能轻轻推门进去给女儿添杯热茶,又或是切两片瓜果送进去,算是无声地提醒女儿该休息了。

秦温学得这么用功,她的爸爸妈妈还以为只是寻常高三压力大,但其实以秦温后期的成绩,即便是省内Top2的大学里的王牌专业她也可以任选,大可不必这么拼命。

秦温也没有和谁说过自己全力冲击的目标是A大,除了李珩。

她哭着想上A大这件事,也是两人之间的小秘密。

李珩耐心地哄劝着秦温别怕,因为他知道秦温在这件事上付出了多少心血。

有时候不顾一切地孤注一掷不啻于与恶魔结下盟约。

人会在这个过程中获得无尽动力以换取成功。可事情不是绝对的,一旦失败,所要承受的心理打击也绝对是毁灭级的,因为在心中的世界里,其他目标都入不了眼。

"那要不我们先不查,我陪你看会儿电影?"李珩在秦温耳边轻声说道。

秦温将眼角漫出的一点点泪水擦去,摇摇头:"我不想看。"

她扯了个很生硬的笑容:"其实我不去A大也没关系,B市还有那么多大学对不对?"

李珩温柔地将秦温有些凌乱的头发捋至肩后:"嗯。"

"别怕。"他目光定定地看着秦温。

"不管考得怎么样，我们都尽全力拼过了不是吗？无论最后结果怎么样，对我们来说都会是美好的结局。

"我们已经在一起了。

"我在呢，你甩都甩不掉。"

秦温看着李珩，泪光盈盈，吸着鼻子。

李珩又轻笑一声，不愿意秦温沉浸在悲戚的氛围里，拿过纸巾帮她拭泪，逗趣道："真退一万步，假设要异地恋，你男朋友身体素质还不错，也有点小钱，每周飞回来陪你问题也不大。"

秦温破涕为笑，其实这几天她那么难过是因为一直设想考不上 A 大，要和李珩分开，等等。真到现在要揭晓谜底了，她倒没有前几天那么怕了。

"你查吧。"

"那我按回车了？"

"嗯。"

"啪嗒"一声，按键摁下。

秦温还是背对着电脑，那按键声就像行刑刀落下，让她的大脑瞬间一片空白。

卧室里静静的，她难过出声，难抑哭腔：

"不用每周回，两三个月回来一次就好。你要每天和我说早安晚安，不许看漂亮女生。"

李珩已经看到成绩，却一直一言不发，是该多差才会让他说不出话啊！秦温认清梦想与现实，闭目抱紧了他，哭着说："我会很舍不得你的。"

"宝贝，"李珩咽了咽口水，"先别哭，你的梦好像对了。"

"什么梦？"秦温抬头看着李珩，泪眼婆娑。

"那个没有成绩的梦。"李珩又眨眨眼睛，似乎还在确定是不是自己看花了。

秦温的身子一下子就凉了，仿佛整个人都坠入了谷底。

那个涂错答题卡所以没有成绩的梦。所以她不是能不能去 A 大的问题，是连大学都不一定能去的问题！

"不可能的！"崩溃的秦温立马扭头。

结果看到的东西让她也一瞬间分不清自己是在做梦还是……在做梦。

曲面屏正中央的对话框里果然一片空白,她确实没有成绩,对话框里只有底下几行小字。

考生：秦温

考号：××××××××

科目名称：--

科目名称：--

科目名称：--

…………

总成绩：您的位次已经进入全省前50名,具体情况请于6月27日查询

夏天阳光不断,希望不断。

高考这个烦人的拦路虎也笑着给努力的人送了一个小秘密。

番外四

放榜后三天，礼安要求高三学生回校签认成绩，秦温正在回校的公交车上。

手机响动两下，收到信息。

李珩：在校门等你了。

一想到李珩早上视频时阴阳怪气的小表情，秦温就笑出声了。不就是不肯坐他的车一起去学校，至于吗？

幼稚鬼。

秦温：好的呀，小气鬼。

她扬唇收起手机，又转头看向窗外。

沿道树木被夏日阳光照耀，繁茂绿叶闪耀出明媚的绿光，生机勃勃，充满能量。

公交车到站，秦温刚一出车门，头顶上就有伞盖阴影遮来。她惊喜地抬头，对上一双隐隐含笑的黑眸，她的脸上也扬起一个大大的笑容，小气鬼男友来接她了呢。

"同学，迟到记过，体罚一次。"李珩俯腰垂首在她耳边低声亲昵道。

什么鬼！秦温立马凝固笑容，脸腾地就红了。

什么体罚啊！他怎么在外面也……没点正经！

"不许乱说话！"秦温靠近李珩轻声凶他。

谁知道厚脸皮的李珩完全不怕，反倒挑眉继续逗她："新科状元脾气这么大啊？"

他又来了。秦温更加害羞："你别乱说，我又不是状元。"虽然她这自信爆表的男朋友一贯观点都是没有排名一律按状元处理。
　　而屡试不爽的李珩见秦温的脸果然又红了，开心得笑出声，直到收到一记眼神警告才肯收敛笑意。
　　李珩一手撑伞一手插兜，和秦温并排走着进了校园。
　　"行行行，听我们秦状元的。"
　　"你还说！"
　　秦温嘴上嫌弃着，一手已习惯性地挽起李珩的手臂，侧眸看见有老师向他们投来探视的目光，她下意识甩开李珩，谁知道耳边立马传来他轻飘飘的质问："想造反，嗯？"
　　秦温抬头看了眼李珩，又害羞地挽回去。
　　也是，他们都已经毕业了，可以恋爱了。秦温深呼吸，害羞又亲昵地将头往李珩的侧肩蹭了蹭。
　　"这还差不多。"
　　"坏蛋。"
　　"你不喜欢吗？"
　　"走开！"说什么都是他占便宜，幼稚鬼。
　　两人走入学校深处，沿着烈士雕像右侧的红棉道转入礼安高中部。
　　今天高三学生各自回校签认高考成绩，不需要集合和开会，找老师签完字就可以离开，而秦温、李珩来的时间又较早，因此长长的校道上只有零星几个高三学生。
　　与秦温、李珩擦身而过的学生偶有回头，似乎不敢相信眼前的这一幕。
　　不会吧，大校草居然真的脱单了！
　　在被人第N次回头后，秦温没忍住凑近李珩身边："你真的好出名呀。"居然连带着她也被人行了不少注目礼。
　　李珩没说什么，只淡淡地"嗯"了一声。
　　秦温见刚刚还一直跟她插科打诨的男生已经换回一贯冷若冰霜的表情，没忍住笑出声。
　　这人在外人面前有多正经，私底下就有多不正经，会幼稚地把她搂在怀里说如果不亲亲他就不让她回家，会在打游戏腾不开手的时候撒娇让她喂饭，会在打电话挨爷爷奶奶训话时突然要赖说女朋友在旁边呢,让她跟老人家打声招呼。

就还挺可爱的,秦温看向李珩的眼神越发欢喜。

"一直盯着我看干什么?"李珩目不斜视道。

"看你够帅呀。"秦温偶尔也戏弄他。嗯,她的男朋友确实很帅,从长相到性格都帅。

夏风吹起,木棉枝叶轻柔摇摆,地上光影流动如波纹荡漾,一圈一圈,从脚边荡至心间。

静谧安宁的校道让人想起从前。秦温开口,轻柔的声音融入夏风中,"我第一次见你就是在这里呢。"

"嗯。"李珩应了一声。

秦温抬眸,就这个反应?

"你怎么一点都不吃惊呀?"

"为什么要吃惊?"

"所以你还记得?"她还以为他会觉得在随风书店见到他拒绝女生那会儿是她第一次见他呢。

"为什么不记得?有人还想跟我考一个分来着。"说罢李珩压了压声调,换上一副钦羡的语气,"啊,好羡慕,我也想考765分。"

他怎么连这些乱七八糟的东西都记得这么清楚啊!秦温又害羞了,收回视线,小小声嘟囔:"因为那时候觉得你很厉害,我很羡慕你嘛。"

"然后现在你比我厉害多了,不是吗?"李珩轻笑道。

秦温一顿,像是被李珩点了一下,心头泛起忆往昔峥嵘岁月的感觉,当初还只能羡慕别人站在光辉顶点的自己,经过三年磨砺,如今也攀上了属于自己的顶峰。

"也没有比你厉害多了。"秦温还是谦虚。

李珩垂眸,目光温柔地看了秦温一眼,扬扬唇没说什么。

两人一路走着,其间偶尔碰上认识的同学,便会停下来和他们打招呼,主要是李珩的朋友居多。虽然大少爷不爱参加社团活动,但因为经常打球,反倒在球场认识了不少同学,无一例外都是男生。

"哇李少,女朋友?哈哈哈——"李珩的朋友挤眉弄眼,打趣着李珩前几天发的脱单朋友圈。

李珩则神气兮兮地点点头。

"嗯,秦温。"他言简意赅地介绍。

"那下次打球一起来玩啊。"朋友热情邀约。

李珩垂首侧眸,表示看秦温意思。

"嗯。"秦温虽然有些害羞,但也大方答应。

待朋友走远,李珩又一一给秦温讲起平时玩得比较近的球友,要把她完全纳入自己的交际圈。

"在B市还有几个打小一起长大的哥们儿,等去上大学时,我也带你见见。"

两人走进东风楼。回字楼内光影交错,楼壁上映出枝丫的剪影,底下猫儿正冲太极池里的锦鲤张牙舞爪。

"怎么都没有女生呀?"秦温打趣。

"我不讨女孩子喜欢啊。"大少爷语气很是无奈。

"哈?"

"不然怎么会追那么久才追到你呢。"

"讨厌,又卖惨。"

秦温怒目娇嗔一句,引得李珩一阵狂笑。

那飞扬的笑声让秦温想起他高三上学期专门回来陪她,临走前得逞抱到她以后,一路笑着跑出东风楼。

秦温也不自觉笑了起来,大坏蛋就会占她便宜。

一路上到办公室,秦温松开了李珩。李珩这回也没说什么,毕竟还是在学校,多少得收敛点。

两人的班主任正好前后位,老吴一见到秦温就欢欣地把她喊了过去。

"秦温高考考得很好啊!等什么时候有空一定要回母校给学弟学妹分享学习经验!"

老吴最是喜欢看到秦温这种低进高出的学生。虽然秦温是以奥物特长生的身份特招进礼安高中,但当时她的中考分数也不过擦边飞过礼安的录取线。可如今三年过去,她已经逆风翻盘,以全校第三名的成绩从母校毕业。

"大学想好报哪儿了吗?"老吴关心。

秦温瞥了眼身边走过的男生,轻声道:"A大。"

"哈哈哈哈,好啊,去A大好啊!老师当年也想去,可惜没那个实力。"老吴朗声道。

每年发放录取成绩时,老吴总不免要感慨一番当年的遗憾。可当看到自己培养的学生一届又一届都有人迈入最高学府,当年的意难平似乎也渐渐以另外一种方式圆满了。

秦温听着老师的打趣,害羞地笑了笑:"谢谢吴老师一直给我答疑解惑。"

"哈哈哈哈哈,老师也不过是尽分内职责而已,最关键的还是你肯下死功夫。"

听着老吴对秦温的夸奖,李珩扬着唇默默走到自己班主任桌前,在成绩表上签上自己的名字。

一班班主任挂着意味深长的笑容看着自家学生走过秦温时还牵了一下人家女孩子的手。

这两人正谈恋爱的事已经从同学那儿传到老师耳朵里了。

"你和秦温是什么时候的事情啊?"班主任好笑问道。这两人竟然躲在老师眼皮子底下谈恋爱。

应该厉声指责的,可人家两个都进了 A 大啊。

李珩听出老师的误会,偏头笑笑:"高考以后才在一起的,之前都是我在暗恋她而已。"

班主任一愣,一面惊讶于李珩的坦诚,一面又难以置信李珩这样的学生居然也会暗恋一个人那么久,最后只笑着拍拍李珩的肩膀:"好小子。"

前面的老吴听着这边两人的对话也回头加入话题:"李珩不许欺负我们秦温啊。"

"吴老师,她不欺负我就不错了。"李珩作为奥数生,其实比起班主任陈老师,他和奥数组的教练老吴更为熟络些。

秦温本在旁边安静听着三人聊天,不想李珩在老师面前也开她玩笑,下意识就小声补了句:"我哪有!"

李珩看着她挑挑眉,那意思是说:现在不就又欺负我了。

两个小孩旁若无人的甜蜜对峙看得已成家立业的成年人捧腹大笑,圆满的少年爱恋真好啊。

"去了大学也不能放松自己,恋爱好好谈,书也要好好念。"老吴笑过又提醒。

"有空就多回母校。"班主任也交代。

秦温、李珩都乖巧地点点头,两人又陪老师聊了会儿才离开。

才出教师办公室，秦温就如释重负似的松了口气："还好，我还以为老吴要说我们呢。"

"说我们什么？"

"早恋呀。"

李珩好笑："老师又不是傻子，没准他们高中的时候也有这心思呢。"

"啊？"

"老吴的夫人就是他高中同学。"

秦温惊了："这你都知道！"

"对啊。有回台风天补课，放学还下着雨走不了，老吴就跟我们说起他以前的事情。

"老吴说他从高中就暗恋自己的老婆，搞得成绩下滑了不少，本来可以进A大的，最后差十来分没考上，但还好最后还是追到了，不然他就赔了夫人又折了兵。"

秦温掩唇轻笑："老吴还会和你们说这些，没看出来，我还以为他很死板呢。"

"嗯，他人挺逗的。"

"会吗？冰冰经常说老吴把奥数组折腾得很惨呢，跟魔鬼教头似的。"

"老吴还好吧。"走出楼梯，李珩又为秦温撑伞，"当然也有可能是我太强了，感受不到老吴的折磨。"

"你真的很厚脸皮欸！"

"哈哈哈哈哈……"

两人又走过太极池上的小桥，秦温见到还在池边的小猫，突然停下："等一下！我想给它拍张照！"

今天出了校园，以后再进来就没那么容易了。

李珩轻笑出声："可以啊，要不要抱起来？我给你们拍一张。"

"可我怕它挠我。"

"可恶，它敢挠我们状元？"

"李珩！"

"哈哈哈哈哈哈……"李珩和秦温在一起以后，笑点越来越低。

最后秦温还是只站在桥边，李珩下了桥，把桥上的女生和桥下池边的白猫一并照入手机。

"看桥下。"

"看猫。"

"看我。"

"好了。"

秦温飞奔下桥。

女生弯着笑眼凑上前看男生的手机，男生则微微俯身将女生半拥在自己怀里，低头在她耳边低语着什么，引得女生笑声不断。

楼外也莺啼蝉鸣绵绵。

秦温和李珩又拍了会儿，两人才又重新抬步离开东风楼。谁知道刚出东风楼就看到了久未见过的身影，梁媛也正好来到东风楼。

梁媛看着面前亲昵的两人，没忍住愣了愣。对外冷若冰霜的李珩一只手贴心地为秦温撑着伞，另一只手由她挽着。

一阵久违的酸涩泛上心头。

通过同学的截图，她看见了李珩的那条官宣朋友圈。没错，她那么喜欢李珩，却连加上他好友的机会都没有。

九宫格照片都是秦温。

梁媛在意识到李珩不会喜欢自己以后，为了保护自己的自尊心，她再也没有打扰过李珩。明明后面她和李珩也再没有交集了，自傲的她也做到了说不追就不追，可为什么在看到那条官宣朋友圈以后，还是会那么难过失落呢？

又怎么能不难过失落呢？他是她第一个暗恋的人啊！

"嗨。"秦温见梁媛不说话，便主动笑笑，打了声招呼。

梁媛抽回自己的思绪，回了个生涩的笑容，目光却又不自觉飘向李珩。

这次搞不好是她最后一次见李珩了。

梁媛突然有些舍不得，谁知道李珩看向她的目光却还是一如既往地冷漠，他大概一直记得自己做过的那些傻事吧。李珩的眉头已经皱起，是因为自己又一直盯着他看吗？

梁媛有些难过，她并不是想再起什么幺蛾子，她一直看着他只是因为有些舍不得高中时代一直喜欢的人啊！

李珩张了张唇，梁媛已经可以想象他的冷漠语气，她狠狠地垂下视线，然后就看到秦温那挽着李珩的手臂微不可见地动了动。

接着秦温开口："你也回来签字吗？"她生硬地打断了李珩要说的话。

梁媛又抬头，看见了秦温一贯干净清澈的笑容。她帮自己解了围，不然按李珩一贯对自己的态度，刚刚肯定又是甩出一句冷冰冰的话。

不知道为什么，梁媛突然鼻子酸酸的。

"嗯，现在去。"其实她高考考得很一般，别说进 A 大了，连进省内 Top1 的 S 大都是未知数。

或许曾经是碾压秦温的存在，但后来她因为选了自己不擅长的科目，又花了太多时间去暗恋和主持社团活动，导致成绩大幅度下滑。等到她高三下意识到情况的严重性时，已经无力回天。

现在在秦温面前，她已经难望其项背。其实她在很多地方都不如秦温，难怪李珩从来都没有在她们两个人之间犹豫过。

算了，不要再去打扰他们了吧。

梁媛深呼吸，终于选择扬起一个真心笑容："恭喜你们，祝久久哟。"

秦温也开心应下朋友的祝福："谢谢。"

梁媛从李珩身边利落走过，没有再看他，秦温和李珩也再出发。

"还想不想去哪儿逛逛？"李珩问。

"嗯……要不我们去操场坐会儿？以后再回学校就没那么方便了。"

"好。"

两人撑伞走着，秦温还想着梁媛刚刚看李珩的眼神。

"李珩。"她突然开口。

"怎么了？"

"我突然觉得自己好幸运，谢谢你。"

"嗯？"李珩一头雾水。

"因为你一直喜欢我呀！"秦温抬眸，双眸盈满笑意。谢谢你也喜欢我，谢谢你让我的爱恋圆满。

其实她刚刚看着梁媛呆呆的眼神，有那么一瞬间没忍住代入了梁媛当下的心境。

暗恋失败应该是一件很难过的事吧。

所以自己是幸运的，因为她爱的人也一直爱着她，甚至早就爱着她了。世上并非所有暗恋都圆满，正如并非所有人都能在高考里考得好成绩。

因此她格外珍惜和李珩的感情，也格外理解那些失落的人。

秦温又将头靠在李珩的肩上："幸好你也喜欢我，不然我会很难过。"

"当然，我会一直喜欢你的，所以你不会难过。"李珩轻声安抚。

"那你呢，你不是说高一就暗恋我了？你有难过吗？"秦温抬眸，好奇问道。

撑着伞的男生陷入沉思："高一和你还不熟的那阵子确实有些烦。"

秦温没忍住笑出声。两人已经漫步到大操场边上，一起上了操场台阶，在观众席上坐了下来。

秦温趴在栏杆上远眺下方操场，参加足球少年营的孩子正在训练，李珩则舒服地靠着椅背，一手撑头，一手玩着秦温的长马尾。

隐隐有风起，吹来孩童无忧无虑的笑声。

"那你是高一什么时候开始喜欢我的呀？"秦温转头又问。

李珩扬唇没说话，指尖绕过秦温发尾转着圈，又轻轻往后扯了扯，秦温便顺势和他一起靠着椅背："说嘛说嘛。"

李珩偏头笑出声："从你过河拆桥开始。"

"啊？"秦温更加疑惑，"我什么时候过河拆桥了？"

"你还记不记得模联面试的时候我帮了你。"

"记得呀，帮我准备议案什么的。"

"对啊，可是面试结束以后，再在路上碰到，你都不和我打招呼了。"

"哪有不和你打招呼。"

李珩温柔地牵过秦温的手："有，我记着的。"

迎着李珩信誓旦旦的眼神，秦温半信半疑地回忆起曾经的自己："那阵子我好像确实有点学傻了。"

"对啊。"

"然后就喜欢上我了？"秦温难以置信，"这什么鬼？别人对你不理不睬你反而还动心了，不对劲啊你。"

李珩笑出声："不是因为你不理我所以喜欢你，是我介意你不理我。

"那时候我就应该已经对你上心了。

"但要说具体是因为哪件事爱上你，我也说不清。大概是一见钟情和日久生情的结合体吧。

"一开始有一点点喜欢，不自觉对你的事上心，结果越了解越喜欢。最开始不知道是因为哪件小事让我动心了，到最后每一件小事都让我动心。"

"是吗?"秦温有些开心,"我觉得自己那时候最颓最丧了,你这都喜欢啊。"

"不会啊,我一直都觉得你很厉害。"

"胡说,我那时候明明成绩最差了。"

李珩又好玩地捏捏秦温的脸颊:"和成绩没关系,我喜欢你的努力,你的认真,还有你的要强。"说完李珩又凑到秦温身边耳语,"要强到在随风书店哭着和老师聊成绩。"

什么!秦温瞪大了眼睛,难以置信,什么时候?

天!这都被他看见了,也太丢脸了吧!

秦温猛地双掌捂脸,想找个地洞钻进去。

李珩却像是恶作剧得逞般开心地笑出声。

"不许笑了。"

"那你那时候还坐过来,故意看我笑话是不是!"秦温拿开自己手掌,借生气掩盖自己的难为情,别扭道。

"没有,我当时是想陪陪你。和你说寒假快乐也是希望你真的快乐,别介意一两次考试。你在我这儿永远是最棒的。"

秦温内心的羞耻感又被李珩这突如其来的浪漫告白打乱。什么跟什么嘛,说这些。

"讨厌。"她靠回李珩的肩上。

感受着他的手掌轻柔拂过自己的长发,沉默了一会儿,秦温开口:"你在我心里也是最厉害的。"干什么都是最厉害的。

"哪方面呢?"李珩有些不怀好意地问道。

又来了,秦温没好气地忍笑。他好讨厌,每次都破坏感动场合。

"不许不正经!"

"欸,没劲。"

"你再说一次?"

"咱们秦组长真带劲!"

"这还差不多。"

本书由秋日温泉委托长沙大鱼文化传媒有限公司正式授权贵州人民出版社,在中国大陆地区独家出版中文简体版本。未经书面同意,本书的任何部分不得以图表、电子、影印、缩拍、录音和其他手段进行复制和转载,违者必究。